中国皮影木偶戏剧本集成

华北东北卷·杨文广征南、鸡宝山

主编 朱恒夫
副主编 刘衍青

「十四五」国家重点图书出版规划项目

上海大学出版社
·上海·

图书在版编目(CIP)数据

杨文广征南、鸡宝山 / 朱恒夫主编；刘衍青副主编
. —上海：上海大学出版社，2023.6
（中国皮影木偶戏剧本集成；10. 华北东北卷）
ISBN 978-7-5671-4653-2

Ⅰ.①杨… Ⅱ.①朱…②刘… Ⅲ.①皮影戏—剧本—中国 ②木偶剧—剧本—中国 Ⅳ.①I238.7

中国国家版本馆 CIP 数据核字（2023）第 064241 号

责任编辑　庄际虹
封面设计　柯国富
技术编辑　金　鑫　钱宇坤

中国皮影木偶戏剧本集成
主编　朱恒夫　副主编　刘衍青
华北东北卷·杨文广征南　鸡宝山
上海大学出版社出版发行
（上海市上大路99号　邮政编码200444）
（https://www.shupress.cn 发行热线 021-66135112）
出版人　戴骏豪
*
南京展望文化发展有限公司排版
江阴市机关印刷服务有限公司印刷　各地新华书店经销
开本 710mm×1000mm　1/16　印张 34.5　字数 579 千
2023 年 9 月第 1 版　2023 年 9 月第 1 次印刷
ISBN 978-7-5671-4653-2/I·680　定价　98.00 元

版权所有　侵权必究
如发现本书有印装质量问题请与印刷厂质量科联系
联系电话：0510-86688678

总序：中国皮影戏的历史、现状与剧目特征

皮影戏是我国产生较早的戏剧种类之一，也是一门古老的传统民间艺术。它以羊、牛、驴皮以及纸等为基本材料，制作成能活动的形象造型即影人，由艺人手执竹扦在幕后操作，通过光线的透视，配以演唱及丝竹鼓点的伴奏，在影窗上展现各式的人物和故事。皮影戏是一种集文学、绘画、雕刻、音乐、表演于一体，融进历史、哲学、宗教、民俗、伦理等多种文化的民间艺术形式，是中华民族的艺术瑰宝。

一、皮影戏发展历程溯源

中国皮影戏源远流长，但其最早起源于何时，尚无文献典籍可考。皮影戏，历史上称为"影戏"，关于影戏产生的时间，众说纷纭。近人顾颉刚在《中国影戏略史及其现状》中说："影戏之性质与傀儡全同，不同者只其表现之方法，是以影戏亦必自始即模仿戏剧者，其兴起虽确知当后于傀儡，然或亦在周之世也。"[①] 他猜测周代就有了影戏。稍有一点根据的是"汉代说"。宋代高承《事物纪原》卷九《博弈嬉戏部》"影戏"条云："故老相承，言影戏之原出于汉武帝。李夫人之亡，齐人少翁言能致其魂，上念夫人无已，乃使致之。少翁夜为方帷，张灯烛，帝坐他帐，自帷中望见之，仿佛夫人像也，盖不得就视之。由是世间有影戏。"[②] 但是，这出"招魂戏"只是借灯光投影之术，没有"人影"的表演，也没有情节，所以还不是真正意义上的皮影戏。《稗史》亦说汉代就有了影戏，云：秦武王作角

---

① 顾颉刚：《中国影戏略史及其现状》，《文史》第19辑，中华书局1983年8月，第111页。

② （宋）高承撰：《事物纪原》，（明）李果订，金圆、许沛藻点校，中华书局1989年版，第495页。

抵，始皇作曼延鱼龙水戏，汉武帝益以幻眼、走索、寻橦（橦）、舞輪（轮）、弄碗、影戏……①大概所说的"影戏"是从武帝"设帷招魂"之事推断而来。

在隋代的佛事活动中，似乎有弄影戏的迹象。《隋书·五行志》云："唐县人宋子贤，善为幻术。每夜，楼上有光明，能变作佛形，自称弥勒出世。又悬大镜于堂上，纸素上画为蛇、为兽及人形。有人来礼谒者，转侧其镜，遣观来生形象。或映见纸上蛇形，子贤辄告云：'此罪业也，当更礼念。'又令礼谒，乃转人形示之。"② 用灯光照影作为幻术以惑人，也不等于后代的影戏。

近人多认为影戏产生于唐代。齐如山在《影戏——故都百戏考之四》中认为："此戏当然始于陕西，因西安建都数百年，玄宗又极爱提倡美术，各种伎艺由陕西兴起者甚多，则影戏始于此，亦在意中。"③ 力主戏曲源起于影戏、偶戏的孙楷第在《近代戏曲原出宋傀儡戏影戏考》中断言："余意影戏殆仁宗时始盛耳。若溯其源，则唐五代时，似已有类似影戏之事。"并进一步说与唐代的俗讲有关："说话与影戏，仅讲时雕像有无之异，其原出于俗讲则一也。"④

齐如山和孙楷第之说均属推测，缺少文献依据。一些唐诗倒是直接说明唐代已经有了影戏。中唐人元稹《灯影》云："洛阳昼夜无车马，漫挂红纱满树头。见说平时灯影里，玄宗潜伴太真游。"⑤ 很显然，彼时的洛阳已经有了皮影，玄宗与贵妃的故事是表演的内容之一。又，雍裕之的《两头纤纤》诗也对影戏作了描绘："两头纤纤八字眉，半白半黑灯影帷。腽腽膊膊晓禽飞，磊磊落落秋果垂。"⑥ 影帷即是今日的影窗，"晓禽飞"和"秋果垂"当是表演的一些场景。晚唐韦庄的《途次逢李氏兄弟感旧》诗云："御沟西面朱门宅，记得当时好弟兄。晓傍柳阴骑竹马，夜隈灯影弄先生。"⑦ 康保成认为："'夜隈灯影弄先生'就是玩影戏，'先生'即影偶。"⑧

---

① （清）赵吉士辑《寄园寄所寄》卷七"獭祭寄"，清康熙三十五年刻本。
② 《隋书》第三册，中华书局1982年版，第662—663页。
③ 齐如山：《影戏——故都百戏考之四》，《大公报·剧坛》1935年8月7日第12版。
④ 孙楷第：《近代戏曲原出宋傀儡戏影戏考》，《傀儡戏考原》，上杂出版社1952年版，第62、63页。
⑤ 《全唐诗》卷四一二，中华书局1999年版，第4580页。
⑥ 《全唐诗》卷四七一，中华书局1999年版，第5383页。
⑦ 《全唐诗》卷七〇〇，中华书局1999年版，第8131页。
⑧ 康保成：《佛教与中国皮影戏的发展》，《文艺研究》2003年第5期，第91页。

随着时间的推移，影戏艺术有了很大的提高，剧目也不断地增加。北宋张耒在《明道杂志》中记载："京师有富家子，少孤，专财，群无赖百方诱导之，而此子甚好看弄影戏，每弄至斩关羽，辄为之泣下，嘱弄者且缓之。"① 可见，此时的影戏剧目中有三国故事。此为高承《事物纪原》证实，该书云："宋朝仁宗时，市人有能谈三国事者，或采其说，加缘饰作影人，始为魏、吴、蜀三分战争之像。"② 影戏为人们喜爱后，玩皮影的人就多了，于是，便出现了著名的艺人。孟元老《东京梦华录》卷五《京瓦伎艺》云："……杂剧、掉刀、蛮牌董十五、赵七、曹保义、朱婆儿、没困驼、风僧哥、俎六姐。影戏丁仪、瘦吉等弄乔影戏。"③ 吴自牧《梦粱录》卷二十"百戏伎艺"条云："更有弄影戏者，元汴京初以素纸雕镞，自后人巧工精，以羊皮雕形，用以彩色妆饰，不致损坏。杭城有贾四郎、王升、王闰卿等，熟于摆布，立讲无差。其话本与讲史书者颇同，大抵真假相半，公忠者雕以正貌，奸邪者刻以丑形，盖亦寓褒贬于其间耳。"④ 由此可见，北宋的影戏已经发展到了相当成熟的水平，其成绩可以归纳为四点：其一，演唱不再随意，而是遵照脚本的内容，其内容相当于彼时开始流行的话本。可以讲述史书，三国故事更是其常演的剧目。其二，已经形成一批专业的艺人队伍，还分为"影戏"与"乔影戏"（"乔"字在当时作"伪装"解。瓦子诸艺中有一种"乔相扑"的表演艺术，就是扮演摔跤的样子，而不是真摔跤。"乔影戏"可能是由真人模拟影人的动作形式，做出种种滑稽的样子，以引人发笑。）两个品种。其三，有了人物的脸谱，并按照性格、品性分别饰以图案色彩。其四，演出水平极高，能使观众忘乎所以，以假当真。影戏艺术在北宋之所以能飞速发展，与当时城市的发展、市民人口的大幅增多有很大的关系。

至南宋，影戏的发展进入一个前所未有的辉煌时代。周密《武林旧事》卷二《元夕》记载道："又有幽坊静巷好事之家，多设五色琉璃泡灯，更自雅洁，靓妆笑语，望之如神仙。……或戏于小楼，以人为大影戏，儿童喧呼，终夕不绝。"⑤

---

① （元）陶宗仪等：《说郛三种》卷四十二，上海古籍出版社1989年版，第2003页。
② （宋）高承撰：《事物纪原》，（明）李果订，金圆、许沛藻点校，中华书局1989年版，第495页。
③ （宋）孟元老撰：《东京梦华录笺注》，伊永文笺注，中华书局2006年版，第461页。
④ （宋）吴自牧：《梦粱录》，浙江人民出版社1984年版，第194页。
⑤ （宋）四水潜夫辑：《武林旧事》，浙江人民出版社1984年版，第31页。

此大影戏，孙楷第认为是人扮演的，相当于"乔影戏"。周贻白认为是人的影子在表演。当时还有一种称为"手影"的影戏形式。南宋洪迈《夷坚志·夷坚三志》辛卷第三"普照明颠"条记载："华亭县普照寺僧惠明者，常若失志恍惚，语言无绪，而信口谈人灾福，一切多验，因目曰明颠。……尝遇手影戏者，人请之占颂。即把笔书云：'三尺生绡作戏台，全凭十指逞诙谐。有时明月灯窗下，一笑还从掌握来。'"① 悬挂三尺生绡做影窗，用手做出各种形状，投影到影窗上，即为手影。华亭为今日之上海松江，当时影戏在江南是比较普及的，宋代《吴县志》云："上元，影灯巧丽，它郡莫及，有万眼罗及琉璃球者犹妙。"②

南宋时，宋金对峙，经常发生战争，故影戏艺人常搬演金戈铁马的故事。张戒《岁寒堂诗话》云："往在柏台，郑亨仲、方公美诵张文潜《中兴碑》诗，戒曰：'此弄影戏语耳。'二公骇笑，问其故，戒曰：'郭公凛凛英雄才，金戈铁马从西来。举旗为风偃为雨，洒扫九庙无尘埃。'岂非弄影戏乎？"③ 当然，主要的演出内容还是历史故事，此时，"历史剧"已涉及汉、三国、唐、五代等朝代的人物和事件。由于艺人队伍进一步扩大，影人制作与影戏表演已经成了一个行业，于是，产生了"绘革社"这样专业的行业组织。

金元的影戏，文献记载不多。既然戏曲在彼时极为兴旺，作为戏剧的一种形式，影戏就不可能衰弱，只不过那时文人的兴趣主要放在人演的院本、杂剧上罢了。不过，有两幅壁画倒是露出了一点影戏的信息。一是金代山西繁峙岩山寺文殊殿壁画，其中一个场景，我们不妨称之为"儿童弄影戏图"。画面上，有一影窗，前面三个儿童席地观看，后面有一人正在拽拉影人进行表演。还有一个儿童，在影窗的旁边，学着影戏艺人亦在拽拉着小影人。二是山西孝义出土的大德二年（1298）的元墓壁画。壁画上绘着男耕女织的场景，旁边有一人正手拿着影人在玩耍，墓壁上写着"王同乐影传家，共守其职"几个字④。显然，男耕女织是影戏所表现的内容，"乐影传家"则是影戏艺人标榜自己有着渊源的家学。

明代影戏资料目前见于文献的多为诗文和小说。瞿佑《影戏》云："灯火光中夜漏迟，风轮旋转竞奔驰。过来有迹人争睹，散去无声鬼不知。月地花阶频出没，

---

① （宋）洪迈：《夷坚志》第三册，中华书局1981年版，第1406页。
② 《吴县志》，民国三年乌程张钧衡影宋刻本。
③ （宋）张戒：《岁寒堂诗话》，中华书局1985年版，第13页。
④ 中国戏曲志编辑委员会：《中国戏曲志·山西卷》，中国ISBN中心出版社2000年版，第7页。

云窗雾阁暂追随。一场变幻如春梦,线索重看傀儡嬉。"① 瞿佑对影戏的兴趣很浓厚,多次写诗记述他观看的情景,田汝成辑撰的《西湖游览志余》卷二十也引了一首他的关于影戏的诗,云:"南瓦新开影戏场,满堂明烛照兴亡,看看弄到乌江渡,犹把英雄说霸王。"②《霸王别姬》是影戏的常演剧目,故徐文长所作的《做影戏》灯谜,也是以这个影戏剧目为素材,云:"做得好,又要遮得好,一般也号做子弟兵,有何面目见江东父老?"③

由于影戏在明代是一种普及性的表演艺术,所以,小说所描写的社会生活中亦有所反映。明末无名氏小说《梼杌闲评》第二回就描写了一个家庭戏班的演出情况:

> 朱公问道:"你是那里人?姓甚么?"妇人跪下禀道:"小妇姓侯,丈夫姓魏,肃宁县人。"朱公道:"你还有甚么戏法?"妇人道:"还有刀山、吞火、走马灯戏。"朱公道:"别的戏不做罢,且看戏。你们奉酒,晚间做几出灯戏来看。"传巡捕官上来道:"各色社火俱着退去,各赏新历钱钞,唯留昆腔戏子一班,四名妓女承应,并留侯氏晚间做灯戏。"巡捕答应去了。……侯一娘上前禀道:"回大人,可好做灯戏哩?"朱公道:"做罢。"一娘下来,那男子取过一张桌子,对着席前放上一个白纸棚子,点起两枝画烛。妇人取过一个小篾箱子,拿出些纸人来,都是纸骨子剪成的人物,糊上各样颜色纱绢,手脚皆活动一般,也有别趣。④

因皮影戏被人们高度认同,它的功能就不仅仅是娱人了,还可以同人戏一样酬神祭祀。明末张仁熙在《皮人曲》诗中有这样的描述:"年年六月田夫忙,田塍草土设戏场。田多场小大如掌,隔纸皮人来徜徉。虫神有灵人莫恼,年年惯看皮人好。田夫苍黄具黍鸡,纸钱罗案香插泥。打鼓鸣锣拜不已,愿我虫神生欢喜。神之去矣翔若云,香烟作车纸作旎。虫神嗜苗更嗜酒,田儿少习今白首。那得闲钱倩人歌,自作皮人祈大有。"⑤

明朝影戏初步形成了地方流派,河北、江苏、浙江、山东、陕西、山西、云

---

① (清)俞琰选编:《咏物诗选》,成都古籍书店1987年版,第116页。
② (明)田汝成辑撰:《西湖游览志余》,中华书局1958年版,第356页。
③ (明)徐渭:《徐渭集》,中华书局1983年版,第1066页。
④ 不题撰人:《梼杌闲评》,止戈、韦行校点,齐鲁书社1995年版,第12—13页。
⑤ 邓之诚:《清诗纪事初编》,上海古籍出版社2013年版,第192页。

南等地的皮影艺人结合当地的人文风俗、民间曲调，各自创新，形成了不同于他地的特色。

清代尤其是乾隆之后以及民国时期，影戏进入了中国影戏发展史上的高峰阶段，无论是技艺水平、剧目数量，还是艺人人数和观众人次，都是前所未有的。这与当时戏曲特别是花部戏的整体勃兴的大环境紧密相关。影戏的审美效果，不逊于人戏，富察敦崇《燕京岁时记》云："影戏借灯取影，哀怨异常，老妪听之多能下泪。"① 其普及程度，可以从日常的俗语中看出来，如《红楼梦》第六十五回云："见提着影戏人子上场，好歹别戳破这层纸儿。"②

根据清代各地皮影戏的历史流变及其皮影戏影人的造型特征，可以将我国皮影戏分为北方影系、西部影系和中南部影系三大系统。

北方影系：包括今河北、东北三省、内蒙古等地的皮影戏。这一影系的皮影戏始于金代。1127年金兵入侵中原时，曾经将包括皮影戏艺人在内的各类艺人掳掠到北方，北方的皮影戏由此发展而来，而以河北滦州（今唐山）一带为中心。

西部影系：涵盖陕西、四川、甘肃、青海、晋南、豫东、鄂西、冀中和北京西部等地。该系统的皮影戏是由北宋躲避靖康之乱而向西迁徙的中原皮影戏艺人带来，并经历代发展而形成。西部影系以陕西华县、华阴一带的皮影戏为主要代表。还有晋南皮影戏、川北皮影戏、陇原皮影戏、陇东皮影戏、环县道情皮影戏和青海皮影戏等。

中南部影系：包括中原地区及其以南地区的皮影戏。自北宋灭亡之后，中原地区的皮影戏艺人与其他各类艺人一起随着都城的南迁，到了临安（今浙江杭州），还有一部分艺人流落到江苏、湖北、湖南等地，后又陆续流转到广东、福建、台湾一带。这些地区加上中原地区的皮影戏，属我国中南部影系。中南部影系没有自己单独的唱腔，而是借用当地的戏曲、说唱、民歌小调的唱腔进行演唱。

清代文献中有关影戏的记载较多，尤其是方志中"民俗"栏目，可谓比比皆是。如清代乾隆年间进士李声振《百戏竹枝词·影戏》云："机关牵引未分明，绿

---

① （清）潘荣陛：《帝京岁时纪胜》；（清）富察敦崇：《燕京岁时记》，北京古籍出版社1981年版，第94页。

② （清）曹雪芹、高鹗：《红楼梦》，中国艺术研究院红楼梦研究所校注，人民文学出版社1996年版，第908页。

绮窗前透夜檠。半面才通君莫问，前身原是楮先生。"① 乾隆《永平府志》"岁时民俗"条云："通街张灯、演剧，或影戏、驱戏之类，观者达曙。"② 滦州学正左乔林《海阳竹枝词》有句云："张灯作戏调翻新，顾影徘徊却逼真。环佩珊珊莲步稳，帐前活现李夫人。"③ 清代澄海人李勋《说诀》卷十三云：潮人最尚影戏，其制以牛皮刻作人形，加以藻绘，作戏者于纸窗内爇火一盏，以箸运之，乃能旋转如意，舞蹈应节，较之傀儡更觉优雅可观。④ 说者谓此唯潮郡有之，其实非也。

民国年间，战争不断，社会动荡不安，许多时候，老百姓在生死线上挣扎，这自然会影响皮影戏的演出。但只要局势稍微稳定，皮影戏就会活跃起来，而在兵祸较少的地方，它还得到了长足的发展。

民国二十三年（1934），高云翘对滦州的皮影做了调查，感慨地说："高粱地里，唱影的不绝，梆子或有一二，皮黄绝无。"⑤ 卓之在《湖南戏剧概观》中记述了20世纪30年代湖南一些地方的皮影戏情况："影戏班在湖南，地位远不及汉班（即今之湘剧）及花鼓班，大概用为酬神还愿之工具而已。是以无论在城在乡，到处皆得见之。平日常演于各寺庵内，唯每届旧历中元节，则居民多演以祀祖，该省戏班异常忙碌，甚至从黄昏起演至通宵达旦，可演四五本之多。"⑥ 1934年刊的辽宁《庄河县志》"民间文艺·影戏"条对本县的皮影戏有较为详细的介绍："有所谓驴皮影者，即影戏也。其制，酷似有声电影，不过彼为电灯机唱，此为油灯人唱耳。其法，以白布为幔，置灯其中，系以驴皮制人马牲畜、楼台建筑及飞潜动植等物，用灯幻照，俨在目前，并能活动自如，唯妙唯肖。司事者在幔歌唱，词多俚俗。农民凡有吉庆、酬神等事，多醵金演唱。"⑦

民国年间的影戏在与时俱进上，有三个方面的表现：一是灌制唱片，向全国

---

① 雷梦水等编：《中华竹枝词》，北京古籍出版社1997年版，第81页。该诗自注云："剪纸为之，透机械于小窗上，夜演一剧，亦有生致。"
② 《永平府志》，乾隆三十九年刻本。
③ 张工明编著：《滦县志诗歌集》，河北人民出版社2015年版，第151页。
④ 中山大学中国非物质文化遗产研究中心编：《中国非物质文化遗产第十一辑》，中山大学出版社2006年版，第113页。
⑤ 高云翘：《滦州影调查记》，《剧学月刊》第三卷第十一期，1934年。
⑥ 卓之：《湖南戏剧概观》，《剧学月刊》第三卷第七期，1934年。
⑦ 丁世良、赵放主编：《中国地方志民俗资料汇编·东北卷》，北京图书馆出版社1989年版，第152页。

发行，借此将地方皮影戏声腔与故事传播到全国。冀东的皮影戏艺人就曾经和胜利、百代、昆仑、丽歌、宝利等唱片公司合作，灌制了100多个剧目的唱段。二是借助新的印刷技术，刻印皮影戏的脚本。这当然是文人和出版商合作所为，出于射利的目的，但在客观上对于皮影戏的传播和帮助人们深刻认识其思想内容起到了积极的作用。三是自觉地将其作为救亡图存与革命斗争的工具。如日军占领嘉兴海宁时，皮影戏艺人张九元为揭露日本侵略者的暴行，唤起人们的抗日热情，创编了皮影戏《打皇兵》，演出后产生很大的影响。至于中国共产党建立政权的地区，影戏的政治功能则更为明显，从剧目的名称《田玉参军》《齐心杀敌》《土地改革》《送夫参军》《破除迷信》等，就可以看出它们的思想倾向性。

二、当代影戏的现状与分布

中华人民共和国成立后，因实行新的社会制度和倡导新的思想，无论是生产关系，还是意识形态，都发生了根本性的变化。作为一种艺术形式的皮影戏，在党的方针路线的指引下，在戏班组织、剧目编创、皮影绘制与表演形式上也进行了一系列的改革。新中国成立之初，皮影戏与戏曲的其他剧种一样，"改戏、改人、改制"。在"百花齐放，推陈出新"的政策的指导下，各地皮影剧团对传统剧目进行整理和改编，出现了一批思想性和艺术性较高的表现古代生活的剧目，如浙江海宁的皮影戏《蜈蚣岭》、陕西的碗碗腔皮影戏《快活林》、青海的皮影戏《牛头山》、湖南的皮影戏《梁红玉》《火焰山》，等等。配合不同时期的政治需要，编演了反映现代生活的剧目，如宣传新婚姻法的华阴皮影戏《小女婿》等。内容上的变革，一些地方在"文革"后期特别明显，仅在1972年至1976年间，唐山市皮影剧团就编演了《红嫂》《红灯记》《龙江颂》《智取威虎山》《沙家浜》《杜鹃山》《磐石湾》《山庄红医》《唐山人民缅怀毛主席》等。新中国成立之前的皮影戏班全部是民营的，而在新中国成立之后，能够留存下来的所有戏班都改成国有或集体所有制的剧团，艺人则成了"文艺工作者"。据《人民日报》1960年2月18日报道，至20世纪60年代初，我国的皮影戏班约有1 100多个，从业人员大约在6 200名。当然，地区之间是不平衡的。

自20世纪50年代之后，皮影戏在形式上发生的变革，成绩也是很突出的。例如湖南皮影戏艺人何德润、谭德贵与画家翟翙合作，让"影人比原来大出一倍多，变五分脸为七分身材七分脸，甚至由侧面改为正面。有的面部用赛璐珞着色剪制；有的服饰上嵌以彩色透明纸，又以新颖的灯光彩景和大影幕，使得影窗上的形象极其鲜艳生动。在操纵技术上，他们根据各种动物不同的典型动作，进行了特别的制作，利用卷棒、弹簧、拉线，使影人的表情可以活动自如：双眼可以开闭，嘴能张合；龟的四脚和鹤的头颈可以自由伸缩等。……在表现闪电雷鸣时，用两根炭棒相碰，闪出电光。在电唱机的转盘上，装上圆木板，板边装上一圈灯泡，通电后，灯亮木板转，轮番照射幕布上的火、水、云彩等道具，使影窗上的云、水、火都可以动起来，非常逼真"①。其他地方的影戏艺人，也发挥创造力，有许多推进皮影戏艺术发展的发明，像黑龙江皮影戏就使影人一步一步地走路和骑着自行车前进；唐山皮影戏增加了乐器，由原来的一把二胡，变成了扬琴、二胡、琵琶、三弦、大阮、笙、笛、唢呐等众多乐器，甚至小提琴也加入合奏，比起先前自然好听多了。

"文革"时期，皮影戏的繁荣景象戛然而止。剧团解散，剧目禁演，艺人转业，大量珍贵的皮影道具和文献资料被损毁，这种状况，除了个别地方，一直持续到1976年。

"文革"结束之后，各地皮影艺术迅速复苏，剧团重建，传统剧目解禁，新的剧目不断产生。仅1980年，湖南衡阳一个地区6个县就有大小剧团557个，从艺人员1150人。然而，随着电视的普及和娱乐形式的丰富，皮影戏与人演的戏曲一样，以不可遏制的趋势一天天衰萎下去，而市场的持续性的收缩又使得皮影戏进入了恶性循环，观众愈少，就愈加没有人从事这个行业，而人才缺乏，则会使皮影戏艺术不能与时俱进而得到观众的欣赏。于是，皮影戏艺术的前景便越来越黯淡。以辽宁凌源县为例，全县原有皮影戏班120个左右，进入20世纪90年代之后，不断缩减，现在可以演出的戏班仅存4个，艺人不到30位，而30岁以下的艺人又只有2位，其技艺和知名的老艺人则无法相比。

为了传承民族的优秀文化，保护像皮影戏这类古老的艺术形式，国家于2011年2月25日颁布了《中华人民共和国非物质文化遗产法》。自此之后，皮影戏便得到了中央和地方政府的高度重视，多种皮影戏进入国家级或省市级"非物质文化遗产名录"，得到了财政经费的支持，减缓了衰萎的速度，有的还显示出勃勃的生机。

---

① 魏力群主编：《中国皮影戏全集》第1卷"源流"，文物出版社2015年版，第160页。

如下表所示，现时的大多数皮影戏剧团主要分布在河北、陕西、甘肃、内蒙古、黑龙江、天津、北京、山东、河南、湖南、山西、浙江、广东、辽宁、青海、上海、湖北、重庆、福建、云南、江苏、安徽、江西等20多个省市、自治区，当然，有的地方多，有的地方少。

所属影系	省（市、自治区）	市（县、区、州）	剧团名称	主要演出区域
北方影系	内蒙古自治区	赤峰	阿鲁科尔沁旗皮影艺术团	内蒙古自治区、北京市等
			赤峰玉龙皮影文化艺术团	内蒙古自治区赤峰市红山区等
			宁城董家古装皮影戏	内蒙古自治区赤峰市宁城县等
			宁城龙雨皮影艺术团	内蒙古自治区赤峰市宁城县汐子镇等
	黑龙江	哈尔滨	哈尔滨儿童艺术剧院	黑龙江省哈尔滨市及周边地区
	辽宁	沈阳	浑南顾景恩皮影	辽宁省沈阳市浑南区及周边地区
		朝阳	凌源市旭日皮影艺术团	辽宁省朝阳市凌源市及辽西地区
			凌源英熙皮影文化产业有限公司	辽宁省朝阳市凌源市及周边地区
			喀左红星皮影团	辽宁省朝阳市喀左县洞子沟等
	河北	秦皇岛	青龙满族自治县百灵皮影剧团	河北省、北京市等
			青龙东方皮影剧团	河北省秦皇岛市青龙满族自治县大巫岚镇等
			卢龙县启明皮影团	河北省秦皇岛市卢龙县等地
			昌黎县向东皮影剧团	河北省秦皇岛市昌黎县及周边地区
		承德	平泉市皮影艺术团	河北省平泉市平房乡等
			河北省雾灵皮影艺术团	河北省承德市兴隆县及周边地区
			承德红星皮影剧团	河北省承德市及周边地区

续 表

所属影系	省(市、自治区)	市(县、区、州)	剧团名称	主要演出区域
北方影系	河北	唐山	圣灯皮影工作室	河北省唐山市乐亭县及周边地区
			滦南县皮影团	河北省唐山市滦南县及周边地区
			中国滦州皮影剧团	河北省唐山市滦州市小马庄镇等
			滦州禾丽皮影剧团	河北省滦州市
			周捞爷皮影艺术团	河北省唐山市
			迁西县燕昆皮影团	河北省唐山市迁西县兴城镇等
			郭宝皮影传承馆	河北省唐山市迁安市城区街道
			夕阳红皮影团	河北省唐山市遵化市
			天宇皮影团	河北省唐山市遵化市刘备寨乡刘南山村
		衡水	腾飞皮影戏班	河北省衡水市景县
		廊坊	庆升平乡村皮影民俗演艺文化基地	河北省廊坊市三河市
	天津	蓟州区	蓟州新城皮影队	天津市蓟州区
		宝坻区	海滨街道天锦园皮影队	天津市宝坻区
	北京	西城区	北京皮影剧团	北京市西城区
			小蚂蚁袖珍人皮影艺术团	北京市西城区
		通州区	韩非子剧社	北京市通州区
西部影戏	陕西	西安	黄河魂艺术团	陕西省西安市
			小雁塔传统文化交流中心皮影戏	陕西省西安市碑林区
			中国汪氏皮影艺术剧团	陕西省西安市

续　表

所属影系	省（市、自治区）	市（县、区、州）	剧团名称	主要演出区域
西部影戏	陕西	渭南	永兴坊皮影戏班	陕西省渭南市华州区胡磊村
			华县魏氏皮影剧社	陕西省渭南市华州区
			魏金全戏班	陕西省渭南市华州区
			陕西民间艺术演艺社	陕西省渭南市临渭区双泉乡
			白水县古调影子社	陕西省渭南市白水县尧禾镇麻家村
	山西	太原	清徐常丰皮影团	山西省太原市清徐县柳杜乡常丰村
		吕梁	王政仁皮影剧团	山西省吕梁市孝义市高阳镇高阳村
			传统文化展演团	山西省吕梁市孝义市贾家庄村
			武俊礼皮影剧团	山西省吕梁市孝义市梧桐镇
		临汾	侯马市皮影剧团	山西省临汾市侯马市
	甘肃	庆阳	环县杨登义戏班	甘肃省庆阳市环县
		定西	甘肃通渭刘氏皮影班	甘肃省定西市通渭县常家河镇
	青海	西宁	大通县新艺皮影社	青海省西宁市大通回族土族自治县黄家寨镇东柳村
	重庆	巫山县	同兴班皮影剧团	重庆市巫山县罗坪镇
	云南	保山	腾冲刘家寨皮影剧团	云南省保山市腾冲市
		楚雄彝族自治州	表演者：额加寿	云南省楚雄彝族自治州禄丰县
		玉溪	表演者：王文跃	云南省玉溪市
中南部影戏	山东	青岛	西海岸金凤皮影艺术团	山东省青岛市西海岸新区薛家岛
			大嘴巴皮影班	山东省青岛市市南区
		烟台	所城皮影艺术团	山东省烟台市芝罘区

续 表

所属影系	省（市、自治区）	市（县、区、州）	剧团名称	主要演出区域
中南部影戏	山东	泰安	泰山皮影艺术研究院	山东省泰安市
		枣庄	山亭皮影徐庄镇邢氏庄户剧团	山东省枣庄市山亭区徐庄镇
			鲁南山花皮影剧团	山东省枣庄市山亭区山亭街道
			山亭皮影凫城镇韩氏庄户剧团	山东省枣庄市山亭区
		菏泽	定陶荣坤皮影艺术团	山东省菏泽市定陶区张湾镇
			曹县任家班皮影剧团	山东省菏泽市曹县庄寨镇
	河南	三门峡	灵宝西车道情皮影艺术团	河南省三门峡市灵宝市尹庄镇西车村
		郑州	河南精灵梦皮影艺术团	河南省郑州市惠济区良库工舍
		南阳	桐柏县皮影艺术团彭家班	河南省南阳市桐柏县吴城镇邓庄村
			桐柏县皮影艺术团蔡家班	河南省南阳市桐柏县月河镇林庙村
		信阳	平桥区杜光金皮影戏剧团	河南省信阳市平桥区平昌镇
			罗山皮影戏新秀剧团	河南省信阳市罗山县彭新镇曾店村
			罗山弘馨皮影戏剧团	河南省信阳市罗山县周党镇同兴社区
			光山县任长明皮影戏文化传播有限公司	河南省信阳市光山县泼陂河镇黄涂湾村
	湖北	孝感	孝感市皮影艺术团	湖北省孝感市孝南区朋兴乡丹阳古镇
			张望明戏班	湖北省孝感市云梦县义堂镇好石村
			余长永戏班	湖北省孝感市云梦县曾店镇
			湖北省云梦皮影队	湖北省孝感市云梦县城关镇
			陈红军戏班	

续 表

所属影系	省（市、自治区）	市（县、区、州）	剧团名称	主要演出区域
中南部影戏	湖北	孝感	大悟县九女潭皮影团	湖北省孝感市大悟县宣化店镇
			应城市皮影艺术剧团	湖北省孝感市应城市汤池镇方集村
			应城市皮影艺术团	湖北省孝感市应城市
		黄冈	红安县华河镇皮影队	湖北省黄冈市红安县华河镇金桥村
			红安县杏花乡秦昌武皮影剧团	湖北省黄冈市红安县杏花乡长兴村
			红安县七里坪镇典明皮影艺术团	湖北省黄冈市红安县七里坪镇典明村
			红安县城关镇易杨家皮影队	湖北省黄冈市红安县城关镇易杨家村
			红安县城关镇倪赵家皮影队	湖北省黄冈市红安县城关镇倪赵家村
			红安县二程镇赵氏皮影戏团	湖北省黄冈市红安县二程镇新街村
			红安传统戏剧皮影艺术队	湖北省黄冈市红安县华河镇陈河村
			红安县杏花乡兴旺皮影队	湖北省黄冈市红安县杏花乡秦家岗湾
			中南皮影戏团	湖北省黄冈市麻城市中馆驿镇马路口村
			李先耀皮影队	湖北省黄冈市麻城市铁门岗乡谭程村
			东山皮影艺术团	湖北省黄冈市麻城市盐田河镇栗花新村
		武汉	新洲区龙丘黄冈皮影队	湖北省武汉市新洲区三店街道
			黄陂区大余湾皮影戏馆	湖北省武汉市黄陂区木兰乡

续　表

所属影系	省（市、自治区）	市（县、区、州）	剧团名称	主要演出区域
中南部影戏	湖北	天门	天门市豪城传承基地	湖北省天门市
		潜江	周矶雷谭仙潜业余皮影队	湖北省潜江市
		仙桃	仙桃江汉皮影团	湖北省仙桃市
			仙桃市江汉皮影艺术剧团	
		宜昌	夷陵区分乡徐氏皮影	湖北省宜昌市夷陵区分乡镇南垭村
			秭归皮影戏太和班	湖北省宜昌市秭归县郭家坝镇百日场村
		襄阳	沮水乐艺术团	湖北省襄阳市保康县马良镇张家岭村
		十堰	房县兴隆皮影戏班	湖北省十堰市房县窑淮乡
		神农架林区	下谷坪堂戏皮影剧团永和班	湖北省神农架林区下谷坪土家族乡
		恩施州	巴东皮影协会（大顺班）	湖北省恩施州巴东县沿渡河镇
	安徽	宿州	泗县古韵皮影剧团	安徽省宿州市泗县草沟镇秦桥村
		合肥	安徽省马派皮影戏剧团	安徽省合肥市
		宣城	皖南皮影戏曲艺术团	安徽省宣城市宣州区水东镇
	江苏	南京	姚其德戏班	南京市夫子庙秦淮人家酒楼
	上海	黄浦区	上海市木偶剧团有限公司	上海市黄浦区
		徐汇区	康健街道艺术团桂林皮影戏班	上海市徐汇区康健街道
		普陀区	上海马派影偶剧团	上海市普陀区
		长宁区	上海长宁民俗文化中心青梦园皮影团	上海市长宁区民俗文化中心

续 表

所属影系	省（市、自治区）	市（县、区、州）	剧团名称	主要演出区域
中南部影戏	上海	闵行区	上海七宝皮影馆	上海市闵行区七宝镇
		松江区	泗泾镇非遗传承基地	上海市松江区泗泾镇
	浙江	湖州	安吉孝丰项家皮影艺术团	浙江省湖州市安吉县孝丰镇大河村
		嘉兴	乌镇皮影艺术团	浙江省嘉兴市桐乡市西栅大街乌镇风景区
			海宁皮影艺术团有限公司	浙江省嘉兴市海宁市盐官镇
			海宁市长陆皮影剧团	浙江省嘉兴市海宁市长安镇陆泽村
		杭州	表演者：马群	浙江省杭州市上城区中国美术学院
	湖南	长沙	湖南省木偶皮影艺术保护传承中心	湖南省长沙市雨花区湖南省木偶皮影艺术保护传承中心
			长沙庆明皮影艺术团	湖南省长沙市望城区白箬铺镇
		湘潭	湘潭升平轩皮影艺术团	湖南省湘潭市雨湖区鹤岭镇凤凰村
		株洲	攸县丫江桥皮影一队	湖南省株洲市攸县丫江桥镇双江社区
	江西	萍乡	上栗县天马皮影戏文化艺术团	江西省萍乡市上栗县上栗镇绿塘村
			萍乡市湘东区永发皮影演艺团	江西省萍乡市湘东区东桥镇界头村
	福建	厦门	厦门市弘晏庄木偶皮影戏传习中心	福建省厦门市思明区曾厝垵文创艺术中心
	广东	汕尾	陆丰市皮影剧团	广东省汕尾市陆丰市
		深圳	深圳百仕达皮影艺术团	深圳市罗湖区翠竹街道
			草埔小学皮影艺术团	深圳市罗湖区草埔小学
			深圳三只猴剧团	深圳市宝安区观澜街道
			杜鹃花皮影文化艺术中心	深圳市龙岗区

每个地方的皮影戏因其渊源、剧目、唱腔、影人制法和表演技艺的不同，便和他地的皮影艺术形态有了差异。我们以甘肃省环县道情皮影戏和浙江海宁皮影戏为例，来看看它们的特色。

环县道情皮影戏是秦陇文化与周边族群文化、道情说唱曲艺与皮影艺术相结合的产物，采取"借灯、传影、配声以演故事"的手段，融民间音乐、美术和口传文学为一体。其独特性主要体现在道情音乐唱腔和皮影制作及表演上。戏班演出时，前台一人挑杆表演，并承担所有角色的做、唱、念、白的工作，后台四五人伴奏并"嘛簧"，一唱众和，其腔调粗犷高亢。道情音乐为徵调式，分为"伤音""花音"，以坦板、飞板两种速度演唱，曲牌体与板式体并存。其伴奏乐器有四弦、渔鼓、甩梆子、简板等。演唱剧目有180多部，以表现古代生活为主。

海宁皮影戏。皮影戏自南宋从中原传入海宁后，与当地的"海塘盐工曲"和"海宁小调"相融合，并吸收了"弋阳腔""海盐腔"等声腔，曲调既高亢激越，又婉转悠扬。其唱词和道白用海宁方言。其开台戏和武打戏，以板胡、二胡伴奏为主，其主腔为【三五七】【文二凡】【武二凡】【文三凡】【武三凡】【回龙】【叫王龙】等；正本戏用笛子、二胡伴奏，其声腔有【长腔】【十八板】【当头君官】【日出扶桑】【深深下拜】【上上楼】等。其影人脸谱造型既接近于京剧，又不同于京剧，它按忠、奸、贤、义的不同性格和喜、怒、哀、乐的不同表情来加以夸张塑造。为了符合剧情发展，适应操作上的艺术需要，在表演剧目时，有时候同一个人物要换几次头面。海宁皮影戏剧目近300个，有大戏、小戏和文戏、武戏之分。其皮影的主要制作特点是"少雕镂，重彩绘，单线平涂"；脸形圆活，单眼侧面；少夸张，近实像，富"人情"味；整体以单手、并足（侧身）为主。

三、皮影戏剧目的内容与艺术特征

尽管皮影戏历史悠久，但是由于多种原因，宋、元、明三代的剧本都没有留存下来，现存最早的剧本大概产生于清代中叶。

很可能在早期就没有书写的剧本，即纸质剧本，但并不是说，皮影戏的演唱就没有剧本，剧本还是有的，只不过是无文字的。在新中国成立之前，每一个地区的皮影戏，都有不依文字剧本演唱的戏班。由于多数艺人不识字，演唱的内容全凭着师徒间口传心授。当然，由于内容是靠记忆的，所以变化较大。同一个故事，不同的戏班演出的不一样，就是同一个戏班，甚至是同一个人，在不同的时间、不同的地点演出的也不完全一样。随着粗通文墨之人的加入，开始有了叙写故事梗概的"搭桥本"（湖南称"过桥本""口述本"，湖北称"杠子书"，河北称"书套子"），文雅的说法叫"提纲本"，相当于戏曲的"路头戏""幕表戏"。艺人在把握了所演唱故事的主要情节后，需要当场发挥，既可以添枝加叶，也可以"偷工减料"。为了演唱得好，显示文采，艺人大都会掌握一些"赋子"，每出现相同的场景时，就套用一下，如有皇帝早朝的场景时，就唱这样的四句："金殿当头紫阁重，仙人掌上玉芙蓉。太平皇帝朝元日，五色云车驾六龙。"空守闺房而心情郁闷的年轻妻子上场时，则袭用这样固定的诗句："闺中少妇不知愁，性惯娇痴懒上楼。想到昨宵春梦恶，对花不语自低头。"当然，这些"赋子"不是文盲艺人编写的，而是文人所作。

到了明代，随着教育的普及，许多原致力于科考的读书人，因为长期困顿场屋、功名无望，便将智力、精力与时间投入到皮影剧本的创作上，于是，皮影戏的剧目发生了根本性的变化。之前的剧目，主要来源于曲艺、民间传说和戏曲，而自此之后，产生了大量的原创性的剧目。如清代乾隆时的陕西渭南县举人李芳桂，在几次春闱失利后，为当地碗碗腔皮影戏创作了十部剧本，即《春秋配》《白玉钿》《香莲佩》《紫霞宫》《如意簪》《玉燕纹》《万福莲》《火焰驹》《四岔捎书》和《玄玄锄谷》。又如清道光时人滦州乐亭县戴家河的高述尧，因为人耿直，得罪权贵，被革除了秀才的名号，于是，他在设塾教书之暇，为皮影戏班编写了《二度梅》《三贤传》《定唐》《珠宝钗》《出师表》《青云剑》等剧目。一般来说，文人编写的剧本，比起"提纲本"或艺人自编的戏，质量上要高得多。这些剧本情节曲折，且符合生活与艺术的真实；人物形象鲜明，其行动具有内在的逻辑性；文通句顺，富有文采，唱词合辙押韵，好念易唱。

自古迄今，皮影戏的剧本，当以万计，真可谓汗牛充栋。仅陇东环县皮影戏，据2004年的调查，现存剧本就有2 277本，内容不重复的剧本有188本。滦州皮影戏的传统连本大戏有415部，传统的单出剧目则为323卷[1]，这些还不包括新中国成立后编创的剧目。

皮影戏剧本从素材的来源上，可以分为五大类。

---

[1] 魏力群：《中国皮影艺术史》，文物出版社2007年版，第159—168页。

第一类是讲史，多改编自历史演义。从夏商周起，重要人物和重大事件都有演绎，如《大舜王耕田》《禹王治水》《姜子牙下山》《吴越春秋》《战渑池》《黄泉见母》《伐子都》《马陵道》《将相和》《刺秦》《鸿门宴》《霸王别姬》《貂蝉拜月》《未央宫》《苏武牧羊》《昭君出塞》《骂王朗》《白帝托孤》《打黄盖》《单刀会》《讨荆州》《洛神》《铜雀台》《姚献杀妻》《绿珠坠楼》《秦琼卖马》《陈杏元出塞》《罗成叫关》《唐明皇哭妃》《千里送京娘》《陈桥驿》《下南唐》《打关西》《杨家将》《打銮驾》《精忠报国》，等等。

讲史剧目众多的原因在于我国民众对历史有着浓厚的兴趣，他们通过"知古"来反映自己对今日政治的诉求，并通过历史经验获得为人处世的原则，也正因为此，皮影艺人创作排演历史剧便拥有了厚实的观众基础和市场竞争力。而对于统治者来说，颂扬历史上的忠臣孝子，批判奸臣逆子，为人们树立道德榜样，无疑有利于政权的稳定与阶级矛盾的缓和，所以，具有"风化"功能的历史剧也得到了他们的鼓励。

第二类是民间故事，包括神话与传说。如《嫦娥奔月》《哪吒闹海》《天河配》《孟姜女》《赶山塞海》《大香山》《郭巨埋儿》《雪梅吊孝》《白蛇传》《花木兰从军》，等等。

第三类是非历史演义的小说。但凡著名的小说如《封神演义》《水浒传》《西游记》等，皮影艺人都会将它们改编成剧目。当然，不是原封不动地照搬，而是选择其中精彩的人物故事，重新整理改编，如将《水浒传》中的内容编成《乌龙院》《鲁达除霸》《逼上梁山》《打店》《石秀杀嫂》《丁甲山》《三打祝家庄》，等等。既可以连起来演连本的梁山好汉故事，也可以单独演出其中的折子戏。

第四类是戏曲曲艺故事，即是从戏曲剧目和说唱曲艺的曲目中改编而来，如《六月雪》《西厢记》《赵氏孤儿》《白兔记》《十五贯》《绣襦记》《铡美案》《梁山伯与祝英台》《珍珠塔》《杨乃武与小白菜》，等等。"文革"后期，许多地方的皮影戏也将《红灯记》《沙家浜》《智取威虎山》《杜鹃山》《龙江颂》《平原游击队》等"革命样板戏"映上了影窗。

第五类是根据古今生活创编的剧目。文人编写的剧本多属此类，一些篇幅不长的单出戏也是无所依傍的原创剧目，如传统剧目中的《一匹布》《卖杂货》《偷蔓菁》《怕婆娘》《董烂子卖他妈》《老顶嘴》《二姐娃做梦》，现当代剧目中的《穷人恨》《赤胆忠心》《焦裕禄》《新任支书》，等等。

尽管皮影戏剧目多改编自历史演义、民间故事、戏曲剧目、曲艺曲目等，但有许多剧目改编的幅度很大，不但情节不一样，人物的形象也大不相同，如长沙皮影戏《盘貂》虽然改编自湘剧的《斩貂》，但两者比较，差异很大，念白、唱词迥乎不同。湘剧《斩貂》中的关羽出场时这样唱道："【引】雄心赤胆汉英豪，撩袍勒马破奸曹！丹心耿耿，社稷坚牢，万马营中逞英豪，斩华雄，谁人不晓？"而皮影戏《盘貂》的关羽出场时的唱词为："【引】赤胆忠心，不知何日会桃园，徐州失散好惨凄。兄南弟北各一偏，好似鳌鱼吞钩线，各人肝胆费心间。"湘剧《斩貂》中的关羽有着"红颜祸水"的成见，对貂蝉的所作所为，极度蔑视："（唱）【乱弹腔】一轮明月照山川，推去了云雾星斗全。坐虎椅，看几本《春秋》《左传》。《春秋》内，尽都是妖女婵娟。（白）我想权臣篡位，即董卓父子；妖女丧夫，即貂蝉也！"最后毫不留情地将她杀死。而皮影戏《盘貂》中的关羽在听了貂蝉用美人计引起董卓、吕布父子争风吃醋而致董卓丧命的介绍后，以肯定的语气评价道："若还不把美人计献，眼见这汉江山归了董奸。"他欣赏貂蝉的智慧，准备将她送给兄长刘备，给她更好的前程："貂蝉女她生来嘴能舌变，几句话说得某喜笑连天。但愿某大哥早登金殿，封你个班头女子靠君前。"

依据篇幅的长度，皮影戏又可以分为折子戏、连本戏、单出戏。折子戏是一部戏中的一折，多数有一个相对完整的情节，如《游西湖》《拜佛》《精变》《盗草》《水漫金山》《断桥》《合钵》《宝塔压白蛇》《祭塔》是连本戏《白蛇传》的折子，因全本《白蛇传》需要几天才能演完，若时间不允许，可以演出其中的一个或几个折子戏。连本戏规模较大，没有五六个演出单元时间演不完，有的需连演一个多月，如《封神榜》《西游记》《杨家将》《包公案》《施公案》《江湖二十四侠》等。折子戏和连本戏的关系是整体和部分的关系，将内容相关的折子戏连起来就是一个整体，分开来就是折子戏。单出戏是叙事完整但体量不大的戏，往往又称为"小戏"，如《打面缸》《小姑贤》《教书谋馆》《嘎秃子闹洞房》《八仙过海》《兰香阁》《聚宝盆》等。浙江海宁皮影戏选出一些武打的折子戏做"开台戏"，活跃演出的气氛，常演的开台折子戏有《闹龙宫》《闹地府》《闹天宫》《火焰山》《快活林》《蜈蚣岭》《潞安州》《凤凰山》《打石猴》《南天国》《金沙滩》《两郎关》《烈火旗》等。

皮影戏和戏曲，在叙事的立足点上不完全一样。戏曲完全为代言体，每个角色为所扮演的人物代言，而皮影戏受说唱艺术的影响，为代言体和叙事体的结合。

如滦州皮影戏《珍珠塔》中的一个片段：

天子：（唱）天子一见吃一惊。这刺客，甚是凶。杀败侍卫，怎把朕容？忙把宫人叫，赶快撞金钟。聚起阖朝文武，救驾保护主公。惊慌失色逃了命。

陈春：（唱）陈春追，抖威风，提刀前往，上下冲锋，（代白）昏君哪里逃生！

无论是皇帝还是陈春，他们的唱词，代言体与叙述体都是混合在一起的。

皮影戏剧本歌唱多而念白少，唱词的语言通俗易懂，如同常语，但是合辙押韵。如滦州皮影戏《紫荆关》中的一段唱词：

姑嫂二人寻车辆，庄稼地里把身藏。何处万恶贼强盗，行路竟敢抢女娘。

不知何人来救护，你我得便逃了祸殃。也不知哥哥/相公怎么样？唯恐追贼受了伤。

叹咱鞋弓袜又小，不能急快转家乡。恐怕贼人来追赶，汗透衣衫心发慌。

北方的皮影戏唱词，所用韵辙一般有十三道，其名目是：发花、梭波、乜斜、一七、姑苏、怀来、灰堆、遥条、由求、言前、人辰、江阳、中东。之外，还有两道儿化韵的小辙。通常是偶句押韵，压在句末的字上。押平声韵的叫"正韵"，押仄声韵的叫"硬辙"或称"反辙"。南方的方言较多，之间的差别很大，因而南方皮影戏唱词的用韵各地不一样。以吴语地区为例，其唱词的用韵共有十一部，分为阳声韵四部，为东同部、江阳部、真亭部和寒田部；阴声韵七部，为支鱼部、灰回部、萧豪部、皆来部、歌模部、家蛇部和尤侯部。当然，皮影戏的唱词格律没有诗、词或昆曲的曲律那么严格，只要顺口易唱即可。

每一个地方的皮影戏唱腔与流传于该地域的地方戏声腔有着紧密的关系。若皮影戏后起于地方戏，那它就会运用戏曲的曲调，其唱腔与当地戏曲剧种的唱腔基本相同。如陕西、甘肃、宁夏的许多皮影戏多是用秦腔的曲调演唱，长沙一带的皮影戏用湘剧曲调演唱。若是由皮影戏为基础发展起来的戏曲剧种，当然唱的就是皮影戏原先的曲调，如流行于河北唐山一带的影调剧所唱的【平调】【花调】【滦河调】【吟腔】【硬唱】就是当地皮影戏所唱的；现为戏曲剧种的碗碗腔是在皮影戏基础上发展起来的，主要曲调自然还是原先皮影戏所唱的。后一种情况说明，有一些皮影戏已经形成了自己的曲调体系，如滦州皮影的原始曲调为"九腔十八调"，九腔即【梅花腔】【柔腔】【琴腔】【一字腔】【小银腔】【小东腔】【西门腔】【凤凰腔】【纺车腔】，而每腔上下两句的曲调不一样，故成"十八调"；之后，吸收了戏曲和俚歌俗曲的曲调,渐渐由单调而变得丰富起来。

皮影戏剧目的主旨是鲜明的,传统剧目的思想性主要表现在三个方面:一是颂扬忠君爱国之臣的赤诚无畏的精神,二是高度肯定青年男女之间纯真的爱情,三是赞扬慈悲仁爱、行侠仗义、坚忍不拔的品质。而对那些少廉寡耻、自私自利、残忍酷虐、行奸贪婪之人,这些剧目则予以无情的批判。

皮影戏剧目大多故事情节丰富曲折,引人入胜,尤其是连本大戏,能让观众欲罢不能。如海宁皮影戏《聚宝盆》(又名《李金煌买鱼放生》)故事略云:

> 宋时,书生李金煌之父李天笙升为兵部尚书,但不久遭权奸何荣所害而被打入天牢。朝廷命杨文广率军抄家,杨同情李家,掩护其全家逃逸。金煌之叔李天帛与妻为武人,上首阳山为王;金煌与母亲逃至成都,落在瓦窑讨饭度日。其时,成都知府王天佑为官不廉,其女桂香力劝改邪归正,天佑怒,遣家丁上街找一叫花子,逼女嫁之。桂香恨,不带走王家一件衣物,匆匆随叫花子而去。叫花子乃李金煌也。金煌携桂香至瓦窑,见李母,一家相依相亲。桂香有一金钗,让金煌典当后买线绣花度日。不久桂香有孕,金煌欲为桂香煮鱼汤,上街买得鲤鱼一条,然见鱼可怜,放而去。不料鱼乃是龙宫三太子。后龙王为酬答救子之恩,送来聚宝盆一只,恰逢桂香分娩,生子便名"得宝"。龙王又献大宅予金煌,使之顿成巨富,金煌感恩,改姓为教,人称"教百万"。李天帛为惩贪官,劫了绵迪县库银,朝廷命已升为总督的王天佑缉查。王与绵迪县令有隙,不但不查,反而耻笑他。县令怒,上告。王被罚银六十万两,无奈去教百万家借银,见到了女儿桂香,天佑认罪。后何荣与弟何延海奸事败露,李天笙获释封相;天帛归顺,为兵部侍郎;金煌亦得官,后李得宝被皇上招为驸马。

皮影戏剧目所叙述的故事大都具有传奇性,根本原因是为了迎合观众的审美需要。在旧时的中国,处于底层社会的劳动人民,生活极为单调,日出而作,日落而息,生产与生活是重复的、机械的,因而是乏味的。没有色彩的日子,必然导致身体的疲惫和心理的压抑,而传奇性的故事能如一剂"强心针",为他们劳苦平淡的生活带来精神的抚慰与快感。另外,再平凡卑微的人都有追求"卓越"的心理,然而,"卓越"并非人人可以实现,但可以借助传奇性的人物和故事来表达自己"卓越"的理想,并获得间接的"卓越"感受。

连本戏的表演和唱白,较为严肃,而小戏因为贴近生活,角色又均为小人物,其言语举止幽默诙谐，或调侃，或自嘲，剧情轻松自如，具有喜剧的风格，如《王七怕老婆》《刘捣鬼》《老渔婆劝架》等。

新中国成立之后，皮影戏界为适应时代需要、拓展观众面，创作了一批短小精悍、生动活泼的童话寓言戏，代表剧目有《鹤与龟》《两个朋友》《野心狼》《东郭先生》《小羊过桥》《小猫钓鱼》《雀之灵》《两只公鸡》《狐狸与乌鸦》《三只老鼠》等。今天皮影戏之所以还有一些生命力，主要是靠为孩子们演出的这类剧目。

历史悠久、曾经遍布全国绝大多数省份的皮影戏，在城市化与现代化进程中，逐渐失去昔日的风光，但是，因受国家非物质文化遗产法的保护和对旅游经济的融入，它会在相当长时间内生存着，或者变更自己的功能，譬如皮影造型像书法、绘画一样成为家庭或一些场所的装饰品。就剧本而言，它们的生命力不会因为整个皮影戏艺术的衰萎而衰颓，反而会因时间的推移而不断地增强，因为它们汇集了千万个故事，能为今日文艺创作提供大量的素材；它们所反映的政治理想、宗教信仰、艺术趣味等会成为今人和后人了解民族过去的精神世界的信息库；它们表现的方言土语、民俗画面、社会活动、生产过程等具有宝贵的学术研究价值。就是作为普通的读物，它们至少也会像明清白话小说一样，给人们带来审美的愉悦。正是考虑到这样的意义，我们才选择它们中的一些精品，整理出版，以飨读者。

编 校 说 明

本丛书第1—10卷主要收录华北、东北地区的皮影戏剧目,对于剧本的编订整理遵循以下原则:

一、所收录的均是当地演出频繁且为百姓喜闻乐见的剧目,剧本以民间手抄本为底本。

二、编校整理时,一律保持剧本原貌,除注释某些较为难懂的方言、俗语外,主要是改正错别字、校补漏字等,在内容上不做改动。对于影响剧情内容的错讹则以按语的形式予以标注。

三、对于演绎历史故事的剧本,其历史人物姓名、地名仍用其称呼,以保持剧本原貌。

四、为便于读者把握剧情,在每个剧目的开篇处设有"故事梗概",在每本戏的前面设"剧情梗概",以总括主要情节、提示剧情进展。

五、由于皮影戏剧本的传承大多是口耳相传,手抄本中的很多人物身份及行当都没有标示清楚,为保持作品原貌,"主要人物及行当表"一仍其旧,缺失部分未予增加。

目 录

华北东北皮影戏概述 …………………………………………………………… 1

杨文广征南

主要人物及行当表 ……………………………………………………………… 9
  第一本 …………………………………………………………………………… 11
  第二本 …………………………………………………………………………… 38
  第三本 …………………………………………………………………………… 63
  第四本 …………………………………………………………………………… 87
  第五本 …………………………………………………………………………… 111
  第六本 …………………………………………………………………………… 131
  第七本 …………………………………………………………………………… 155
  第八本 …………………………………………………………………………… 179
  第九本 …………………………………………………………………………… 198
  第十本 …………………………………………………………………………… 218
  第十一本 ………………………………………………………………………… 238

鸡宝山

主要人物及行当表 ……………………………………………………………… 259
  第一本 …………………………………………………………………………… 261
  第二本 …………………………………………………………………………… 289
  第三本 …………………………………………………………………………… 317

第四本 ……………………………………………………………… 345
第五本 ……………………………………………………………… 367
第六本 ……………………………………………………………… 390
第七本 ……………………………………………………………… 414
第八本 ……………………………………………………………… 438
第九本 ……………………………………………………………… 462
第十本 ……………………………………………………………… 490

华北东北皮影戏概述

华北、东北的地域范围，为今日之河北、内蒙古、北京、天津、辽宁、吉林、黑龙江等地，而这一地域的皮影戏当以滦州为中心。

滦州，在今河北省唐山市，乐亭曾隶属于滦州，故外人将产生在这里的影戏称之为"滦州影""乐亭影"或"唐山皮影"等。

那么，这一地域的皮影来源于何处？据现有文献来看，当是中原一带。徐梦莘《三朝北盟会编》卷七十七"靖康二年正月二十五日乙卯"条记载道：

> 金人来索御前祗候、方脉医人、教坊乐人、内侍官四十五人；露台祗候、妓女千人，蔡京、童贯、王黼、梁师成等家歌舞宫女数百人。先是权贵家舞伎内人，自上即位后皆散出民间，令开封府勒牙婆媒人追寻之。……杂剧、说话、弄影戏、小说、嘌唱、弄傀儡、打筋斗、弹筝、琵琶、吹笙等艺人一百五十余家，令开封府押赴军前。开封府军人争持文牒，乱取人口，攘夺财物，自城中发赴军前者，皆先破碎其家计，然后扶老携幼，竭室以行。亲戚、故旧涕泣，叙别离相送而去，哭泣之声，遍于里巷，如此者日日不绝。①

由此可见，至迟在金代时，北方就有了皮影戏。元蒙时期，皮影戏已经成了皇室欣赏的一种艺术形式。瑞典学者多桑（C. d'Ohsson）在他的蒙古史中说："有汉地人在窝阔台前作影戏，影中有各国人。其间有一老人，长髯，冠缠头巾……"②

然而，北方的"滦州影"却没有在金元明清的文献上出现过，直到了民国年间，才有一位叫李脱尘的皮影艺人说他从别人那里得到了一本《影戏小史》，他在此基础上写成《滦州影戏小史》。此书问世后，多被研究皮影的学者引用，佟晶心在《中国影戏考》中引述云：

---

① （宋）徐梦莘撰：《三朝北盟会编》（影印本）上册（靖康中帙五十二），上海古籍出版社1987年版，第583—584页。

② ［瑞典］多桑著，冯承钧译：《多桑蒙古史》上册，中华书局1962年版，第206页。

我国自影戏发端于前明嘉靖年，首创者为永平府属滦县人黄素志君。黄君，一生员也，博学而兼精雕刻、绘画。因连仕不第，遂游学关外（即山海关），至辽阳，设帐教读，启蒙该地幼童。唯黄先生素崇佛教，每见社会人心不古，奸诈邪淫，五伦反覆，思挽救之，始有影戏之作。初编制之影戏脚本为《盼儿楼》，系述周昭王误信偏妃之言致使夫妻父子离散，若许苦痛因而生焉，百姓小民更遭涂炭。黄君作影辞毕，复思如何现身说法以使芸芸众生易于了解，遂用厚纸刻成人形，染以颜色。然纸质易坏，屡经修改未获良法。黄君之弟子裴生，敏慧异常，每见先生雕刻，已则思维。后见先生屡次失望，便思以羊皮刮净毛血而刻之或能奏效。因以其意见述之乃师，黄先生采其言，试用果较纸人美观而坚实。后思忠奸邪正、君子小人宜如何分别方能使人一目了然，后于《孟子》书中得之，以眼目之形状分之。大概凡奸人必目似瓜子形，丑角眼外有白圈，即用外表以辨明其内心也。①

但一些学人对于有无黄素志其人持怀疑态度。但无论如何，"滦州影"在明代已经成熟，是一事实，因为在1958年，唐山专区文教局发现了一本标明为"明万历己卯年（1579）手抄"的连台本乐亭影卷《薄命图》，该本行当齐全，唱词有"十字赋"、七字句、"三赶七"等②。

因"滦州影"剧目数以百计，剧旨积极向上，故事内容丰富，情节传奇曲折，人物形象鲜明，唱腔悦耳动人，所以不断地向外扩展，几乎传播至整个华北、东北。自民国年间皮影艺术进入学术研究领域之后，所有的学者都一致认为华北、东北的皮影戏的源发地在滦州。

顾颉刚说："而负盛名之滦州影戏，则河北东部及东北各地尚为其领域。"③

江玉祥将影戏划分为七大系列，其中"滦州影戏，包括河北东部皮影、北京东城皮影、东北皮影、内蒙古皮影"④。

秦振安认为："滦州影系，以河北省之滦州（即今之昌黎、滦县、乐亭三县）

---

① 佟晶心：《中国影戏考》，《剧学月刊》第3卷第11期，1934年11月。
② 庞彦强、张松岩主编：《燕赵艺术精粹：河北皮影·木偶》，花山文艺出版社2005年版，第24—25、36页。
③ 顾颉刚：《中国影戏略史及其现状》，《文史》第19辑，中华书局1983年8月，第135页。
④ 江玉祥：《中国影戏》，四川人民出版社1992年版，第196页。

为中心。活动范围，遍及河北全境、北京及天津两特别市和东北各省。"①

魏力群通过调查后得出这样的结论："清代道光年间至二十世纪三十年代，许多乐亭人到东北各城镇做生意，也就将家乡的影戏带到了东北。起初，这些影戏只在东北农村和小城镇流动演出，后来，乐亭县'翠荫堂班''王华班'等，先后应大商号之邀赴东北大城市沈阳、哈尔滨、营口等地进行职业演出，并获得巨大成功，使乐亭影戏很快风靡东北三省，为东北当地原有影戏充实了新的内容和形式，又结合当地风俗及语言条件的影响，形成了不同的演唱风格和流派。"②

一些地方志也证实了学者们的说法。吉林省《怀德县志》云："光绪末年，河北省乐亭县移民杨德林等人迁来秦家屯，他们组织皮影戏班，并于乐亭县购进全部影箱、影卷，使皮影戏在怀德落了户。王老箭、于和、孙建、孙跃等为当时四大皮影名人。……艺人除在本地坐堂演出外，还到梨树、双辽、长岭、农安、黑龙江等地演出。"③ 因此，我们将华北、东北的皮影戏合成一卷。

华北、东北皮影经历了影经、流口影与翻卷影三个阶段。影经相当于故事提要，艺人在此基础上充实细节；流口影的内容相对于影经要固定一些，是师徒之间、艺人之间口耳相传的；到了翻卷影，才有了文本。之所以有影经与流口影，是因为彼阶段艺人们多是文盲，不具备阅读文本的能力。到了清代中叶之后，不能翻阅文本的艺人，说唱的随意性太大，无法保证表演的艺术质量，基本上是不受欢迎的，因而艺人多成了识字之人。

经过几百年数代艺人的创造，华北、东北的皮影戏影卷繁富，有上千个之多。其中大多数采用了其他文艺形式的故事，有的改编自章回小说，如《封神榜》《凤岐山》《伐西岐》《前七国》《后七国》《五雷阵》《吴越春秋》《六国封相》《反樊城》《重耳走国》《临潼斗宝》《楚汉相争》《九里山》《白莽山》《东汉》《三国》《瓦岗寨》《隋唐》《江流记》《二度梅》《小西唐》《中西唐》《大西唐》《薛丁山征西》《罗通扫北》《薛刚反唐》《打登州》《破孟州》《天汉山》《绿牡丹》《西游记》《五色英雄会》《刘金定救驾》《杨家将》《天门阵》《牤牛阵》《岳飞传》《五虎传》《九龙山》《十粒金丹》《三侠五义》《金鞭记》《飞龙传》《水浒传》《济公传》《大

---

① 秦振安编著：《中国皮影戏之主流——滦州影》，台湾省立博物馆出版部1991年版，第31页。
② 魏力群：《冀东乐亭皮影戏》，《神州民俗》2013年第206期。
③ 怀德县志编纂委员会编著：《怀德县志》，吉林文史出版社1996年版，第769页。

明英烈》《香莲帕》《于公案》《彭公案》《施公案》《刘公案》，等等；有的来自戏曲，如《蝴蝶梦》《昭君出塞》《狸猫换太子》《渔家乐》《灵飞镜》《蕉叶扇》《五龙图》《目连救母》《党人碑》《宝莲灯》《雷峰塔》《六月雪》《百花亭》《混元盒》，等等；还有的源自民间故事、宝卷、评书、鼓词、弹词等文艺形式。

  到了清末之后，创作新影卷成了风气。如创作了《二度梅》《三贤传》《定唐》《珠宝钗》《出师表》和《青云剑》六大部影卷、达百万字之多的高述尧，为清嘉道时人，县诸生，居于乐亭城北关帝庙于庄（今代家河于庄），满族。他博学多才，屡试不第后，在家设塾教学。因性嗜影戏，谙熟音律，便在教学之余，创编影卷。他对影戏唱词结构进行了规范化的整理，摒弃了一些"杂牌子"，规范了"大、小金边"的格律，扩大了"硬辙"的使用范围。所编影卷，艺人视为范本之作①。在高述尧之后，华北、东北许多地方的文人热衷于影卷的创作，如清末辽宁锦县大齐屯齐二黑撰写了《五峰（锋）会》，其女又续写了《平西册》；辽宁凌源北炉乡平房村举人任善树（字老玉）撰写了《十粒金丹》；辽宁喀左县李杖子村皮影艺人李文然（1912年生）于二十世纪三十年代编撰了《丝绒带》《鲛绡帐》《万灵针》等。

  新中国成立之前的传统影卷在内容与艺术上有三个特点：一是剧旨宣扬忠孝节义，二是情节曲折离奇，三是染上了地方特有的文化色彩。当然，编创者都是站在底层大众的立场上，以他们的伦理观、价值观来衡量是非，并表现他们的生活理想。如歌颂"忠君"的品质，很多故事中的"君"，尽是明君，而绝不是昏君，这明君等同于国家，"忠君"实际上就是忠于国家。而对于昏君，不管是哪朝哪代的，影卷都是大加挞伐。再如对女性形象的描写，虽然也以男性的视角写她们愿意在一夫多妻的婚姻中生活，但她们对于男人的选择却是主动的、积极的、高标准的。

  新中国成立之后，为了迎合时代的需要，华北、东北的皮影戏的影卷内容发生了显著的变化。首先在剧旨上，体现出主流意识，即揭露封建社会的黑暗和统治阶级的残酷无道、歌颂劳动人民高尚的品质、宣扬爱国主义精神等。其次多以现当代的社会生活为题材，以革命战争时期的英雄和社会主义建设时期的工农兵为主要人物。再次以神话、童话为题材，充分考虑儿童的审美趣味。作品如《九

---

① 张军：《滦州影戏研究》，大象出版社2010年版，第148—149页。

件衣》《芦荡火种》《女游击队员》《焦裕禄》《红管家》《大闹天宫》《乌龟与兔子》《嫦娥下凡》，等等。

影卷的唱词结构形式有七字句和"十字锦""五字赋""三赶七""大金边""小金边""楼上楼""赞"等，总的来说，较为自由，编创者可以根据叙事、抒情与表现人物性格的需要而选择某种表达形式。

皮影戏艺人在表演时以"影卷"为脚本，依字来建构唱腔。唱词须合辙押韵，一般来讲，有十三辙，即中东、衣期、言前、灰堆、梭波、遥迢、麻沙、人辰、由求、包邪、姑苏、江阳、怀来等。编创者会根据不同行当、人物性格和情节需要，尽量选用适合的辙口。旦行较多使用"衣期""包邪""灰堆""由求"等，生行多用"江阳""中东""言前"等。由于韵母所含的字有多有少，含字多的叫宽辙，含字少的叫窄辙，也叫险辙。如"包邪"辙，平声字少，仄声字多，有文字功底的人才能够运用得恰到好处。押平声的叫"正辙"，押仄声的叫"硬辙"或"反辙"。

以"滦州影"为中心的华北、东北皮影戏，所唱的曲调有平调、悲调、花调、侉调、梦调、游阴调、还阳调、凄凉调等调式。"平调"是基本唱腔，男、女腔皆可用，它既能用于抒情性的唱段，又可用于叙事的唱段。"花调"是在平调基础上通过装饰、加花等手法发展而成，唱腔华丽，用于表现欢快、活泼、诙谐的情绪，在传统剧目中，为彩旦、花旦、小旦和丑专用，板式运用上只有大板和二性板。"凄凉调"也叫"路途悲"，用于表现悲哀凄凉的情绪，女腔专用，唱腔速度慢，擅长抒情和叙述，多用于怀念、回忆和痛苦之处。"悲调"一般为大板、二性板，速度缓慢，男、女腔皆有，用于表现声泪俱下、悲恸欲绝的感情，曲调如泣如诉，线条起伏很大，源于当地妇女失去亲人悲极痛哭的音调。"游阴调"传统上是人死后到阴间变成鬼魂时专用的唱腔，因为用途的局限性，很少演唱，也没有严格的规范。"滦州影"还有一个特殊的唱法，即用手指掐捏着喉头，控制声带而发出声音的歌唱。①

华北、东北的皮影戏，近年来一直处于衰落的状态。但由于许多地方将它们列为"非物质文化遗产"而得到传承，政府和业界正在按照"创新性发展、创造性转化"的精神，努力探索，让它能与时俱进，从而重新获得观众的喜爱。

---

① 刘荣德、石玉琢编著：《乐亭影戏音乐概论》，人民音乐出版社1991年版，第137—237页。

杨文广征南

杨明忠　张长娟　整理

【故事梗概】 北宋时期，南唐豪王李玉民三年不贡，并扣留使臣寇正清，派兵攻打锁阳关。金刀圣母、黄石公分别派弟子杨金花、魏化下山助宋，金花回到天波杨府，魏化暂时占山为王。云灵圣母亦派弟子李如花助南唐，如花为李玉民之女。宋仁宗初令国丈狄青为帅，但因听了苗从善的建议，改为比武夺帅，狄青产生了造反的想法。金花女扮男装，战败狄青，夺取帅印。狄青状告佘太君隐藏男丁，天子欲将杨府满门抄斩，后者得八王相救而获免。锁阳关危急，高俊奉命回京搬兵，途中先后收武艺高强的张月娘、王翠兰为妻。在八王的争取下，天子命杨文广为帅、狄青为副帅，征讨南唐。文广为彩霞圣母弟子吴金定生擒。月老曾在梦中暗示金定与文广的姻缘，金定的师妹刘香春也爱慕文广，二女一起嫁给了文广，并分别说服她们的父亲吴坤、刘凯归降大宋。狄青见杨文广被俘，便上书诬陷他投敌，又暗通南唐，准备自立为王，但众将不从。杨文广还营，痛打并赶走狄青，狄青投奔南唐。南唐军师周灵子假扮杨文广，意欲骗奸，被金定杀死。其师黾羊子求助云灵圣母，云灵圣母摆下群仙阵，聚来托塔天王等神将。宋军不敌，杨文广派高俊搬兵。高俊请来两位夫人，杨金花也到了军前，又有魏化新收妻子罗秀云率兵来投，彩霞圣母、金刀圣母、白莲圣母、黄石公等仙人也前来相助。吴金定阵中临盆，托塔天王等见了血光纷纷离去，黾羊子与云灵圣母死于阵中，狄青被擒。最终李玉民归顺，如花嫁与寇正清并随之来到汴梁，仁宗大封功臣。

主要人物及行当表

杨文广：杨宗保之子，武生
杨金花：杨宗保之女，闺门旦
赵既显：天子八皇兄、路花王，白面带髯
苗从善：吏部尚书
吕蒙正：户部尚书，白面文官带髯
寇正清：户部侍郎、寇准之子，白面文官
呼延庆：净山王
高　俊：宋将、高君保之侄，武生
张月娘：张汉之女，旦
王　祥：强虎山首领、反王，花面
王翠兰：王祥之女，旦

罗秀云：竹景山首领，旦
吴金定　吴坤之女，旦
刘香春　刘凯之女，旦
魏　化：黄石公弟子，丑
孟　强：宋将，武生
焦　玉：宋将，武生
陈　茂：宋将，武生
卜登登：傲云峰首领，丑
狄　青：京营总帅、国丈，奸面带髯
狄　龙：狄青之子，丑武生
狄　虎：狄青之子，丑武生
狄桂枝：狄青之女，西宫娘娘
李玉民：南唐豪王，白面带髯

李如花：李玉民之女，旦　　　　吴　坤：南唐花刀大都督
周灵子：南唐军师　　　　　　　刘　凯：南唐金镖副都督
龟羊子：周灵子之师，龟精　　　王　兴：南唐飞球大将军，丑
方　坝：南唐飞天大帅

第 一 本

【剧情梗概】南唐豪王李玉民三年未曾进贡,意欲谋反,寇正清奉旨前往南唐催贡,却被南唐扣留。李玉民派去人马攻打锁阳关。金刀圣母夜观星象得知锁阳关危急,打发徒儿杨金花下山助阵。天子拟以狄青为帅,前往征唐。在大臣苗从善的建议下,设立彩山殿,比武夺帅。狄青颇为不满,心生异志。杨金花女扮男装,战败狄青,夺走帅印,意欲寻找机会杀死狄青,为父亲杨宗保报仇。狄青派人尾随杨金花,发现她逃入天波府。八王和狄青来到天波府寻印,狄青认出杨金花,上前拉扯,被佘太君怒打。后柴郡主也发现夺印者为杨金花,将印献出,狄青含恨而去。此时,孟强等人也前来天波府请安。

(出文官坐)

寇正清:(诗)扶保宋主锦乾坤,一片忠心扶圣君。

　　　　　　满门俱沾皇恩宠,高爵厚禄唤风云。

(白)下官寇正清,官居户部侍郎之职,先父寇准,早年去世,这也不在话下。今有南唐豪王李玉民,称孤三年,未曾进贡,下官奉旨去上南唐催贡。出了锁龙关,昨日住在馆铎,方才吃了早饭,只得起身便了。

(诗)正是:奉了君王诏,不俟驾而行。

(升反帐,五反一妖站)

众　将:(诗)旌旗招展花鼓敲,辕门以外列枪刀。

　　　　　　英雄凛凛勇又猛,扶保旧业立唐朝。

周灵子:(白)出家人周灵子。

袁为如:咱家袁为如。

方　坝:俺飞天大帅方坝。

吴　坤:俺花刀大都督吴坤。

刘　凯:俺金镖副都督刘凯。

王　兴:俺飞球大将军王兴。

众　将:今有千岁升帐,在此伺候。

(出白面反王)

李玉民：（诗）头带雉尾左右飘，身穿锁子皂罗袍。

　　　　　　一心恢复中原国，推倒宋主立唐朝。

（白）孤家南唐豪王李玉民，在唐朝称帝为王。孤乃是唐苗裔，只因残唐该灭，群雄四起，各霸一方，后来周朝将尽，陈桥兵变。因先祖李靖在寿州，将赵匡胤困了一十二年，他国有个刘金定，神通广大，法术多端，将于首洪打死，杀得先祖忘形而逃，众将俱各丧命，可惜国败家亡。到后来龟灵圣母下山，摆下阴魂阵，才把刘金定治死。阵内各国讲和，各霸一方，宋为天子，唐为臣子，年年进贡，岁岁称臣。孤今三年未曾进贡，一心想恢复旧业，全仗雄兵百万，战将千员。昨日狄青命人下书，说是杨宗保征西已死，叫孤发兵平宋，他在北国为内应，杀个里应外合，推倒宋仁宗，孤与狄青平分天下，正合孤意。只得操演人马，发兵才是。

（上卒）

卒： 报千岁得知，今有宋主差一官儿，捧定圣旨，已到辕门，说是叫千岁迎接圣旨。

李玉民： 阿呀，好一个昏君，竟敢前来催贡，其情可恼。蛮卒们，将那官儿与我绑上来。

卒： 哦。（下，内白）绑。

（绑寇正清上）

寇正清： 好个奸王，不接圣旨倒还罢了，不该将老爷绑了，莫非你要反了不成？

李玉民： 哈哈，好一个会说话的官儿，你的好想法，你的好才志。孤家对你实说，今日调起人马灭宋，偏遇你前来催贡，见了孤家为何不跪下求生？

寇正清： 住口。好一个反王，你老爷上跪天子，下跪父母，岂肯跪你这无义反贼？

李玉民： 咦，小小官儿这等傲性，难道你不怕死吗？

寇正清： 哈哈，为国尽忠，死而何惧？

李玉民： 罢了罢了，你且报上名来。

寇正清： 反贼要问，听爷爷道来。

　　　　　　（唱）问我家来家不远，不是无名少姓人。

李玉民： （白）你父叫何名也？

寇正清： （唱）我父名字叫寇准，扶保宋主锦乾坤。

　　　　　　吏部天官谁不晓？天下人人俱知闻。

　　　　　　不幸一命归地府，一家满门沾皇恩。
　　　　　　老爷官居吏部职，奉旨催贡到来临。
李玉民：（白）年方多大？
寇正清：（唱）一十八岁中文举，老爷今年二十春。
　　　　　　寇某忠心不怕死，只要老天看得真。
　　　　　　既入罗网遭虎穴，别国身亡名姓存。
　　　　　　死活任凭反贼你，
李玉民：（唱）唐王座上自沉吟。
　　　　　　此人并非无知辈，原来是寇公的后代人。
　　　　　　他保社稷宋太祖，治得江山几十春。
　　　　　　今日他的后代到，我何不劝他做个唐家臣？
　　　　　　南唐要有此人在，管保孤家坐龙墩。
　　　　　　想罢多时开言道，寇大人细听着孤家说原因。
　　　　　　你今既到南唐国，想出我国枉劳神。
　　　　　　看你有才多谋略，内藏锦秀有斯文。
　　　　　　谋士之职孤封你，愿留大人住几春。
　　　　　　大人姑且想一想，
寇正清：（唱）正清低头口问心。
　　　　　　有心不允奸王事，又恐怕难出贼的火坑门。
　　　　　　叫我南唐为谋士，算什么忠良干国臣？
　　　　　　咳，不如暂且先忍耐，得便逃走再议论。
　　　　　　想罢多时说罢了，
　　　　（白）王爷千岁既然爱惜下官，情愿扶保南唐立业。
李玉民：好，大人多有受惊了。蛮卒们，与你寇爷松绑，请到书房赴宴。
卒：　　寇爷随我来。
寇正清：来了。
李玉民：又得一位护国忠良，何愁大业不成？不免发去人马，先破锁阳关。吴坤、刘凯上帐听令。
吴坤、刘凯：在。
李玉民：二位都督带兵三万一同家眷，攻打锁阳关，不得有误。

吴坤、刘凯：得令。

李玉民：军师上帐听令。

周灵子：在。

李玉民：命你挑选人马，准备明天行兵。

周灵子：得令。

李玉民：要夺大宋锦江山，全凭我国将与兵。

（出金刀圣母）

金刀圣母：（诗）修身养性在深山，蟠桃会上有名仙。

（白）山人金刀圣母，在垂珠洞修身养性。三年前收了个徒儿，名唤杨金花，乃是天波府穆桂英之女，学得武艺精通。昨日夜观乾象，过天星有难，南唐起兵。今有狄青，倒卖江山，私通外国。目下锁阳关，刀兵滚滚，该着文广出世。不免打发徒儿下山，好救他一家不死。徒儿金花哪里？快来。

杨金花：（内白）来了。（上）老师父在上，弟子稽首。

金刀圣母：不消。那边坐下，听为师告诉与你：

（唱）金刀圣母叫徒弟，听着为师对你明。
自从那年将你度，高山住了整三冬。
武艺学得惊神鬼，撒豆成兵比人能。
你我师徒情分满，今日该你下山峰。
你父名叫杨宗保，死在西夏双凤城。
你家目下该有难，你哥文广出世显大名。
狄青私通南唐国，倒卖大宋锦江山。
锁阳关前一场战，挂印必得你长兄。
公报私仇一定理，狄青目下运不通。
杀父之仇该当报，为师与你宝几宗。
净水瓶内有汪洋与圣水，灵芝一根妙无穷。
点上一点如细雨，连点三点如盆倾。
拿去自然有用处，咒语早写在其中。
三口飞刀你收过，快快下山莫消停。

杨金花：（唱）金花小姐闻此话，止不住伤心滚泪痕。

师父既然把奴度，为何又叫下山峰？
徒儿情愿住古洞，跟着师父念黄经。
再也不把红尘染，苦修苦炼古洞中。
修一个千年万载不坏体，长生不老有仙名。
蟠桃会上有名号，不算师父白用功。
小姐说罢泪如雨，

金刀圣母：（唱）圣母座上便开声。
（白）徒儿不必留恋，你去吧。

杨金花：师父既然不肯收留，请受弟子一拜而别。

金刀圣母：是，你去吧。

杨金花：咳，师父哇，师父哇……

金刀圣母：你看徒儿下山去了。不免闭了洞门，奉念黄经则可。
（诗）正是：出家无儿度徒弟，度来度去一场空。
（上小武丑生）

张　三：（诗）心忙疾似箭，两腿快如飞。
（白）吾飞腿张三。跟随寇老爷，前往南唐催贡，反王不但不接圣旨，反把寇老爷上绑，如此这般，假意归顺，暗暗写了一道奏表，叫我急回本国。走了多日，眼前就是京城，不免进京便了。
（摆朝，六人站）

众　将：（诗）殿上衮衣明日月，砚中旗影动龙蛇。
　　　　　纵横礼乐三千字，独对丹墀日未斜。

赵既显：（白）本御路花王赵既显。

包文正：本相包文正。

苗从善：下官吏部天官苗从善。

吕蒙正：下官户部尚书吕蒙正。

潘　桂：下官西台御史潘桂。

狄　青：下官京营总帅、国丈狄青。

众　将：圣驾临朝，在此伺候。
（上天子，坐）

天　子：（诗）金殿当头紫阁重，仙人掌上玉芙蓉。

　　　　　　太平天子朝元日，五色云车驾六龙。
　　（白）朕大宋天子，四帝仁宗在位。老主龙归沧海，我朕登基，真是文忠武勇。国丈狄青，征西回国。杨宗保死在西夏，双阳王献了顺表。杨宗保一死，朕是不幸。老太君哭之不尽，与狄青置气一场。多亏众卿劝解，她才挂了绝户牌，朝中不与杨门相干。前月命寇爱卿去南唐催贡，去了至今并无音信，这也不在话下。今设早朝。内臣伺候，传朕口旨，哪家有本早奏，无事散朝。

太　　监：领旨。圣上口旨传下，众文武听着，有事出班早奏，无事散朝。

包文正：慢散朝纲。

天　　子：何人有本？

包文正：包文正有本。

天　　子：随旨上殿。

包文正：万岁，（跪）臣包文正有本奏闻陛下。

天　　子：包爱卿有本奏来。

包文正：万岁，臣接得南唐表章一道，臣不敢自专，请主御览。

天　　子：侍儿呈上来。

侍　　儿：领旨，请主御览。

天　　子：闪过。不知什么表章？待孤看来。

　　（唱）天子拆表铺龙案，一闪龙目看周全。
　　　　　上写南唐反王情，我主亲把表章观。
　　　　　为臣奉旨去催贡，反王不放为臣还。
　　　　　如此这般发人马，要夺我国锦江山。
　　　　　望乞我主早准备，早发人马保江山。
　　　　　天子观罢寇卿本，哼！无名大火怒冲冠。
　　　　　手指南唐高声骂，该死反王行不端。
　　　　　无故造反真心野，其心万恶胆包天。
　　　　　欠下贡献还罢了，敢来逞强起狼烟。
　　　　　岂不知我国有能将？要想留你难上难。
　　　　　刻下我就发人马，不灭南唐不回还。
　　　　　骂罢多时开金口，

（白）狄青上殿。

狄　青：万岁万岁万万岁，臣狄青见驾。（跪）

天　子：老国丈，今有南唐豪王造反，你带兵十万战将千员，挂印为帅，扫灭贼寇，班师回朝，另加封赏。

狄　青：为臣领旨。

苗从善：慢着。（跪）万岁，臣苗从善有本奏闻陛下。

天　子：有本奏来。

苗从善：唐王造反，想是兵足粮广，狄青老国丈虽然刀马无敌，老迈年残，不能挂印为帅。南唐有一妖道，名叫周灵子，善使邪术伤人，怕是狄老国丈不能取胜，有误国家大事呀！万岁！

天　子：依卿怎样？

苗从善：要依为臣拙见，圣上发下旨意，不论公伯王侯、朝郎驸马，彩山殿比武，能者为帅，弱者随征，我主江山，可以平稳。

天　子：依卿准奏，暂且归班。

苗从善：万岁。

天　子：旨意下，八皇兄上殿。

赵既显：万岁万岁万万岁，臣来参驾。

天　子：皇兄替朕设立彩山殿，用来比武，哪家英雄争先者为帅。只可奋勇争强，不可伤其性命。快些领旨下殿。

赵既显：为臣领旨。

天　子：（诗）要得太平日，我朕费神思。

（升正帐，二丑站）

王送命、周白搭：（诗）耀武扬威身披甲，手使长枪骑烈马。

　　　　　　　　　要是上阵去对敌，推倒一个撞倒俩。

王送命：（白）我王送命。

周白搭：我周白搭。

王送命、周白搭：元帅升帐，在此伺候。

（出丑帅）

赖孝元：（诗）头戴金盔放光毫，辕门以外列枪刀。

　　　　　　上阵冲锋不怕死，合着本帅命一条。

（白）本帅平阳关总帅赖孝元，外人把我叫白啦，乱叫唤的，这也不在话下。自本帅镇守此关，倒也平安无事。反贼闻听本帅镇守此关，全都远走高飞，不敢犯我的边界，这也不在话下。

（上卒）

卒：　　　报元帅得知，祸从天降。

赖孝元：有何祸事？慢慢报来。

卒：　　　元帅听了。

（唱）报报报军情，祸从天上掉。
　　　南唐发来兵，来得多踊跃。
　　　人马几万多，俱是在年少。
　　　抢县夺州城，镇市全抢到。
　　　离关二十余，埋锅把饭造。
　　　旌旗半空飞，不住放大炮。
　　　当先一将官，骑的金钱豹。
　　　手使三股叉，哗啦啦地绕。
　　　青脸红头发，獠牙往外冒。
　　　细看不像人，好像一老道。
　　　来到城下边，口口把阵要。
　　　要是不出关，吩咐就点炮。
　　　打开平阳关，个个把头掉。
　　　元帅活不成，我脑也别要。

赖孝元：（白）再探。

卒：　　　得令。

赖孝元：咳呀，不好了。

（唱）该我把头掉，寻思一会说罢了。

（白）罢罢罢，过年今日是我周年。王送命、周白搭，上帐听令。

王送命、周白搭：在。

赖孝元：今日反贼前来攻城，命你二人抵挡一阵。

王送命、周白搭：元帅，我二人出马，元帅呢？

赖孝元：我在城上给你们助阵。

王送命、周白搭：不中。我二人没有武艺，给我们擂鼓助威也是白搭。

赖孝元：不必多言，快去。

王送命、周白搭：哎呀，我的妈呀。

赖孝元：竟是些无用的东西。众将官，枪马伺候。

周灵子：（内白）蛮兵们杀上前去！（叉马上）出家人周灵子。到在平阳关，扎下连营，只得上前要阵。蛮兵们，往前攻杀。

（周灵子对王送命）

王送命：来者妖道，报上名来受死。

周灵子：住口。幼儿不知，稳坐鞍桥，听你祖师爷道来。

（唱）叫一声，小将官。

稳坐鞍桥，细听我言。

我名周灵子，乃是得道仙。

奉了我主之命，领兵攻打此关。

劝你归顺我的国，免得叉下一命捐。

王送命：（白）咦！

（唱）妖道你，莫胡言。

就算你是，分量不掂。

岂知我关内，都是好将官？

劝你收兵回去，叫你性命保全，

如若不听我的劝，难免你今死阵前。

周灵子：（白）哎哟哎哟。

（唱）惹恼了，老妖仙。

钢叉一摆，直奔胸前。

王送命：（唱）银枪架过去，急忙又相还。

周灵子：（唱）二人大战疆场，各为其主争先。

王送命：（唱）送命杀得没有劲，

周灵子：（唱）妖人杀着用眼观。

照准搂头就一下，

（白）幼儿看叉。

王送命：哎呀，不好。（死）

（上周白搭）

周灵子：这幼儿死于叉下。蛮兵们，往前攻杀。（下，又上）
哪有闲工夫耐战？不免发起化血神刀，斩他便了。

周白搭：妖道哪里走？哎呀，不好。（死）

周灵子：又糟蹋一个。蛮兵们，杀呀！

（周灵子对赖孝元）

赖孝元：好个大胆妖道，竟敢伤我两员大将？报名受死。

周灵子：你祖师爷爷周灵子。你叫何名？

赖孝元：你帅爷赖孝元。知我厉害，早早下马受绑，不然叫你做无头之鬼。

周灵子：小辈口出狂言，能有几合勇战？是你，看叉。

赖孝元：来！来！来！

（杀，周灵子败下，又上）

周灵子：哪有闲工与他耐战？（念念有词）神刀起，呀啐。

赖孝元：妖道哪里走？呀，不好。（死）

周灵子：这厮已死。你看城门大开，就此进城歇兵，明日再战。蛮兵们，收兵进城，不得有误。

（出杨金花，闺门旦，坐）

杨金花：（诗）闺门之中女多娇，风流生在两眉梢。
　　　　九天仙女临凡境，月里嫦娥下九霄。

（白）奴杨金花。母亲穆桂英，爹爹杨宗保，生我兄妹二人，兄长文广。太太说杨门俱死在阵前，天波府并无男子，因此报孤，将我兄长藏在地穴之内，圣上才给挂了绝户牌。奴年方二八，待字闺中，跟着金刀圣母学艺几载，前月命我下山，一家相会。可怜爹爹征西已死，思想起来，好不凄凉人也。

（唱）金花坐在香闺内，思想起来好伤情。
　　　我父征西死得苦，奴家未得送了终。
　　　他老在三关独霸挡鞑子，塞北闻名胆战惊。
　　　潼关锁守十几载，西复反了双阳公。
　　　狄青挂了元帅印，万岁爷出旨将我父调回京。
　　　跟随大营征西去，遇水搭桥为先行。

　　　　狄青他黄道吉日不出马，我父当先独自征。
　　　　杀了三天并三夜，困得我父不透风。
　　　　狄青按兵总不动，里无粮草外无兵。
　　　　人困马乏不能战，拔剑自刎命轻生。
　　　　杨门辈辈忠良将，俱都死在万马营。
　　　　万岁爷您怎不开女科场？奴去挂印显奇能。
　　　　何时才把仇来报，遂心如意杀狄青？
　　　　正是小姐心烦闷，
　　（上春红）

春　红：（唱）从外跑来小春红。
　　　　（白）姑娘哇！
　　　　（唱）在外听了荒唐话，报与姑娘得知情。
杨金花：（白）丫头，啥事呢？
春　红：（唱）院公街上去办事，满城人儿闹哄哄。
　　　　说是南唐豪王反，宋主无法选英雄。
　　　　明日设立彩山殿，不论军民把印争。
　　　　小姐何不去夺印，夺来皇家印一封？
杨金花：（唱）丫头说到哪里去？
　　　　（白）丫头，奴虽无心前去，即便有心前去，一来奴是女流之辈，二来叫太太知道，必要生气，奴怎敢出头露面呢？
春　红：小姐，等明日女扮男装，一到彩山殿夺了帅印，杀了狄青，报了前仇，管他平贼不平贼呢？悄悄回府。姑娘去后，太太要问，就说姑娘与少爷在地穴比武去了，还不搪过去吗？
杨金花：春红，我可去得呀？
春　红：怎去不得呢？
杨金花：如此，等到明日改扮男装，夺印便了。
　　　　正是——
　　　　（唱）改扮男装把人瞒，要杀狄青报仇冤。
　　（出狄青，平桌坐）
狄　青：（诗）恼恨群臣多闲事，不叫老夫去平蛮。

（白）老夫狄青字东美。圣上叫我挂印为帅，可恨苗从善那老儿，本奏圣上比武夺帅，老夫不得不到彩山殿去。可恨昏君听信谗言，这却如何是好？哦哦哦，有了，老夫要是夺了帅印，到了南唐见机而作，倒卖大宋江山，定是这个主意。狄龙、狄虎哪里？快来。

（上二丑武生）

狄龙、狄虎：来了。爹爹在上，儿子们有礼。

狄　青：罢了。

狄龙、狄虎：老爹爹呼唤孩儿，有何吩咐？

狄　青：我儿不知，原是这般如此，看为父眼色行事。

狄龙、狄虎：是，孩儿遵命。

狄　青：家将们，外边抬刀带马，一到彩山殿便了。

（出二丑生坐）

刘利灯：（诗）在家学枪马，一心把印挂。

（白）我乃刘利灯，本是汴梁人氏。听说彩山殿比武夺印，只得前去便了。

（唱）欠身离了书房内，大门以外把马上。

扬鞭打马往前走，（马上）两眼不住去端详。

今日京都多热闹，喧哗挂彩大街上。

不言利灯大街走，

（上众丑）

众　人：（唱）满街人儿闹嚷嚷。

老大又把老二叫，今日不比那寻常。

说是南唐造了反，天子要选将栋梁。

哪个要是武艺好，不是拜将定封王。

你一言来我一语，庄稼买卖与经商。

不言众人街上走，

赵既显：（内唱）再表八王路花王。（放桌椅）

下轿来在彩山殿，

内　臣：（唱）内臣伺候在两旁。（同上，赵既显坐）

赵既显：（唱）王爷座上开言道，叫声内臣听其详。

快快宣召众武士，只可奋勇逞豪强。

哪个若是伤人命，准备刀下一命亡。

内　　臣：（唱）内臣领旨不怠慢。

（下，内白）旨意下，众武士听着！

众武士：（白）哦。

内　　臣：彩山殿比武只可奋勇，不可伤其性命。如若伤其人命，按军法问罪。

（狄青刀马上）

狄　　青：众武士听着，哪位武士敢与老夫比拼三合？

（刘利灯枪马上）

刘利灯：奸贼你休要逞强，你祖宗来也。

狄　　青：小冤家不要出口伤人，报上名来。

刘利灯：老儿，是你，听了。

（唱）要问我，仔细听。

左不改姓，右不更名。

我叫刘利灯，家住汴梁城。

代代在朝居官，我父被你杀生。

听说南唐豪王反，宋主选挑众英雄。

我特来，把印争。

要为宋主，战立奇功。

战败众武士，挂印把贼平。

老贼快些退后，不然枪下倾生。

说罢拧枪分心刺，照准老贼下绝情。

狄　　青：（唱）忙着架，不消停。

这个冤家，武艺精通。

他父既是死，叫他也倾生。

若不将他战败，他说老夫无能。

大刀一抡换门路，照准利灯下绝情。

刘利灯：（唱）利灯一见说不好，身子一躲走如风。

狄　　青：（唱）狄青马上哈哈笑。

（白）你看这个小冤家，大败而逃。呀呔，哪个敢与老夫比拼三合？并无

　　　　　一人答应，这帅印就是老夫挂了。待我吆喝几声。呔呀，哪个再与老夫比拼三合？

杨金花：（内白）有哇！

狄　青：呀！你看那边答应一位壮士，好不威风人也。

　　　　　（唱）狄青马上留神看，这位壮士美少年。

　　　　　　　　年纪不过十五六，天庭饱满地阁圆。

　　　　　　　　头戴一顶武巾帽，身穿一件可体衫。

　　　　　　　　眉儿清来目儿秀，素体戎装彩色鲜。

　　　　　　　　手使大刀青铜刃，坐下桃红马炸欢。

　　　　　　　　从来壮士常常见，不像这个小魁元。

　　　　　　　　有心不把武来比，文武岂不耻笑咱？

　　　　　　　　说罢催马迎上去，（对上）

杨金花：（唱）金花小姐用目观。

　　　　　　　　开言又把老将叫，小生斗胆罪如山。

　　　　　　　　不该前来比武事，望乞将军要容宽。

狄　青：（唱）狄青闻听开言道。

　　　　　（白）来这壮士报上名来，然后比武。

杨金花：小生名叫宋朝臣。

狄　青：老夫看你年轻幼小，快快回去，免得出丑。

杨金花：老将军莫要夸口，撒马过来。

狄　青：来，来，来。

　　　　　（同下，上赵既显）

赵既显：好路花王，看得明白，但只见一员小将威风凛凛，真是英雄也。

　　　　　（唱）路花王爷观壮士，仔细留神看明白。

　　　　　　　　一顶秀巾头上戴，簪缨新鲜是素罗。

　　　　　　　　可体兰彩花千朵，腰系丝绦是蟒蛇。

　　　　　　　　粉底皂靴蹬足下，正在青春少年哥？

　　　　　　　　手持大刀如闪电，与狄青大战足有五十合。

　　　　　　　　王爷看罢心暗想，莫非杨门小阿哥？

　　　　　　　　老太君她把绝户牌来挂，怎又出这员小将整山河？

刀法好像杨门后，倒叫本王犯颠夺。

再说不是杨家将，在疆场二人大战波了个波。

狄青刀法无敌对，他比狄青强得多。

不言王爷心暗想，

（狄青、杨金花对上，杀）

杨金花：（唱）再说金花女姣娥。

老贼刀法甚难挡，却叫奴家无奈何。

只得暗暗下毒手，对准他的前心窝。

大刀一摆换门路，

狄　青：（唱）狄青一见战哆嗦。

急用大刀忙着架，

杨金花：（唱）金花小姐用刀磕。（看招）

狄　青：（唱）哎呀一声罢了我。（落马）

（白）哎呀，罢了我了。

（杨金花下马）

杨金花：老将军，这帅印该我宋朝臣挂了。

狄　青：小冤家，你休要逞强，你把老夫治下马来，是该当何罪？

杨金花：狄青，这就是你的不是了。彩山殿比武，乃是奉旨而来，谁胜谁挂帅印，莫非就你挂了不成？

（上赵既显）

赵既显：你二人不必争论。小壮士报名上来。

杨金花：小民宋朝臣。

赵既显：你是民子敢与国丈争斗，你的胆子也太大了。

杨金花：启奏王爷，小民情愿为国家效力。

赵既显：罢了。你二人进前，听本王封赠。

狄青、杨金花：是。（跪）

赵既显：本王封宋朝臣兵马大元帅，狄国丈为副帅，急下教场挑兵十万，兵发南唐。宋将军快快挂印。

杨金花：是，好。金花小姐将印拿在手内，心中暗想，我何不将印诓回府去，再做道理？上马逃走便了。

（上卒）

卒： 禀千岁，小将把印诓去，踪影不见。

赵既显： 呀，这也奇怪。国丈，宋朝臣将印诓去，命你追赶，将印要回。

狄　青： 为臣领旨。

赵既显： 待本王奏之天子。内臣，顺轿回朝。

内　臣： 领旨。

（杨金花刀马上，一过下，狄青上）

狄　青： 小冤家，你往哪里走？（下，对上）看刀取你。

杨金花： 来，来，来。

（杀，狄青败下，又上）

狄　青： 你看宋朝臣果是骁勇，老夫不是他的对手。狄龙、狄虎哪里？快来。

（上狄龙、狄虎）

狄龙、狄虎： 来了。爹爹有何吩咐？

狄　青： 命你二人追赶宋朝臣，他跑到哪里追到哪里，快去。

狄龙、狄虎： 孩儿遵命。

狄　青： 待老夫随后追赶便了。

（狄龙与杨金花对杀，杨金花败下，又上）

杨金花： 你看狗子骁勇，等他赶来用金锤打他便了。

狄　龙： 哪里走？

杨金花： 看打。

狄　龙： 哎呀，不好。

杨金花： 你看狗子大败，杀上前去。

（杨金花与狄虎对杀，狄虎败下，狄青上）

杨金花： 好个老贼，杀法骁勇，哪有闲工与他耐战？（念念有词）

（杨金花擒狄青下马，杨金花跑下）

狄　青： 哎呀，罢了我了。军校们，将老夫搀上马去。快快追赶。

（上杨金花，叫门）

杨金花： 春红，快快开门。

春　红： （内白）听见了。（上，开门）小姐为何这等惊慌？

杨金花： 原是这般如此。将印藏在太石湖下。

春　　红：言之有理。快快藏来，随我来。
杨金花：来了。
　　　　（出狄青，上卒）
卒　　：　禀国丈得知，那小将跑入杨府后花园去了。
狄　青：哦？是那杨家必有后代，不免回朝再做定夺便了。
　　　　（出赵既显坐）
赵既显：（诗）奉旨设立彩山殿，小将诓印影无踪。
　　　　（白）本御路花王爷赵既显。这个宋朝臣，为何拐印逃走？好叫本御心中纳闷。我命狄青追赶，为何不见到来？
　　　　（上内臣）
内　臣：启禀千岁，狄国丈已到。
赵既显：命他进来。
内　臣：哦！（下，内白）命国丈进见。
狄　青：（内白）来了。（上，跪）千岁在上，为臣叩头。
赵既显：哦，国丈，那宋小将跑到哪里去了？可曾将印追回没有？
狄　青：千岁，小将进了天波府去了，直奔杨府后花园去了。将二子俱各打败，又将为臣摔下马来，摔得筋骨疼痛。千岁一同为臣上殿奏本，佘太君隐藏后代不献，挂了绝户牌，有瞒君之罪，又夺了皇家帅御印，有欺君之罪呀。千岁。
赵既显：倒叫本御难奏杨门。杨门乃是世代忠良，哪个敢进杨府翻印？我是不去的。
狄　青：呀，千岁，与臣做主吧。
　　　　（唱）狄东美，便开言。
　　　　　　　口尊千岁，听诉根源。
　　　　　　　狄某保圣主，一心无二三。
　　　　　　　征南也曾战北，赤心保主江山。
　　　　　　　不想太君使诡计，私纵他的后代男。
赵既显：（唱）八千岁，默无言。
　　　　　　　这件怪事，甚是罕然。
　　　　　　　莫非杨门后，夺印把心安。

    太君有心造反，要谋我主江山？

    非也非也是非也，太君忠心可对天。

狄　　青：（唱）尊千岁，莫犯难。

    要不上本，去把印翻。

    杨门有私藏弊，藏着后代男。

    果然要有此事，再去奏知龙颜。

    杨门必有谋反意，夺印调将有兵权。

赵既显：（唱）呼国丈，细详参。

    天波府内，谁敢去翻？

    太君要恼怒，出府只怕难。

    那时悔之晚矣，事到临头甚难。

    哼，寻思一回说罢了，终究也得我去翻。

    叫声国丈快请起。

   （白）老国丈，请起。今日我到天波府中见了太君，须要好言夸她，国丈不可莽撞，看太君何言答对。

狄　　青：是，为臣记住了。

赵既显：内臣，打轿一到天波府。

   （出孟强、焦玉、陈茂、孟虎、焦仁、柴胜，六武生）

孟　　强：（诗）豪气冲霄汉，英风贯斗牛。

   （白）俺孟强。

焦　　玉：俺焦玉。

陈　　茂：俺陈茂。

孟　　虎：俺孟虎。

焦　　仁：俺焦仁。

柴　　胜：俺柴胜。

众弟兄：咱弟兄乃是生死之交。只因宋主太昏，狄青当道，杨总兵一死，咱才不保宋主。漂流四海，遍访宾朋。

孟　　强：众位弟兄们，方才在彩山殿前，与狄青比武那位少年壮士，好生面熟，好像在哪里见过似的。

众弟兄：听他报名宋朝臣。真乃好本事，把狄青闹了个无脸见人，就是不该拐印逃走，不知是何缘故？

孟　强：其中必有鬼八卦子。你我兄弟不过是看热闹，别的事不管他。大家一到天波府，一来与太君请安，二来看看文广兄长，三来听说大哥也在天波府内住着，弟兄多日不见，今日见面必要盘桓几日。

众弟兄：有理，大家走走便了。

（出佘太君坐，平桌）

佘太君：（诗）将军战马今何在？四海英名一旦休。

（白）老身佘太君。蒙先皇老主圣恩，封为养老太君之职。赐我玉印龙头拐杖，不论朝郎驸马、龙子龙孙，打死无论；还赐一十二道免死金牌，上殿不拜君，下殿不辞君。只因孙儿杨宗保征西已死，将重孙儿文广藏在地穴以内，老身上奏一本，挂了绝户牌。哎，想起我家俱各为国身亡，如今剩我孤儿寡妇苦度岁月了。

（唱）太君一阵心伤惨，思前想后泪交流。
　　一家死得好苦也，俱在那万马营中一命休。
　　尽忠保国中何用？不如为民度春秋。
　　做官不如为民好，种下五谷等秋收。
　　我太君生下儿女整八个，尽是忠心赤胆一命休。
　　无人临死得病痛，疆场之上把命休。
　　想一想韩信为国功劳大，未央宫里刀砍头。
　　郑恩三王谁不晓？因打韩通结下仇。
　　太祖带酒将他斩，可怜一命赴荒丘。
　　我看杨门是一样，忠心耿耿哪到头？
　　从古至今人人讲，争名夺利几时休？
　　大将难免阵上死，什么标名五凤楼。
　　佘太君正是思前又想后，

（上杨洪）

杨　洪：（唱）杨洪进来报情由。
　　　　　启禀太君得知晓，
　　　　（白）启禀太君得知，府门外有孟焦、陈柴等六位少爷前来请安。

佘太君：哦，叫他们进来。

杨　　洪：是。（下，内白）有请六位少爷进见。
孟焦等六人：（内白）是，来了。（上，跪）太君在上，我等请安叩头。
佘太君：众位小英雄快快起来。
孟焦等六人：谢过太君。
　　　　　　（上卒）
卒：　　启禀老太君，有路花王与狄青来求见。
佘太君：呀，且慢。路花王前来，国家必有大事。杨洪，将你六位少爷关到地穴，让你少爷陪着讲话。
杨　　洪：是。少爷们随我来。
孟焦等六人：来了。
佘太君：待我前去接驾。
赵既显：（内白）这般时候为何不见太君出府？
佘太君：（内白）千岁，老身接驾来迟，望乞恕罪。
赵既显：（内白）好说。
　　　　　　（上赵既显、佘太君、狄青）
佘太君：千岁到书房议事，请。
赵既显：老太君在上，本王有礼了。
佘太君：好说。（还礼）千岁请坐。
赵既显：有坐。
狄　　青：老太君在上，狄青叩头。
佘太君：不敢，请起。坐下讲话。
狄　　青：谢过太君。
佘太君：杨洪，看茶来。
杨　　洪：是。
佘太君：千岁，你君臣来到府中有何事故？
赵既显：太君是你听了。
　　　　　（唱）路花王爷开言道，太君留神听我言。
　　　　　　　　南唐豪王造了反，目下发兵起狼烟。
　　　　　　　　万岁皇爷刷下旨，彩山殿前选英贤。
　　　　　　　　天下英雄来夺印，圣旨晓谕众魁元。

　　　　　　哪个胜过狄国丈，挂印为帅掌兵权。
　　　　　　豪杰个个未得胜，来了一个小将官。
　　　　　　青铜大刀桃花马，刀马无敌他占先。
　　　　　　姓宋朝臣他名讳，箭射金钱满平川。
　　　　　　单手力举千斤鼎，岁数不过十几年。
　　　　　　国丈不能取他胜，小将果成将魁元。
　　　　　　本御封他为元帅，那小将拐印在手一溜烟。
　　　　　　急命国丈去追赶，进了太君后花园。
　　　　　　不知是真还是假，烦太君查点府内小将官。
佘太君：（唱）太君闻听心不悦，千岁讲话失了言。
　　　　　　我府并无一男子，
赵既显：（唱）老国丈说进了你的后花园。
佘太君：（唱）用手一指高声骂，好个可恶狗贼奸。
　　　　　　不该前来糟践我，
　　　　（白）狄青，是你看见了吗？
狄　青：正是下官看见入了你的后花园了。
佘太君：哼！狄青你可认得？
狄　青：下官认得。
佘太君：既然如此，这就是了。
赵既显：这怎么样？
佘太君：杨洪，打聚将鼓。老身就此升帐，千岁随我到银安殿看个明白。杨洪，快去击鼓。
杨　洪：是。
佘太君：（唱）吩咐杨洪去击鼓，要升银安殿九重。
　　　　　　迈动残足往外走，
赵既显：（唱）路花王爷随后行。
狄　青：（唱）狄青低头自思想，
　　　　（升帐，同上）
佘太君：（唱）太君上殿便开声。
　　　　　　王爷后边且坐下，让你君臣看分明。

　　　　　　　　杨洪快打聚将鼓，

杨　洪：（唱）杨洪答应不消停。

　　　　　　　　聚将鼓打得如爆豆，

（上众女将）

众女将：（唱）惊动杨家众女兵。

　　　　　　　　闻听鼓响齐穿戴，顶盔贯甲耀眼明。

柴郡主：（唱）头里走的柴郡主，

穆桂英：（唱）后跟着大破天门穆桂英。

王怀女：（唱）来了大刀王怀女，

杨排风：（唱）随后来了小排风。

杨八姐、杨九妹：（唱）八姐九妹也来到，

杨金花：（唱）下山的金花随后行。

众女将：（唱）众家女将齐来到，眼望太君把礼行。

　　　　　　　　今日击鼓有何事？一一对儿说分明。

佘太君：（唱）从头至尾说一遍，回头叫声老狄青。

　　　　　　　　你看哪个是小将？

　　　　（白）狄青，你看哪个是夺印之人？

狄　青：是，待我看来。

佘太君：是哪个？

狄　青：就是下边站着那个。

佘太君：要你近前仔细看来。

狄　青：就是他呀。

（狄青拉杨金花，穆桂英打狄青）

穆桂英：狄青看打。那是金花女儿，你今拉她，何罪？

狄　青：哎呀！是老夫的眼睛昏花了。

穆桂英：好个可恶奸贼，是你看打。

狄　青：哎呀！可罢了我了。

　　　　（唱）狄东美，心内惊。

　　　　　　　　忙忙爬起，跪地流平。

　　　　　　　　太君赦放我，千岁快讲情。

年迈昏花二目，错拉金花娇生。

恳求千岁把情讲，打得下官两眼青。

穆桂英：（唱）桂英女，怒冲冲。

骂声老狗，奸贼狄青。

你拉金花女，该当罪何名？

欺我杨门太甚，要想饶你不能。

老贼在朝欺文武，又想着天波府里来撒疯。

赵既显：（唱）八千岁，转身形。

忙上大帐，殿前求情。

打躬又施礼，连把太君称。

且看孤家之面，恕他老来宽容。

饶了他吧饶了吧，太君大量要宽容。

佘太君：（唱）老太君，便开声。

口尊千岁，留神细听。

将他活打死，算是报冤横。

死罪殿前饶过，活罪定然不容。

千岁既然把情讲，家将们，重打四十莫留情。

（上家将，带狄青下）

家　将：（唱）众家将，不消停。

抓住奸贼，按在流平。

一个按着打，一个数得清。

狄　青：（唱）狄青疼痛难忍，打得不住哼哼。

皮开肉绽不用讲，

（打完，家将带狄青上）

家　将：（唱）家将跪倒禀一声。

今将老贼打完毕，

佘太君：（白）起过了。

家　将：哈。

佘太君：（唱）上前挽起老狄青。

国丈多有受惊了，

（白）国丈受惊了。

狄　青：谢过太君留情。

佘太君：哦。千岁，老身这里赔罪了。

赵既显：太君大贤太甚，何罪之有？

佘太君：千岁到此找印，国丈受惊，千岁脸上无光，讲不起巡查巡查也就是了。要是有了便好，要是没有也就罢了。

赵既显：那是自然。

佘太君：杨洪，请千岁、国丈书房筵宴伺候。

杨　洪：是。有请千岁、国丈。

赵既显、狄青：来了。

佘太君：这是哪里说起？又是一件难事。柴郡主听令。

柴郡主：在。

佘太君：你拿令箭一支，前后花园巡查巡查，找来见我。

柴郡主：是，得令。

（诗）正是：吉凶不定在眼前，祸福难知到门栏。
（急出杨金花坐，杨排风站）

杨金花：好个狄青老贼，前来翻印，在银安殿下只顾认人，上前就是一把。你说说，把奴家吓得只是心儿扑噔噔地乱跳，魂不附体，多得母亲把老贼打倒，吾那心才觉好些。又命奶奶找印，吾自有道理。排风，你将靴帽、褴衫送出去，千万别叫你奶奶看着。

杨排风：晓得了。

（唱）排风答应不怠慢，手拿靴帽与褴衫。
　　　迈步出了后楼外，

杨金花：（唱）金花小姐心放宽。
　　　闭门不管许多事，不怕你找翻了天。
　　　我且养我精神去。

（上柴郡主）

柴郡主：（唱）奉命去找国家印，狄青说是入花园。
　　　不知却是在哪里？这件奇事真罕然。
　　　杨府并无男子汉，何人胆大出花园？

　　　　　　花园并无别人到，就是金花女婵娟。
　　　　　　下山回家楼上住，莫非她是女扮男？
　　　　　　若不然狄青把她认？内里必有巧机关。
　　　　　　何不前去试一试？郡主迈步进花园。
　　（上杨排风）

杨排风：（唱）再说排风把衣送，一边走着心里言。
　　　　　　狄青算是眼力好，你看他走上前去拉衣衫。
　　　　　　只成想认着小将算有理，瞎了眼下边也该观一观。
　　　　　　只顾认人不认脚，倒把小姐吓一蹿。
　　　　　　送去衣裳无了事，你想找印只怕难。
　　　　　　小排风低着头儿自叨咕，
　　（柴郡主对上）

柴郡主：（唱）郡主上前便开言。
　　　　（白）排风，你往哪里去？

杨排风：我上外边去。

柴郡主：你手中拿的何物？

杨排风：奶奶，问这个吗？

柴郡主：正是。

杨排风：这个是衣裳。

柴郡主：拿来我看。（打开包袱看了一遍）呀！这不是你少爷的衣裳吗？拿去做什么来着？快说！

杨排风：这个，哦，哦，姑娘浆洗来着。

柴郡主：住口。不打不招。（打介）

杨排风：哎哟！（跪）奶奶不要动怒，我说了就是了。如此这般，从头至尾说了一遍。

柴郡主：起来，随我一到后楼。

杨排风：是。

　　（出杨金花坐）

杨金花：（唱）耳热眼跳心不安，不知却是主何原？
　　　　（白）奴杨金花。

（上杨排风、柴郡主）

柴郡主：金花，可不好了！

杨金花：哦！奶奶怎么样了？

柴郡主：方才路花王将太君绑去与咱府要帅印呢。

杨金花：咱府并无男子，哪个出府夺帅印来着？

柴郡主：哇咻！哇咻！金花你做的事情，还敢撒谎？方才排风去送衣裳，被我撞见。她说你女扮男装去夺印，你这娟妇竟敢私自出府，是你看打。（打介）

杨金花：哎哟！（跪）奶奶饶了我吧。

柴郡主：小娟妇，你真气死人也。

（唱）郡主一见冲冲怒，用手一指骂金花。
　　　下山回家才几日？惹得祸事把天塌。
　　　不该私自去夺印，女扮男装少王法。
　　　我问你为何犯了国家律？眼下难保咱全家。
　　　闺阁道理不知晓，留你丫头做什么？
　　　靴中亮出防身剑，待我今日把你杀。

杨排风：（唱）排风上前忙拉住，

杨金花：（唱）吓得金花战打撒。
　　　奶奶不可发急躁，细听孙女讲根芽。
　　　昨日去夺元帅印，我的主意早已拿。
　　　皆因狄青害我父，女报父仇理不差。
　　　圣上叫我挂帅印，开刀先把狄青杀。

柴郡主：（唱）郡主这才消了气，叫声金花小冤家。
　　　朝中多少英雄将，竟叫女子把印辖。
　　　快把皇印献出去，完璧归赵不管他。

杨金花：（白）是。
（唱）金花又把排风叫，快取宝印交给他。

杨排风：（唱）排风答应说遵命，（下，又上）印儿忙往屋里拿。
　　　这是宝印未损坏，交给小姐打发他。

杨金花：（唱）金花伸手接过印，尊声奶奶听根芽。

      这是宝印你拿去，

    （白）太太快快抱印去吧。

柴郡主：（唱）郡主接印把话发。

      叫声金花听我讲。

    （白）金花，以后再有此事，必要难为于你。

杨金花：是，孙女知道了。

柴郡主：待我将印送与太太便了。（对杨排风）我把你这娼妇，有事犯在我手，哼哼，你等着就是了。

（出赵既显坐，狄青站）

赵既显：（唱）杨府来翻皇家印，依仗往日一朝情。

    （白）本御路花王赵既显，来在天波府找印。此事关系不小，要是有了宝印，无话可说；要是没有宝印，太君恼怒，只怕难出天波府了。

（上佘太君）

佘太君：千岁在上，老身特来交印。此印乃是重孙女杨金花不知好歹，私自出府，夺来此印，千岁宽恩恕罪。

赵既显：太君说到哪里去了？国丈将印收过。

狄　青：是。（接印）家将们，带马回府。

佘太君：哦？千岁，你看狄青面带怒色而去，必要回朝上本，只怕凶多吉少。

赵既显：太君放心，有本王做主，管保无事。

佘太君：全仗千岁做主了，圣主面前多加美言。

赵既显：那是自然。外面调辇回朝。

佘太君：千岁请。

赵既显：请。

                    （完）

第 二 本

【剧情梗概】 李玉民之女李如花正随云灵圣母学艺，云灵圣母算出李玉民造反，便打发她下山认父助阵。黄石公亦算出锁阳关危急，于是派徒弟魏化下山解困。狄青拿到帅印后，金殿奏本，天子大怒，命人将杨府众女眷绑到云阳市口处斩。包文正等保本不成，纷纷辞官，前往安乐宫请八王相救。狄青又建言捉拿杨文广、杨金花，以永除后患。此时，杨文广已带领杨金花及众结义兄弟点起人马，准备劫夺法场。他们击败前来围剿的狄青等人，在云阳市口救下佘太君等人，又欲杀奔金殿擒杀天子。

（出妖云灵圣母坐）

云灵圣母：（诗）玄机奥妙广无边，修身养性在深山。

（白）山人云灵圣母，老师父本是金花娘娘。山人本是龟鱼得道，修炼一千五百年，倒也成了正果，在这黄花山清风洞炼道。前五年闲游海岛，收了一个徒儿，乃是南唐豪王之女，根基非浅，名叫李如花，倒也伶俐，学得武艺精通，也不在其言。（云照）呀！一股白气堵住洞门，不知所为何事？待我算来。哎呀！原来是豪王造反，兵至锁阳关。该着灭宋兴唐，只得打发徒儿下山拜他父，成功立业。徒儿哪里？快来。

李如花：（内白）来了。（上）师父在上，弟子稽首。

云灵圣母：不消。一旁坐下讲话。

李如花：是，弟子告坐。师父将徒儿唤来有何指教？

云灵圣母：徒儿听了。

（唱）云灵圣母叫徒弟，细听为师说明白。
　　　你家住在南唐内，那时还是小婴孩。
　　　五年以前将你度，为师救你进洞来。
　　　教你排兵与布阵，刀马纯熟也明白。
　　　百般武艺全学会，今日下山把你差。
　　　师徒缘分也算满，快些下山莫迟挨。

李如花：师父哇！

（唱）如花公主闻此话，二目滔滔泪下来。

徒儿看破红尘苦，苦修苦炼永吃斋。

云灵圣母：（唱）徒儿你且休妄想，你是肉体与凡胎。

神仙还得神仙做，你快下山把兵排。

师徒自有相逢日，天机不可说出来。

不必留恋把山下。

（白）徒儿不必留恋。为师赐你一件贵宝，名为神火葫芦。此宝奥妙无边，要想冲锋打仗，败中取胜，将宝对着太阳，举起火烟，齐出红光一片，纵有千军万马，难以取胜。这是贵宝，快快收过。

李如花：是，徒儿收下。

云灵圣母：你下山去吧。

李如花：是，师父请受弟子一拜而别。

云灵圣母：咳，是你，去吧。

李如花：师父哇！

云灵圣母：你看徒儿去了，只得闭了洞门呀，奉念黄经便了。

狄　青：（内白）家将们，将马带过。

家　将：（内白）哈。

狄　青：（内白）午门伺候。（上，跪）万岁万岁万万岁，臣狄青见驾。

天　子：老国丈，征南的大元帅印何人挂了？

狄　青：哎呀，万岁，那佘太君隐藏后代不献，挂了绝户牌，她有欺君之罪。隐藏好汉，夺印为帅，不该诓印回府，那佘太君必有谋反之心。万岁。

（唱）狄青叩头呼万岁，听臣细奏慢慢云。

太君私自将人藏，夺印自然有原因。

兵权要是归她手，能调京城将与兵。

他府还有众好汉，还藏后代把兵存。

天　子：（白）这帅印从何处而来？

狄　青：（唱）翻印却有八千岁，一同为臣进府门。

千岁提起找印事，太君闻听怒生嗔。

说是将他杨门赖，叫声家将齐打人。

将臣按在平流地，四十大棍实难禁。

　　　　　　　多得千岁把情讲,不然一命归了阴。
天　子:(白)帅印是怎么献出来的?
狄　青:(唱)以后才把宝印献,她又说是他家金花女钗裙。
　　　　　　　岂不想女子能有多大力?就把为臣走马活擒。
　　　　　　　必然隐藏英雄汉,太君必有不良心。
　　　　　　　我主不把杨门灭,留着终究是祸根。
　　　　　　　天波府时下养成一群虎,将来一定要伤人。
　　　　　　　趁此反心还未动,怕的是祸到临头贼难擒。
　　　　　　　狄青奏罢俯伏地,
天　子:(唱)仁宗闻奏自沉吟。
　　　　(白)爱卿所奏有理,殿前归班。
狄　青:万岁。
天　子:潘爱卿上殿。
　　　　(上潘桂)
潘　桂:万岁万岁万万岁,臣潘桂见驾。
天　子:爱卿挑选精兵一万,去到天波府捉拿杨家满门家眷,回来听朕发落。
潘　桂:为臣领旨。
天　子:散朝。
　　　　(升反帐,李玉民坐,五将站)
众　将:(诗)法术惊人胆,胸藏锦秀文。
　　　　　　　杀气冲霄汉,威风震乾坤。
周灵子:(白)出家人周灵子。
寇正清:吾乃谋士寇正清。
袁为如:吾大太监袁为如。
方　霸:俺大元帅方霸。
王　兴:吾乃飞球大将军王兴。
众　将:王爷升帐,大家在此伺候。
李玉民:(诗)胸中韬略豪气高,杀气腾腾成英豪。
　　　　(白)孤家豪王李玉民。兵发汴梁,说是锁阳关拦路。探马报道说竹茶山一场好战,只杀得呼延庆大败而逃,回得关去,闭门不出,免战高悬。

孤家闻报，喜之不尽。

（上卒）

卒：报王爷得知，关外有一道姑前来认亲。

李玉民：哼，这是哪里所起？莫非说是奸细不成？蛮卒们，弓上弦，刀出鞘，叫她钻刀而进。

卒：哦！（下，内白）王爷有令，叫你钻刀而进。

（上李如花）

李如花：是，来了。父王在上，不孝女儿李如花叩头。

李玉民：谁？你是何人之女，这样称呼？孤家并无女儿，你是哪个？你哪是我的女儿？你父母多大年纪？你从何年离家？从头说来，一字言错，立刻斩首。

李如花：父王容禀。

（唱）叩头施礼尊声父，且听孩儿说分明。

父名玉民李氏姓，执掌南唐锦江山。

今年五十单八岁，母亲六十零三冬。

那年女儿十二岁，师父度儿上山峰。

洞中住了整五载，一十七岁转家中。

李玉民：（白）这个年月倒也相对。

李如花：（唱）师父命儿把山下，回到南唐见父翁。

今日得见我的父，说父王不久金阶把基登。

父女相逢今日会，才是一家喜相逢。

拜父成功立大业，必与父王定江山。

管叫宋将献降表，孩儿我学会法术有妙灵。

不是孩儿夸海口，排兵布阵不费功。

如花说罢将头叩，

李玉民：（唱）豪王座上长笑容。

果是女儿回家转，年月岁数记得清。

又有武艺惊神鬼，撒豆成兵法术精。

为父汴梁坐金殿，女儿你就是公主在宫中。

兵符箭印交与你，执掌南唐将与兵。

　　　　　　操演兵将与人马，再发人马去攻城。
　　　　　　上前扶起亲生女。
　　　　（白）我儿回来得正好，为父正在用兵之际，该孤成功立业。为父有一座梅花亭，甚是素净，周围红柏数棵，女儿就在那里存身。
李如花：谢过父王千岁。
李玉民：蛮卒们，摆宴伺候。
　　　　（诗）多年失散今相会，阖家团圆喜气添。
（出黄石公，白面，坐）
黄石公：（诗）修得三花聚顶，炼得雾气朝元。
　　　　（白）出家人黄石公，在这黄花山修道，前三年收了一个徒儿，名唤魏化，教与他钻天入地五道神术。山人昨日夜观星象，南唐征云滚滚，杀气腾腾，李豪王起了反心，该着文广出世，挂印征南，不免打发徒儿魏化下山共成事业。徒儿哪里？快来。
（上魏化）
魏　化：来了来了。老师父在上，弟子稽首。
黄石公：不消。坐下讲话。
魏　化：告坐。老师父将弟子唤来有何吩咐？
黄石公：徒儿要问，是你听了。
　　　　（唱）石公老祖叫徒弟，留神听我说分明。
　　　　　　南唐豪王造了反，要夺宋朝锦江山。
　　　　　　人马发到锁阳地，大杀疆场起战争。
　　　　　　依仗他国人马广，为师我命你下山去投营。
　　　　　　该着你白虎关前去出世，时下京中发大兵。
　　　　　　挂印为帅杨文广，下山拜他把贼平。
　　　　　　龙虎会上是一榜，扶保大宋锦江山。
　　　　　　不必留恋下山去，
魏　化：（唱）魏化闻听泪盈盈。
　　　　　　跪在地下将头叩，
黄石公：（白）你去吧。
魏　化：（唱）出了洞门好伤情。

黄石公：（唱）老祖回洞且不表，
魏　化：（唱）再把魏化小爷明。
　　　　　　一边走着心里想。

（白）老师父你咋胡闹起来咧？叫我下山投奔上京，京城又无发兵。有啦，不免我找个兴旺之地，在那里招兵买马，聚草囤粮，占山为王，岂不乐哉？

（唱）为徒往前行，心里想主意。
　　　今日下高山，不知何处去？
　　　心里想，忙上劲。
　　　为王倒快活，真有味真有味真有味。
　　　立起招贤旗，英雄齐聚会。
　　　烈烈又轰轰，果算恶光棍。
　　　买马匹，料草喂。
　　　哪个不服掉脑袋，吹大气吹大气吹大气。
　　　招聚人马多，大兵成了队。
　　　要遇经营人，就要把命废。
　　　抢城池，夺村子。
　　　进了城，不费事。
　　　很得意，吹大气。
　　　临阵发大兵，咱就抖抖劲。
　　　棒槌要抡抡，就得把命废。
　　　排大兵，摆大阵。
　　　认母去投胎，阴间去阴间去阴间去。
　　　要是论邪法，很对我的道。
　　　口里念真言，那个早学会。
　　　或钻天或入地，不费事不费事。
　　　只顾瞎说往前行，
　　　忽见日落，黑一阵黑一阵黑一阵。

（白）只顾瞎乱扯，日头落了，走下店去，吃他个沟满壕平，早晨起来土遁就溜之呼也。走，下店去。

潘　桂：（内白）众将官，急急而行。（马上）下官潘桂，奉了圣旨意，捉拿杨府满门家眷。点了一万人马，怕是杨门不服。众将官，人马齐奔天波府，不得有误。

众　将：哈。

（杨洪急步上）

杨　洪：（诗）探听凶险事，报与主人知。
（白）老奴杨洪。一到城里与主人办事，听得众人纷纷议论，说是狄青回朝奉本，原为翻印之事，不免报与太太得知便了。

（出佘太君坐）

佘太君：（诗）心惊肉跳不安宁，不知却是为何情？
（白）老身佘太君。皆因金花不守闺训，出府夺印，八王与狄青前来找印，老身并不知晓，将狄青怒打一顿。后来收去帅印，狄青必要上本，以报挨打之仇。我自觉心神不定，也不知吉凶如何？

（上杨洪）

杨　洪：启禀太太得知，祸从天降。

佘太君：哦？杨洪为何这等惊慌？

杨　洪：哎呀，老太君，今有潘桂带领无数人马，将咱府团团围住。

佘太君：这等，在银安殿设摆香案，老身前去接旨。

杨　洪：老奴遵命。

（摆大帐，佘太君、潘桂对上）

潘　桂：圣旨到，跪！

佘太君：万岁万岁万万岁。

潘　桂：听宣读。诏曰：只因南唐豪王造反，朕命彩山殿比武夺印。太君隐藏后代不献，而且私自出府夺印；不但怒打皇亲，还犯欺君之罪，必有谋反之心。朕命潘桂拿你满门家眷。望诏谢恩。

佘太君：万岁万岁万万岁。

潘　桂：众将官，将老太君上绑。

佘太君：哼，住了。

潘　桂：老太君，莫非你要抗旨不成吗？

佘太君：老身不敢。

潘　　桂：不然为何不让绑呢？
佘太君：大人且等片时，待老身把府中人等聚齐，一同上绑。
潘　　桂：好。众将官，靠后。
众　　将：哈。
佘太君：杨洪，打动聚将鼓。
杨　　洪：是，老奴遵命。
　　　（唱）老杨洪，不怠慢。
　　　　　今日击鼓，不比前番。
　　　　　圣旨到杨府，捉拿众家眷。
　　　　　一家必得受绑，叫人定是可怜。
　　　　　可叹杨门忠良将，只怕今日被刀餐。
　　　　　连击鼓，两三番。（连二下一击三次）
　　　　　如同爆豆，鼓响连天。

（上众女将）

众女将：（唱）惊动女家眷，个个奔银安。
柴郡主：（白）柴氏郡主先到，
穆桂英：穆氏桂英上前。
王怀女：来了大刀王怀女，
云秀英：云氏秀英奔银安。
杜金娥：杜金娥，走上前。
杨八姐、杨九妹：八姐九妹，不敢迟延。
众女将：（唱）一齐都来到，聚集殿银安。
　　　　　首先道个万福，然后齐把话言。
　　　　　今日打鼓为何事？你对儿女说一番。
佘太君：（唱）太君闻听说如此。
佘太君：（白）儿们不知，原是这般如此，皆因金花夺印，圣上怪罪，拿咱满门家眷问罪。唤出儿们一同上绑。
众女将：太太，金花夺印交还罢了，为何灭咱满门呢？看起来，昏君无道，保他何用？不如将潘桂开刀，然后再杀到金銮殿，去找昏君算账。
佘太君：奴才住口。

佘太君：	（唱）佘太君，皱双眉。
	骂声儿等，少要胡为。
	杨家忠良将，代代是英魁。
	一旦不守王法，一概名誉损亏。
	这是小事何足也？留下英名万古垂。
	叫杨洪，听明白。
杨　洪：	（白）太君。
佘太君：	按个上绑，莫把旨违。
杨　洪：	（唱）杨洪不怠慢，不由疼伤悲。
	不敢违反命令，伸手去绑花魁。
	上前先绑柴郡主，穆氏桂英用绳勒。
	王怀女，绑一堆。
	云氏秀英，金娥花魁，
	八姐和九妹，都把母令随。
	一齐上了绳索，老奴又把话回。（跪）
	阖家老幼俱上绑，
佘太君：	（白）起过了。
杨　洪：	是。
佘太君：	（唱）太君开言叫潘桂。
	快快回朝去交旨。
	（白）哦，潘桂，我将我阖家俱各上绑，你将老身绑了，押解众女犯，急急回朝交旨。
潘　桂：	是。众将官，押解众犯，急急回朝。
	（摆大朝，仁宗升殿，众臣站）
众　臣：	（诗）淡月疏星绕建章，仙风吹下御炉香。
	侍臣鹄立通明殿，一朵红云捧玉皇。
包文正：	（白）本相包文正。
苗从善：	下官吏部天官苗从善。
吕蒙正：	户部尚书吕蒙正。
狄　青：	下官国丈狄青。

众　　臣：圣驾临轩，大家朝房伺候。

　　　　　（出天子坐）

天　　子：（诗）金珠卷帘金钩挂，幽幽闪出帝王家。

　　　　　（白）朕大宋四帝仁宗。朕差潘桂去拿杨门家眷，为何不见到来？

潘　　桂：（内白）众将官，将犯人押在一旁。（上，跪）万岁万岁万万岁，臣来交旨。

天　　子：爱卿，可将佘太君全家拿到么？

潘　　桂：现在午门候旨。

天　　子：好，将众犯姐妹押在一旁，把佘太君与我绑上殿来。

潘　　桂：领旨。（绑上佘太君，不跪）

佘太君：万岁万岁万万岁，臣妻见驾。不知臣妻身犯何罪。将我全家上绑？

天　　子：哼哼，老太婆呀，你也有了今日？

　　　　　（唱）手拍御案冲冲怒，抬腕一指骂太君。

　　　　　　　朕待杨门哪点错？屡屡欺朕起反心。

　　　　　　　你府众人食君禄，绝不该暗藏文广你重孙。

　　　　　　　你仗着先皇赐你龙头拐，上得殿来不拜君。

　　　　　　　朝中无有斩你剑，你才混乱朕乾坤。

　　　　　　　今日个想要饶你不能够，定叫你刀过无头碎尸身。

　　　　　　　越说越恼越有气，

佘太君：（唱）太君有语把话云。

　　　　　　　万岁不可听谗语，谋反之心无半分。

　　　　　　　杨门若是有后代，我岂肯绝户牌儿挂在门？

　　　　　　　要是篡位谋江土，哪个敢绑女钗裙？

天　　子：（唱）仁宗闻听声断喝。

　　　　　（白）住口，好个乞婆，明明显露，还来遮盖？御林军何在？

御林军：万岁。

天　　子：将玉印龙头拐收回。将乞婆一并众犯妇，绑赴云阳市口废命。

佘太君：（跪）万岁，臣妻有先皇赐免死金牌十二道哇，万岁！

天　　子：将金牌摘下，绑下殿去。

御林军：领旨。（绑下佘太君）

佘太君：（内白）冤枉啊冤枉。

天　　子：你看太君叫冤。御林军，将太君放回来。
御 林 军：（内白）领旨。
佘太君：（带上，跪）多谢万岁不斩之恩。
天　　子：哪个不斩与你？你罪犯天条，还说不斩？朕且问你，你有何冤枉？
佘太君：万岁，臣妻有些小过，就要绑出云阳市口废命。圣上隆恩浩荡，赦臣妻不死，情愿革职为民。
天　　子：住口。你的罪恶包身，还想活着不成？
佘太君：万岁既不开恩，容臣妻将昔日功劳数上一二，叫那阖朝文武也听听我杨门忠心赤胆，好保大宋呐！
天　　子：你既然苦苦跪求，叫你多活一时，快快说来。
佘太君：万岁。

　　（唱）老太君，泪滔滔。
　　　　　提起前事，枉费功劳。
　　　　　略表十数年，就死也宽绰。
　　　　　忠臣一旦遭贬，奸贼特受禄爵。
　　　　　忠与不忠丢开手，说什么性命挨钢刀？
　　　　　我杨门，有功劳。
　　　　　冲锋打仗，不惧分毫。
　　　　　奸贼欺压我，说臣反乱朝。
　　　　　与国尽忠效力，看来一旦白饶。
　　　　　杨门父子死得苦，哪个临终得善交？
　　　　　我的儿，保宋朝。
　　　　　七郎八虎，俱是英豪。
　　　　　各关曾镇守，英名四海标。
　　　　　胡人一见害怕，闻名丧胆魂消。
　　　　　这个功劳还不算，再把先祖表一表。

　　（白）想当初太祖头下河东，四锁高平关。我那公爹杨衮在火塘寨为王，刘王发一道旨意，将公爹请进关去，与太祖对面安营，冲锋打仗，太祖率众将出马大战哪，

　　（唱）太祖那时出了马，盘龙大棍手中擎。

率领英雄有几万，一起围住我公公。
　　祖传刀马无人挡，将太祖绒帽打掉地流平。
　　大败而逃心害怕，分水河边陷能行。
　　太祖一见心急躁，着急现出赤火龙。
　　公爹一见下了马，跪倒面前要讨封。
　　只恐日后无证见，玉带送与我公公。
　　爹爹无有别的献，钢锤献于宋真龙。
　　那时才把弟兄拜，他与太祖八拜盟。
　　公爹他人马回了火塘寨，太祖怎得平河东？
　　未曾降宋归真主，高平关内头一功。

（白）到后来，太祖金殿只因收了韩素梅入宫，郑恩三王爷打了韩通，太祖龙心大怒，带酒斩了三王爷，醒酒贬了苗光义，他这才带领五王八侯，带愧征南。前遇寿州，被空城计将太祖困在城内。于道洪擒去众将，太祖无法可施，又想起我杨门父子来了。

（唱）太祖困在寿州地，差遣仁美请杨家。
　　公爹又念结拜义，传令又把人马发。
　　那时亏了哪一个？亏了老身佘赛花。
　　那时才救了太祖回朝转，急忙又把旨意发。

（白）太祖那时回转汴京，念我杨门功大，盖下无佞天波府，画一宅图，命人送到火塘寨，封为宋国令公之职。公爹去世，剩下夫主杨继业，带领八个娇儿，进了汴梁，住在天波府内。呀，

（唱）父子九人九只虎，扶保宋主锦江山。
　　南边反了南边挡，北边反了北边征。
　　后来潘豹立下擂，杨延嗣力劈送阴城。
　　潘仁美结下冤仇深似海，仗着他女儿在西宫。
　　圣上面前奏一本，革了官职去功名。
　　幽州诳去圣天子，圣主又出无奈中。

（白）幽州城造下面山米埠、酒井肉林，将城池汴梁画图，萧银宗请观景致。天子听信谗言，带领五王八侯、文武百官，往幽州城去观景。反王定下空城之计，将他君臣困在城内。反王调起六国三川人马，将城围了

个水泄不通，里无粮草，外无救兵。八王千岁用火箭牌调遣杨家父子九人，立杀反营，闯进城去。寇天官见他们英勇，定了换亲之计，将大郎扮作圣主，二郎扮作贤王，三郎扮作寇莱公，四郎扮作潘仁美，六郎随着夫主，出了西门，留下五郎砍旗，若要旗倒，就知主公逃走。那潘仁美将旗杆用生铁铸就，五郎砍旗不倒，上五台山为僧去了。我那四个娇儿，扮作大驾出东门，反主一见，只当是主公，岂肯干休？率领雄兵百万，战将千员，一齐围住，战了三日三夜。四个娇儿，见旗不倒，只当主公未出重围，也不敢逃走，俱各死在金沙滩内。可怜哪可怜！

（唱）大战三日并三夜，腹内无食怎战争？
　　　大郎时下废了命，二郎短剑自轻生。
　　　三郎也叫马踏死，四郎被拐未回城。
　　　父子九人剩四个，舍命保驾回了京。
　　　想一想吾那娇儿为谁死？我杨门倒是有功没有功？
　　　那年间萧贼又来反边界，领兵前去挡反兵。
　　　潘仁美挂了元帅印，我的夫主作先锋。
　　　战了七日并七夜，这才闯出贼的营。
　　　差了七郎搬兵去，乱箭射死好苦情。
　　　八郎失迷改了姓，夫主碰死碑李陵。
　　　到后来只剩六郎名杨景，镇守三关挡鞑兵。
　　　我也曾董家林内救过驾，儿妇澶州大显名。
　　　穆氏大破天门阵，俱是为主锦江山。
　　　太君哀求说破嘴，

天　　子：（唱）仁宗只当耳旁风。

　　　　　（白）住口，你杨门有功必赏，有罪必罚。御林军。

御林军：万岁。

天　　子：推出云阳市口，残刀废命。

御林军：领旨。

（绑佘太君下）

天　　子：哪位卿家领朕旨意，做一监斩官，午时三刻诛灭？

潘　　桂：臣潘桂愿往。

天　子：领旨下殿。

潘　桂：万岁。

吕蒙正：万岁万岁万万岁，臣吕蒙正见驾。

天　子：爱卿有何本奏？

吕蒙正：万岁，臣冒犯天颜，保杨门不死。

天　子：老爱卿，那佘太君隐藏后代不献，又打皇亲大臣，就是欺君，保他何用？

吕蒙正：万岁容臣奏来。

　　　　（唱）吕蒙正，跪金銮。

　　　　　　　启奏我主，龙心要宽。

　　　　　　　杨门多忠烈，赤胆保江山。

　　　　　　　太君并无私弊，老少命染黄泉。

　　　　　　　杀了杨门不要紧，怕是反叛来犯边。

　　　　　　　最可叹，众婵娟。

　　　　　　　午时三刻，命染黄泉。

　　　　　　　一家尽杀死，文武必胆寒。

　　　　　　　谁肯尽忠效力，扶保宋氏江山？

　　　　　　　伏乞我主赦了罢，隆恩浩荡见可怜。

天　子：（唱）仁宗主，皱眉间。

　　　　　　　尚书奏本，一派胡言。

　　　　　　　内患不除尽，外患更难缠。

　　　　　　　爱卿说的这话，倒叫朕当不安。

　　　　　　　今日不放待郊赦，斩杀宝剑挂殿前。

吕蒙正：（白）呀！

　　　　（唱）蒙正一见说不好。

　　　　（白）万岁，臣还有本奏。

天　子：还有何本？

吕蒙正：臣还是保杨家。

天　子：你竟敢欺朕龙泉宝剑不成？

吕蒙正：哎呀，万岁，为臣不敢枉法，皆因杨门功大，个个都是为国身亡。柴皇姑，虽是女流之辈，志如男子，看先皇面上，如绑赴云阳市口，岂不落

　　　　　众文武耻笑？万岁再思再想。

天　　子：哦，你岂不知王子犯法与庶民同罪？

吕蒙正：万岁，不可呀！万岁。

　　　　（唱）昔日春秋无道主，乱性胡为楚平王。
　　　　　　　信宠奸臣费无忌，图谋定计害忠良。
　　　　　　　不管国家兴与败，拿了伍奢下火汤。
　　　　　　　油锅烹了他家眷，伍子胥行兵动刀枪。
　　　　　　　这才灭了无道主，海口之内丧家邦。
　　　　　　　隆恩浩荡仁明主，岂肯学那楚平王？

天　　子：（白）住口！

　　　　（唱）一句话说恼仁宗主。

　　　　（白）哼哼，好一个奸党，那楚平王乃是父纳子妻，乱伦坏国之君，你竟敢拿楚平王对比朕？朕若不看昔日之忠，就与杨家一同问罪。朝中有你不多，无你不少，留下冠带，革职为民，快快下殿去吧。

吕蒙正：谢主隆恩。

（包文正、苗从善跪）

包文正、苗从善：万岁万岁万万岁，臣来见驾。

天　　子：包丞相、苗天官，二卿见朕有何本奏？

包文正、苗从善：万岁赦臣无罪，才敢奏闻陛下。

天　　子：赦二卿无罪，奏来。

包文正、苗从善：万岁看昔日救驾之功，将杨门赦了，免得忠臣丧胆。

天　　子：二卿说哪里话来？他杨门上欺我朕，下压文武，蒙君作弊，暗藏奸计，哪个不知？哪个不晓？逢赦不赦。

包文正、苗从善：万岁不赦杨门也罢，吕中堂不知犯着何罪，贬家为民？

天　　子：那吕蒙正口出不利之言，毁谤我朕，才贬他。

包文正、苗从善：看起来万岁不是了。那吕蒙正口出不利之言，贬家为民也罢，那个佘太君也口出不利之言吗？

天　　子：佘太君有欺君之罪，造反之心，才得她一家废命。

包文正、苗从善：佘太君有篡位之心，死了不屈。阖府众女将有何罪患？那柴皇姑可有杀她的刀吗？

天　　子：没有。

包文正、苗从善：可有斩她的剑吗？

天　　子：也没有。

包文正、苗从善：哎呀，看起来万岁不为仁义了。

天　　子：哼哼，看起来你两个不是保本，是与我朕置气来了。谁要再提杨家一字，立刻斩首示众。

包文正、苗从善：万岁，臣等年迈，耳聋眼花，不能伴驾保主，情愿务农为民。

天　　子：罢了罢了，你二人既然辞官不做，也怨不得朕，留下冠带，下殿去吧！

包文正、苗从善：谢主隆恩。

狄　　青：万岁万岁万万岁，臣来见驾。

天　　子：哦，国丈对朕有何条陈？

狄　　青：万岁，今日斩杨门，没有金花、文广，他两个必劫法场。

天　　子：依卿怎样？

狄　　青：若依臣之见，带领潘芳、王勇、狄龙捉拿金花、文广，以除后患。

天　　子：好，到底是朕的皇亲，所奏有理，真是爱国忠良，领旨下殿。

狄　　青：万岁。

天　　子：散朝。

（出杨金花坐）

杨金花：（诗）是非只因多开口，烦恼皆因强出头。

（白）奴杨金花。太太与阖家奶奶们上朝，把奴家禁在后楼。奴想是否会因奴家一人，遭阖家受绑？太太说此小事，不要紧。奴何不算上一算，看是如何？排风哪里？

杨排风：（内白）来了。（上）姑娘有何吩咐？

杨金花：摆香案伺候。

（唱）吩咐排风摆香案，（放平桌）待奴算算吉和凶。

净手拈香跪在地，祝告空中众神灵。

太太今日把朝上，多有吉来少有凶。

满朝文武都上本，保佑杨门得安宁。

祝告一毕平身起，八个金钱拿手中。

哗哗啦啦放桌上，天干地支我的清。

　　　　　　　内有白虎与吊客，丧门还带着嫉妒星。
　　　　　　　呀，一见此卦无有救，须得自己想调停。
　　　　　　　开言又把排风叫，
　　　（白）排风。
杨排风：姑娘。
杨金花：地穴内请你少爷议军情。
杨排风：晓得了。排风答应说知道，（下，内白）如此这般说分明。
　　（上杨文广）
杨文广：（唱）地穴来了文广，因何事情请愚兄？
杨金花：（唱）从头至尾说一遍，眼看咱家无救星。
　　　　　　　昏君竟敢行无礼，保他何来就发兵。
　　（上杨洪）
杨　洪：（唱）正然说话杨洪报，
　　　（白）哎呀，少爷与姑娘，可不……不……不好了。
杨文广：杨洪，你回来了？太太与众位奶奶们吉凶怎样？
杨　洪：少爷不用问了，将太太与众位奶奶们，俱都绑赴云阳市口去了。少爷与姑娘，快快想法救去吧！
杨文广：杨洪急到地穴，快请你孟、焦、陈、柴、岳几位少爷，就说有军机大事，叫他们快快齐集银安殿。
杨　洪：是，老奴遵命。
杨文广：妹妹快随愚兄披挂整齐，点起众将，好去劫夺法场。
杨金花：是，小妹遵命。
　　（杨文广、杨金花升帐，孟虎等七人站，杨洪、杨排风后上站）
众　将：（诗）铁甲挂玲珑，盔缨映日红。
　　　　　　　将军能百战，上阵立奇功。
孟　强：（白）俺孟强。
陈　茂：俺陈茂。
柴　胜：俺柴胜。
岳　松：俺岳松。
孟　虎：俺孟虎。

焦　仁：俺焦仁。

焦　玉：俺焦玉。

众　将：今日开了地穴，不知有何大事情？大哥升帐，在此伺候。

（出杨文广、杨金花）

杨文广、杨金花：（诗）头戴金盔闪闪，身穿甲叶层层。

两边枪刀密密，三通鼓打咚咚。

杨文广：（白）俺文广，字圣僧。

杨金花：奴杨金花。

杨文广：今日升了银安宝殿，点齐众将，劫夺法场，搭救太太与众位奶奶们，然后再找昏君算账。

（唱）文广座上开言道，叫声众位兄弟听。

杨金花：（唱）咱本是父望子骄无别讲，辈辈住在天波庭。

杨文广：（唱）今日众位辅助我，我杨门不知犯了何罪名。

杨金花：（唱）俱各绑在法场内，午时三刻项背红。

杨文广：（唱）天子不放也不赦，忘了昔日救驾功。

杨金花：（唱）我看他皇帝是要懒怠做，该我杨家洪福兴。

杨文广：（唱）江山本是杨门打，必找昏君把账清。

杨金花：（唱）拿住狄青着刀剁，捉住昏君万剐凌。

杨文广：（唱）三宫六院一齐灭，大宋国号与他更。

杨金花：（唱）哥哥要是坐了殿，必把众将大大封。

众　将：（唱）众将答应说遵令，我等要报太君情。

今日此事正凑巧，我们情愿撒撒疯。

推倒昏君让了位，必保杨门坐九重。

杨文广：（唱）文广回言说有理。

（白）众位言之有理。今日救了太君，杀了昏君，俺文广面南登基，众家弟兄世袭王爵之职，那时有功再封。众将官，个个提枪上马，响炮出府。杨洪。

杨　洪：有。

杨文广：好好看守府门。

杨　洪：是，老奴遵命。

杨文广：排风。

杨排风：有。

杨文广：响炮起兵。

　　　　（唱）文广上银鞍。（下）

兵　丁：（唱）兵丁不怠慢。

岳　松：（唱）岳松上能行，大刀寒光现。

焦玉、孟强：（唱）焦玉和孟强，搬鞍把马按。

柴胜、陈茂：（唱）柴胜陈茂他，长枪手内攥。

孟、焦：（唱）孟虎与焦仁，本是二好汉。

众　将：（唱）马炸人又欢，个个威风现。

　　　　　　炮响起了兵，

杨文广：（唱）文广在当先。

　　　　　　手提小银枪，举目抬头看。

众　将：（唱）众将有威风，能征又惯战。

　　　　　　压下这支兵，齐奔金銮殿。

　　　　（放正帐，狄青坐，四将站）

狄　青：（唱）再表狄东美，军卒两边站。

四　将：（诗）从小生来力气没，好吃土药补虚亏。

　　　　　　而今养成精神长，耀武扬威还怕谁？

狄　龙：（白）俺大国舅狄龙。

狄　虎：俺二国舅狄虎。

潘　芳：俺左护卫潘芳。

王　永：俺右护卫王永。

四　将：今有国丈升帐，在此伺候。

　　　　（出狄青，帅盔）

狄　青：（唱）辕门以外花鼓敲，大小儿郎逞英豪。

　　　　　　枪刀密摆遮日月，旌旗招展杀气高。

　　　　（白）本帅太师、国丈狄青，奉了圣旨去拿文广、金花，以除后患。众将官，兵发天波府，不得有误。

　　　　（唱）吩咐众将快带马，下了大帐上征驹。（下）

众　　将：（唱）众将绰枪上了马，（炮响）三声炮响震天地。
　　　　　　　人马滔滔如流水，兵卒欢炸果不虚。
　　　　　　　耀武扬威大街走，尘土飞空太阳迷。
　　　　　　　旌旗招展遮日月，
狄　　青：（唱）要拿文广与花枝。
　　　　　　　不言狄青行兵事，
　　　　（杨文广与杨府众将上）
杨文广：（唱）再表文广把兵提。
　　　　　　　率领杨门众好汉，恨不能一步就到法场里。
　　　　　　　正走抬头往前看，眼前来了兵一支。
　　　　　　　吩咐众将齐努力，捉拿官兵用刀劈。
众　　将：（唱）众将答应说知道，个个都把刀枪提。
岳　　松：（唱）岳松当先杀上去，手提大刀来得急。
　　　　（上狄龙）
狄　　龙：（唱）正遇狄龙大国舅，头前开路催征驹。
　　　　　　　正然得意往前走，（对岳松）两处人马对了敌。
岳　　松：（唱）岳松勒马开言道，来的人马做甚的？
狄　　龙：（唱）狄龙一见说闪路。
　　　　（白）你是哪里来的人马？手提大刀挡住去路，报上名来，好做枪下之鬼。
岳　　松：你爷爷岳松，捉拿昏君、搭救太君来也。快快闪路，不然难免刀下丧命。
狄　　龙：住口。好个反叛，满口胡说，我等奉旨提拿文广、金花，你这帮狗吃屎的，竟敢自来送死。看枪，来，来，来。
　　　　（杀，岳松活擒狄龙；孟强拿住狄虎，又欲拿潘芳；杨金花拿王永；杨文广对狄青）
狄　　青：好个小冤家，你罪犯天条，还不隐姓埋名，竟敢出府反朝？连擒去皇家四将，伤了京兵无数，罪该万剐凌迟，碎尸万段。文广，你还不下马受绑？
杨文广：住口。狄青呀，我把你这万恶的奸贼，你欺我杨家太甚。太君身犯何罪？你竟敢去上本章？那无道的昏君，听信奸臣之言，竟敢绑在云阳市口。狄青哪狄青，你害死我父的冤仇，我还未报哪！

|||（唱）用手一指高声骂，卖国奸贼老狄青。
|||太君身犯什么罪？将无作有奏朝廷。
|||昏君听信奸贼话，依仗粉头在西宫。
|||贪色昏君不务正，喜爱容颜宠奸雄。
|||老贼上本他就准，立刻刷旨发大兵。
|||将我那一家老幼上了绑，云阳市口问斩刑。
|||少爷京城跑跑马，杀个尸山血水红。
|||救回太太与奶奶，再找昏君把账清。
|||拿住仁宗挖双眼，拿住狄青点天灯。
|||推倒昏君让了位，文广面南把基登。
|||眼下叫你废了命，手拿银枪刺前胸。
狄　青：	（唱）狄青大刀挡过去，将遇良才各用功。
杨文广：	（唱）文广时下生巧计，虚点一枪拨走龙。
		敌你不过我去也，
狄　青：	（白）哪里走？
		（唱）想逃我手万不能。
		大刀一摆赶下去，
杨文广：	（唱）文广勒马把枪拧。
		（白）老贼刀马无敌，果然是一员上将。哪有闲工与他久战？俺有祖传飞锤一把，百步打准，百发百中，等他赶来打他便了。
狄　青：	文广哪里走？（着打）呀，不好！
杨文广：	老贼大败而逃，将头盔打落平地，不必追赶。众将官，急急赶奔法场便了。
		（放平桌、椅）
潘　桂：	（内白）众将官，将马带过。（上，坐）
		（诗）耀武扬威监斩官，今日报了旧日冤。
		（白）下官潘桂。奉旨监斩杨家满门家眷，午时三刻便要处斩。人来，将杨家犯人绑上来。
卒：	哈。
		（佘太君等八人绑上）

潘　桂：众将官，弓上弦，刀出鞘，将法场团团围住哇。天有几时了呢？
卒　　：启禀老爷，天有已时初一刻了。
潘　桂：这时候未到，人头不掉。叫女犯饱哭一场，死后无怨哪。
卒　　：是。老爷吩咐下来啦，叫女犯饱哭一场。
佘太君：苍天呐，苍天呐，可叹我佘太君与主尽忠效力，征南战北，赚得刀过无头，好不可怜哪！
　　　　（唱）一家绑在无情地，眼睁睁的无救星。
　　　　　　老身一死没的讲，可怜儿们一命倾。
　　　　　　柱跟为娘苦创业，养儿不可把书攻。
　　　　　　演什么枪来习什么剑，争名夺利尽是空。
　　　　　　做官不如为民好，春种秋收颗粒成。
　　　　　　读书不荣深耕可富，勤能立业俭可成。
　　　　　　任做软弱无能汉，别看刚强有大名。
　　　　　　我太君生下娇儿共八个，哪个武艺不精通？
　　　　　　征南战北挡鞑子，杀得鞑兵心胆惊。
　　　　　　宋朝也算有名将，想一想哪个临死得善终？
　　　　　　太君说到伤心处，昏花二目泪只倾。
　　　　　　仰头朝天叹口气，
　　　　（上吕蒙正、包文正、苗从善）
吕蒙正等三人：（唱）三人跪倒地流平。
　　　　　　　　我等来把太君见，
　　　　　　　（白）老太君，我等三人真是无法搭救，来到法场祭奠祭奠，以报昔日之恩罢。
佘太君：哎，不敢不敢，三位大人快快请起。老身有何德能之处，劳动大人们前来一祭？
包文正：太君，我们三人前去保本，昏君不准，将我三人贬家为民。无可奈何，来见太君一面罢。
佘太君：哎，老身今日遭难，也是命该如此。可叹连累三位大人遭贬，叫我于心不忍呢。哦，还有一事，三位大人可见过八王千岁上本没有？
包文正：呀，老夫一时把八王爷忘了，要有此人上本，只怕太君还有个救星了。

佘太君：眼睁睁，午时就到了，那不是枉然了吗？三位大人，老身死后，一时见了千岁，将此事告诉明白，就算是尽了情分了。

包文正：无妨，待我见见狗官。（回身）潘大人请了。

潘　桂：请了。

包文正：请问潘大人，天有什么时候了？

潘　桂：午时初一刻了。

包文正：潘大人，请容我见了八王千岁，如果保下本来，是他杨门之幸；要是圣上不准，你再施刑不晚。

潘　桂：包大人说哪里话来？现有圣旨，时刻一到，必要斩首。

包文正：怎么，时刻一到就要斩首么？

潘　桂：正是一刻难容。

包文正：哎呀，潘贼，现有老夫在此，哪个敢杀？哪个敢斩？

（唱）黑爷恼，怒冲冠。

　　　手指潘桂，喊叫连天，

　　　今日顶撞我，老夫岂容宽？

　　　依仗圣上旨意，大眼朝我一翻。

　　　不叫你施刑看怎样？你敢把老夫动弹动弹？

潘　桂：（唱）莫非你，敢翻天？

　　　大闹法场，罪恶无边。

　　　施刑你拦挡，必定有牵连。

　　　圣上要是知道，一同问罪难宽。

　　　时刻到了就要斩，哪个大胆敢挡拦？

包文正：哎呀！

（唱）好一个，狗佞官。

　　　老夫在此，哪个动弹？

　　　哪个敢斩首？哪个敢近前？

　　　哪个敢去放炮？哪个敢把刀餐？

　　　不是老夫夸海口，钢铡一响命归泉。

穆桂英：（唱）穆桂英，火直蹿。

　　　尊声大人，且听周全。

　　　　　　自管见千岁，有我不相干。

　　　　　　能保太太不死，不怕将海兵山。

　　　　　　要是犯罪犯到底，绳索一抖把海翻。

包文正：（唱）包爷叫，苗天官。

　　　　　　你我二人，八王去烦。

苗从善：（唱）言讲却有理，出了法场间。（二人同下）

吕蒙正：（唱）吕爷扬长而去，（下）

　　　　（炮响）

潘　桂：（唱）只听大炮连天响。

　　　　　　潘桂闻听说不好，

　　　　（上卒）

卒：　　（唱）军卒跪倒报一番。

　　　　（白）启禀老爷得知，可不好了，不知哪里来的人马，直奔法场而来，离此不远了。

潘　桂：起过了。哎呀，这还了得？军卒们，快快带马逃走便了。

杨文广：（内白）众将官，将马带过。妹妹、排风随我来。

杨排风：（内白）来了。

　　　　（上杨文广、杨排风、佘太君）

杨文广：太太、奶奶们，受惊了。

佘太君：好个小冤家，你们都做什么来了？

杨文广：我们劫夺法场来了。

佘太君：咦，好个小冤家，还不隐姓埋名，远走他乡？为何自来送死？

杨文广：小孙儿特来搭救太太不死。

佘太君：哼哼哼，好个不知死的冤家，哪个叫你前来搭救？

穆桂英：我儿快快与你奶奶们松绑。

杨文广：遵命。

　　　　（全松开绑绳）

穆桂英：排风，将你太太快快搀扶上马回府。（搀下佘太君）金花，与你奶奶们带马一齐杀上金殿，与昏君算账。

杨文广：不用母亲与奶奶们出马，你们全都回府，待小孙儿带领众家兄弟，杀到

　　　　　　金銮殿，与昏君算账。

穆桂英：要你们小心。

杨文广：不劳母亲挂怀。

穆桂英：哦。

杨文广：妹妹。

杨金花：哥哥，让奶奶们带马回府去罢。

杨文广：晓得了。众将官，杀到金銮殿不得有误。

众　将：哈。

（完）

第 三 本

【剧情梗概】八王手拿金锏,大闹金殿,杨家老少得到赦免,狄青也受到处罚。锁阳关告急,高俊奉命回京搬兵,路过八里庄张家店,在店主张汉的撮合下,娶张女月娘为妻。婚后,高俊继续赶路。路过强虎山,寨主王祥看中高俊出身、才干,收其为义子,打算日后与其共同进兵汴梁。王女翠兰亦心慕高俊,主动与之定下婚盟。高俊却因王祥有反宋之心,乘夜袭杀王祥,逃回张家店。王翠兰乃张月娘表妹,她追到张家店,月娘筹划成全她与高俊的婚事,以解开仇恨。

(出赵既显坐)

赵既显:(诗)心憎憎身上发软,喘嘘嘘遍体不安。

(白)本御赵既显。自从彩山殿比武夺印,从杨府翻印回宫,自觉身体不爽,并未上朝。怕是狄青上本,一心要参灭杨府,还得本御上殿说明此事。

(太监上,跪)

太　监:启禀千岁,外面有包、苗二位大人求见。

赵既显:就说里面有请。

太　监:是。(下,内白)里面有请。

包文正、苗从善:(内白)是,来了。(上)千岁,民子见驾,望千岁恕罪。

赵既显:二位大人进得宫来,何罪之有?快快请起。

包文正、苗从善:民子谢过千岁。

赵既显:二位大人来此,为何以小民称呼?

包文正、苗从善:哦,一来探望千岁,二来辞别以回故土。

赵既显:此事为何?快快说明其故。

包文正:千岁容禀。

(唱)包爷开口先叹气,两眼不住泪交流。

苗从善:(唱)从善苗爷也如此,口呼王爷听根由。

包文正:(唱)圣主皇爷忘恩义,国丈翻印记前仇。

苗从善:(唱)拿问太君众家将,问罪处斩要割头。

包文正：（唱）潘桂狗官作监斩，午时三刻一命休。
苗从善：（唱）蒙正保本革了职，我等上本把官丢。
包文正：（唱）千岁不把杨门保，汴梁城中血水流。
包文正、苗从善：（唱）二人奏罢前后话，
赵既显：（白）呀，

（唱）贤王闻听皱眉头。

　　好个无道君王主，山海功劳一笔勾。
　　待我去把昏君见，我为太君把情求。
　　昏王不准我的本，今日本御闹龙楼。
　　本御就此上金銮。

（白）狄青哪狄青，昏君哪昏君，听信谗言，屈杀忠良，要是逼反杨门，这江山只怕难保。你看天色已到午时，恐怕本御赶他不上，这却如何是好？

包文正：千岁不必坐辇，骑马就赶上了。
赵既显：好。你二人急急赶到法场，护住桩橛，我就此上殿。校尉们，带马。
校　尉：哈！

（众丑急上）

众　丑：快跑哇！任坐太平府，不做流乱民。我说哥哥呀，咱们不能过日子啦！杨门造反，杀得尸横遍地，血流成河。咱们快跑吧！了不得了！

（唱）黎民叫苦情，一起说好跑。

　　这个日子不用过，家产银子都扔了，
　　这可怎么好怎么好怎么好？
　　我那好生活，优裕不用表。
　　上年间，做个袄，袍子褂子穿不了，
　　是庄老是庄老是庄老。
　　今是不用说，一家老与小。
　　我的妈可惜，我那小媳妇，
　　你表嫂你表嫂你表嫂。
　　想起孙子他奶奶，叫人更烦恼。
　　人头强，脚又小，杨柳身子又不高，

　　　　　真凑巧真凑巧真凑巧。

　　　　　今日全都扔，顾不得老与小。

　　　　　逃命吧，别愣着，出了城池，算活了，

　　　　　把他找把他找把他找。

　　　　　你言我又语，东奔与西跑。

　　　　　哭啼啼，叫姥姥，怕人赶上刀切了，

　　　　　活不了活不了活不了。

　　　　　不言众人他，

（赵既显马上）

赵既显：（唱）再把千岁表。

　　　　　嫌马慢，用鞭扫。

　　　　　眼望众人乱纷纷，东西跑东西跑东西跑。

　　　　（白）校尉们。

校　尉：千岁。

赵既显：众人民等乱跑，是何缘故？上前问来。

校　尉：是。（下，又上）启禀千岁，小人打听，说是文广劫夺法场，杀了人马无数，百姓们逃命呢。

赵既显：起过了。

校　尉：遵命。

赵既显：呀，可不好了！我赵氏江山坐不长了，这却如何是好呀？那边来了一员小将，头戴银盔，身穿白甲，好不威风。

　　　　（唱）千岁马上留神看，打量来将小魁元。

　　　　　耀武扬威真勇猛，威风凛凛有威严。

　　　　　一顶银盔头上戴，斗大朱缨顶上安。

　　　　　身穿锁子连环甲，护心宝镜放光寒。

　　　　　左带弯弓右带剑，八尺长枪手内端。

　　　　　胯下骑的白龙马，如同猛虎离了山。

　　　　　全身杀气凶又壮，威风凛凛贯九天。

　　　　　远看好似杨家将，近看好似杨家男。

　　　　　看着看着对了面，

（对上杨文广）

杨文广：（唱）文广早已看周全。

　　　　　　　大叫奸王哪里走？

　　　　（白）好你奸王赵既显，我杨门有何亏主，将我全家绑赴法场？不要走，看枪！

赵既显：哎呀！慢着，小将军，我有一言，说完无怨。

杨文广：快讲。

赵既显：是，是，是，我一到金殿，保你杨门不死。若是保不下来，死而无怨。

杨文广：奸王，让你多活一时。是你，快去。

赵既显：是，是，吓死人也。

杨文广：众将官，将金殿午门团团围住，奸王保下便罢了，保不下本，再找昏君算账。

众　将：遵命。

（放龙书案，天子坐）

天　子：（诗）天下滚滚刀兵起，内患不除朕不安。

　　　　（白）朕四帝仁宗在位。

（狄青急上）

狄　青：万岁万岁万万岁，快与臣做主吧！

天　子：哦？国丈为何这样光景？

狄　青：哎呀！万岁，臣奉旨去拿文广、金花，谁知天波府来了无数人马，将四将拿去，伤了京兵无数，将臣打了一顿，险乎丧命。眼看杀到金殿，乞主定夺。

天　子：呀。越发是反了！真是罪上加罪了。

（潘桂急上）

潘　桂：哎呀！万岁，可不好了。

天　子：哦？潘爱卿，朕命你监斩杨门，可将太君一家杀了么？

潘　桂：万岁，臣要施刑，包、苗、吕三位大人祭奠，不叫为臣施刑。不知从哪里来了无数人马，将法场围了个水泄不通。为臣将芦棚拆坏，上马逃出来见圣上。

天　子：呀，越发了不得了。杨家劫夺法场，无人敢挡了？只怕咱君臣命在旦夕了。

（赵既显急上）

赵既显：昏君哪昏君，你这皇位是懒得坐了，快与我下来吧！（拉下天子）
天　子：哦，八皇兄为何这样光景？
赵既显：哼！好个昏君，真乃无道。你这个皇帝，也不用做了，可气死孤家了。

（唱）哼哼哼，用手一指，高声骂，

浑装什么有道王？

昏君不知忠和佞，耳软你说奸贼强。

太君身犯什么罪，阖家绑在市云阳？

而今逼反杨门将，断送赵家锦家邦。

贪酒快乐不务正，朝中大事放一旁。

你想想，开基事业非容易，好似花针磨铁梁。

放着那太平天子你不做，混得文武乱朝纲。

越说越恼越有气，举起金锏手高扬。

天　子：（白）呀！

（唱）天子一见说不好，心中暗暗拿主张，

恼了别人还饶可，朕最怕的是八王。

他有那凹面金锏能打我，却叫我朕心着忙。

有心回到后宫去，如何见得众娘娘？

须用好言将他劝，

（白）哦，八皇兄不要动怒，也是朕一时心中糊涂。皇兄把气压压吧，替孤王辨明。哦，皇兄你说怎办就怎办，我朕没有不从之理。

赵既显：若依本王所办，急忙刷旨，赦杨门无罪，杀死京兵白杀，算他们该死，拿住四将叫他们放回。

天　子：是，皇兄言之有理，朕刷旨就是了。（写介）赦旨写完，皇兄前去宣读才是。

赵既显：领旨。（下，内白）圣上有旨，杨门众人听着，无论十大恶处，一概无罪，将拿去四将放回。望召谢恩。

众　将：万岁万岁万万岁。

（赵既显回上）

赵既显：万岁，文广拿去四将，俱各放回。
天　子：放得好，放得有理。
赵既显：万岁，文广出世乃是圣上洪福，就该封他增孝王之职，好保我主江山平稳。
天　子：是，就封他增孝王就是了。皇兄，你看着怎么办好就怎么办。
赵既显：那狄青误参忠良，屈斩太君，理当革职为民。一看宋亲之分，二看昔日有功，罚他白银三千两与太君压惊。
天　子：是，就依皇兄所办。狄国丈上殿。
狄　青：万岁。
天　子：罚你白银三千两与太君压惊，快快下殿办来。
狄　青：哎呀，余太君私藏好汉，夺去国家大印，这是一；又率领兵将劫夺法场，将护城兵杀死无数，其罪归于何处？
赵既显：住口，满口胡说。那太君夺印也不是从心里所出，将印交回就算没有反心了。她既有谋反之心，焉能把印交回？
天　子：皇兄说得真正有理。
赵既显：二来打国丈你，你不该在银安殿上拉金花小姐，你想想打得屈呀不屈呢？
天　子：哼！打得不屈，打得很对。
赵既显：三来文广劫夺法场，伤了京兵，算他无眼，擒去四将，算他无能，既然放回也就罢了。
狄　青：千岁，那杨家不是反了么？
赵既显：你又是胡说，他未杀到金殿，又未杀到宫，算他反什么呢？
天　子：皇兄说得实在有理，国丈不必争论，快快下殿办银子去罢。
狄　青：万岁。
赵既显：潘桂。
潘　桂：千岁。
赵既显：你该当何罪？
潘　桂：为臣何罪之有？
赵既显：哼！好个大胆的奸贼，圣上命你去监斩杨家，你为何逃回？你有违君之罪，你还说无罪？你倒是有罪无罪？你倒是说呀，你倒是讲啊，为何不言？为何不语？哼哼哼！奸贼，看锏。

潘　　桂：哎呀！千岁留情。

赵既显：内臣，看辇回宫。

内　　臣：哦！

天　　子：够了够了，散朝。

（出丑员外坐）

张　　汉：（诗）八月十五云遮月，正月十五雪打灯。

五月端阳吃粽子，二月初二吃煎饼。

（白）哈哈哈！老汉姓张名汉，在八里庄居住。门前开了一爿小店，倒也不错。老婆子早就死了，一辈子无儿，所生一女，今年一十八岁，并未行聘。老汉在先前的时候做过五虎棍的领袖，我闺女跟我学了些刀枪棍棒，倒也精通。我一辈子喜的是英雄，爱的是好汉。土地有千顷，人称员外，这也不在话下。今日天气清和，不免出去张望张望。

（唱）老汉六十三，闲来无营干。

有的是银钱，开了一爿店。

赚钱扔一边，只是把房佃。

土地多打粮，多打几百石。

丰收又足食，真乃遂人愿。

人称员外爷，我觉真讨厌。

一时白张罗，要把香烟断。

老汉无有法，肚子愁两半。

现有一女儿，长得也不烂。

欲要挑婆家，无有英雄汉。

闲话且不说，出店看一看。（下，又上）

说罢往外行，急走不怠慢。

（高俊马上）

高　　俊：（唱）高俊把表献。

奉令去搬兵，晓行不怠慢。

可恨南唐贼。个个都能战。

无奈写表章，去把圣上见。

求主发大兵，人马添几万。

必灭南唐兵，那时遂心愿。

面前一村庄，必有招商店。

高俊往前行，举目抬头看。

只得把马歇，再走不迟慢。

不言高俊他，

张　　汉：（内白）再说张老汉。（上）

迈步走出来，闲来门前站。

招呼行路人，我店来下栈。

高　　俊：（唱）高俊上前开言问。

（白）店家有礼了。

张　　汉：好说，不敢，还礼过去。客官想是要下栈么？

高　　俊：要下店的。

张　　汉：呸，下店的嘴也锋刃咧。

高　　俊：正是。

张　　汉：待我与你拉马，你随我来吧。

高　　俊：来了。（同下）

（放桌椅，又上）

张　　汉：客官请坐。

高　　俊：这边有座。

张　　汉：我看客官军爷打扮，不知在哪里公差？从哪里来，要往哪里去呢？

高　　俊：我从锁阳关而来，上京城搬兵，来在宝店。店东贵姓？

张　　汉：军爷不嫌耳繁，听我道来。

（唱）老儿姓张单字汉，居住此处八里庄。

一辈无儿绝户命，所生一个女娥皇。

老婆子早年去了世，三年以前命儿亡。

老来无能开座店，存的是来往过路商。

军爷住在老儿店，窝囊狭窄要海量。

不知贵姓往何处？是住城里是住乡？

高　　俊：（唱）家住汴梁在城里，姓高名俊四海扬。

昔日有个高怀亮，那是家祖保朝纲。

张　汉：（白）呀！

　　　　（唱）原来还是高爷到，恕我失认要宽量。

　　　　　　老儿不同庄稼汉，少爷你住上几日碍何妨？

　　　　　　粗茶淡饭不美口，烧黄二酒是原浆。

　　　　　　鸡鱼二肉多多有，不吃牛肉宰肥羊。

　　　　　　要吃干的千层饼，牛肉条儿细粉汤。

　　　　　　呸！只顾说话未做饭。

　　　　（白）老爷来在老汉店内，住上几天无妨。

高　俊：多有搅扰。

张　汉：请到里面歇息歇息，请。

高　俊：请。

（出小旦坐）

张月娘：（诗）闺中绣户女娇姿，一片幽情哪个知？

　　　　　　独对孤灯愁夜永，正做好梦金鸡鸣。

　　　　（白）奴家张月娘。爹爹张汉，年过花甲，母亲王氏，早年下世。剩奴独自一人，今年一十八岁，待字闺中，跟随爹爹度日，素日演习些枪咧刀咧。奴想又是一个庄农之女，即便就是有些武艺，也是无用。

（上张汉）

张　汉：女儿在房么？

张月娘：爹爹来了，请转上座。

张　汉：哈哈，庄稼人，不用闹那些礼法，爹爹这里早就撩下啦。

张月娘：老来精壮，又有吃的，又有穿的，你老为啥不乐呢？

张　汉：不是不是，有一宗大大的喜事，特来与你商议商议呀。哈哈哈。

　　　　（唱）未曾说话先带笑，叫声闺女听爹说。

张月娘：（唱）不知却有什么事？自己爷们闲唠嗑。

张　汉：（唱）前堂来了一位客，少年风流长得俊。

张月娘：（唱）好不好的何关系？对着女儿说什么？

张　汉：（唱）既与你说必有事，你不晓女儿如今在闺阁。

张月娘：（唱）那个话儿望谁讲？臊人的话儿你别说。

张　汉：（唱）家家都是一样理，爹爹我愿与那人结丝萝。

张月娘：（唱）月娘闻听头低下，自言自语自揣摩。
张　汉：（唱）那个人姓高名俊英雄汉，汴梁搬兵去平贼。
张月娘：（唱）搬兵必是一武将，莫非说哪里反叛起风波？
张　汉：（唱）他说南唐豪王反，要夺大宋锦山河。
张月娘：（唱）他的年纪有多大？知他家哪里住着？
张　汉：（唱）家住汴梁在城里，一十九岁俊阿哥。
张月娘：（唱）眼下却做何官职？他祖名字可晓得？
张　汉：（唱）怀德怀亮高君保，高玉天下谁不说？
张月娘：（唱）佳人闻听心欢喜，叫声爹爹你听着。
　　　　（白）爹爹你老看着可好哇？
张　汉：好哇，我倒是相中了呢！
张月娘：你老可问他来着？
张　汉：问他啥啊？
张月娘：他家中有了媳妇没有呢？
张　汉：这个我可没问。
张月娘：人家说愿意来着？
张　汉：这个我也没问，我还不知道呢。
张月娘：哎，你老办的这是什么勾当呀？这么大的闺女，好像说着玩呢？
张　汉：闺女你别生气，慢慢地商量，没有商量不到一块儿的。
张月娘：并非女儿生气，哪有拿着十七八的闺女当玩笑的呢？真叫人脸上起火，办的是什么勾当？
张　汉：这话说得对呀，闺女不用忙啊。天道长着呢，等我回去再问问他去。（下）
张月娘：你看爹爹那么大年纪，办事不妥，奴不免随后看看去，果然要是位俏皮阿哥，如了奴的意，遂了奴的心，可以匹配；要是一个二憨头傻半膘子，他也怎得能够哇？走，看看去。（下）
　　　　（出高俊坐）
高　俊：（诗）英雄能盖世，到处有人钦。
　　　　（白）俺高俊。来到张家店内，住下歇息几日，再走不迟。
　　　　（上张汉）

张　汉：高少爷，多有怠慢了。

高　俊：好说，老人家请坐。

张　汉：坐着坐着。高少爷，老儿有一件事儿要与你商议商议，不知肯从否？

高　俊：老人家有话请当面讲。

张　汉：那么我就讲讲，少爷听了。

　　（唱）老汉生来嘴儿快，心中有事要说出。
　　　　　只要少爷抬爱我，这件事情不得不。
　　　　　老汉生下有一女，十八咧至今还未把阁出。
　　　　　我看少爷美仪表，又是武将还对付。
　　　　　情愿与你结连理，宜尔室家乐何如。
　　　　　老汉无有亲生子，女儿也算半子图。
　　　　　金银财宝交与你，我算有靠把你扑。
　　　　　后半辈子足够用，你今倒是愿意不？

高　俊：（唱）高俊闻听头低下，腹内思量暗夺乎。
　　　　　临阵收妻灭门罪，元帅知道必加诛。
　　　　　思罢多时尊老者，小姐大事礼轻忽。
　　　　　我本是兵部之人从此过，婚姻之事枉说出。
　　　　　既然友好住几日，要做此事再也不。

张　汉：（唱）张汉听罢倒憋气，

（门外张月娘上）

张月娘：（唱）月娘小姐款香足。
　　　　　窗棂以外止住步。

（白）呀！好一位小将官，果然俊俏。只见他威风凛凛，耀武扬威，头戴扎巾，千朵菊照。又见他膀大腰圆，相貌魁梧，好似那赵云出世，哪吒降生。哎哟，好一个风流俊俏人物也。

（唱）一见此人心欢喜，心头小鹿只是扑啦。
　　　不由得勾起奴的怜香意，心慌意乱骨发麻。
　　　这个人儿生得俊，风流盖世真可夸。
　　　别说男子群里少，十个见了九人夸。
　　　若得此人成婚配，赛过貂蝉女娇娃。

　　　　　　凤仪亭上成美事，拿着奴家比着她。
　　　　　　女子遇见风流子，何愁云雨会巫峡？
　　　　　　又想奴家成人大，独守闺房正十八。
　　　　　　奴家虽是庄农女，诗词歌赋常对答。
　　　　　　至今并未得婚配，几时才得宜尔室家？
　　　　　　这个人与奴真不差上下，终身可以匹配他。
　　　　　　爹爹闷着不言语，只得奴家想方法。
　　　　　　叫出爹爹问一问，倒退几步嗓子连煞。（咳嗽）
张　汉：（唱）老儿闻听说是哪，何人在此捉弄他？
　　　　　　这个地方来咳嗽，也不怕黄狗咬了脑袋瓜。
　　　　（站起，回身）原来还是闺女你，
张月娘：（白）爹爹哟，不管是谁瞎哈哈。
　　　　（唱）胡说八道老没六①，就欠打你脑袋瓜。
张　汉：（唱）胡说爹爹么？是你打得吗？
张月娘：（唱）你老说的什么话？信着嘴儿往外发。
张　汉：（唱）闲话少说言正事。
　　　　（白）闺女呀，不行，人家不愿意呀。
张月娘：他怎说来着？
张　汉：他说不与咱们做亲戚。看他那个样子，想是要看看你，不然你进屋，就叫他看上一看，何妨呢？
张月娘：呀，那我可不去，人生面不熟的，那是个啥样子呢？
张　汉：这可难咧，两头都拿起来啦。我说闺女呀，这亲事算散啦。哎呀，这宗事情散了，怪可惜的。哦，有了，不免取一根打棍，假装疯魔，进屋就打，我闺女必进屋拉我，那时我就把门一插，你俩一见面，就成了。走，取棍去。（下，拿棍上）哈哈，好个小高俊，你不应亲事，其情可恼，看打罢。
高　俊：老人家这是为何？
　　　　（张月娘进，拉张汉）

----

① 没六：指不正经，不着调。

张月娘：爹爹这是为啥？
张　汉：你进去吧。
　　　　（推张月娘进）
张月娘：你把我推进来做什么？
张　汉：哈哈哈，我这么一来，你不就进来了吗？高少爷，你看我闺女如何？
张月娘：咳，闹了半天，还是上了你的当了。你走开罢了，我要出去。
张　汉：你二人当面锣，对面鼓，你看他，他看你。我闺女头脑脚手庄稼人，也说得下去。高少爷你应下罢。
高　俊：哦，是，我应下就是了。
张　汉：哈哈哈，对了对了。你要不看见我闺女长得好看，心里一定是放心不下，对了面，你才应下了。我说闺女呀，你也看看你女婿。
张月娘：哎哟，说了个真哪，好厌气。
张　汉：哈哈哈，是愿意了，一扭身就走咧。姑爷今日就是良辰吉日，你二人就此拜堂成亲，不就完事了吗？
高　俊：小婿遵命。
张　汉：姑爷随我来。
高　俊：来了。
　　　　（出反帐，上卜登登）
卜登登：（诗）头戴扎巾雉尾飞，身穿铠甲放光辉。
　　　　（白）孤家琉璃大王卜登登是也，外人送了个外号叫一口气，在这傲云峰为王。只因打死人命，逃出在外，有绿林中的朋友，立我为王，占了这座高山，召集亡命之徒，白日拦路劫财，夜晚下山放抢。
　　　　（上卒）
卒：　　报大王得知，山下来了个矬子，口口声声要夺此山，我等动手，俱各败回。
卜登登：哎呀，好个该死的冤种，竟敢前来送死。喽啰们，就此带马杀下山去，不得有误。（下）
　　　　（上魏化）
魏　化：（白）咱家魏化。走了半日，并无一个兴隆之地，这座高山倒也可以呀。那边人喊马嘶，必是贼头来了，待我迎将上去。（下，对上）来这山贼，

　　　　　报名上来，你矬子爷棒下不死无名之辈。
卜登登：住口。好个小矬根子，竟敢问你琉璃大王的姓名，矬贼报名受死。
魏　化：山贼是你听了。
　　　　（唱）叫山贼，听我道。
　　　　　　　若问我，实言告。
　　　　　　　黄花山，有名号。
　　　　　　　跟师父，炼大道。
　　　　　　　学了些，法术妙。
　　　　　　　你爷爷，比你妙。
　　　　　　　金步下，能蹿跳。
　　　　　　　小棒槌，只一撂。
　　　　　　　管叫你，花红冒。
　　　　　　　不像你，叫人笑。
　　　　　　　骑烈马，喂草料。
　　　　　　　别望我，来扯臊。
　　　　　　　快把高山让给我，
卜登登：（白）哎呀。
　　　　（唱）看你矬子少训教。
　　　　　　　混逞强，来瞎闹。
　　　　　　　活该你，大寿到。
　　　　　　　闯我山，是威耀。
　　　　　　　拿住你，把油靠。
　　　　　　　催战马，把枪绕。
　　　　　　　叫喽啰，听我道，
　　　　　　　大家一齐擒小将。
　　　　（白）好个矬贼看枪罢。来，来，来。
　　　　（杀，魏化败下，又上）
魏　化：好个山贼，倒有几合勇战，不免将他马腿打折，擒他个活的便了。
卜登登：矬贼哪里走？
魏　化：看打。

卜登登：呀，不好。（落马，魏化按住打）
魏　化：山贼是你，看打。
卜登登：哎呀，饶了我吧，不用打了，快住手吧，稀屎冒了一裤裆啦。今日情愿让你为王，寨主是你的，三军由你分派，高山粮草成堆，金银满库，喽兵三千，战马无数，任你掌管，我听调用，扶你为王。不知銼爷意下如何？
魏　化：好，识时务者为俊杰。既然如此，就此上山。
卜登登：谢过寨主。
　　　　（诗）强中还有强中手，能人背后有能人。
　　　　（白）寨主请。
魏　化：请。
（高俊枪马上）
高　俊：（诗）心忙疾似箭，马走奔如飞。
　　　　（白）俺高俊。奉了元帅令，去上汴梁搬兵，不意走至半路，偶遇奇事，逼迫招亲，幸而得脱，险乎误了国家大事。天气尚早，进京便了。
　　　　（唱）豪杰催马奔大路，不住顿辔紧加鞭。
　　　　恐怕后面有人赶，扭项回头用目观。
　　　　幸得我暗暗逃出张家店，心中好似滚油煎。
　　　　有事只嫌马走慢，恨不能两膀插翅把翎安。
　　　　误了限期日不少，元帅盼我如火烟。
　　　　正走中间抬头看，眼前有座强虎山。
　　　　旗幡招展多威武，人叫马嘶喊连天。
　　　　逢山有道何用讲？遇林藏贼古人言。
　　　　只得闯山而过也，一拧长枪两手端。
　　　　大叫山贼来送死，速将人头送与咱。
　　　　一催坐骑马冲上去，
喽兵甲：（内唱）再表喽兵来巡山。（上）
　　　　那边来了一匹马，
　　　　马上驮着一将官。
　　　　此人来者必不善，必是官兵来闯山。

    咱快报与王爷晓。
  （白）哥呀，你看山下来了一员小将，手提银枪，闯上山来，咱们报与王爷便了。

喽兵乙：有理。
  （升帐，出反王，花面，坐）

王　祥：（诗）独霸为王占此山，召集喽兵有几千。
    有朝一日兵成队，推倒仁宗大报冤。
  （白）孤家飞锤大王王祥，当日在宋主驾下称臣，只因潘仁美镇守边关，将我父斩首，孤王怀恨在心，欲要报仇。谁想潘仁美权衡太重，帐下雄兵百万，战将千员，那时孤王无法可使，带领家眷一场好反，反在这强虎高山为王。孤家立起了旗号，招军买马，聚草屯粮，召集喽兵无数，这也不在其言。孤王所生一女，并无子嗣。女儿一十七岁，受过异人传授，专会呼风唤雨，撒豆成兵，真是孤王之幸也。
  （上卒）

卒：　报大王得知。

王　祥：所报何事？

卒：　听报。（数板）
  （唱）报报报，报与王爷得知道。
    小人去巡山，来了一员将官到。
    白面乌发生得美，二十来岁长得俏。
    头戴扎巾身穿铠，手托银枪玩得飘，哗啦啦地上下绕。
    长有丈八余，坐下一匹窜山跳。
    越岭又登山，闯上山来狠言道。
    大话发，把阵要，特报王爷你知道。

王　祥：（白）再去打探。

卒：　得令。

王　祥：哎呀，好个小辈，竟敢闯我山寨。众喽兵，一齐下山捉拿小将便了。
  （高俊对上）好个小冤家，竟敢闯你王爷的山寨。报上名来，好做刀下之鬼。

高　俊：住口。你爷爷高俊上汴梁搬兵求救，快快送我过山，饶尔等不死，不然

王　　祥：昔日有个高君保，那是你什么人？
高　　俊：那是伯父，家父高玉，问他怎样？
王　　祥：哈哈哈，孤王当是哪个，原来是贤侄到了，快快请上高山一叙。
高　　俊：这是为何？
王　　祥：贤侄不知，听我道来。

（唱）提起昔日高君保，与我同盟拜弟兄。
　　　　赵氏美荣是他母，怀德怀亮是英雄。
　　　　皆因是打边关起，潘仁美害死我父翁。
　　　　无奈出了汴梁地，不保宋王锦江山。
　　　　占山为王立事业，无拘无束任意行。
　　　　单等兵卒成了队，必要报仇发大兵。
　　　　兵困汴京城一座，找那昏君把账清。
　　　　今日幸喜贤侄到，多年不见成了丁。
　　　　又有武艺在少年，果然是侯爵之家出英雄。
　　　　孤家惜你是好汉，留你高山住几冬。
　　　　情愿认你为义子，日后好夺汴梁城。
　　　　孤王并无亲儿子，贤侄就是守阙龙。
　　　　不知贤侄愿意否？

高　　俊：（唱）高俊心中打调停。
　　　　老贼还有谋反意，以后必有一场争。
　　　　当下要与他动手，单丝不线难成功。
　　　　捉虎不成倒惹祸，何不暂且顺势行？
　　　　假意应允叫义父，稳军之计将他倾。
　　　　暗下无常难防备，杀了老贼再搬兵。
　　　　主意一定开言道，
（白）王爷既不嫌小侄无用之才，小侄怎敢高攀？

王　　祥：贤侄不必太谦虚，这也是鬼使神差，你我该有父子之情。随父王上山，杀猪宰羊大排宴席，吾儿随我来。
高　　俊：来了。

（出下场门，小旦坐）

王翠兰：（诗）闺中绣户女俊英，常骑烈马拉硬弓。
　　　　　　刀枪剑戟常习练，习读战术能排兵。
　　　　（白）奴家王翠兰，年方一十七岁，待字闺中，母亲去世，跟随爹爹，来强虎山为王。奴家是白莲圣母之徒，学得武艺精通。我有一位姑母，出嫁八星庄张家，苦膝下并无兄弟，只有一位表姐，家业倒也丰富。奴家从小在她家住过，只因姑母三年前去世，至今书信不通。

（上王祥）

王　祥： 女儿在房吗？
王翠兰： 爹爹来了，请转上座。
王　祥： 便座可以。
王翠兰： 呀，爹爹盔甲在身，满目风光，莫非说有什么喜事不成？
王　祥： 哈哈哈，女儿眼力不错，果然有大喜事。女儿听了。
　　　　（唱）为父今日升大帐，吩咐喽兵去行围。
　　　　　　正在此时人来报，说有闯山小毛贼。
　　　　　　为父出马把山下，果然是个小英魁。
　　　　　　人品出众枪法好，风流俊俏有雄威。
　　　　　　问他来意把名报，原来是高君保的亲侄儿。
　　　　　　呼延庆他帐下将，只因豪王起是非。
　　　　　　兵至锁阳关城下，杀得宋将大败回。
　　　　　　汴梁搬兵去求救，为父认他做义儿。
　　　　　　女儿你说好不好？
王翠兰：（唱）佳人闻听说使得。
　　　　（白）爹爹呀，
　　　　（唱）既已认亲为兄妹，藏藏躲躲使不得。
王　祥：（唱）王祥说是很有理，却叫为父乐于飞。
　　　　　　他今现在书房坐，自己独坐无人陪。
　　　　　　女儿不可怠慢了，他是谁来你是谁？
　　　　　　为父有事去吩咐，
王翠兰：（唱）这才喜坏女花魁。

奴家何不瞧一瞧？

（白）你瞧我爹爹这大年纪，太也胡闹，只顾操演兵将，报仇心胜，把这么大的十七八岁的姑娘，扔在九霄云外，一字不提，莫非我老死家中不成？方才又说来了一位宋将，乃是高怀亮的后代，叫什么高俊，又说那人长得粉团似的。叫我爹爹这么一说呀，你看，我只觉心里一阵好忙叨，这个人不知怎样风流？爹爹呀，你瞧好啦！只认为干儿子，你怎么没想起我来呢？我爹爹临走，吩咐不叫我怠慢与他，既有爹爹之命，何不前去瞧瞧？果然要是一位俏皮哥哥，哎哟，为何不趁水和泥呢？成其美事呀！

（唱）佳人时下春心动，杏眼乜斜心内活。

奴家今年十七岁，独守空房在闺阁。

爹爹想着征宋主，把我这事一旁搁。

哎，自己事儿自己办，奴想看看干哥哥。

果然人品长得好，干兄干妹唠个嗑。

他如有意将奴爱，私订终身也使得。

想到此间离了座（下，又上），拿着水壶炉上搁。

手拿小扇扇炉口，一会就开时不多。

急洗茶碗抓香片，才要摸壶一哆嗦。

（白）哎呀，好烫。

（唱）斟上一碗往外走，轻摇玉体把步挪。

不言翠兰出房去，（下）

（出高俊坐）

高　　俊：（唱）再表高俊小阿哥。

要杀老贼无妙计，独坐书房不快活。

（上王翠兰）

王翠兰：（唱）翠兰小姐把房进，茶碗放在八仙桌。

哥哥可好小妹拜，

（白）哥哥可好？小妹有礼了。

高　　俊：（唱）高俊站起把揖作。

莫非你是妹妹到？

王翠兰：（白）是的。咱们兄妹不认得。

高　　俊：（唱）请坐请坐快请坐，

王翠兰：（白）不要劳动。

（唱）小妹送茶哥哥喝。

喝口茶来好不好？

高　　俊：（白）妹妹费心了。

王翠兰：不必多礼。

（唱）方才爹爹对我说。

故此来把哥哥见，慌得小姐乐如何。

哥哥你可别见笑，闲来兄妹唠个嗑。

哥哥今年十几岁？

高　　俊：（白）虚度一十九岁了。

王翠兰：可是的，家中娶了嫂子么？

高　　俊：并未成亲。

王翠兰：（唱）佳人闻听心欢喜。

（白）哥哥呀，像你这样的风流人物，怎还不成亲呢？

高　　俊：大丈夫为国尽忠，何用那绊脚之人？

王翠兰：哎哟，你可倒真坚决。哥哥呀，小妹奉了爹爹之命，听说你没有媳妇，特来与你保媒来了，不知你愿意呀不愿意呀？

高　　俊：不知何人之女？什么名姓？多大岁数？离此多远？

王翠兰：你问这个人啦，离这里远呢，远有一千，近着，近着五百。哎哟，哥哥呀，你往对面看哇。

高　　俊：哦，妹妹说的这是什么话？

王翠兰：哎哟，小妹说的是实话，吾的俊哥哥呀。

高　　俊：哎，妹妹，你太不稳重了呀！

（唱）妹妹说的什么话？外人听见耻笑咱。

王翠兰：（唱）哪个敢来多多嘴？前生造定美良缘。

高　　俊：（唱）什么良来什么缘？轻轻薄薄不耐烦。

王翠兰：（唱）干的哪有亲的好？月老早把红绳拴。

高　　俊：（唱）闲话少说快出去，愚兄等着把门关。（放门）

王翠兰：（唱）将门一插手拉住，想要出去只怕难。

高　俊：（唱）你不出去我出去，叫你坐到五更天。

王翠兰：（唱）小奴就在门中立，要想出去难上难。

高　俊：（唱）岂不知兄妹关系大，爹爹知道难容宽？

王翠兰：（唱）爹爹不管我的事，哥哥呀咱俩快快上巫山。

高　俊：（唱）越发说得差了礼，好叫愚兄面无颜。

王翠兰：（唱）我瞧哥哥应了好，不久怕是祸塌天。

高　俊：（唱）什么祸来我不怕，坏事不做可对天。

王翠兰：（唱）你要不应我就喊，

高　俊：（白）你喊什么？

王翠兰：（唱）我就说哥哥调戏女婵娟。

高　俊：（唱）误作非言人难信，快快出去莫歪缠。

王翠兰：（唱）佳人羞恼变成怒，

（白）哥哥你成心不应，我就要喊了。

（高俊坐，王翠兰作势嚷）

高　俊：妹妹不可，哥哥应下就是了。

王翠兰：哎呀，好堵好堵，堵得吾一点气也喘不上来，憋了奴家一身汗哪。人家说叫你应下吧，你偏不应，这时为何应下啦？

高　俊：讲不了，抱屈应下就是了。

王翠兰：哎哟，你还觉得抱屈呢？

高　俊：是的。

王翠兰：（诗）千里姻缘一线牵，误遭虎穴与龙潭。

（白）将军随我来。

高　俊：来了。（打三更，高俊拿剑上）好耶好耶，幸喜反贼睡觉，不免杀了老贼好下山，寻找老贼便了。（下，内白）好，老贼在此睡觉，是你，着剑。（王祥死。又上）我将老贼杀死，趁此无人，拉马下山便了。

（打五更，鸡叫，二喽兵上）

喽兵甲：兄弟我方才正睡得香的，听得"啊呸"一声，就把我惊醒了。

喽兵乙：吾也听着，好像有动静似的。

喽兵甲：走，咱们瞧瞧去。（下，又上）

喽兵乙：哎呀，可不好啦，王爷不知叫什么人给杀啦！咱们快禀报小姐去吧。（二

人下，又上）

喽兵甲：小姐快来吧，可不好啦！

（上王翠兰）

王翠兰：什么事情？正在睡得着着的，大惊小怪的。

喽兵乙：小姐可不好啦，王爷不知叫谁给杀啦！

王翠兰：呀，此话当真？

喽兵甲：可不呢。

王翠兰：待我瞧来。（下，又上）呀！果然，我爹爹被人杀死。喽啰们，你少爷哪里去了？

喽兵乙：不知少爷去向。

王翠兰：前后与我找来。

（下，又上）

喽兵甲、喽兵乙：前后找遍不见踪迹，少爷那匹马没了。

王翠兰：呀！王爷必是这个小冤家杀死。喽啰们，快瞧盔甲，抬刀备马，追下高山便了。

喽兵甲、喽兵乙：哈。

（高俊枪马急上）

高　俊：好也，幸而逃下山来，不免进京便了。（呐喊）呀，不好了，后面人喊叫，必是反女追来，这却如何是好？

（王翠兰刀马上）

王翠兰：好个小冤家，你往哪里跑？

高　俊：哦，妹妹带兵何往？

王翠兰：好一个无义的强贼，杀了我爹爹，还想逃走？是你，看刀！

高　俊：妹妹，你砍我一刀，我不还手。

王翠兰：却是为何？

高　俊：一瞧爹爹认子之情。

王翠兰：你既瞧认子之情，就不该杀死我父。强人看刀。

高　俊：你砍我二刀，也不还手。

王翠兰：又是为何？

王翠兰：二瞧兄妹之情。

王翠兰：哎，既瞧兄妹之情，就有认父之义，你不该暗下毒手。不必饶舌，瞧刀！
高　俊：你砍我三刀，又不还手。
王翠兰：这又是为何？
高　俊：三瞧夫妻之情。
王翠兰：哎，好个小冤家，真是无情无义强盗了。
　　　　（唱）佳人又羞又是气，好个无情无义郎。
　　　　　　　爹爹好意将你认，留你久住在山冈。
　　　　　　　瞧你是条英雄汉，日后帮助夺汴梁。
　　　　　　　谁知眼瞎错瞧了，拿着吊客当金刚？
　　　　　　　奴倒好意怜爱你，你得便宜配鸳鸯。
　　　　　　　今日定要将仇报，不杀小辈算平常。
　　　　　　　大刀一摆搂头剁，眼下叫你见阎王。
高　俊：（唱）高俊着急忙招架，心中打算拿主张。
　　　　　　　丫头刀马甚骁勇，女中魁元世无双。
　　　　　　　敌她不过快逃命，久战只怕要受伤。
王翠兰：（唱）将马一催赶下去，不杀小辈不刚强。
高　俊：（唱）高俊回头说不好，
　　　　（白）呀，不好了，丫头后面追来，眼前就是八里庄，不免逃回张家店便了。（下）
　　　　（上王翠兰）
王翠兰：你瞧这小冤家，他想逃走比登天还难，待奴单人独马追赶便了。
　　　　（高俊拉马上）
高　俊：好了好了，来到岳父门口，待我扣门。娘子开门来。
张月娘：（内白）来了。（上）开门。呀！将军这是为何？瞧你脸上那些汗，这样惊慌失色呢？
高　俊：哎，娘子不知，原是这般如此，反女追赶来了。
张月娘：这等将军闪在一旁，待我瞧来。
高　俊：是。
王翠兰：呀，门前站立那女子不是张月娘吗？
张月娘：正是。妹妹披挂整齐，跨马提刀，意欲何往？

王翠兰：姐姐不用问了。
张月娘：妹妹既到舍下，请进屋里讲话。请。
王翠兰：请。
（出张月娘坐）
张月娘：方才把翠兰妹妹请到后楼，问明缘故，原来是将军杀死我舅舅，她一怒追下山来，追赶将军报仇。我又问她，她竟是半含半吐，话里有话，我想高郎果然如此，成就一夜之情。那王氏妹妹情如烈火，必要报仇，这叫奴家何以解眉？哦，有了，不免今夜将翠兰灌醉，把将军叫来陪他一夜，奴在窗外听着，一瞧他俩要是置气，奴好去说合说合。丫鬟。
（上丫鬟）
丫　鬟：小姐有何吩咐？
张月娘：后楼摆酒宴伺候。
丫　鬟：晓得了。
（同下）

（完）

第 四 本

【剧情梗概】 王翠兰追赶高俊来到张月娘处,在张月娘撮合之下,二人化干戈为玉帛,亦结为夫妻。吕蒙正被贬为民后,闲来无事,到郊外游春玩景,来到傲云峰,魏化请吕蒙正到山上小住。狄桂枝一番甜言蜜语,哄得天子决定让狄青挂印为帅,杨文广做先锋官。杨文广不服,前去禀明八王。八王到金殿与天子辩理,天子无奈,只好答应让杨文广为帅,狄青为副帅,狄龙、狄虎为运粮官。运粮军途经傲云峰,军粮被卜登登劫走。杨文广欲斩狄龙、狄虎,众将告免。吕蒙正与魏化前来归还军粮,并留在营中效力。南唐太监袁为如因妒忌寇正清,欲施计加害,不想弄巧成拙,反促成寇正清与李玉民之女李如花相恋。

(出王翠兰,平桌坐)

王翠兰:(诗)杀父仇未报,强人行无踪。
(白)奴家王翠兰。只因追赶强人,来在姑父家中,不知强人跑到哪里了?父仇不报,强人不见,真叫人气恨难消。
(上张月娘)

张月娘: 妹妹多有失陪了。

王翠兰: 姐姐来了?请坐。

张月娘: 这边有坐。

王翠兰: 哦,姐姐,强人杀死我父,未曾拿住,真叫人实在难受。

张月娘: 妹妹不必忧虑,暂且歇息,等到明日,姐姐帮你,管保拿住那人与妹妹出气就是了。丫鬟,酒宴伺候。
(唱)吩咐丫鬟排酒宴,我与妹妹压压惊。

王翠兰:(唱)可叹爹爹死得苦,无缘无故丧残生。

张月娘:(唱)那人是谁何名姓?为何住在高山峰?

王翠兰:(唱)从头至尾说一遍,父王认他为螟蛉。

张月娘:(唱)既然认亲有关系,妹妹你也得看看兄妹情。

王翠兰:(唱)提起情分更有气,剁他千刀气才平。

张月娘:(唱)妹妹不必多忧虑,你也不必把气生。

王翠兰：（唱）一家人儿算尽了，剩下小妹孤零零。
张月娘：（唱）你也不必回山去，住在我家理上通。
王翠兰：（唱）至如今，叫我有家难以奔，叫人怎能不痛伤情？
张月娘：（唱）妹妹不必心悲痛，吩咐丫鬟看大盅。
王翠兰：（唱）奴家自幼不吃酒，心中有事不安宁。
张月娘：（唱）你若不饮奴怎饮？莫非说，你把姐姐看得轻？
　　　　（白）妹妹请酒。
王翠兰：（唱）劝酒殷勤不用讲，（醉）左一盏来右一盅。（入睡）
　　　　喝得王氏翠兰醺醺醉，扶桌而卧睡蒙眬。
张月娘：（唱）月娘一见说有趣。
　　　　（白）你看王氏妹妹喝得酩酊大醉，不免把高郎请来，叫他夫妇和谐一宿，奴家在窗外听着，怕他俩置气。丫鬟们。
丫　鬟：（内白）有。（上）
张月娘：请你姑爷。
丫　鬟：晓得了。（下）
张月娘：奴家只得出去，怕的是高郎进来羞愧呀。
　　　　（唱）奴家只得躲出去，怕的是高郎进来面带羞。
　　　　款动金莲往外走，
高　俊：（内唱）高郎进来低下头。（上）
　　　　只见翠兰扶桌睡，须得防备女娇流。（张月娘上听）
　　　　有心上前捉拿住，娘子说女子神通多计谋。
　　　　只见她扶桌而睡昏如死，今夜淑女配好逑。
王翠兰：（白）姐姐我可不喝了哇。
高　俊：（唱）她在睡中说胡话，必是心里发糊涂。
　　　　果然是痴心女子负心汉，想我高某志气丢。
　　　　此女纵然是反女，可叹他父掉了头。
　　　　父女天伦岂不恨？真叫他有国难奔有家难投。
　　　　又有怜爱我的意，一夜夫妻情难丢。
　　　　恨我高俊心太狠。
王翠兰：（白）姐姐给我一碗茶吧，我好渴呀。

　　　　二人说罢往下跑，（下，对上）围住主仆不放松。
院　子：（唱）院子才要回里跑，
喽　兵：（唱）喽兵赶上拉能行。
吕蒙正：（白）好个贼子，莫非要打抢么？
喽　兵：你不必多言，将你绑上山寨便了。
　　　　（出反帐，魏化坐）
魏　化：（诗）别看㷟子生得丑，生铁棒槌常在手。
　　　　（白）孤家混天大王魏化是也。自从师父命我下山，无处投奔，住在傲云山，降服头目卜登登。他的眼力不错，立我为王。专等文广挂印征南，从此所过，再归为时不晚。
　　　　（喽兵上）
喽　兵：报大王得知，小人巡山，拿来两个过路客人，乞令定夺。
魏　化：与我绑上来。
喽　兵：绑着绑着。（绑上，吕不跪）
吕蒙正：哼哼哼，你们把老爷绑上山来，意欲怎样？
魏　化：你这老儿见了孤家，为何不跪呢？
吕蒙正：住口，你老爷上跪天子，下跪父母，岂肯跪你这山贼？
魏　化：你口称"老爷"二字，莫非说你有什么官职？要你说来，我好放你下山。
吕蒙正：毛寇是听了。
　　　　（唱）叫毛寇，听我明。
　　　　　　提起老夫，天下驰名。
　　　　　　姓吕名蒙正，扶保宋朝廷。
　　　　　　为国尽忠效力，赤胆可对苍穹。
　　　　　　户部尚书官非小，扶保宋朝有大功。
　　　　　　昏君主，是愚蒙。
　　　　　　杀死杨门，听信狄青。
　　　　　　老夫去保本，昏君逆耳听。
　　　　　　官家不准我本，反倒惹了灾星。
　　　　　　贬家为民丢官职，退回林下务庄农。
　　　　　　闲无事，郊游行。

　　　　　来到山下，遇见群凶。
　　　　　拦路劫老夫，绑上高山中。
　　　　　意欲把我怎样？老爷不怕死生。
　　　　　杀剐存留任凭你，
魏　　化：（唱）烨爷闻听心内惊。
　　　　　忙离座，笑盈盈。
　　　　　亲自解绑，上前打躬。
　　　　　得罪多得罪，莫气多宽容。
　　　　　不知大人到此，又受一绑之惊。
　　　　　大人要问名和姓，魏化就是我的名。
　　　　　一五一十说一遍，
　　（白）今日屈尊大人，前往高山，盘桓几日，不知大人意下如何？

吕蒙正：倒也可以。

魏　　化：喽兵们，杀猪宰羊，大排筵宴，与吕爷压惊。吕爷请。

吕蒙正：请。

（出狄桂枝坐）

狄桂枝：（唱）容颜娇娜随圣主，果然凤体配真龙。

　　（白）奴家狄桂枝，圣上宠爱，封在西宫下院。昨日爹爹下了一封密书，命人送在宫中，说是因杀杨门，反惹一场大祸羞辱。又说征南元帅，不叫文广所挂，里头还有别的隐情。单等圣驾回转宫院，奴再加上甜言蜜语，必然十奏九准。

（上宫娥）

宫　　娥：启禀娘娘，驾临西宫。

狄桂枝：待我接驾。（下，内白）万岁，小妃接驾。

天　　子：（内白）爱妃平身。

狄桂枝：（内白）谢过万岁。（同上）万岁今日为何不乐呢？

天　　子：咳，你哪里知道？朕这几天愁还愁不过来，哪里来的乐呢？

狄桂枝：不知朝中有何大事？说与奴家知晓。

天　　子：好。仁宗天子把以往之事说了一遍，如此你可得知？

狄桂枝：呀！朝中竟有这大事呀，万岁。

（唱）狄妃闻听一席话，龙耳细听小妃云。
　　　国丈保主多忠烈，征南战北扫烟尘。
　　　与主定国安天下，那杨门上欺天子下压臣。
　　　贪赃误国耽误事，并无保主一片心。
　　　长欺文武多奸诈，不怕暗里有鬼神。
　　　后来必有谋反心，杨金花私自出府门。
　　　仗着她家功劳大，太君纵放女钗裙。
　　　夺了帅印不算数，她打皇亲罪更深。
　　　文广劫夺法场是造反，杀了多少御林军？
　　　八王偏又向杨府，杨家女子成了群。
　　　提起杨门与狄姓，冤仇结得似海深。
　　　万岁发兵征南去，国丈可以领三军。
　　　文广要是挂了印，印在他手反了心。
　　　国丈要有小过犯，怕的是文广与他作仇人。
　　　小奴既然伴圣主，岂叫国丈寒透心？
　　　圣上细细想一想，

天　子：（唱）仁宗闻听自沉吟。
　　　　　爱妃说得真有理，
　　　（白）若依爱妃说来，文广挂不了印了？

狄桂枝：万岁，文广挂了帅印，怕是我父兄死在他手。

天　子：国丈挂了帅印，到了南唐，怕是胜不了豪王。

狄桂枝：万岁，岂不知有几辈古人，文官领兵为帅，武将帐下听用？何况爹爹刀马人人知晓哇！
　　　（唱）蜜语甜言哄万岁，小奴有事奏朝廷。
　　　　　西岐文王立事业，请了个八十多岁老太公。
　　　　　年迈不会把刀耍，治得那江山八百有余零。
　　　　　自幼习文不学武，他与陈岐定太平。
　　　　　三国军师诸葛亮，不会跨马去出征。
　　　　　拿着古人比今朝，况且我父刀马有声名。
　　　　　国丈可以把权掌，文广叫他作先锋。

　　　　　　他府众将听差遣，保管江山得安宁。
　　　　　　不知说的是不是？
天　子：（唱）喜坏天子宋仁宗。
　　　　　　今日快排御筵宴。
　　　　（白）爱妃所奏有理，叫国丈为帅，文广作先锋也就是了。
狄桂枝：谢过万岁。宫娥们，筵宴伺候。万岁请。
天　子：爱妃请。
　　　　（出文广，王帽，平桌坐）
杨文广：（诗）保国全凭三尺剑，布阵须得六套书。
　　　　（白）俺杨文广。前日多亏八王千岁，赦我杨家满门家眷无罪，封我增孝王之职，又罚狄青三千两白银。如今征南，帅印不知道是谁挂了？
　　　　（杨洪急上）
杨　洪：启禀少主人得知，万岁圣旨贴出，狄青领兵为帅，少爷得先锋官了。
杨文广：呀，好个昏君，听信谗言，当初我父也是如此死的，狄青为帅，吾父先锋。看今日之事，如害我父一样，我自有道理。杨洪，外边带马伺候，一到安乐宫走走。
　　　　（暗朝，天子坐，上高俊）
高　俊：（跪）万岁万岁万万岁，臣高俊见驾。
天　子：高爱卿，锁阳关的事情怎样了？
高　俊：万岁，南唐贼兵困城。呼千岁出马大败而归，无奈修了告急本章，请主御览。
天　子：呈表上来。
高　俊：万岁。
天　子：爱卿暂且回府歇息去吧，明日教场伺候。
　　　　（出赵既显坐）
赵既显：（诗）太平天下民安乐，荒乱年间君也愁。
　　　　（白）本王赵既显。自从那日赦了杨门，封了文广，罚了狄青，又将潘桂重打了一顿，就是尚书不知去向，好叫本王终日忧愁。
　　　　（太监上，跪）
太　监：禀千岁，增孝王求见。

赵既显：有请。

太　监：是。（下，内白）里面有请。

杨文广：（内白）来了。（上）千岁在上，增孝王叩头。

赵既显：免礼，坐下讲话。

杨文广：告坐。

赵既显：增孝王，你不在府中伺候太君，来在安乐宫有何大事？

杨文广：千岁不知，你听了。

　　　　（唱）未曾开言先叹气，口尊千岁听臣明。

　　　　　　杨门扶保宋真主，忠心赤胆对苍穹。

　　　　　　为臣听得一件事，南唐豪王起战争。

　　　　　　我父却是怎么样？为国尽忠一命倾。

　　　　　　今日之事一个样，我文广至死不能作先锋。

　　　　　　望求千岁查情理，

赵既显：（唱）路花王爷口打哼。

　　　　　　圣上他是竟惹事，杨门比不得众公卿。

　　　　　　必得文广为元帅，他府众将去随征。

　　　　　　想罢开言叫文广，你听本王说分明。

　　　　　　今日上殿全凭我，管保叫你作元戎。

　　　　　　只要你忠心保圣主，

　　　　（白）增孝王随本王上殿，管保叫你为帅就是了。

杨文广：谢过千岁。

赵既显：（唱）江山虽然皇王管，也得由着孤王行。

　　　　（摆朝，五官站）

众　臣：（诗）朝臣待漏五更寒，铁甲将军夜渡关。

　　　　　　钟声三响惊燕雀，文东武西列两班。

赵既显：（白）本王路花王赵既显。

杨文广：本官增孝王杨文广。

包文正：本阁包文正。

苗从善：下官苗从善。

狄　青：下官国丈狄青。

众　　臣：圣驾临轩，分班伺候。

（出天子）

天　　子：（诗）金阕晓钟开万户，玉阶仙仗拥千官。

（白）朕大宋天子四帝仁宗在位。昨日锁阳关告急，本章进京，叫朕急发人马，锁阳关不久就要攻破。内臣伺候，宣八王上殿。

太　　监：领旨。圣上有旨，宣八王上殿。

（上赵既显）

赵既显：万岁万岁万万岁，臣来见驾。

天　　子：八皇兄平身，赐绣墩坐了。

赵既显：谢万岁。

天　　子：哦，皇兄，昨日锁阳关告急，本章到来，叫朕急发人马，好保关城。

赵既显：如此，就当命杨文广挂印，即日起兵前往。

天　　子：咳，若依我看来，狄国丈挂印为帅，文广作先锋官，这个朕无忧矣。

赵既显：万岁，还是国丈作为先行，文广挂印为帅，保我主江山平稳。

天　　子：还是国丈挂印好。

赵既显：还是文广挂印好。

天　　子：国丈好。

赵既显：文广好。

天　　子：国丈好。

赵既显：住口，好个昏君，你不该顶撞本王，可恼啊可恼。

（唱）用手指，骂昏君。

真乃无道，胡言乱云。

依仗皇亲重，不显朝忠臣。

本王说是文广，你说狄青领军。

冲撞孤王就不让，你今算是昏了心。

狄国丈，管三军。

谁肯前去，先锋当身？

文广不能去，何人把阵临？

没有他府众将，好汉英雄一群。

你叫狄青为元帅，谁肯前去把阵临？

（白）这是你做的好事，想上一想，对也不对？

（唱）南唐主，有妖人。

狄青年迈，大刀难抡。

虽然当年勇，现今不能擒。

误了国家大事，江山付与他人。

那时悔之晚矣，我孤王打发昏君命归阴。

举起了，铜一根。

天　子：（白）呀！

（唱）天子一见，战战兢兢。

皇兄休动怒，听朕把话云。

依着皇兄所办，千万不可动真。

就叫文广挂帅印，登台点将管三军。

这样皇兄可如意？

（白）八皇兄且请息怒，就叫增孝王挂印就是了。

赵既显：这才是圣上明鉴。

天　子：增孝王、狄青上殿。

（上杨文广、狄青）

狄青、杨文广：万岁万岁万万岁。

天　子：二卿听孤王吩咐，增孝王为兵马大元帅、天下都招讨，狄青国丈为副元帅，代管三军，杨门众将俱在帐下听用。急下校军场，挑兵十万，发兵南唐，得胜班师回朝，另外加封。不许再奏，退朝。

狄青、杨文广：万岁万岁万万岁。

赵既显：万岁，此事两全其美，却也如何？

天　子：好，皇兄分派得很好。

赵既显：内臣，看辇回宫。

天　子：咳，叫朕无法可使。

众　臣：（诗）宁为天下无能汉，莫做朝中软弱君。

（杨文广升帐，十一人站）

众　将：（诗）威风凛凛动，杀气万丈高。

站在将台下，个个显英豪。

狄　青：（白）俺副帅狄青。
岳　松：俺正先锋岳松。
孟　强：俺左先锋孟强。
焦　玉：俺右先锋焦玉。
陈　茂：俺左护卫陈茂。
柴　胜：俺右护卫柴胜。
孟　虎：俺左哨监军孟虎。
焦　仁：俺右哨监军焦仁。
高　俊：俺高俊。
狄　龙：俺狄龙。
狄　虎：俺狄虎。
众　将：今日元帅登台点将，大家在此伺候。

（出杨文广）

杨文广：（诗）大将南征胆气豪，腰横锋利偃月刀。

　　　　　　　男儿要挂封侯印，必须血战立功劳。

（白）本帅杨文广。奉旨挂印为帅，在校军场挑兵选将，兵发南唐，扫灭烟尘。只见众将，威风凛凛，杀气腾腾，好不威风也！

（唱）文广在，将台观。

　　　　众好汉，站两边。

　　　　凤翅盔，头上安。

　　　　连环甲，身上穿。

　　　　勒甲绦，九股攒。

　　　　护心镜，赛水盘。

　　　　东方将，是魁元。

　　　　蓝花脸，天神般。

　　　　手使的，打将鞭。

　　　　杀气勇，真威严。

　　　　举虎目，望西观。

　　　　众将见，逞凶顽。

　　　　马也炸，人也欢。

　　　　旌旗展，是兵山。
　　　　观北方，将魁元。
　　　　凶抖抖，不一般。
　　　　膀也夯，武艺全。
　　　　称好汉，在中年。
　　　　南方将，英雄贤。
　　　　兵也广，将也欢。
　　　　一齐的，闹喧喧。
　　　　手提着，竹节鞭。
　　　　长枪手，在两边。
　　　　藤牌手，滚得远。
　　　　弓箭手，望无边。
　　　　文广看，甚喜欢。
　　　　叫声众将听吩咐。
　　（白）众将官，排列东西，听本帅点来。副帅狄青。

狄　青：在。

杨文广：先锋岳松。

岳　松：在。

杨文广：左先锋孟强。

孟　强：在。

杨文广：右先锋焦玉。

焦　玉：在。

杨文广：左护卫陈茂。

陈　茂：在。

杨文广：右护卫柴胜。

柴　胜：在。

杨文广：左哨监军孟虎。

孟　虎：在。

杨文广：右哨监军焦仁。

焦　仁：在。

杨文广：高俊。

高　俊：在。

杨文广：大国舅狄龙。

狄　龙：在。

杨文广：二国舅狄虎。

狄　虎：在。

杨文广：狄龙、狄虎，命你二人押着十万石军粮，先行六十里。人马不动，粮草先行，误了军机大事，必定斩首。

狄龙、狄虎：得令。

杨文广：众将官，今日兵发南唐，前进者有功，后退者斩首。

众　将：哈。

杨文广：众将官，祭了天地，炮响出城，一奔南唐，不得有误。

（唱）吩咐下将台，兵行不怠慢。（下，全马上）

马炸人也欢，众将把马鞭。

炮响起了兵，各把威风现。

出了汴梁城，尘蔽日月暗。

战将五十员，大兵整十万。

盔缨映日红，铁甲龙鳞片。

各执枪与刀，暗带弓和箭。

左右二先锋，护卫打前站。

逢山把路开，遇水把桥叠。

逢城有官迎，穿州又过县。

兵行非一日，一站到一站。

报与城内知，军卒把马换。

报与众儿郎，不准来回探。

晓行夜宿存，埋锅与造饭。

次日又行程，个个把马牵。

养兵有千日，用兵一时换。

正然往前行，这日天黑暗。

（上卒）

卒：　　（唱）报事儿郎忙跪倒。

　　　　（白）报元帅得知，天色黑暗，大兵难行，请令定夺。

杨文广：这等看吉地，安营扎寨。

卒：　　哈。（下）

　　　　（出反太监坐）

袁为如：（唱）南朝大事得知闻，一品太监人上人。

　　　　（白）咱家太监袁为如，人都把我名叫白咧，叫我圆水壶的，咱家也不怪罪他们。南唐朝之事，咱家先就知道。那日来了一名北国之人，名叫寇正清，王爷封他谋士之职。我看他那个模样，有点扬眉吐气的，总望我架子轰轰的，和咱家不大对头。他也看不起我这一品太监，我也看不起他一品谋士，想个啥法儿将他治死呢？省得在我眼皮底下绕来绕去呢。哦，哦，有了，不免今日设下酒宴，请他来用酒，将他灌醉，差人把他抬到梅花亭上，等着郡主回来的时候，必然将他杀了，不就去了我胸中之恨吗？定是这个主意。孩子们，请你寇爷。

卒：　　哈。（下，内白）有请寇爷。

寇正清：（内白）来了。（上）

寇正清：袁公公哪里？

袁为如：寇爷哪里？哈哈，寇大人请坐。

寇正清：你我同坐。哦，袁公公，我寇某有何德何能之处，敢劳公公一请？

袁为如：知己相交，不必客套。孩子们，排宴上来。

　　　　（唱）吩咐一声排酒宴，我与寇爷迎迎风。

寇正清：（唱）寇某有何德能处？公公费心我感激。

袁为如：（唱）自从来在南唐内，并没叙旧把话明。

寇正清：（唱）既然如此我就扰，复又离座身打躬。

袁为如：（唱）不必多礼快请坐，大家坐下饮刘伶。

寇正清：（唱）正清这才落了座，酒饮三盅喜乐增。

袁为如：（唱）吩咐一声看大盏，划拳行令笑盈盈。

寇正清：（唱）无法推辞只得饮，喝着一醉到天明。

袁为如：（唱）这就叫作饮军计，眼前不知死共生。

寇正清：（唱）正清不知其中故，喝得个前仰后合眼难睁。

袁为如：（唱）从来大材有大用，孩子们快快与他换大盅。
寇正清：（唱）不喝不喝我不饮，扶桌而寝睡朦胧。（睡）
袁为如：（唱）尊声寇爷你再饮，起来咱俩把话明。
　　　　　　　连叫数声不言语，莫非你竟装耳聋。
　　　　　　　哈哈，可是上了我的当。
　　　　（白）寇正清寇爷，怎么叫你，你为何都不应我？哦，你看他醺醺大醉，我有道理。孩子们，将他抬到梅花亭上，别叫郡主知道。
卒：　　呀，我们不敢去呀。
袁为如：怎么不敢去呢？
卒：　　老王爷说过，再有人私进梅花亭，必要斩首。
袁为如：哈哈，好个猴崽子，有咱家做主，自然无事，我岂肯叫你们送死去吗？只管抬去，有了乱子，推在咱家身上，回来时节，每人赏银五两。
卒：　　那可先给我们。
袁为如：哈哈，这些东西，为何加这样小心呢？你们爷哪一遭欠下过你们来着啊？
卒：　　哼，你哪一回给来着啊？赊着不干了。
袁为如：咳，（掏银子）把这些银子收过，你们快去抬吧。
卒：　　是。（将寇正清抬下）
袁为如：哈哈哈，寇正清呐寇正清，我叫你金风未动蝉先觉，暗算无常死不知。
　　　　（李如花刀马上）
李如花：（唱）操兵演将征宋主，要与父王定家邦。
　　　　（白）奴家梅花郡主李如花。奉了父王之命，带领蛮兵校场操演兵将，好夺大宋江山。今日天色已晚，蛮卒们，就此回关。（下）
　　　　（出梅花亭，二卒抬寇正清上。）
卒：　　抬着抬着，放在这亭子上吧。咱们快走，郡主看着就活不了啦！
李如花：（内白）蛮卒们，将马带过。（上）呀，这是何人在我梅花亭上睡觉？待奴将他斩了。呀，且住，李如花，李如花，你这就不是了，既要杀人也要杀个明白，不免将他唤醒，问个明白，再杀不迟。那人醒来，醒来。
寇正清：老公公我不喝了，我不喝了。呀，这是什么所在？不好了。
李如花：嗳，好个狂徒，竟敢在我梅花亭上睡觉。岂不知我这梅花亭哪个敢放肆？是你，看剑！

寇正清：哎呀，郡主不要动怒，（跪）下官还有下情告禀哪。

李如花：哎哟，吓得他那个样儿吧。

寇正清：（唱）见此光景心害怕，双膝跪倒梅花台。

李如花：（唱）一见此人生得妙，倒退几步口打咳。
  见他跪在流平地，低着头儿不敢抬。
  年纪不过二十岁，念书人儿有大才。
  眉儿清来目儿秀，唇也红来齿也白。
  不亚前朝汉吕布，好似那人下天台。
  光景不像南朝将，必是中原人儿来。
  莫非奸细来探访，也不敢梅花亭上睡觉来？
  醒来又说不喝酒，这件事儿好怪哉。
  须得将他慢慢问，叫声那人听明白。
  你为何在我梅花亭儿上？你要一一说来。
  一个字儿说岔了，宝剑一举命哀哉！

寇正清：（白）郡主听了。

  （唱）下官家住汴梁地，奉旨催贡到此来。
  王爷留住不放走，留在南唐站金阶。
  方才太监将我请，那里设宴把席排。
  记得吃酒不知晓，却怎么倒在梅花亭上来？
  望乞郡主将我放，饶了下官便走开。

李如花：（白）住口！

  （唱）郡主故意冲冲怒，你这人儿少吊歪。
  明是自己来到此，反说别人把你抬。
  说罢举起纯钢剑，待奴将你脑袋摘。

  （白）是你，看剑。

寇正清：哎呀，郡主，明明白白是袁太监请我吃酒，不知怎么来在梅花亭上，望郡主开恩呐，莫要动怒哇。

李如花：哎哟。

  （唱）他说的话儿好听得很，手拿宝剑懒怠抬。
  吓得他白脸如金纸，心里必跳是发呆。

    要得此人结连理，不枉托生女钗裙。
    想罢多时开言道，
  （白）我且问你，私进梅花亭，该当何罪？

寇正清：哎呀，只求郡主宽恩。

李如花：是你不知，王爷有言在先，必要将你斩首。我看你年轻轻的，怪可怜的，有件事情与你商议商议，不知你愿意吃一刀哇，还是愿意吃一招呢？

寇正清：哦，一刀怎说？一招怎讲？

李如花：你愿吃一刀，我就把你私进梅花亭，奏与我父王知道，可就把你杀了。

寇正清：那一招呢？

李如花：哎呀，你连那一招也不懂的吗？我是郡主，你要是那门看，咳，不是个招呀？

寇正清：下官愿吃一招，可不愿吃那一刀哇。

李如花：哎哟哎哟，你敢情愿吃那一招哇？你起来吧，郡马呀。

寇正清：是，谢过郡主，

李如花：等我明日点将之时，将袁为如杀了好与你报仇。

寇正清：多谢郡主。

李如花：不必谢了，是你随我来吧。

寇正清：来了。

狄龙、狄虎：（内白）军卒们，催动粮草急急趱行。
  （狄龙、狄虎枪马上）

狄　龙：俺狄龙。

狄　虎：俺狄虎。

狄　龙：兄弟呀，咱奉了元帅将令，押着粮草，先行六十里，急急趱行哪！

狄　虎：吾说哥呀，咱们爷们是皇亲国戚，国舅驾下烈烈轰轰，何等贵显？今日咱爷们三人在人家帐下听用，受人家管辖，人家要杀就杀，要斩就斩，得由人家呀。你说这有多么委屈呀。

狄　龙：兄弟，你哪里知道，内里有个缘故？你听哥说来。
  （唱）提起咱家爹，办事有里外。
    密书下南唐，书上事不赖。
    灭了宋仁宗，算把江山卖。

两下平半分，各吃一盘菜。
豪王发大兵，营扎锁阳外。
兵困锁阳关，一定要攻坏。
咱们爷儿仨，心里向着外。
杀个里外合，那时有分派。
你说好不好？

狄　虎：（唱）狄虎不自在。
文广杨圣僧，武艺本不赖。
主意本不高，我看想着坏。
不用装吹灯，走罢别怠慢。
不言咱二人。

（卜登登枪马上）

卜登登：（唱）眼前是军粮，必然拉满袋。
大家抢上山，抢了回山寨。
（白）俺琉璃将军卜登登。喽兵们，眼前有无数粮草，又有无数人马押着，何不抢上山来，前去请功受赏？岂不是好呢？

喽　兵：有理。就此下山，杀上前去便了。

（上狄龙，对卜登登）

卜登登：你这小子快快留下粮草，放你们过去，不然叫你们枪下做鬼。

狄　龙：住口。好个瞎眼的贼羔子，竟敢劫夺官粮。你叫何名？

卜登登：问我听着，我乃琉璃将军卜登登是也。你叫何名？

狄　龙：我乃大国舅狄龙，现在杨元帅帐下为运粮官之职，岂不知你老爷的厉害？

卜登登：别说你是"裹脚"，就是包脚布子，我也要扎你几枪。留下粮草，万事皆休，不然叫你枪下做鬼。

狄　龙：住口。好个毛寇，看枪吧！

（大杀，狄龙败下，上狄虎，又败下。）

卜登登：你看两个狗子大败而逃，败兵不必追赶。喽兵们，抢他的粮草，不得有误。

喽　兵：得令。（下）

（内喊，喽兵又上）

喽　　兵：报琉璃将军得知，官兵四散，将粮草抢来。
卜登登：好。就此押着回山。
　　　　（吕蒙正、魏化升反帐）
吕蒙正：（诗）逍遥自在乐余年，无拘无管住高山。
　　　　（白）老夫吕蒙正。
魏　化：俺魏化。哦，伯父，我听说京城不久救兵就要到来，咱爷们投军去吧。
吕蒙正：咳，老夫耳聋眼花，不能保国，愿在家为民。
魏　化：老伯父，你老听了。
　　　　（唱）为民不如做官好，挣得玉带把腰横。
吕蒙正：（唱）伴君如同羊伴虎，虎要发威羊必倾。
魏　化：（唱）只要忠心保圣主，哪有杀身命儿行？
吕蒙正：（唱）老夫赤心明日月，现今革职务庄农。
魏　化：（唱）那是君王昏透了，拿着忠良当奸雄。
吕蒙正：（唱）不信但看天波府，没有罪阖家绑出问典刑？
　　　　我劝贤侄隐林下，无拘无束乐太平。
魏　化：（唱）小侄一定要出世，随着大营去立功。
吕蒙正：（唱）冲锋打仗无好处，怕的是刀枪林内丧残生。
　　　　正是二人闲谈论，
卜登登：（内唱）登登下马进帐中。（上）
　　　　（白）禀寨主，小人巡山遇公事，十万军粮抢上山峰。
吕蒙正：何人领兵呢？
卜登登：（唱）有个狄龙与狄虎，杀了大败回了营。
吕蒙正：（唱）吕爷点头说是好，活该贤侄去立功。
魏　化：（唱）不知有何功劳献？还望伯父说分明。
吕蒙正：（唱）目下送粮大营内，两个狗子必受刑。
　　　　一来送粮二送饭，元帅必然喜气生。
魏　化：（唱）伯父说得是有理，吩咐外面备能行。
　　　　伯父随我走一走，
吕蒙正：（唱）吕爷点头说愿从。
　　　　不言二人把山下，

（杨文广升帐，众将站）

杨文广：（唱）再表那文广扎营把帐升。
众　将：（唱）众将齐聚中军帐，伺候元帅到西东。
杨文广：（唱）文广坐在军帐中。
　　　　（白）辕门外战鼓齐发，众儿郎各都凶煞。本帅杨文广。方才扎下大营，为何不见运粮官进帐？
（上卒）
卒：　　报元帅得知。
杨文广：何事？
卒：　　运粮官求见。
杨文广：命他们进帐。
卒：　　是。（下，内白）命你们进帐。
龙、虎：（内白）来了。（上，跪）元帅在上，运粮官罪该万死。
杨文广：二将何罪之有？
龙　虎：元帅不知，原是这般如此，将粮草车辆失落，望元帅赎罪。
杨文广：住口。哼，好个无用之才，莫说征服南唐，半路遇上毛寇，不能擒他，反倒失落粮草，岂不知军中无粮，兵将自乱？留你们这厮何用？刀斧手，将他二人推出辕门斩首报来。
卒：　　哈。（绑下）
（上狄青）
狄　青：哎呀，哪个敢杀？哪个敢斩？文广，幼儿执掌兵权，这样威威烈烈，竟敢斩杀皇亲国舅？哼哼哼，老夫岂肯容让？
杨文广：住口。狄青，你说本帅哪一点有错不成？
狄　青：住口。你还说无错？你想，未曾行兵，先损自己大将，是何用心？是何道理？
杨文广：住口。失落粮草，丢了军中伙食，大兵难行，岂不知兵不斩不齐，将不斩不勇？刀斧手，与我开刀。
狄　青：文广圣僧，只怕你斩不到好处。
　　　　（硬唱）手指定，杨文广。
　　　　　　　　既作元戎，须得细访。

　　　　　　有此小过犯，你就吩咐绑。
　　　　　　无故就敢杀人，算你不知分量。
　　　　　　哪个敢杀国舅他？动动汗毛欢不倘。
杨文广：（唱）叫狄青，休胡讲。
　　　　　　依仗皇亲，军规乱嚷。
　　　　　　莫非敢不依，敢把本帅挡？
　　　　　　豁着元帅不做，必要处治奸党。
　　　　　　吩咐众将往下拉，父子三人一齐绑。
众　将：（唱）众战将，把情讲。
　　　　　　元帅不可，再思再想。
　　　　　　失落粮草车，算他不能挡。
　　　　　　咱们大家齐出，高山平贼以往。
　　　　　　那是两全其美事，元帅宽宏要高仰。
杨文广：（唱）文广座上说罢了。
　　　（白）罢了罢了，众将既然讲情，粮草失落，本该斩首，看在众将面上，死罪饶过，活罪难免。众将官，将狄虎、狄龙打四十大板，以正军法。
中　军：哈。（拉下，打完）禀元帅，施刑已毕。
杨文广：起来。
　　　　（上卒）
卒：　　哈。报元帅得知！
杨文广：所报何事？
卒：　　元帅听了。
　　　（唱）探子跪面前，元帅请听报。
　　　　　　小人去出营，有件喜事到。
　　　　　　来了两个人，押着粮草到。
　　　　　　十万石军粮，将军全运到。
　　　　　　二人到辕门，一老一年少。
　　　　　　那个老头子，说话带着笑。
　　　　　　那个小矬子，前蹿与后跳。
　　　　　　手拿铁棒槌，不住只是绕。

　　　　　　面貌不像人，好像一海豹。
　　　　　　来在营外边，叫我进来报。
　　　　　　前后以往情，俱各全报道。
杨文广：（唱）文广说声妙。
　　　　　　叫声众将官，出营把二人叫。
　　　　（白）叫那押粮头目进营。
卒：哈。（下，内白）元帅有令，命你二人进营。
吕蒙正、魏化：（内白）来了。（上）元帅在上，我等请罪。
杨文广：呀，原来是吕大人到此，恕未远迎。
吕蒙正：好说，不知者无罪。哦，元帅，这位是魏化，你的兄弟，你二人相认。
杨文广：原来是贤弟到了，愚兄有礼了。
魏　化：好说，还礼过去。哦，元帅，我魏化罪该万死，不该劫夺粮草。今一来请罪，二来投军，不知元帅肯留否？
杨文广：好贤弟，不但无罪，而且有功。众将官，尔等一齐退下。（众下）吕大人与魏贤弟请坐。
吕蒙正、魏化：告坐。
杨文广：吕伯父，只因我们伯父上本，圣上怪罪，革职为民，不知一向在于何处逍遥自在？
吕蒙正：哦，元帅听了。
　　　　（唱）吕爷未语先叹气，提起杀斩你杨门。
　　　　　　老夫上殿去保本，谁知圣上昏了心？
　　　　　　不准本章还罢了，不该革职贬为民。
　　　　　　朝中既有狄国丈，吕某算是不保君。
　　　　　　逍遥自在为民庶，不听干戈隐山林。
　　　　　　那日闲游出郊外，遇见小将魏家根。
　　　　　　留在高山住多日，硬逼老夫来投军。
　　　　　　劫夺官粮卜小将，却与魏化无罪因。
　　　　　　只要元帅宽恩恕，却要思乎免动嗔。
杨文广：（唱）大人这是多心了，大营中缺少谋士紧随跟。
　　　　　　伯父来得正凑巧，帮助与我立功勋。

　　　　　　　贤弟投军兄有幸，大家努力把贼擒。
　　　　　　　回朝必然奏圣主，你的功劳请细说。
　　　　　　　腰横玉带有官职，必然封你大将军。
魏　化：（唱）魏化闻听心欢喜，
杨文广：（唱）文广开言把话云。
　　　　　　　伯父在营帮助我。
　　　（白）吕伯父在营做一位谋士，是我文广之幸也。
吕蒙正：老夫耳聋眼花，不能随营办事。
杨文广：伯父不必推辞。来人，排宴伺候。吕伯父、魏贤弟请。
　　　（下）

（完）

第 五 本

【剧情梗概】 南唐都督吴坤之女金定与副都督刘凯之女香春皆是彩霞圣母弟子。月老托梦给吴金定,暗示他注定嫁杨文广为妻。两军交战,杨文广打伤吴坤,杀死吴坤之子克尧、克舜。吴金定出马为兄长报仇,得遇杨文广,将其生擒,命人绑在花园,以慢慢成就婚姻之事。她却被魏化纠缠,未能及时回来。刘香春见到杨文广,亦心生爱慕,将其放走,并定下终身。吴金定闻讯大怒,与刘香春起了冲突,大打出手。杨文广承诺同收二女,她们才言归于好,并成功劝说吴坤、刘凯投宋。

(出吴金定,小旦,平桌坐)

吴金定: (诗)二八佳人女多娇,敢比男儿将英豪。
　　　　桃红马跑遮日月,手使青龙偃月刀。
(白)奴家吴金定。爹爹吴坤,在豪王驾下称臣,作为大都督之职,奉旨来攻打锁阳关,还有刘叔叔一同二位兄弟吴克尧、吴克舜,兵屯竹茶山。刘叔叔有个女儿,名唤刘香春。我姐妹二人俱是彩霞圣母的门徒,临下山时师父赐我许多宝贝,至今还未施展。咳,只得跟随爹爹出征,诸日操心,何日是个结果?
(唱)奴家今年十八岁,独守空房女婵娟。
　　跟随爹爹来征战,整日操心不得安。
　　爹爹为国将奴忘,一字不提撂一边。
　　莫非养儿家中老,奴家我过了一年又一年。
　　圣母说婚姻就在中原国,糊涂话儿闷心间。
　　人在青春能几日,青春一刻千金价。
　　人生有时观花景,青春一去不回还。
　　正然思想终身事,(一更)忽听鼓打一更天。
　　忙离座点上灯烛桌上放,急忙脱下大衣放一边。
　　忽忽悠悠扶桌睡,(二更)又听谯楼二更天。
　　不言金定入了梦,

（上月老）

月　　老：（唱）善哉善哉，月老星君下了天。

　　　　　　　　金定该配文广，生前造定今日缘。

　　　　　　　　我神只得去指引，一阵清风到床前。

　　　　　　　　开言叫声吴金定，休推睡梦听我言。

吴金定：（唱）面前说话者何人？

月　　老：（唱）我神本是月下老。

吴金定：（白）你来得正好。奴家正要问你，请你细细地告诉与我。师父说奴终身该配与宋将，不知姓甚名谁？望你老人家指引指引。

月　　老：是你，听了。

　　　　　（唱）我今与你写桌案，细细留神看一番。

　　　　　　　　旁边现有笔和砚，刷刷点点字周全。

　　　　　　　　临行床头拍一掌，金定睡醒把眼翻。

吴金定：（唱）揉揉二目睁开眼。

　　　　（白）一觉好睡。方才正然睡熟，忽见有一月老星君，送梦与我。问他说是中原宋将，又说与我写在桌案之上，待奴看来。呀！果然有字，乃是七言诗句一首，待奴念来。木易本是宋朝臣，一点又字成了真。帐下战将有千万，天上一点配姻缘。呀！原来是四句诗言，头一句"木易本是宋朝臣"，哦，"木易"本是个"杨"字。二句"一点又写成了真"，哦，"又"字上加一点是个"文"字。三句"帐下战将有千万"，古语说得好，兵多将广里头表着兵多，莫非是个"广"字？四句是"天上一点配姻缘"，乃是个"夫"字。合成一块，"杨文广夫"四个字。

　　　　（唱）前两句上杨字样，后跟两句皆有因。

　　　　　　　　此梦做得真奇怪，无头无尾信不真。

　　　　　　　　锁阳关内并无这个名与姓，莫非宋朝救兵临？

　　　　　　　　思思想想到天亮，熄了灯儿挽丝云。（下又上）

　　　　　　　　打扮多时床头坐，心内发闷自沉吟。

　　　　　　　　正是佳人思异梦，（上刘香春）进来佳人刘香春。

刘香春：（白）妹妹来了？请坐。

　　　　（唱）有坐有坐同落座，小妹有话向你云。

方才都督吩咐了，叫咱姐妹去演军。
明日必是攻山口，顶盔掼甲把刀抢。
下山之时师父话，莫非你忘了？奴家牢记在心。
扶保偏邦不长久，该保正国有靠身。
明日咱俩领军队，多加小心访查真。
如果若有风流辈，当面提亲不磕碜。
婚姻大事莫错过，只也算耽误到如今。

吴金定：（白）妹妹讲得倒有理。可是呢，不是咱女孩着急，咱们长了十七八了。

刘香春：咳，你说那个做啥呀？
（诗）今日要选奇男子，倒叫佳人动了心。

（呼延庆升帐）

呼延庆：（诗）失机败阵闭关城，不知何日来救兵？
（白）本帅呼延庆。可恨蛮兵，甚是厉害，杀得我失机大败，紧闭关城，不敢出马。无计可施，写了一道哀表，打发高俊进城搬兵。去了数月有余，不见回音，好叫本帅放心不下。

（上卒）

卒：报元帅得知，咱国救兵已到，启请定夺。

呼延庆：好。众将官，打开城门，排开队伍，迎接元帅，不得有误了。
（唱）听说元帅救兵到，好叫本帅乐无穷。
吩咐三军排队伍，执事排要鲜明。
下了大帐上了马，（下，马上）炮响开了锁阳城。
远远望见大兵到，旌旗招展有威风。
不言呼爷往前走，

杨文广：（唱）再表文广催走龙。（马上）
正然走着抬头看，前面来了一支兵。
就知关内来迎接，吩咐三军快快行。
千万莫要离大队，

呼延庆：（唱）呼延庆下马站当中。（下马，对上）
躬身施礼见元帅，

杨文广：（唱）文广急忙下马行。

呼延庆：（唱）前进作揖忙问好，迎接来迟恕不恭。
杨文广：（白）好说。
（唱）呼爷多有受惊了，救护来迟有罪名。
呼延庆：（唱）不必客套请请请，进关再与元帅迎风。
吩咐众将把关进，暂且不言锁阳城。
吴　坤：（内唱）吴坤吩咐升大帐，
（反帐，众将上）
众　将：（唱）忙了南唐众反兵。
个个披挂不怠慢，顶盔掼甲耀眼明。
（上刘凯）
刘　凯：（唱）刘凯迈步上大帐，后跟着克尧克舜二弟兄。
众　将：（唱）众将齐来中军帐，
（上吴坤）
吴　坤：（唱）吴坤上了大帐中。
正然帅位落了座。
（上卒）
卒：（白）探子报，报都督得知。
吴　坤：何事？
卒：都督听了。
（唱）报报报军情，小人去打探。
天朝人马来，救兵有几万。
方才进了城，立刻去叫战。
元帅本姓杨，都是旗上看。
年纪十七八，真是英雄汉。
左右三先行，护卫两边站。
呼爷迎出来，一齐对了面。
问候不用说，都把家乡探。
特来报都督，想想别怠慢。
吴　坤：（白）再去打探。
卒：得令。（下）

吴　坤：（唱）吴坤暗打算。

　　　　　　　天朝救兵来，必得一场战。

　　　　　　　吩咐众蛮兵，齐出莫怠慢。

　　　　　　　前去攻关城，叫他降书献。

　　　　　　　一齐杀出把城困。

　　　　（白）蛮兵听着，锁阳关添了无数救兵，必有一场大战。趁他喘息未定，一齐杀出，杀他个片甲不归。就此下山，不得有误。

（上卒）

卒：　　报元帅得知，反兵前来要战，乞令定夺。

杨文广：再去打探。

卒：　　哈。

杨文广：众将官，一起捉拿反贼，不得有误。

（岳松对吴克尧）

岳　松：来这蛮兵报上名来，好做枪下之鬼。

吴克尧：住口。问你老爷尊讳，要你听着，我乃大都督吴坤长子，少爷吴克尧。知我厉害，早早下马受绑，不然难免尸横马下。

岳　松：住口。狗子满口胡说，看枪。

（杀，吴克尧死。杨文广上，对刘凯）

刘　凯：来这宋将，报上名来，好做刀下之鬼。

杨文广：反贼听着，你老爷天下招讨兵马大元帅、增孝王杨文广。知我厉害，快快下马请罪，饶你不死，不然难免枪下做鬼。报上名来。

刘　凯：副都督刘凯。

杨文广：谅你能有几合勇战？撒马过来。

刘　凯：来，来，来。

（杀，杨文广败下，又上）

杨文广：你看这老儿，杀法骁勇，哪有闲工夫与他恋战？等他赶来，用铜锤打他便了。

刘　凯：幼儿哪里走？

杨文广：看打。

刘　凯：咳呀，不好。

杨文广： 你看他中锤而逃。那边又来一员蛮将，只得迎将上去。

（上吴坤）

吴　坤： 小小幼儿，报上名来受死。

杨文广： 你爷爷杨文广。蛮将何名？

吴　坤： 幼儿问我，听着：我乃豪王驾下称臣，官拜大都督之职，你老爷吴坤。看你小小年纪，不识时务，听我把宋朝根底告诉与你。

杨文广： 是你，讲来。

吴　坤： 听了。

（唱）叫小将，你是听。

宋朝天子，开创江山。

篡了柴王位，二帝又害兄。

传至仁宗即位，汴梁任意他行。

豪王就是真龙主，比着宋王有名声。

小辈你，快投明。

归顺我国，就把官封。

辈辈吃君禄，代代受皇封。

弃暗投明正理，不保无道朝廷。

我国本是仁明主，你国天子早不明。

还有件，大事情。

狄青国丈，早把计通。

背主发人马，攻打汴梁城。

江山平分对半，我主发了大兵。

幼儿你要不醒悟，枉自发兵来战争。

杨文广： （白）住口。

（唱）气坏了，杨圣僧。

怪不得狄青，要挂元戎。

早有谋反意，勾结贼蛮兵。

竟把江山倒卖，他是枉费心机。

爷爷既然领兵来到此，不怕猫鼠成了精。

平了贼，有调停。

　　　　　　回朝再拿，老贼狄青。
　　　　　　一先除外患，再把内患平。
　　　　　　奸臣贼子可恨，要想饶你不能。
　　　　　　杨家既然封师印，不杀贼子杨字更。
吴　　坤：（唱）大骂小辈休胡讲。
　　　　　（白）住口。好个小辈，不知我主，爱民如子，快快归顺南唐，乃为正理，不然叫你刀下做鬼。
杨文广：休得胡言，看枪！
吴　　坤：来，来，来。
　　　　　（杀，杨文广败下，又上）
杨文广：你看这老儿，刀马无敌，不免摘下钢鞭打他便了。
吴　　坤：幼儿哪里走？
杨文广：看打。
吴　　坤：哎呀，不好。（下）
杨文广：你看老儿中鞭，大败而逃。众将官，往上攻杀。
吴　　坤：（内白）众蛮兵，多加火炮、滚木、礌石，把住山口。将马带过。
　　　　　（上帐，坐，刘凯站）一场好杀，一场好战，一场好打。
　　　　　（上卒）
卒：　　报都督得知，二位少爷阵亡，宋将又来要阵，乞令定夺。
吴　　坤：怎么说？你少爷阵亡了吗？
卒：　　正是。
吴　　坤：哎哟，我的儿啊！（倒）
刘　　凯：都督醒来，大哥苏醒。
吴　　坤：咳呀！
　　　　　（唱）背过气，咬牙关。
　　　　　　微睁二目，又把阳还。
　　　　　　复又号啕痛，两眼泪不干。
　　　　　　哭了一声爱子，儿啦，摘去为父心肝。
　　　　　　什么叫你来出战，明明送你鬼门关。
　　　　　　孩儿你，真可怜。

　　　　　　前去出马，死在阵前。
　　　　　　又恨宋小将，重打我一鞭。
　　　　　　险乎跌于马下，败回竹茶高山。
　　　　　　儿啦，父子不能见一面，何人与你大报冤？
　　　　　　疼得我，泪涟涟。
　　　　　　左膀以上，疼痛发酸。
　　　　　　着急干搓手，没有巧机关。
　　　　　　杀子之仇难报，叫我左右为难。
　　　　　　我主江山难以保，只怕性命保不全。

吴金定：（内唱）惊动了，女婵娟。（上）
　　　　上了大帐，来问根源。
　　　　爹爹因何故，两眼泪不干？

吴　坤：（白）原是这般如此。

吴金定：（唱）金定闻听此话，气得杏眼一翻。
　　　　　　手指山下高声骂，不该疆场行不端。
　　　　　　奴家若不杀宋将，枉在世上成英贤。
　　　　　　吩咐蛮兵快备马，
　　　　（白）爹爹放心，孩儿今日出马，必要擒住宋将，与二位哥哥报仇，与爹爹消恨。

吴　坤：咳，女儿，那宋将骁勇，武艺高强，可要小心。

吴金定：不劳嘱咐。蛮卒们，抬刀备马，杀下山去，不得有误。（下）

吴　坤：你看女儿前去胜败不定。刘贤弟听令，你去观敌料阵，不得有误。

刘　凯：得令。

吴　坤：咳，我的儿啦！

吴金定：（内白）蛮卒们，压住阵脚。（刀马上）
　　　　奴吴金定。可恨宋将将我哥哥疆场废命，奴家一怒出马，一来报仇，二来问问宋营有个杨文广没有。奴倒要看看，他是何等人才，细细访问访问。呀，你看城门大开，闪出一员宋将，待奴迎上前去。
　　　　（吴金定对岳松上）

岳　松：来这反女报上名来，好做刀下之鬼。

吴金定：咳呀，这位将军问奴，听着：奴是南唐国之人，爹爹姓吴名坤，奴家吴金定。我且问你，城中可有个杨文广吗？
岳　松：反女问他怎样？
吴金定：听说他是少年英魁，武艺高强，叫他出来，我俩比拼三合。
岳　松：丫头不要胡说乱讲。看枪。
　　　　（杀，岳松败下）
吴金定：问了一回没有问着呀。那边又来一员小将，待奴问去。
　　　　（焦玉对上）
焦　玉：丫头报上名来，好做你爷爷枪下之鬼。
吴金定：你姑娘吴金定。来将何名？
焦　玉：你祖宗焦玉。
吴金定：奴家问你，城中可有个杨文广？
焦　玉：丫头问哪个文广，可多着呢。不知你问哪个？
吴金定：问的是二十上下年纪，俊俏人物，脸上没有麻子，谁见谁爱的那个文广。
焦　玉：没有没有。
吴金定：有多大的呢？
焦　玉：有十来岁一两岁、三四岁、五六岁、七八岁、八九十岁，五六十岁，二十岁、三十来岁。丫头你问文广，你与他有亲？
吴金定：没有。
焦　玉：带故？
吴金定：没有。
焦　玉：呸，没有亲，不带故，想是你的干汉子。
吴金定：少要胡说。
焦　玉：咳，想必是你想汉子想疯啦，跑到这里找汉子来了。不用找了，看枪吧。
　　　　（杀，焦玉败下）
吴金定：一点也没问着。想是头几句话说急了，人家才不告诉呢。我怎问不着一点道呢？
杨文广：（内白）众将官，闪开旗门。
吴金定：咳，你看那边又来一员小将，见他威风凛凛，杀气飘飘，好不威风人也。
　　　　（唱）金定马上留神看，打量这位小将官。

　　　　　凤翅金盔头上戴，身穿锁子甲连环。
　　　　　护心宝镜明如月，勒甲丝绦九股攒。
　　　　　亮状铜儿插背后，打将铜锤腰内悬。
　　　　　骑一匹追风走日白龙马，银枪一杆两手端。
　　　　　这样人儿从未见，好似哪吒下了凡。
　　　　　人人都说吕布俊，不亚前朝小潘安。
　　　　　只见他面似桃花初放蕊，唇红齿白配得鲜。
　　　　　眉儿清来目儿秀，生了个俊俏长了个周全。
　　　　　如果他是文广，阿弥陀佛念几千。
　　　　　月老早把红绳系，白虎星君配天仙。
　　　　　若与此人成配偶，喝口凉水也心甜。
　　　　　说话之间对了面，笑盈盈地把话言。
　　　（白）来的小将，少往前跑驹，有你姑娘在此，报上名来受死。
杨文广：丫头要问，是你听了。
　　　（唱）银枪一指把话云，丫头要你细听真。
　　　　　爷爷家住天波府，杨继业的后代根。
　　　　　少爷名叫文广，仁宗驾下做大臣。
　　　　　领封增孝王之职，挂印为帅管三军。
　　　　　你问我来我问你，丫头何名快快云。
　　　（白）丫头何名？
吴金定：你问的是我呀？
杨文广：正是问你，丫头快说。
吴金定：咳哟咳哟，不知是怎的，他一说话，我心里一阵一阵的好忙呀。
　　　（唱）果然他是文广，目儿一丢把话说。
　　　　　将军问奴名和姓，听我慢慢对你说。
　　　　　奴本是吴坤之女吴金定，是个娇女未出阁。
　　　　　奴今二九一十八岁，高山住了一年多。
　　　　　善晓兵法与韬略，撒豆成兵不用说。
　　　　　彩霞圣母大徒弟，学会移山把海挪。
　　　　　奴问将军年多大？

杨文广：（白）虚度十八岁。
吴金定：家中可有妻子么？
杨文广：并没有成亲。
吴金定：好哇，奴有心与你……
杨文广：你与我怎样？
吴金定：（唱）说到嘴边难出口，羞羞惨惨怎么说？
　　　　（白）屁老鸭子。
　　　　（唱）人到急处难于羞臊，将军哪，情愿与你结丝萝。
　　　　　　杀兄之仇奴不报，奴家回山对父说。
　　　　　　我们投明归王化，随着大营把贼捉。
　　　　　　不知将军允不允？
杨文广：（白）住口。
　　　　（唱）文广马上气勃勃。
　　　　　　大骂丫头无羞耻，闺阁道理不懂得。
　　　　　　手拧银枪分心刺，让你一命见阎罗。
吴金定：（唱）金定大刀忙招架，动手有死无有活。
　　　　　　大叫小辈休撒野。
　　　　（白）好个小辈，不知好歹，好心好意恋爱与你，反倒动了气了。我倒要试试你有多大本领，看刀！
杨文广：来，来，来。
　　　　（杀，吴金定败）
吴金定：文广果然是一员大将，枪马骁勇。有心与他交战，又怕伤了他的性命，不免祭起红绒锁，将他拿回山寨，再与他面定姻缘，任我所为，何愁他不从？念念有词，红绒套锁起呀，呀呸！
杨文广：丫头哪里走？呀，不好！（落马）
吴金定：蛮卒们，将这位小将绑了，带到后花园，等我回山，自有发落。
卒　　：哈。（绑下）
　　　　（魏化对上）
魏　化：好个小小丫头，竟敢把我元帅抢去。劝你早早放回万事皆休，不然棒下做鬼。

吴金定：好个矬根子，不要走，看刀。

魏　化：消停消停消停，不要忙，先报你的名，咱俩再杀。

吴金定：你姑娘吴金定。

魏　化：我说这个吴姑娘是你听了。

　　　　（唱）矬爷细留神，打量小闺女。
　　　　　　　年幼十七八，真真长得美。
　　　　　　　乌云如墨黑，褙着大洋矣。
　　　　　　　脸蛋雪霜白，不用擦官粉。
　　　　　　　眉儿细又弯，目儿一汪水。
　　　　　　　牙儿白生生，红扑扑的嘴。
　　　　　　　头戴抱龙盔，脑后飘雉尾。
　　　　　　　身穿甲连环，鲜艳十样锦。
　　　　　　　手使偃月刀，威风真无比。

吴金定：（白）矬贼有话快说。

魏　化：哦，别打岔。

　　　　（唱）风摆罗裙开，露着小鞋底。
　　　　　　　金莲瘦又尖，可以裹得广。
　　　　　　　看罢便开言，叫声小闺女。
　　　　　　　魏化是我名，还未娶媳妇。
　　　　　　　你看我好不，咱俩成两捆。
　　　　　　　夫妻随大营，闲来交云雨。
　　　　　　　过上一二年，生个小孩子。
　　　　　　　咱俩叫着玩，夫妻两和美。
　　　　　　　倒是愿意不？不言又不语。

吴金定：（唱）佳人闻此话，无名火性起。
　　　　　　　举起大刀搂头剁。

　　　　（白）住口。好个矬根子，说此废话，看刀。

魏　化：来，来，来。

　　　　（杀，吴金定败下，又上）

吴金定：好个矬根子，前蹿后跳有些武艺，不免发起扣仙盅，擒他便了。呀呔。

（上魏化）

魏　化：丫头发来大盅一口，我不免发起渗金锤，打他便了。呀呸。

（锤破盅）

吴金定：呀，好个矬根子，破了我的法宝，其情可恼。不免发起五鬼，擒他便了。呀呸。

魏　化：丫头哪里走？呀，不好。（入地）

吴金定：你看矬根，借着土遁逃走，暂且由他。喽兵们，打得胜鼓回山。

（魏化从地出上）

魏　化：咳呀，这个丫头，不是玩的，望我闹起鬼来咧。这一手我就玩不开了。走，回关，想法救元帅便了。

（出刘香春坐）

刘香春：（诗）独坐高山冷清清，红绫被里凉如冰。

（白）奴刘香春，乃是南唐刘凯之女，爹爹现做副都督之职。金定我俩都是彩霞圣母之徒，同年所生，二九一十八岁。方才听说，二位兄长，疆场废命，金定姐姐出马，不知胜败如何？

（上丫鬟）

丫　鬟：咳呀，可慌煞我咧。

刘香春：死丫头，诈死尸啦？吓我一跳。你是忙的啥？

丫　鬟：咳，姑娘啦，方才我正在前厅，有两个军卒绑来一个宋将，一直往后花园走咧。

刘香春：你看着金定姑娘回来没有哇？

丫　鬟：听说还在疆场与宋将杀呢。

刘香春：丫头，哪来的宋将？有多大年纪？人品长得如何？

丫　鬟：那人年纪二十来岁，长得好，连一点吃模糊也没有。

刘香春：哼，此话可是当真？

丫　鬟：真真的。要不着咱俩看看去？

刘香春：罢了，如此头前引路。

丫　鬟：是。

（两卒绑杨文广上）

卒　甲：绑着，绑着，将他绑在树上，跑不了。咱俩喝酒去。

辛　乙：哈，走。

　　　　（上刘香定）

丫　鬟：姑娘，你看看那不是在树上绑着呢？

刘香春：呀，好一个俊俏的宋将，真叫人可爱也。

　　　　（唱）佳人仔细留神看，树上绑着小将军。

　　　　　　　年纪只在十七八，人品出众果超群。

　　　　　　　这样人儿从未见，活活臊倒女钗裙。

　　　　　　　香春看罢心乱跳，杏眼乜呆自沉吟。

　　　　　　　此人必是宋朝将，金定疆场把他擒。

　　　　　　　不该绑在花园内，

　　　　（白）哦，哦，是了，

　　　　（唱）必是想着结朱陈。

　　　　　　　幸亏奴家先到来，不然定与她成亲。

　　　　　　　趁此无人是如此，金定来了再理论。

　　　　　　　主意已定开言道，叫声丫头你听真。

　　　　　　　你问他姓字名谁哪里住，为何来到花园门。

丫　鬟：（白）是。

　　　　（唱）丑儿答应说知道，待我问问小将军。

　　　　　　　走至跟前开言道，那小将你今是被何人擒？

　　　　　　　家乡住处对我讲，奴家放你出花园门。

　　　　　　　你今如不说实话，只怕小命难保存。

　　　　　　　丫鬟不住连声问，

杨文广：（白）咳，

　　　　（唱）文广开言把话云。

　　　　　　　叫声丫鬟你听了。

　　　　（白）哦，丫鬟，我纵然说明来历，你能救我？

丫　鬟：咳哟，我不能救你，我们小姐还不能救你呀？

杨文广：且慢，我想既是她家小姐，不是吴金定之姐就是她妹妹，放我下山亦未可定。哦哦，丫鬟，既是小姐救我，听我道来。

　　　　（唱）豪杰未语先叹气，叫声丫鬟听其详。

>
> 小姐既然将我救，听我从头表家乡。
> 祖居住在火塘寨，高祖本是火山王。
> 祖爷令公杨继业，也曾保主在汴梁。
> 祖父杨景为元帅，父名宗保各处扬。
> 太君本是我曾祖母，神机妙算比人强。
> 奶奶姓柴名郡主，我母亲穆氏桂英女娥皇。
> 也曾大破天门阵，杀得萧后纳表章。

丫　鬟：（白）说了半天你叫何名？

杨文广：（唱）我名文广为元帅，挂印领兵征南唐。
> 头阵便打吴坤将，二阵遇见女红妆。
> 不知用的什么宝，忽然落马在疆场。
> 将我绑在花园内，不杀不剐苦无双。
> 今日若是放了我，文广不是负心郎。

刘香春：（唱）香春一旁有主张。
> 听他说的一些话，倒叫奴家心思量。
> 若不如此先下手，将他带到奴绣房。
> 背着爹爹鸾交凤，云雨巫山喜非常。
> 走至跟前开言道，

　　（白）哦，杨将军，奴家刘香春，本是南唐刘凯之女，今见将军受罪，奴心不忍，有些难过，我想要救你不死，不知将军日后拿什么报答于我呢？

杨文广：小姐有心救我回到关内，命人送来金银、绸缎相谢。

刘香春：你罢哟。若是放你下山，回到关内，你想不起我来了，那不是枉然了么？

杨文广：依小姐怎样？

刘香春：若依我呀，将军，奴家今年二九十八岁，还是待字闺中。像我们做闺女的，不过是要一个女婿，就是一辈子终身有靠。今日遇见将军，乃是三生有幸。你若应了亲事，大料你也吃不了什么大亏，管保你下山就是了。我还劝我爹爹归降，不知将军意下如何？

杨文广：咳，罢了，事到危急之时，应下就是了。

刘香春：看，看，看，这不是完了？你若是早应此事，何必费这些话呢？丫鬟，快些松绑。

丫　鬟：晓得了。（解开）

杨文广：多谢小姐救命之恩。

刘香春：咳哟，谢啥呀？快跟我来，出了花园。那金定回来有些不便。

杨文广：头前引路。

刘香春：随我来。（下）

杨文广：来了。（下）

丫　鬟：咳哟，也不知啥勾当，拉着手走了，我去听听。（下）

吴金定：（内白）蛮卒们，将马带过。（上帐，坐）一场好杀，一场好战。奴吴金定。方才山下，遇见文广，果然人品出众。月老星君也曾指引奴与他当面提亲，他执意不从，故此用宝将他擒上山来。奴正要回山，不意又来了宋将矬子，将他杀败，奴才回山。丫鬟哪里？快来。

丫　鬟：来了，姑娘有何吩咐？

吴金定：你到花园将那宋将与我绑上来。

丫　鬟：晓得了。（下，又上）咳呀，可不好了，花园没有宋将了。

吴金定：怎么花园没有宋将？

丫　鬟：正是。我想这山寨难以出去，哦哦哦，是了，花园并无别人，只有刘香春前去玩耍，必是他看见宋将美貌，将他救去，成其好事。

吴金定：哼，定是如此。好个娼妇，实实可恨，待奴一到她的房中寻找便了。

（出杨文广、刘香春坐）

杨文广：（诗）成其百年夫妻义，永远常伴结丝萝。

（白）本帅杨文广。

刘香春：奴刘香春。哦，将军，你我成就夫妇，也当欢喜。奴看你总是愁眉不展，莫非奴哪点待错了你，不遂你的心事呢？

杨文广：小姐说哪里去了？一则本帅住在高山，兵无主帅，必会大乱；二则那吴金定来了，岂肯饶我？

刘香春：咳哟咳哟，你可叫她杀怕了哇？

杨文广：怕不怕，我这心里总是扑登着。

刘香春：你放心吧，有我呢。

杨文广：（唱）有你只怕没有我。

刘香春：（白）将军取笑了。

吴金定：（内白）开门来。

杨文广：咳呀，不好了，吴金定来了。小姐，这却如何是好？

刘香春：将军不要害怕，且藏在桌子底下。她要进来，奴支她回去就是了。

杨文广：咳，罢了罢了，待我藏下。（藏）

吴金定：（内白）刘香春开门来。把个浪门子拴着，莫非说里面有野汉子咧？

刘香春：少要胡说，待我与你开门。（下，内白）开咧，进来吧。（同上）姐姐请坐。

吴金定：你坐着吧。哼，哪里去了呢？咋没有呢？

刘香春：姐姐来在奴的屋中，不坐下，东瞧瞧西望望的，你是啥事呢？莫非我偷你的东西了？

吴金定：刘香春，你也不要遮盖。我且问你，你把宋将藏在哪里？

刘香春：哪个宋将？我没见着什么样儿，我藏他做什么呢？你真敢糟践人哪。

吴金定：刘香春，刘香春，你不要装神弄鬼。

（唱）金定手指香春女，装神弄鬼把人蒙。

刘香春：（唱）平白无故来找气，这话说得不爱听。

吴金定：（唱）丫头做事太狠毒，无廉无耻欠聪明。

刘香春：（唱）未做什么丢丑事，有何阴毒说个明。

吴金定：（唱）实在叫人过不去，处处你要占上风。

刘香春：（唱）进门好意让你坐，为何这等脸儿红？

吴金定：（唱）绝不该，我下米来你吃饭，一笊篱教你捞个空。

刘香春：（唱）这话是从哪里起？几时端过你酒盅？

吴金定：（唱）你为何忙把宋将藏起来，拿着无脸卖狂疯？

刘香春：（唱）哪个宋将奴不晓，多前上的咱山峰？

吴金定：（唱）做的好事来哄我，你的脸上一阵白来一阵红。

刘香春：（唱）红的白呀我的脸，要管奴家万不能。

吴金定：（唱）你把那汉子藏在屋里，你们两个有隐情。

刘香春：（唱）你俩多前交的好，到我屋里怒气生。

吴金定：（唱）奴早看破其中事，花言巧语把人蒙。

刘香春：（唱）本来未见小将面，你竟炸海来吵惊。

吴金定：（唱）方才丫鬟亲眼见，快快献出无话明。

刘香春：（唱）我看你是净扯臊，不该往奴身上盯。
吴金定：（唱）娼妇你算好硬嘴，就该剥皮挖眼睛。
刘香春：（唱）丫头少要来成脸，想要让你万不能。
吴金定：（唱）我今与你拼了吧，合着绝了姐妹情。
刘香春：（唱）叫声丫头你看打，（打）
吴金定：（白）呀，好打。

（唱）娼妇竟敢抢上风？
刘香春：（唱）照准脸上又一下，
吴金定：（唱）佳人着手往上迎。
刘香春：（唱）抓乱青丝不顾挽，
吴金定：（唱）打得乒乓响连声。（打）
刘香春：（唱）拳打脚踢不住手，
吴金定：（唱）撕破衣服袄大红。
刘香春：（唱）只一个撕开纽扣不顾系，
吴金定：（唱）茶壶带碗响哐啷。
杨文广：（唱）烫得文广忙爬起，

（白）好烫好烫。

（唱）连说好烫口打哼。
吴金定：（唱）金定一见文广，火上浇油往上攻。

回手抽出防身剑，
刘香春：（唱）香春一见岂肯松？

床头抓起纯钢剑，杀死贱人不留情。
吴金定：（唱）二人复又杀一处，
杨文广：（唱）文广上前拉花容。

二位小姐请住手。

（白）二位小姐不可动怒。我文广既入虎穴，且请住手，讲不起了，收下你二人就是了。
吴金定：讲不起？奴只得将就不咧？
刘香春：你敢情将就的，哪有姐姐争妹夫道理？
吴金定：呸，你别胡说咧，我俩在疆场上就定下婚约，才将他拿上山来，便宜死你这娼妇呢，头一口让你吃了。

杨文广： 二位小姐，不要多说，劝令尊归顺王化才是正理。

吴金定、刘香春： 那个不用将军挂心了。

（唱）婚姻全凭月下老，哪怕遥远北与南？

（出吴坤坐反帐，卒站）

吴 坤：（唱）奉命来征锁阳关，可惜我儿归九泉。

（白）我乃大都督吴坤。昨日出马被文广重打一下，败回关来。可惜两个娇儿俱在疆场废命，女儿出马全胜而归。蛮卒们，请你副都督刘爷。

卒： 哈，（下，内白）有请刘爷。

刘 凯：（内白）来了。（上）大哥在上，小弟有礼。

吴 坤： 贤弟免礼。请坐下讲话。

刘 凯： 告坐。大哥把小弟唤来，有何事商议？

吴 坤： 贤弟，是你听了。

（唱）自从咱保南唐主，从来并未落下风。

偏偏昨日失了阵，昔日英名一日扔。

老来不幸又丧子，看我吴门断后承。

昨日女儿又出马，却与宋将大交锋。

听说得胜回山寨，擒来宋将大元戎。

绑在花园活饿死，再破高关不费功。

才要吩咐绑上帐，

（上刘香春、吴金定）

刘香春、吴金定：（唱）从外来了二花容。

姐妹二人进了帐，二位老翁可安宁？

吴金定：（唱）女儿昨日擒一将，天波府的小英雄。

刘香春：（唱）现为宋营兵马帅，烈烈轰轰掌权横。

吴金定：（唱）女儿看他武艺好，未曾把他小命倾。

刘香春：（唱）爹爹扶保偏邦主，女儿心中不安宁。

吴金定：（唱）宁在大国为民子，不在偏邦受禄封。

刘香春：（唱）两国争夺有一败，何不暂且顺时行？

吴金定：（唱）女儿们已将事办妥，如此这般事已成。

刘香春：（唱）我俩算是有了靠，可是出在无奈中。
吴金定：（唱）弃暗投明是正理，望乞二位你老应。
刘香春、吴金定：（唱）二人说罢头低下，
刘　　凯：（唱）刘凯心中有调停。
　　　　　　（白）大哥呀。
　　　　　　（唱）事已如此真难得，将门之后做元戎。
　　　　　　　　女儿已经大事定，大宋不得不顺从。
　　　　　　　　要杀文广杨元帅，何处撂放二花容？
　　　　　　　　我劝大哥应了吧，
吴　　坤：（白）哼，
　　　　　　（唱）吴坤口内打咳声。
　　　　　　（白）罢了罢了，这也是天缘巧遇，该着咱们投宋，我也讲不起了。蛮卒们，有请你杨爷。
卒：　　　哈，（下，内白）有请杨爷。
杨文广：（内白）来了。（上）二位都督在上，小将有礼了。
吴　　坤：好说，不敢。元帅请坐。
杨文广：有坐。
吴　　坤：杨将军，小女不堪，做出不才之事，我父女情愿投降归宋，只求元帅应允了。
杨文广：好，二位老人家情愿投降，弃邪归正，乃是正理，今日我就下山，你们父女带领兵将，下山投降。
吴　　坤：贤婿言之有理。蛮卒们，与你姑爷带马。
卒：　　　哈。
杨文广：小婿就此告辞。
吴　　坤：贤婿请。
吴金定：爹爹既然投降，已把人家打发走咧，咱们何不点齐人马随后下山？
吴　　坤：女儿言之有理。蛮卒们，手执降书降旗，响炮下山投宋。外边带马。
卒：　　　哈。

　　　　　　　　　　　　　　　　　　　　　　　　　　　　　　（完）

第 六 本

【剧情梗概】狄青见杨文广被擒,便上表诬陷他投敌。天子大怒,下旨抄斩天波杨府,幸得八王救免。狄青要自立为王,谋夺宋室江山,吕蒙正等激烈反对。杨文广返回,痛打狄青,将其赶出关去,狄青投奔南唐。李如花为替寇正清报仇,故意令袁为如三日之内造三千支狼牙箭,袁为如称办不到,被李如花斩首。得知吴坤、刘凯投宋,又有狄青来投,李如花率兵发起进攻。一场大战,吴坤、刘凯死于周灵子之手;杨文广打伤狄青,杀死狄虎,却被王兴金球打败,退回关城。他上表陈述狄青反状,天子将信将疑,八王决定亲赴锁阳关查探虚实。

(出李如花升帐,五将站)

众　　将:(诗)英雄能用武,各使刀与斧。
　　　　　　　上阵敌将怕,恢复旧唐主。
袁为如:(白)咱家太监袁为如。
寇正清:下官寇正清。
周灵子:出家人周灵子。
方　　坝:吾飞叉大帅方坝。
王　　兴:俺飞球王兴。
众　　将:今日郡主升帐,大家在此伺候。
李如花:(诗)头戴雉尾杀气高,身穿铠甲红罗袍。
　　　　　　　桃花红马遮日月,斩将全凭绣绒刀。
　　　　(白)奴李如花。父王命奴执掌兵符令箭,调齐蛮兵,夺取大宋江山,奴只得分派才是。太监袁为如听令。
袁为如:在。
李如花:命你去造三千狼牙箭,违令斩首。
袁为如:限期几日?
李如花:三天期限。
袁为如:哎呀,郡主,三天限期,如何造完三千支狼牙箭?这个咱家不能办。
李如花:嗻,好个太监,违我命令,其情可恼。蛮卒们,将袁为如与我推出辕门

　　　　　斩首报来。
袁为如：好个死猴崽子们，哪个敢绑？哪个敢来？可说是如花啊如花，谅你有多大权力，你有多大酸气，加之臭气？咱家本是侍孤老臣，你竟敢杀死侍孤老臣？我看你杀我不了。
李如花：袁为如啊袁为如，你竟敢违我将令也。
　　　（唱）你今日违我将令该何罪？万恶滔天狗奸贼。
　　　　　　奴家奉命来点将，不该把我命令违。
　　　　　　耳听你平素为人多奸诈，弄些圈套来哄谁？
　　　　　　岂不知害人终害己？天爷有眼神目有雷。
　　　　　　逢赦不赦要斩你，这也是疏而不漏天网恢恢。
　　　　　　命你去造狼牙箭，不该向我发虎威。
　　　　　　今日若不杀了你，枉在世上把人为。
　　　　　　吩咐蛮卒快快绑，一定叫你把阴归。
袁为如：（白）呀，不好。
　　　（唱）袁为如一见说不好，贼婢丫头何意为？
　　　　　　平素为人多忠义，莫非内里有是非？
　　　　　　哦，是了，为了梅花亭上事，郡主回操必晓得。
　　　　　　也该杀了寇谋士，不杀一定有定规。
　　　　　　准是爱上正清好，必是那苟且之事效于飞。
　　　　　　不免且把她哀告，急忙跪下禀一回。
　　　　　　郡主不可发急躁。
　　　（白）郡主不可急躁，咱家就有言语不周，看往日之面，饶了我吧！
李如花：哼哼哼！明明你看我不会用兵，违我命令，岂不知将不斩不齐？中军，推出去与我斩了。
中　军：哈。（绑下，鼓响，开刀）
　　　　　（上中军）
中　军：禀郡主，施刑已毕。
李如花：起过了。
　　　　　（上卒）
卒：　　报。报郡主得知，竹茶山吴坤、刘凯，带领阖营人马，俱归大宋。

李如花： 再去打探。

卒： 得令。

李如花： 呀，这还了得？众将听令，分排东西列，听我点来。

众　将： 哈。

李如花： 军师周灵子听令，要你在前关开路，去挡头阵，违令斩首。

周灵子： 得令。

李如花： 方坝、王兴，急下校场选精兵，准备即日起兵。

方坝、王兴： 得令。

李如花： 寇谋士听令。

寇正清： 在。

李如花： 你进前些，听你郡主分派于你。

寇正清： 是。（往前）郡主有何吩咐？

李如花： 哎哟哎哟，你坐下吧，要分派你这个勾当还不轻巧？

　　（唱）目儿一丢尊谋士，听着奴家对你明。

　　　　因你杀了袁太监，与你报了大冤横。

　　　　要你去往南唐内，但等夺了汴梁城。

　　　　那时节，咱的勾当奏于我父，管保封你驸马公。

　　　　遂你的心来如你的意，你恩我爱喜相逢。

　　　　谋士你随后边走，奴家压着后队行。

　　　　咱俩扎营在一处，到夜晚咱俩同观战阵情。

　　　　云雨巫山由着你，不怕欢乐到五更。

　　　　你是宋朝大丞相，奴是南唐女俊英。

　　　　叫你念得奴难割舍，背着爹爹把亲成。

　　　　你说哪点委屈着你。背地你可别卖疯。

　　　　嘴要稳来言要慎，日后必能正大光明。

　　　　暂且下边听号令，

寇正清：（白）是。

李如花： 归队。

　　（唱）郡主抬头又开声。

　　　　吴坤刘凯归大宋，你等莫要照样行。

　　　　　若有私通违我令，必要残刀一命倾。
　　　　　大兵赶到锁阳地，大家努力立奇功。
　　　　　吩咐已毕叫蛮将，
　　　（白）蛮卒们，今日兵发锁阳关，王爷在后而来，众位将军齐心努力，进前者有功，退后者斩首。悬起大旌旗，响炮起兵，兵发锁阳关，不得有误。

众　将：哈。

（出狄青坐）

狄　青：（诗）人在北国心在南，要谋昏君锦江山。
　　　（白）老夫狄青，现为副帅之职。兵到锁阳关内，文广出马，被南唐擒去，几日未回，要是死了，去老夫一块大病，再想法劝其众将归顺南唐，大事可就成功了。今日修书两封，一到南唐，二封下到汴梁。就说文广归顺豪王，圣上必然大怒，将他阖家斩首。李豪王见了书字，必要再发人马，何愁宋朝不灭？待我写来。
　　　（唱）狄青提起毛竹管，要写密书字二封。
　　　　　一封下到南唐内，一封下到汴梁城。
　　　　　上写拜上仁宗主，万岁兵发锁阳城。
　　　　　文广领兵去出战，不想归顺南唐营。
　　　　　屡次带兵攻山口，杀得众将不敢征。
　　　　　万岁快想良谋计，设法保住汴梁城。
　　　　　写完叠好装信筒，一口大印按当中。
　　　　　提笔又写第二封，拜上豪王李仁兄。
　　　　　大兵直入汴梁地，朝中并无将英雄。
　　　　　要灭仁宗如反掌，写完又用字迹封。
　　　　　叫声狄龙与狄虎，快快进前听我明。

狄龙、狄虎：（内唱）来了来了进书舍，（上）爹爹唤儿何事情？

狄　青：（唱）你二人下书要急快。
　　　（白）狄龙，你将这封书字，秘密下到宫内，叫你姐姐早做准备，快去。

狄　龙：孩儿遵命。

狄　青：狄虎，你将这封书字下到南唐豪王那里，再发人马，好夺大宋江山，叫他照书行事。

狄　虎： 孩儿遵命。

狄　青： 好哇，老夫要得大宋天下，必把女儿送给豪王，南北结亲，真是太平事业。现今文广被擒，关内事情老夫执掌，今日去升大帐，劝其众将扶保老夫，哪个要是不服，立刻斩首。众将官，打鼓升帐。

卒： 哈，待我打起来。

（唱）聚将鼓打得如爆豆，

众　将： （内唱）城内兵将不消停。

闻听鼓响齐忙乱，顶盔掼甲穿蟒龙。

吕蒙正： （内唱）吕蒙正爷心犯想，聚将莫非救元戎？

只得上帐听分派，（上）

呼延庆： （内唱）呼爷延庆听令行。（上）

岳　松： （内唱）岳松迈步也来到，（上）

孟强、焦玉： （内唱）孟强焦玉上帐中。（上）

陈茂、柴胜： （内唱）陈茂柴胜往前走，（上）

孟虎、焦仁： （内唱）孟虎焦仁二英雄。（上）

木青等三人： （内唱）木青木黄与高俊，（上）

卜登登、魏化： （内唱）卜登矬子不消停。（上）

众　将： （唱）众将齐进中军帐，

吕蒙正： （唱）吕爷回头把话明。

众位将军齐来到，今日聚将有急情。
莫非攻出救元帅？我断狄青万不能。
内里必有别的事，大家不要顺奸雄。
齐心努力攻山口，救回元帅算有功。

众　将： （唱）众将齐言说有理，再也不扶老奸雄。
我等愿听吕爷令，不能忘了旧交情。

吕蒙正： （白）好。

（唱）倒是忠良心不改，看他吩咐哪一宗。

狄　青： （唱）狄青上了中军帐。

（诗）辕门以外战鼓催，大小儿郎抖雄威。

　　　　　（白）本帅今日坐大帐，如同平地一声雷。我乃副元帅狄青，字东美，今日唤齐众将听着。

众　将：哈，国丈有何吩咐？

狄　青：元帅出马，被山贼擒去，只有九死，断无一生，众将意欲怎样？

吕蒙正：国丈，要依下官拙见，大家齐心努力，攻打山口，救出元帅，乃为正理。不知国丈意下如何？

狄　青：吕大人说到哪里去了？元帅被擒，如若不死，一定归顺反营，救他何来？不如趁此机会，大家立一场事业，扶保老夫登基，岂不是好？

吕蒙正：住口。狄青，莫非说你要谋反不成？

狄　青：哈哈哈，吕大人的好才学，你的好想法，老夫久有此意。等老夫兵权到手，帐下哪个不服老夫调用，哪个不遵，立刻斩首。

吕蒙正：狄青哪狄青，你的心事想错了，帐下众将未必服从你调用。我吕蒙正谋士万万不能听你调用，看你把老夫怎样?！

狄　青：住口。好个不识抬爱的吕蒙正，宋主将你贬家为民，如今抬爱于你，随营做了谋士之职，你想归宋，那是枉然了。

　　　　　（唱）叫老儿，你是听。

　　　　　　　　宋朝天子，算是昏蒙。

　　　　　　　　你算遭了贬，省得老夫倾。

　　　　　　　　你竟不识抬举，顶撞老夫不应。

　　　　　　　　兵符箭印我执掌，一声将令顶头红。

吕蒙正：（唱）骂奸贼，老狄青。

　　　　　　　　圣上待你，何等厚情？

　　　　　　　　你女西宫院，皇亲国丈公。

　　　　　　　　为何逆心谋反？只怕老天不容。

　　　　　　　　即便是推倒仁宗篡了位，何处搁放女花容？

狄　青：（唱）我的女，有调停。

　　　　　　　　献与南唐，去坐正宫。

　　　　　　　　平分宋主业，南北把亲成。

　　　　　　　　那时天下安稳，一统山河民丰。

　　　　　　　　如若归顺没的讲，不然难保命残生。

吕蒙正：（唱）快住口，莫逞能。

　　　　　　　吩咐手下，将与兵丁。

　　　　　　　你把我怎样？叫你赴幽冥。

　　　　　　　哪个服你调用？未必扶你奸雄。

狄　青：（唱）吩咐三军拉下去，辕门以外问典刑。

众　将：（唱）众好汉，气满胸。

　　　　　　　喝叫奸贼，大骂狄青。

　　　　　　　谋反之思想，我等哪个容？

　　　　　　　目下难讨公道，叫你错用牢笼。

　　　　　　　正是将帅齐吵嚷，

杨文广：（内唱）文广辕门下能行。

　　　　（内白）军校们，将马带过。

卒：　　（内白）哈。

杨文广：老副帅，本帅误入贼营，多亏众将保守关城，老副帅多有操心了。

吕蒙正：元帅来得正好，方才狄青叫我等保他谋反，他要反宋。

杨文广：哎呀，好个奸贼，竟敢亏心忘主，其情可恼。众将官，与我绑了。

卒：　　哈（绑狄青）

狄　青：哎呀，好一个小冤家，你把我绑上，你敢怎样？

杨文广：哼！狄青哪狄青，你也该想想与我那宋主何等至亲，你竟自谋反他的江山，哪个保你？哪个服你？

狄　青：住口。文广哪文广，你说我谋反，我老夫倒看你有卖江山之意。你既被山贼拿去，怎么又回来了呢？

杨文广：狄青，是你听了。

　　　　（唱）狄青你早把书下，你叫豪王发反兵。

　　　　　　　侍郎催贡不放走，你想夺我主江山。

　　　　　　　偏遇本帅被擒去，吴刘两家愿投明。

　　　　　　　你在关内乱军队，将你万刀剐尸灵。

　　　　　　　结果奸贼早除害。

　　　　（白）众将官，把这老贼重打四十大棍，推出关外，由他自便。

卒：　　哦。

狄　青：罢了罢了。
杨文广：拉下去打来。
　　　　（绑下，打完，上卒）
卒　：启禀元帅，施刑已毕。
杨文广：推出城外。
卒　：哈。（下）
杨文广：哦，吕大人，狄青果然私通豪王，暗下密书，情报是真？
吕蒙正：元帅，方才狄青召集众将，叫我等保他反宋。老夫不服，他就吩咐斩首，众将个个不让，元帅要不来得凑巧，难免关城大乱，真是便宜这个老贼。
　　　　（上卒）
卒　：报元帅得知，今有蛮将吴、刘二位，带领他两个女儿，还有蛮兵无数，前来投降。
杨文广：起过了。
卒　：是。
杨文广：哦，吕大人，蛮将投降，不知收下好哇，还是不收下好呢？
吕蒙正：元帅说哪里话来？蛮将投降，况且添兵又收几员大将，又有婚姻之事，不算元帅私收，乃为圣上洪福齐天，叫他们进城才是。
杨文广：好，大人高见。众将官，叫那投降的蛮兵进关，杀猪宰羊，大排筵宴。
众　将：哈。
　　　　（诗）为国尽忠除奸党，海晏河清享太平。
　　　　（出狄青，拉马上）
狄　青：（白）哎呀哎呀，好打呀好打。可恨文广、吕蒙正两个奸贼，依仗兵符在手，把老夫苦打一顿，推出关来，只得投奔南唐便了。
　　　　（唱）忍着疼痛上了马，可恨文广狗奸雄。
　　　　　　他有过犯他不觉，还有蒙正老奸佞。
　　　　　　大事不成反受辱，复又赶出锁阳城。
　　　　　　仇上加仇更难解，叫人心中气不平。
　　　　　　又恨八王赵既显，偏叫文广掌权衡。
　　　　　　老夫难出这口气，只得投奔南唐城。
　　　　　　豪王再发人共马，吴坤刘凯归来营。

　　　　　　此事必奏豪王主，从新再挑将与兵。
　　　　　　大兵发在锁阳地，雄兵百万困关城。
　　　　　　拿住文广着刀剁，蒙正老儿万剐凌。
　　　　　　拿住八王挖了眼，推倒仁宗点天灯。
　　　　　　阖朝文武杀个净，那时汴梁任意行。
　　　　　　不言狄青投反国，

狄　　龙：（内唱）再表下书小狄龙。（马上）
　　　　　　晓行夜宿非一日，饥食渴饮早登城。
　　　　　　这日正走来得快，眼前就是汴梁城。
　　　　　　将书下到西宫内，叫我姐姐奏主公。
　　　　　　不言狄龙把城进，

狄桂枝：（内唱）再表西宫女花容。（上，坐）
　　　　　　狄氏桂枝牙床坐，
　　　（上宫娥）

宫　　娥：（唱）宫娥跪倒禀一声。
　　　　　　启禀娘娘得知晓。
　　　（白）启禀娘娘千岁，大国舅狄龙宫外求见。

狄桂枝：命他进来。

宫　　娥：是。（下，内白）命你进见。
　　　（上狄龙）

狄　　龙：来了。（跪）娘娘千岁千岁千千岁，狄龙叩头。

狄桂枝：国舅平身。

狄　　龙：谢过娘娘千岁。

狄桂枝：兄弟，听说你随父征讨，为何私自回国？有何大事？

狄　　龙：哎，娘娘姐姐，不用问了。
　　　（唱）尊声我姐姐，听我从头讲。
　　　　　　提起去出征，可恨文广将。
　　　　　　派我哥两个，开道运粮饷。
　　　　　　六十里先行，辛苦何用讲？
　　　　　　那日往前行，有座大山冈。

　　　　　　来了无数贼，他把粮草抢。
　　　　　　劫去粮草车，我俩没有想。
　　　　　　回来见元帅，他就吩咐绑。
　　　　　　刀儿要砍头，爹爹就吵嚷。
　　　　　　二人闹起来，众人把情讲。
　　　　　　死罪饶过了，大棍是难挡。
　　　　　　山贼送回粮，蒙正老奸党。
　　　　　　大兵往前行，进关歇两晌。
　　　　　　出城又交锋，拿住杨文广。
　　　　　　归顺南唐营，爹爹把计想。
　　　　　　命我来下书，西宫见娘娘。
　　　　　　如此又这么，不是我撒谎。
　　　　　　说罢献书字，告辞走得莽。
狄桂枝：（唱）桂枝有主张，心中暗思想。
　　　　　　　正然犯踌躇，
　　（上宫娥）
宫　娥：（唱）宫人把话讲。
　　　　（白）启禀娘娘，圣驾已到。
狄桂枝：待我接驾。（下，内白）万岁万岁万万岁，小妃接驾。
天　子：（内白）爱妃平身。
狄桂枝：（内白）谢过万岁。（同上，坐）
狄桂枝：万岁，今有国丈命人下书，请主过目。
天　子：拿来我看。
狄桂枝：好。
天　子：仁宗天子将书字接过来，从头至尾看了一遍。呀，好个文广，真正可恼，气死朕也。
　　　　（唱）仁宗主，怒冲冲。
　　　　　　　龙心不悦，骂声奸雄。
　　　　　　　好个文广，竟自顺唐营。
　　　　　　　敢犯欺君之罪，逆贼胆大自行。

欺君犯了灭门罪，大骂奸贼了不成。

你杨门，辈辈忠。

扶保大宋，有些大功。

南征与北战，功劳数不清。

名标凌烟阁上，天波府上有名。

而今如何顺反叛？不遵国法乱胡行。

我朕国，岂肯容？

必要拿住，法不容情。

解回汴梁地，处斩问典刑。

将你九族全灭，哪个饶你不能。

（白）内臣伺候。

（唱）旨意下到兵部府，抄灭杨家满门庭。

内　臣：（白）领旨意，出了宫。

狄桂枝：（唱）狄氏桂枝，连称主公。

杨家非一次，屡屡起战争。

江山必丧他手，文广又顺反营。

千刀万剐难消恨，绝不该叫他挂印掌权衡。

天　子：（白）哎，凡事都是八王主。

狄桂枝：万岁，此事若是八王知道，又是一番不好了。哎，万岁，如今文广顺了南唐，兵符不可一日无主。

天　子：哎，事到其间再讲吧。

狄桂枝：哦，我主，这如今只得国丈掌权了。

天　子：那是自然。明日出旨，叫国丈执掌兵符帅印。

狄桂枝：谢过万岁。宫人们，筵宴伺候。

宫　人：是。

天子、狄桂枝：（诗）诸事已毕饮筵宴，君妃同乐安乐宫。

天　子：（白）爱妃请。

狄桂枝：万岁请。

（出佘太君坐）

佘太君：（诗）身沾皇恩雨露深，祖上世袭将忠臣。

（白）老身杨门佘太君。自从金花夺印，狄青上本，圣上恼怒，要灭杨门，多亏了八王千岁保本，文广才挂了帅印征南，不知胜败如何？
（急上家童）

家　　童：老太太可不好了。

佘太君：哦，家童有何大事？这等惊慌，慢慢报来。

家　　童：老太太听了。

（唱）家童战兢兢，连把太太叫。
祸事不远矣，直从天上掉。
方才在街前，听得人喊道。
说是钦差官，坐着八抬轿。
鸣锣又净街，众人东西靠。
不知为何情，来了人役报。
对我说是非，把咱吓一跳。
说是我少爷，南唐把兵调。
顺了贼反营，国家一旁撂。
带兵攻关城，占据把阵要。
狄青密书来，请旨快发落。
恼怒万岁爷，金殿皇宣昭。
差来兵部官，把咱家口调。
绑在法场中，单等放大炮。
叫咱满门庭，脑袋一起掉。
太太快想法，有个玄机妙。
奉旨官儿来，不是我扯臊。

佘太君：（白）呀！

（唱）太君闻此言，一阵心发躁。
头迷眼又黑，往后只一靠。（倒）

家　　童：（唱）家童着了忙，忙把尸首抱。

（白）老太太苏醒。

佘太君：（唱）苏醒半响还了气，微睁二目看不真。
暗暗骂声文广，为何违背圣主意？

    归顺南唐逆君罪，一家性命难留存。

    咱杨家辈辈忠良功臣后，阖家大小沾皇恩。

    逆子归顺偏邦国，一家扔在九霄外。

    举家老幼刀下死，冤家不该起反心。

    叫你出世挂帅印，臭名传与后代人。

    太君说罢心酸痛，

杨金花：（内唱）惊动后边女钗裙。

    金花小姐演刀马，忽听悲声入耳轮。

    扔刀下了能行马，（上）

  （唱）太太为何泪纷纷？莫非有何冤枉事？

  （白）太太，你老人家两眼落泪，悲声不止，莫非有什么冤枉之事？不然，想我哥哥了吗？

佘太君：哎，不提起你哥哥倒还罢了，要是提起那个小冤家来，剁他千刀，难消我恨。

杨金花：哦，我哥哥领兵征南，不知有何可恨之处呢？

佘太君：（唱）老太君从头至尾说了一遍。

杨金花：（白）呀，原来如此。我哥哥归顺南唐，未必是真，定是狄青的奸计，要想害咱一家。怎得能够？

  （唱）金花时下心不悦，无道昏君心血蒙。

    哥哥归唐真假未见，先拿一家要施刑。

    好一个误国欺君狄东美，将无作有设牢笼。

    仁宗天子多失政，只宠奸臣不信忠。

    从未来到细查访，不辨真假旨意行。

    恼一恼匹马单刀闯金殿，不怕皇家百万兵。

    先拿昏君宋天子，再杀狄妃气才平。

    吩咐家将快带马，

佘太君：（白）住口。

  （唱）太君座上喊一声。

    小小丫头这样暴，莫留臭名传万冬。

    宁可一家受了绑，只要死后留美名。

　　　　　　太君正然想拦挡，

　　（上杨洪）

杨　洪：（唱）杨洪跪倒报一声。

　　（白）启禀老太太，八王爷已到。

佘太君：八王爷来得正好，金花回避了，（杨金花下）待老身接驾。（下，内白）千岁请。

赵既显：（内白）太君请。（同上）

佘太君：千岁请坐。

赵既显：哦。

佘太君：千岁可知道我家之事吗？

赵既显：哎，太君不消，是已听了。

　　（唱）本御正在宫中坐，忽然内侍报一番。

　　　　　说是万岁刷下旨，要拿杨门用刀餐。

　　　　　道理情由细盘问，原是狄青下书篇。

　　　　　说是文广弃旧主，谋反弃明归了南。

　　　　　万岁圣旨拿家口，本御又将旨意拦。

　　　　　怕是太君犯疑惑，我才来见老年残。

　　　　　此事不用挂心内，自有本御来相干。

　　　　　此事自有我做主，文广归顺南唐是虚言。

　　　　　启奏本是他私意，等我细细查一番。

　　　　　真假此事难以定，再迟十天与八天。

　　　　　必有书来进京内，那时再辨奸与贤。

　　　　　太君不必多忧虑，

佘太君：（白）好。

　　（唱）全仗千岁加美言。杨洪快快排筵宴，

　　（白）杨洪排宴伺候。

杨　洪：是。

赵既显：慢着，朝命在身，就此告辞。

佘太君：如此不敢久留。

　　（诗）逢凶化吉贵人在，遇难呈祥福禄增。

　　　　　（白）千岁请。

赵既显：太君请。

　　　　　（送下，太君上）

佘太君：咳，这是哪里说起？祸福不定，不免告知众媳妇们，大家计议计议才是。

　　　　　（诗）闭门家中坐，祸从天上来。

　　　　　（反帐，李如花坐，五将站）

众　将：（诗）头戴珠缨闪闪，雄鸡雉尾飘飘。

　　　　　　　　辕门刀枪密密，帅字旗号摇摇。

寇正清：（白）下官谋士寇正清。

周灵子：出家人护国军师周灵子。

方　坝：吾乃方坝。

王　兴：吾王兴。

狄　虎：吾狄虎。

众　将：郡主升帐，在此伺候。

李如花：（诗）平宋全凭擒龙手，斩将夺旗偃月刀。

　　　　　（白）奴家梅花郡主李如花。昨日有狄青国丈命狄虎前来下书，说是关内元帅兵符帅印他现全执掌。探子报道说，吴坤、刘凯归了大宋，书字写得不明，叫人难以猜解。

　　　　　（上反卒）

卒：　　报郡主得知，营外有狄国丈求见。

李如花：哦，这是什么意思？蛮卒，可是国丈一人还是有兵卒呢？

卒：　　单人独马。

李如花：就说有请。

卒：　　哦。（下，内白）里边有请。

狄　青：（内白）来了。（上）郡主在上，狄青参见。

李如花：国丈免礼，坐下讲话。老国丈单人独马来至南唐大营，有何大事？

狄　青：郡主听了。

　　　　　（唱）狄东美未曾开言先叹气，尊郡主在上边细听原因。

　　　　　　　　上年间去下书南唐国内，要推倒宋仁宗四帝昏君。

　　　　　　　　只成想我狄青挂印为帅，杀一个里应外合那才称心。

	谁知道文广来掌帅印，我父子在帐下听其调运。
	有吴坤和刘凯前去要战，小畜生去出马却被捉擒。
	兵符印到吾手老夫乐也，挂帅印在关城要调三军。
	文广回了城吴刘归顺，结下亲却为那两个钗裙。
	打了我四十棍实实难受，永不用撵出了锁阳关门。
	无奈何投南唐来见郡主，郡主你灭大宋好把他擒。
	狄国丈说罢了前后言语，
李如花：	（唱）李郡主闻此言心内沉吟。
	这也是该我父洪福齐天，破关城转眼间何用再云？
	尊了声老国丈帐下听用，复又叫蛮卒们细耳听真。
	趁此时下山去攻打关口。
	（白）蛮卒们，就此响炮下山，攻打锁阳关，不得有误。
卒：	哈。
	（上正卒）
卒：	报元帅得知，竹茶山添了无数人马，前来要阵，将关城围了个水泄不通，乞令定夺。
杨文广：	众将官，一起杀出，捉拿蛮将便了。
卒：	哈。（下）
方　坝：	（内白）蛮兵们，压住阵脚，列开旗门。
卒：	（内白）哈。
	（方坝叉马上）
方　坝：	吾乃飞叉大帅方坝，生来力大无穷，手杖一柄，铁钢叉重八十五斤。奉了郡主将令，前来要阵。蛮卒们，往前攻杀。
	（卜登登对上）
卜登登：	来贼报名受死。
方　坝：	问我？听着，我乃南唐豪王驾下称臣飞叉大帅，姓方名坝。知我厉害，快快下马受绑，省得你爷爷费事。
卜登登：	住口吧，不要逞强，看家伙吧。
方　坝：	且住，你叫何名？
卜登登：	你爷爷卜登登。哎，看家伙吧，来，来，来。

（杀，卜登登败下）

方　坝：哈哈哈，没用的东西，竟自败走。蛮卒们，杀！
（吴坤对方坝）

方　坝：吴坤哪吴坤，你不该弃唐投宋，好个无义的奸贼，看叉。

吴　坤：住口。方坝啊方坝，我劝你好好归顺宋朝，万事乃休，不然叫你刀下做鬼。

方　坝：你休得胡说。看叉，来，来，来。
（杀，吴坤败下，又上）

吴　坤：你看方坝倒有千斤之力，叉沉马快，在南唐是无敌上将，等他赶来，用金镖打他便了。

方　坝：吴坤哪里走？

吴　坤：看打！（打介）

方　坝：呀，不好。

吴　坤：你看方坝果然是条好汉，中镖大败而逃。众将官，往前攻杀。
（上卒）

卒：　　报郡主得知，方坝中镖败回。

李如花：呀，这还了得？

狄　青：郡主，我狄青愿往会合一阵。

李如花：可要小心。

狄　青：不劳嘱咐。蛮卒们，刀马伺候。

卒：　　哈。
（狄青对杨文广）

杨文广：狄青哪狄青，我把你这个奸贼，竟敢归顺南唐，还敢前来交战？休走，看枪！

狄　青：住口。文广啊文广，我把你这个小冤家，不该重打老夫一顿，今日不报此仇，誓不为人。看刀！

杨文广：哦，奸贼呀奸贼。
（唱）银枪指，骂奸贼。
宋主待你，何等情为？
不该顺反叛，暗自把心亏。

　　　　　　　不怕天爷睁眼，报应且等时刻。
　　　　　　　臭名传与后人晓，哪个不说你是反贼？
狄　　青：（唱）快住口，莫发威。
　　　　　　　不拿狗子，不把人为。
　　　　　　　必把前仇报，叫你把阴归。
　　　　　　　投胎另去认母，大刀照顶而挥。
　　　　　　　剁你千刀难消恨，生擒活捉才把心遂。
　　　　　　　银枪刺，把马催。
　　　　　　　大刀一摆，各显其威。
　　　　　　　好将与好将，胜败难定规。
　　　　　　　狄青天下知晓，文广盖世英魁。
　　　　　　　杀得天昏地暗，杀得路上土直飞。
杨文广：（唱）文广，皱虎眉。
　　　　　　　恨不立刻，杀了老贼。
　　　　　　　败中要取胜，忙把马圈回。（下，狄青遂下。又上）
　　　　　　　用手勒住鞍马，急忙取出飞锤。
　　　　　　　单等老贼赶来到，冷不防必吃亏。
狄　　青：（唱）有狄青，往下追。
　　　　　　　贪功不舍，要想拿回。（下，又上）
　　　　　　　只顾往前闯，
杨文广：（白）看打。（打介）
狄　　青：呀，不好。
　　　　　（唱）打掉了头盔。
　　　　　　　急忙勒回战马，跑得踪影全没。（下）
杨文广：（唱）文广马上哈哈笑。
　　　　　（白）你看狄青中锤，大败而逃，便宜了这个老贼。众将官，往前攻杀。
众　　将：哈。
周灵子：（内白）蛮卒们，看出家脚力伺候。（叉马上）
　　　　　　　出家人周灵子。听说宋兵甚是厉害，杀败我国上将，其情可恼。蛮卒们，杀呀！

卒： 是。
　　　　（吴坤上对周灵子）
周灵子：吴坤，你不该归顺宋朝，反伤咱国上将。哪里走？看叉取你！
吴　坤：来，来，来。（杀，周灵子败下，又上）
周灵子：吴坤这个老儿，甚是厉害，他有火龙镖难防，还是先下手为强，后下手遭殃，不免祭起化血神刀，擒他便了。（念念有词）起！
吴　坤：妖道哪里走？呀，不好！（死）
周灵子：这老儿死在刀下。蛮卒们，杀呀！
　　　　（对上刘凯）来，这不是刘凯么？
刘　凯：正是。好妖道，不该伤我吴大哥，是你，看枪！
周灵子：来吧，看叉吧。
　　　　（杀，周灵子败下，又上）刘凯这个老儿也倒厉害，还是祭化血神刀，擒他便了，起呀。
刘　凯：妖道，哪里走？呀，不好！（死）
周灵子：又死一个。蛮卒们，还是杀呀。
　　　　（狄虎对杨文广）
杨文广：来这个不是狄虎么？好个狗子，你父子俱各归了反营，哪里走？看枪。
狄　虎：住口！文广，你将我爹爹打了一顿，我与你势不两立。看枪取你！
　　　　（杀，狄虎死）
杨文广：狗子死在枪下。众将官，往前攻杀。
　　　　（上王兴对杨文广）蛮贼，报上名来，好做枪下之鬼。
王　兴：吾乃飞球大帅王兴。来将何名？
杨文广：蛮贼，要你听了。
　　　　（唱）勒马擎枪便开言，坐稳鞍桥且听了。
　　　　　　　我本宋主大元戎，忠心赤胆把主保。
　　　　　　　蛮贼可也太欺心，无故寻蛇来拨草。
　　　　　　　你等下马快投降，好把你等性命保。
　　　　　　　你若说一个字不，大兵定把营盘扫。
王　兴：（白）休得猖狂，报上名来。
杨文广：（唱）反贼留神仔细听，闻名把你活吓跑。

     讳是文广本姓杨,天波府内谁不晓?

     三关镇守挡苗贼,凌烟阁上把名表。

     不意南唐起反心,带兵来把尔等扫。

     说罢拧枪奔前迎,

王 兴:(唱)小将枪法果然好。

     须得另想别方法,虚砍一刀回里跑。

     心里盼着宋将追。(杀,败下,又上)

  (白)这员小将枪马无敌,等他赶来,取出金球打他便了。

杨文广:蛮贼哪里走?

王 兴:看打!

杨文广:哎呀,不好!

王 兴:哈哈哈,小将大败而逃。蛮卒们,往前攻杀。

卒: 哈。

杨文广:(内白)众将官,四门紧闭,多加灰瓶火炮、滚木礌石,将马带过。(上大帐,坐)

  一场好杀,一场好战,这个反贼把我好打呀。

  (唱)文广,败回城。

    坐在大帐,叹气连声。

    方才疆场上,与贼大交锋。

    南唐果有上将,真正并非虚名。

    飞叉大帅叫方坝,果然力大真无穷。

    又来了,野道精。

    吴坤对战,归了阴城。

    刘凯落了马,一命丧残生。

    疆场死了二将,又来反贼狄青。

    飞锤将他打败了,狄虎枪下一命倾。

    又来了,小王兴。

    疆场对战,大刀青铜。

    数十趟,并未落下风。

    忽然他又败战回走,祭来一物黄澄澄。

只顾追赶无防备，打掉头盔发蓬松。

败回了，锁阳城。

惊走七魂，三魄无踪。

这可怎么好？

（上吴金定、刘香春）

吴金定、刘香春：（唱）来了二花容。

金定香春上帐，不由心内吃惊。

元帅为何这等样？莫非败阵回关城？

杨文广：（白）原是这般如此，二位疆场废命。

吴金定、刘香春：（唱）姐妹二人闻此言，不由二目泪盈盈。

吴金定、刘香春：（唱）哭声爹爹死得苦，可怜你血染钢锋不善终。

手指关外高声骂，好个万恶老妖精。

杀父之仇定要报，不拿野道本字更。

吩咐三军看刀马，

杨文广：（唱）文广开言说慢行。

（白）二位娘子，不可急躁。天色已晚，等明日出马，与二位老大人报仇，暂且回避了。

吴金定：是哎，爹爹呀！

杨文广：我不免写道表章，奏知天子，将狄青的过处一一写清，却与我无牵。待我写来。（写介）人来，将这道表章送到汴梁，风雨无阻，不可违误。

卒：得令。

杨文广：众将官，小心巡城。

（诗）唐贼犯界甚英勇，不知何日得安宁？

（出苗从善坐）

苗从善：（诗）忠心照日月，赤胆保君王。

（白）下官苗从善。今早文广飞报进京，叫我转奏安乐宫，里面必有军机大事。看轿，一到安乐宫。

（唱）只得去见八千岁，持表去到安乐宫。

内里必有军机事，只得急去不敢停。

吩咐众人快看轿，离座出了书房中。（下）

　　　　　　大堂以外上了轿，（下，又上）不言苗爷往前行。
　　　　（出赵既显坐）
赵既显：（唱）再表八王赵既显，闷坐书房看册封。
　　　　　　闲来调琴观古画，无拘无束乐无穷。
　　　　　　复又想起杨门事，狄青他说文广顺反营。
　　　　　　万岁刷旨拿家口，多亏本御得知情。
　　　　　　将旨追回压在府，不然必闹大伤风。
　　　　　　杨门岂肯让拿绑？必然抗旨不受刑。
　　　　　　惹恼太君是小可，怕是逼反众花容。
　　　　　　圣上他是惊不到，凡事还得我孤穷。
　　　　　　须得慢慢细查访，真假难办寻实情。
　　　　　　正是千岁思此事，
　　　　（上内侍）
内　侍：（唱）内侍跪倒禀一声。
　　　　　　天官苗爷来求见，
赵既显：（唱）快快有请进宫中。
内　臣：（白）是。（下，内白）有请。
　　　　（上苗从善）
苗从善：（唱）来了吏部苗从善，千岁在上臣打躬。
　　　　（白）千岁在上，臣苗从善参。
赵既显：大人免礼，请坐。
苗从善：微臣告坐。
赵既显：大人来在安乐宫，有何大事？
苗从善：臣接到文广急表一道，请千岁过目。（呈表）
赵既显：拿来我看。（接过）
苗从善：好。
赵既显：路花王打开一看，呀，果然前日那封密书是狄青诡计。这表章写得明白，说狄青归顺南唐，千真万确。待我见驾，看圣上怎样？苗先生随我上殿。内侍伺候，打道上朝。
内　侍：是。（同下，又上）禀千岁，来到午门。

赵既显：住辇。

内　侍：是。

　　　　（暗朝，赵既显上）

赵既显：万岁万岁万万岁，臣路花王见驾。

天　子：皇兄有何条陈？

赵既显：万岁请听。

天　子：坐下再奏。

赵既显：谢过万岁。

　　　　（唱）所奏不为别的事，为的狄青狗贼奸。

　　　　　　　今日元帅本章到，说是大兵至高关。

　　　　　　　头阵出马会敌将，蛮将他把实话传。

　　　　　　　狄青早把反书下，他与豪王有通连。

　　　　　　　他叫那南唐发兵灭北宋，平分江山坐金銮。

　　　　　　　元帅头阵得了胜，二阵来了女红颜。

　　　　　　　被擒高山此事有，结亲之事实难言。

　　　　　　　蛮将归顺咱的国，元帅他高山住了整三天。

　　　　　　　狄青关内排兵将，扶保于他夺江山。

　　　　　　　众将未应元帅到，狠心一气把他推出关。

　　　　　　　说罢献表龙书案，

天　子：（唱）天子接表看周全。

　　　　　　　从头至尾看一遍，呀，果然如此非虚言。

　　　　　　　奸贼真有欺君罪，你不该欺君造反谋江山。

　　　　　　　恨罢一回心犯想，莫非文广弄虚言？

　　　　　　　老国丈再也不能做此事，如何归顺反营盘？

　　　　　　　开言便把皇兄叫，这件大事叫朕难。

赵既显：（唱）要依臣先拿狄青众家眷，打在高墙把罪担。

　　　　　　　狄妃不可留宫住，打入寒宫冷院间。

　　　　　　　微臣也愿走一走，探望探望锁阳关。

　　　　　　　或是真来或是假，再杀他家也不难。

天　子：（唱）仁宗闻听说有理。

天　子：（白）八皇兄所奏有理，此事是两全其美。先拿狄青满门家眷，打入宫墙受罪。八皇兄愿下锁阳关，也倒罢了。国丈真有此事，难免阖家一死，无有谋反之事，文广诬告非言。哦，皇兄这天波府也将他治罪么？

赵既显：国丈要无此事，文广必然治罪就是了。

天　子：那个再凭皇兄你罢。此事关系非小，皇兄得辛苦一回了。

（完）

第 七 本

【剧情梗概】天子将狄妃打入冷宫，狄妃悬梁自尽。李如花、周灵子进攻锁阳关，皆败在吴金定绝仙剑之下。周灵子变成杨文广模样，图谋骗奸吴金定，并盗取绝仙剑。吴金定识破，杀死周灵子。周灵子魂魄飘回黑水滩，请师父鼋羊子为他报仇。鼋羊子与姐姐云灵圣母来到阵前，打败吴金定，却败在刘香春之手。为了对付宋军诸将，云灵圣母摆下了群仙阵。

（出狄桂枝坐）

狄桂枝：（诗）常毒乃是蝎子尾，它还不如毒妇心。

（白）奴狄桂枝。爹爹那日书字到来，叫奴暗害昏君，爹爹坐殿，说是把奴献与豪王，坐昭阳正院。这个嘛，奴遂心如意。听说李豪王，乃是大唐的根苗，又是一位英才，也不差奴在这西宫下院做一偏妃。又说文广归顺南唐，我爹爹执掌兵权，在那里调起人马，两处兵将合在一处，那时有奴家在宫中，何愁大宋江山不灭呢？

（上宫女）

宫　女：禀娘娘，圣驾已到。

狄桂枝：待小妃接驾。（下，内白）万岁，小妃接驾。

天　子：（内白）哼哼哼，可恼哇可恼，（同上）真正可恼。

狄桂枝：哦，万岁，驾转西宫，不知什么可恼，什么可恨呢？

天　子：好。仁宗天子就把以往之事，从头至尾说了一遍。

狄桂枝：呀，万岁，狄老国丈一心无二，断无此事，再也不会归南唐。此事必是文广奸计，暗害于他。误造非言，害了国丈，只怕他有篡位之心吧。

天　子：住口。好个奸妃，现有八王千岁去到锁阳关探听虚实，如果真有此事，难免你一家碎尸万段，宫中留你这个反叛之女何用？

狄桂枝：咳，万岁爷呀，

（唱）狄桂枝爬半步眼含痛泪，尊我主在上听细细说清。

奴家我陪伴着君主圣驾，圣主爷宠爱妃封在西宫。

文广他说是国丈心变，依小妃细想情真假不明。

　　　　　　万岁想小妃我待主不错，我与主想国事议论军情。
　　　　　　主上殿奴恐怕驾不回转，扔小妃孤单单冷冷清清。
　　　　　　盼我主早回转妃去接驾，请入了我这个下院西宫。
　　　　　　欢喜喜笑盈盈同吃御宴，酒后赴阳台会云雨巫峰。
　　　　　　主要上别宫去小妃等候，一阵阵忽悠悠打采无精。
　　　　　　无奈何躺床上思思想想，听得那谯楼上鼓打三更。
　　　　　　不成想万岁爷听信谗语，拿我那家满门问罪施刑。
　　　　　　还将奴打在了冷寒宫院，好不叫奴家我甚是伤情。
　　　　　　狄桂枝不住地哭哀求告，

天　　子：（唱）闹住了宋天子四帝仁宗。
　　　　　　自从她入宫院我朕宠爱，果然她待朕却也有深情。
　　　　　　难割舍之情意无法可施，又怕是恼怒了八王皇兄。
　　　　　　留下她路花王必然不让，他有那凹面铜专打昏蒙。
　　　　　　罢罢罢倒不如恩情一断。
　　　　　（白）住口。好个奸妃，有其父必有其女，你父顺了反国，宫中留你何用？宫人们，将奸妃捋去凤冠袍带，打入寒宫冷院，暂且受罪，不要断了她饮食。领下去。

宫　　人：是。

狄桂枝：苦哇！

天　　子：只得听皇兄回音便了。
　　　　　（诗）恩爱夫妻今离散，也是奸妃自作恶。

周灵子：（内白）蛮卒们，压住阵脚。（上）出家人周灵子。昨日出马杀了吴坤、刘凯两个逆贼，杀得关内宋将大败，今日出马，必要降书顺表。蛮卒们，杀上前去。
　　　　（上宋卒）

宋　　卒：报元帅得知，妖人又来要阵。

杨文广：再去打探。

宋　　卒：得令。

杨文广：手拿令箭，往下便叫，何人出马见上一阵？

卜登登：末将卜登登愿往。

杨文广：可要小心。

卜登登：不劳嘱咐。众将官，马来。

（杀周灵子败下，又上）

周灵子：这个小将有些杀法，哪有闲工夫与他恋战？不免祭起化血飞刀，擒他便了。（念念有词）

卜登登：妖人哪里走？呀，不好！（死）

周灵子：这个宋将死在刀下。蛮卒们，杀呀！

（上卒）

卒：　　报元帅得知，卜将军阵亡，妖人又来要阵。

杨文广：再去打探。

卒：　　得令。

杨文广：呀，不好了。

吴金定：元帅万安，奴家吴金定愿往。

杨文广：可要小心。

吴金定：不劳嘱咐。众将官，抬刀备马，杀出关去。

众　将：是。

（上周灵子）

周灵子：你看关门大开，炮响连天，闪出一员女将。哎哟，好一个风流女子。

（唱）道人看，用目观。

　　　　这女子，美容颜。

　　　　头戴着，珠翠冠。

　　　　乌云发，墨一般。

　　　　别一根，白玉簪。

　　　　八宝环，杏核眼。

　　　　樱桃口，红唇鲜。

　　　　脸蛋儿，赛粉团。

　　　　身穿着，大红衫。

　　　　绣罗袍，花镶边。

　　　　风摆动，罗裙掀。

　　　　露出了，小金莲。

　　　　窄又瘦，细又尖。
　　　　绣绒刀，两手端。
　　　　桃花马，跑得欢。
　　　　小丫头，好威严。
　　　　长了个，真可观。
　　　　出家人，一千年。
　　　　从未见，遇天仙。
　　　　好像那，玉婵娟。
　　　　小西施，如郑丹。
　　　　我何不，提婚姻？
　　　　夫妻俩，去归山。
　　　　胜吃斋，做神仙。
　　　　想到得意迎上去。
　　（吴金定对周灵子）

周灵子：（白）来，这姑娘报名上来，你祖师爷叉下不死无名之鬼。

吴金定：问我听着，我乃吴坤之女、杨文广之妻吴金定是也。昨日杀了我父，可是你这妖道么？

周灵子：然也。

吴金定：好个妖人，敢称"然也"二字。不要走，看刀！

周灵子：哎呀哎呀，吴金定不要动手，我还有言相告。

吴金定：妖道，有话快讲。

周灵子：今日天缘巧遇，你我夫妻成就，随我一入海岛，省得在红尘争名夺利，修炼一个长生不死，你看好也不好哇？

吴金定：妖道满口胡说。休走，看刀！来，来，来。

　　（杀，周灵子败下，又上）

周灵子：哎哟哎哟，吴金定甚是骁勇，不免用恍魂幡晃她魂魄便了。待我迎将上去。

吴金定：呀，你看妖道，手拿幡儿乱晃，奴不免祭起火球将它烧坏。呀啐。

周灵子：（拿幡）晃哪晃哪。（飞上火球，烧坏幡）哎呀，坏咧，恍魂幡成了一个旗杆咧。好个吴金定，我与你势不两立。

吴金定：哪有闲工与他恋战？祭起绝仙剑，斩他便了。

周灵子：呀呸，丫头哪里走？呀，不好！

吴金定：你看妖道中剑，大败而逃。众将官，杀！

（上卒）

卒：　　报郡主得知，军师败阵而回。

李如花：这还了得？蛮卒们，抬刀备马，杀出营去！

（对上魏化）

李如花：来这矬根子，报名受死。

魏　化：住口。你爷爷魏化，反女何名？

李如花：你郡主李如花是也。

魏　化：真长个如花似的。我说娇娘哪，我有一事，与你商议商议，不知你可应否？

李如花：矬根子，有话快讲。

魏　化：听了听了。

（唱）这个丫头长得好，天下女子千千万。
　　　从来未见这样人，模样生得真好看。
　　　头戴凤翅抱金盔，雉尾后飘威风现。
　　　两道蛾眉弯生生，秋波相配桃花面。
　　　糯米银牙玉一般，樱桃小口把人恋。
　　　往下一看勾人魂，风摆罗裙才看见。
　　　金莲瘦小底儿弯，腰量不过二寸半。
　　　倘若落在人家手，不能得把香来占。

李如花：（白）矬根子有话快讲哪。

魏　化：（唱）有句话儿对你明，
　　　丫头听着爷爷劝。今年二十未娶妻。

李如花：（白）看刀！

魏　化：（唱）别打别打听我说，招军买马两家愿。
　　　跟我进营拜地天，牛皮帐里赴喜宴。
　　　正大光明做夫妻，也不算我行霸占。

李如花：（白）呸。

（唱）郡主闻听气炸肝，羞恼变怒浑身战。
（白）好个矬子，满口胡说。你哪里走？看刀。

魏　化：来，来，来。

（杀，李如花败下，又上）

李如花：你看矬根子，有些武艺，不免祭起大蟒擒他便了。呀呔。

魏　化：呀，这个丫头祭来一根大长虫，不免用降魔剑与她破了。呀呔。（蟒吞剑，追矬下，又上）呀呔，宝剑吞了。哦，有了，不免祭起狗皮褡子，张开口与它收了。（蟒咬魏化）呀，好咬。

（魏化入地，李如花上）

李如花：你看矬子借着土遁逃走，暂且由他。蛮卒们，杀。

（魏化出地）

魏　化：哎呀哎呀，好咬好咬。丫头弄长虫，咬我这一手，我算玩不开。走，上边歇歇去。

（李如花、吴金定对上）

吴金定：来这反女，报上名来。

李如花：奴乃南唐豪王驾前领兵元帅、云灵圣母的门徒、豪王千岁之女、你郡主李如花。丫头何名？

吴金定：奴乃吴坤之女、杨元帅之妻吴金定。郡主息怒，有一言相告唯。

（唱）金定马上开言道，尊声郡主听奴言。
　　　你今既然领人马，为何兵困锁阳关？
　　　奉劝郡主回去吧，何必两国各争先？
　　　同归宋朝是正理，年年进贡岁岁安。
　　　奴家本是吴坤女，我父南唐做将官。
　　　领了王爷千岁旨，带兵攻打锁阳关。
　　　两罢干戈结秦晋，这才投宋弃了南。
　　　郡主要是知时务，留下美名万古传。
　　　撤兵回国归王化，送出寇家后代男。
　　　要是任性不醒悟，只怕临期后悔难。
　　　金定还要往下讲，

李如花：（白）住口！

　　　　　（唱）郡主闻听怒冲冠。
　　　　　　　　大骂丫头无羞耻，看中宋将配姻缘。
　　　　　　　　弃明投暗真丢脸，丫头还说美名传。
　　　　　　　　自古忠臣不二主，一马如何备双鞍？
　　　　　　　　你父不忠又不孝，天理昭彰死阵前。
　　　　　　　　越说越恼越有气，青铜大刀两手端。（杀）
　　　　　　　　盖顶搂头往下砍，
吴金定：（唱）金定急忙用手还。
　　　　　　　　二人并马杀一处，各显其能要争先。
李如花：（唱）如花败中要取胜，虚砍一刀把马圈。
吴金定：（唱）大叫反女哪里走？想逃我手只怕难。
　　　　　　　　一催战马赶下去，
李如花：（唱）郡主勒马使妙玄。
　　　　　　　　取出葫芦有三寸，里面盛的是火烟。
　　　　　　　　拧去盖儿冒出火，好似一片火焰山。
　　　　　　　　复又催马迎上去，
吴金定：（唱）金定一见吓一蹿。
　　　　　　　　这个丫头有邪术，要想伤我难上难。
　　　　　　　　师父赐我一柄扇，重巾小扇只一扇。
　　　　　　　　扇得火光无踪形，急忙祭起剑绝仙。
　　　　　　　　叫声反女宝剑到，
李如花：（白）呀，
　　　　（唱）郡主一见吓一蹿。
　　　　　　　　连说不好宝剑到，
　　　　（白）不好，这个丫头把我三昧真火扇去，祭来一口宝剑，黄澄澄射人二目，真正厉害，只得扔了坐骑，借土遁逃走便了。
　　（斩马死）
吴金定：你看反女借遁光逃走，可惜将马斩死。天色已晚，众将官，打得胜鼓回关便了。
众　　将：哈。

李如花：（内）蛮卒们，多加强弓弩、滚木、礌石，防备营门要紧。（放反帐，上，带板）

　　　　（唱）披头散发上大帐，好个金定女娥皇。
　　　　　　　圣母之徒神通广，法术更比奴家强。
　　　　　　　破了佛家无价宝，又祭宝剑射金光。
　　　　　　　此剑厉害难以破，借着土遁逃回乡。
　　　　　　　不走准得剑下死，险乎一命见阎王。
　　　　　　　正是郡主无主意，

（上周灵子）

周灵子：（唱）妖道上帐讲其详。
　　　　　　　郡主不必心散乱，

李如花：（白）有何妙计？

周灵子：（唱）山人有法把她降。
　　　　　　　单等半夜三更后，盗她宝剑不提防。
　　　　　　　变作文广他模样，这个方法强不强？

李如花：（唱）军师如果事办妥，头件大功奏父王。
　　　　　　　再拿金定不费事，何愁关内众儿郎？
　　　　　　　正然说话天色晚，军师快去办妥当。

周灵子：（唱）山人说声我去也，下了大帐走慌忙。

李如花：（唱）郡主也就回后帐，

周灵子：（唱）灵子出营喜洋洋。

　　　　（白）山人周灵子。可恼吴金定，暗下毒手，用法宝伤了我的左膀，多亏妙药治好，必报一剑之仇。今夜进关要变杨文广的模样，与她会会佳期，云雨巫山一毕，再盗她宝剑。好哇，妙哇！

　　　　（唱）周灵子迈步出大营，腹内打了几个盹。
　　　　　　　金定丫头太不堪，暗下无常不防备。
　　　　　　　仗着她的武艺高，宋朝也算女光棍。
　　　　　　　上阵她就祭宝贝，没味没味真没味。
　　　　　　　我想与她会佳期，我俩同赴盂兰会。
　　　　　　　谁知丫头不依从？粉面一红生了气。

　　　　大刀一摆奔顶门，我俩杀了多时会。
　　　　我想祭宝把她伤，拿进营中很对劲。
　　　　谁知丫头有武艺？大火烧了我宝贝。
　　　　烧坏我的宝贵珍，祭来法宝难防备。
　　　　扎在左膀逃了生，吓得忘了那件事。
　　　　想到得意精神多，试试变化对不对。（变杨文广）
　　　　摇身一变说妙哉。
（白）变得不错，驾云进城便了。
（唱）驾云光，一跺脚。
　　　自言自语，心打草稿。
　　　这一进关城，算是机会巧。
　　　云雨巫山无处跑，佳期要赴了要赴了要赴了。
　　　这个主意算定了，想起金定，真是个好卯。
　　　丫头长得强，人品天下少。
　　　可爱她两只小脚，真乃裹得好裹得好裹得好，
　　　世间真难找。
　　　人头在少年，心灵性又巧。
　　　乌云墨染黑，身子多窈窕。
　　　我与她提亲，脸儿就红了。
　　　用眼把我瞟把我瞟把我瞟。
　　　想到此，乐颠了。
　　　抬头一看，天道不早。
　　　顺风快又疾，看见高关了。
　　　打着灯笼照满天，去把美人找美人找美人找。
（白）呀，定了更咧。进的关城，且稳在一旁，单等人静之时，再找美人便了。
（平桌，吴金定便装坐）

吴金定：（诗）摘盔卸甲解战袍，独坐卧房好心焦。
（白）奴家吴金定。昨日临阵，杀败妖人、反女，回到关城，独坐寝房。天有定更时候，不免点起灯光。（下，又上，点灯），哎，好不闷死人也。

（唱）元帅妹妹宿一处，抛下奴家独自眠。
　　　　　闷对孤灯牙床坐，心里有些不耐烦。（一更）
　　　　　忽听谯楼起了鼓，更夫打罢一更天。
　　　　　一更里，月儿发，只有辉煌照窗纱。
　　　　　提提灯烛多明亮，房中独坐自详查。
　　　　　今日阵前去对垒，周灵子野道有邪法。
　　　　　果然妖道神通大，手拿幡儿乱摆划。
　　　　　奴家我祭起火球来烧坏，又祭宝剑把他杀。（二更）
　　　　　妖人中剑败了阵，又听锣鼓二更发。
　　　　　二更里，月照窗，无精打采自思量。
　　　　　可叹爹爹死得苦，刘家叔叔一命亡。
　　　　　元帅出马败了阵，众将个个败回乡。
　　　　　奴家为父把仇报，杀得那李氏如花借遁光。
　　　　　得胜回在高关内，独自一人卧寝房。（三更）
　　　　　正是金定胡思想，又听谯楼打三梆。
　　　　　三更里，月正南，画鼓轻敲半夜天。
　　　　　思前想后连声叹，不知何日奏凯还？
　　　　　早起晚睡多辛苦，争名夺利几时安？
　　　　　归顺也有五个月，没有大功在阵前。
　　　　　心血来潮坐不稳，和衣而卧要安眠。（四更）
　　　　　似睡未睡才合眼，忽听谯楼四更天。

（上周灵子）

周灵子：（唱）四更里，月西悬，再把妖人言一言。
　　　　　只见美人扶桌睡，今日和你一处眠。
　　　　　娘子快快醒来吧，拙夫陪你到这边。
　　　　　叫醒金定睁开眼，妖道这里到近前。

吴金定：（白）呀，不好。

　　（唱）一阵怎么腥又臭？并非将军他语言。
　　　　　伸手抓起绝仙剑，你是何人进房间？

　　（白）你是何人？来在奴的寝房，拉拉扯扯？快说来咧，不然叫你剑下做鬼。

周灵子：娘子不要着急，出家人变的文广。

吴金定：原是妖人变化人形。哪里走？看剑。

周灵子：（变周灵子）来，来，来。

（杀，周灵子败下）

吴金定：你看妖道进关，竟自作怪，羞臊奴家，哪里容得？绝仙剑起。

（上周灵子）

周灵子：哎呀，好厉害的老娘们，玩不过她，逃走吧。（剑下）哎呀，不好。（死）

（上吴金定）

吴金定：你看妖道死在绝仙剑下。天色大亮，咳，今夜要不是奴家眼力快呀，差一点叫这个妖道蒙着了。真万幸。

（上周灵子魂）

周灵子：（诗）渺渺冥冥路，悠悠荡荡魂。

（白）我乃生前周灵子。可恨吴金定这个丫头，不但好事未成，反被绝仙剑斩首哇。鬼魂不散，不免去到黑水滩，哀求老师父为我报仇便了。苦哇，呜呜呜。

（出黾羊子老妖坐）

黾羊子：（诗）妙妙妙来，玄玄玄哪，云来雾去几千年哪。

　　　　虽然未赴蟠桃会，水里也算有名仙哪。

（白）出家人黾羊子，乃是八卦鱼得道，修炼三千余年哪。在这黑水滩修身养性，那年打发徒儿下山扶保南唐，我还有个姐姐在红花洞养性。虽然未赴蟠桃，在水内执掌群妖，无拘无束，任意横行，倒也快哉。

周灵子：（内白）来在洞门以外，待我进洞。（上）老师父在上，快与弟子报仇吧！

黾羊子：哎哟，徒儿你这是怎么啦？叫谁宰了？快说快说。

周灵子：老师父不消问了，苦哇！

（唱）灵子见问头低下，两眼落泪又悲伤。

　　　师父命我把山下，扶保南唐锦家邦。

　　　发兵前去灭北宋，有个文广小儿郎。

　　　率领众将多骁勇，还有金定小娇娘。

　　　丫头法术无人比，祭来了绝仙宝剑把命伤。

　　　　　　　可怜徒儿死得苦，来求师父下山冈。
黾羊子：（白）我不去呀，我不去呀。
周灵子：（唱）快与弟子把仇报，省得丫头混逞强。
　　　　　　　疆场之上把师骂，
黾羊子：（白）他骂我啥来呀？
周灵子：（唱）骂你兔羔王八当。
黾羊子：（白）哎呀，可把我糟蹋苦了。
周灵子：（唱）他说是拿住黾羊看刀剁，揭了盖子氽了汤。
　　　　　　　骂的话儿千千万，师父快快拿主张。
黾羊子：（白）哎呀。
　　　　　（唱）黾羊闻听气炸肺，好个丫头太猖狂。
　　　　　　　仗着圣母欺压我，咒骂仙师理不当。
　　　　　　　我今定要出水岛，捉拿金定女娥皇。
　　　　　　　看你道行试一试，好拿丫头灭北王。
　　　　　　　叫声徒儿守古洞。
　　　　　（白）徒儿好好看守古洞，待为师下山与你报仇。杀了金定我就回山，请些道友超度于你，早升仙界。
周灵子：谢过师父。
黾羊子：我只得先到红花洞，请我姐姐一同下山，捉拿宋将便了。
　　　　　（出云灵圣母坐）
云灵圣母：（诗）参星与拜斗，养性在深山。
　　　　　（白）山人云灵圣母，在红花山修身养性。上年打发李如花下山保他父王去灭宋主，这也不在其言。今坐古洞参禅炼道。
黾羊子：（内白）来在古洞以外，待我进洞。（上）姐姐可好？
云灵圣母：我是好的，兄弟请坐。
黾羊子：有坐有坐。
云灵圣母：兄弟不在黑水滩炼道，来在红花洞有何大事？
黾羊子：姐姐听了。
　　　　　（唱）黾羊未语先叹气，姐姐听着小弟说。
　　　　　　　只因徒儿周灵子，那年命他下山坡。

扶保南唐真龙主，好夺大宋锦江河。
不料宋朝能人广，有个金定女娇娥。
两下交锋争天下，徒儿一命见阎罗。
死在金定她的手，阴魂进洞泪如梭。
小弟无能见姐姐，下山帮助把她捉。
报了此仇再回洞，

云灵圣母：（唱）云灵闻听犯颠夺。

（白）兄弟呀，

（唱）出家不可破杀戒，慈悲为本好成佛。
这一到了南唐去，必得厮杀动干戈。
伤害生灵罪非小，怕的是千年大道赴水流。
去不得呀去不得，下山话儿你休说。

黾羊子：（唱）黾羊闻听直了眼，姐姐不去下山坡？

云灵圣母：（唱）不去不去我不去，娘娘知道了不得。

黾羊子：（唱）我知道你怕金定法术广，姐姐你怕敌不过女娇娥。

云灵圣母：（唱）不是怕那丫头勇，怕是后来落人薄。

黾羊子：（白）怪不得丫头疆场将咱骂。

云灵圣母：井水不犯骂什么？

黾羊子：他说咱们王八怪。

云灵圣母：兄弟这话可是当真么？

黾羊子：哪个落边才撒谎。

云灵圣母：罢了罢了罢了，果有此话，山人下山，倒要见见吴金定，不杀贱人，誓不回山。愚姐有一部法书，乃是金花娘娘赐给的，里面阵式无数，拘神遣将，奥妙无穷，带着下山便了。

黾羊子：有理。

云灵圣母：都拿着。愚姐还有两匹喷火兽，姐弟各乘一匹，好去冲锋打仗，待我备来。

（二人下，带兽上）

云灵圣母：各样都准备停当，就此下山便了。

黾羊子：呀，姐姐，

(唱）不定回来回不来。

（出赵既显骑马上）

赵既显：（诗）只因狄杨两家事，真假难辨离龙潭。

（白）本御路花王爷赵既显。皆因文广命人下表，说狄青归顺南唐，真假难辨，圣上将狄青家眷打入高墙，狄龙领着潘芳、王永反出汴梁，命人追赶，不知去向，谅他也成不了大事。本御出离汴梁，走了多日，不知锁阳关还有多远路程。

（上卒）

卒： 报千岁：小人探得明白，眼前就是锁阳关了。

赵既显： 就此进关便了。

（出狄桂枝素装坐）

狄桂枝：（诗）流泪泪流流尽泪，断肠肠断断柔肠。

（白）奴家狄桂枝。可恨八王启奏昏君，将我打在寒宫冷院，一家老幼现在高墙受罪。哎，也是奴一朝之错，不该听信爹爹之言，如今悔不来了。

（唱）狄氏独坐寒宫院，秋波杏眼泪滴答。
　　哭声爹爹害了我，你可倾了女娇娃。
　　不该暗暗把书下，叫我谋害圣主他。
　　你想谋反夺天下，你叫女儿往高爬。
　　想当初奴在西宫何等贵？这如今寒宫冷院活苦煞。
　　是我一朝行的错，只是自家害自家。
　　至如今冷寒宫里无人问，渴坏无人来送茶。
　　这屋冷清清的无人来管，七分像鬼黑脸白牙。
　　夜晚无人来陪伴，凄凄凉凉对窗纱。
　　当日个虽然西宫为下院，锦食玉衣无管辖。
　　常常陪伴宋天子，凤与鸾交会巫峡。
　　咳，这也是奴洪福尽，自送其死染黄沙。
　　也罢，把心一横主意定，三尺白绫手中拿。
　　命中造定悬梁死，拴上绳儿咬银牙。
　　复又思想号啕痛。

（白）咳，老爹爹呀，叫你把你女儿闹得三分不像人，七分倒像鬼，这是

你想的好计呀！也罢。（吊死）

（上老公公）

老公公：哎呀，可不好了，狄妃悬梁自尽，只得启奏万岁便了。

（李如花坐帐）

李如花：（诗）二八佳人女多娇，胭脂马上舞花刀。

（白）奴梅花郡主李如花。前日在阵上，险乎丧命。昨日军师去盗宝剑，一夜未回，探子报到，说是军师死在关内，真叫人愁上加愁，父王江山没有指望了。

（上卒）

卒：　报郡主得知，营外来了二位老道士求见。

李如花：呀，莫非是师父前来？待我迎接。

（下，内白）老师父在上，弟子叩头。

云灵圣母：（内白）不消，起来。

李如花：（内白）是，师父、师叔请进大帐。

云灵圣母：（内白）请。

（同上帐）

李如花：师父、师叔请坐。

云灵圣母、毛羊子：有坐。

云灵圣母：徒儿胜败如何？

李如花：咳，老师父不消问了。

（唱）如花座上开言道，尊声师父听我明。

第一次连胜几阵宋将败，后几次又来女花容。

乃是咱国吴坤女，更有邪术把人惊。

金定是圣母门徒神通广，祭来宝剑把人倾。

多得借着土遁走，无法可使守大营。

军师一命归地府，叫人难以去出征。

师父来得真凑巧，快快想法救残生。

大发慈悲灭宋将，

毛羊子：（唱）一旁气坏老妖精。

云灵圣母：（唱）云灵又把徒儿叫，管保打开锁阳城。

　　　　　　出马不杀吴金定，枉为仙家本字更。

　　　　（上卒）

卒：　　报郡主得知，宋将又来要战。

李如花：再去打探。

卒：　　得令。

云灵圣母、黾羊子：徒儿万安，我姐弟会会宋将。

李如花：二位师父多加小心。

云灵圣母、黾羊子：不用嘱咐。蛮卒们，开放营门。

李如花：蛮卒们，擂鼓助战。

岳　松：（内白）三军们，压住阵脚。

卒：　　哈。

　　　　（岳枪马上）

岳　松：俺岳松奉元帅将令，前来要阵。你看营门开放炮响，出来一支人马，好不威风人也。

　　　（唱）岳松勒马观对面，敌营炮响旌旗摇。
　　　　　　出来无数人共马，远望兵将如草梢。
　　　　　　阵脚压住分左右，来了一将甚蹊跷。
　　　　　　坐下一匹喷火兽，手使铲杖摆又摇。
　　　　　　必是妖道来对垒，多加小心防备着。
　　　　　　吩咐三军压阵脚，杀上前去莫辞劳。
　　　　　　一催坐驹杀上去，大刀一摆放光毫。
　　　　　　大叫妖道我来也，爷爷等你多时了。
　　　　　　吆吆喝喝杀入队，

黾羊子：（唱）妖道举目抬头瞧。（带铲、兽上）
　　　　　　迎面来了一宋将，蚕眉凤目面色红。
　　　　　　手使青铜刀一口，试试宋将这口刀。

　　　　（白）来这宋将，报名受死。

岳　松：你爷爷岳松。知我厉害，快下兽受绑，省得你爷爷费事。

黾羊子：住口，好个幼儿，敢说狠言大话。哪里走？看家伙吧！

岳　松：来，来，来。

（杀，鼋羊子败下，又上）

鼋羊子：哎呀，这个宋将刀马无敌，不免祭起恍魂旗擒他便了。

岳　松：妖道哪里走？呀，不好。（落马）

鼋羊子：蛮卒们，与我绑了。

卒：　　哈。（绑下）

　　　　（上吴金定对云灵圣母）

云灵圣母：来这贱婢，可是吴金定吗？

吴金定：然也。

云灵圣母：好花奴，看剑！

吴金定：哦，圣母不必动怒，我有一言奉劝。

云灵圣母：快讲。

吴金定：圣母听了。

　　（唱）金定马上开言道，尊声圣母听周全。
　　　　　既在深山居古洞，何必凡间来争先？
　　　　　红尘路上无好处，争名夺利是枉然。
　　　　　既然成仙修大道，过去未来心了然。
　　　　　唐主竟是白费事，宋主皇帝福齐天。
　　　　　我劝圣母归山去，怕的临期悔之难。
　　　　　金定言语还未尽，

云灵圣母：（白）住口！

　　（唱）好个花奴胡乱言。
　　　　　大叫丫头少撒野，圣母不怕众英贤。
　　　　　杀了贱辈回山去，要与徒儿报仇冤。
　　　　　说罢催兽往上闯，峨眉宝剑手抡圆。
　　　　　盖顶搂头往下砍，

吴金定：（唱）金定大刀急应还。
　　　　　二人交手杀一处，

云灵圣母：（唱）云灵心内打算盘。
　　　　　虚砍一剑往下败，

吴金定：（白）哪里走？

　　　　　（唱）想逃我手难上难。
　　　　　　　大刀一摆赶下去，
云灵圣母：（唱）云灵要使妙中玄。
　　　　　（白）好个贱婢，果然厉害。我有炼就一座玲珑宝塔，千变万化，能大能小，不免祭起，压她便了。起呀！
吴金定：呀，好个老妖，祭来宝塔压我，怎得能够？不免抛了坐驹，借遁逃走便了。（入地。塔压马死）
云灵圣母：花奴竟自土遁逃走，便宜了这个贱婢。蛮卒们，往上攻杀！
　　　　　（上刘香春）
刘香春：来这妖婆，报上名来。
云灵圣母：你圣母云灵。花奴何名？
刘香春：你奶奶刘香春。看刀取你。
云灵圣母：来，来，来。
　　　　　（杀，刘香春败下，又上）
刘香春：好个老妖婆，有些杀法。先下手为强，待我祭起飞叉叉她便了，呀呔。
云灵圣母：花奴哪里走？呀，不好。（下）
　　　　　（鼋羊子上，又杀，鼋羊子败下）
刘香春：二妖大败。众将官，不必追赶，打得胜鼓回营。
　　　　　（反帐，李如花坐）
李如花：（诗）耳边金鼓连天震，目下敌兵撒地来。
　　　　　（白）奴梅花郡主李如花。今日二位仙长出马，不知胜败如何？
云灵圣母、鼋羊子：（内白）蛮卒们，将那擒来的宋将押在一边，快闭营门。（上）郡主在上，我二人交令。
李如花：哦，师父、师叔二位，今会宋将，胜败如何？
鼋羊子：哎呀，可把我盖子好叉呀。
云灵圣母：好花奴，其情可恼。好厉害的飞叉，险些要现原形，此仇此恨一定要报。
李如花：宋将这样猖狂，如何是好？
云灵圣母：徒儿不必着急，为师下山带来法书一部，内有七十二阵式，摆上一座，必定擒拿花奴。快快吩咐蛮卒们，在外找一处平坦之地，用黄布做墙，方圆九百九十九步，正中搭上法台一座，三丈六尺高，法台周围九十九杆黄旗，左右阴坑两个，按金、木、水、火、土五色旗幡，乾、坎、艮、震、巽、离、坤兑卦，分为八门，再挑三万大兵护住阵式，不许错乱。此外要朱砂、黄纸、新笔齐备。我今摆一座阵式，一心要拿花奴报仇雪恨。

李如花：是。蛮卒们，预备素宴伺候。师父请。

云灵圣母：请。

（寇正清急步上）

寇正清：哎呀，不好了，老妖擒来宋将绑在营内，又说摆什么阵式，我不免到大营看看是哪位将军，说明来历，等到夜晚放他回城。好做准备，就此走走便了。

（出二卒，绑岳松上。卒下）

岳　松：（诗）不防入险地，难出虎穴中。

（白）俺岳松。在疆场被妖道擒来，困在小营，生死不定。咳，好不伤感人也。

（唱）英雄被绑囚房内，不住叹气又咳声。
用谋不幸遭累赘，误被老妖擒进营。
元帅稳坐高关内，怎不急急发大兵？
再盼一时无人到，准备刀下丧残生。
正是岳松愁无限，

寇正清：（内白）从外来了寇正清。（上）

（唱）冷眼一见认得了，原来还是岳盟兄。
上前打恭施一礼，大哥被屈我知情。

岳　松：（白）哦哦哦。

（唱）贤弟怎么来到此？为何住在南唐营？

寇正清：（唱）从头至尾说一遍，我也不得不依从。

岳　松：（唱）既然如此快救我，咱俩逃回锁阳城。

寇正清：（唱）我今暂且不能去，晚间必放你逃生。

岳　松：（唱）为何不回咱的国？莫非内里有隐情？

寇正清：（唱）有心我要同逃走，怕得难破贼反营。

岳　松：（白）贤弟，若是反贼有不测大事，急急命人下书，关内好多加准备。
寇正清：那是自然。等夜晚放你回关，见了杨元帅，你就说有我寇某在此，保反营易破。
岳　松：是。
寇正清：明日老妖要摆阵式，大家多加小心。
岳　松：愚兄记下了。
寇正清：如若班师回国，千万别忘我寇某。
岳　松：那是自然。
　　　　（天黑，出寇正清解岳松绑绳）
寇正清：待我与你松绑。（松开）大哥随我来。
　　　　（二反卒搭法台完内报）
卒：　　（内白）禀圣母得知，诸事齐备。
云灵圣母：（内白）只得打动法器，兄弟随我来。
黾羊子：（内白）来了。（同上）
云灵圣母：上得法台打开法书，挑个凶险阵式，摆上一座。
　　　　（唱）云灵坐在法台上，打开兵书看一番。
　　　　　　　上写七十单二阵，阵阵摆得都威严。
　　　　　　　头一阵写的万仙阵，谁摆此阵压阴山。
　　　　　　　复又掀开看二阵，变化无穷是群仙。
　　　　　　　合着扭天与别地，今日要摆阵连环。
　　　　　　　站起身来把符化，火化灵符起云端。
　　　　　　　口中不住念咒语，奉请上方李师仙。
　　　　　　　手拿宝剑指一指，天王速降到人间。
托塔天王：（白）来了！（云上）
　　　　（唱）托塔天王不急慢，灵符响动召下了凡。
　　　　　　　法台以前身形现，（落地）法官相召有何言？
云灵圣母：（唱）无事不敢劳上神，我今摆下阵连环。
　　　　　　　借仗把守丙丁火，不许放走阴人还。
　　　　　　　如若违了阴书令，贬在阴山受罪难。
托塔天王：（唱）说声遵旨守藩地，

云灵圣母：（唱）火化灵符起空间。

奉请玄坛快速降，

（赵公明云上）

赵公明：（白）来了，来了！

（唱）赵帅公明到台前。（落地）法官相召有何事？

云灵圣母：（唱）我今摆下阵群仙。

把守北方壬癸水，莫放阴人出阵间。

如若违了阴书令，头顶寒水永贬阴山。

赵公明：（唱）连说遵旨飘然去，

云灵圣母：（唱）火化灵符在中间。

奉请上方名杨戬，二郎本是一神仙。

疾速下界临凡世，

（杨戬云上）

杨　戬：（白）来了，来了。

（唱）来了杨戬到台前。

带着上方嚎天犬，（落地）法台以前把话言。

想着我神哪边用？

云灵圣母：（唱）云灵台上便开言。

（白）无事不敢劳动尊神，借仗神威把守东方甲乙木，莫要放走阴人，违令者按阴书遭贬。

杨　戬：遵法旨。

云灵圣母：待我火化灵符，哪吒速降。

哪　吒：（内白）来了。（云上，落地）法官请了。

云灵圣母：请了。

哪　吒：法官相召吾神，哪边使用？

云灵圣母：无事不敢劳动太子，借仗神威，把守西方庚辛金，不许放走阴人，违令者按阴书遭贬。

哪　吒：遵法旨。

云灵圣母：待我焚化灵符，请角木蛟、斗木獬、奎木狼、井木犴四宿速降。

四木星宿：（内白）来了。（云上，落地）法官请了。

云灵圣母：请了。

四木星宿：相召我神，哪边使用？

云灵圣母：无事不敢劳动众神下界，借仗神威把守西北乾天，不许放走阴人，违令者按阴书遭贬。

四木星宿：遵法旨。

云灵圣母：待吾焚化灵符，手内掌剑，奉请箕水豹、参水猿、轸水蚓、壁水㺄四宿速降。

（云上四水星宿）

四水星宿：法官请了。

云灵圣母：请了。

四水星宿：法官相召我神，哪边使用？

云灵圣母：无事不敢劳动上神，借仗神威，在群仙阵东南艮地把守，有阴人进阵，莫要放走，违令者按阴书遭贬。

四水星宿：遵法令。

云灵圣母：乾、坎、艮、震、离、坤地俱已摆完，再分派阵内便了。

（唱）又将灵符分四道，要请四火宿下天机。

尾火虎与室火猪，翼火蛇觜火猴四位星宿。

宝剑一指急速降，

（云上四火星宿）

四火星宿：（白）来了。

（唱）四宿闻召下天梯。（落地）

法台以前身形现，灵符相召何事提？

云灵圣母：（唱）无事不敢劳神圣，皆因宋将把我欺。

我今摆下群仙阵，借仗神威在阵里。

捉拿阴人莫放走，法台左右不可离。

要有宋将进了阵，立刻打在阴坑里。

如要违了我的令，准备日后五雷击。

四火星宿：（白）遵法旨。

（唱）连说遵旨扬长去，

云灵圣母：（唱）又化灵符请神祇。

　　　　　　　星日马与房日兔,虚日鼠与昴日鸡。
　　　　　　　四位尊神快下界,
　　　　（云上四日星宿）
四日星宿:（白）来了。
　　　　（唱）灵符相召下天梯。
　　　　　　　法台以前止住步,（落地）眼望法台把话提。
　　　　　　　相召我神哪边用?
云灵圣母:（唱）无事不敢请神祇。
　　　　　　　尊声众神听分派。
　　　　（白）无事不敢劳动诸位神祇下界,依仗神威把守法台右边,如有阴人进阵,打在阴坑。
四日星宿:遵法旨。
云灵圣母:哈哈哈,此书果然灵验。待小仙再焚化灵符,请心月狐、张月鹿等宿降临。
　　　　（云上四月星宿）
四月星宿:来了。法官相召,哪边使用?
云灵圣母:无事不敢劳动尊神,借仗神威在法台后边把守。
四月星宿:遵法旨。
云灵圣母:焚化灵符,再请众神下界。
　　　　（唱）灵符焚化无其数,又请众神到凡尘。
　　　　　　　青龙白虎与吊客,朱雀玄武也来临。
　　　　　　　大豪小豪我都请,螣蛇黄幡进阵临。
　　　　　　　又请神仙与土地,五神五圣五道人。
　　　　　　　三十六天罡快下界,七十二凶煞快来临。
　　　　　　　十八罗汉我也请,太岁金刀五位神。
　　　　　　　三位龙王与五鬼,五毒长蛇金光神。
　　　　　　　十殿阎罗快来到,我再请来九曜君。
　　　　　　　混元金斗丧门圣,真武大帝下凡尘。
　　　　（云上众神）
众　　神:（白）来了。

（唱）众神齐至往下降，（落地）法台前面露形身。
　　　　　法官相召有何事？
云灵圣母：（唱）云灵台上把话云。
　　　　　无事不敢劳神圣，我今摆阵拿阴人。
　　　　　借仗神威各守阵，照着七十二阵巡。
众　　神：（白）遵旨。
云灵圣母：（唱）回头又把兄弟叫，你得前去把阵监。
　　　　　引来宋将进了阵，叫他个个去归阴。
　　　　　快去快去你快去，
黾羊子：（白）是。
　　　（唱）急急下台走如云。
云灵圣母：（唱）你看兄弟去引阵。
　　　（白）将阵摆完，共七十二座阵式，别说是凡人进阵，就是大罗神仙也难逃法网。鬼哭神嚎，真乃好似幽冥地府。结下一天二地恨，要报三江四海仇。

（完）

第 八 本

【剧情梗概】 云灵圣母布下万仙阵，宋将木青、木黄殒命阵中。高俊奉命赴强虎山，请张月娘、王翠兰前来破阵。杨金花从卦象中得知锁阳关战事不利，秉明太君后到军前相助。彩霞圣母因为心系徒弟，也来到锁阳关。她深知群仙阵难破，便先到阵中察看情形。

（毟羊子带铲骑兽上）

毟羊子：（白）出家人毟羊，奉了姐姐之命，前去引阵，只得上前叫阵便了。（下，又上）呀呔，守城的兵丁听着，快快报将进去呀，叫你家主帅出马受死。

卒： （内白）报元帅得知，妖人又来要阵。

杨文广：（内白）再探。

卒： （内白）得令。

（升帐，杨文广坐）

杨文广：往下便叫，哪位将军出马？

（上木青、木黄）

木青、木黄：元帅万安，有青、黄二将愿会他一阵。

杨文广：可要小心。

木青、木黄：不劳嘱咐，枪马伺候。（下，枪马上）
　　　　　咱弟兄二人出得关来，那边有一妖道生得好凶恶人也。

木　黄：（唱）木黄看吃惊，青脸红发恶形容。

木　青：（唱）木青看，细睁睛，这个妖人不凡同。

木　黄：（唱）心害怕，胆战惊，他的邪术难以擒。

木　青：（唱）与他战，落下风，不与妖人赌斗争。

木　黄：（唱）怕元帅，不容情，出关并未见输赢。

木　青：（唱）说罢了，把心横，活该一命丧残生。

木　黄：（唱）讲不起，会妖人，见个高低再回城。

木　青：（唱）手拧枪，怒冲冲，大骂妖人哪里行？

木　黄：（唱）举起了，偃月锋，耀武扬威显其能。

（上黾羊子）

黾羊子：（唱）黾羊子，看分明，
　　　　　　　两个宋将有威风。
　　　　　　　一个青，一个红，马前杀气百万雄。
　　　　　　　骑的是，马走龙，威风凛凛逞英雄。
　　　　　　　看多时，往前行，大叫小辈少逞能。

木青、木黄：（唱）木二将，眼睁红，不通姓来不通名。
　　　　　　　　恶狠狠，下绝情，二人敌住老妖精。

黾羊子：（唱）黾羊子，打调停，何不引他进阵中？
　　　　　　　铲一晃，回里行，敌你不过要回营。

木青、木黄：（唱）二小将，岂肯容？要想逃命万不能。

黾羊子：（唱）妖道进了阵九宫，

木青、木黄：（唱）兄弟二人随后行。（进阵）
　　　　　　　　也该咱，丧残生。

（上托塔天王）

托塔天王：（唱）来了托塔天王公。
　　　　　　（白）好个宋将，竟敢闯我藩地，看宝塔压你。

木青、木黄：呀，不好！（压死）

托塔天王：二将死在宝塔以下，这也是他们命该如此。众神祇听着，大家各守藩地。

（正帐，杨文广坐，高俊站）

杨文广：（诗）辕门外战鼓齐发，众儿郎各抖凶煞。
（白）本帅杨文广。那日路花王前来打探狄青虚实，岳先锋被擒，多得寇大人救回。有此一人，何愁贼人不灭？方才妖人又来要阵，命木、黄二将出马，不知胜败如何？

（上卒）

卒：　报元帅得知，祸从天降了。

杨文广：有何祸事？慢慢报来。

卒：　元帅听报。
　　　（唱）探子跪在尘，说是有事报。

　　　　　　小人在城头，眼见贼兵到。
　　　　　　来了一妖人，二将战妖道。
　　　　　　杀了多半天，不分强与弱。
　　　　　　妖道回里行，二将紧跟着。
　　　　　　不知啥地方，鬼哭神又叫。
　　　　　　黑咕隆咚的，好像太阳落。
　　　　　　二将无踪影，死活不知道。
　　　　　　特来报军情，不是我扯臊。
　　　　　　报罢下中军，

杨文广：（唱）文广发急躁。
　　　　　　莫非是妖人，弄的玄机妙？
　　　　　　摆下阵连环，把我命来要。
　　　　　　木家二兄弟，必是归阴道。
　　　　　　着急没有法，

高　俊：（唱）高俊开言道。
　　　　（白）尊声元帅免着急。元帅万安，末将愿去搬兵。

杨文广：不知将军要往何处搬兵？

高　俊：末将要往强虎山搬兵，那里有末将两个拙妻，她二人俱是圣母之徒，有些武艺。

杨文广：好，接我令箭一支，急去快来。

高　俊：末将遵令。

杨文广：高俊去了。不免告知吴、刘二位娘子，叫她二人前去看看，是何阵式。
　　　　（唱）妖人纵有蹿天势，现今宋朝有能人。

（高俊马上）

高　俊：（诗）奉命去搬兵，不辞昼夜行。
　　　　（白）俺高俊。奉了元帅将令，去强虎山搬兵，去请二位娘子下山，只得走走便了。
　　　　（唱）高俊催马往前走，奉了差遣去搬兵。
　　　　　　一边走着胡思想，想起招亲大事情。
　　　　　　以前收下月娘女，次后来又收翠兰女花容。

　　　　　杀死她父仇不报，还想与我把亲成。
　　　　　可爱送茶那一夜，硬强结亲鱼水情。
　　　　　那时我成心要杀她的父，急忙逃下高山峰。
　　　　　敌她不过回里跑，复又在张家店内把亲成。
　　　　　就是成亲胆惊怕，丫头性格与人不同。
　　　　　岳父张汉归阴路，阖家搬在高山中。
　　　　　只一去把她们请，又怕王氏与我伤风。
　　　　　上山去把张氏见，叫她替我说分明。
　　　　　思思想想往前走，不住加鞭催马龙。
　　　　　有事只嫌马走慢，恨不能插翅安上翎。
　　　　　紧甩一鞭来得快，眼前就是高山峰。
　　　　　待我去把张氏见，

（出张月娘坐，平桌）

张月娘：（唱）再表月娘女花容。
　　　　　　　梳洗已毕床头坐。
　　　（诗）红颜薄命鸳鸯散，千里姻缘不相逢。
　　　（白）小奴张月娘。自从与高郎成其夫妇，倒也遂心如意。谁知他有军务在身，上京搬救兵求救。自从他下山直到如今，音信全无。咳，高郎哪高郎，莫非你把我姐妹忘了？你要不来，你就是忘恩负义薄性之徒了。
　　　（唱）月娘闷坐绣房内，高郎哪连个信儿也不捎。
　　　　　你怎一去不回转？你想想巫山云雨凤鸾交。
　　　　　男人倒是心里狠，怎知奴家把你惦着？
　　　　　日思月想如酒醉，夜夜思想是难熬。
　　　　　奴自幼乍离乍见哪有过？你怎一去就不来了？
　　　　　何况人生在年少，花无雨露就焦梢。
　　　　　眼巴巴地把你盼望，一日去望好几遭。
　　　　　茶里饭里想着你，睡着梦里把你惦着。
　　　　　莫非你有了新的忘了旧？那可苦死女多娇。
　　　　　你要把我姐妹忘，只怕老天不肯饶。
　　　　　常言说痴心女子负心汉，果然如此不用学。

怎得那一阵风儿把你刮到？破镜重圆赴桃夭。

咳，画饼怎能充饥饿？想得奴家心如火烧。

夜晚做些遂心梦，同起同卧喜眉梢。

醒来还是竟扯淡，气得奴家泪滔滔。

你不来只怕得了那样病？咳，浑身瘦咧，只怕我小小的命难逃。

高郎哪，只怕你我难见面，等来世再会上鹊桥。

月娘思夫泪如雨，

高　俊：（内唱）再表高俊小英豪。

不用通报把山上，见了贤妻再计较。

轻手系上能行马，（上）走进房来用目瞧。

弯腰打躬施一礼，

（白）娘子可好？

张月娘：哎哟，哎哟。

（唱）月娘一见乐陶陶。

站起身来道辛苦，

（白）将军来了？请坐。

高　俊：有坐。

张月娘：哦，将军一路可是辛苦了？

高　俊：费心了。

张月娘：奴家有啥费心的呢？你怎么想起家来咧？咳，我只当你把我姐妹忘了呢。

高　俊：断无此理。

张月娘：将军哪，差一点没把人想死了。你去了八成一年多了吧？你说说，你连信也是没有哇。

高　俊：咳，哪一天都惦着，哪一时辰都想着哇。

张月娘：咳，你说那个做啥？我正然思念你，你就来咧，真是人怕念叨，念叨你就来咧。将军，今日上山有啥勾当呢？若没有事情你也不能回家呀。

高　俊：原是这般如此。奉了元帅将令，请你姐妹下山，大破妖人阵式。

张月娘：你要是没事，你也不能回家。咳，你呀你呀，可叫我怎好？就欠把你吃了哟。我还忘了呢，没与你道个喜呢，将军你可大喜了。

高　俊：喜从何来？

张月娘：自从你去后，王家妹妹生下婴儿，这不是一喜呀？

高　俊：好！待我谢天谢地，多大了？

张月娘：十八咧。

高　俊：取笑了。

张月娘：你想想你去了多少日子，你还算不出来，你自己算算。

高　俊：方交两月。

张月娘：管他几个月呢？将军来了这么一会子啦，横是饿了吧，跟我吃点饭去吧。
（唱）恩爱夫妻今又会，情深意切两合欢。
（白）将军随我来。

高　俊：来了。

（出王翠兰抱孩坐）

王翠兰：（诗）不如意事常八九，可与人言无二三。
（白）奴家王翠兰。前月产生婴儿，方交两月。又恨强人，我父被他杀死，冤仇未报，反倒与他成亲，真乃又羞又气。他又去搬兵，直到如今，没有音信，抛得我们俩冷冷清清，孤孤单单，好生凄凉人也。

（上丫鬟）

丫　鬟：姑啦，姑啦，我姑爷回来啦！

王翠兰：你姑爷来了？现在何处？

丫　鬟：不知他在何处。我看槽头上拴的那匹马，备的那盘鞍子，好像是我姑爷的。

王翠兰：呀，不用说了。
（唱）这事我也明白了，不用三猜与四猜。
他来必奔张氏女，又说又乐笑满怀。
这就算是不公道，一碗水端平不可歪。
进京去了有一载，一年有余未回来。
搬兵也从山前过，也该捎信说明白。
强人今把高山上，先到东楼该不该？
张氏姐姐也无礼，强人不来你该来。
越思越想越有气，紧煞蛾眉怒满怀。
是也罢，杀了强人小高俊，我二人守寡倒快哉。

　　　　　　守着婴儿好好过，成人长大有安排。
　　　　　　床前抓剑往外走，
丫　鬟：（唱）丫鬟拉住把口开。
　　　　　　姑娘要上东楼去，手拿宝剑理不该。
　　　　　　奴婢倒有一主意，
王翠兰：（白）有啥主意？快说。
丫　鬟：（唱）就叫奴婢抱婴孩。
　　　　　　我抱婴孩头里跑，你在后面追奴才。
　　　　　　却为两全其美事，虚实真假看明白。
　　　　　　省得叫张氏姑姑拿一把，
王翠兰：（白）咳。
　　　　（唱）翠兰闻听连声咳。
　　　　（白）罢了，就依你的主意，咱娘俩快快办来。
丫　鬟：有理。
　　　　（出高俊、张月娘坐）
高　俊：（诗）鸳鸯成对结连理，鸾凤合巢遇一堆。
　　　　（白）俺高俊。
张月娘：奴张月娘。将军你也得上西楼去见见王氏妹妹，大家议论议论。
高　俊：我是去呀还是不去呢？
张月娘：那是自然要去。
　　　　（急上丫鬟，抱孩）
丫　鬟：哎哟哎哟，张大姑姑，快快救我吧，我姑手拿宝剑要杀我哪。
张月娘：快快把孩子交与我，你闪在一旁。
丫　鬟：是。（交孩）
　　　　（上王翠兰）
王翠兰：丫头看剑。
张月娘：哎呀，妹妹为何手提宝剑要杀丫鬟呢？恕她无知吧。你看吓着孩子呢，这孩子长得与他爹爹一样。
王翠兰：姐姐，这孩子哪有爹爹？他爹早死了。
高　俊：住口。王氏，你这就不是了，当着拙夫不该毁骂于我，是何道理？

王翠兰：好强人，吃我一剑。
张月娘：（拉）妹妹，你是疯了？见面也不说长短，就动起剑来咧。看吓着孩子。
高　俊：娘子，把孩子给我。（接过孩子）
张月娘：你不会抱孩子，好好地抱着。
王翠兰：姐姐，强人杀死我父，仇还未报，今日来得正好。是你，看剑。
高　俊：来，来，来，我这怀中抱着孩子，你砍吧。
王翠兰：好个强人，恐怕吓着孩子，我且回我西楼，快与我送孩子去吧。
高　俊：咳，这是怎么说呢？
张月娘：将军你别发愣咧，给人家送孩子去吧。
高　俊：咳。
张月娘：你还咳呢？都是你惹出来的乱子咳，愁煞呢？我告诉你个法儿，你到西楼去给她个万将无敌，她就不生气了。
高　俊：咳，这是我不公道了。
张月娘：那个小脸焦黄的，人家说怎得就怎得。如今这年轻人，在外头说嘴巴巴的，回到家就玩不开了。走，我也看个热闹去。
（急上王翠兰，坐）
王翠兰：气死人也，气死人也。
（高俊抱孩上）
高　俊：娘子，拙夫送孩子来了，恕我从前之罪吧。娘子，我跪下了。
　　　　（唱）高俊跪在流平地，娘子莫要把气生。
　　　　　　　你的心事我知道，昨日没上西楼亭。
　　　　　　　心里抱屈恩和爱，
　　　　（白）娘子恕我之错吧。
　　　　（唱）问了十声九不应。
　　　　　　　别生气了我赔罪，（一更）忽听谯楼起了更。
王翠兰：（唱）一更里，月儿发，翠兰小姐咬银牙。
　　　　　　　虽然面上将他恼，心里总是疼爱他。
　　　　　　　恼他杀父有旧恨，爱他那夜去送茶。
　　　　　　　鸳鸯成对结连理，又生贵子小娃娃。
　　　　　　　看他那样苦哀告，倒像有意恋奴家。

高　俊：（白）娘子，拙夫跪得腿疼了。

王翠兰：（唱）哪怕磕头千千万？跪到来年二十八。

　　　　　　　佳人稳坐假装相，（二更）又听谯楼二更发。

高　俊：（唱）二更里，月儿明，高俊跪得两腿疼。

　　　　　　　好心娘子开恩吧，不为拙夫为儿童。

　　　　　　　你是母亲我是父，一日夫妻百日情。

　　　　　　　娘子你要不说话，为夫跪到大天明。

　　　　　　　怀抱婴儿苦哀告，眼皮不撩装哑聋。

　　　　　　　豪杰苦苦说破嘴，（三更）谯楼之上打三更。

王翠兰：（唱）三更里，月正南，

张月娘：（内唱）张氏小姐默无言。（上，立门外）

　　　　　　　轻轻立在窗棂外，内有灯光看周全。

　　　　　　　只见妹妹床头坐，低头不语无笑颜。

　　　　　　　光景倒有无限恨，紧皱双眉泪不干。

　　　　　　　将军他怀抱婴儿床前跪，浑身热汗透衣衫。

　　　　　　　有心进前把情讲，（四更）又听谯楼四更天。

高　俊：（唱）四更里，月转西，搬兵将军着了急。

　　　　　　　奉命来请她姐妹，下山话儿又羞言。

　　　　　　　若回关去无脸面，难见元帅违军令。

　　　　　　　进退两难不如死，省得贱人把我逼。

　　　　　　　有心摔死小孩子，高门坟前后代稀。

　　　　　　　站起身来婴儿放，（放孩）跺足捶脑自着急。

　　（五更）

王翠兰：（唱）五更里，月儿高，王氏翠兰皱眉梢。

　　　　　　　别说一个小高俊，就死百个碍着谁？

　　　　　　　死活不用望我讲，恩爱夫妻一边推。

　　　　　　　抱起婴儿床上坐，（抱孩）

高　俊：（唱）高俊一见气长吁。

　　　　　　　贱人不念恩和爱，双足一跺宝剑提。

　　　　　　　人活百岁总是死，不如自刎把阴归。

(白）是，是，也罢。
王翠兰：（唱）翠兰一见忙拉住。（拉）
（白）哎哟，将军不可如此。你是怎的了？
高　俊：贱人快快放手，我是不能活着了。
王翠兰：你呀你呀，不为吓着孩子。哎哟，你踩我的脚啦，我的小爷爷呀！
高　俊：哎，看你这个轻慢样子。
（张月娘进门）
张月娘：好热闹，好热闹，叫你们两口子，闹得天昏地暗，可怎好哇？
高　俊：张氏娘子，何时来的？
张月娘：哼，你问我呀？不瞒你说呀，打你跪着那时候就来咧。
高　俊：哎，好厌气。
张月娘：厌气啥呀？你当是别人哪？自己老婆，爱跪着就跪着吧，她可不笑话，哪怕天天跪着呢？
高　俊：娘子取笑了。
张月娘：这可是亮了天了。哎哟，妹妹的好家法。
王翠兰：姐姐呀，那年轻的小伙子都是这样，那还用学呀？那不是哄媳妇的吗？
张月娘：闲话少说，天已大亮，妹妹就此前去吧。
王翠兰：姐姐你可说得很巧，我一宿连眼都未合，忙啥呢？歇息一夜，明日再走不迟。
张月娘：妹妹言之有理。
王翠兰：将军、姐姐请。
张月娘：我跟你们混啥呀？我走了。
王翠兰：将军随我来。
高　俊：来了。
（上张月娘）
张月娘：哎哟，哎哟，阿弥陀佛，可够我的受了，这一夜可把将军难为坏了，王氏刚刚开恩了。你这翠兰丫头真是有点轻薄劲，真叫人厌气。哎，回我东楼自己睡去吧，给人家看了一夜门，真乃好生无趣。走回东楼去便了。
（出彩霞圣母坐）
彩霞圣母：（诗）野外春风摇细柳，白玉山后一真人。

（白）山人彩霞圣母，在碧云山修身养性。那年闲游海岛，收了两个徒儿，一名刘香春，一名吴金定，俱是南唐人氏，终身该配宋将。下山之时，叫她们扶保宋主，后来终身该配杨姓。（出云照）呀，一阵白云照洞，必有不祥之兆，待我袖占一课。呀，不好，今有云灵、黾羊子与他徒儿周灵子报仇，摆下一座群仙大阵，要拿徒儿报仇雪恨。可说是云灵、黾羊子哪，你扭天别地，准备以后五雷轰顶。山人有心下山，又怕误了三花大道，有心不去，可怜师徒之情。哎，罢了罢了，也是山人咳，命该如此，只得下山。那群仙阵厉害无比，妙法无边，千变万化，叫人无法可破，只得前去看看便了。

（唱）彩霞圣母出古洞，（下，又上）急驾云光起在空。

　　　　我今去破群仙阵，扔了道行了不成。

　　　　可恨云灵邪圣母，邪教根基总不清。

　　　　既成圣母修正果，你不该搅乱红尘不安宁。

　　　　只因徒儿吴金定，杀了灵子作怪精。

　　　　有心不管凡间事，又怕徒儿一命倾。

　　　　云灵也有千年道，她本是金花娘娘大门生。

　　　　一怒摆下群仙阵，叫我彩霞也怕惊。

　　　　总是邪教根底浅，要拿妖人费心胸。

　　　　不言圣母云中走，

　　　　（上吴金定、刘香春，便坐）

吴金定、刘香春：（唱）再表金定香春二花容。

　　　　　　姐妹二人前厅坐，自言自语打调停。

　　　　　　咱俩奉了元帅令，观看妖人阵九宫。

　　　　　　吩咐一声快带马，（下，内白）辕门以外上能行。（马上）

　　　　　　炮响出了锁阳地，高冈以上勒走龙。

　　　　　　姐妹二人阵内看？

刘香春：（白）姐姐，来在高冈之处，偷看贼人阵式便了。

吴金定：妹妹，你看云雾弥漫，阴风滚滚，鬼哭神嚎，好一阵式，真是凶险人也。

刘香春：（唱）刘香春，仔细观，这座阵式摆得全。

　　　　　　云雾缭绕阴风滚，鬼哭神嚎心胆寒。

阴云起，雾弥漫，鬼哭神嚎在里边。
四面八方飘杀气，有人进阵想活难。
阴风滚，起云烟，黄风黑地遮半天。
黑石不住阴云滚，阴云滚滚好威严。
正东方，甲乙木，二郎杨戬占中路。
手使三尖两刃刀，哮天神犬喷云雾。
正南方，丙丁火，托塔天王非小可。
玲珑宝塔手内托，仙人一见无处躲。
正西方，庚辛金，哪吒脚蹬风火轮。
手使火尖枪一杆，敌将一见吓掉魂。
正北方，壬癸水，公明倒坐白虎尾。
单手拿着神武鞭，黑爷口里喷法水。
正中央，戊己土，山仙土地手使斧。
五神五鬼五道人，风调雨顺显灵武。
观八方，见旌旗，敌人进阵头发迷。
四面八方多威武，齐齐正正甚出奇。
阵内看，有星宿，二十八宿下天机。
纣王无道失仁政，封神台上把名提。
众仙家，执旌旗，各守藩地不敢离。
也有咬牙瞪着眼，群仙阵内各呈奇。
仙家带，脑后飘，道袍好似水滔滔。
群仙一见皆惊怕，斩将封神角木蛟。
扬沙冠，头上戴，腹内玄机无比赛。
祥云起在半空中，斩将封神斗木獬。
三缕发，一丈长，炼就三宝不老长。
移山倒海无穷术，斩将封神奎木狼。
修大道，精气炼，巨口獠牙红顶乱。
碧游宫内有声名，双手能把乾坤变。
虽白发，是童颜，精神百倍多修炼。
手使一把剑刚锋，斩将封神尾火虎。

邪教传，妙无穷，终朝每日用功夫。
丹珠顶上龙虎现，斩将封神室火猪。
祛邪魅，降妖诀，顶上灵云把妖遮。
三花聚顶炼成就，斩将封神翼火蛇。
芙蓉面，正好修，降龙伏虎任意游。
空为截教丹沙力，斩将封神觜火猴。
五岳山，任他游，方圆炼道正好修。
八卦炉中金丹炼，斩将封神斗金牛。
腹内珠，贯八方，独坐古洞喜洋洋。
只因杀戒难以躲，斩将封神癸金羊。
离龙坎，虎配偶，炼就仙丹老不休。
天元顶上三花现，斩将封神娄金狗。
修的那，玄机妙，不觉金章共职告。
通天教主是恩师，斩将封神箕水豹。
决前世，悟大言，苦中苦炼妙中玄。
变化无穷遂心意，斩将封神参水猿。
花道冠，头上隐，炼就元气心无损。
只因无缘修长生，斩将封神轸水蚓。
五行沙，有神机，花容月貌含灵芝。
悟道修仙成正果，斩将封神壁水貐。
扑登登，惊鹤鹿，群仙比怪神鬼舞。
千年万道得成仙，斩将封神女土蝠。
赤红面，性格娇，游尽深山枉徒劳。
千山万水有名姓，斩将封神氏土貉。
修仙家，不愿意，一心想着动杀气。
疆场以上赴幽冥，斩将封神胃土雉。
在深山，不久长，贪恋红尘动刀枪。
妄破杀戒不能躲，斩将封神柳土獐。
修大道，仙家法，妙法玄机真有假。
不能修仙到凡尘，斩将封神星日马。

铁树花，金生须，深山行步跨红驹。
只因无福为仙子，斩将封神昴日鸡。
面是靛，有威武，青脸金眼恶如虎。
呼风唤雨不非常，斩将封神虚日鼠。
三昧火，空中舞，霞光万道有百步。
群仙阵内逞英雄，斩将封神房日兔。
道术全，盖世无，修身养性掌兵符。
自在红尘领明训，斩将封神毕月乌。
发似珠，面如靛，浑身上下金光现。
天机无法妙无穷，斩将封神危月燕。
面似枣，落腮鬓，撒豆成兵盖世无。
双足一跺无踪影，斩将封神心月狐。
养其性，修真路，炼就阴阳云和雾。
虽知五气未朝元，斩将封神张月鹿。
一龙阵，二凤阵，三阴阵，四阳阵，
五虎群羊阵，六妖迷魂阵，
七星聚会阵，八卦斗底阵，
九曜星君阵，十面埋伏阵。
长沙阵，红沙阵，白沙阵，金沙阵，
混元阵，金斗阵，银斗阵，金光阵，
银光阵，地烈阵，寒水阵，斗底阵，
长蛇阵，群仙阵，金刀阵，五雷阵，
诛仙阵，龙门阵，老君阵，齐蛇阵，
黄求阵，龙王阵，大安阵，丧门阵，
青龙阵，白虎阵，五虎阵，朱雀阵，
玄武阵，共变一座群仙阵。
一龙旗，二飞旗，三才旗，四烈旗，五方旗，
六神旗，七星旗，八卦旗，九曜星君旗，十面埋伏旗，
十三太保旗，二十四面迷魂旗，三十六杆天罡旗，
七十二杆地煞旗，一百九十九杆狮子旗。

（白）呀，此阵摆得甚是齐正，凶险无比。旗幡招展，此阵名为群仙阵，甚是厉害，料想咱姐妹难以攻打，回关再做道理。

吴金定：如此，请。

（升帐，杨文广坐）

杨文广：（诗）关外杀声震耳，反贼呐喊摇旗。

（白）本帅杨文广。不知妖道摆下什么阵式，命吴、刘二位娘子前去观看，此阵不知有何破法没有？

吴金定、刘香春：（内）众将官，接刀拴马。（上）元帅在上，我姐妹交令。此阵果然奥妙无穷，实在难破，料想咱凡夫难以攻打。

杨文广：呀，这却怎好？

（上卒）

卒：　　报元帅得知，关外有位圣母求见。

杨文广：起过了。

卒：　　哈。

吴金定、刘香春：元帅，这必是师父前来。三军们，开放城门，有请圣母。

卒：　　（下，内白）里边有请。

彩霞圣母：（内白）来了。（上）元帅在上，山人稽首。

杨文广：好说，不敢。圣母请坐。

吴金定、刘香春：老师父在上，弟子叩头。

彩霞圣母：不消，起来。

吴金定、刘香春：是。

杨文广：老圣母，那云灵、龟羊子不知摆的什么阵式，伤了几员上将，望乞老圣母大发慈悲，斩妖破阵。

彩霞圣母：那是自然。刘香春、吴金定，你二人可观过此阵么？

吴金定、刘香春：观过。

彩霞圣母：可有破法没有？

吴金定、刘香春：哦，师父，弟子观过此阵，名为群仙阵，并无可破之法。

彩霞圣母：咳，山人早知厉害。慢说凡夫，就是大罗神仙进阵，也难讨公道。此阵俱是神仙把守，即便闯进阵里，必有伤人之物很多。昔日通天教主摆过此阵，众仙进阵，斩去三花大道。咳，可怜哪可怜，那时鸿钧老祖搭救群仙不死。

（唱）昔日太公打过此阵，西岐为帅掌兵权。
　　　只因火灵老圣母，惹了教主老通天。
　　　广成子无法见师父，才命他送五色珠翠冠。
　　　截教门人心大怒，挡住文成不叫下山。
　　　无奈复又见教主，碧游宫内把师参。
　　　通天他一怒又摆群仙阵，老主天尊为了难。
　　　众仙一齐下了界，通天先动六魂幡。
　　　道行深的到了顶，道行浅的进里边。
　　　仙家死了无其数，苦修苦炼是枉然。
　　　那时多亏哪一个？鸿钧老祖下了山。
　　　那老祖一同老子与元始，哀求通天放群仙。
　　　讲和撤了群仙阵，三教九流一朵莲。
　　　今日云灵摆此阵，要想打破只怕难。
　　　他本是金花娘娘的大徒弟，法术无边妙更玄。
　　　只因杀了周灵子，惹的大祸塌了天。
　　　豪王本是大唐后，世代传流锦江山。
　　　群仙阵似万山阵，上下不差一点般。
　　　厉害无比难攻打，靠我一人是枉然。

（白）这座阵式厉害无比，我一人难打此阵，不免等山人观阵式回来，再做道理，就此前去便了。

杨文广、吴金定、刘香春： 如此且听圣母回音。

（高俊、王翠兰马上，过场下，张月娘马上）

张月娘： 家将们，推动车辆一奔锁阳关。

家　将： 哈。

张月娘： 奴张月娘。昨日妹妹把高郎弄得跪了一宿，没把人笑死。今日他们两口子说说笑笑并马而行，把奴扔在后边，真正厌气。

（唱）月娘马上说厌气，他俩亲亲热热了不得。
　　　昨日他俩还生气，今日又笑又是说。
　　　常言说真亲恼不了一百日，两口子打架是假的。

王氏妹妹家法好，治得将军要死活。

不叫奴家把围解，他们两口自己合。

奴何不上前打个瓜皮将？听听他们说什么。

将马一催赶下去，

王翠兰：（唱）再把翠兰小姐说。

（白）与高郎同一并马走，将军哪，昨日你可受折磨？

高　俊：那是娘子的美意。

王翠兰：（唱）奴家今日赔个罪，千万莫要你记着。

等着到了关城内，奴与将军斟酒喝。

夫妻俩说说笑笑话未了，

张月娘：（唱）月娘赶上笑哈哈。

你们俩说的什么体己话？欢喜一个了不得。

不像昨日生闷气，也不知是为什么。

你俩今日抛了我，说说笑笑唠闲嗑。

王翠兰：（唱）说得翠兰红了脸，

高　俊：（唱）臊得高俊无话说。

张月娘、王翠兰：（唱）月娘翠兰催马走，催动山上众喽啰。

高　俊：（唱）不言大家进关事，

（出杨金花坐）

杨金花：（唱）再把金花小姐说。

闷坐书房胡思想，不知哥哥何日归？

（白）奴杨金花。哥哥挂了帅印，去了二载有余，不知胜败如何？又听说顺了南唐，不知真假。又有八王去探虚实。奴这几天总觉心神不定，莫非有什么事不成？何不算算吉凶？排风哪里？快来！

杨排风：（内白）来了。（上）姑娘有何吩咐？

杨金花：摆香案。

杨排风：晓得了。（摆桌）待奴占算占算。

（唱）净手拈香炉内上，（跪）金炉宝鼎起香风。

叩下头来平身起，（站起）八卦金钱拿手中。

六个铜钱放桌上，仔细留神看分明。

　　　　　　　内有丧门与吊客，朱雀玄武紧相行。
　　　　　　　此卦凶多吉又少，应在征南锁阳城。
　　　　　　　奴家何不去一去？前去帮助早成功。
　　　　　　　只得禀知祖母晓，探听探听锁阳城。
　　　　　　　急忙下楼往前走，（下，内白）见了祖母说原因。
佘太君：（唱）太君闻听心犯想，如有此事心担惊。
　　　　　　　罢了，命你前去探真假，带领杨洪与排风。
杨金花：（白）是。
　　　（唱）金花领了太君命，（换盔上）慌忙顶盔把甲穿。
　　　　　　　吩咐排风快穿戴，
杨排风：（白）是。
杨金花：（唱）杨洪快快出门行。
杨　洪：（白）是。
杨金花：（唱）不言三人出了府，
彩霞圣母：（内唱）再表圣母把阵观。（上）
　　　　　　　出了锁阳城一座，只见对面有云烟。
　　　　　　　山人只得把阵进，
托塔天王：（内唱）托塔天王到阵前。（上）
　　　　　　　正在南方丙丁火，有一毛仙到眼前。
　　　　　　　定是来闯我巡地，吾神岂肯把他宽？
　　　　　　　等他来时看怎样，

（上彩霞圣母）

彩霞圣母：（唱）圣母上前便开言。
　　　（白）天王请了。
托塔天王：请了。
彩霞圣母：李天王不在天宫，来在凡尘却是为何？
托塔天王：今有灵符相召，来助此阵。
彩霞圣母：既在天宫，为何来到凡尘，助恶为虐？不怕日后五雷轰顶？
托塔天王：住口。好个毛仙，毁骂我神。
彩霞圣母：并非毁骂上神，我今特下高山破阵，请放小仙进阵去，找云灵、鼋羊子算账。

托塔天王： 你想进阵万万不能。

彩霞圣母： 住口，好个李靖，真乃小看于我，不怕玉帝见怪？看剑取你。

（杀，托塔天王败下，又上）

托塔天王： 好个毛仙，有些杀法，不免祭起宝塔，压她便了。（塔祭下）

彩霞圣母： 呀，你看天王祭来宝塔，待我用莲花护身。（用莲花护身）不能伤我，进阵便了。

托塔天王： 好个毛仙，闯进阵去。众神听着，好好把守巡地便了。

（完）

第 九 本

【剧情梗概】 彩霞圣母进入群仙阵，发现凶险无比，难以攻破，勉强逃出。她写下束帖，命吴金定、刘香春、魏化分别去请金刀圣母、白莲圣母和黄石公帮助破阵。魏化路过竹景山，大战女寨主罗秀云，后二人结为夫妻。罗秀云乃忠臣之后，因得罪狄青，被抄灭全家，她独自逃到竹景山落草。与魏化成亲后，带众喽兵归顺宋军。金刀圣母等三人来到锁阳关，决定先到群仙阵中查探虚实，不料黄石公被俘，金刀圣母和白莲圣母凭借莲花护体才逃出阵来。彩霞圣母请金刀、白莲两位圣母到玉虚宫求助于元始天尊，自己则率众女将营救黄石公。

（上彩霞圣母）

彩霞圣母：（白）进得阵来阴风滚滚，鬼哭神嚎，好不凶险也。真正厉害呀。

（唱）老圣母，用眼观，这座阵式摆得全。

西北上，乾为天，四位木星在里边。

正北上，坎为水，公明倒坐乌龙尾。

正东北，艮为雷，二郎杨戬把阵卫。

东西上，巽为风，四位金星在其中。

正南上，离为火，托塔天王非小可。

西南上，坤为地，四位火星生煞气。

正西上，兑为泽，哪吒太保占中合。

正中央，戊己土，法台高搭三丈五。

左右边，四位土，氐女胃柳甚威武。

法台左，有星宿，日字星官掌天机。

法台右，有神人，四位月星在阵存。

圣母观罢说厉害，往来走着把阵观。

云灵圣母：（内唱）云灵台上忙做法，（上放桌椅）一见毛仙在里边。

只得将她擒拿住，慌忙晃动六魂幡。

四面八方阴风起，三支宝剑空中悬。

霎时一个化百个，百个化了万万千。

　　　　　　满阵俱是连珠箭，好似蜜蜂一样般。
彩霞圣母：（唱）呀！圣母一见说不好，（拿莲花）莲花挡住剑龙泉。
　　　　　　千朵莲花护身体，只得逃命快回关。
　　　　　　脚踩莲花出了阵，
　　　　（上云灵圣母）
云灵圣母：（唱）云灵台上便开言。
　　　　（白）你看毛仙竟自逃出阵去，真是有些道行，暂且由她去吧。众将官与众神听着，各守藩地，莫要放走毛仙。
　　　　（彩霞圣母急上）
彩霞圣母：好也好也，险些扔了三花大道。好个云灵，摆此恶阵，不免回关再做道理。
　　　　（出杨文广、刘香春、吴金定坐大帐）
杨文广：（唱）被困锁阳地，不知何日归？
　　　　（白）本帅杨文广。
刘香春：奴刘香春。
吴金定：奴吴金定。
杨文广：二位娘子，既然圣母下山，妖人阵式可就好破了。
吴金定、刘香春：那个阵式厉害无比，靠师父一人也不能破了此阵。
杨文广：哦，前日高俊请来张、王二氏，倒有些武艺，也都是圣母之徒。
　　　　（上卒）
卒：　　报元帅得知，关外有一女子前来认亲，说是汴梁人氏，天波府元帅的胞妹。
杨文广：起过了。呀，妹妹来得正好，二位娘子随我前去迎接。
吴金定、刘香春：言之有理。
杨文广：（唱）吩咐三军城开放，排开队伍快接迎。
吴金定、刘香春：（唱）金定、香春不怠慢，
张月娘、王翠兰：（内唱）惊动了月娘翠兰二花容。
众　将：（内唱）众人一齐出城去，来在城外把步停。
　　　　（众将与杨金花对上）
杨金花：（唱）金花小姐下了马，（杨排风、杨洪马上）后跟杨洪小排风。
杨文广：（唱）文广看见同胞妹，问声家中太太可安宁？

杨金花：（白）费心了。

（唱）哥哥可好妹妹拜，救护来迟多受惊。

杨文广：（唱）多受辛苦来探望，真是千里专远程。

杨　洪：（唱）杨洪说是老奴拜，

杨文广：（白）起来。

杨　洪：是。

杨排风：（唱）排风这边把礼行。

杨文广：（唱）二位娘子快问好，

吴金定、刘香春：（唱）金定香春说少迎。

（白）妹妹可好？

（唱）一路风尘多辛苦，愚嫂来迟恕不恭。

杨金花：（白）好说，不敢。

（唱）哥哥在此娶贤嫂，

张月娘、王翠兰：（唱）月娘翠兰问安宁。

（白）姑姑可好？

杨金花：二位嫂嫂可好？

杨文广：（唱）此处不是讲话地，请到帐里把话明。（同下）。

众男将：（内唱）男子进了白虎帐，

（众女将上）

众女将：（唱）女子归了后堂中。

杨文广：（唱）文广进帐才吩咐，

（上卒）

卒：　（唱）军卒跪倒报一声。

圣母回来在帐外，

杨文广：（唱）就说有请进帐中。

卒：　（唱）军卒答应下大帐，（下，内白）有请圣母。

彩霞圣母：（内白）来了。（上）

（唱）圣母进帐把话明。

未曾开口先叹气。

（白）好厉害，好厉害。

杨文广：圣母请坐。

彩霞圣母：有坐。

杨文广：圣母观看此阵,可有破法没有?

彩霞圣母：哎,说不来了,险些扔了三花大道。我自有道理。魏化哪里?快来。

魏　化：(内白)来了。(上)圣母有何吩咐?

彩霞圣母：你拿我柬帖一道,去上黄花山请你师父下山,好打妖人阵式。

魏　化：是,弟子遵命。

彩霞圣母：吴金定哪里?快来。

吴金定：(内白)来了。(上)师父有何吩咐?

彩霞圣母：你拿我柬帖一道,去垂竹山上请金刀圣母前来破阵。

吴金定：是,弟子遵命。

彩霞圣母：刘香春哪里?快来。

刘香春：(内白)来了。(上)师父有何吩咐?

彩霞圣母：你拿为师柬帖一道,去上蓬莱岛请白莲圣母前来破阵。

刘香春：是,徒儿遵命。

彩霞圣母：吩咐已毕。元帅,在关外看一起素净之地,搭一座会仙篷,等众仙到齐,好破此阵。

杨文广：是。军校们,看素宴伺候。

卒：哈。

杨文广：(唱)群仙集会力量大,

彩霞圣母：(唱)要破妖人阵九宫。

杨文广：(白)圣母请。

彩霞圣母：元帅请。

（上魏化）

魏　化：我魏化。奉了圣母之命,去黄花山上请师父下山破阵。天色尚早,只得走走便了。(下,又上)你看前面一座高山拦路,人喊马嘶,必有毛寇,何不就此闯山而过,杀一巴子?待我闯山便了。(下)

（出反帐,旦坐）

罗秀云：(诗)高山以上任纵横,绣绒大刀鬼神惊。

（白）奴罗秀云。爹爹罗奎在仁宗驾下称臣,应征西下,被狄青害死,又要灭我全家。那时奴家带领家眷一场好杀，反在这竹景山为王，并无兄妹。奴年方二十二岁，还是待字闺中。咳，想起终身，何日是个收元结果呢？

（上卒）

卒：报姑娘得知，山下来了一员小将，杀死喽兵无数，请令定夺。

罗秀云：呀，这还了得？喽兵们，抬刀带马杀下山去。

（上魏化）

魏　化：呀，山上炮响连天，冲下无数喽兵，为首一员女将，好漂亮！

（唱）小矬爷用目窥，这个大王是个女的。
　　　头戴着抱头盔，脑后飘摆雉翎尾。
　　　杏核眼，桃叶眉，樱桃小口红嘴唇。
　　　身穿甲，放光辉，襻甲丝绦九股勒。
　　　桃花马，鬃尾驹，绣绒大刀使雄威。
　　　我何不，把亲提？万一爱我做亲戚。
　　　不枉我，来一回，何不当面提上一提？
　　　看多时，笑嘻嘻，叫声丫头大闺女。

（上罗秀云）

罗秀云：（唱）报上名，再松驹，

魏　化：（唱）矬爷有话问闺女。

罗秀云：（唱）秀云马上冲冲怒。

（白）好个矬贼，不该闯你姑娘的山寨。报上名来，好做刀下之鬼。

魏　化：你且听听我说。姑娘哪，我有一件小事与你商议商议，不知你愿意否？

罗秀云：矬根子有话快讲。

魏　化：有音有音。姑娘你看我人矬，心可不矬，心里可亮着呢呀。

（唱）魏化把话说，心里乐开花。
　　　这个大姑娘，人物长得好。
　　　脸蛋白又红，如擦桃花粉。
　　　一口玉米牙，小小樱桃嘴。
　　　柳眉弯又弯，目儿一汪水。
　　　头带抱头盔，后飘雉翎尾。
　　　往下用眼观，金莲真可美。

红鞋扎大花，雪霜白的底。
要用尺寸量，不过二寸儿。
真是打动心，魂灵不在体。
并未把脸开，是个坐家女。
与她提提亲，不知给不给？

罗秀云：（白）矬根子有话快说，再要不说，我就要杀啦。

魏　化：（唱）消停忙什么？咱俩唠一会。
人矬心最高，肚内有神鬼。
今年二十整，红鸾星打底。
也没把亲成，还是我自己。
今日咱二人，模样算可以。
你看我好不，咱俩成两捆。

罗秀云：（唱）佳人气炸肝，大骂矬根子。
（白）好个矬子，看刀。（杀，罗秀云败下，又上）好个矬子，甚是骁勇，不免祭起装仙袋，擒他便了。呀呔。

魏　化：丫头哪里走？呀，不好。（入地）

（上罗秀云）

罗秀云：你看矬子借遁逃走，暂且由他。喽兵们，回山。

（上魏化）

魏　化：呀，娼妇崽子，不愿意拉倒，怎么弄口袋装我？哦，有了有了有了，不免跟她上山，找口袋，与她扯了一条一绺的，省得你再装我。站住站住，我就这么去不行。哎，待我变个小猫，混她点东西吃去。（变猫下）

罗秀云：（内白）喽兵们，接刀拴马。丫鬟，与我卸了盔甲。花亭上，设摆桌椅，待奴凉爽凉爽。（便装上，坐，丫鬟站）一场好杀，一场好战。奴家罗秀云，与矬贼大战，矬子大败，奴家回转高山，闷坐花亭。我想矬子说的那些话儿，咳，不由得叫人害起相思病来。不好了。

（唱）秀云坐在花亭上，思想终身闷悠悠。
可惜父母去世早，抛下奴家女娇流。
为王做寇称寨主，辖管无数众喽啰。
今年长到二十二，青春一去不回头。

哪个敢来把媒保，莫非等到白了头？
今日偏遇矬小将，要是俊的好讲究。
越思越想心着急，不知何日鸾凤搂？
莫非说做一辈子女丫头，没有君子来好逑？
混到几时是了手？并无结果把元收。
正是秀云愁无限，

魏　化：（内唱）再表魏化宝贝偷。
　　　　　　找了多时并未见，只觉心内好发愁。
　　　　　　顺着猫道满地走，进了花园上了楼。

罗秀云：（白）丫鬟，取点心、茶果上来。

丫　鬟：是。

魏　化：（唱）屋里有人不言语，必是那个俊丫头。
　　　　　　何不进去看一看，想法擒她配好逑？（猫上）
　　　　　　小猫上楼满地走，

　　　　（上丫鬟）

丫　鬟：（唱）丫鬟一见瞪双眸。（抓猫）
　　　　　　急忙上前就一把，

魏　化：（唱）魏化上前用爪挠。

丫　鬟：（白）哎呀。
　　　　（唱）小兔崽子你作死，

罗秀云：（唱）秀云叫声妞丫头。
　　　　　　不可将那小猫打，

丫　鬟：（白）哟，它挠人么还不打它？

罗秀云：（唱）快快与我看缘由。
　　　　　　果然小猫长得好，抱在怀里乐悠悠。
　　　　　　莫非你是肚子饿？（接猫）等我喂你不用吊猴。
　　　　　　左一口来右一口。（对嘴喂）

魏　化：（白）魏化心里惦着丫头，趁此机会快下手。（变人）
　　　　　　好丫头，看棒槌吧。

　　　　（上丫鬟）

丫　鬟：可不好了，有妖精。
罗秀云：不好了，我的妈呀。
魏　化：叫妈不中，叫爹才饶你呢。你看打吧。
罗秀云：哎哟，我的妈呀。
　　　（唱）秀云被擒按在地，眼泪汪汪便开言。
　　　　　　密密切切地把将军叫，你且住手听根源。
　　　　　　后悔奴家失主意，大丈夫宽宏要海涵。
魏　化：（白）丫头，你不是抱着嘴对嘴地喂呀？
罗秀云：（唱）你得便宜还臊我，不该将它抱怀间。
　　　　　　既然喜爱不当喂，嘴对嘴儿把它稀罕。
　　　　　　今日被擒讲不起，只得好言对他言。
　　　　　　将军要是饶了我，你的恩德重如山。
魏　化：（白）饶了你，你就忘了我啦！
罗秀云：将军哪！
魏　化：叫将军不中。
罗秀云：叫什么呢？
魏　化：叫哥哥。
罗秀云：就你呀？
魏　化：不叫就打。
罗秀云：是，我叫。
魏　化：你快叫吧。
罗秀云：是，你听了。
　　　（唱）叫声哥哥慢动手，你本是个将魁元。
　　　　　　常言说，好狗不与鸡儿斗，男子汉不与女子见一般。
魏　化：（白）说那个不中，想点办法。
罗秀云：想啥办法呢？
　　　（唱）这可活活倾了我，反贴门神左右难。
魏　化：（唱）你若是惹烦我挨打。
罗秀云：（白）哎呀。
　　　（唱）打得浑身是难受，只怕小命赴九泉。

魏　化：（唱）快说在疆场那个勾当，你倒是愿意不愿意？
罗秀云：（唱）还是叫奴应他婚姻事，这可叫奴作了难。
　　　　　　　有心不应这件事，想他饶我是枉然。
魏　化：（白）你要不应，我又要打了。
罗秀云：别打了。
　　　　（唱）也是奴家该如此，生前造定配娻男。
　　　　　　　讲不起了应了吧，小奴家情愿与你并头莲。
魏　化：（白）你既愿意可就好说，还得起点誓才中呢。
罗秀云：哟，我把你这小心眼的郎哪。
　　　　（唱）若有三心并二意，神鬼难容上有天。
魏　化：（唱）娻爷闻听心欢喜，这可叫我乐屁颠。
　　　　　　　用手搀起小娘子，
　　　　（白）娘子起来吧，我与你拍打拍打土。
罗秀云：躲开吧，让你打得够受的啦！
魏　化：你若是早早的应了，哪个王八蛋爱打你呢？
罗秀云：哎哟，打得我浑身生疼。
魏　化：我也疼。
罗秀云：你疼什么？
魏　化：吃了你的东西，还不心疼？
罗秀云：看你那个长相！走，拜天地去。
魏　化：哈哈哈，就是这宗勾当，我才爱跟着你呢。走，拜天地去。
　　（出金刀圣母）
金刀圣母：（诗）脚蹬莲花千朵，炼就五气朝元。
　　　　（白）山人金刀圣母，在这天台山垂竹洞修身养性。那年打发徒儿杨金花下山，该着杨文广出世，扶保宋主，这也不在其言。天气晴朗，打开洞门，听些百鸟声音。用手一指，洞门开放，呀啐。
白莲圣母：（内白）来至姐姐洞门以外，待我进洞。（上）姐姐，仙体可好？
金刀圣母：妹妹来了？请坐。
白莲圣母：告坐。
金刀圣母：妹妹不在洞中炼道，到此何事？

白莲圣母：姐姐听了。

（唱）白莲圣母开言道，尊声姐姐听明白。
　　　进洞不为别的事，只因彩霞柬帖来。
　　　命她徒儿香春女，请咱姐妹下天台。
　　　说是云灵鼋羊子，两个王八把兵排。
　　　保着南唐灭北宋，摆下一座群仙阵式好怪哉。
　　　伤害生灵无其数，宋将头上脑袋摘。
　　　彩霞一怒把山下，险些一命赴泉台。
　　　无法可使请咱俩，或去不去说明白。

金刀圣母：（唱）金刀圣母闻此言，低头不语犯疑猜。
　　　彩霞圣母净胡闹，不该下山惹祸灾。
　　　云灵邪教根非浅，摆下阵式有安排。
　　　有心不把高山下，日后彩霞把我怪。
　　　罢了，既然道友柬帖到，不得不下高山。
　　　叫声妹妹听我讲，

（白）妹妹，既然下山要多加小心，那云灵、鼋羊子俱有千年的道行，咱要当行则行，当止则止。咱姐妹就此下山便了。

白莲圣母：姐姐言之有理，

金刀圣母：闭了洞门，呀唪。就此前往便了。

（吴金定马上）

吴金定：（诗）奉了师父命，上山请真仙。

（白）奴吴金定。奉师之命，去天台山请金刀圣母前来破阵，只得走了便了。

（唱）金定小姐催马走，心中辗转暗思量。
　　　奴家奉命请圣母，前来破阵把妖降。
　　　圣母要把高山下，必拿云灵老鼋羊。
　　　打破妖人群仙阵，得胜班师回汴梁。
　　　先到无佞天波府，拜望太君婆母娘。
　　　众家奶奶也去拜，另日再去进朝纲。
　　　圣上见喜加封赏，不封公侯定封王。

　　　　　　万岁饮赐三杯酒，谢主隆恩回家乡。
　　　　　　那时刀枪入了库，太平年间乐非常。
　　　　　　荣华富贵过几载，后代继续伴君王。
　　　　　　不枉其邪归了正，挣得国公与儿郎。
　　　　　　思想一会往前走，（下）
　　（上金刀圣母、白莲圣母）

金刀圣母：（唱）再表圣母下山冈。
　　　　（白）俺金刀圣母。

白莲圣母：（唱）白莲云中走，仔细留神看端详。
　　　　　　满山花草齐开放，奇花异草满清香。
　　　　　　多年老松盘根蔓，仙鹤梅鹿满山藏。
　　　　　　猴儿獐子满山跑，还有虎豹与黄狼。
　　　　　　圣母懒观山中景，摧云驾雾走慌忙。
　　　　　　停止云头落在地，等候金定女娥皇。
　　（上吴金定）

吴金定：（唱）金定马上早看见，只见圣母在山旁。
　　　　　　甩镫离鞍下了马，枯树以上拴丝缰。
　　　　　　走上前来双膝跪，（对上）叩下头儿问安康。

金刀圣母、白莲圣母：（唱）二位圣母开言道。
　　　　　　（白）金定，你的来意，我二人早已知晓。快快起来，头前引路一到锁阳关便了。

吴金定：是。
　　（上魏化）

魏　化：（唱）别了孩子妈，去请师父他。
　　（白）我魏化。方才别了娘子，送得老远老远的，眼泪簌簌的，嘱咐我，叫我早早回，她也跟我上锁阳关去。娘子说话一乐一乐的，那才好听呢。只顾瞎说啦，只得上黄花山便了。
　　（唱）矬爷暗欢喜，拍手哈哈笑。
　　　　我虽长得矬，心里有韬略。
　　　　半路遇彩头，罗氏性儿傲。

疆场把亲提，她就害了臊。
　　　举起月牙刀，只在脖上绕。
　　　又祭一口袋，土遁溜字号。
　　　她就回了山，我也有玄妙。
　　　变个小猫儿，上山寻猫道。
　　　正欲吃点果，连蹦带着跳。
　　　娘子喜欢猫，搂在怀中抱。
　　　嘴里吃果子，喂得叫人笑。
　　　得便把她擒，顺了我的道。
　　　拜了地和天，洞房把嗑唠。
　　　凤儿与鸾交，游遍巫山道。
　　　夫妻乐非常，下山泪珠掉。
　　　不用瞎叨叨，急忙把弯绕。
　　　快快请师父，行走如加炮。
　　　累得喘吁吁，上了山坡道。
　　　浑身汗淋淋，歇歇尿泡尿。
　　（白）说着说着，来到山下，待我上山便了。

（出黄石公）

黄石公：（诗）道高龙虎常陪伴，德重鬼神也来钦。
　　　（白）出家人黄石公，在黄花山炼道。那年打发徒儿下山去保宋主江山，这也不在话下。

魏　化：（内白）来在洞门以外，待我进洞便了。（上）师父在上，弟子叩头。

黄石公：魏化不随元帅征南，到此何事？

魏　化：老师父，原是这般如此。现有彩霞圣母柬帖一道，你老请看。

黄石公：待我看来。呀，这哪里所起？

黄石公：（唱）看罢彩霞帖一道，默默无言自详察。

魏　化：（唱）师父倒是怎么样？为何一言也不发？

黄石公：（唱）彩霞请我把山下，前去破阵把妖拿。

魏　化：（唱）师父快快救宋将，南唐妖人有邪法。

黄石公：（唱）想我下山不能够，住在古洞白磨牙。

魏　化：（唱）叩头如同鸡吃米，两眼不住泪嘀嗒。
黄石公：（唱）不去不去我不去，群仙阵厉害无比动争杀。
魏　化：（唱）师父你老不搭救，可怜宋将染黄沙。
黄石公：（唱）枉动杀戒有颠险，教主知道必责罚。
魏　化：（唱）别洞神仙全然去，你不去众仙不把你笑话？
黄石公：（唱）哀告石公无计奈，不免犯律动争杀。
魏　化：（唱）魏化闻听将恩谢，多谢师父下山凹。
黄石公：（唱）不必多言快快走，
魏　化：（唱）婿子站起把泪擦。
黄石公：（唱）不言石公头里走，
魏　化：（唱）后跟魏化把步加。
　　　　　　只得去把高山上，捎带看看孩子妈。
　　　　　　天遁地遁来得快，（下）
罗秀云：（内唱）再表秀云女娇娃。（上，坐）
　　　　　　独坐高山思夫主，莫非他是忘奴家？
　　　　　　罗氏正然胡思想，
（上魏化）
魏　化：（唱）婿爷进房笑哈哈。
　　　　（白）娘子快些收拾收拾要紧。
罗秀云：你请的人呢？
魏　化：他们早就到了。你快快收拾收拾，小鞋小脚子跟我下山哪！
罗秀云：你呀你呀，怎么这能闹呢？
魏　化：谁家还没几双小鞋呢？快快收拾去。
罗秀云：是咧。（下，又上）喽兵们，放火烧山，起兵一奔锁阳关便了。
卒：　　（内白）报元帅、圣母得知，仙篷外有众仙到。
彩霞圣母：（内白）待我迎接。（上）
　　　　（上黄石公、金刀圣母、白莲圣母）
　　　　（白）道友可好啊？
黄石公等三人：好。
彩霞圣母：三位道友来得好快呀。

黄石公等三人：彩霞大仙可曾进过阵么？

彩霞圣母：哎，那日进得阵去，险些扔了三花大道。

黄石公等三人：如此，咱三人进阵看上一看。

彩霞圣母：三位道友，可要多加小心。

黄石公等三人：不劳嘱咐，就此去也。（同下）

彩霞圣母：你看他三人去看阵式，回来再定破阵之计便了。

（上黄石公、金刀圣母、白莲圣母）

黄石公：三位道友，今日进阵，我从北门而进，你二人从东门而进，齐到中央会面。

金刀圣母、白莲圣母：有理。请。

黄石公：请。（同下）

（出赵公明）

赵公明：（诗）灵符相招下天宫，把守北门在阵中。

（白）吾乃黑虎玄坛赵公明是也，在群仙阵把守，放进不放出，只得遵法而行。呀，你看那边来了一人，手持宝剑，闯我藩地，只得多加小心，待我迎将上去。

（上黄石公）

黄石公：玄坛请了。

赵公明：石公请了。

黄石公：玄坛不在天宫伺候玉帝，来此凡间助纣为虐，不怕玉帝见怪，日后五雷轰顶？

赵公明：住口。好个黄石公，满口胡说，不要走，看鞭取你。来，来，来。

（杀，黄石公进阵）好个黄石公野道，闯进阵去，谅你一人难出此阵。众神鬼听着。

众神鬼：哈。

赵公明：今有毛仙闯进阵去，莫要放走。

众神鬼：哈。

（上黄石公）

黄石公：进得阵来，只见面前阴风滚滚，雾气弥漫，鬼哭神嚎，好不凶险人也。

（唱）石公进了阵当中，仔细留神用目看。

  只见四面起云烟，云雾弥漫看不见。

  手拿拨云剑一根，往空一指照四面。

  露出南北与东西，竟是天神在里边。

  八卦分作八个门，个个俱在法台站。

  一座阵式一根旗，手拿刀枪弓和剑。

  不免去找老云灵，见了鼋羊王八蛋。

  说罢举起剑青锋，大叫老妖休作乱。

  不言石公往前杀，

（上云灵圣母）

云灵圣母：（唱）来了云灵手使剑。

    必是来破阵九宫，真言咒语念三遍。

    急忙摇动六魂幡，（剑起）震起台上连珠箭。

    好似蜜蜂一般样，闹闹哄哄一大片。

    必叫野道把命倾，立刻去把阎王见。

黄石公：（唱）石公一见甚惊讶，（乱箭）说声不好浑身战。

    往后一躲倒平川，（掉坑）

五　鬼：（唱）五鬼上前不怠慢。

    将把石公打阴坑，

云灵圣母：（唱）云灵台上法术现。

    （白）将野道打入阴坑，暂且叫他受罪。众神听着，好好把守藩地，莫叫毛仙逃走。（下）

（上金刀圣母、白莲圣母）

白莲圣母：（白）姐姐，你我闯进阵来，你看此阵好不凶险人也，果然厉害无比，好不惊怕人也。

    （唱）有圣母，进阵中。

    举目观看，果然是凶。

    厉害真无比，用眼看分明。

    此阵摆得奥妙，守阵俱是仙童。

    只是黑风阴云滚，雾气弥漫实不明。

    众神圣，在居中。

　　　　　各守藩地，按次而行。

　　　　　丧门与吊客，悲笑有哭声。

　　　　　摆得齐齐整整，凡夫有死无生。

　　　　　二位圣母来回走，观看南北与东西。

　　（上云灵圣母）

云灵圣母：（唱）云灵子，怒冲冲。

　　　　　哪里毛仙，进我阵中？

　　　　　连说真可恼，叫他化为脓。

　　　　　急忙又把幡晃，连珠箭飞空。（箭起）

　　　　　霎时一个化百个，百个就化一千零。（下）

　　（上金刀圣母、白莲圣母）

金刀圣母、白莲圣母：（唱）二圣母，吃一惊。

　　　　　　　　连说不好，只得逃生。

　　　　　　　　顶现莲花朵，挡住剑青锋。

　　　　　　　　现有石公老祖，受罪陷在阴坑。

　　　　　　　　不能搭救快逃走，脚蹬莲花出阵中。

　　（上云灵圣母）

云灵圣母：（唱）云灵台上说可恨。

　　　　　（白）好个毛仙，借仗莲花护身，挡住连珠箭，逃出阵去，便宜两个乞婆了。

　　（金刀圣母急上）

金刀圣母：（白）吓死人也，吓死人也。可恨妖怪，晃动旗幡，满阵都是连珠箭，多亏有莲花护身，才能逃出阵外。只得见了彩霞大仙，商议商议，好救黄石公出阵。

白莲圣母：有理。

　　（杨文广升帐，四将站）

杨文广：（诗）铁甲龙鳞背，青巾扎豹头。

　　　　　　将军经百战，得胜必封侯。

岳　松：（白）俺岳松。

陈　茂：俺陈茂。

柴　　胜：俺柴胜。
高　　俊：俺高俊。
众　　将：今有元帅升帐，大家在此伺候。
杨文广：（诗）忠心耿耿扶社稷，扫灭贼寇灭南唐。

（白）本帅杨文广。妖人摆下凶恶阵式，难以攻打，多得圣母下山，前来助战，为何不见魏化到来？是何缘故？

（上魏化）

魏　　化：魏化告进。（罗秀云跟上）元帅在上，魏化交令。
杨文广：魏化。
魏　　化：有哇！
杨文广：命你去请众位大仙，众仙早已到齐，你为何去了月余？背后那位女子是谁？
魏　　化：娘子问你呢，你倒是说呀。
罗秀云：哎，我不说，我嫌厌气。
杨文广：魏化快说。
魏　　化：是，元帅听了。

（唱）元帅在上听我说，不敢不把实话告。
　　　走到半路遇彩头，黄花山上是熟道。
　　　遇见此人罗秀云，高山为王成孤道。
　　　疆场以上大交锋，杀得末将只冒尿。
　　　败阵只说逃了脱，复又寻思想计略。
　　　变化上山把她擒，她才应了这条道。
　　　高山拜了地和天，小金帐里多快乐。
　　　皆因误了日期工，不是瞎说胡扯臊。
　　　望求元帅要宽容，临阵收妻早知道。
　　　魏化说罢以往情，

杨文广：（白）哇！

（唱）文广坐上开言道。
　　　用手一指便开声，好个魏化设圈套。
　　　不该临阵收了妻，还敢进关来禀报。
　　　吩咐军卒拉下去，推出辕门脑袋掉。

卒：	（唱）军卒上前往外推，
魏　化：	（唱）魏化连喊带着叫。
罗秀云：	（唱）佳人一见魂吓飞，军卒没放追魂炮。
	刀下留人莫施刑，复又上帐苦哀告。
	（白）元帅不要动怒。
	（唱）羞羞惭惭上大帐，双膝跪倒把话明。
	夫主奉命请师父，晚误日期违令行。
	不怨将军来得慢，只因师父远途程。
	一来是奴家把他来累赘，去了一月有余零。
	奴今来投归正国，带来喽兵几千零。
	暂且饶过宽恩恕，宽宏大量把他容。
	咱国正在用人际，为何先损自己兵？
	元帅上裁想一想，要赦了夫妻情愿立头功。
	秀云说罢前后话，
众　将：	（唱）众将上帐齐打躬。
	元帅不可如此做，罗妹妹说的话儿有真情。
	今日杀了魏贤弟，何处摆放女花容？
杨文广：	（唱）文广座上说罢了，众将退后听我明。
	贤妹快快起来吧，本帅不能问斩刑。
罗秀云：	（白）谢过元帅。
杨文广：	（唱）开言又把军卒叫，快把魏化绑绳松。
	（上魏化）
魏　化：	（唱）魏化又把大帐上，多谢元帅不斩情。
杨文广：	（唱）你夫妻暂且后帐去歇息，准备明日破阵宫。
魏　化：	（白）是。
	（唱）魏化这才心放下，娘子走吧回房中。
	暂且不言夫妻俩，
杨文广：	（唱）文广复又把话明。
	（白）众将官，操兵演将，单等众仙回来，好破妖人阵式便了。
	（出彩霞圣母坐）

彩霞圣母：（诗）只因身染红尘地，险些扔了道三花。

（白）山人彩霞圣母。三位道友前去观阵，不知吉凶如何？

（上金刀圣母、白莲圣母）

金刀圣母、白莲圣母： 哎呀，可不好了。

彩霞圣母： 二位道友回来了，怎么不见石公道友呢？

金刀圣母、白莲圣母： 哎，说不来了，原是这般如此，石公大仙被打入阴坑，我二人多得莲花护身逃出阵来。

彩霞圣母： 呀，竟有此事，叫人悔之晚矣。哦，二位道友，你二人去上玉虚宫，见了天尊教主，万一大发慈悲，或是前来破阵，或是赐宝，也未可定。待我点齐众女将，好救黄石公出阵。

金刀圣母、白莲圣母： 是，我姐妹就此去也。

彩霞圣母： 你看二位道友去了，不免吩咐众女将，披挂整齐，闯他恶阵便了。军卒们，击鼓升帐。

卒： 哈。

（升正帐，七女将、魏化站，彩霞圣母坐）

众女将：（诗）身穿连环甲，头戴凤翅盔。

腰悬昆吾剑，女中将英魁。

杨金花：（白）奴杨金花。

刘香春： 奴刘香春。

吴金定： 奴吴金定。

张月娘： 奴张月娘。

王翠兰： 奴王翠兰。

罗秀云： 奴罗秀云。

杨排风： 奴杨排风。

魏 化： 俺魏化。

众 将： 今有圣母升帐，大家在此伺候。

彩霞圣母：（诗）舍生忘死闯群仙，救出石公算平安。

（白）山人彩霞圣母，今日点齐女将搭救石公。魏化听令。

魏 化： 在。

彩霞圣母： 你师父在阵内困住，要你去奔中央。法台上有三支连珠箭，一杆六魂幡，要你偷来。这里有护身符一道，交与你师父护身，再送云幡、箭，大家好救你师父出阵。

魏　　化：弟子遵命。

彩霞圣母：众女将听着，这是护身符，每人各拿一道。未曾进阵，提前焚化阵外，再往里闯。每人各戴护身灵符，管保无事。

众女将：弟子们遵命。

彩霞圣母：军卒们，就此开城门去也。

军　　卒：哈。

（上魏化）

魏　　化：俺魏化。奉了圣母之命，前去偷他连珠箭，还有什么六魂幡，就此走走。

（硬唱）小魏化，迈开步。

自言自语，暗暗嘱咐。

可叹老师父，柱在古洞住。

仙家算是有名，进阵就把底铺。

打在阴坑算无能，真乃叫人干古肚①。

老圣母，无有路，

吩咐女将，进阵救护。

各戴护身符，性命算保住。

叫我去偷宝，老妖并不理会。

连珠箭与六魂幡，一齐偷来撒开步。

就变化，小小物。

别叫众神，看破原故。

不叫我进阵，我却无门路。

还得变个小猫，众神不能挡路。

霎时来到阵群仙，黑风滚滚有云雾。

（白）来到咧，待我进阵。不中不中，还是变变才是。说变就变，（变猫）哎，不错不错，变成了。走，偷宝贝去便了。

（完）

---

① 干古肚：心里瞧不起。

第 十 本

【剧情梗概】魏化潜入群仙阵,盗走云灵圣母的连珠箭和六魂幡。彩霞圣母率众女将闯阵,救出黄石公。金刀圣母与白莲圣母从元始天尊处归来,元始天尊赐予她们诛、戮、陷、绝四口宝剑。于是,彩霞圣母分派诸将从四门进攻群仙阵。吴金定阵中产子,惊退各方神祇,阵式被破,云灵圣母和亀羊子也死在元始天尊赐予的宝剑之下。狄青惊恐不安,夺路而逃,但各方皆有大将守候。

（出云灵圣母坐法台）

云灵圣母：（诗）妙法无边神通广,凡夫神仙一起拿。

（白）我乃云灵子。前有毛仙进阵,与他贴上一道灵符,叫他不能出阵。别说毛仙,就是佛祖,也难打破。

（唱）云灵坐在法台上,连连夸奖此阵凶。
别说凡夫来打阵,就是佛祖破不能。
已将石公打阵内,且等着压在阴山顶寒冰。
若是禀知老师父,金花娘娘岂肯容？
方才罩上天罗网,毛仙逃走万不能。
想到此间心发困,扶桌也就睡蒙眬。
不言老妖睡了觉,

（魏化变猫出）

魏　化：（唱）来了魏化淘气精。
变猫偷把法台上,（猫上）只见老妖睡蒙眬。
猫在他的桌子下,瞌睡虫儿往上扔。

云灵圣母：（唱）一阵心血往上拱,扶桌而睡闭眼睛。

魏　化：（唱）魏化一见说有趣,中了我的计牢笼。
现了本相取宝贝,（变人）连幡带箭拿手中。
阴书急忙揣怀内,复又下台奔阴坑。（下,内白）
灵符交与老师父,

黄石公：（唱）石公正在昏迷中。

何人在此来讲话？

魏　　化：（白）我是魏化。

黄石公：（唱）快救为师命残生。

　　　　　　　顶心灵符快起去，

魏　　化：（白）是。

　　　　　（唱）再叫师父听我明。

　　　　　　　这是护身符一道，

黄石公：（唱）石公接过戴身上。

魏　　化：（唱）魏化说完我去也，（过场下）

云灵圣母：（唱）云灵台上把眼睁。

　　　　　　　不好，连说不好罢了我。

　　　　　（白）哎呀，可不好了，连珠箭、恍魂幡、阴书全然不见，必是有能人偷去，不免下台追赶便了。众神听着，有能人进阵，大家小心，不要放走。

（上魏化）

魏　　化：哦呀，好个老妖婆，追来了，待我变个小猫出阵要紧。把这东西送出去，再来打这个妖婆要紧。（下）

（上彩霞圣母）

彩霞圣母：魏化，你可把物盗来没有？

魏　　化：全都偷来咧，圣母收过。

彩霞圣母：待我收过，我给你退神符一道，拿去闯阵，将阴坑护住，我自有救命之法。

魏　　化：弟子遵命。（下）

彩霞圣母：各女将听着，各拿灵符焚化阵外，闯阵便了。

　　　　　（唱）吩咐已毕往里闯，里面无箭不相干。

　　　　　　　一直奔了中央去，（女将上）后边女将紧相连。

　　　　　　　此符能保一时命，工夫大了杜徒然。

　　　　　　　进阵得便快出去，救出仙长算平安。

　　　　　　　不言女将进了阵，（同下）

（上魏化）

魏　　化：（白）魏化早到阴坑边。
　　　　　（上彩霞圣母）
彩霞圣母：（唱）圣母低头往里走，
　　　　　（上云灵圣母）
云灵圣母：（唱）云灵一见眼睁圆。
　　　　　　　　好个乞婆气死我，（对上）手拿宝剑不容宽。
　　　　　　　　二人厮杀在一处，云灵败中要占先。
　　　　　　　　虚砍一剑往下败，（下，又上）取出葫芦冒火焰。
　　　　　　　　照着敌人只一晃，好似一片火焰山。
　　　　　（上彩霞圣母）
彩霞圣母：（唱）彩霞一见说不好，此宝厉害难遮拦。
　　　　　　　　急忙抽身回里走，
杨金花：（内唱）金花进阵用目观。（马上）
　　　　　　　　只见面前一片火，这个方法我了然。
　　　　　　　　下山时师父赐我瓶一个，里面盛的趵突泉。
　　　　　　　　急忙取出拿在手，灵芝草儿拿手间。
　　　　　　　　掸上一掸如细雨，掸上两掸似涌泉。
　　　　　　　　霎时灭了无情火，收起瓶儿杀上前。
云灵圣母：（唱）云灵一见说可恼，何人破了火焰山？
　　　　　　　　我有炼就龙泉剑，三支宝剑不非凡。
　　　　　　　　一齐祭出斩敌将，念念有词起云端。
杨金花：（唱）金花一见微微笑，这个方法伤我难。
　　　　　　　一口飞刀拿在手，专破你的剑龙泉。
　　　　　　　连忙祭起破宝剑，全然落在地平川。（剑落地）
　　　　　　　收了飞刀杀上去，
云灵圣母：（唱）云灵老妖岂容宽？（对上）
　　　　　　　　二人厮杀在一处，
　　　　　（张月娘、王翠兰、吴金定、刘香春马上）
张月娘等四人：（唱）又来月娘王翠兰。
　　　　　　　　　　金定香春杀入队，

（罗秀云马上）

罗秀云：（唱）秀云举刀闯阵前。

（上杨排风）

杨排风：（唱）排风举棒搂头打，

众女将：（唱）七人敌住老妖仙。（云灵圣母败下，众女将追）

彩霞圣母：（内唱）彩霞圣母得了便，一同魏化到坑边。

又将灵符化一道，救出石公回了山。

不言三人出了阵，

（上云灵圣母）

云灵圣母：（唱）云灵大战众婵娟。（杀）

并从没有展眼空，不能祭宝使法玄。

七个花奴轮流战，叫我浑身疼又酸。

众位神仙躲太远，内里必有巧机关。

何不败走不与战，想法再擒女红颜？

不言云灵败下去，

（杨金花马上）

杨金花：（唱）金花马上便开言。

叫声姐妹听吩咐。

（白）哦，众位姐妹，你看老妖败走，不必追赶，灵符时刻已到，过了时刻，众神近前，你我姐妹难以出阵，趁此咱姐妹出阵回关，再做道理。

众女将：言之有理。就此回关，想法破阵便了。（同下）

（出元始天尊坐）

元始天尊：（诗）久远天地合，未老神共仙。

（白）出家人元始天尊，在玉虚宫得道，执掌群仙，称为教主，修得万朵莲花护身，真乃仙家极乐也。不免打开洞门，听些飞禽鸟语之声。用手一指，洞门开放。

（上金刀圣母、白莲圣母）

金刀圣母、白莲圣母：（内白）你看，来在宫外，宫门打开，只得进宫参见教主便了。（上）教主在上，弟子叩头。

元始天尊：金刀、白莲，你二人不在洞炼道，来在玉虚宫有何大事？

金刀圣母、白莲圣母：弟子罪犯天条，望教主大发慈悲，容弟子细奏。

（唱）金刀白莲开言道，教主在上听我言。

　　　　只因金花大徒弟，云灵鼋羊二妖仙。

　　　　扶保南唐灭北宋，摆下一座阵连环。

　　　　弟子无奈把山下，奉劝二妖去归山。

　　　　不但不听倒罢了，弟子险乎一命捐。

　　　　险些死在群仙阵，来求教主见可怜。

　　　　弟子难回古洞去，望教主大发慈悲捉妖仙。

　　　　二人诉罢俯伏地，

元始天尊：（唱）天尊低头为了难。

　　　　可怜鼋羊云灵子，摆下恶阵扭别天。

　　　　又恨他们人四个，不该出洞下高山。

　　　　此阵厉害早知晓，七十二阵在里边。

　　　　云灵是八卦汗鱼得了道，修炼足有三千年。

　　　　鼋羊本是王八怪，玄机奥妙法无边。

　　　　金花娘娘二弟子，炼就金钟伤他难。

　　　　金刀白莲对我讲，想破此阵是枉然。

　　　　群仙阵与万仙阵，上下不分一样般。

　　　　别说你们破此阵，就是为师也作难。

　　　　即便赐予几件宝，斩了妖人归九泉。

　　　　众神却也无法制，岂肯善容你近前？

　　　　你们既然哀求我，为师赐你们宝几件。

　　　　诛仙宝剑整四口，鸿钧老祖赐予咱。

　　　　此宝不可轻易动，专管邪教众妖仙。

　　　　急速拿去把山下，破了此阵快回山。

　　　　你记着妖人见宝必然死，退神还得女婵娟。

　　　　从今再把杀戒破，犯了天条压阴山。

　　　　谨记快些出宫去，

金刀圣母、白莲圣母：（唱）二人叩头接龙泉。（接剑）

　　　　出宫驾云且不表，

元始天尊：（唱）元始天尊叹一番。

及时打发徒弟去。

（白）两个弟子拿去四口宝剑，二妖必然一死，可怜它三千年道行赴流水。这也是自作其孽，不必过叹。妖人好斩，就怕阵式难破。咳！凭他们去吧。不免闭了宫门，奉念黄经便了。

（出彩霞圣母坐）

彩霞圣母：（唱）道友去求老教主，赐宝好破阵连环。

（白）山人彩霞圣母。前日在阵中救出石公大仙，险些在火焰山下废命，多亏了杨金花有灭火之宝，才破了妖人之法。金刀、白莲二位圣母去上玉虚宫，求教主大发慈悲，赐予破阵之宝，好斩妖人。

（上金刀圣母、白莲圣母）

金刀圣母、白莲圣母：道友在上，我二人交令。

彩霞圣母：二位道友，办事如何？

金刀圣母、白莲圣母：教主赐诛、戮、陷、绝四口剑，虽能斩妖，就是阵式难破。又说是还得怀孕之妇进阵，即可产生冲神之气，可以归位。

彩霞圣母：哦哦哦，有了。我算着吴金定目下麒麟降生，该在阵内分娩，此阵必得她破。道友随我升帐。

金刀圣母、白莲圣母：有理。

彩霞圣母：军卒们，打动聚将鼓。

（彩霞圣母升帐，男女将二十一人站）

众　　将：（诗）甲叶叮当响，盔缨耀眼明。

要破妖人阵，大家立奇功。

杨文广：（白）本帅增孝王杨文广。

呼延庆：本镇净山王呼延庆。

岳　松：俺正印先锋岳松。

孟　强：吾乃左先锋孟强。

焦　玉：吾乃右先锋焦玉。

陈　茂：吾乃左护卫陈茂。

柴　胜：吾乃右护卫柴胜。

孟　虎：吾乃左哨监军孟虎。

焦　　仁：吾乃右哨监军焦仁。

高　　俊：俺高俊。

魏　　化：俺魏化。

黄士公：山人黄石公。

金刀圣母：山人金刀圣母。

白莲圣母：山人白莲圣母。

杨金花：奴杨金花。

吴金定：奴吴金定。

刘香春：奴刘香春。

张月娘：奴张月娘。

王翠兰：奴王翠兰。

罗秀云：奴罗秀云。

杨排风：奴杨排风。

众　　将：今日圣母升帐，大家在此伺候。

彩霞圣母：（诗）从空伸出拿云手，要斩奇才破阵宫。

（白）山人彩霞圣母。今日聚齐众将，要破群仙阵式。众将官，排列东西，听山人分派。

（唱）圣母坐在中军帐，眼望众将把话明。

今日要破妖人阵，大家努力立奇功。

哪个若是退后者，准备餐刀一命倾。

天尊赐予四口剑，能破妖人阵九宫。

每人拿退神灵符整一道，焚化群仙阵外中。

然后立杀往里闯，管保不能把命倾。

眼望文广呼元帅，灵符交与你手中。

一同孟强呼延庆，还有先锋名岳松。

杨文广等四人：（白）在。

彩霞圣母：你们四人北门去，听得那信炮一响往里攻。

千万莫违山人令，

杨文广等四人：（唱）说声得令下帐中。（下）

四人去奔壬癸水，

彩霞圣母：（唱）圣母复又叫一声。

　　　　　　　焦玉陈茂与柴胜，孟虎四人听令分明。

焦玉等四人：（白）在。

彩霞圣母：（唱）灵符一道快拿去，去闯西门莫消停。

　　　　　　　听得信炮一声响，往里攻杀显奇能。

　　　　　　　如要违了山人令，准备剑下命倾生。

焦玉等四人：（唱）四人接符说得令，下了大帐往外行。

彩霞圣母：（唱）彩霞圣母开言道，叫声金花听分明。

杨金花：（白）在。

彩霞圣母：（唱）焦仁高俊与魏化，四人快些上帐中，

　　　　　　　你们快闯丙丁火，如此这般照样行。

杨金花等四人：（唱）说声得令下大帐，去奔南门火丙丁。

彩霞圣母：（唱）又叫香春月娘女，

刘香春、张月娘：（白）在。

彩霞圣母：（唱）秀云翠兰二花容。

张秀云、王翠兰：（白）在。

彩霞圣母：（唱）灵符一道快拿去，甲乙木是在正东。

　　　　　　　听得信炮一声响，往里攻杀莫消停。

刘香春等四人：（唱）四人接符扬长去，一齐下了白虎厅。

彩霞圣母：（唱）复又叫声吴金定，

吴金定：（白）在。

彩霞圣母：（唱）要你疾速进帐中。

　　　　　　　此阵非你不能破，四面八方处处行。

　　　　　　　阵内乱闯莫出去，管保一阵就成功。

　　　　　　　千万莫要违吾令。

　　　　　（白）徒儿，这是护身符一道，闯进阵去，必产麒麟，只要你在阵内乱闯，众神必然自退，女妖就可好擒了。

吴金定：是，徒儿遵命。

彩霞圣母：排风，将信炮交付与你，等人马将四门围住，你就疾点信炮，往里攻杀，不得有误。

杨排风：得令。

彩霞圣母：三位道友，咱四人各拿诛、戮、陷、绝剑一支，去从东、南、西、北闯进阵去，齐奔中央找那二妖。

金刀圣母等三人：我等遵命。

彩霞圣母：众将官，大开营门，努力攻杀，不得有误。

众　将：哈。（同下）

（出王兴刀马上）

王　兴：吾乃飞球大将军王兴，奉了圣母之命，把守群仙阵东门。（内炮响）呀！只听了信炮响亮，必有宋将来也，不免杀上前去。

（上吴金定）

吴金定：来这反将，快些闪路，不然叫你刀下做鬼。

王　兴：住口。好个花奴，你想进阵万万不能。不要走，看刀。来，来，来。

（大杀，吴金定败下，又上）

吴金定：这个反贼，不容进阵，与我厮杀，哪有闲工夫与他恋战？不免祭起绝仙剑斩他便了。（念念有词）呀唪。

王　兴：花奴哪里走？呀，不好。（死）

吴金定：反贼已死，焚化灵符，进阵便了。

（唱）金定催开胭脂马，一直奔了正东方。

努力要破妖人阵，反将在奴剑下亡。

奴家只得使法力，必定拿住妖婆娘。

老妖本是多年怪，枪刀利刃难以伤。

师父说阵内要生麒麟子，话儿说得甚渺茫。

大刀一摆进了阵，（下，又上）灵符焚化护身旁。

刚刚闯进东门内，只觉着腹内疼痛丝丝凉。

呀，好似人揪一般样，头迷眼花心内忙。

哎呀一声倾死我，疼得两眼泪汪汪。

早知病犯不该进阵，不能骑马使刀枪。（下马）

扔刀下了能行马，大刀拴住马丝缰。（坐）

两手掐腰坐在地，叫了声我的亲娘。

一阵更比一阵紧，满腹疼痛攥柔肠。

这个病，奴家从小未经过，十月怀胎儿要离娘。

（内喊）呀，忽听一阵人呐喊，越发叫人无主张。

罢罢罢，待奴站起去上马，（站，又坐）哎呀，复又栽倒面焦黄。

一阵昏迷不知觉，

（上催生娘娘、送子娘娘、子孙娘娘）

催生娘娘等三人：（唱）再表那奉旨送星下天堂。

催生娘娘：（唱）催生娘娘不怠慢，

送子娘娘：（唱）送子娘娘着了忙。

子孙娘娘：（唱）子孙娘娘解包裹，

催生娘娘等三人：（唱）送下麒麟小儿郎。

白虎星官认了母，回天交旨见玉皇。

且不言天仙送子归了位，

吴金定：（唱）再表金定女娥皇。

（孩哭）睡醒多时微睁眼，强打精神看端详。

忽听婴儿悲又痛，一见此子喜非常。

急忙包裹揣怀内，抓起大刀站中央。

头发迷来眼发暗，手扶大刀闪寒光。

牙根一咬上了马，阵内乱闯奔中央。

不言金定闯四面，（众神上）众神一见着了忙。

血光照得神归位，各驾祥云回天堂。

霎时云消雾也散，众神一齐回上方。

不言神祇归了位，

（上王翠兰、张月娘）

王翠兰、张月娘：（唱）又来翠兰张月娘。

二人马上心欢喜。

张月娘：（白）妹妹，你看东门以内，方才鬼哭神嚎，云雾弥漫，自从吴氏姐姐进阵多时，忽听里面乱嚷一阵，霎时鸦雀无声，阵内明亮，你我快闯他的藩地便了。

王翠兰：有理。

（方坝叉马上）。

方　　坝：俺飞叉大元帅方坝。奉了圣母之命，方才听得阵内神鬼乱叫，不知所为何故呀？那边来了一员女将，带领三个男子，来闯我的藩地，不免迎将上去。

杨金花：（内白）众将官，快闯南门。焦仁、高俊、魏化，你三人听着，急往南门攻杀便了。

（焦仁对上方坝）

焦　　仁：来这蛮将，快快闪路，让我等进阵，去找那老妖婆，如不闪路，叫你刀下做鬼。

方　　坝：住口。小幼儿，有多大本事，放驹过来。

焦　　仁：看刀。

方　　坝：看叉。

焦　　仁：呀，不好。

（焦仁败下）

方　　坝：哈哈哈，小小宋将，能有几合勇战，竟敢前来出丑？搁不住动一叉，竟自败走。呀，又来一个，待吾迎将上去。

（上高俊）

高　　俊：好蛮将，杀败我国上将，其情可恼。哪里走？看枪。

方　　坝：看叉。

高　　俊：呀，不好。

方　　坝：真乃无用的东西。宋朝并无上将，净是菜葫芦，都搁不住我一叉。

（高俊败下，上魏化）

魏　　化：好个蛮贼，看棒槌吧。

方　　坝：看叉取你。

（唱）方坝本是将英雄，南唐国内有名号。

魏　　化：（唱）魏化住在古洞中，学会前窜与后跳。

方　　坝：（唱）独霸南唐大将军，飞叉大帅都知道。

魏　　化：（唱）不怕你叉有千斤，敌住锉爷算你做。

方　　坝：（唱）大骂小辈莫发狂，眼下叫你归阴道。

魏　　化：（唱）那话你是吓唬谁？棒槌一落鲜血冒。

方　　坝：（唱）小小锉根有几套？钢叉难往身上撂。

魏　　化：（唱）别看人矬武艺高，棒槌打人带着笑。

方　　坝：（唱）恨不能力擒矬子他，哗啦啦钢叉上下绕。

魏　　化：（唱）魏化使尽力十分，打他一下火星冒。

方　　坝：（唱）方坝越杀越精神，前遮后挡用眼照。

魏　　化：（唱）二人难分弱与强，一眼不到冒了泡。

　　　　　　　　这个反贼真英勇。

杨金花：（内唱）金花小姐把马勒，（马上）仔细留神看热闹。

　　　　　　　　果然此贼力无穷，何不施展玄机妙？
　　　　　　　　暗下无常死不知，叫他一命归阴道。
　　　　　　　　取出飞刀拿手中，高叫魏化往后靠。
　　　　　　　　凭空祭起在云端，叫声蛮贼宝贝到。

魏　　化：（唱）矬爷闻听败下去，

方　　坝：（唱）方坝随后紧跟着。（下）

　　　　　　　　只顾追赶小矬子，飞刀就要脖上落。
　　　　　　　　说声不好归了阴，（死）

魏　　化：（唱）魏化回头哈哈笑。

杨金花：（唱）金花收了宝飞刀，

魏　　化：（唱）矬爷乐得双脚跳。

　　　　（白）这下子他吹灯了。你再起来和我绕哄哪？

杨金花：哦，魏化，蛮将已死，快快往里攻杀。

魏　　化：好，往里杀呀！

狄　　青：（内白）蛮卒们，把守北门藩地，不可错乱。（刀马上）老夫狄青，豪王封我玉青王之职，在北门把守。方才阵内喊杀连天，必有宋将前来破阵。你看那边杨文广带领众将来也，不免迎将上去。

（杨文广对狄青上）

杨文广：狄青哪狄青，你死在眼前，还不下马受绑，等待何时？

狄　　青：文广哪文广，你休得逞强，看刀取你。

杨文广：看枪！

狄　　青：来，来，来。

　　　　（唱）狄青举刀往上闯，刀砍枪迎响叮当。

杨文广：（唱）文广拧枪分心刺，左右不离贼胸膛。
狄　青：（唱）骂了一声贼小辈，今日叫你一命亡。
杨文广：（唱）大骂反贼来撒野，问你何意归南唐？
狄　青：（唱）今日对你实话讲，早想篡位做帝邦。
杨文广：（唱）既有心事卖江山，你为何将你女儿配帝王？
狄　青：（唱）那是老夫一时错，直到如今悔断肠。
杨文广：（唱）老贼你是心妄想，今日拿你见我皇。
狄　青：（唱）目下不杀你文广，再见豪王面无光。
杨文广：（唱）越杀越勇好文广，天下无敌把名扬。
狄　青：（唱）狄青天下无对手，大刀一摆放毫光。
　　　　　　二人不分胜与败，
　　　（杨文广下，上岳松、孟强）
岳松、孟强：（唱）来了岳松与孟强。
　　　（上呼延庆）
呼延庆：（唱）呼爷延庆催马到，来到疆场举刀枪。
杨文广等四人：（唱）四人轮流战一将，
狄　青：（唱）狄青一见着了忙。
　　　　　　连说不好败下去，何不逃走离北方？
杨文广等四人：（唱）众将一见不追赶，个个催马奔中央。
　　　　　　不言众人阵里去，
　　　（上云灵圣母、黾羊子）
云灵圣母、黾羊子：（唱）再表云灵老黾羊。
　　　　　　姐弟台上正做法，忽听阵内乱嚷嚷。
　　　　　　莫非有人来进阵？咱们姐弟得提防。
云灵圣母：（唱）叫声兄弟加仔细。
　　　（白）兄弟，你听阵内人喊马嘶，必有能人破阵。六魂幡、连珠箭俱被贼人盗去，不免敲动聚神灵牌，捉拿进阵之人便了。（敲牌不响）呀，不好，神圣全都归位去了。必有产妇所冲，众神俱各归位去了，料咱姐弟难保性命，不能回山哪。哎，罢了罢了罢了，讲不起呀，扔了三花大道，兄弟快快下台与他们拼了吧。

黾羊子：有理。

（上白莲圣母，对云灵圣母）

白莲圣母：可说是云灵哪，你还执迷不醒，任性胡为。我劝你赶快归山炼道，免得两教伤了和气。

云灵圣母：住口。白莲哪白莲，你不该与众毛仙破了我的群仙阵式。你圣母与你势不两立，你看剑。

白莲圣母：住口。你扭天别地，摆下凶恶阵式，伤害生灵无数，今日该你死期到了，难免剑下倾生啊。

（唱）扭天别地该有罪，摆下阵式害生灵。
　　　算你工夫白费了，破了你的阵九宫。
　　　劝你归山是正理，免把两教和气冲。
　　　你要痴迷不醒悟，准备剑下命倾生。
　　　任性胡为争强弱，事到临期道行扔。
　　　说罢举剑照头砍，照定妖人下绝情。（杀）

云灵圣母：（唱）云灵遮挡忙招架，好个白莲狐狸精。
　　　不该破了我的阵，并非用了一日功。
　　　道行早已不要了，不杀乞婆不回山中。（杀）
　　　二人大战多时会，不见谁输与谁赢。
　　　云灵杀着想主意，虚砍一剑往下行。
　　　想逃我手不能够，除非插翅安上翎。
　　　停住脚步取法宝，混元泥斗拿手中。
　　　念动真言平空起，（起）管叫乞婆归阴城。

白莲圣母：（唱）白莲圣母正追赶，只见一物在空中。
　　　霞光万道射二目，连说不好回里行。（下）

金刀圣母：（内唱）金刀圣母早看见，（上）此宝并非佛门中。
　　　乃是邪教恶物炼，扣住仙人化为脓。
　　　何不急急将它破？

（白）此宝乃是子孙娘娘泥包所炼，名为混元泥斗，不管什么真仙神圣，扣住化为脓血。我自有道理。揭地神何在？

揭地神：（内白）来了。（云上神）相召我神，哪边使用？

金刀圣母：无事不敢劳动尊神，今日妖人祭来一物，烦劳尊神抬入大海之内，方许归位。

揭地神：遵法旨。（抬下）

金刀圣母：你看将恶物抬入大海，不免祭起诛、戮、陷、绝剑斩她便了。呀咥。（剑起，下）

云灵圣母：呀，好个乞婆，破了我的法宝，又祭来一物，好不厉害人也。

　　（唱）云灵恼，吃一惊。

　　　　空中一片，绕眼光明。

　　　　霞光有万道，射人二目睛。

　　　　不能认得此宝，果然奥妙无穷。

　　　　看罢多时认得了，原来是诛戮陷绝剑锋。

　　　　说不好，把人倾。

　　　　早知此宝，厉害更凶。

　　　　专管邪门教，师父早言明。

　　　　躲过今日之难，如同松柏常青。

　　　　别的宝贝都有破，要破此宝万不能。

　　　　仔细看，亮又明。

　　　　红云裹定，瑞气上升。

　　　　观罢知道了，此宝玉虚宫。

　　　　元始天尊之宝，仙人见了魂崩。

　　　　今日活该把命丧，三花大道一旦扔。

　　　　号啕痛，放悲声。

　　　　叫声师父，苦死门生。

　　　　可怜我炼道，多年把功成。

　　　　今在阵内失落，不该助恶行凶。

　　　　说着说着离切近，宝贝一落现原形。（死）

　　　　金刀圣母说可叹。

金刀圣母：（白）可怜哪可怜哪，千年道行，赴与流水。不必多叹，是她命该如此，不免去找毡羊子便了。

　　（毡羊子对彩霞圣母上）

彩霞圣母：黾羊子啊黾羊子，你姐弟罪恶包天，该着剑下倾生。
黾羊子：住口。好个彩霞，你请来毛仙，破我的阵式，我也不恼，你不该把我的姐姐废命，我与你势不两立！不要走，看剑取你，来，来，来！

（杀，彩霞圣母败下，又上）

彩霞圣母：好个黾羊，死在眼前，还这样傲性。看诛、戮、陷、绝剑斩你便了。呀呸。
黾羊子：好个乞婆，哪里走？呀，不好。（死）
彩霞圣母：你看黾羊子一死，去了后患。只怕金花娘娘愤怒，不免见了天尊教主再说吧。三位道友哪里？快来。
黄石公等三人：来了。

（上黄石公、白莲圣母、金刀圣母）

彩霞圣母：道友，咱们四人回山见了教主，大家计议计议。
黄石公等三人：有理，就此回山便了。

（狄青急上）

狄　青：吓死人也，吓死人也。老夫狄青，可恨杨文广率众将破了阵式，老夫险乎休矣，幸而闯出重围，不免逃走便了。

（出杨金花升帐，四女将站。）

四女将：（诗）虽是闺中女多娇，上阵全凭用计谋。
　　　　疆场撒开胭脂马，斩将夺旗偃月刀。
刘香春：（白）奴刘香春。
张月娘：奴张月娘。
王翠兰：奴王翠兰。
罗秀云：奴罗秀云。
四女将：今日姑娘升帐，只得在此伺候。
杨金花：（诗）二八佳人女英雄，执掌女将逞威风。
　　　　虽然不是奇男子，敢比三国神孔明。

（白）奴家杨金花。多亏圣母下山，将妖人阵式打破，狄青逃走。吴氏嫂嫂生下麟儿，不能临阵，奴家奉了千岁旨意和哥哥的将令，叫奴调动女将，追赶狄青，带领众将捉拿豪王反女。奴不免摆下五虎驱羊阵，捉拿狄青。众将听着，侍立两旁，听奴分派。

　　　　　（唱）众位嫂嫂两旁立，听着小妹讲周全。
　　　　　　　　奴家奉了元帅令，追赶狄青狗佞奸。
　　　　　　　　在岭前，虎羊群，大家小心要提防。
　　　　　　　　按着四门排上阵，各守藩地莫惊慌。
　　　　　　　　刘香春，听将令，

刘香春：（白）在。

杨金花：（唱）奸贼必从那里行。
　　　　　　　　听信炮，响一声，往里攻杀莫消停。
　　　　　　　　拿住狄青算得胜，违了将令一命倾。

刘香春：（唱）香春说得令，下帐中，急忙点了三千兵。
　　　　　　　　一直奔了东方去，绝虎山前拿狄青。

杨金花：（唱）叫一声，张月娘，

张月娘：（白）在。

杨金花：（唱）带领三千长枪手。
　　　　　　　　接我令箭埋伏兵，快快下帐去扬长。
　　　　　　　　只许胜，后退斩，听得信炮震天堂。
　　　　　　　　往里攻杀齐努力，违令必将一命倾。

张月娘：（唱）接令箭，走慌忙，下了大帐点儿郎。
　　　　　　　　一直奔了西方去，且等狄青到中央。

杨金花：（唱）叫一声，王翠兰，

王翠兰：（白）在。

杨金花：（唱）快些进前听奴言。
　　　　　　　　你奔南方丙丁火，带领弓箭手三千。
　　　　　　　　听信炮，响连天，往里攻杀齐上前。
　　　　　　　　千万莫要放他逃走，违了将令命归泉。

王翠兰：（唱）接令箭，款金莲，去点兵将齐上前。
　　　　　　　　点了三千弓箭手，一直奔了岭正南。

杨金花：（唱）又叫声，罗秀云，

罗秀云：（白）在。

杨金花：（唱）快快上帐听奴云。

你去埋伏壬癸水，大家努力要尽心。

听炮响，把贼擒，带领三千火炮军。

你要违了我的令，一声令下命归阴。

罗秀云：（唱）说得令，走如云，守住藩地加小心。

杨金花：（唱）金花复又开言道，

（白）将四方安排完毕，待奴率领兵丁前去引阵便了。众将官，刀马伺候。

（上狄青）

狄　青：好也好也，老夫狄青，幸喜逃出重围，眼前就是绝虎山了，到在那里歇息歇息，再走不迟。哎呀，够我呛了，这算保住性命了。

（唱）扬鞭打马往前走，心中暗暗打调停。

后悔当初行事错，不该暗下书一封。

结连豪王灭宋主，大兵来到锁阳城。

偏偏文广挂帅印，权衡不得到手中。

关内众将不服调，又挨棍子撵出城。

万般无奈将唐顺，弃了宋主归唐营。

长子不知怎么样，次子狄虎一命倾。

一家不知生共死，吉凶祸福不定宗。

群仙阵式算是破，仙长不知死共生。

剩我一人无归路，只得顺马而游行。

眼前来到绝虎岭，歇息歇息我再行。（内喊）

才要下马人呐喊，说声不好把人倾。

四面埋伏无其数，将我老夫困居中。

围得风雨也不透，兵层层来将层层。

罢罢罢，合着老命闯一闯，探探黄河水澄清。

先由南方往外闯，青铜大刀两手擎。

大叫众将快闪路，

（王翠兰对上）

王翠兰：（唱）正遇翠兰女花容。（杀）

二人对面杀一处，不道姓来不通名。

狄　青：（唱）狄青大刀如闪电，下山猛虎一般同。

王翠兰：（唱）翠兰佳人也不弱，一边杀着打调停。
　　　　　　久战疆场难取胜，何不败中把他赢？
　　　　　　虚砍一刀败下去，
狄　青：（唱）想逃我手万不能。
　　　　　　大刀一摆赶下去，（下，又上）
王翠兰：（唱）王氏压下偃月锋。
　　　　　　伸手取出锤一把，
狄　青：（唱）再表国丈老狄青。
　　　　　　只故追赶不防备，（被打，盔掉）哎呀不好回里行。（下）
王翠兰：（唱）佳人马上微微笑。
　　　　（白）老贼中锤往北方而去。狄青，你想闯出重围，是比登天还难。不必追赶，把守藩地便了。
（上狄青）
狄　青：哎呀，好个贼奴，一锤将我好打。幸得是我，若是别人，性命休矣。不免从北门逃出便了。
　　　　（唱）好一个，女红妆。
　　　　　　打得老夫，盔掉中央。
　　　　　　披头散着发，鲜血满胸膛。
　　　　　　抱鞍大败而走，一直又奔中央。
　　　　　　正走中间抬头看，前面又来众儿郎。
　　　　　　齐呐喊，在两旁。
　　　　　　人喊马嘶，各举刀枪。
　　　　　　挡住我去路，何不见高强？
　　　　　　急忙催动战马，大刀一摆放光。
　　　　　　倒要试试哪一个？
（罗秀云对上）
罗秀云：（唱）又来秀云女娇娘。
　　　　　　催战马，到疆场。
　　　　　　二人见面，不说短长。
狄　青：（唱）狄青叫闪路，

罗秀云：（唱）恼怒女娥皇。
狄　青：（唱）好个丫头真胆大，
罗秀云：（唱）叫声老贼狗奸党。（杀）
　　　　　　　二人对杀在一处，
狄　青：（唱）狄青心内暗着忙。
　　　　　　　二人盘旋五十趟，
罗秀云：（唱）佳人心内自思量。
　　　　　　　与他久战难取胜，虚砍一刀走慌忙。（下）
狄　青：（唱）狄青这才缓缓劲，
　　　　（上罗秀云）
罗秀云：（唱）秀云回头喜洋洋，盼你赶来你就赶。
　　　　（白）你看老贼有些杀法，真是一员上将，名不虚传，刀疾马快，不免取出金镖打他便了。
狄　青：贱人哪里走？
罗秀云：看镖！
狄　青：呀，不好。（下）
罗秀云：老贼中镖大败，料他难出重围，不必追赶，守住藩地便了。
　　　　（上狄青）
狄　青：哎呀，好打呀好打，打得老夫实实难受。这重围只怕难闯了，不免从西门逃走便了。

（完）

第十一本

【剧情梗概】狄青仓皇逃跑,路遇杨金花,被擒。豪王李玉民在寇正清、李如花劝说下,纳上降书顺表。狄龙在被抄家之际,逃到狄青结义兄弟僧人法陀处。杨文广大军押解狄青班师回朝,狄龙、法陀率众拦截,意欲夺走狄青,二人被杨金花杀死。天子欲将狄青凌迟处死,八王念及他颇有功勋,为之说情,最终狄青被圈禁高墙。天子大封功臣。

(张月娘刀马上)

张月娘:(白)奴家张月娘,在西方把守。方才喊杀连天,必是老贼往外闯呢。呀,你看那老贼来也,面带血迹,披头散发,丢盔弃甲,袍垮带松。待奴家迎将上去。

(上狄青)

狄 青:小丫头快快闪路,不然叫你刀下做鬼。

张月娘:狄青,你死在眼前,还不下马受绑?免得你奶奶费事。

狄 青:休得胡说。看刀取你,来,来,来。

(杀,狄青败下)

张月娘:老贼战不几合,竟自败走。不必追赶,守住藩地便了。

(刘香春马上)

刘香春:奴家刘香春,把守东门,好拿狄青,请功受赏。你看老贼抱刀而来,不免迎将上去。(下,又上)

(狄青对上)

刘香春:狄青,你还不下马认罪?你想逃走万万不能。

狄 青:姑娘,你放老夫逃走,日后必有重报。

刘香春:住口。你犯天条,还想活着不成?今日就是你的死期到了。

(唱)大刀一指开言道,叫声狄青你是听。

自作孽,该你死,就是人容天不容。

你女现在西宫院,当朝一品国丈公。

自尊自贵皇亲室,为何贪心起刀兵?

　　　　　　暗下密书南唐内，你叫豪王发兵来灭宋。
　　　　　　你想想，杀了四帝仁宗主，何处搁放女亲生？
　　　　　　我父为你疆场死，剁你千刀气才平。
　　　　　　今日将你活拿住，问你谋反主何情？
　　　　　　说罢举刀搂头剁，（杀）
狄　青：（唱）狄青招架来相迎。
　　　　　　二人大战绝虎岭，杀得老夫肋骨疼。
　　　　　　只有招架之功也，哪能还手杀花容？
　　　　　　浑身上下伤无数，腹内无食怎战争？
　　　　　　从前越杀觉着勇，此时只觉渐渐松。
　　　　　　杀得狄青往后退，
　　（刘香春下）
杨金花：（内唱）后边来了女花容。（马上）
　　　　　　金花小姐催马到，一摆大刀往上冲。
狄　青：（唱）狄青一见红了眼，罢罢罢，该我狄某赴幽冥。
　　　　　　哎，大刀一摆凶煞样。
　　　（白）杨金花呀杨金花，你把我狄青家门害得死别生离。罢罢罢，老夫和你决一死战，就是一死，不能服你。看刀，来来来。
　　（杀，杨金花败下，又上）
杨金花：好个狄青老贼，杀到这个地步，还不服软。千岁有令，只可活擒，不许伤他性命。不免祭起红绒套锁，擒他便了。呀呔。
狄　青：丫头哪里走？呀，不好。（落马）
杨金花：众将官，将老贼绑了，回城便了。
卒：　　哈，绑着。
　　（李玉民升帐，寇正清、李如花站）
李玉民：（诗）金鼓连天响山川，何日南唐坐金銮？
　　　（白）孤家豪王李玉民。兵至竹茶山下，二位仙长摆下一座群仙阵式，这几日也不知怎么样了。
　　（上卒）
卒：　　报王爷得知，祸从天降。

李玉民： 有何祸事？慢慢报来。

卒： 群仙阵已破，二位仙长不知生死，咱国上将俱各阵亡，狄老国丈被擒，宋兵把咱营盘围了个水泄不通，乞令定夺。

李玉民： 再去打探。

卒： 得令。

李玉民： 哎呀，这还了得？寇谋士上帐。

寇正清： 千岁，有何吩咐？

李玉民： 今有宋将把咱营盘围了个水泄不通，二位仙长生死不定，上将俱已归阴，群仙阵已破，眼睁睁咱君臣命在旦夕了。

寇正清： 若依千岁，怎么办才好？

李玉民： 咳，说不来了。

（唱）眼望谋士开言道，孤的江山不能得。
　　　　既损兵来又折将，枉费一场好计谋。
　　　　今日落得心遭险，怕咱君臣命难活。
　　　　只要谋士出主意，退兵之策快快说。

寇正清： （唱）寇爷正想低眼看，

李如花： （唱）梅花郡主早看着。
　　　　上了大帐呼声父，这事不用犯思索。
　　　　女儿我早与谋士言几次，叫他出营去说说。
　　　　年年进贡汴梁地，南唐北国结丝萝。
　　　　想想奴也十八九，如今还是在闺阁。
　　　　趁此机会更好办，那个还用女儿说？
　　　　事到临头才说出口，

李玉民： （白）哼，

（唱）豪王闻听犯颠夺。
　　　　女儿话里有了话，结亲事儿摸不着。
　　　　莫非是愿与谋士结连理？说说降了献上表。
　　　　事到临头，咳，讲不起，口尊谋士听我说。
　　　　你要退了宋兵将，我女情愿与你两配合。
　　　　南北结亲秦与晋，不知你的意如何？

寇正清：（唱）正清闻听将头点。

（白）千岁，若是退了宋兵，下官必要回转本国。

李玉民：那是自然。事成之后，必送你夫妻同上汴梁。

寇正清：下官从下就是了。快写投降表章。

李玉民：待我写来。（写介）将表写完，快快去办。

寇正清：遵命。

李玉民：你看郡马去了。蛮卒们，预备彩缎十箱，黄金万两，彩轿一乘，宫娥十对，等候回音，好送你郡主归宋。女儿，随为父来，有话嘱咐与你。

李如花：是，来了。

（赵既显坐帐，吕蒙正站）

赵既显：（诗）破了妖人阵九宫，命人前去拿奸雄。

（白）本御路花王赵既显。自从来在锁阳关，一年有余，费了多少心机，才破了妖人阵式。听说狄青逃走，命杨金花带领女将追赶，又命文广带领众将捉拿反王父女，不知两处胜败如何？

杨金花：（内白）众将官，将老贼押在一旁，将马带过。（上）千岁在上，杨金花交令。

赵既显：胜败如何？

杨金花：全胜而归，将狄青拿到。

赵既显：好。侍立一旁。

杨金花：是。

赵既显：军卒，将老贼与我绑上来。

卒：哦，绑着绑着。

（绑上狄青，跪）

狄青：千岁在上，罪臣狄青叩头。

赵既显：哼哼哼，狄青老贼呀老贼，我且问你，你为何暗下密书，私通豪王，叫他发兵灭宋？圣上有何亏待你？是你讲。哼哼哼，你为何不言？为何不语？狄青老匹夫，我把你这卖国的奸贼呀。

（唱）用手一指骂奸党，不该弃明把暗投。

皇王雨露全都忘，一家老幼往旁丢。

圣上待你哪点错？你女住在西宫楼。

　　　　　　归顺南唐何意也？岂不知阖家老幼赴荒丘？
　　　　　　将你解到汴梁地，万剐凌迟一命休。
　　　　　　看你后悔不后悔，奸贼可杀不可留。
　　　　　　越说越恼越有气，无名火起冲斗牛。
　　　　　　吩咐军卒拉下去，重打四十莫把情留。
　　　　　　打完押入囚车内，单等着拿住豪王赴龙楼。
　　（上卒）

卒：　（唱）军卒答应不怠慢，上前抓住老贼囚。
　　　　　　推推搡搡拉下去。打完锁上入了囚。
杨文广：（内唱）文广帐外下了马，（上）上了大帐说根由。
　　　　　　豪王前来下顺表。
　　（白）千岁，今有寇正清，捧着豪王投降表章一道，来在辕门候令。
赵既显：好，命他进见。
杨文广：千岁有令，寇大人进见。
寇正清：（内白）来了。（上）千岁在上，罪臣寇正清叩头，望千岁恕罪。
赵既显：哦，寇爱卿，命你去催豪王的贡奉，你为何不回咱国？归顺南唐是何道理？
寇正清：哎呀，千岁不知，容臣奏来。
　　（唱）跪爬半步说千岁，且听为臣诉根源。
　　　　　　上年间领了圣上皇王旨，前去催贡赴江南。
　　　　　　不辞辛苦来到此，豪王他不接圣旨把脸翻。
　　　　　　将臣绑在银安殿，叫做南唐谋士官。
　　　　　　那时不肯将他允，他也不放为臣还。
　　　　　　臣又想不顺南唐不中用，是臣出在无奈间。
　　　　　　虚心假意把他哄，回京等候巧机关。
　　　　　　急命院子把书下，豪王早把反心安。
　　　　　　今日罪臣见千岁，还有那豪王顺表奏驾前。
　　　　　　情愿年年来进贡，岁岁称臣得平安。
　　　　　　还放为臣归北宋，再也不敢起狼烟。
　　　　　　两罢干戈回北国，再不信现有他的女婵娟。
　　　　　　配与为臣归咱国，如有差池臣敢担。

　　　　　　　望乞千岁赦臣罪，降书奏于君驾前。
赵既显：（唱）本御接表看一遍，不由心中暗喜欢。
　　　　　　　真是两全其美事。
　　　　（白）寇爱卿，你且回转唐营，一同豪王之女，好回转汴梁交旨。
寇正清：是，谢过千岁。
赵既显：吕大人。
吕蒙正：千岁。
赵既显：此事果然两全其美。他女归顺宋朝，省得豪王年年造反，刀兵不息，不能安泰。寇正清还回咱国，也就罢了。
吕蒙正：千岁，若不是寇侍郎住在南唐，只怕大事难成。今日豪王献表，非是寇侍郎，他也不能顺从，又有他女儿归到咱国，只怕不能犯境了。
赵既显：那是自然。增孝王。
杨文广：在。
赵既显：盼咐众将大排筵宴，犒赏三军，等寇正清一到，好回朝交旨。
杨文广：末将遵令。
　　　　（诗）鞭敲金镫响，回朝唱凯歌。
　　　　（出豪王父女坐帐）
李玉民：（唱）宋兵来扫无法处，写了降书顺表文。
　　　　（白）孤家李玉民。
李如花：奴家李如花。父王，郡马出营退兵献表，为何不见回来？莫非里面有了变化不成？
寇正清：（内白）蛮卒们，将马带过了。（上）王爷在上，为臣交令。
李玉民：郡马办事如何？
寇正清：件件俱遂。
李玉民：好。蛮卒们，备下轿马车辆，装上进贡礼物，好送你郡马爷归宋。哎，女儿啦！
李如花：哎，爹爹呀。
李玉民：（唱）豪王未语先落泪，不住伤心泪直倾。
　　　　　　　好个难割与难舍，眼望娇儿把话明。
　　　　　　　听着为父嘱咐你，件件记在你心中。

中原内，比不了咱这偏邦国，诸事留心要正行。
上和下睦要忠孝，你夫妻同心协力保江山。
公正无私办国事，赐你玉带把腰横。
却与为父添光彩，万古传留有美名。
平安书字来回走，省得为父据心中。
儿啦，膝下只有你一个，并无姐妹与兄弟。
怎能扔舍离膝下？有如那掌上明珠一般同。
今日离散分南北，儿啦，抛得为父苦怜怜。
最苦没有离别苦，父女眼下不相逢。
儿啦，说的言语要谨记，为父就回南唐中。
回头叫声寇贤婿，

寇正清：（白）千岁。

李玉民：（唱）回朝奏上主圣明。
你说是狄青下书发人马，只如今投降归顺两罢兵。
北称君主南称臣，只求圣主来宽容。
嘱咐已毕叫蛮将，金银珠宝要紧封。
各样上色进贡物，俱都上车莫消停。
吩咐外厢快带马，送你郡主上汴梁。
吩咐已毕心酸痛，

李如花：（唱）闻言两眼泪盈盈。
梅花郡主流下泪，双膝跪倒地流平。
不孝女儿离膝下，望爹爹莫要惦着女花容。
爹爹呀，为儿目下不能尽孝，养儿落下一场空。
今日父女分别了，不知何日才相逢？
又无兄弟谁侍奉？再叫孩儿无人答。
想见女儿不能够，梅花哭得两眼红。
爹爹若有好共歹，无人在床前问一声。
知疼知热有哪个？养儿未报养育情。
爹爹想儿哭瞎眼，儿想爹爹泪盈盈。
佳人哭得爬不起，拉住父王不放松。

李玉民：（唱）豪王抱头难割舍，哭得两眼泪直倾。

　　　　　　父女哭得如酒醉，

寇正清：（唱）一旁叹坏寇正清。

　　　　　　解劝王爷与郡主，不可过痛与伤情。

　　　　　　天已不早快快走，

李玉民：（唱）豪王止泪叫亲生。

　　　　　　拉起娇儿说罢了。

　　　（白）女儿不要过痛，你夫妻就此去吧，

李如花：咳，孩儿去后，回到南唐，千万不要思念你这不孝的女儿。

李玉民：咳，儿啦！你这话说到哪里去了？为父要是进贡，还要看望看望你，不要过痛了。儿啦，你去吧，莫要牵挂为父了。我的娇儿啦，你去吧。

李如花：我的爹爹呀！

　　　（唱）拉住爹爹不放手。

　　　　　　爹爹呀，把不孝的女儿扔在外，回国去吧，儿要起身。

　　　　　　哭声父王儿要走，莫要惦着女钗裙。

　　　　　　讲不起了难割舍，什么叫做难离分？

　　　　　　世上没有离别苦，随夫而去抛下天伦。

寇正清：（唱）寇爷掉泪说走吧，

众　将：（内唱）阖营众将掉泪也伤心。

李如花：（唱）眼含痛泪下大帐，

　　　（下，内唱）咳，父王哪，止不住的泪纷纷。

（寇正清、李如花马上，李玉民步送上）

李如花：（唱）哭哭啼啼上了马，

李玉民：（唱）豪王送女出营门。

李如花：（唱）郡主回头看见父，马上叹坏女佳人。

　　　　　　尊声爹爹回营去，儿行千里父担心。

　　　　　　哎，爹爹呀，将心一横催马走，

李玉民：（唱）玉民双眼泪纷纷。

　　　　　　眼望他俩出营去，流泪而别走如云。

　　　　　　此事已毕回营寨，回转南唐泪纷纷。

又是损兵又折将，意外赔上女钗裙。
再也不想夺天下，妄自高强白费心。
为人心高不中用，再说难以把征亲。
暂且不言番邦事。

（正帐，杨文广、赵既显坐，男女将十八人站）

众　　将：（诗）喜滋滋鞭敲金镫响，笑哈哈齐唱凯歌声。

吕蒙正：（白）下官谋士吕蒙正。

呼延庆：本镇净山王呼延庆。

岳　松：咱岳松。

孟　强：咱孟强。

焦　玉：咱焦玉。

陈　茂：咱陈茂。

柴　胜：咱柴胜。

孟　虎：咱孟虎。

焦　仁：咱焦仁。

高　俊：咱高俊。

杨金花：奴杨金花。

吴金定：奴吴金定。

刘香春：奴刘香春。

张月娘：奴张月娘。

王翠兰：奴王翠兰。

罗秀云：奴罗秀云。

杨排风：奴杨排风。

魏　化：咱魏化。

众　　将：千岁、元帅升帐，大家在此伺候。

杨文广：（诗）孔孟文章武子兵，前人留下后人行。
　　　　（白）本帅增孝王杨文广。

赵既显：本御路花王赵既显。

杨文广：今日点齐众将回朝交旨。众将官，侍立两旁，听本帅晓喻。
　　　　（唱）眼望众将开言道，大事所坏老狄青。

赵既显：（唱）他要不把反书下，南唐焉能起刀兵？
杨文广：（唱）倚仗圣上洪福大，才得灭了众群雄。
赵既显：（唱）也该杨门显英勇，赵家江山得太平。
杨文广：（唱）多得众将帮扶我，征战南唐才顺情。
赵既显：（唱）众将回朝有升赏，官上加官职位增。
杨文广：（唱）那个再凭千岁意，有罪者斩有功封。
赵既显：（唱）凌烟阁上必树影，功劳簿上记得清。
杨文广：（唱）唯有一人功非浅，
赵既显：（白）哪个？
杨文广：（唱）就是侍郎寇正清。
赵既显：（唱）回朝叫他袭父职，吏部天官算头名。
杨文广：（白）好。
（唱）倒是千岁看得远，侍郎不亚寇莱公。
赵既显：（唱）正然议事谈得欢，
（上卒）
卒：　（白）探子报，
（唱）寇爷进了锁阳城。
　　一同郡主候君令，
赵既显：（唱）叫他二人进帐中。
卒：　（白）哈！
（唱）军卒答应说有请，
（上寇正清、李如花）
寇正清、李如花：（唱）来了寇卿女花容。
　　　　　　　进了大帐齐跪倒，（跪）千岁王爷口内称。
赵既显：（唱）路花王爷开言道，
（白）寇正清与郡主请起。
寇正清、李如花：谢过千岁。
赵既显：呼爱卿听真。
呼延庆：千岁有何吩咐？
赵既显：此关还是你来把守，等本御回朝，再选英雄之将前来替你。

呼延庆：是，下官遵命。

赵既显：众将官，将狄青木笼上了大车，就此回朝。

（狄龙升反帐，二丑站）

狄　龙：（诗）众将在深山，熟练把枪端。
　　　　　　　落草为反叛，要报旧日冤。

潘　芳：（白）咱潘芳。

王　永：咱王永。

潘芳、王永：今日大国舅升帐，只得在此伺候。

（出狄龙，反王帽坐）

狄　龙：（诗）天下汹汹谁是主？胜者王侯败者寇。

（白）孤家大国舅狄龙是也。自从上年在汴梁夺印，被杨金花一锤把我好打，险些废命，后来杨文广挂了帅印，我父子三人帐下听用。命我弟兄押运粮草，走至半路，又遇贼兵将粮车抢去，我二人又挨了四十大棍。日后爹爹命我上汴梁下书。不久，文广的表章进京，说我父归顺南唐营内，圣上拿我满门家眷。那时我见事不祥，带着潘、王二将，反出汴梁，顺马游行，来在黑江口内，遇上长老法陀。他先年与我父有一拜之交，庙内陀头僧无数，他们拥戴我为山大王。本王一直打听锁阳关的动静，好与我父报仇，必要劫杀宋兵。

（上喽兵）

喽　兵：报王爷得知。

狄　龙：何事？

喽　兵：今宋军得胜，兵从锁阳关而来，听说把老王爷打入囚车内，押解进京城，必要问斩。现离江口二十里之遥远，扎下大营，乞令定夺。

狄　龙：再去打探。

喽　兵：得令。

狄　龙：哎呀哎呀，好个奸王，好个杨文广！竟敢把我爹爹打入囚车，其情可恼。众喽兵听着，一齐下山劫夺囚车，不得有误。

（上卒报）

卒：报元帅得知，从山上闯下无数喽兵，口口声声叫留下囚车，不然杀进营来，一个人儿不留。

杨文广：再去打探。

卒： 得令。

杨文广：莫非说这里有贼兵拦路？哪位将军出马会他一阵？

岳松等三人：有岳松、孟强、焦玉，我三人愿往。

杨文广：可要小心。

岳松等三人：不劳嘱咐。军校们，带马。（下）

（狄龙对岳松上）

岳　松：来者不是狄龙么？

狄　龙：正是你国舅到了。

岳　松：住口！狄龙啊狄龙，你为何私自逃走，弃了关城，在此拦路劫杀宋兵？快快下马受绑，一同你父进京，凭主发落。

狄　龙：住口！岳松不要逞强，听我道来。

（唱）银枪一指开言道，叫了一声小岳松。

不是你国舅造了反，皆因昏君行不公。

不该宠信杨文广，欺压我父在朝中。

路花奸王多不义，偏向杨家有私情。

又叫杨文广挂帅印，又说我父顺反营。

拿我家口去赴死，那时我见事不祥反出京。

又遇盟伯法长老，叫我执掌众喽兵。

帐下倒有千员将，还有无数陀头僧。

算是今日凑了巧，该着你们丧残生。

留下囚车无话讲，牙蹦不字踩大营。

拿住八王着刀剁，捉住文广点天灯。

随征众将全杀净，保着我父坐九重。

狄龙言语还未尽，

岳　松：（白）住口！

（唱）气坏岳松正先锋。

大骂狗子该万死，你父现在囚车中。

还不远走埋姓名？竟敢出关来逞能。

大刀一摆搂头剁，想要逃走本字更。

狄　龙：（唱）狄龙用枪忙招架，好个岳松不要走！
　　　　（白）看枪取你，来，来，来！
　　　　（杀，岳松败下，又上）
岳　松：（白）这狗子倒有几合勇战，等他赶来，用金镖打他便了。
狄　龙：好个岳松，哪里走？
岳　松：看打！
狄　龙：呀，不好。
岳　松：狗子中镖大败。众将官，往前攻杀。
　　　　（潘芳对孟强上）
孟　强：来这反贼，不是潘芳么？
潘　芳：是也。哟哟哟，你不是孟强么？
孟　强：正是你孟祖宗。
潘　芳：孟强啊孟强，上年被你拿下马来，此仇至今未报，今日相遇，真是冤家路窄，劝你早早下马，省得你爷爷费事。
孟　强：住口，不要胡说，看枪！
潘　芳：来，来，来！（死）
孟　强：这个贼子被我一枪刺于马下，往前攻杀。
　　　　（王永对焦玉，杀）
焦　玉：来者不是王永吗？
王　永：然也。你不是焦玉吗？
焦　玉：是也。你还不与我下马受绑？
王　永：不必多言，看枪！（死）
焦　玉：这个反贼被我结果了性命，就此攻杀。
　　　　（乱杀一阵，急上狄龙）
狄　龙：哎呀，不好了，你看这三个贼子越杀越勇，潘、王两个兄弟一死，不免且回黑江口，再作定夺。喽兵们，就此回山。
　　　　（岳松、焦玉、孟强马上）
焦　玉：好个狗子，不战回山去了。众将官，打得胜鼓回营。
狄　龙：（内白）众喽兵们，多加滚木礌石，插住山口。将马带过了。（上帐）一场好杀，一场好战。哎呀，可不好了。

（唱）说声不好把人倾，迈步上了中军帐。
宋营果然有英雄，俱是能征惯战将。
可恨岳松小奸贼，金镖打得魂飘荡。
潘王二弟把马出，疆场战有三十趟。
武艺不济落马亡，可怜命丧疆场上。
二人归阴命呜呼，俱上鄮都城里逛。
去了我的膀臂根，剩我一人怎打仗？
无奈败回黑江口，这可叫我怎么样？
可叹爹爹在囚车，不能解救把他放。
着急只是打摸摸，愁得两眼把天望。
长吁短叹自着急，

（上法陀）

法　陀：（唱）来了法陀老和尚。
快快对我说清楚，

狄　龙：（唱）如此这般打败仗。

法　陀：（白）哎呀！
（唱）好个宋将太逞能，竟把我弟囚车上。
吩咐一声带能行，待我出去战宋将。
（白）贤侄不必着急，待咱家出马，必然把你父救回山。

狄　龙：全仗老师父虎威咧。

法　陀：陀头兵听着，随我下山捉拿宋将。看我铲仗伺候。

狄　龙：你看伯父下山去了。喽兵们，马来。（下）

（上卒）

卒：　报元帅得知。

杨文广：所报何事？

卒：　营外有一和尚，口口声声叫好将出马。

杨文广：再去打探。

卒：　得令。

杨文广：哪位将军出马会会凶僧？

柴胜等四人：有柴胜/陈茂/孟虎/焦仁，我四人愿往。

杨文广： 可要小心。

柴胜等四人： 不劳嘱咐。军卒，带马来。

卒： 哈。

（陈茂对法陀上）

法　陀： 来这宋将快快回营，叫你宋元帅放了囚车，万事皆休，不然杀进营去，大小一个不留。

陈　茂： 住口。秃驴满口胡说，看枪！

（法陀败下，又上）

法　陀： 好个宋将，果然骁勇，不免祭起化木神钵，取敌人魂魄，擒他便了。

陈　茂： 秃驴哪里走？呀，不好。

（落马，被宋军卒抢回）

法　陀： 好个有眼力的军卒，竟把尸首抢回？陀头兵们，杀呀！

（对上柴胜）

柴　胜： 好个秃驴，竟敢撒野。我柴胜来也，休走，看枪！

法　陀： 看宝贝取你。

柴　胜： 呀，不好。（落马，宋军卒抢回）

法　陀： 好个军卒，又把尸首抢回。陀兵们，往前攻杀。

（孟虎、焦仁对法陀上）

焦　仁： 好个秃驴，倚仗邪术，休走，看我孟虎、焦仁前来擒你。

法　陀： 看宝贝擒你。

孟虎、焦仁： 呀，不好！（二人落马，宋军卒抢回）

法　陀： 好个军卒，眼力真快，又抢回去了。还得往前攻杀。

（上卒）

卒： 报元帅得知，四将俱各落马，将尸首抢回，乞令定夺。

杨文广： 这还了得？

杨金花： 哥哥不要焦虑，待小妹会会僧人。

杨文广： 多加小心。

杨金花： 不用哥哥嘱咐。军卒，马来。

（杨金花、法陀对上）

杨金花： 来这秃驴，不知用什么邪法，将我营大将魂魄扣住，劝你好好放回，免得死在眼前。

法　陀：住口。小小丫头，敢说狠言大话。哪里走？看铲取你。

杨金花：看刀。来，来，来！

（杀，法陀败下，又上）

法　陀：好个花奴，有些骁勇，不免祭起化木神钵，擒她便了。

杨金花：呀！你看秃驴祭来一个大钵，要想擒我，怎能够？不免祭起飞刀砍它便了。

（刀砍钵破，出四魂下）

杨金花：你看被我破了邪宝，待奴杀上前去。

（上法陀）

法　陀：哎呀，好个花奴，破了神钵，其情可恼，和她决一死战。

杨金花：哪有闲工夫与他恋战？不免祭起飞刀伤他便了。起！

法　陀：花奴哪里走？呀，不好（死）。

（上狄龙）

狄　龙：好个杨金花，真是欺我太甚，不要走，看枪！来，来，来！

（杀，狄龙死）

杨金花：你看二贼已死，僧人俱各逃走。众将官，不必追赶，打得胜鼓回营。

（杨文广马上）

杨文广：众将官，拔营起寨，一奔京城便了。

（唱）吩咐一声拔营寨，

众　将：（唱）众将闻听遵令行。

　　　　　得胜鼓打如爆豆，欢炸那些众兵丁。
　　　　　真是鞭敲金镫响，人人唱的凯歌声。
　　　　　兵将好似南山虎，果然战马像欢龙。
　　　　　逢州就有州官接，遇县就有县来迎。
　　　　　来一站来又一站，捷报早已进京城。
　　　　　兵行千里非一日，饥食渴饮早登程。
　　　　　这日到了京城地，大炮不住响连声。
　　　　　暂且不言这里事，

天　子：（内唱）再表天子宋仁宗。

　　　　　　（放龙书案，上坐）这日登殿君臣立，
　　　　（上内臣）

内　臣：（唱）内臣跪倒奏主公。
　　　　　　　　元帅一同八王主，还有许多将与兵。
　　　　　　　　齐到午门来候旨，
天　子：（唱）天子闻听喜心中。
　　　　　　　　急忙离座下了殿，（下）
　　　　（内唱）午门以外接皇兄。
天子、赵既显：（唱）二人上了金銮殿，
赵既显：（唱）八王千岁跪流平。
天　子：（唱）仁宗上前忙搀起，皇兄请起把身平。
　　　　（白）请坐。
赵既显：谢主隆恩赐座。
天　子：（唱）天子座上尊皇兄。
　　　　　　　　出征之事问一遍，
赵既显：（唱）咳，八王不住叹连声。
赵既显：（唱）南唐献表女投宋，凡事多得寇正清。
　　　　　　　　唯有狄青多万恶，弃明投暗顺反营。
　　　　　　　　剐他千刀难消恨，
天　子：（白）那狄青现在何处？
赵既显：（唱）现在囚禁在木笼。
　　　　　　　　解进京城凭吾主杀，剐存留不屈情。
天　子：（白）呀！
　　　　（唱）宝座气坏仁宗主，金瓜武士听旨行。
金瓜武士：（白）在。
天　子：（唱）狄青绑在云阳市，万剐凌迟莫消停。
　　　　　　　　不用审来不用问，一并狄门照旨行。
金瓜武士：（唱）武士领旨才下殿，
赵既显：（唱）八王座上开了声。
　　　　　　　　吾主不可忘汗马，

天　　子：（白）皇兄可有杀贼之策？

赵既显：（唱）杀剐暂且不可行。

　　　　　　　　狄青他一来征南又战北，二来还有娘娘情。

天　　子：（白）若依皇兄怎么处置？

赵既显：咳，

　　　　（唱）长叹一声说罢了，暂且打在高墙中。

　　　　　　　　明日吾主登宝殿，再把他严刑拷打问口供。

　　　　　　　　或是圈死高墙内，或是发配哪一城。

　　　　　　　　才显我主皇恩重，不忘功臣圣德宏。

天　　子：（唱）天子闻奏说罢了，倒是皇兄拎得清。

　　　　　　　　有宣众将上金殿，

众　　将：（内唱）午门以外忙了众英雄。

杨文广：（内唱）文广迈步上金殿，（上）

吕蒙正：（内唱）吕爷蒙正上九重。（上）

岳　　松：（内唱）又来先锋名岳松。（上）

孟强等三人：（内唱）孟强焦玉孟虎，（上）

众女将：（内唱）后边来了女花容。

杨金花：（内唱）杨氏金花头里走，（上）

吴金定、刘香春：（内唱）金定香春不消停。（上）

张月娘、王翠兰：（内唱）月娘翠兰也来到，（上）

罗秀云、杨排风：（内唱）秀云排风女英雄。（上）

高俊、魏化：（唱）高俊魏化也来到，

焦仁、柴胜：（唱）焦仁柴胜两英雄。

众　　将：（唱）男女全在金銮殿跪，

天　　子：（唱）这才喜坏宋仁宗。

　　　　　　　　众卿听朕加封赠，

　　　　（白）众位爱卿听朕加封。

众　　将：万岁万岁万万岁。

天　　子：杨文广征南战北，"忠""奸"二字已明，将狄青打入高墙受罪，文广仍封增孝王，外加京营天下都招讨兵马大元帅之职；吕蒙正出征办事有功，官复原职，外加护国公之职；寇正清子袭父职，加封为吏部天官之职；岳松为九门提督；孟强、焦玉封为镇殿将军之职；高俊封为锁阳关总兵，其妻张、王二氏各随夫职，明日上任；陈茂、柴胜、孟虎、焦仁俱封为总兵之职；魏化封为北坝侯，其妻罗氏随职；杨金花封为玉庆公主；吴金定封为英烈夫人；刘香春封为勇烈夫人；随征众将，各升三级，大小三军，各加封赐。众三军，明日彩山殿大排筵宴，庆贺功臣。钦此。

众　将：谢主隆恩，万岁万岁万万岁。

（同站）

（诗）大宋江山洪福兴，除去奸党得太平。

　　　南唐空把狼烟起，还是我国有英雄。

（全剧终）

鸡宝山

杨明忠　王晶晶　整理

【剧情梗概】 梁王觊觎大唐江山已久，与奸相李英合谋诱骗唐天子迁都汴梁。大臣石忠因阻止迁都而遭杀身之祸，其长子石敬儒被捕，次子石敬瑭顺利逃脱后杀死相府十八口。为逃避追杀，石敬瑭远走他乡，途中与李从柯结拜为兄弟。天子迁都汴梁后被迫让位，朱温改汴梁为东京，改元为开平元年，自称大梁太祖皇帝，奸相李英被绑出午门斩首示众。暗中保护天子的郭彦威将军向晋王禀知国事大变。朱温探听到晋王李克用正集合约八十万人马，屯扎在鸡宝山下，派王彦章、王彦龙领兵三十万前去迎敌。史敬思等将士被王彦章刺死，晋王得知消息后，不久病死营中。石敬瑭、史建瑭两位小将趁夜色将敌营的粮草烧尽，因胆识过人而分别被任命为先锋和大元帅。贾若眉乃东宫太子朱友珪的原配，因其颇具姿色而被皇帝朱温霸占。太监马君幸密书朱友珪将此秘密告知与他。朱友珪回到宫中见贾若眉果真在陪父皇，怒将二人杀死。朱友从见状，杀了朱友珪，自立为君，称大梁后主皇帝。史建瑭排五方五地阵式，逼得王彦章拔剑自刎而死。经过一番战斗，终灭大梁。三太保李存勖因昏庸被洛阳节度使郭从谦的家将熊仕英杀死，众人拥戴李嗣源继位，称明宗皇帝。这正是："梁篡唐朝唐灭梁，后唐莫认为前唐。明宗景运民安乐，五代之中是小唐。"

主要人物及行当表

程敬思：户部尚书，白面髯
周得威：大司马，白面髯
史敬思：太原节度使，白面髯
邓飞龙：颍州节度使，小黑面
李克用：晋王，红面白髯
李嗣源：李克用大太保
李存续：李克用亲子、三太保
邓瑞云：李存孝妻，武旦
柳彦章：梁军元帅，武丑
齐克让：梁军先锋，丑
付道招：梁军先锋，丑
朱　温：梁王，青面髯
石　忠：镇殿将军，红面髯
李　英：丞相

杜有年：辅国大将军
杨　涉：大学士，白面文官带髯
凌　主：唐宫太监，丑
李争春：李英之子，丑生
周翠枚：周刊之女，小旦
石敬儒：石忠长子，白面小生
石敬瑭：石忠次子，红面武生
史建瑭：史敬思之子，白面武生
陈美娘：陈文科之女，小旦
李从柯：李存孝之子，白面武生
郭彦威：刘高军左先锋，黑面武生
洪　照：刘高军虎翼将军，红面武生
张文玉：梁王平章首相，丑
曹廷基：元帅，武将

刘　朴：行军司马，武将　　　　朱友从：朱温三子
杨　滚：潞州总管，武将　　　　郑　积：李克用部将，丑
李　杰：潞州王，王帽髯　　　　李存江：李克用八太保，武将
赵　栢：晋王臣子，丑　　　　　马三铁：幽州节度使，武将
刘　妃：晋王妃，旦　　　　　　王彦章：梁军元师，黑面髯
朱友珪：朱温次子　　　　　　　王彦龙：梁军先锋，丑

第 一 本

【剧情梗概】 晋王李克用的十三太保李存孝被逆贼谋害,贼人被捉住摘心祭灵,晋王又差去二太保李存昭、三太保李存勖修造坟茔,好让李存孝的妻子邓瑞云与儿子李从柯去守孝。送灵的路上遇见凯旋的梁将柳彦章要劫夺棺木,邓飞龙为守护棺木将柳彦章脖子打歪,邓瑞云赶上前去将其一刀砍死。梁军在败回汴梁的路上带回偶遇的勇士王彦章,王彦章被梁王朱温封为兵马大元帅,掌管一切军机事务,弟弟王彦龙封为先锋。梁王觊觎大唐江山已久,与唐朝奸相李英里外联合,诱骗唐天子迁都汴梁。

(升帐,四人站)

众　将:(诗)忠心明日月,豪气壮风云。
　　　　　　灭寇兴唐室,依然安乐春。
程敬思:(白)我乃户部尚书程敬思。
周得威:军师周得威。
史敬思:太原节度使阳武将军史敬思。
邓飞龙:颍州节度使奋武将军邓飞龙。
(出李克用,红面白髯)
李克用:(诗)滚滚刀兵起狼烟,兴唐灭巢数十年。
　　　　　　功成业立英雄史,叫断西风梦不还。
　　　　(白)孤晋王李克用。可怜孤那十三太保李存孝,被逆贼谋害。纵然是他命该如此,也是孤家贪酒误事。幸喜将二贼捉住,摘心祭灵,聊解心头之恨。前者差去二太保李存昭、三太保李存勖修造坟茔,媳妇好去守孝。
李存昭、李存勖:(内白)军校们,将马带过。(上)父王在此,儿们交令。
李克用:你二人去与存孝修坟,可曾完毕?
李存昭、李存勖:儿们奉命在灵丘峪旁修盖坟茔,只因工程浩大,三月有余,方才完工。
李克用:怎么修的,告诉为父知晓?
李存昭、李存勖:父王听了。

（唱）儿等当即领了旨，灵丘峪旁修坟茔。
　　　儿们择选好地势，不亚人王黄帝陵。
　　　前按朱雀后玄武，右按白虎左青龙。
　　　落点中位修坟茔，石碑以上刺了名。
　　　石人石马石狮子，石碑楼台祭山丁。
　　　周围墙垣高八尺，栽上翠柏与苍松。
　　　左边修了一宅院，前堂后舍好几层。
　　　楼阁修在花园内，四面墙垣数高峰。
　　　周围占了十数里，恰如一座小郡城。
　　　工程告捷三个月，儿来复命禀分明。

李克用：（白）唉！
（唱）又是喜来又伤感，喜的是亡人入土得安宁。
　　　悲的是我儿好苦也，可怜已故半载龄。
　　　血战功劳未得受，只落荒郊孤零零。
　　　叫声嗣源大太保，

（上李嗣源）

李嗣源：（白）在！父王有何吩咐？

李克用：唉，儿啦，
（唱）十里长亭搭芦棚，准备供献香炉纸。
　　　明日送去存孝陵，文武百官随孤走。

李克用：（白）明日是黄道吉日，命颍州节度使邓飞龙护送前去，邓氏媳妇一同幼子从柯陪灵守孝三年，文武百官随孤路祭一番。

众　人：我等遵命
（诗）一旦失臂膀，致祭料达情。（下）
（出邓瑞云坐，李从柯小生立）

邓瑞云：（诗）一阵风鸣情渺渺，半窗残月冷清清。
（白）奴邓瑞云。自从将军去世，带领人马守孝陪灵半载有余，过继大太保长子从柯为嗣，今年十四岁却也深知孝道。
（上邓飞龙）

邓飞龙：姐姐在上，小弟拜揖。

邓瑞云：小弟来在后堂有何事故？
邓飞龙：我姐夫的坟茔修完了，老大王在银安殿上传令，叫小弟带领五百人马一同姐姐、外甥往灵丘峪送灵。坟茔内修了新宅舍，叫姐姐就在那里居住三年少余，老大王带领文武百官十里长亭等候路祭。
邓瑞云：哦，原来新坟修完，今日就要送灵了。
邓飞龙：正是，姐姐快些收拾便好。
邓瑞云：唉，从今后连将军这口棺木也看不见了。
　　　　（唱）亡人入土得安稳，免得看见痛伤怀。
　　　　　　　送葬去到灵丘峪，眼见将军土里埋。
　　　　　　　守墓就在坟茔旁，青年寡妇孤又哀。
　　　　　　　休说那守孝几年还回转，情愿守个发变白。
　　　　　　　闲是闲非再不管，守着孤坟不回来。
　　　　　　　就此收拾随灵去，兄弟外面去安排。
邓飞龙：（白）是。
　　　　（唱）飞龙闻听往外走，心中也觉得不快哉。
邓瑞云：（唱）我儿从柯把衣换，总是行装一素白。
　　　　　　　随身衣物收拾妥，晋王咳嗽进房来。
（上李克用、刘妃）
刘　妃：（唱）刘妃上前叫媳妇，咱们目下就分开。
　　　　　　　你丈夫坟茔修好了，坟旁修了一座宅。
　　　　　　　你母子坟前去守孝，三年孝满再回来。
　　　　　　　颍州草粮你收管，吃穿费用免愁怀。
　　　　　　　今日黄道良辰日，就把我儿灵柩抬。
李克用：（唱）孤方才与阖朝文共武，长亭早把祭礼摆。
　　　　　　　我也亲自去路祭，今生永别两分开。
邓瑞云：（唱）瑞云伤心说遵命，眼泪汪汪跪尘埃。
李克用：（白）媳妇起来。
邓瑞云：是。
李克用：（唱）不孝媳妇离席下，晋王伤感泪满腮。
　　　　　　　见此光景想儿子，存孝儿九泉之下听明白。

	你的冤屈我知道，却也不必再表白。
	挣的功劳盖天地，未得享受甚可哀。
	三十六岁被害死，日月两轮照坟台。
	今择吉日殡葬你，抛了孤家好痛哉。
	连你棺木再难见，路隔阴阳土里埋。
	晋王悲啼说去吧，邓氏瑞云好悲哀。

邓瑞云：（唱）止泪停悲尊声父，保重身体莫伤怀。
　　　　　　倘要有个不测事，媳妇闻知悔不来。
　　　　　　手拉从柯往外走，（下）瑞云上轿四人抬。

李克用：（唱）晋王刘妃往外送，送灵出城痛伤怀。

邓飞龙：（唱）邓飞龙擎枪打前站，护送灵柩走出来。

李克用：（唱）晋王带领文共武，送到长亭步尘埃。
　　　　　　眼见灵柩去的远，
　　　　（白）唉，眼见我儿的灵柩不见了，众文武随孤回关。罢了，存孝我的儿啦！（下）

（升帐，二丑将站）

齐克让、付道招：（诗）从小生来力气傲，万丈深坑敢下跳。
　　　　　　　　　　　要是掉在车辙里，总得爬到公鸡叫。

齐克让：（白）我乃左先锋齐克让。

付道招：我乃右先锋付道招。

齐克让、付道招：元帅升帐，在此伺候

（出柳彦章，丑）

柳彦章：（诗）旗开得胜班师转，马到成功奏凯归。
　　　　　　人马一到华州地，杀败韩廷撤兵回。

（白）本帅柳彦章，在梁王驾下称臣，官拜节度使之职。只因华州节度使与梁王不睦，封我为兵马大元帅，带领齐、付二位先锋，杀得那华州节度使韩廷纳款归降，年年进贡。今以奏凯班师人马，正然前往行走，军校报道有一支人马从东而来，故此在路旁扎下行营。命人去探知，如何不见回来？

（上卒）

卒： 报元帅得知，小人探明白，那支人马乃太原府晋王李克用送十三太保李存孝的灵柩往灵丘峪埋葬，从此路过。

柳彦章：起过了。

卒： 是。（下）

柳彦章：二位先生上帐，听我的号令。

（唱）咱们梁王朱千岁，开基创业立邦家。
纵横天下无人挡，一生最怕存孝他。
两次三番受他气，提起他来颤打撒。
仇深似海不能报，无非发恨干咬牙。
前者听说存孝死，谢天谢地欢喜煞。
抢夺灵柩咱回国，大王欢喜把官加。
就此上马杀上去，

付道招：（唱）口呼元帅主意差。
你我奉命征韩廷，侥幸咱们征服他。
回转汴梁把功庆，这个尸首别管他。
就是抢个死存孝，纵然成功不怎嘛。
况且护送有兵将，岂肯束手等擒他？
一定舍命相保护，

（白）自古说一人舍命，万人难攻。

（唱）万人抢不到死存孝，劳而无功白征杀。
损兵折将事算小，元帅岂不把名欠？
依我说趁自得胜速回转，闲是闲非别管他。
元帅细想休生事，心中不悦怒气煞。
尔等竟敢违将令？

柳彦章：（白）大王有令，先要抢着存孝的尸首千刀万剐。存孝活着怕他也罢了，他今已死，怕他何来？可恨你这个怂包。

付道招：元帅，我们不是怕死的，怕是活人不让抢。

柳彦章：罢了，你且靠后，待本帅杀散官兵，抢夺尸首回来报功便了。

齐克让：末将怎敢袖手旁观？少不得帮着元帅前去动手。

柳彦章：这便才是，你俩若遇护灵将官与他交战，本帅随后抢他灵柩。众将官抬枪带马。

卒：　哈！

邓飞龙：（内白）军校们，速速而行。（马上）俺邓飞龙。往灵丘峪送灵，头前开路，姐姐坐轿跟随在后，离了太原走了四五天了。（内喊）呀，一阵喊声震耳，西北上来了无数人马直奔灵柩而来，待我迎将上去。（迎上）是何处人马？勇男公①的灵柩由此路过，还不闪路！

付道招：我是汴梁的人马，征剿华州韩廷，班师得胜而归，与哪个闪路？你这个黑小子是谁呀？

邓飞龙：我乃颍州节度使邓飞龙，往灵丘峪送勇男公的灵柩，你们拦路意欲怎样？

付道招：奉了柳元帅将令，叫你们留下一件东西，就放你们过去。

邓飞龙：留下什么？快讲！

付道招：黑小子不要着急，坐稳鞍桥，听我道来。

（唱）叫一声，邓飞龙。
　　　休要害怕，细耳请听。
　　　只因李存孝，活着甚逞凶。
　　　欺负我家千岁，几次躲避其锋。
　　　大仇未报他就死，人纵死了账未清。

邓飞龙：（唱）说浑话，不分明。
　　　朱温那厮，是你主公。
　　　惧怕我姐夫，算他太无能。
　　　活着既然可表，死后一定有灵。
　　　尔等半路遇棺木，就该下马来拜灵。

付道招：（唱）我本是，大先生。
　　　征剿韩廷，得胜回兵。
　　　遇见死存孝，要他这口灵。
　　　接到汴梁城去，梁王驾下请功。
　　　翻尸切骨将仇报，留下棺木放你行。

邓飞龙：（白）哇呀！

---

① 勇男公：即李存孝。

  （唱）一声喊，似雷鸣。
    心头大怒，二目通红。
    手中钢枪举，狂徒少癫狂。
    要想劫夺棺木，也不细细打听。
    有你邓爷在此处，岂容尔等来逞凶？
    狠狠拧枪分心刺，
  （白）狂徒休得无礼，着枪。

付道招： 来，来，来。（杀）
  （对杀下，柳彦章马上）

柳彦章：（白）你看付将军与那厮交战，我不免杀到灵前，赶散抬灵之人，叫军卒抢来有何不可？众将随本帅杀上前去，不准有误了。

卒：（内白）报夫人得知，今有朱温人马劫夺灵柩，邓老爷被贼战住。有一贼将劫杀抬灵之人，夫人快去保护灵柩要紧。

邓瑞云：（内白）真正气死人也，看我刀马伺候了。（马上）奴邓瑞云。呀，你看兄弟与那个贼将在一处不得脱身。有一贼将直奔这里而来，待我迎将上去。
  （上柳彦章对邓瑞云）

邓瑞云： 狂徒休得无礼！

柳彦章： 你这妇人是谁呀？莫非敢与本帅动手吗！

邓瑞云： 你们拦路劫灵，可知道勇男公的夫人厉害？

柳彦章： 原来是你，不要走，着枪。
  （杀，邓瑞云败下，又上）

邓瑞云： 哪有闲工与他耐战？不免用飞石打他便了。

柳彦章： 贼人哪里走？

邓瑞云： 是你找打。

柳彦章： 哎呀，不好！

邓瑞云： 狂徒哪里走？
  （唱）飞石打在贼脸上，未曾丧命他跑开。
    想要逃命怎能饶？非把你的脑袋摘。
    一催坐马赶下去，柳彦章马上脖子歪。

疼痛难忍想逃命，瑞云赶上把刀抬。

大刀一举搂头剁，一命呜呼地下栽。（柳彦章死）

刀劈狂徒死马下，一腔热血染尸骸。

其余兵丁逃跑了，又见那我兄弟战贼挡不开。

催马抡刀杀上去，兄弟后些姐姐来。

飞龙闻听往后退，付将官就发了呆。

付道招：（唱）这是有些不好了，元帅他已呜呼哀哉。

有新兵丁逃跑走，又见女子杀了来。

只怕咱们不中用，一不小心上阴台。

邓瑞云：（唱）二人正然发愣怔，瑞云飞石顺手摔。

只叫狂徒看石打，

齐克让、付道招：（白）哎呀，不好！

邓瑞云：（唱）二贼脖子歪几歪。

一连打伤两员将，抱鞍逃跑怎走开？

贼兵无主如乱麻，怒气不消满胸怀。

转身给他厉害看，催动坐马刀抢开。

逢着就杀碰着砍，杀得贼兵叫声哀。（杀众丑死）

谁叫你们把灵抢，也是你们自招灾。

只杀得尸横满地血水染，死伤八九四散开。

瑞云这才勒住马，

邓飞龙：（唱）飞龙连声说快哉。

待我去把残兵赶，

（白）姐姐在此等候，待小弟去追赶残兵败将，剁他千刀，方解我恨。

邓瑞云： 兄弟不可。贼兵死者无数，其余的带伤而逃，穷寇莫追，保护灵柩要紧。

邓飞龙： 便宜这些驴球球的！军校们，抬灵柩赶路。

卒： 哈！

齐克让：（内白）军校们，跟着我快跑。（马上）哎呀，我的妈呀，这是到了哪咧？

一石头打得我眼也睁不开咧！慢着跑，我说老付哇，你往这里来呀。

（上付道招）

付道招： 哎呀，我的妈妈，我的亲姥姥，我的脑袋还有没有哇？（内喊）哎呀，快跑，又追来啦。

（上卒）

卒：　　先生不用跑了，咱自己人来了。

齐克让：还剩下几个人呢？

付道招：一边走着一边自聚残兵。快走吧，你我可离了群了。

齐克让、付道招：（唱）齐克让着伤，脑袋已打肿。

苦了付道招，唬得魂没形。

可恨邓瑞云，厉害来得猛。

汉子那样凶，老婆更是勇。

伸手扔石头，异样好本领。

一眼看不着，打肿我脖颈。

咱还没交手，石头来得猛。

总算逃了生，尸首没打挺。

人马几万多，四散不齐整。

跑得迷了路，没往一堆拢。

各跑各人的，都怕切脖颈。

跑了多半天，不见追兵影。

没把咱们追，心才不扑登。

都是元帅他，不把事务省。

他死倒应该，连累众兵勇。

愁着见大王，怎么把功请？

抱怨也是白，须把残兵整。

抬头对面瞧，有座大山岭。

这是何地方？一片好山景。

道路走错了，只因跑得猛。

你我且歇息，跑得够人挺。

二人下马地上坐。

齐克让：（白）呀，好个邓瑞云，这个小老婆有那样的恶汉子。这样的恶老婆，把我的脖子都打歪啦。

付道招：把我脑袋也给打肿了，险些没有打死了。要是把葫芦头打烂了，就不用喝粥了。

(唱)你我纵然带伤，幸而保全性命。

齐克让：(白)可怜元帅叫人家杀啦。三万人马死伤大半，叫人家打得七零八落的，跟着的剩几个啦，只得在山坡下招聚人马。可惜这条路不是大道，找个人问问才好。你看山岭上有一茅房，似有烟火之气，一定有人居住。

付道招：何不叫军校在此招聚残兵？咱二人到那里看看，倘若有人，问问路径有何不可？

齐克让：言之有理，看看便了。(下)

(出王彦章，黑面大胡)

王彦章：(诗)埋名隐姓乐闲居，吐气扬眉正待时。

(白)某家混铁枪王彦章，乃寿州寿昌县人氏，原来在淤泥河摆渡，劫夺客商为生。五年前遇见十三太保李存孝，险些叫他把我摔死。某家自幼藐视天下英雄，无人是我的对手，谁知老天既生下我王彦章，何必又生下李存孝，占我的上风！因此某家发下誓言，世上若有存孝在，彦章永不出世来。带着兄弟王彦龙，隐居在此石岭上，结草为寇，射猎为生，不觉五年有余。前者听说李存孝已死半载之久，该着某家出世了。

齐克让、付道招：(内白)里面有人吗？

王彦章：是哪个？

(上齐克让、付道招)

齐克让、付道招：呀，好一个大汉子！

王彦章：二位何处而来？请坐一叙。

齐克让、付道招：有坐。我们在梁王驾下称臣，同元帅柳彦章征缴华州韩廷，得胜班师而回。走错路径，借问壮士，哪是上汴梁去的大路呢？

王彦章：哼，看你二位不像得胜光景，好像失机的气象，休来哄我！

齐克让、付道招：壮士好眼力，我们本是失机败阵遭殃倒运了。

齐克让：(唱)我叫克让齐是姓，身为大将在汴梁。

付道招：(唱)我名道招本姓付，跟随元帅柳彦章。

齐克让：(唱)二人左右先锋职，征剿华州人马强。

付道招：(唱)以强压弱大得志，杀得韩廷纳了降。

齐克让：(唱)班师奏凯回人马，半路遇着丧勾当。

付道招：（唱）你可知道李存孝，他今呜呼一命亡。
齐克让：（唱）今日送灵去埋葬，柳元帅平白无故惹。
付道招：（唱）一心要把棺木抢，欺负死人礼不当。
齐克让：（唱）我来劝解他动气，无奈也得把他帮。
付道招：（唱）存孝有个小舅子，不让抢灵动刀枪。
齐克让：（唱）以多为胜将他战，元帅却叫人家伤。
付道招：（唱）他被那存孝夫人邓氏砍，刀劈脑袋离了腔。
齐克让：（唱）我俩看了胆发怯，想要逃命走慌忙。
付道招：（唱）邓氏瑞云赶上来，飞石出手响叮当。
齐克让：（唱）他的脑袋着了肿，我的脖子着了伤。
付道招：（唱）打得我俩连叫苦，无处躲来无处藏。
齐克让：（唱）邓瑞云抡开大刀只一阵，三万人马二万亡。
付道招：（唱）跑到这里一堆凑，看一看七成死啦三成伤。
齐克让：（唱）心中发糊摸不着路，因此我们上山冈。
付道招：（唱）请问壮士你贵姓？相貌魁梧赛金刚。
王彦章：（唱）某家居住寿昌县，名叫彦章本姓王。

　　　　　剑扬江湖称好汉，绰号人称混铁枪。

　　　　　这如今存孝已死我愿出世，纵横天下把名扬。

齐克让、付道招：（唱）齐付二人添喜色，抛去愁容把口张。

　　　　　巧遇壮士三生幸。

齐克让：（白）原来是王老将军，我家梁王早已闻名，上年曾差公子朱友珍前来聘请，并未出世。我二人今日遇见，既愿出世扬名，何不跟我们到汴梁投军去？
王彦章：但只是无有引荐。
齐克让、付道招：有我二人，管保我主敬重，不必犯疑。
　　　　　（出王彦龙，丑）
王彦龙：哥哥在房？我说大哥呵，此二位是谁？
王彦章：这是梁王驾下的将军。
齐克让、付道招：这位壮士是谁？
王彦章：这是舍弟王彦龙，打猎而归。

齐克让、付道招：二位壮士，若见了我家大王，一定拜为大将，名传天下，事不宜迟，就此下山走吧。

王彦章：言之有理，兄弟去备马，我们与二位用饭，然后起身。

王彦龙：是，二位请。

齐克让、付道招：请！

（升帐，二五官站）

马文玉、马君宠：（诗）五更带露朝天子，文生武将列两旁。

张文玉：（白）下官平章宰相张文玉。

马君宠：下官奉御官马君宠。

合：千岁，升帐，在此伺候。

（出朱温，青面大胡）

朱　温：（诗）定据图为新事业，汴梁一代属孤穷。

　　　　　将来推倒唐天子，执掌山河坐九重。

（白）孤大梁王朱温，字全忠。自从黄巢兴兵起义以来，唐室江山不稳。纵然平灭了黄巢，大唐气势已危，群雄并起，各据一方。孤家占据汴梁，兵精粮足，天下无敌，只有太原李克用，仗着痨病鬼李存孝与孤作对。幸而天遂人愿，李存孝短寿而亡，孤王还怕哪个？择日发兵杀到长安，夺取大唐江山易如反掌。

（上齐克让、付道招，跪）

齐克让、付道招：大王千岁千千岁，臣等劳而无功，伤了许多人马，望千岁恕罪。

朱　温：你二人为左右先锋，随着柳元帅往华州征剿韩廷，莫非大败而归？为何不见柳元帅？

齐克让、付道招：臣二人随着元帅征剿，韩廷纳款投降，情愿年年进贡，只得奏凯班师，不想半路如此这般，元帅身亡，三万人马十伤八九。臣二人丧师辱国，望大王赦罪。

朱　温：哇呀，气死人也！

（唱）瞪二目，皱眉梢。

　　　拍案喝叫，怒气难消。

　　　喝叫齐克让，手指付道招。

　　　你们平素英勇，怎么不如多娇？

　　　　　　　　身为先锋帮元帅，元帅身亡你们逃。

齐克让、付道招：（唱）俯伏地，求主饶。

　　　　　　　　口呼千岁，气儿消消。

　　　　　　　　我虽保元帅，也愿立功劳。

　　　　　　　　邓氏飞石难挡，打得够人一招。

　　　　　　　　三万人马死大半，只因难敌那口刀。

朱　温：（唱）李存孝，活着刁。

　　　　　　　他今已死，大化冰消。

　　　　　　　死尸还难抢，落人下眼梢。

　　　　　　　这样丧师辱国，你们何须还朝？

　　　　　　　无用之人留不得，喝令推出快开刀。

齐克让、付道招：（唱）爬半步，泪滔滔。

　　　　　　　　叩头碰地，只说求饶。

　　　　　　　　我们纵有罪，却有一功劳。

　　　　　　　　只求将功折罪，方显千岁恩德。

　　　　　　　　纵然死了柳元帅，我们请来二英豪。

朱　温：（白）请来哪一个？

齐克让、付道招：（唱）这二位，名姓王。

　　　　　　　　大王平素，也曾惦着。

　　　　　　　　早年聘请过，今才把他邀。

　　　　　　　　我们半路遇见，再三请他来了。

　　　　　　　　望乞王爷息了怒。

　　　　　　（白）千岁，臣等无用，不能保护元帅，如今请来了王彦章兄弟二人，胜如柳元帅百倍，望千岁将功折罪。

朱　温：莫非说的是那混铁枪王彦章么？

齐克让、付道招：正是他兄弟二人，现在帐外候令。

朱　温：他兄弟到来，大慰孤心，赦你二人无罪。快请他二人来见孤家。

齐克让、付道招：是。（二人下，内白）千岁有令，叫你弟兄二人上帐。

王彦章、王彦龙：（内白）来了。（上，跪）千岁千千岁，臣王彦章/王彦龙。愿千岁千千岁。

朱　　温：二位平身。

王彦章、王彦龙：谢过千岁。

朱　　温：孤看二位天武神威，果然名不虚传，英明盖世。孤也曾聘请过，未肯出世，今日一见可谓擎天之柱，待孤加封二卿。

王彦章、王彦龙：千千岁。（跪）

朱　　温：孤封王彦章为兵马大元帅，军机事务任你调遣，王彦龙封为先锋指挥。

王彦章、王彦龙：谢过千岁。

朱　　温：来人，显庆殿摆宴，庆贺元帅、先锋光临之喜。孤有机密大事与元帅、先锋共议，众卿暂且回府，元帅、先锋随孤来。

王彦章、王彦龙：来了。（同下）

（上朱温）

朱　　温：（唱）文武散去各回府，不必打听何军机。
　　　　　　　　　显庆殿上摆宴席，双双伺候捧金枝。
　　　　　　　　　梁王朱温归了座，今得大将庆有余。

（上王彦章、王彦龙，跪）

王彦章、王彦龙：（唱）彦章彦龙陪王驾，复又施礼跪丹墀。

朱　　温：（唱）元帅先锋快请坐，孤有一事要说知。

王彦章：（唱）不知千岁有何事？晓谕为臣能解疑。

朱　　温：（唱）孤看唐世国运尽，昭宗年幼又无知。
　　　　　　　　　王者易兴轮流转，天生大王定华夷。
　　　　　　　　　有心夺取唐天下，全仗将军你护持。

王彦章：（唱）为臣愿效犬马力，能夺大唐锦华夷。

朱　　温：（唱）择日汴梁发人马，杀奔长安谁敢敌。

王彦章：（唱）不必征杀夺天下，倒有一个好主意。

朱　　温：（唱）不动刀枪怎成事，有何妙计孤犯疑？

王彦章：（唱）有个引龙离海计，必得个天子宠臣才使得。

朱　　温：（唱）丞相李英与孤厚，彼此往来两相与。
　　　　　　　　　如此这般行此事。

王彦章：（白）既有李英在朝与大王相厚，可以托为内应。明日差人多备金银珠宝送给李英，贿买其心，再传密书一封叫他哄骗天子迁都汴梁。昭宗若是离了长安，如同龙离大海，他若到此，大王再用心腹之人挟持天子，何愁大事不成？

朱　温：好，真乃妙计！孤今晚修书一封，命张文玉押着财宝前往长安，暗暗托付丞相，叫他劝说昭宗迁都汴梁。李英是天子宠臣，昭宗自然听信，等他来时，任孤所为。

（诗）不使万丈深潭计，怎得蛟龙额下珠？（下）

（出石忠，红面髯、帅盔）

石　忠：（诗）秉性刚烈无二三，丹心一点对青天。

（白）吾京营指挥镇殿将军石忠，乃西夷人氏，原名叫臬捩鸡①。自朱温归唐，因晋王征伐有功，从咸阳护送先帝僖宗回朝，蒙恩赐名石忠，不幸僖宗晏驾，昭宗即位封镇殿将军之职。夫人秦氏所生二子，长子石敬儒，次子石敬瑭。长子一十九岁聘户部尚书周刊女儿为妻。次子一十五相貌出奇，力大过人，将来必主大贵。可叹天子年幼无知，宠信奸相李英，昨日当殿奏本叫我去镇守潞州。天子准奏，料着并无好意，无非是把忠烈之臣调开，他好独霸朝纲。天子听信封我为潞州节度使，钦命夸官三日，便要带领家眷赴任。

（上家丁）

家　丁：禀爷，周老爷来拜。

石　忠：亲翁到来，随我迎接。

（唱）听说亲翁来拜望，正冠束带往外迎。（下）

周　刊：（唱）尚书周刊下了轿，瞧见亲翁来接迎。

　　　　　走至跟前忙施礼，

石　忠：（唱）劳驾光临兄承情。

周　刊：（唱）听说明日去上任，特来拜望饯饯行。（下）

　　　　　携手进了书房内，叙礼归座各西东。

　　　　　你我明日要分手，不知何日再相逢。

　　　　　潞州离此不甚远，况且是儿女姻亲往来迎。

---

① 臬捩鸡：臬，(niè)；捩，(liè)。历史上，五代后晋君主石敬瑭的父亲，胡名叫臬捩鸡。

　　　　　　　小弟方才在相府，遇见了梁王差官进了京。
　　　　　　　汴梁朱温怀不善，私结奸相老李英。
　　　　　　　差官名叫张文玉，相府宴会他作东。
石　忠：（唱）外官为何在相府？有事就该面朝廷。
周　刊：（唱）也曾问他有何故？糊涂而言话朦胧。
　　　　　　　想来必有机密事，告诉亲翁有调停。
　　　　　　　却有什么可疑处，亲翁心中不分明。
　　　　　　　只见那张文玉大包小包，一齐搬进相府中。
石　忠：（唱）必是金银与财宝，私自送礼内有情。
周　刊：（唱）有封书字我瞧见，当着我未从拆开看分明。
石　忠：（唱）当着仁兄不拆看，定有私事把主蒙。
周　刊：（唱）因此犯疑告诉你。
　　　　　（白）小弟进府一则与亲翁饯行，二则以此疑心相告。
石　忠：梁州的差官与我也是相厚，他进京来为何不来望我？既是命官怎不朝见天子，为何去到相府传信？必有隐情！
周　刊：小弟为此疑心，特来告诉与你。
石　忠：正好我后日上任，相好的亲友都来拜别，只是没见李英。我明日起五鼓，以别驾为由去到相府。见到张文玉，定要探探他的口气。
周　刊：言之有理，咱二人后日分别，不胜柔肠，我要到小女的房中看看我的女儿，便好分别。
石　忠：小弟失陪，请。
周　刊：请。（下）
　　　　　（出李英坐）
李　英：（诗）调和鼎鼐三公府，燮理阴阳宰相家。
　　　　　（白）本相李英。昨日梁王差张文玉与我送来密书一封，正遇尚书周刊在此，不便拆看。昨晚灯下一观，原来是叫我诓哄朝廷迁都汴梁，好夺大唐天下，事成之后，我二人平分疆土，老夫也已应允打发回去，叫他晓谕朱温修造宫殿，不免上朝启奏便了。人来，调轿上朝。
家　丁：哈！（下）
　　　　　（摆朝，四官站）

众　臣：（诗）长安雪夜见归鸿，紫禁朝天拜舞同。
　　　　　　　共荷发生同雨露，不应黄叶久随风。
李　英：（白）下官首相李英。
周　刊：户部尚书周刊。
杜有年：辅国大将军杜有年。
杨　涉：大学士杨涉。
众　臣：圣驾临轩，分班伺候。
　　　（出天子坐）
天　子：（诗）曙色渐分双阙下，漏声遥在百花中。
　　　　（白）朕大唐天子昭宗李晔，在位多年。幸得伯父晋王李克用平灭了黄巢，保住了我朕的江山，只是长安一带连年荒旱，万民离散，仓库空虚，国运不正，叫朕日夜忧愁。哦，侍儿，传朕口谕，哪家大臣有本早奏，无事散朝。
侍　儿：领旨。文武先生听真，有本早奏，无事散朝了。
李　英：慢散朝纲。
天　子：何人有本？
李　英：李英有本。
天　子：随旨上殿。
李　英：吾皇万岁。
　　　　（唱）手捧牙笏跪阶下，三呼万岁尊圣君。
　　　　　　　为臣李英来冒犯，恭为陛下纳条陈。
　　　　　　　自从高宗创世业，建都长安三百春。
　　　　　　　传至僖宗先皇帝，黄巢聚众乱乾坤。
　　　　　　　纵然扫灭得安静，至今国运不算真。
　　　　　　　瘟疫流窜又荒旱，苦了一代众黎民。
　　　　　　　皆因长安王气退，地气不好暗又昏。
　　　　　　　必得迁都兴旺地，宗庙社稷焕然新。
天　子：（白）何处是兴旺之地？
李　英：（唱）东京汴梁王气胜，官清民安锦绣春。
　　　　　　　城郭宫殿多秀立，梁王朱温秉忠心。

　　　　　　　自从归唐十几载，为国勤劳立功勋。
　　　　　　　传旨晓谕他知道，他必带众迎至尊。
　　　　　　　奏罢俯伏金阙下，
天　子：（唱）昭宗天子正随心。
　　　　　　　朕闻汴梁繁华地，早就想着要起身。
　　　　　　　丞相所奏迁都事，朕当准奏依条陈。
　　　　　　　爱卿归班朕刷旨，
李　英：（唱）口呼万岁谢龙恩。
　　　　　　　站起身来归班去，
周　刊：（唱）班中闪出一忠臣。
　　　　　　　周刊跪倒说不可！
　　　（白）万岁，臣闻丞相所奏迁都之事大为不妙，千万不可呀，万岁！
天　子：此乃社稷之福，有何不可呢？
周　刊：万岁，长安历代建都八水澄清，三山隐秀。先皇得之传至如今二十帝，如今若听丞相之言，弃舍宗庙，文武离心，百姓震惊，非是社稷之福，乃是社稷之祸呀，万岁！
　　　（唱）周尚书，跪金銮。
　　　　　　　口呼万岁，听纳臣言。
　　　　　　　皇陵不可弃，宗庙怎能搬？
　　　　　　　常言龙不离海，又道虎不离山。
　　　　　　　若听丞相迁都话，只怕国家起祸端。
天　子：（唱）龙颜怒，心内烦，
　　　　　　　微微冷笑，尚书多言。
　　　　　　　帝王迁都之事，古来至今传。
　　　　　　　长安运气已去，汴梁瑞气冲天。
　　　　　　　丞相所奏合朕意，何必多言混阻拦？
周　刊：（唱）休怪臣，犯天颜。
　　　　　　　千万不可，弃舍长安。
　　　　　　　汴梁虎狼地，断乎不可迁。
　　　　　　　况且朱温不善，久怀不良心田。

　　　　　手下文武如狼虎，陛下不可离龙潭。

天　子：（唱）心不悦，叫周刊。
　　　　　何必用心，语四言三？
　　　　　迁都为国计，移危而求安。
　　　　　不说庆贺之话，反倒前来多言。
　　　　　再要多言朕问罪，爱卿快些下金銮。

周　刊：（唱）呼万岁，纳臣言。
　　　　　满面流泪，汗透衣衫。
　　　　　叩头苦哀告，碰地切切言。
　　　　　陛下不信臣语，可怜唐世江山。
　　　　　朱温久怀不良意，去时容易回来难。

天　子：（唱）好佞臣，胆包天。
　　　　　胡言乱道，倒四颠三。
　　　　　误国塞阻路，欺君在少年。
　　　　　不知上下名分，藐视国家法严。
　　　　　喝令金瓜武士手，推出午门用刀砍。
　　　　（白）周刊阻拦迁都之事，言语颠倒，明显欺朕，目无法度。金瓜武士何在？把周刊推出午门斩首。

武　士：领旨。（推下）

杜有年：刀下留人。（跪）万岁，臣杜有年见驾。

天　子：杜将军见朕，莫非保留佞臣么？

杜有年：万岁，周刊纵然直言犯君，也不至于斩首。况且当年有保主即位之功勋，我主皇恩浩荡。

天　子：罢了，朕念他当年保朕登基之功，死罪饶过，打去冠带，追回印绶，罢职为民，立刻离京，不准再奏。

杜有年：万岁万万岁。（下）

天　子：（诗）袍袖一撢群臣散，再择吉日定迁都。（下）

石　忠：（内白）家将们，带马回府。（马上）吾石忠。昨日听了亲翁之言，早晨来到相府，不意李英上朝去了。他儿子李争春将我接至书房，我问汴梁差官进京之事。现居相府，请来一见。李争春言说五鼓起身，回汴梁去了。问他所为何事，李争春推作不知，问不出此事，只得回府走走便了。

（唱）昨日听得亲翁讲，朱温差官进京都。
　　　不去上朝进相府，骡子驮来宝贝珠。
　　　朱温早已要叛乱，李英与他很对付。
　　　私送礼物有缘故，暗传书来有谋图。
　　　我今拜辞老奸相，这正是贺时其无。
　　　想去会会张文玉，为何去得那么速？
　　　显见进京有私事，料想不能问清楚。
　　　只得回府存一宿，明日上任出京都。
　　　乘马路过尚书府，门外静悄车马无。
　　　亲翁未必把朝下，忽见院子老周入。
　　　走出府来颜色变，往外走着气扑扑。
　　　光景似有不足处，走至跟前问清楚。

石　忠：（白）哦，周院，这里来。
　　　　（上院子）
周　院：直呼老奴何事？
石　忠：我看你走路慌张，是往哪里去？
周　院：小人去套车辆，我家老爷回原籍了。
石　忠：怎么要回原籍，是何缘故？
周　院：莫非石老爷不知我家老爷遭贬的缘故吗？
石　忠：遭什么贬？快去禀报，就说我到。
周　院：是。（下）
周　刊：（内白）亲翁哪里？
　　　　（对上）
石　忠：愚兄在此，特来拜望，今日下朝甚早，为何这样光景？
周　刊：唉，不消问了，请到书房一叙。

（唱）携手进了书房内，吩咐院子献茶盏，
　　　这等亲翁听我讲，唐室江山灭不远。
　　　奸相李英奏朝廷，说是长安王运转。
　　　连年荒旱国运危，天下慌慌万民散。

　　　　　　旺运之地在东京，迁都汴梁思久远。
　　　　　　劝驾迁都免是非，天子年幼主意短。
　　　　　　苦苦相谏他不听，因此我才遭了贬。
石　忠：（唱）石忠听罢前后说，惊慌失色黄了脸。
　　　　　　汴梁朱温谁不知，安心不正要谋反。
　　　　　　天子怎就信谗言？应劝天子回心转。
　　　　　　我既食禄受皇恩，国家有难岂不管？
周　刊：（唱）金殿见驾献忠言，谗言相近忠言远。
　　　　　　忠言逆耳总不听，急得躁汗把衣染。
　　　　　　泪流满面去见君，恨不能披沥肝与胆。
　　　　　　天子反说我谤言，立刻拿下要问斩。
　　　　　　多亏老将杜有年，上殿保本死罪免。
　　　　　　免了死罪算是恩，追去印绶把我贬。
石　忠：（白）哦。
　　　（唱）这件祸事我了然，正是朱温诡计展。
　　　　　　昨日差官把贿行，接连奸细要谋反。
　　　　　　天子年幼心不明，谗言偏听傍耳软。
　　　　　　我受先皇厚待恩，国家有变心发惨。
　　　　　　亲翁暂且莫归乡，上殿见君等等俺。
　　　　　　断乎不容去迁都，任与奸相翻了脸。
　　　　　　弃舍性命为国家，才显忠心怀赤胆。
周　刊：（唱）奉劝亲翁莫出头，天子断乎不回转。
　　　　　　我今幸得归了乡，才得逍遥乐与散。
　　　　　　亲翁自去上潞州，闲是闲非不可管。
　　　　　　小弟现今是样子，只为谏言惹罪愆。
　　　　　　奉劝亲翁自保身，
石　忠：（白）哇呀！
　　　（唱）心头大怒一声喊。
　　　　　　亲翁不必阻拦我，
　　　（白）亲翁说哪里话来？今时国家危急，正该尽忠之日，倘若圣上回心转

意，万民得安，社稷幸甚。倘若不听，寄之以死，才是忠臣爱国之道，岂肯自己求安！亲翁暂且莫行，看我舍命谏君去也。（下）

周　刊：亲翁慢行，唉，你看他不听劝解，舍命而去，一定动君之怒，难免有杀身之祸，少不得等上一日，看事如何。院子，随后跟着你石老爷打听祸福，禀我知道。

周　院：是。（下）

（诗）是非只为多开口，烦恼皆因强出头。

（上石忠）

石　忠：（白）来到朝房，不见文武，听说圣上早朝回宫，众文武俱随奸相往至公堂商议迁都之事。我不免赶到那里，与奸相讲论一番，明日朝廷见驾，有何不可？（下，内白）众位大人请了。

（上李英、杜有年、杨涉，坐）

群　臣：老丞相劝驾迁都，真是移危求安，与国家大大有益，可笑周刊偏要拦阻，险些被斩，如今回家抱孩子去咧，岂不可笑？

（上石忠）

石　忠：列位大人，原来在这里议事。

群　臣：石大人怎么还没上潞州上任，到此为何？请坐一叙。

石　忠：告坐。末将今要离家，闻听国家有变，岂肯自去赴任？只得上朝见君。不意圣上朝罢，听说列位大人在此，故赶到这里，先来领教领教列位。

（唱）并不谦逊开言问，虎气昂昂把话说。

杨　涉：（唱）学士杨涉答言语，石节度使原来还未上任么？

李　英：（唱）择定明日潞州去，因为何事便耽搁？

石　忠：（唱）这乃关系国家事，故要见驾问明白。

杨　涉：（唱）圣上朝罢回宫去，有话你与丞相说。

石　忠：（唱）闻知列位陪丞相，故此这里问明白。

李　英：（唱）本相细看将军你，将军似乎不快活。

石　忠：（唱）国家大变心恐惧，按不住忠心赤胆气堵脖。

李　英：（唱）将军却与谁生气？至今堂上有哪个？

石　忠：（唱）对众要领丞相教，原来因此走不脱。

劝驾迁都因何事？却有何话你就说。

不能见君将言谏，先与丞相说清楚。

（白）末将闻知丞相劝驾迁都汴梁，不知有何益处？特来领教。

李　英：本相既为当朝宰相，应为国家计议。长安国气已退，故此年年不收，水涝之灾尚多，上朝廷仓库空虚，下百姓慌乱不安。昨看天象，汴梁王气正盛，请驾迁都，正是避难呈祥，移危求安之善举。天子闻此甚喜，将军闻知不悦，本相不解其故，特请明教。

石　忠：丞相之言差矣。长安大地，自古帝王建都之地，先皇高祖得之不易。相传至今三百余年，宗庙社稷，岂肯舍之？万民百姓，不肯怜之？虽总有水旱之灾，君行仁政，臣秉忠心，庶几天意挽回。丞相劝驾迁都汴梁，一定有私。

李　英：哇呀，石节度使必是吃酒带醉，一派妄言！帝王迁都，自古有之。文王迁丰，武王迁镐，秦迁咸阳，汉迁洛阳，难道都是那天子主意吗？岂无忠臣劝驾迁都？本相劝驾东行，乃是忠心为国，你看哪里是私？你好不达事务！

（唱）迁都事，有来由。

兴旺之地，天运周流。

长安这一带，旱涝总不收。

本相夜观天象，紫色转在汴梁。

劝驾迁都为国计，怎说私心话不投？

石　忠：（唱）迁都事，无来由。

先皇高祖，创业宏图。

都占长安地，相传三百秋。

若是一旦损坏，宗庙社稷难留。

你说汴梁王气胜，明保朱温有计谋。

李　英：（唱）胡乱道，信口诌。

情理不对，讲理不投。

汴梁朱节度，与你有何仇？

这样冲撞本相，正是诽谤诸侯。

是了！周刊与你系亲故，就该奏主细讲究。

石　忠：（唱）双眉皱，瞪双眸。

　　　　　　本要见驾，与你讲究。
　　　　　　拦阻迁都事，求主想清楚。
　　　　　　此事内有诡计，必有一党同谋。
　　　　　　此事泄露斩佞党，方显忠臣贯斗牛。
李　英：（白）住了！
　　　　（唱）心大怒，瞪双眸。
　　　　　　石忠真乃，太欠讲究。
　　　　　　夸你存忠义，污人有阴谋。
　　　　　　无故寻我本相，心想做对头。
　　　　　　喝令左右打出去，明早奏主赴龙楼。
石　忠：（白）呀呀！
　　　　（唱）一声喊，报斗牛。
　　　　　　心头大气，真似浇油。
　　　　　　谁敢动动我，叫他赴冥幽。
　　　　　　昨日汴梁人到，送礼有何情由？
杨　涉：（白）石节度使，休得无礼。
李　英：（唱）羞又气，气又羞。
　　　　　　说不出话，圆瞪双眸。
　　　　　　石忠你反了，真把王法无。
　　　　　　凌辱当朝宰相，敢是不要人头。
　　　　　　恶狠狠地打一巴掌，
石　忠：（唱）单臂一迎挥拳头。
　　　　（白）李英，着打！
李　英：哎呀，罢了我了。
杨　涉：反了反了。
李　英：好个枭猇鸡，将本相门牙打落二颗，来来来，我与你上殿，捶起景阳钟来请驾便了。
石　忠：哪个怕你不成？就与你面圣。（下）
杨　涉：这事从哪里说起？石节度使不是醉了就是疯了。殴打当朝宰相，罪该当斩，你我可要做个证见。

杜有年：他二人拉拉扯扯，进了午门一定见主。你我随后进朝，等候圣上宣旨，方可进殿，从实相奏。

杨　涉：有理。（下）

（上凌圭）

凌　圭：（诗）平阳歌舞承恩宠，帘起春来赐锦袍。

（白）咱家凌圭。圣上正在后宫宴乐，金钟声响，必有国事，命咱家去传口旨。（下，又上）是何人鸣钟？惊驾有事，随旨上殿。

（上李英、石忠，跪）

李英、石忠：万岁万万岁。

李　英：臣李英同着文武在公堂商议迁都之事，不意石忠不守王法，将臣门牙打掉二颗，欺臣即是欺君呐，万岁！

天　子：石忠，朕前日封你潞州节度使，何故不去上任？为何殴打丞相？该当何罪！

石　忠：唉，我主万岁。

（唱）呼陛下，愿吾皇。

臣择吉日，定离家邦。

忽听迁都事，上朝献本章。

不想早朝已毕，只在午门彷徨。

听说文武还未散，急急赶到至公堂。

天　子：（白）至公堂正议国事，许你动粗不成？

石　忠：（唱）见丞相，问其详。

怎么劝驾，迁都汴梁？

朱温目无主，作号自称王。

早已兴兵谋反，凶狠好似虎狼。

陛下身入虎狼地，丞相李英误吾皇。

天　子：（白）朕要迁都汴梁，并非丞相之过，为何殴打丞相？法度难容！

石　忠：（唱）相府送礼，必有隐藏。

为何私受贿？问他就脸慌。

进京若无私事，为何不见君王？

臣被李英打一掌，故而还手他受伤。

李　英：（白）万岁，休听他之言，容臣细奏。

　　　　（唱）石节度，太猖狂。

　　　　　　　西夷人也，假意归唐。

　　　　　　　结连西番国，谋反乱我邦。

　　　　　　　但愿长安微弱，他好暗做勾当。

　　　　　　　故此拦阻迁事，殴打微臣有心肠。

石　忠：（白）万岁，只问李英昨日汴梁为何与他送礼？劝迁都必有缘故。

李　英：（唱）至此话，更渺茫。

　　　　　　　无凭无据，说黑道黄。

　　　　　　　这个张文玉，即在臣府上。

　　　　　　　既知有人行贿，何不拿入朝堂？

　　　　　　　赖人行贿无凭据，殴打微臣有血光。

石　忠：（白）你拿掌打我一下，我便还手一拳，不过失手而已。

李　英：（唱）臣打他，有何伤？

　　　　　　　他把臣打，现有真相。

　　　　　　　阖朝文与武，见证在两旁。

　　　　　　　不知朝廷法度，打臣如打君王。

　　　　　　　欺君冈上真得意，勾引西夷灭大唐。

天　子：（唱）昭宗早已心大怒。

　　　　（白）李英受贿无凭，石忠殴打丞相现有伤痕，打臣即是打君，拦阻迁都之事，必是勾结西夷谋反误国，欺君法度难容。金瓜武士，将石忠推出午门斩首。

石　忠：呀呀，我主万岁！臣死不足惜，迁都汴梁实是不可。我主听臣一言，唐室江山还可保守，臣死九泉也得瞑目。

天　子：哪里这些絮烦？金瓜武士，绑赴午门开刀。

石　忠：苍天！可怜唐室江山一旦属于他人，皆是昏君之过也。（内开刀）。

天　子：丞相，今将石忠正法斩首，两边无人敢拦此事。你须得早早晓谕文武官员，刻下速速收拾，随朕迁都汴梁，省得临期忙乱。（下）

李　英：领旨。

　　　　（出李争春，丑生）

李争春：（诗）富贵荣华宰相家，有财有势乐无涯。

（白）我大爷李争春。他们把我的字都叫白拉，叫李祈求，他们不过是背地里叫，当着大爷面如何敢呢？舍爹李英现居当朝宰相，我也是公子哥一名，娶妻林氏，现有几房妾，可惜我还没有儿子呢！想起我年近三十又有妾小，断断不至绝后。昨日汴梁朱温差人与我爹爹送来许多礼物，还有密书一封，叫我爹撺掇天子迁都汴梁，好从中取势，夺取大唐天下与我爹爹平分。舍爹若是登基，我就是太子啦。

李　英：（内白）将轿停住。

（上李英，坐）

李争春：爹爹下朝而来，怎么嘴巴上净是血？好像掉了牙了，被人打的吧？

（唱）叫声老爹爹，你是怎的咧？

嘴唇都肿了，胡子上有血。

不是掉门牙，就是发干热。

坐在椅子上，光景不熨帖。

口中直打哼，叫人好发急。

近前问分明，你老是怎咧？

李　英：（白）唉！

（唱）叫声我的儿，说起了不得。

可恼臬捩鸡，竟敢把父惹。

他是西夷人，果然粗性野。

如此是这般，上朝相拉扯。

朝廷把他杀，还觉不熨帖。

李争春：（唱）听说颤嗒嗒，怒火气又急。

石忠得罪爹，无礼真撒野。

欺臣是欺君，应该用刀切。

他纵见阎王，有此不了断。

他有两儿子，孩儿早晓得。

大的石敬儒，身软不怎的。

小的石敬瑭，厉害人难惹。

纵然再年轻，硬膀身似铁。

>　　　岂不疼他爹，成仇怎消解？
>　　　斩草不除根，必有拉扯扯。
>　　　爹爹快想法，祸根留不得。

李　英：（唱）我儿之言提醒我，
　　　　（白）我儿言之有理，若斩草不除根，必有后患，必把两个狗子除死，方保无事。

李争春：正是，那石敬儒倒还有限，石敬瑭总是个十四五岁的孩子，生来力大无穷，时常撒野行凶，无人敢惹。若不早除，咱爷们可得防备多时呢。

李　英：我儿放心，此事也不用奏主，假传一道旨意，命老将杜有年带领御林军围住石府，捉住两个狗子，一定除此后患，有何不可？

李争春：朝廷若是知道，岂肯与我善罢甘休？

李　英：朝廷纵然未说杀他全家，为父上朝一本，就说反叛之子理当斩首示众。事已至此，朝廷也无可奈何了。

李争春：事不宜迟，爹爹就此急急行事，拿人要紧！
　　　　这正是：量小非君子，无毒不丈夫。（下）

（完）

第 二 本

【剧情梗概】 天子宠信奸相李英,忠臣石忠因阻止迁都而遭杀身之祸。大将军杜有年带领御林军来拿石忠的两个儿子石敬儒、石敬瑭,因与石忠旧日相交,有意绑去大儿子,而留着小儿子石敬瑭日后替父报仇。石敬瑭顺利逃出后,趁着月色偷进奸相府宅,持倚天宝剑杀了男女共计十八口,奸相却正好不在府中。石敬瑭在逃走的路上驯服了"乌龙大王",将它变作一匹龙驹,行走时正好遇见了李存孝的坟茔。

(出秦氏、周翠枚,老、小二旦)

秦　氏：(诗)肉跳心惊意恍惚,一段神思不自如。
　　　　(白)老身秦氏。
周翠枚：奴周翠枚。婆母,我公爹相府拜见丞相,这时候如何不见回府？
秦　氏：正是。为娘也是惦挂心怀,你丈夫与石敬瑭往后花园演习刀马去了,等他兄弟回来,命他二人迎接你公爹回府。
周翠枚：媳妇只觉提心吊胆,耳热眼跳,不知有何事故？

(上石丹)

石　丹：哎呀,老夫人,可不好了！
秦　氏：哦,石丹,你随你老爷出府,为何独自回来？惊慌失色,快快说来！
石　丹：唉,夫人,老爷去到至公堂上与奸相李英分辩迁都之事,话不投机,把奸相门牙打落二颗。
秦　氏：哦,打他又当怎样？
石　丹：奸相把老爷拉着上朝,鸣钟请驾,他说我老爷殴打宰相,打臣即是打君,又说老爷接连西夷谋反。
秦　氏：这是无端捏造,后来怎样？
石　丹：天子宠信奸相,将老爷推出午门斩首毙命了。
秦　氏：呀,这话可是当真？
石　丹：小人不敢谎言。
秦　氏：可不痛死人也。我的老爷呀！(倒)

周翠枚：婆母醒来，婆母醒来，苦死人也。

（唱）周氏翠枚闻凶信，魄散魂飞变朱颜。

只见婆母昏过去，双手扶住靠床前。

只叫太太快苏醒，这正是福无双至祸无单。

公爹性傲惹奸相，不必动气打权奸。

天子平素宠奸相，遭屈被害真可怜。

哭一会来叫一会，只见太太气儿还。

婆母娘亲醒来罢，夫人还魂口吐痰。

秦　氏：（唱）哎呀一声罢了我，老爷真就赴黄泉。

撇下一家老与小，两个孩儿在少年。

（白）老爷呀！

（唱）只因平素多忠烈，性傲惹这祸端来。

怎与老贼去作对？遭屈受害被刀砍。

越哭越痛难分解，不住叫地又呼天。

惊动了敬儒敬瑭哥儿俩，不演刀马离花园。

（上石敬儒、石敬瑭，红、白二生）

石敬儒、石敬瑭：（唱）跑进房来问缘故，母亲痛哭在床前。

惊慌失色开言道，母亲何故痛心酸？

秦　氏：（白）呀，儿呀！原是这般如此，你父被斩午门了。

石敬儒、石敬瑭：（唱）兄弟二人齐叫苦，心中好似滚油煎。

跺足捶胸号啕痛，

（上石丹）

石　丹：（唱）院子进来把话传。

（白）太太，公子，越发不好了！

合：　　怎样？

石　丹：小的探得真切，圣上降旨，差辅国大将军杜有年带领御林军来拿两位公子。太太、公子，快做个准备吧！

秦　氏：呀，果然福无双至祸不单行了。唉，真正苦哉痛哉，这可怎么办好哇？

石敬瑭：哇呀呀，可恼天子昏聩，宠信奸相屈杀我父，又来赶尽杀绝，岂肯束手待拿？石丹，聚齐家丁，看我的刀马，等官兵到来，杀他个干干净净，反了罢！

石敬儒：兄弟不可造次，还须慢慢想个主意。

石敬瑭：唉，哥哥呀，如此家败人亡，变乱非常，还有什么主意可想？

（唱）咱的父，胆气豪，

心存忠烈，扶保唐朝。

昏君宠奸相，屈杀赴阴曹。

戴天之仇①当报，岂肯等待餐刀？

哥哥还想何主意？不必延迟反为高。

秦　氏：（唱）老夫人，动号啕，

敬瑭我儿，你休急躁。

杜有年纵老，英雄盖世豪。

奉旨来拿家口，时下不能走逃。

反了不如遭贬好，死后美名天下扬。

石敬瑭：（唱）凭孩儿，手中刀，

一人舍命，万人难逃。

他的年纪老，本领未必高。

先将老将杀死，然后杀退群豪。

一直杀进相府去，拿住李英剐千刀。

石敬儒：（唱）这主意，不为高。

兄弟英烈，可称英豪。

现有咱的母，如何能走逃？

你却反不出去，连累母亲砍刀。

若报父仇等时候，我今想起计一条。

石敬瑭：（白）有何妙计快快说来！

石敬儒：（唱）杜有年，品位高。

他与咱父，旧日相交。

孩儿苦哀告，生路放一条。

叫他将我绑去，放我兄弟走逃。

---

① 戴天之仇："不共戴天之仇"的简称。

　　　　　　　石门不把香火断，后来与父把仇消。
杜有年：（内白）军校们，将石府团团围住。
　　　　　（上家丁）
家　丁：哎呀，太太、公子可不好了，杜老将军带领御林军将咱府围住了。
石敬儒：兄弟随我来，去见杜老将军，苦苦哀告，恳求放你逃走，休说"反""乱"二字。
石敬瑭：是，来了。（下）
　　　　　（上秦氏）
秦　氏：你去吩咐府仆丫鬟，各自收拾散去吧。
周翠枚：是。（下）
秦　氏：唉，可叹我石门不幸，家败人亡。老身年过五旬，不幸夫死子亡，活着还有何意？不如一头碰死了罢。是，是，也罢。
　　　　　（秦氏死，上周翠枚）
周翠枚：哎呀，婆母，怎么样了？竟自碰死了！唉，婆母哪，公爹为国尽忠，婆母死为全义，夫主死为尽孝，奴岂不能全节？这忠孝节义，进出我石门，死后名垂竹帛，何等幸哉？待奴将婆母死尸扶在软榻之上，我也悬梁自尽了罢。
杜有年：军校们，将府门把住，不许尔等胡闹，我一人进去叫他一家受绑就是了。
　　　　　（唱）心中纵有不平气，奈何圣旨难抗违。
　　　　　　　提剑走至大堂上，忽听后面放声悲。
　　　　　　　瞧见石家兄弟俩，走入后堂泪两垂。
　　　　　　　吾今见子而思父，叹气哀声只发悲。
　　　　　（上石敬儒、石敬瑭）
石敬儒、石敬瑭：（唱）敬儒/敬瑭跪倒呼伯父，奉旨拿人我晓得。
杜有年：（白）可叹老夫与你父相交一场，无能解救你一家了。
石敬儒：伯父，
　　　　　（唱）可叹我父遭屈死，向日功劳火化灰。
　　　　　　　都是李英他作孽，天子宠信任他为。
　　　　　　　杀其父来诛其子，老伯父拿我弟兄把命亏。
　　　　　　　纵是奸相他主意，现有圣旨不敢违。

但有一件可怜处，我父一生忠义为。

素与伯父称莫逆，必然寒心也伤悲。

杜有年：（白）唉，这却如何是好？

石敬儒：（唱）我父生我兄弟俩，如此石门香烟没。

望伯父大发慈悲开生路，放我兄弟走如飞。

石门不把香烟断，我父子九泉之下报恩德。

就把学生绑了去，仇人要问有话回。

就说是三日之前离了府，天荡山了愿还未回。

只求伯父可怜儿，说罢叩头大放悲。

（上石丹）

石　丹：（唱）石丹跑来叫公子。

（白）禀公子，老太太与少夫人碰死、缢死，俱已身亡了。

石敬儒、石敬瑭：我的娘哪。

杜有年：真乃可叹！

石敬儒：可怜我一家如此而亡，求伯父放我兄弟一个人，将小侄绑去，公私两尽吧。望伯父怜念与我父相交之情，保留石门中一脉吧。

杜有年：贤侄起来，老夫见你一家如此失散，就让二贤侄扮作家童模样躲在幽避之处，单等我们去后，你再逃出长安，隐姓埋名。万一上天保佑，将来得报父仇也未可定，奸相要知，有我拦挡。

石敬瑭：我哥哥既愿一死，我岂肯自己逃走？不如把我哥哥放走，岂不是一样？小侄情愿一死，把我哥哥放走了吧。伯父哇！

（唱）丈夫有泪不轻弹，只因未到伤心处。

父母俱死嫂嫂亡，悲悲戚戚呼伯父。

何不绑我石敬瑭，放我哥哥寻生路？

比我年长见识多，寻找一个安身处。

天爷不召忠义人，保佑后来得寸步。

好与一家大报仇，我随父母归阴路。

石敬儒：（唱）拉住兄弟痛悲伤，你快逃走别迟误。

我虽比你长几岁，一生软弱无能处。

兄弟勇猛胆气刚，全仗你一身好武艺。

　　　　　　　保佑你一生得安宁，后来报仇有名目。

杜有年：（唱）弟兄相抱哭啼啼，有年解劝说且住。
　　　　　　老夫也想二侄男，看你生表非常碌。
　　　　　　若能替父报冤仇，纵使贪生有名目。
　　　　　　不必留恋快速行，再要延迟机密露。
　　　　　　叫你兄弟一齐亡，柱费心机无好处。

石敬瑭：（唱）无可奈何辞哥哥，拜谢恩人杜伯父。
　　　　　　只叫哥哥我去了，

石敬儒：（白）去吧。

石敬瑭：（唱）一身隐在幽避处，不言敬瑭改扮行。（下）

杜有年：（唱）喝令军校们一齐入，快快动手绑钦犯。
　　　　（白）军校们，将钦犯绑了。石敬儒，你说你兄弟上天荡山与你母亲了愿，去了几天了？

石敬儒：去了三天了。

杜有年：可不要隐匿。军校们，你们后门搜来，不许抢夺财物，糟蹋妇女。（下，又上）各处搜遍，且无他兄弟，想是真上天荡山去了，再差军校十名捉拿石敬瑭，且将石敬儒绑押，随我到相府复命。（下）

（上石丹）

石　丹：唉，可怜哪！吾乃石丹，眼见二公子隐住身形，大公子被绑去了。我不免带领家人将太老爷灵柩抬来，与夫人停在一处，然后再到相府打听公子吉凶便了。（下）

（上周刊）

周　刊：（诗）有事关心不得为，至亲骨肉有牵连。
　　　　（白）老夫周刊正要回转原籍，偏遇亲翁石节度使，有事打发周院探听是非，为何不见到来？

（上周院）

周　院：哎呀，老爷不好了！石老爷如此这般被斩午门了。

周　刊：哦，怎么，你石老爷被斩午门了吗？

周　院：正是。

周　刊：唉，亲翁哪！

周　院：老爷，且莫悲伤，更有祸事。
　　　　（唱）石老爷，打李英。
　　　　　　　午门被斩，死得苦情。
　　　　　　　我在午门外，只见死尸灵。
　　　　　　　急忙跑回报信，路过丞相府中。
　　　　　　　听说圣旨到相府，杜老将军领凶兵。
周　刊：（白）领兵必是抄灭石府。
周　院：（唱）我闻知，跟着行。
　　　　　　　到了石府，打听分明。
　　　　　　　奉旨拿家口，原来是二名。
　　　　　　　咱家姑爷打紧，还有石二相公。
　　　　　　　御林军校围住府，杜爷一人进内庭。
周　刊：（白）如此说，你姑爷与石二公子一定遭擒拿，一定拿入相府去了。
周　院：（唱）吓得我，魂魄惊。
　　　　　　　不敢近前，远远打听。
　　　　　　　待了老一会，杜爷往外行。
　　　　　　　并无二公子，只有姑爷一名。
　　　　　　　绑缚必从这里走，故此前来报分明。
周　刊：（白）呀！
　　　　（唱）疼女婿，哭亲翁。
　　　　　　　我的爱女，不知生死。
　　　　　　　匆忙往外跑，要将姑爷迎。
　　　　　　　出府抬头一看，来了一伙军校。
　　　　　　　瞧见女婿身受绑，心中恰似滚油烹。

（杜有年马上）

周　刊：（白）杜老将军，小弟要看看我女婿。
杜有年：（唱）杜有年，下能行。
　　　　　　　停身止步，口呼周兄。
　　　　　　　小弟在相府，遵奉圣旨行。
　　　　　　　捉拿石家钦犯，敬瑭了愿离府。

　　　　　　　只将令婿拿来了，可怜有死无有生。
石敬儒：（唱）石敬儒，受绑绳。
　　　　　　瞧见岳父，大放悲声。
　　　　　　可怜我家内，死得甚苦情。
　　　　　　我父尸首异处，我母碰死残生。
　　　　　　我的妻子你的女，悬梁自尽赴幽冥。
周　刊：（唱）听此言，心内疼。
　　　　　　相关骨肉，哪个绝情？
　　　　　　也是早作就，终年性命倾。
　　　　　　死了倒也罢了，也算节烈一名。
石敬儒：（唱）纵如此，心难忍。
　　　　　　两眼不住，泪水直倾。
　　　　　　丧家偶，长家风。
　　　　　　丈夫既死，不肯独生。
　　　　　　一身全节死，死后留美名。
　　　　　　小婿十分敬重，岳父岂不心疼？
　　　　　　疼女必然疼女婿，一事相求看亲情。
　　　　（白）令爱死得节烈，才不愧岳父之女。我今就死，断无一生。可怜我父母妻子尸首无人收殓，望岳父怜念，将我父母妻子尸首收殓一处，我一家在九泉之下感恩不尽。
　　　　（上石丹）
石　丹：公子，我石丹方才将老爷太太尸体停在中堂，少奶奶停在一旁，赶上公子到相府打听吉凶。
石敬儒：唉，我一家如此而亡。府中男女人等且各散去，你为什么还不走呢？
石　丹：小人蒙老爷恩养，当思寸报，怎忍自顾自己而去？
石敬儒：好哇，我家出此义仆，难得呀。哦，老院公，你帮着周老爷殡葬咱一家人等，我在九泉之下也不忘你的恩德。
石　丹：小人莫敢不尽心置办。
杜有年：周兄请便，若叫奸相知道，有些关碍。军校们，押着钦犯交那相府。
　　　　（同下）

周　刊：贤婿呀！不免命人置买棺椁，收殓他一家人等便了，可怜哪！
　　（上石敬瑭）

石敬瑭：（诗）不共戴天仇未报，一腔怒气诉与谁？
　　（白）俺石敬瑭。假扮出府，逃出长安，可叹我父母兄嫂一家如此屈情。我虽得命逃出府来，有何颜面活在世上？
　　（唱）假改扮，走出宅。
　　　　　父母尸首，未得葬埋。
　　　　　又听人议论，句句说明白。
　　　　　哥哥今已被斩，令人闻知甚哀。
　　　　　人说李英惦着我，天荡山拿我把刀开。
　　　　　我隐姓，把名埋。
　　　　　纵然有命，却也白活。
　　　　　不能把仇报，难以称英才。
　　　　　几时得遂我志，杀了李英奴才。
　　　　　自思自想心悲痛，气恼攻心满胸怀。
　　　　　这岁月，怎么挨？
　　　　　习成本领，未曾使来。
　　　　　飞檐与走壁，俱都已明白。
　　　　　不知怎么得手，遂志开了胸怀。
　　　　　只求先灵保佑我，得遇仇人把头摘。
　　　　　自思想，转回来。
　　　　　红日西落，坠在山崖。
　　　　　酉未戌时候，月色渐出来。
　　　　　不如混进城去，偷进奸相府宅。
　　　　　得手杀了贼老狗，做个鬼魂也快哉。
　　　　　主意已定止住步。

（白）我想逃走也是无益，不如赶着夜晚偷进李英府中，得手杀了李英这个老狗，与父母兄嫂报仇，纵死也无怨。这时候人还未曾睡熟，且在小庙藏身歇息，待等三更，飞檐走壁入了相府，杀那仇人便了。（下）

（出李有的）

李有的：（诗）有福之人人扶持，无福之人扶持人。

（白）老汉是李府把后门的院子，名叫李有的便是。一辈子所生一子，小名猴，生来不守本分。纵然有主拘管，偷空摸空出去赌钱喝酒，不定一宿半宿才回来。老汉是把守后门的，由他出入，有他老子担着干系，他还怕啥呢！今早相爷往鲁王府中祝寿去了，方才跟班回府说相爷在王府夜宴，明日才能回府里头，也吩咐出来叫早早地把后门封锁，今日又是少奶奶的生日，上上下下俱有酒筵，男女仆妇俱各醉倒。李猴儿又去赌钱去了，真叫人可恨！唉，得，等等他再关门睡觉。

（唱）今日相爷不回府，吩咐前后门早插。

又是少奶生辰日，少爷得宠妾喜爱她。

上上下下有酒筵，猪羊宰了有两三。

我等下人也有宴，饮酒行令把拳划。

太太奶奶好席面，俱各喝得醉吗哈。

像我们有酒量的尽力饮，不会喝的也强喝。

一个一个都醉了，倒下睡熟呼噜哈拉。

我惦着猴儿不敢睡，只得坐着等着他。

六月三伏天热得很，臭虫跳蚤浑身爬。

出了房屋院子转，等着小子他回家。

不言李有的等儿子。（下）再表报仇敬瑭他。

（上石敬瑭）

石敬瑭：（唱）土地庙里等更鼓，三更正好找冤家。

出了小庙往南走，宝剑一口手中拿。

奸相府中认得准，正好月色吐光华。

疾走如飞来到了，直奔后院仔细察。

墙高却也容易过，只怕有人必捉拿。

我虽不惧怕吵嚷，如何能把老贼杀？

暂且不必把墙跳，隐在黑暗想方法。（雷响）

忽听一阵沉雷响，黑气遮满月光华。

狂风大作天大变，霎时天色大变化。

黑咕隆咚的伸手不能见掌。

李猴儿：（内白）醉了，醉了。

石敬瑭：呀，那边有人自言自语而来，不免闪在一旁，等他便了。

（上李猴儿，丑）

李猴儿：醉了，好黑天。吾乃李猴儿，在赌钱场掷了半宿骰子，赢了几吊钱，请了几个朋友在酒馆，喝了半宿喝醉了。趁着月色回府，天道一时变了好黑天，对面不见人了。

（唱）从来出府来，前去掷小骰。

　　　临时看财神，今个本来财。

　　　撒手快就来，赢了老官板。

　　　几个好朋友，请他到酒馆。

　　　万般要有钱，有钱就露脸。

　　　美酒由性喝，好菜随心坎。

　　　喝到二更多，回府有月色。

　　　忽然变了天，看不见一点。

　　　抄着形而来，伸手摸摸他。

　　　原是大砾块，这是到了家。

　　　连连拍门板，爹爹开门来。

　　　儿子今个彩，快快开门吧，天上掉雨点。

（上石敬瑭跟着）

李有的：（唱）孩儿你来咧，又是去掷骰。

　　　　真是不长进，好个王八崽。

李猴儿：（唱）双手把门开，门扇两边闪。

　　　　离离歪歪的，进了大门坎。

石敬瑭：（唱）敬瑭随后跟，隐身只一转。

　　　　随着进了门。

李猴儿：（唱）猴儿带笑脸，叫声我的爹。

　　　　今日我抓彩，赢钱好几吊。

（白）爹爹呀，今个我赢了钱了，请两个朋友在酒馆先喝了酒，没吃一点东西，有啥好东西与我点吃吃啊？

李有的：今日是少奶奶生日，厨房剩下许多好东西，只怕二层房子上了锁，我如何进得去呢？你与我去找找，万一没关门呢。

李猴儿：哼，待我瞧瞧去。

李有的：待我摸摸去，小子你等一会吧。（下）

（石敬瑭跟李有的）

李有的：好好，果然二层房子门未关，待我进去摸点好东西与他吃去吧。

（唱）李有的推开二层门，去到厨房把东西找。
　　　年老之人耳朵沉，敬瑭跟着并不觉。
　　　又有鬼卒护着他，狗儿一声也不咬。
　　　摸些东西回里行，（下）

石敬瑭：（唱）敬瑭这才撒开脚。
　　　进了二层院子中，月色当空天晴了。
　　　瞧见几座大高楼，层层房舍并不少。

李争春：（白）拿茶来。

石敬瑭：（唱）忽听楼上有人言，是说梦话说渴了。
　　　顺着声音找了来，这座楼台盖得巧。
　　　莫非李英在其中，必有他的妻妾小。
　　　楼上有梯往上行，楼窗支开看分晓。
　　　乃是一个少年人，妇人睡着床上倒。
　　　衣服都在那一边，楼上陈设多精巧。
　　　听说李英有一男，三十上下并不老。
　　　此人必是李争春，先杀狗子却也好。
　　　楼窗支着跳进来，看得真切把牙咬。
　　　举起宝剑劈狗头，心中自想也不好。
　　　丈夫报仇要分明，抓住头发叫醒了。

（白）狗子醒来！（抓上）

李争春：美人，踩了我的头发了。美人撒开吧。

石敬瑭：你睁开狗眼看看我是你的美人么？

李争春：睡觉吧娘子，玩啥呀？

石敬瑭：你看看。

李争春：哎呀，你是哪个？我的衣裳呢？

石敬瑭：你是李英的什么人？

李争春：哎呀，有了贼了！

石敬瑭：不要嚷，你看我的宝剑在手，一剑下去你的脑袋就掉了。

李争春：是，我不吱声，我的祖宗哪。

（唱）睁开眼，魂吓飞。

看着楼窗，月色光辉。

只见一汉子，立目横着眉。

年纪纵然不大，红面生得魁伟。

手举宝剑瞅着我，干瞪两眼动不得。

石敬瑭：（唱）你这厮，却是谁？

李英奸党，那个老贼。

是他什么人？告诉我晓得，

要是花言巧语，声张就把头割。

宝剑现在面前晃，圆睁二目皱双眉。

李争春：（唱）拉单被，把身围。

乜斜二目，只是发呆。

浑身出躁汗，魄散魂也飞。

只叫好汉留命，丞相是我父。

我名争春，好汉留名你是谁？

石敬瑭：（唱）做暗事，非英魁。

不必害怕，我是那谁。

敬瑭就是我，你可也晓得？

你父做事冤孽，我家四口命亏。

父母兄嫂死得苦，我为报仇杀老贼。

李争春：（唱）更害怕，心性没。

光着身子，战在一堆。

欲待要喊叫，怕他剑一挥。

只得苦苦哀告，公子不要发威。

要什么东西我愿献，只求饶命发慈悲。

石敬瑭：（唱）只要你，实话回。

你的老子，那个老贼。

他在何处睡？告诉我晓得。

有他我便饶你，快说不可迟违。

宝剑指定快实讲，如要支吾把命追。

李争春：（唱）那时候，家童回。

我父今日，未把府回。

王府去拜寿，夜宴把客陪。

石敬瑭：（白）当真？

李争春：（唱）宝剑落在头上，撒谎是个乌龟。

对面楼上我父住，你要不信看一回。

（白）我父鲁王府拜寿去了，那里留下筵宴。你若不信对面楼上瞧瞧，只有我妈没有我爹。

石敬瑭：想你也不敢瞒我。

李争春：刀到脖子上，谁不惜命？我说了，饶了我吧。

石敬瑭：狗子看剑。（杀死）

李　氏：官人哪，你是睡愣怔闹呢？

石敬瑭：你这老婆着剑死，倒也爽快。待我下楼上西楼走走。

（唱）一剑一个倒坚决，下了高楼对面走。

飞身上了那座楼，楼窗支开往里瞅。

一个妇人在楼中，年纪料有四十九。

一定是个李英妻，搂头一剑削了首。

旁边还有两丫鬟，睡个安稳抱又搂。

不用分说看剑劈，跳下楼来往西走。

又进一座小内房，一个妇人十八九。

必是妾小不用言，有个梅香陪伴宿。

杀了妇人杀丫鬟，寻找李英真没有。

遇见睡着就砍头，男女杀了十八口。

可恨未得李英头，怒气难消冲牛斗，

再等窄路遇冤家，觉得随风滴溜溜。

依然出了后府门，街上静悄无人走。

谯楼鼓响五更天，忽然一阵大风吹。

风过雷响天大明，细雨淋淋正好走。

天明又到小庙台，昨晚在此存半宿。

庙台上放着一领破乱衣，却是谁的无人求。

我正愁着血染衣，披起旧衣遮身走。

不言敬瑭出了城。（下）

（上老总管、众丑）

总　管：（唱）惊动了总管往外走。

跑出堂来问原因，

（白）你们吵嚷什么？

丫　鬟：总管，你来看看。

总　管：看什么？

丫　鬟：你来吧。

总　管：哎呀，不好了，是谁行凶了太太、奶奶？丫鬟，这可怎么好？快与太爷送信去吧。

丫　鬟：你拉倒吧，跑了凶手，太爷该赖咱们杀的咧。

总　管：这可怎么好呢？

丫　鬟：咱们跑了吧，要不跑就该叫咱们偿命咧。

总　管：我可不哇，我与太爷送信去便了。（下）

（上石敬瑭）

石敬瑭：（诗）劈破玉笼飞彩凤，顿断金锁走蛟龙。

（白）俺石敬瑭。可叹父母兄嫂俱亡，剩我一人拿着倚天宝剑在奸相府中杀了一十八口，只是未得杀那李英。料想他一定猜着是我，必然出入防备，各处行文捉拿我。一时也难报此仇，离了长安。腰藏宝剑，辟妖邪，削铁如泥，乃是祖传之宝。身上只有宝剑并无行李路费，也想不起投奔谁个来了。

（唱）逃出长安独自走，难消怒气贯斗牛。

一家个个全节义，剩我一人恨悠悠。

纵然杀他十几口，未杀李英不报仇。

冤家自然狭路遇，暂且忍耐等时候。

　　　　　只是目下无投奔，纵有亲眷谁敢留？
　　　　　贼必行文捉拿我，天地纵宽无处投。
　　　　　信步游行往北走，缺少盘费更焦愁。
　　　　　少不得哀求善人作乞丐，半饥半饿难讲究。
　　　　　离京走了好几日，那日西山把阳收。
　　　　　腹内无食天又晚，对面小庙是新修。
　　　　　进了村口抬头看，瞧见一座破门楼。
　　　　　门上高把灯笼挂，院子内摆着香案有来由。
　　　　　想来必是做好事，
　　　（白）这一家门楼破损，上挂灯笼，院内摆着香案必有缘故。我且在门外等候，有人出来求碗饭吃，就上庄外小庙存宿一夜，明日再走。你看院内出来一位老者。
　　　（上周信，老丑）

周　　信：你是做什么的？在我门口站着。
石敬瑭：我是行路人，一时无有盘费。老人家有剩饭与我碗充充饥，异日恩有重报。
周　　信：唉，可怜一个儿子修得要死咧，我还修什么好呢？
石敬瑭：令郎身有病了？
周　　信：没病可就是要该死了。你看那不是摆着香案呢，就是与我小儿送别呢。
石敬瑭：老人家说话糊涂，何不明白说明？此事必有蹊跷，一定要领教一回。
周　　信：你一定要明白，就跟我院里来吧！（下，又上）
石敬瑭：来了。（下，又上）
周　　信：你在这坐下，听我告诉老汉的苦楚。
　　　（唱）老婆子冯氏生一子，起名叫做太平哥。
　　　　　今年长了十三岁，可怜他命见阎罗。
石敬瑭：（白）为何？
周　　信：（唱）本庄西北五里路，却有一道乌龙河。
　　　　　乌龙大王显了圣，惊叫阖庄把话说。
　　　　　与他修上龙王庙，乌龙大王神像恶。
石敬瑭：（白）这也是全庄的好处。

周　信：（唱）还有一件作怪事，提起叫人颤哆嗦。

石敬瑭：（白）害什么怕呢？

周　信：（唱）十岁以上十五以下，童男童女要两个。

石敬瑭：（白）要童男童女何用？

周　信：（唱）生吞活咽大王用，村庄人家二百多。

　　　　　　若有就得去供献，舍了骨肉喂神佛。

石敬瑭：（白）谁肯舍得儿女呢？

周　信：（唱）有钱人家便去买，钱替儿女怕什么。

　　　　　　唯独苦了贫穷者，有儿女无钱使不得。

　　　　　　今乃八月初二日，轮流着该着我与陈大哥。

　　　　　　哪有银钱买男女？得将自己骨肉割。

　　　　　　老汉一生只一子，只得舍了祭神佛。

　　　　　　今夜二更去祭奠，可怜我那太平哥。

　　　　　　老婆儿屋里守着子，哭了一个死代活。

　　　　　　怎叫老汉不悲痛？

石敬瑭：（唱）此事有些不明白，哪有神仙吃人肉？

　　　　　　未免是个老妖魔，我今遇此奇怪事。

　　　　（白）老人家若肯与我一顿饭吃，我愿替了令郎祭那乌龙大王，死而无怨。

周　信：小哥，你是和老汉说笑话呢？

石敬瑭：本人诚心诚意，并非笑话。

周　信：哪有吃顿饭就舍了命？横是吃顿饭就得跑了吧。

石敬瑭：岂有此理？老人别错看了我。我名石大胆，专会降妖捉怪，那乌龙大王必是妖怪。我替令郎前去，管保把他捉住与你这一方除害。

周　信：不信不信，你是个十来岁的孩子，有何本领能降妖捉怪？

石敬瑭：老人家，何妨试试？我若降了妖，与你除了害；若降不了，也不过搭一顿饭，能值几何呢？

周　信：这倒也是。待我与我老婆儿说知，再来请你。（下）

　　　　（上小生）

太平哥：多谢老哥替我喂那乌龙大王。你死了，我活着多与你烧钱化纸。

周　信：你替我儿子祭神，可不是我贿买的，这是你情愿，你可不要吃了饭跑了哇。

石敬瑭：我石大胆从不诓人家饭吃。

周　　信：好，如此，我儿告诉你妈，做点好菜好饭与他吃，领他进屋去吧。

太平哥：是，恩人随我来。

石敬瑭：来了。（下）

周　　信：哈哈哈，只道去了我一块病，待我到陈文科家，告诉他送童女我送童男，等到二更庙里见。

（诗）老天不负苦心人，逢凶化吉救星临。

（出陈文科，丑）

陈文科：（诗）生儿不孝不随心，养女夭寿甚可怜。

（白）老汉陈文科。不幸老婆子下世去了，撇下一儿一女。儿名陈保，毒行不法，与他女人潘氏更搅家不良。女儿陈美娘，年方一十三岁，自七岁死了他妈，寸步不离老汉，家中贫寒不能继娶。不意五年前乌龙大王显圣，庄中大伙修了一座庙，每年春秋祭奠。今年是我的会首，当献童女一名，我说折卖房子买一个姑娘顶替女儿。可恨陈保那个杂碎子，他不乐意，与我吵了一场，从夏天躲在他丈人家去了，叫他们也不来。自己又无银钱买人替女，只得舍了女儿了。唉，可惜十几岁的孩子如此而亡，怎不叫人伤心哪！

陈美娘：爹爹呀，你老人家只是啼哭，从昨日起茶饭不进，叫女儿做了鬼魂也惦着你老人家。

陈文科：唉，女儿，可怜你遇此无能的老子，无钱买人替你死了，可不要抱怨为父啊。

陈美娘：爹爹，孩儿命苦，知命而死，岂肯抱怨爹爹？无非怨命。

（唱）女儿生来业障命，七岁亲娘把儿撇。
　　　指望娶个贤嫂嫂，一点道理不懂得。
　　　说我是个赔钱货，不如早早一命绝。
　　　女儿死了倒干净，省得累着老爹爹。
　　　死肠子也却好扯，人人都把这话白。
　　　儿死以后勿挂念，有几句话儿劝爹爹。
　　　我哥哥二三十岁成了性，现今遂着嫂嫂邪。

　　　　　一点半点休生气，诸般事儿忍耐些。
　　　　　是非自有旁观者，抬头三尺有天爷。
　　　　　更锣也已敲二鼓，爹爹送儿庙去吧。
　　　　　美娘说罢悲啼起，文科哭得二目斜。
　　　　　拉着女儿号啕痛，

陈文科：（白）儿呀，岂不疼死老爹爹？
　　　　（唱）你今方才十三四，人伦道理全晓得。
　　　　　劝我的话儿真寒苦，为父看着过不得。

周　信：（内白）陈大哥在家呢？（上）我今要会陈大哥往庙里送童女。

陈文科：唉，周兄弟呀，可怜我女儿长了十三四岁，未得舒心，今日如此而亡，我与你是一般的苦情了。

周　信：你苦我不苦，我儿有替身的了。

陈文科：哦，莫非你买了个替身了么？

周　信：哪有钱买呢？原是这般如此。

陈文科：世上哪有这样不怕死的呢？你儿子有了替身的了，可怜我女儿没救星了，真正苦哉痛哉！

周　信：陈大哥，你不要哭了，那石大胆说乌龙大王要吃人肉，必是妖怪，他有本领降了妖怪，与咱们一方除害。万一如此，岂不保住闺女无事么？

陈文科：一个十五六的孩子，如何就能降妖捉怪呢？

周　信：我也有点子不信呢，只是他说得好听，管他能不能，凭他蹦去吧。天交二鼓，众人这时候都在庙里摆上供献，只等咱二人去送童男童女。

陈美娘：周大叔，我死了，好好劝我爹爹，不要思念与我呀。

周　信：好孩子，可惜无好命，可怜。
　　　　（唱）大姐生来有福相，村中之人谁不夸。
　　　　　人好奈何命不好，七八岁上死了妈。
　　　　　兄嫂混账人都晓，大哥时常不在家。
　　　　　大姐生得多伶俐，不用人教自扎花。
　　　　　出挑恰似一仙女，祭奠乌龙大王他。
　　　　　只怕命大不该死，石大胆降妖有方法。
　　　　　降了妖怪保住命，大家明早再看吧。

　　　　　　说罢告辞回家去，（下）
陈文科：（唱）文科难舍女娇娃。
陈美娘：（白）爹爹不要哭了，送儿去吧。
陈文科：（唱）爷儿俩哭哭啼啼庙里去，庄中人等有两百家。
　　　　（上众丑）
众　人：（唱）齐上庙去把香降，点起灯笼与火把，
　　　　　　　众人点香摆上供，
　　　　（白）咱们摆上供桌，着香等会都来了再发表，你看会首领着童男来了。
　　　　（上四人）
周信、陈文科：众位早来了么？
众　人：我们早来了，没听撞钟吗？老周这童男不是你儿子，太平哥几时买来的替头子？因为一顿饭就替死，你这小哥哥把性命看成不值钱了。
石敬瑭：这是情愿，众人不必担忧。
众　人：管他呢，有祭神的就好。人都到齐了，会首跪下，祝告祝告，我们随着念佛。（全跪）
周　信：太平村信士弟子周信敬献童男一名，年一十四岁。
陈文科：陈文科敬献童女一名，年一十三岁，愿乌龙大王受享而食，保佑一方风调雨顺，海晏河清。
众　人：阿弥陀佛，咱们叩头将门带上，回家睡觉去吧，明日再来收拾家伙吧。
陈文科：唉，女儿啦！
众　人：走吧，哭也不中用了。
　　　　（唱）满庄人等拉着走，倒关庙门把家回。
　　　　　　　等着明日再来看，收拾家伙扫纸灰。
　　　　　　　可怜男女人两个，骨头肉儿一点没。
　　　　　　　不言众人回家去，（下）
石敬瑭：（唱）敬瑭左边用目窥。
　　　　　　　端详这个小女子，坐在右边把头垂。
　　　　　　　体格轻盈品格好，貌相端庄是女魁。
　　　　　　　不像贪生怕死样，坦然而坐紧皱眉。
　　　　　　　真也是个奇女子，不亚某家小英魁。

> 我只为吃了人家一碗饭，做了人所不能为。
> 全仗宝贝倚天剑，常辟妖魔与邪祟。
> 又观泥像正位坐，果然狰狞有雄威。
> 又听村内更锣响，正是三更三点催。
> 庙外一阵风声响，必是妖精把庙归。
> 站起身来加防备，倚天宝剑射光辉。
>
> （白）那一女子，你且庙廊下躲避躲避，狂风所过不是神道就是妖精，等他进来看他是何光景，有我应对与他，你且不必说话。

陈美娘：是。（下）

（石敬瑭手执倚天宝剑，隐在泥像一旁，当心防备）

乌　龙：（内白）呀咧，今乃八月初二日祭赛之期，吾神受用童男童女来也。（上）

石敬瑭：乌龙大王你来了么？

乌　龙：呀，这个童男背着一只手，金光闪闪有些奇怪。童男童女你叫什么名字？吾神要生吞活咽。

石敬瑭：童男太平哥，童女美娘，请大王来先吃我吧，再吃童女。

乌　龙：呀，每年童男童女见了吾神，吓得骨软筋酥，昏迷而倒。今夜这个童男这样胆大，必有来历。

> （唱）这童子，不非凡。
> 这样胆大，与我答言。
> 倒背一只手，双睛二目圆。
> 背后金光闪闪，叫我不敢近前。
> 我问你是谁家子？快快说来我好食。

石敬瑭：（唱）我本是，在长安。
> 石忠我父，节度为官。
> 敬瑭就是我，胆大不怕天。
> 你是何物作怪？要吃童女童男。
> 说罢手举倚天剑，一道光辉扑面前。

（妖中剑）

乌　龙：（唱）左膀上，血直窜。
> 只见宝剑，胆战心惊。

     欲要想逃走，身子似软瘫。

     刚跑出庙门外，（下，又上）他又追赶上前。

  （白）哎呀！

  （唱）躲闪不及又一剑，现了原形变人难。（现马形）

石敬瑭：（唱）一声喊，震破天。

     妖精不见，一阵黑烟。

     烟消见一物，一见发愣然。

     乃是一匹黑马，色如锅底一般。

  （白）马怪哪里走？

  （唱）抓住鬃尾举起剑，马怪要你听我言。

  （白）原来是匹黑马作怪。你看他头上生肉角瘤，一定是匹龙驹，敏耳聪蹄，战战兢兢，似有哀鸣之壮。马怪呀，你若依我为坐骑，将头连点三点。（马点头）呀，你看连点三点，定是我的坐骑，不免将腰带解下拴在庙门坎。天交五鼓了，我单在庙门一旁小睡片时，天明告辞，骑着乌獮豹赶路便了。（下）

（出陈文科）

陈文科：（诗）一夜无眠疼爱女，五更早早化纸钱。

  （白）老夫陈文科。疼女儿整整哭了一夜。天已大亮，拿着纸锭往庙里与我那苦命女儿烧烧去吧。

（上周信）

周 信：陈大哥，起来了么？

陈文科：起来了，周兄弟你可起来了，往庙里去来没有呢？

周 信：没有呢，特来邀会你同去看看令爱与石大胆性命如何了。

陈文科：哎，小女一定被乌龙大王吃了。

周 信：那可不一定，你我同去看看，便知吉凶祸福。

  （唱）我儿得安然，得了石大胆。

陈文科：（唱）可怜我女儿，替身有谁管。

周 信：（唱）不怪你心疼，长得人稀罕。

陈文科：（唱）人强命不强，造的寿命短。

周 信：（唱）石大胆曾说，捉妖他管揽。

陈文科：（唱）如何信得他？枉想无半点。
周　信：（唱）你且不要哭，我泪窝儿浅。
众　人：（唱）鸣锣众人来，齐往庙里赶。
　　　　　　　聚齐到村东，庙儿路不远。
　　　　　　　众人齐抬头，一见金光闪。
　　　　　　　缭绕庙门前，一怔直了眼。
　　　　　　　近看围着瞧，正是石大胆。
　　　　　　　身卧庙台上，睡觉合着眼。
　　　　　　　头上现金光，此人福不浅。
　　　　　　　乌龙大王爷，未把他吞咽。
　　　　　　　一点未动他，睡得好舒坦。
　　　　　　　又见马一匹，拴在庙门坎。
　　　　　　　又大胖又高，如同墨儿染。
　　　　　　　庙门大开着，一见说突然。
　　　　　　　童女低着头，靠墙身发软。
陈文科：（唱）文科跑上前，女儿睁开眼。
陈美娘：（白）爹爹来了么？
陈文科：（唱）你可得了命，欢喜死了俺！
　　　　　　　快说昨夜何光景？
　　　　（白）我的儿你怎么安然无事？昨晚是何光景？莫非那乌龙大王没来么？
陈美娘：怎么没来呢？庙门坎上拴的那匹马就是乌龙大王，原形如此这般，被那红脸的抡动一口宝剑，只见金光射目，将那乌龙大王砍了两剑。它便就地一滚，变了一匹黑马。
陈文科：原来是个黑马怪。这石大胆必是个活神仙下界，与咱们这一方除害，不可慢待与他。
陈美娘：正是。你们方才没见金光射曜，一定是个神仙，大家唤他醒来，请进庄去拜谢。
众　人：言之有理。（下，又全上）活神仙请醒来。
石敬瑭：哼，一觉好睡。
众　人：请问活神仙，用什么宝贝将乌龙大王现了原形？

石敬瑭：我有祖传一口宝剑，其名倚天剑，能镇压邪魔，因那马怪中了两剑即便现了原形，愿为我的坐骑。

陈文科：真好，宝贝好神通，请到我家拜谢。

石敬瑭：不必，不必。

周　信：列位不必争论，这活神仙是替我太平哥来的，算是老汉的恩人，理当请到我家敬酒拜谢。

陈文科：周兄弟说得有理。列位要谢神仙，多凑金银与活神仙，打点行李路费，才算是酬谢降妖之功。

石敬瑭：正是，就要告辞前行。

周　信：且请到我家奉敬你老。

　　　　（唱）众人齐心将钱凑，置办盘缠报恩人。
　　　　　　　周信拉着石大胆，就请恩人进庙堂。
　　　　　　　内有两个年轻小，要拉黑马好进庄。
　　　　　　　忽见他鬃尾乱炸咆哮吼，吓得二人面焦黄。

石敬瑭：（唱）说声二位闪过了，随手而转顺当当。

陈文科：（唱）文科送女回家转，到周家叩谢恩人礼应当。（下）

周　信：（唱）周老儿告诉老婆去做饭，急速款待那石郎。
　　　　　　　就请恩人上席坐，收拾酒饭慌又忙。

众　人：（唱）众人齐凑银百两，又有马鞍与行装。
　　　　　　　来到周家把神仙敬，来了那陈文科无钱面焦黄。

陈文科：（唱）恩人救了我的女，无物可酬愧难当。
　　　　　　　若不弃嫌贫与贱，愿将小女配妻房。

众　人：（白）正该如此，真乃美事！

周　信：（唱）周信插嘴说很好，我把冰人当月老。
　　　　　　　陈家姑娘人物好，你二人也曾过夜在庙堂。
　　　　　　　不过迟个三四载，来此搬娶去圆房。

石敬瑭：（唱）这般婚姻固所愿，却有一事讲其详。
　　　　　　　我本落难寻朋友，不知何处是家邦？

周　信：（白）何不在这里居住？

石敬瑭：（唱）这里非我栖身所，怕有仇人到这庄。

等我五年自有信，我本名叫石敬瑭。

（白）仇人与我作对，这里非我栖身之处。我此去天涯海角真名不露，若得寸地，五年之内，自有书信搬娶令爱，五年不见我的书信，令爱再择别人，不可因我耽误终身。

陈文科：休说五年，一言为定，婚姻无改，小女终身等候。

石敬瑭：酒饭已领，告辞赶路了。

陈文科：请住上几天，再走不迟。

石敬瑭：真名已露，不敢久停了。

陈文科：我们不敢强留。这是阖庄准备马鞍行李，内有白银百两，可为路费。

石敬瑭：多谢列位盛情，有日相逢再谢，告辞了。

众　　人：我等一送。（下）

石敬瑭：（内白）列位请回去吧。（马上）俺石敬瑭，有了鞍马路费可以走遍天下，寻一安稳之处养成锐气，拿住仇人李英，千刀万剐与我父母兄嫂报了仇，他们灵魂不能饮恨于九泉之下。

（唱）天赐这匹乌獬豹，帮助与我为坐骑。

　　　　又得行李与鞍子，寻个安身且隐居。

　　　　养成抱负冲天气，报仇雪恨自有时。

　　　　一路上冷食渴饮非一日，这日天变雨露滴。

　　　　秋雨甚冷衣服透，四野荒郊店家稀。

　　　　对面有座大山岭，树木森森云雾迷。

　　　　赶到树下避一避，催马加鞭快又急。

　　　　却有一座大宅院，俨然像座小城池。

　　　　左边有座新坟地，右边房舍甚整齐。

　　　　石牌楼下可避雨，

（白）好一座坟茔，内中有一个坟立着碑碣，待我看看是谁的坟茔，上写着皇唐故飞虎将军勇男公十三太保李公讳存孝之墓。哦，原来是李存孝的坟，这座宅舍必是他守坟墓之人居住。你看雨虽不大，天色将晚，不免在此盹睡片时，天晴再走便了。（下）

（出李从柯，武生白面）

李从柯：（诗）奉旨守坟墓，凛凛奉孝恩。

（白）俺李从柯，同母亲、舅舅来到灵丘峪守墓，舅舅带领家将往青松岭射猎去了，明日方能回来，打些飞禽走兽庆贺中秋佳节。方才用了晚饭，来到书房，天色已晚，明如白昼，似此良宵美景岂可便睡？
（上小子）

小　子：秉公子，咱们坟里石牌楼下睡着一人，有一匹黑马十分胖大，背着鞍子在坟里吃草，被我们用料引来拴在桩上。公子看看去，好一匹骏马咧。

李从柯：待我前去看来。

（唱）平生最爱骑烈马，起身离座出书宅。（下，又上）
　　走至马棚看见了，心中喜悦甚惊骇。
　　从来未见这样马，又大又胖又快哉。
　　黑如亮漆鬃尾炸，头生肉瘤两边排。
　　两眼如灯耳朵小，正是龙驹出世来。
　　自古英雄喜良驹，今得坐骑称心怀。
　　此马必是睡觉的，未拴妥当把缰开。
　　坟内吃草太无礼，白白留它也应该。
　　怕他传扬名不好，何不唤他说明白？
　　另换与他一匹马，贴他银子也应该。
　　主意一定往外走，（下，又上）带自家童出住宅。
　　不多一时到坟墓，瞧见一人石牌下歪，
　　年纪与我不差上下，红面环睛一表人才。
　　走至跟前高声叫，红脸汉子快快醒来。

石敬瑭：（唱）一觉好睡真好睡，明月当空亮又白。
　　只见一人面前站，不见坐骑甚惊骇。
（白）我的马怎么不见了？哦，你们把我的马拉去，是何道理？

李从柯：这坟冢岂是你放马之处？

石敬瑭：拴得不牢，松了缰绳，吃了点草，何须就将马拉去？好无道理！快些把马拉来，如若不然，某家断不容你。

李从柯：你也不要发威。你将此马兑换与我，我再给你几两银子，岂不是大大的便宜？

石敬瑭：住了，勿得胡说！快将我的龙驹拉来，省得我气恼。

|（唱）|心不悦，皱眉梢。
你这小子，说话轻薄。
我的乌獬豹，本是出水蛟。
良马人我是主，别人骑他不着。
休说贴银我不换，快快牵来免把殃遭。

李从柯：（唱）你这厮，欠斟酌。
也不睁眼，仔细观瞧。
我家这坟墓，放马不轻饶。
不肯白白留下，就算义垂清高。
贴银换马便宜你，竟自不从说话刁。

石敬瑭：（唱）心起火，气难消。
勿得撒野，少要放刁。
想换我的马，枉自把眼挠。
速速拉来还好，闲话不必唠叨。
莫当我是好惹的，再若挨迟拳头瞧。

李从柯：（唱）你这厮，真野了。
胡言乱道，撒野放刁。
便宜不肯受，想要把殃遭。
你的拳头怎长，拳头把谁来凿？
就欠绑手送城去，送官处置贼难逃。

石敬瑭：（白）哇呀呀！
（唱）一声喊，震天响。
敢绑哪个？说话我瞧。
我名石大胆，从不怕土豪。
你要打得过我，这马就不要了。
攥拳挽袖要动手，红脸小子要发飙。

家童一：（白）红脸小子切莫发飙，这是勇男公的儿子，晋王千岁的孙孙，讲要打架岂不该死？留下马快些溜了吧。

石敬瑭：咧，石大胆也不是好惹的！什么勇男公、李晋王？就是当今皇帝我也不怕。有本事的打得过我，就把那马白送与你，若打不过我，快将马与我献出。

李从柯：你这厮好生可恶，要讲打我也不用人帮助，咱俩一对一，见个高低，家童闪开，那厮看拳。

石敬瑭：来，来，来。

家童一：说着说着打起来了。公子不让咱们帮手，只好旁边观看。公子要抢上风，不用帮手，若是落了下风，一定动手打这个小东西。

家童二：使得。你看他俩打得热闹，打得好看哪。

（唱）逞威气，把脚动。

身体伶俐，前窜后跳。

原来会把式，怪道有气性。

这才是，会家子正把会家子碰。

左边挡，右边弄。

饿虎扑心，乌龙入洞。

猿猴拳而高，旋风脚而硬。

才是棋逢对手，看得人直发愣。

输与赢，不一定。

棋逢对手，真是愣怔。

前窜后跳不住蹦，二人一见花了眼。

家童一：（白）伙计，你看这个小伙子武艺实在不错，与咱家公子打在一处，看不出来谁胜谁败，倘若咱公子败了，那还了得么？

家童二：要以我说，你们在此看着公子，若胜了就拉倒。公子若是不胜，你们就一齐下手帮着打呀。我去禀夫人知晓。

家童一：有理。你就去吧，请。

家童二：请。（下）

（完）

第 三 本

【剧情梗概】 石敬瑭在李存孝的陵墓附近遇见了欲抢占龙驹的李从柯,发生了冲突。邓瑞云见石敬瑭气宇非凡,便让他与李从柯结拜为兄弟,并亲自教授武艺。唐天子迁都汴梁,杜有年带三千人马保护圣驾,其余文武官员辅佐鲁王李旬镇守长安。昭宗一到汴京,果然中了朱温的埋伏,老将军孤掌难鸣,碰死阶下。唐天子被迫取出金镶玉玺印,让出皇位,朱温改汴梁为东京,改元为开平元年,号大梁。奸臣李英、杨涉被绑出午门斩首示众。暗中保护天子的将军郭彦威闻知后,立即杀奔午门,保护天子,但无济于事,只得带领人逃出汴梁,赶奔潼关。

(出邓瑞云,青衣旦)

邓瑞云:(诗)冰心一点玉壶清,淡扫蛾眉不画容。

(白)奴邓瑞云,在这灵丘峪守墓,却也不闻是非,倒也清静。今乃八月十四日,明日便是中秋佳节,不免到花园楼上玩月一回,一则看看月色,二则观观天象。

(唱)夜静更深黄昏后,桂花摇影夜深沉。
　　　秋景萧条愁夜永,薄衾单枕懒去温。
　　　慢动金莲出关舍,(下,又上)莲步近了花园门。
　　　来到玩月楼之上,仰观星斗观月轮。
　　　今日十四缺一点,明日月满照乾坤。
　　　但只见八个星星围银汉,紫薇帝星暗又昏。
　　　早知天下多荒乱,滚滚刀兵起烟尘。
　　　对面一道金光现,心中着忙细留神。
　　　一条乌龙空中舞,张牙舞爪显金身。
　　　与一黄龙相争斗,隐隐雷鸣锁愁云。
　　　那条黄龙身形小,斗那黑龙太劳神。
　　　来来往往争胜败,只在九霄半天云。
　　　目不转睛端详看,(上掌家婆)

掌家婆:(唱)掌家婆上楼尊夫人。

　　　　　　　　家童外边有紧事,回禀夫人进房门。
邓瑞云:(白)外面有何事故,这等要紧?
掌家婆:家童报说咱公子与一个小子在坟茔内打了个难分难解,故此禀知夫人。
邓瑞云:好,随我下楼。(下,又上,坐)叫家童进来回话。
　　　　(上家童,丑)
家　　童:来了。夫人在上,小的叩头。
邓瑞云:起来,你少爷为什么与人家厮打?快快说来。
家　　童:夫人容禀。
　　　　(唱)今日晚饭时,一阵狂风刮。
　　　　　　风住雨淋淋,地下浓不扎。
　　　　　　雨住到坟前,我与小二生。
　　　　　　看见一小子,不知来自哪?
　　　　　　睡在石牌楼,行李当睡榻。
　　　　　　又往坟里瞧,拴着一匹马。
　　　　　　又高大又肥,好似一黑塔。
　　　　　　牵来见少爷,公子欢喜它。
　　　　　　就去见那人,叫醒他炸了。
　　　　　　如此这般说,换他那匹马。
　　　　　　他便瞪眼睛,如同疯癫傻。
　　　　　　开口就骂人,举手就要打。
　　　　　　公子不让他,就把拳头打。
　　　　　　不叫我们帮,看着他俩打。
　　　　　　越打越精神,真打不是假。
　　　　　　胜败总不分,我们无方法。
　　　　　　故而禀夫人,心中暗惊讶。
邓瑞云:(唱)方才见二龙,相争空中耍。
　　　　　　不用细追求,应是他们俩。
　　　　　　何不故此问来历?
　　　　(白)你急去告诉你少爷,就说有要紧之事,在中堂等他,连那红脸小子请来。快去。

家　　童：是。（下）
邓瑞云：奴早知李从柯必有大发，方才二龙相斗，一龙应在从柯身上，一龙应在那人身上。等他们到来，叫从柯与那人结为异姓手足有何不可？定是这个主意。

　　　　（诗）天下惶惶遇不顺，天宫降下草头龙。

　　　　（石敬瑭、李从柯打上）

家　　童：（白）公子快些住手，夫人动怒在中堂，立等说话呢。
李从柯：红脸小子饶了你吧，你去吧。（下）
石敬瑭：你往哪里走？快还我的马来。
家　　童：你不要这样逞强，我家夫人要问问你的来历，说个明白，自然还你那匹马就是了，快随我们来吧。
石敬瑭：谁怕你们人多不成，见你们夫人讲理。

　　　　（唱）喝叫尔等引路行，我就去到你家里。
　　　　　　　什么公子与夫人，什么官家男与女。
　　　　　　　要是白赖马龙驹，一定抡拳用脚踢。
　　　　　　　虎气昂昂跟着行。（下）再表瑞云坐屋里。

邓瑞云：（唱）为何不见他们来？（上李从柯）从柯进来施以礼。
　　　　　　　你且侍立在一旁，（上石敬瑭）进了中堂把步止。

石敬瑭：（唱）居中坐着一夫人，见我进来便站起。
　　　　　　　打架小子立一旁，想来就是他儿子。

邓瑞云：（白）后生何故动气？
石敬瑭：（唱）与我坐骑就干休，怎怪动气不欢喜？
　　　　　　　你们既是宦门家，须知王法讲道理。
　　　　　　　人家马拴你家槽，明是打算要窃取。
　　　　　　　倚仗势力也不中，我却不是好惹的。
　　　　　　　有本事把我打怕，那匹龙驹送与你。
　　　　　　　若是贴换仗银钱，万两黄金瞧不起。
　　　　　　　请我进房有何说？与我马来便依你。

邓瑞云：（唱）我问你是哪里人，姓甚名谁住哪里？
　　　　　　　因何至此何处行，要你一一说端底。

石敬瑭：（唱）谁与你们议家常？闲话休提还马匹。
邓瑞云：（白）你今年多大岁数啦？
石敬瑭：（唱）何必问我多大年，管我十几不十几？
邓瑞云：（白）说明来历把马还你。
石敬瑭：（唱）必定要问姓与名，仔细听我告诉你。
我是如此与这般，一一说了就详细。
快与我马要行程，
邓瑞云：（唱）瑞云听罢心欢喜。
原来却是忠良后，
（白）原来你是节度使石忠之子。你父当日跟着晋王老千岁灭剿有功，才能升官名扬天下。我是十三太保勇男公夫人，这是我儿李从柯，你父与我家乃是相契之交，何苦因马置气，忘了祖父之交情呢？
石敬瑭：纵是我父的相交，别的可让，我那匹马原是如此而得，还仗着此马纵横天下，好拿奸相李英与我父兄报仇，母亲、嫂嫂也死在他们手里。
邓瑞云：你且不要性急，你的马自然还你。
石敬瑭：还我马就没别的说了。
邓瑞云：我有一言要你自思自想。
（唱）奴家素明人贵贱，可敬你虽在年幼志气凶。
将来一定扬名姓，龙潜沧海待雷鸣。
要与你父兄把仇报，故杀对头十八名。
李英焉得不痛恨？必然拿你画影图形。
天下哪是容身处？志气纵大不能行。
何不安身住在此？与我儿结义拜弟兄。
李英纵然知道了，这里拿人万不能。
你二人熟习兵书演刀马，有我指教武艺通。
待二年送你太原府里去，何难报仇拿李英？
你且斟酌细思想，
石敬瑭：（唱）口中不言暗调停。
久闻那勇男公夫人有异术，早晚求教必分明。
与他儿子拜朋友，却也不辱我门庭。

主意已定说情愿，

（白）我石敬瑭为父兄报仇，杀死人命，无处存身，若蒙老人家雅爱，留住于此，三生有幸。

邓瑞云：你今年十几啦？

石敬瑭：一十五岁了。

邓瑞云：从柯一十四岁，拜你为兄。

石敬瑭：我二人拜为兄弟，你老便是母亲了。母亲请上，受儿一拜。

邓瑞云：暂且不必，但等明日准备乌牛白马对天结义，再行大礼。天交二鼓，从柯陪你哥哥书房安息去吧。

李从柯：是，哥哥随我来。

石敬瑭：来了。（下）

邓瑞云：今日二龙聚在一处，将来彼此相顾，自有护卫。

（诗）天生异人有异象，非奴不能识英雄。（下）

（出李英坐）

李　英：（诗）社稷平分正庆寿，一家被害恸伤情。

（白）本相李英。前日鲁王府祝寿未回，家中被杀一十八口，想来必是石敬瑭降香而回，闻他父兄被斩，与我作对。我今早已叫督察院各处行文严拿狗子，才解我心头之恨。昨日差人与梁王送信，报知昭宗天子九月中旬必到汴梁，叫那里好做准备。朝廷择定吉日起程，本相诸般预备停当，便要伴驾东行。到了汴梁，昭宗必死。我与梁王平分天下，长安金銮殿也轮到老夫坐了。左右，调轿上朝。

家　丁：请爷下轿。

李　英：尔等午门伺候。

（上李英，跪，杜有年站）

李　英：万岁万万岁。臣李英将长安金银粮饷装在车上，定下吉日良辰，请陛下驾幸汴梁。

天　子：朕已命三宫六院收拾妥当，随朕迁都，但不知老丞相委任哪几员武将保朕前去？

李　英：长安城文武官员俱随鲁王镇守，臣同大学士杨涉保驾而行。又非临阵，何用武将？

杜有年：老丞相是何言也？

  （唱）辅国臣，杜有年。

    急急上殿，跪在金銮。

    叩头呼殿下，丞相是何言？

    不用武将保驾，只用文官两员。

    万一汴梁有变化，难保陛下得平安。

李　英：（唱）不自在，心内烦。

    回头转面，冷笑开言。

    并非去交战，何用武将官？

    到了汴梁城内，圣上驾坐金銮。

    朱温尚且多忠义，手下缺少文武官？

杜有年：（唱）言差矣，莫当玩。

    丞相须要，仔细详参。

    梁王他手下，固有文武官。

    自然各为其主，圣上搁在一边。

    一国如何有二主，如有不测怎遮拦？

李　英：（唱）年老人，话倒颠。

    今逢吉日，圣驾起銮。

    不言吉利话，反讲不利言。

    本相保驾前去，岂不稳如泰山？

    尔等武夫全不用，请主起驾要乘銮。

杜有年：（唱）愿陛下，莫淡然。

    龙离大海，事非等闲。

    事已做定了，为臣不敢拦。

    情愿保驾前去，不肯躲静求安。

    要与我主同祸福，不让丞相心内烦。

天　子：（唱）依卿准奏保朕去。

  （白）老将军一定要随朕前去，乃是忠心为国，丞相不必拦阻，即带三千人马保朕去往东行，其余文武官员辅佐鲁王李旬镇守长安。就此起銮，不可迟误。

杜有年：万岁。（下）

（升帐，郭彦威、洪照，黑红脸站）

郭彦威、洪照：（诗）银铠照素英，金甲献玲珑。

　　　　　　　　　赫赫威名重，将军百战功。

郭彦威：俺左先锋龙翔将军郭彦威。

洪　照：虎翼将军洪照。

郭彦威、洪照：元帅升帐，在此伺候。

（上刘高，坐）

刘　高：（诗）转旋天地致宏献，豪气凌云贯斗牛。

　　　　　　　男儿要挂封侯印，威镇潼关万户侯。

（白）本帅刘高。只因无意之中拿住谋害李存孝的两个贼，亲自送到太原晋王那里，将逆贼剖心滴血，祭了勇男公的灵柩，随后表奏天子，封我节度使，镇守潼关，辞别岳父，带领家眷上任。前者京中文书到来，说天子迁都汴梁，叫人不胜惊慌。朱温素有不测之心，天子不知，轻身离京。欲要赶到长安谏之，怎奈不敢擅离守卫之地。

（上卒）

卒：　报帅爷得知，今有朝廷迁都汴梁，离关只剩二十里之遥，乞令定夺。

刘　高：再探。

卒：　得令。

刘　高：呀，果然迁都，实是国家不幸，有此大变，少不得率领文武官员，排开队伍接驾。

（唱）吩咐帐下文共武，俱随本帅接朝廷。

　　　急急忙忙下大帐，将展旌旗甚鲜明。

　　　辕门以外上了马，（下，又上）众将跟随一窝蜂。

　　　出了潼关东门外，遥望对面尘土飞。

　　　两匹报马先到了，急急下马徒步行。

　　　不多一时銮驾到，吩咐一齐跪流平。

　　　三呼万岁万万岁，（与天子对上）潼关节度使接主公。

天　子：（白）爱卿平身。

刘　高：（唱）叩头平身随銮驾。（众人下，又上）进城请驾帅府中。（升帐）

　　　　　　昭宗天子进帅府，端然正坐在居中。
　　　　　　李英杨涉排班站，一齐也把大礼行。
　　　　　　刘高带领文共武，三呼万岁跪流平。
　　　　　　各自报名提官职，（平身）拜舞一毕把身平。
　　　　　　文东武西立帐下，刘高复又跪流平。
　　　　　　口呼陛下臣愚昧，冒犯天颜说个明。
　　　　　　前者接到文书到，惊慌失措不安宁。
　　　　　　何故迁都汴梁地，弃舍宗庙与先灵？
　　　　　　朱温久怀不忠志，此去只怕有变更。
　　　　　　事已至此无的讲，不知何人保驾行？
　　　　　　伏乞万岁说分晓，
　　　（白）陛下轻视万乘之尊，深入虎穴，事已至此，臣不敢烦扰，但不知哪几位保驾前去？

天　子：文有李英、杨涉，武有杜有年保朕幸临汴梁。

刘　高：李丞相、杨大学士乃是文官，杜将军纵然忠勇，奈何年迈，以老臣不才，愿保驾同上汴梁，管叫朱温不敢妄想生事。

李　英：刘节度使这话从何而起？那梁王朱温乃是驸马国戚，忠心扶保唐朝，闻知圣上迁都，他那里修下宫殿，不久便来接驾，怎说什么妄想生事？

刘　高：朱温凶暴，人所共知，老丞相反夸他忠义，劝驾迁都乃是轻举妄动也。

李　英：此乃移危求安，你看却有何事？

刘　高：若是有祸，岂不晚矣？
　　　　（唱）圣上迁都已到此，我也不能劝驾回。
　　　　　　笑那几个不知事，絮絮叨叨惹是非。
　　　　　　拦阻迁都是忠义，只有丞相心不随。

李　英：（唱）圣上若是不如意，本相如何自能为？

刘　高：（唱）迁都事定不用讲，为何不容我把驾随？

李　英：（唱）不是亲征行人马，何用将军你虎威？

刘　高：（唱）却比冲锋打仗重，叫朱温知道唐家有英魁。
　　　　　　不敢动气看圣上，

天　子：（唱）昭宗天子笑微微。

　　　　　　　二卿何必相争论？都是为朕无是非。
　　　　　　　节度要保朕前去，乃是忠心烈士魁。
　　　　　　　丞相阻拦免动气，话未说开我晓得。
　　　　　　　将军保朕离番地，必带兵将相跟随，
　　　　　　　潼关乃是要紧地，无了主帅有是非。
　　　　　　　如有疏忽怎么好？将军需要细详推。
　　　　　　　如此这般须遵令，

　　　　（白）刘将军愿保朕上汴梁是显忠勇，李英拦阻免行，也是忠心为国，恐将军离了番地，潼关无主，万一有变，干系非轻。今在关内歇息三天，刘将军送朕过了黄河，即便回来镇守潼关，岂不两全其美？

刘　高：陛下如此圣谕，为臣也不敢再渎。请圣上移到后堂筵宴。

天　子：众卿请。（下）

（王彦章升帐）

王彦章：（诗）吐气扬眉正此时，纵横天下有谁敌？

　　　　（白）本帅王彦章，蒙梁王重用，封兵马大元帅之职。前者长安李英传来一道密书，说昭宗天子九月必到汴梁，叫我家大王早做准备。大王命我带着人马以接驾为由，暗观天子动静，若有上将领兵保驾，便可迎进汴梁；若是文官保驾，即便下手杀死昭宗在半路。千岁密托，敢不遵？众将官，就此赶奔黄河渡口，大路迎接圣驾，不得有误。马来！（下）

刘　高：（内白）左先锋郭彦威听令，带领五百军校先行一步，在黄河渡口准备龙船以及大小官船伺候。

郭彦威：（内白）得令。

（上刘高，跪）

刘　高：天气正早，请圣上起銮，为臣送驾过了黄河即便回来。

天　子：有劳将军远送。

刘　高：众将官，排开队伍，就此启程。（下）

（杜有年、刘高马上）

刘　高：本帅刘高。

杜有年：老夫杜有年。

刘　　高：老将军咱二人紧随銮驾而行,说着话而走。

杜有年：有理。

刘　　高：（唱）兵马而行随銮驾,低言巧语闲话来。

　　　　　　　　天子年幼不知事,社稷宗庙竟丢开。

　　　　　　　　总是乱臣谏圣上,才出迁都事儿来。

　　　　　　　　朝中岂无高明者？这样事儿竟未猜。

杜有年：（唱）尚书周刊曾苦谏,忠言逆耳把印摘。

　　　　　　　乱邦不居圣人语,谏言不听去应该。

　　　　　　　节度石忠怀忠烈,如此这般甚可哀。

　　　　　　　忠臣烈士反遭害,怪到文武不出来。

　　　　　　　不容武将保圣驾,如此老夫领兵来。

　　　　　　　他既不容人保驾,是何意思好难猜。

　　　　　　　舍了我命保圣驾,终究一死也应该。

杜有年、刘高：（唱）不觉到了黄河岸,无数船只早安排。

　　　　　　　　　请驾下辇龙船上,一声锣响把船开。

　　　　　　　　　正遇顺风到东岸,忽见对面起尘埃。

　　　　　　　　　请驾下船上銮驾,二将当先问明白。

杜有年：（白）哪里来的人马？

刘　　高：汴梁王彦章的人马。圣驾在此,你往哪里去？

　　　　（王彦章马上）

王彦章：圣驾在哪里？

刘　　高：你就是王彦章么？

王彦章：然也,圣上在哪里呢？

刘　　高：圣上确在后面。你这样耀武扬威前来迎接圣驾,可是劫夺圣驾？

杜有年：我二人保驾而来,后面雄兵无数,战将百员,你若惊了圣驾,立刻拿下问斩。

刘高、杜有年：（唱）刘节度,杜有年。

　　　　　　　　　双刀并举,齐把话云。

　　　　　　　　　銮驾在后面,内中坐至尊。

　　　　　　　　　我等保护圣驾,带着众将随跟。

朱温差你为何故？天威摄怒命难存。

王彦章：（唱）勒住马，自沉吟。

打量对面，两个将军。

威风雄斗斗，说话甚惊人。

此时料难下手，只得好言温存。

一片热心如冰冷，换了和容面生春。

杜有年：（唱）心不悦，面生嗔。

圣驾迁都，早已行文。

早到汴梁地，晓谕那朱温。

怎不前来接驾？差你这样野人。

说着圣驾在后面，还不下马跪在尘。

王彦章：（唱）下了马，把话云。

口呼二位，何必动嗔？

末将奉主命，带领御林军。

迎接天子圣驾，来至黄河渡津。

烦劳引见朝天子，连连打躬甚殷勤。

刘　高：（唱）朱全忠，太自尊。

迎接圣上，理当亲身。

却叫你来替，越发欠伦理。

且看圣上无怒，随我参拜当君。

说罢打马回身转，快随我来加小心。（下）

（内白）请陛下且下銮驾。

天　子：（内白）有何话说？

刘　高：（内白）今有汴梁朱温差遣一将带着御林军迎接圣上。

天　子：（内白）如此在路旁安营设座，宣那差官见朕。

（上天子坐，杜有年站）

杜有年：圣上有旨，汴梁差官见驾。

（上王彦章，跪）

王彦章：万岁，万岁万万岁。汴梁兵马大元帅王彦章见驾，迎接圣上一入汴梁。

李　英：现有汴梁人马前来，路上自然无事。刘将军请回潼关去吧，潼关不可一日无主，快些回去吧。
刘　高：圣上路上保重，到了汴梁须听杜老将军忠言。哦，李丞相。
李　英：说什么？
刘　高：须知既食君禄，当报君恩，断不可生了二心。哦，王彦章，不必随銮，只需你头前引路。
王彦章：是。（下）
天　子：刘将军不必嘱咐，回去吧。
刘　高：领旨。（下）
杜有年：圣上有旨，前队人马急急而行，就此起銮。请万岁上銮驾。（下）
　　　　（杜有年、刘高马上）
刘　高：杜老将军慢行。
杜有年：刘将军要说什么？
刘　高：此去保驾，多加小心！
杜有年：不必叮咛。请。（下）
刘　高：唉，我好不放心也。
　　　　（唱）眼望圣上往东去，好不放心发了也。
郭彦威：（唱）郭彦威上前呼元帅，王彦章光景大各别。
　　　　　　　我也见他恶得狠，不像迎銮把驾接。
　　　　　　　若非元帅虎威震，只怕要害万岁爷。
　　　　　　　若有不测怎么好？杜老将军难挡遮。
　　　　　　　路上纵然无妨碍，到了汴梁防不迭。
刘　高：（唱）天子不叫我保驾，纵有忠心怎么着？
郭彦威：（唱）不然小将随后去，是非吉凶可辨别。
刘　高：（唱）将军忠心愿保主，随去保驾理应当。
郭彦威：（唱）事不宜迟我就去，万一不测了不得。
　　　　　　　带领三千人马广，随着大队暗打听。
　　　　　　　一直不见天子面，到了汴梁何处歇？
刘　高：（白）杜老将军纵然年迈，威风尚在，半路之上王彦章断不敢行凶。只怕到了汴梁有变，将军保驾，足显忠直，必须带领三千人马随着大队暗地而行，到了汴梁与杜老将军合兵一处。你二人同心协力，保着圣上无事，此乃天地莫大之功。

郭彦威：末将遵命。

刘　高：随本帅排兵。众将官，就此回关，不得有误！（下）

（出朱温，升帐）

朱　温：（诗）自古无德让有德，王者共性在人为。

（白）孤大梁王朱温。前者长安李英传来一封密书，说昭宗天子不久就到，叫孤这里早做准备。已差元帅王彦章带兵前去迎接，若在路上杀不了昭宗，不得下手，接迎进城，任孤作为，何愁不得唐室江山？

王彦章：（内白）军校们，将马带过。（上）大王在上，王彦章交令。

朱　温：元帅回来甚快，一定迎着昭宗了，是什么光景？

王彦章：长安有保驾的兵将，一时不能下手。

（唱）奉了命令行，带着兵儿万。
　　　迎接唐昭宗，到了黄河岸。
　　　正要过黄河，凑巧正遇见。
　　　当头将两员，昭宗在后面。

朱　温：（白）二将是谁？

王彦章：（唱）一名杜有年，是个老年汉。

朱　温：（白）孤家知道那杜有年英勇。

王彦章：（唱）纵勇气血衰，怕他却有限。
　　　还有一将官，是个英雄汉。

朱　温：（白）是谁？

王彦章：（唱）镇守潼关城，声名把耳贯。
　　　名字刘高他，天武神威现。

朱　温：（白）那厮果然厉害。

王彦章：（唱）见我气昂昂，这般言不善。
　　　就知下手难，随机要应变。
　　　只说接天子，引着把主见。
　　　昭宗甚喜欢，命我打前站。
　　　刘高回潼关，只有那老汉。
　　　杨涉与李英，二人有成算。

　　　　　　　叫我禀大王，去把殷勤献。
　　　　　　　迎接进了城，让他坐金殿。
　　　　　　　稳住两三天，好把良谋现。
　　　　　　　昭宗要进城，接驾休怠慢。
朱　　温：（唱）心中暗喜欢，随了平生愿。
　　　　　　　可笑唐昭宗，年轻无能汉。
　　　　　　　龙离大海中，焉得不遭难？
　　　　　　　大唐锦江山，在我手中攥。
　　　　　　　吩咐文武快接驾。
　　　　（白）我想大唐天子乃杨涉、李英二人断送，他二人妄想平分天下。我若登基，先杀此二人。哦，众位爱卿，唐天子驾到，不可慢待。随孤出城，远远迎接圣驾便了。（同下，内白）万岁万万岁，汴梁朱全忠率领阖城文武大小官员，迎接圣驾进城。
凌　　圭：（内白）圣上有旨，汴梁朱全忠引驾进城。坐了金銮，然后再受文武朝贺。
朱　　温：领旨。
　　　　（内唱）叩头平身上了马，引路进城喜非常。
　　　　　　　只见有年随銮驾，纵然年迈气轩昂。
　　　　　　　保驾不离圣左右，李英杨涉在两边。
　　　　　　　调乘坐骑添喜色，都愿千岁立家邦。
　　　　　　　辅佐梁王得天下，各垂竹帛列庙廊。
　　　　　　　武将个个精神长，文官个个喜非常。
　　　　　　　不多一时把城进，文武官员进朝堂。
　　　　（摆朝，上天子、朱温）
凌　　圭：（唱）太监凌圭搀圣驾，唐天子坐在金殿细端详。
　　　　　　　但见宫殿多华丽，俱是珍珠玛瑙装。
　　　　　　　比着长安强百倍，朱全忠真是人中王。
朱　　温：（唱）朱温率领文与武，拜伏金阙呼吾皇。
　　　　　　　拜舞扬尘行国礼，
　　　　（白）朱全忠带领文武官员，愿吾皇万万岁。

天　　子：朕今观汴梁宫殿，华丽胜于长安，朱全忠为朕创造之功莫大，朕加封你大梁王九千岁带剑上殿，朕赐一应礼乐，掌管大小事务。凡事先在九千岁府内奏明，然后奏知我朕。

朱　　温：谢主隆恩。万岁，天色已晚，请驾移入后宫。

天　　子：大梁王，将文武官员造成册簿，明日早朝，朕还有加封。

朱　　温：万岁万万岁。（下）

（李嗣源马上）

李嗣源：（诗）国家多事苦奔劳，暗探军机上汴梁。

（白）俺李嗣源。前者有书信传到太原府，说奸相李英劝驾迁都汴梁，也已过了潼关。父王不胜惊慌，又想朝廷迁都汴梁，此乃国家大事，为何不见行文？似信不信。父王命我带领三千人马，一到汴梁，暗探迁都之事是真是假。大小三军们，急急趱行。（下）

（出朱温坐）

朱　　温：（诗）天从人愿事将成，迟则有变当速行。

（白）孤大梁王九千岁朱温，字全忠。可笑昭宗天子年幼无知，中计而来，纵有老将杜有年保护他，君臣既入罗网，焉得逃出我手？当疾速行事，迟则有变，已命人去请李英来王府议事，如何不见到来？

（上卒）

卒：禀爷，李丞相已到。

朱　　温：待孤迎接。

（唱）用人之计当加礼，（下，又上）正冠束带接出来。

李　　英：（唱）老夫理当拜王驾，何须迎接劳驾台？

朱　　温：（唱）你我故交休客套，携手让进书房来。

李　　英：（唱）叙礼归座分宾主，旧交相逢甚快哉。

朱　　温：（唱）多年不见实可想，吩咐左右把宴摆。

李　　英：（唱）望着梁王递眼色，手举金杯笑颜开。

朱　　温：（唱）福至心灵知就里，这个光景我明白。

李　　英：（唱）一见左右回避了，大王要你早办来。

朱　　温：（唱）特请丞相来指教，怎叫他昭宗让位才快哉？

李　　英：（唱）叫他让位却容易，明日里幽静之处把宴摆。

朱　温：（唱）金銮殿上甚幽静，摆宴情由不明白。
李　英：（唱）只说摆下迎风宴，但请昭宗王府来。
朱　温：（唱）请来却有何讲究？必是蒙汗药丸筛。
李　英：（唱）暗算与他人议论，明叫他让位莫发呆。
朱　温：（唱）再也不能善善地让，反弄脸上下不来台。
李　英：（唱）埋伏勇猛兵与将，说个不字齐出来。
　　　　　　　立逼叫他让了位，
　　　　（白）大王，明日在金銮殿上摆宴，两廊下埋伏勇士。千岁必须亲身请他，只说与陛下迎风，谅他不敢不来。要来必然带着杜有年保驾，未从上金銮殿之时，大王先传出旨去。此乃与天子迎风，命陪宴之人及文武官员，不许身带寸铁，饮酒之时，大王言明叫他让位，他要说个不字，掷杯为号，两廊埋伏兵士齐出，各执兵器，立逼着叫他让位。杜有年虽然英勇，手无寸铁，何能用武？昭宗能不惜命？自然让位与千岁。
朱　温：昭宗要是让位，正大光明得了大唐天下，倒也足矣！老丞相明日早来从中帮助。
李　英：不用老夫前来，叫大学士杨涉到此帮助面言。
朱　温：倒也使得。
李　英：这也得二位能言者方可。
朱　温：张文玉善于调停。丞相请。
李　英：千岁请。
　　　　（诗）正是不使万丈深潭计，怎得老龙额下珠？（下）
（出杜有年坐）
杜有年：（诗）忠心扶圣王，赤胆保乾坤。
　　　　（白）吾辅国大将军杜有年。昨日有刘节度使麾下左先锋郭彦威随后保驾而来，与我人马合在一处。今日日上三竿，不见圣驾临朝，好叫人犯疑，不免到禁门以外问问凌圭太监，便知分晓。
　　　　（唱）自到汴梁刚三日，朱温果然傲又骄。
　　　　　　　虽是天子加封赠，为臣之道无分毫。
　　　　　　　目中久已无唐王，自尊自重自己高。
　　　　　　　天子见他胆发怯，凡事不奏他自操。

不定早晚必有变，我不过保主舍了命一条。
除非天子后宫去，若不然不离左右保护着。
每日五鼓便升殿，今日太阳这么高。
怎么不见临朝也？内中一定有蹊跷。
只得去到禁门外，问问凌圭知根苗。（下，又上）
刚到禁门人说话，说到是圣上今日不设朝。
王府之中去赴宴，心中害怕魂魄消。
又听得宫门开处音乐响。（上天子）唐天子手扶凌圭步轻摇。
禁门外才要上金銮，跪倒有年问根苗。

（白）万岁，臣在金殿伺候多时，不见陛下临朝，却是为何？

天　子：昨日大梁王亲身来请朕王府赴宴，与朕掸尘，故此不设朝呢。

杜有年：呜呼呀，万岁！朱温此举，酒无好酒，宴无好宴呐，万岁。

（唱）愿陛下，听臣说。
宴无好宴，如何去的？
连日察动静，心中早明白。
梁王朱温不善，目中无君太恶。
以臣请君去赴宴，其中一定有计谋。

天　子：（唱）朕昨日，也斟酌。
本不愿去，觉着难说。
当面亲应允，如何去推脱？
我又见他害怕，心中战战哆嗦。
今日不赴他的宴，羞恼变怒起风波。

杜有年：（唱）切莫要，怕许多。
若是这等，怎掌山河？
须将天威立，只要施恩德。
陛下就此设殿，谅他却有何说。
不用我主相答对，为臣替主应如何？

天　子：（唱）他若是，有阴谋。
今日纵躲，后日难说。
不如将他会，看他却如何。

既已礼来相请，料想未必作恶。

若是不赴他的宴，疑惑生乱怎挡遮？

杜有年：（唱）既如此，好难说。

君愿前去，不敢强拨。

看他是何光景，临期再定干戈。

他见臣去定不乐，纵有阴谋再定夺。

（白）陛下不必忧虑，既愿前去，臣不强拦。请求前去保驾，看他是何光景？

天　子：老将军保朕前去甚好。天不早了，就此王府走走。

杜有年：万岁。（下）

（出杨涉）

杨　涉：（诗）卖国求荣不是我，顺从无可无不可。

（白）下官杨涉。方才丞相告诉与我，叫我王府陪宴，如此这般帮助成事。办成此事，大唐一灭，难免刀兵四起，天下分割，骂名千秋。此事也难以怪我，皆是李英所为，只得走走。（下）

（出朱温）

朱　温：（诗）不为覆地翻天事，怎作兴邦立业人？

（白）孤大梁王朱温，字全忠。与李英策划今日在我府行事，诸事备妥，静候唐昭宗到来。

（上张文玉）

张文玉：大王可将伏兵埋好了吗？

朱　温：元帅王彦章、先锋王彦龙弟兄二人带领四十名刀斧手埋伏在两廊下了。

（上卒）

卒：　禀爷，杜老将军陪着圣驾来到了府门外。

朱　温：吩咐出去，陪驾官员不准身带寸铁，待孤亲身接驾。（下，内白）万岁万万岁，微臣接驾。

天　子：（内白）梁王平身。

朱　温：（内白）谢主隆恩。请万岁驾坐，为臣把盏与我主掸尘。

天　子：（内白）梁王费心了。请。

（同上天子、杜有年、凌圭、张文玉、朱温）

朱　温：我主请升正位。人来，吩咐广禄司摆宴上来。
　　　　（唱）吩咐一声排酒宴，天子正位叙尊卑。
　　　　　　　也就坐在君对面，二位文臣两边陪。
　　　　　　　侍儿摆宴斟上酒，双手高擎紫金杯。
　　　　　　　站起身来往上递，我主请饮莫辞推。
　　　　　　　为臣却有一件事，当着列位讲一回。
　　　　　　　唐自开基三百载，国势自尽气运没。
　　　　　　　传至僖宗黄巢反，多亏那协同诸侯灭了反贼。
　　　　　　　陛下方交二十岁，为君之道一点没。
　　　　　　　自古帝王是异姓，又道无德让有德。
　　　　　　　陛下须要自揣度，
天　子：（唱）天子如同打闷雷。
　　　　　　　举止失措颜色变，说不出话来战一堆。
　　　　　　　大王说的这些话，天子不懂只发呆。
杜有年：（唱）就连老夫也不懂，倒要当面领教一回。
朱　温：（唱）天子年幼无德，必须让位与人。
杜有年：（白）大王何出此言？你叫圣上把这大唐江山让与哪个？
朱　温：孤家久镇汴梁，修德行仁十数年来，威名传予天下，仁德晓谕四方，岂不可代唐而有天下？
杜有年：住了。当今天子纵然年幼，嗣位以来并未失德，你不思报君，反倒兴心篡位，真是天理难容，王法不赦，人人得而诛之！
　　　　（唱）双眉皱，眼瞪圆。
　　　　　　　心中大气，立在席前。
　　　　　　　朱温你住口，勿得胡乱言。
　　　　　　　唐自高祖创业，相传三百余年。
　　　　　　　圣德并无失仁处，兴心篡位不怕天。
朱　温：（唱）杜老儿，你好憨。
　　　　　　　唐朝数尽，灭之该然。
　　　　　　　孤家承天命，修德十数年。
　　　　　　　昭宗既到这里，就是来把位禅。

　　　　　　　速速让位免费事，纵然失位命保全。
杜有年：（白）哎呀！
　　　　（唱）心起火，喊连天。
　　　　　　　你这逆贼，说话疯癫。
　　　　　　　别的却可让，未闻让江山。
　　　　　　　莫欺天子软弱，现有保驾忠良。
　　　　　　　老夫早知你强暴，保驾而来挡凶顽。
朱　温：（唱）笑你们，在梦间。
　　　　　　　身入虎穴，怎出龙潭？
　　　　　　　你纵怀忠烈，一人甚孤单。
　　　　　　　敢与孤家动气，鸡蛋怎碰泰山？
　　　　　　　顺者生来逆者死，如不识势怎了然？
杜有年：（白）唉！
　　　　（唱）见圣上，已软瘫。
　　　　　　　又悲又气，又吁又怜。
　　　　　　　手内无寸铁，忽往桌上观。
　　　　　　　抓起金壶一把，又把桌子踢翻。
　　　　（白）逆贼，着打！
朱　温：哇呀！
　　　　（唱）单臂一迎金壶落，朱温呼叫喊连天。
　　　　（白）伏兵何在？
　　　　（上王彦章）
王彦章：来了。
杜有年：凌圭搀扶圣驾。（急忙拿起一把八角椅）反贼着打！
王彦章：老儿，你真该万死。
　　　　（王彦章、杜有年杀下，众人同下）
天　子：哎呀，吓死朕了。凌圭搀扶我朕快跑吧。
凌　圭：哎，万岁只怕跑不出去了。
朱　温：（内白）刀斧手，一齐上前帮助元帅捉拿杜有年，不得有误。
　　　　（杀，杜有年败）

杜有年：圣上，为臣不能挡贼了，孤掌难鸣，力尽身乏，手无寸铁，焉能杀贼？唉，也罢，待我碰死阶下，免得落人之手。是，是，也罢。（死）

（上王彦章、朱温）

朱　温：呀，你看杜有年这个老儿，死得倒也忠烈。人来，将杜有年的尸首抬在一旁，用棺木收殓，好好埋葬。

王彦章：大王，快些捉拿昭宗，立便叫他让位要紧。

朱　温：言之有理。（同下）

（上凌圭扶天子）

天　子：可，可吓死我朕了。

（上王彦章、朱温）

朱　温：咧，昭宗，你看层层兵将围裹，剑戟森森，刀枪临头，让位得生，不然得死，一言为决，是你快讲。

天　子：容朕回宫思索思索，明日当殿再让吧。

朱　温：哪里容得许久？

（上杨涉）

杨　涉：圣上你还是小孩子气象了。

（唱）杨涉便开言，拉着天子立。
　　　陛下真年轻，也太无眼力。
　　　你看将与兵，拿刀带杀气。
　　　立等你答言，让位在今日。
　　　支吾也不中，休说再商议。
　　　将军杜老儿，尸首碰了地。
　　　好好让江山，保命方无事。

天　子：（唱）魄散魂也飞，害怕心胆惧。
　　　丞相老李英，他往何处去？

杨　涉：（白）他早就顺了梁王啦。

天　子：（唱）平素待众卿，恩惠合心意。
　　　不该变心肠，理应相护持。
　　　丞相变了心，你却无势力。
　　　朕恨在长安，忠心相烦气。

屈杀石将军，误贬周尚书。
不该信谗言，后悔无济事。
江山让梁王，只求饶朕去。

杨　涉：（唱）口说无有凭，还得取凭据。
快取金镶玉玺印，
（白）口说无凭，快将金镶玉玺献与梁王，才算真是让位呢。

朱　温：此言有理。孤与群臣在金殿等候，元帅带领兵将同他去取玉玺宝印，休得迟误。

王彦章：得令。（下）

天　子：唉，罢了罢了，随朕去取宝印也就是了。（下）

（出郭彦威）

郭彦威：（诗）悄地领兵到汴梁，暗自周全保君王。
（白）俺郭彦威。昨日到了汴梁与杜老将军兵合一处，老将军先不叫我出头露面，惟恐朱温生疑，迟几日看事如何。

（上卒）

卒：　报郭老爷得知。

郭彦威：何事？

卒：　如此这般，我家老爷尽忠而亡，梁王登了大宝，立逼天子献了玉玺宝印。特来禀报。

郭彦威：呀，竟有这等之事，大事有变！三军们，随我杀奔午门，保护天子无事便了。（下）

（出正宫娘娘坐）

娘　娘：（诗）伴驾陪君到汴梁，幽闲贞静掌朝纲。
（白）哀家昭阳正院朝太真，随驾来到了汴梁，圣上去王府赴宴去了，这般时候不见回来？

（急上天子）

天　子：唉，可怜可怜！

娘　娘：哎呀，圣上龙颜改变，可怜什么？

天　子：唉，可怜大唐的江山三百余年，被朕断送给他人了。

娘　娘：这是哪里说起？

天　子：唉，梓童。

娘　娘：万岁。

天　子：御妻呀，如今不但失了天下，咱君妻的性命只怕也难保无事了。

（唱）唐昭宗，双足跌。

拉着朝后，痛泪双抛。

朱温贼大逆，心毒似蛇蝎。

方才请朕赴宴，如此这般而曰。

辅国将军全忠死，朕的性命也险些。

娘　娘：（白）呀！

（唱）魂吓掉，如呆也。

愣了多时，只叫皇爷。

朱温要篡位，陛下就让咧。

杜老将军被害，算是尽了臣节。

还有李英老丞相，自然能把主意叠。

天　子：（唱）休提那，老奸邪。

自恨我朕，糊涂难曰。

忠臣与奸党，不能明辨别。

李英与贼一党，诓君之计鬼绝。

奸相躲了不见面，只叫朱温胡乱曰。

娘　娘：（唱）如此说，难脱咧。

先皇基业，一旦断绝。

自古丧国主，俱是无道爷。

自从陛下即位，并未失了礼节。

怎么失了这天下？苦哉痛哉话难曰。

（上凌圭）

凌　圭：（唱）凌太监，喘歇歇。

跑来跪倒，口呼皇爷。

许多兵与将，一齐进门咧。

来追玉玺宝印，叫主捧上金阙。

亲手交与贼反叛，若要挨迟命必绝。

(白）万岁呀，许多兵将各执刀剑闯进宫来了。
(上王彦章）

王彦章：咧，昭宗速将玉玺宝印捧上金殿交与梁王。如要延迟，性命难保。

天　子：是，是，是。唉，御妻呀，朕惜一时之性命，失了万里江山，九泉之下，难见先皇于地府之中，但今事出无奈，你速速将玉玺取来吧。

娘　娘：是，是，是，皇爷少待，待我去取。

（唱）含泪回转寝宫内，（下，又上）心中害怕战哆嗦。
　　　手捧金镶玉玺印，皇爷呀！献了宝印让山河。
　　　好保君妻两条命，心如油煎泪如梭。

天　子：（唱）连连跺足说可惜，怨我无能何用说？
　　　悔我不该信奸相，不该迁都汴梁挪。
　　　信谗言杀了石忠良国将，是我糊涂欠酌谋。
　　　不该贬了周尚书，忠言不纳怨哪个。
　　　杀的杀来贬的贬，奸臣得宠作了恶。
　　　潼关刘高要保驾，恨我年少少计谋。
　　　可惜有年杜老将，尽忠而死见阎罗。
　　　落得忠良含冤死，奸臣得势笑哈哈。
　　　先皇创业非容易，我今无谋失山河。
　　　活着天下人耻笑，死后祖宗见不得。

王彦章：（白）不要挨迟，快走！

天　子：是。

（唱）无可奈何往外走，王彦章后面紧跟着。（下）

娘　娘：（唱）一见皇爷被押走，心中好似滚油泼。
　　　此去吉凶人难定，只好宫中等候着。
　　　皇爷得生我命在，君要被害我难活。
　　　不言皇后哭不止，（下）

众　臣：（唱）再把汴梁文武说。
　　　金钟三鸣王坐殿，（摆朝）分班而立文武多。

张文玉：（唱）当先来了张文玉，

王彦章：（唱）王彦章也来站金阁。

李　英：（唱）李英也在班中立，

杨　涉：（唱）还有奸臣名杨涉。

众　臣：（唱）文武排班两边站，梁王朱温把殿坐。
　　　　　　　端然坐在九龙位，心中欢喜笑哈哈。

天　子：（唱）王彦章押着唐天子，昭宗天子把步挪。
　　　　　　　兵将押着上金殿，只见文武有许多。
　　　　　　　李英杨涉班中站，这两个卖国奸贼多可恶。
　　　　　　　但只见朱温坐在九龙位，又羞又气话难说。
　　　　　　　只得将印递上去，朱温欢喜双手托。

朱　温：（白）昭宗亲手交印让位是唐虞之风，即封你为济阳王，于朝后送在王府焦兰殿闲居，非召选不能上殿。

天　子：不愿住在王府，只求放我夫妻出城寻个山水之间居住可以。

朱　温：你若出城，岂不被人欺负？王彦章上殿。

王彦章：万岁。

朱　温：将昭宗夫妻与凌圭押送焦兰殿听候发落。

王彦章：领旨。（押下）

朱　温：朕改汴梁为东京，改元为开平元年，国号大梁。

众　臣：（跪）万岁万万岁，臣等拜贺新君。

朱　温：听朕加封。张文玉封为平章宰相，王彦章为天下都招讨，王彦龙为正印先锋，其余文武官员俱都大升三级。

众　臣：万岁万万岁。（众同起）

李　英：呀，这光景有些不好了吧？

杨　涉：这事要坏。

李　英：哼！
　　　　（唱）李英站在金殿下，心中纳闷好憋屈。
　　　　　　　当日我们同商议，得了天下平半劈。
　　　　　　　千方百计成大事，他怎么当日之事一言不提？
　　　　　　　加封文武不理我们，不封我们何官职。
　　　　　　　莫非独吞唐天下，忍耐不住只得提。
　　　　　　　必得屈膝相跪倒，三呼万岁跪丹墀。

　　　　　　陛下忘了当初事，不念老夫有功绩。

　　　　　　不分天下倒罢了，也该封我大官职。

　　　　　　为何付之佯不睬？故此请教指点迷。

朱　　温：哈哈哈！

　　　　（唱）座上不住哈哈笑，你这老贼在梦里。

李　　英：（白）这是什么话呢？

朱　　温：（唱）当初确是用着你，从中取事图社稷。

　　　　　　可恨你不念君王爵禄重，盗卖江山把心欺。

　　　　　　朕今若是把你重用，怕的是也像昭宗被你耍。

　　　　　　朕问你唐天子哪点待你错，断他江山锦华夷？

　　　　　　今日若是留着你，只怕江山难统一。

　　　　　　喝叫金瓜武士手，

　　　　（白）金瓜武士何在？将李英、杨涉这两个卖国逆贼绑出午门斩首示众。

李　　英：我好悔也！

杨　　涉：我好恨也！

　　　　（推下开刀）

朱　　温：朕今斩了二逆，众卿意下如何？

众　　臣：杀得好，这样卖国奸贼应当诛之。

朱　　温：朕想唐昭宗却也难留，迟一两日命人将他夫妻用白绫缢死，以绝后患。

　　　　（上卒）

卒　　：启万岁，午门以外有无数人马，为首一将乃是潼关大将郭彦威，保驾进京，只要将天子放出，免动干戈。

朱　　温：哇呀，这还了得！

王彦章：万岁放心，待我走马擒来。

朱　　温：元帅速去。

王彦章：领旨。（下，内白）军校们，抬枪带马。

朱　　温：众卿与元帅观阵。（下）

　　　　（郭彦威马上）

郭彦威：（诗）提兵至午门，要保主当今。

　　　　（白）俺郭彦威。可惜杜老将军已死，我若不能保护圣驾无事，何颜去见元帅？

（上王彦章）

王彦章：哪里来的人马这里撒野？报上名来，好作枪下之鬼！

郭彦威：住了！你老爷我乃刘元帅帐下副帅郭彦威，听说圣上迁都汴梁，被朱温反贼所害，今奉元帅将令，前来灭尔反贼。

王彦章：满口胡说，着枪。

郭彦威：撒马。

（大杀，郭彦威败）

王彦章：你看他大败而逃，不必追赶，就此收兵。（下）

郭彦威：哎呀，不好了，此贼力大难敌，只得带领人逃出汴梁，赶奔潼关便了。

（下）

（升帐，周得威、史敬思、赵栢丑站，出李克用）

李克用：（诗）坐镇太原沐国恩，赫赫威名天下闻。

（白）孤李克用。前者闻一谎信，说天子迁都汴梁，业已过了潼关，我想朝廷岂不行文与天下？叫孤似信不信，差李嗣源带领三千人马，前去打探虚实。

李嗣源：（内白）军校们，将马带过。（上）父王在上，孩儿交令。

李克用：我儿回来了，你打探天子迁都之事，可是真么？

李嗣源：怎么不真？可怜大唐的江山归与他人了。

李克用：哦，怎么归与他人了？

李嗣源：如此这般朱温篡位。只是天子被害缢死了。

李克用：唉，苦哉！痛哉！朱温怎篡位，天子怎么被害？你须得清清楚楚地告诉为父知晓。

李嗣源：父王，容儿告禀。

（唱）孩儿奉令领兵去，打探虚实上汴梁。

路上纷纷人议论，都说是圣上不该依梁王。

都是李英惑圣主，盗卖江山丧大唐。

路上不知是真假，未到汴梁知其详。

那日到了汴梁界，遇见一支人马跑得忙。

当先一将儿认得，被贼战败甚惊慌。

孩儿问他从何至，他便一一说长短。
李英怎么蒙蔽主，天子怎么到汴梁。
朱温怎么请圣驾，杜有年怎么一命亡？
逆贼怎么追宝印？有个逆贼王彦章。
战败彦威回潼关，速速回来报凶信。

李克用：（唱）晋王听罢面焦黄。
哭一回圣上死得苦，叫一声大唐锦家邦。
恨一回朱温贼反叛，早知你心毒似虎狼。
只要有我李克用，不容逆贼乱家邦。
银安殿上忙传令，

（白）朱温逆贼，夺我大唐的江山，天子被害，孤家岂肯干休？阖城文武，俱各戴孝，只留军师周得威谨守太原，其余众将，随孤调起倾国人马，杀奔汴梁，扫灭朱温，与天子报仇。

李嗣源：大王且慢兴兵。朱温势力太大，非天下共伐，难以擒拿。大王何不发出金牌，会同诸侯王子各路进兵？何愁反叛不灭？

李克用：言之有理，正合孤意。我想朱温既已篡位，岂不防备孤家遣将发兵阻挡三山关的要路？少不得会同诸侯王子，共发人马，到三山关外鸡宝山下聚齐。旗牌官赵栢听令，拿孤的金牌，星夜赶到潞州，调取潞州王李杰，令他带领人马早到太原议事。然后调河南王李善、江夏王李逊、苏州王李演、台州节度使岳彦珍、沧州节度使王军、义州节度使韩见、幽州节度使马三铁，星夜前去，不得有误！

赵　栢：得令。（下）

李克用：等候潞州王李杰到来即便行师。众将官，随孤到校场上操演人马，不得有误！（下）

（完）

第 四 本

【剧情梗概】 郭彦威向刘高禀知国事大变,潼关人马与潞州王起兵三万,先到太原与晋王合兵。朱温探听到晋王李克用正集合唐室宗亲辈的人马八十万,要与昭宗报仇,夺回唐室江山,便加封王彦章、王彦龙,起兵三十万前去迎敌。唐军八十万人马、四百员上将却不敌王彦章一人,史敬思出手交战王彦章之时,被王彦龙躲在桥下刺了一枪,只好托肠大战,王彦龙被史敬思一枪刺死。史敬思回营后因失血过多而死。晋王命三太保李存勖速置一口棺木将史将军盛殓,带着三千人马保护灵柩送回太原家中。

(出郭彦威平坐)

郭彦威:(诗)不共戴天君父恨,正是臣子效死秋。

(白)俺郭彦威。昨晚回来禀知国事大变,我家元帅又悲又痛又怒,要与天子报仇,命洪照把守潼关,我做前部先锋,大起倾国人马,先到太原与晋王合兵一处,杀奔汴梁,扫灭朱温。众将官,收拾鞍马器械,起兵一奔太原府,不得有误!(下)

(升帐,四将站)

众　将:(诗)英雄凛气消,知勇胜尔曹。
　　　　　　丹心明日月,赤胆保唐朝。

曹廷基:(白)我乃大元帅曹廷基。

刘　朴: 行军司马刘朴。

杨　滚: 潞州总营杨滚。

崔　平: 指挥崔平。

众　将: 元帅升帐,在此伺候

(出李杰坐)

李　杰:(诗)玉叶金枝帝室宗,丹书铁券荫子孙。
　　　　　　潞州一代孤为王,一统山河锦绣春。

(白)孤潞州王李杰,乃懿宗皇帝五子、僖宗之弟。当今天子之叔父,久镇潞州,威德于四海,万民乐业。

（上卒）

卒：　　禀千岁得知，太原差官手捧金牌要见大王。

李　杰：起过。晋王皇兄的金牌，必有国家大事，待孤迎接金牌。

　　　　（唱）急急忙忙迎出去，再问国家有何难？

赵　栢：（唱）金牌捧上银安殿，赵栢叩头把大王呼。

李　杰：（白）差官何名？起来讲。

赵　栢：（唱）小臣名字叫赵栢，发出金牌事必速。

李　杰：（唱）原是关系国家事，清清楚楚告诉孤。

赵　栢：（唱）真是国家有大变，细听小将禀清楚。

　　　　　　　朝中李英贼奸党，盗卖江山劝迁都。

李　杰：（白）不知迁都何处？

赵　栢：（唱）迁都汴梁大祸起，朱温篡位狠又毒。

　　　　　　　要取金镶玉玺印，天子被害赴冥途。

李　杰：（白）唉，可怜哪可怜。

赵　栢：（唱）大太保探明回禀报，晋王千岁把圣上哭。

　　　　　　　文武官员俱发恨，但愿发兵只要速。

　　　　　　　大起太原人共马，直到汴梁去灭朱。

　　　　　　　金牌报与众位王子，以及众位节度。

　　　　　　　大起人马动王室，再把唐室社稷复。

　　　　　　　大王急急行人马，先到太原好议度。

　　　　　　　赵栢说罢前后话，潞州王又悲又气瞪眼珠。

李　杰：（白）朱温贼呀！

　　　　（唱）孤家与你势不两立，必要亲手斩贼奴。

　　　　　　　吩咐赵栢别处去，孤就起兵快又速。

赵　栢：是。（下）

李　杰：（唱）银安殿上忙传令。

　　　　（白）大元帅曹廷基听令。孤交与你兵符箭印，执掌军机事务，谨守潞州，不可妄动。刘朴为行军参谋，杨滚、崔平为左右先锋，起兵三万先到太原合兵一回，保卫唐室江山。今日正逢黄道吉日，起兵前去，不得有误。（下）

（出李克用、刘妃）

李克用：（诗）无端逆贼乱乾坤，何日再享太平春？
（白）孤家晋王李克用。

刘　妃：奴家刘妃。大王发去金牌，调集诸位王子、各路诸侯，共伐逆贼，与天子报仇，固是正礼，但只有一件哪。

李克用：哪一件呢？

刘　妃：大王你这番兴兵，妾身有些放心不下。

李克用：孤家一生常在干戈林内，你有什么不放心的呢？

刘　妃：头一件大王年迈，过了八旬，禁不住劳碌；第二件无了十三太保，难保常胜；第三件妾身做了一梦有些不祥之兆也。
（唱）大王这番行人马，妾身不由心内愁。
　　　昨夜做了一奇梦，大为不祥有缘由。

李克用：（白）梦见什么？孤与你圆解圆解。

刘　妃：（唱）梦见前殿失了火，烧倒左边玉花楼。
　　　压倒了几个太保几员将，大王跺足泪交流。
　　　叫天哭地呼众将，忽听音乐韵悠悠。
　　　说到是来接大王去赴宴，速速上天不可迟。
　　　妾身拉着不放去，半空中有人说道却难留。
　　　拉拉扯扯难割舍，一声雷响震斗牛。
　　　惊醒南柯心乱跳，正是三更三点收。
　　　我想此梦真奇怪，凶多吉少太可忧。

李克用：（唱）孤家与你圆此梦，说明叫你免忧愁。
　　　玉花楼倒是凶兆，正应着大唐江山赴水流。
　　　压倒太保与众将，该他们灭剿展宏猷。
　　　空中一派音乐响，请孤赴宴有因由。
　　　只因朱温乱天下，除非孤家谁出头。
　　　从来梦凶是吉兆，一定起兵灭汴州。
　　　正然说话脚步响，大太保进宫禀情由。

李嗣源：（白）启禀父王，今有潼关节度使刘高带领人马来到，求见父王。

李克用：哦，刘高乃是英雄，此来与孤合兵一处灭贼。待孤升帐见他。

（李克用父子下）

刘　妃：大王平素出兵，奴家并不理会，这番行师为何这样提心吊胆？

（唱）大王为国行人马，料想不能强阻拦。
　　　吉凶只好凭造化，但只见社稷有灵仗老天。
　　　不言刘妃心牵挂。（下）再表那晋王升殿上银安。

（升帐，众将站）

李克用：（唱）文武官员齐伺候，文东武西列两边。
　　　　十位太保俱上帐，晋王归座把令传，
　　　　快请潼关刘节度，

（上刘高）

刘　高：（唱）刘高上殿把驾参。

李克用：（白）将军免礼呀。

刘　高：（唱）前者圣上到关内，本愿保驾不惮烦。
　　　　李英谏主不容去，差去先锋在后边。
　　　　劳而无功回报信，才知天子赴九泉。
　　　　末将痛心行人马，不敢自尊至太原。

李克用：（唱）可敬将军怀忠烈，不忘大唐锦江山。
　　　　仰仗虎威灭反叛，更显将军义胆忠肝。

（上卒）

卒：　　（白）潞州王爷到太原。

李克用：请上殿来。

卒：　　有传。

李　杰：来了。

（唱）李杰进来将躬打，皇兄在上小弟参。

李克用：（白）御弟免礼请坐。

李　杰：告坐。

（唱）可怜大唐失天子，天子被害一命捐。
　　　小弟闻知肝胆碎，尊奉金牌不敢延。
　　　带领人马整三万，潞州上将四十员，
　　　任凭皇兄你调用，

李克用：（唱）晋王大悦面堆欢。

　　　　　　吩咐速速摆酒宴，

　　　　（白）来人，速摆酒宴。

李　杰：不知皇兄几时发兵？小弟愿听教领。

李克用：去救国难，疾如心火，若非等能弟，早已行师。今幸潼关人马相助，能弟到来，即便发兵，在三山关外鸡宝山下会合各处人马，攻打关口，直奔汴梁，扫灭逆贼朱温，与天子报仇。

李　杰：正该如此。

李克用：众将官，疾用战饭，起兵便了。（下）

　　　　（出张文玉奸面，坐）

张文玉：（诗）梁国方闻新日月，唐家又夺旧山河。

　　　　（白）本相张文玉。梁王封为平章宰相。方才接三山关节度使王赞急表一道，说太原李克用要夺唐室江山，会同各路诸侯节度使，带领精兵八十余万，战将四百员，杀至鸡宝山下，似此国家大变，敢不急急启奏？左右，打道上朝。（下）

卒　　：（内白）请爷下轿。

张文玉：（内白）尔等午门伺候。

　　　　（摆朝，出朱温坐、上王彦章、齐克让、付道招、朱友珪、朱友从，张文玉，跪）

张文玉：万岁万万岁。臣平章宰相张文玉接得三山关急表一道，臣不敢自主，请主御览。

朱　温：呈表上来。

张文玉：请主御览。

朱　温：爱卿归班。

张文玉：万岁！

　　　　（唱）表章递在龙书案，手捧牙笏立丹墀。

　　　　　　梁王朱温展开表，闪目留神看端底。

　　　　　　上写王赞顿首拜，诚恐诚惶奏主知。

　　　　　　奉旨把守三关口，远差长探听消息。

　　　　　　探听晋王李克用，老儿专要作仇敌。

　　　　　　　纠合唐室宗亲辈，各路节度俱会齐。
　　　　　　　人马共有八十万，无敌上将四百余。
　　　　　　　要与昭宗把仇报，夺取唐室锦江山。
　　　　　　　人马结连二百里，本月初三大兴师。
　　　　　　　鸡宝山下屯扎住，还有几处未到齐。
　　　　　　　为臣闻知心忙乱，并不是畏刀避剑先发虚。
　　　　　　　只因关内兵将少，从来众寡不能敌。
　　　　　　　除非竭力守关口，故上急表奏主知。
朱　　温：（唱）看罢不由心大怒，老儿连时势也不知。
　　　　　　　从前与孤常作对，仗着存孝他破敌。
　　　　　　　存孝一死该退步，还敢逞强来对敌。
　　　　　　　看你如今仗哪个？任凭你千员上将不为奇。
　　　　　　　急选彦章王元帅，
王彦章：（唱）彦章三呼跪丹墀。
　　　　　　　俯伏阶下呼万岁，
　　　　（白）万岁万万岁，臣来见驾。
朱　　温：爱卿，今有太原李克用纠合各路人马在鸡宝山下屯兵，声言与朕作对。元帅可肯挂印征剿么？
王彦章：陛下万安。为臣愿效犬马之劳，管保旗开得胜，马到成功。
朱　　温：好，朕就加封爱卿为武亭侯天下都招讨兵马大元帅，王彦龙为正印先锋，齐克让、付道招为左、右先锋，太子朱友珪、朱友从会合后接应，起兵三十万前去迎敌，吉日行师。钦赐钦尊，退朝。
王彦章：万岁万万岁。（下）
朱　　温：众将官，起兵前去，不可有误。（下）
　　　　（朱友珪马上）
朱友珪：（诗）东宫守阙皇太子，出发领兵军事理。
　　　　（白）小王东宫守阙太子朱友珪。我本是弟兄三人，大皇兄朱友珍，因为一个媳妇死在沧州皂角林内。兄弟朱友从，如今我算是太子，自从皇父夺了大唐的天下，我便是皇太子啦，将来轮着我登基坐殿。唉，正该东宫守阙，守着我的妻子贾若眉，不想父王老了，叫我同御弟友从率领三军三十万人马往三山关外鸡宝山下与李克用对敌。抛下我的美人贾氏王妃，好叫我恋恋不舍，放心不下。

（唱）贾氏我媳妇，人头生得妙。
　　　沉鱼落雁容，闭月羞花貌。
　　　女貌与才郎，一般在年少。
　　　背地人咬舌，说得没有道。
　　　说是我父皇，老来不害臊。
　　　调戏我媳妇，叫我戴绿帽。
　　　觉着信不真，糟践人胡闹。
　　　今日去出征，叫人心难料。
　　　莫非老昏君，把我往外调。
　　　他作禽兽人，真叫人难料。
　　　再说不领兵，老子又性傲。
　　　为今就砍头，死了还不孝。
　　　含着眼泪行，暗自把苦叫。
　　　身在路途间，心在皇宫绕。

（上朱友从）

朱友从：（唱）皇兄快趱行，如何像睡觉？
　　　　　前哨走远了，急急催后哨。
　　　　　你咋这么忙？我把精神耗。

（白）怎么没有精神呢？

朱友珪：（唱）从来未出门，一旦把兵调。
　　　　　白日走一天，风吹日又照。
　　　　　坐骑颠得慌，屁股上起泡。
　　　　　夜晚宿帐中，总睡不着觉。
　　　　　岂不缺精神？并非我扯票。
　　　　　走了好几天，

（上卒）

卒：　（唱）军校来禀报。
　　　（白）报二位殿下，到了三山关口了，东门不远，前队进城，总兵王赞迎

	接，二位殿下进城，乞令定夺。
朱友珪：	吩咐引路前行，关内相见，就此排开队伍进关。（下）

（晋王升帐，众将站）

李克用：（诗）腾腾杀气冲霄汉，冉冉征云迷太阳。
　　　　（白）孤家李克用。起兵来在鸡宝山下，离三山关相隔数里。昨日观看地势，好一座战场。

（上卒）

卒：　　报千岁得知，梁王兵将杀出关来，对面安营。一员大将，恰似天神，在疆场叫阵。请令定夺。

李克用：再去打探。

卒：　　哈。（下）

李克用：必是汴梁遣将发兵，哪位将军去见头阵？

郑　积：有郑积，愿往。

李克用：郑将军可要小心！

郑　积：不劳嘱咐，抬枪带马。（下）

（呐喊，上卒）

卒：　　报大王得知，郑将军与敌将不上三五回合，落马而亡。

李存江：哇呀，气死人也。父王万安，待孩儿八太保李存江，见阵走走。

李克用：我儿多加仔细。

李存江：那是自然，军校们，抬水磨钢鞭伺候。

（呐喊，上卒）

卒：　　报千岁得知，八太保被敌将一枪刺死。

李克用：哎呀，起过了。这还得了？敌将如此骁勇，谁敢再去会合一阵？

马三铁：有，有，有，幽州节度使马三铁愿去出马迎敌。

李克用：可要小心。

马三铁：不劳嘱咐。（下）

李克用：马节度使英勇，足胜敌人，众将官一齐随孤家出营，在高阜之处，观阵便了。（下）

王彦章：（内白）大小三军，压住阵脚。（上）本帅王彦章连挑唐将两员，足显威武，你看大炮冲天一将来也。

　　　　（对上马三铁）

马三铁：反贼好生猖狂，报上名来受死。

王彦章：我乃梁王驾下兵马大元帅王彦章。你叫何名？

马三铁：吾乃幽州节度使马三铁，特来擒你，着枪。

　　　　（对杀，马三铁死）

王彦章：不怕死的，你们来呀来呀。

　　（唱）一枪刺死马三铁，越显威风杀气高。

　　　　　勒马擎枪在疆场，只见营门旌旗飘。

　　　　　黄罗伞下一老将，必是晋王把阵瞧。

　　　　　无数将官左右站，一概视如小儿曹。

　　　　　今若枪挑李克用，将无主帅瓦解冰消。

　　　　　催马拧枪闯上去，众将一见发了毛。

　　（上李存寿）

李存寿：（唱）五太保存寿一声喊，黑贼休得逞英豪。

　　　　　　催马抡刀杀一处，战不几合被枪抛。（死）

杨　滚：（唱）又来了潞州大将杨滚，抡起铜锤把手交。（杀）

　　　　　　五十回合也败阵。（下）

李存海：（唱）又来太保李存海，（杀）催马闯上把枪摇。

　　　　　　未上十合一命丧，（死）

　　　　　　又来太保李存昭。（杀）

李存昭：（唱）双手抡刀杀一处，杀气腾腾半空飘。

　　　　　　三十回合又落马，（死）

韩　见：（唱）又来一位老英豪。

　　　　　　义州节度名韩见，（杀）交手几趟被枪挑。（死）

刘　高：（唱）众人一见直了眼，恼怒了潼关节度名刘高。

　　　　　　催开坐下赤兔马，抡动手中安汉刀。

　　　　　　大喊黑贼我也来，马至疆场把手交。（杀）

　　　　　　棋逢对手难藏性，将遇良才各用着。

　　　　　　一个如同下山虎，一个恰似出海蛟。

　　　　　　刀砍枪刺起火星，枪刺刀磕冒光毫。

	恶战仇敌一百盘，只杀得天昏地暗鬼神嚎。
王彦章：	（唱）王彦章觉着难取胜，我今须用计一招。
	虚晃一枪往下败，虎尾钢鞭取下鞍桥。
	并住枪杆圈回马，见他赶来说声着。
刘　高：	（唱）左膀之上着了肿，抱鞍吐血败阵逃。（下）
王彦章：	（唱）不觉日落天色晚，
	（白）天色已晚，不必再等。敌将李克用，且容你歇息一夜，明日必要擒你。众将官，打得胜鼓回营。（下）

（史敬思马上）

史敬思：（诗）奉令催粮来往行，为国奔劳马不停。

（白）我乃阳武将军史敬思，奉大王命令作二路运粮官，从太原大营中运粮，面前就是鸡宝山了。天色将晚，只得急急进营交令便了。

（唱）大王为国勤王室，一心夺回旧山河。
　　　调去四方兵与将，不足一月就会合。
　　　人马共有八十万，战将也有四百多。
　　　搬运粮草分三路，接连不断无差错。
　　　头一路台州岳节度，我作二路接连着。
　　　三路彦威从潼关运，三路粮草广又多。
　　　头运早到等二运，我今交纳未耽搁。
　　　说话来到大营外，吩咐往下粮草车。
　　　弃镫离鞍下了马，即时起更响铜锣。
　　　开放辕门上大帐，点着灯笼亮又多。（下）

（出李克用坐，李嗣源站）

李克用：（唱）晋王正坐观兵法，嗣源一旁伺候着。

（上史敬思）

史敬思：（唱）只见大王自己坐，大太保一旁伺候着。
　　　一部兵书案上放，老大王长吁短叹不快活。
　　　走至帐下躬打下，末将交纳粮草车。

（白）大王在上，末将交令，太原府的粮草已到。

李克用：唉，将军运粮，也算有功。可惜粮草虽多，人马减少用不着了。

史敬思：大王何出此言？

李克用：你可知道孤家领兵以来，与逆贼朱温的人马对敌之事么？

史敬思：常言道兵来将挡，可与贼人见过几阵了？

李克用：唉，将军呐，此事不消提起了。

史敬思：怎么样了？

李克用：可惜八十万人马，四百员上将杀不过一个贼将，可恨可耻！

（唱）总该着，唐室危。

　　　　天生好汉，扶保朱贼。

　　　　今早来叫阵，耀武又扬威。

　　　　头阵郑积出马，被贼枪挑命亡。

　　　　二阵死了八太保，三阵孤家看一回。

史敬思：（唱）胜与败，是常事。

　　　　大唐营内，许多英魁。

　　　　输了一两阵，何须锁愁眉？

　　　　三阵是谁出马，自然大展神威。

　　　　大王亲身去观阵，一定看着胜反贼。

李克用：（唱）马三铁，将英魁。

　　　　与贼恶战，不过十回。

　　　　一枪挑下马，竟把地府归。

　　　　一连伤了几将，刘高出马擒贼。

　　　　大战百合把鞭中，众将惊慌把头垂。

史敬思：（唱）勇刘高，是英魁。

　　　　百战百胜，怎也吃亏？

　　　　那个贼反叛，姓甚名与谁？

　　　　莫非三头六臂，怎么天武神威。

　　　　四五百员能战将，难道与贼对手没？

李克用：（唱）王彦章，水手贼。

　　　　身强力猛，头大面黑。

　　　　手使驼毛杆，坐骑马上追。

　　　　遇人枪挑鞭打，众人胆战魂飞。

　　　　　　幸而天晚各回转，无法可使干发呆。
史敬思：（白）哎呀！
　　　　　（唱）一声喊，似沉雷。
　　　　　　气死我也，好个黑贼。
　　　　　　王彦章名字，从前也晓得。
　　　　　　淤泥河中摆渡，是个水手小贼。
　　　　　　险些被勇男公摔死，他今还敢逞凶威？
　　　　　　等我明日把他会，
　　　　　（白）王彦章当日在寿州淤泥河中拦路劫财，被勇男公抓住险些摔死。今日还敢出头与大王交战，等明日末将出马，试试他有多大本领。
李克用：将军乃是运粮官，不当临阵，况那王彦章十分英勇，怕将军也难以取胜。
史敬思：大王不必过虑，暂且告退，明日一定临敌，与水贼见个高低。（下）
李克用：史敬思被孤激得大怒而退，明日定要临阵。他也是无敌上将，万一胜过王彦章也未可定，明日再见胜败如何。
　　　　　（诗）强中自有强中手，赌斗争强看显谁。（下）
王彦龙：（内白）大小三军闪放营门，（马上）俺正印先锋王彦龙。昨日哥哥临阵枪挑鞭打，连胜唐将三十员，回营后，众将帐下与元帅把盏庆功。我在一旁不由的心焦，今日早起在大帐上领了将令，马到疆场，一定要斩将夺旗，成功得胜。军校们，上前叫阵。
史敬思：（内）众将官，抬枪带马，闪放营门。
王彦龙：敌营炮响连天，一员将官来也。
　　　　　（对上史敬思）
史敬思：咧，马上反贼，可是王彦章么？
王彦龙：敌将何名，敢提元帅名姓？
史敬思：我乃阳武将军白袍史敬思。王彦章可是你么？
王彦龙：我乃梁王驾下元帅之弟王彦龙。
史敬思：你这厮非我对手，快叫王彦章前来领死。
王彦龙：哎呀，看你有何本领，敢小视你先锋老爷，着枪吧。
史敬思：来，来，来。
王彦龙：这贼好厉害枪法也。

  （唱）话不投机动了手，钢枪并举杀起来。
      交锋不过十几趟，只觉发软力气衰。
      未遇着这样枪疾马快哉。
      今日遇见白袍将，好枪法神出鬼没不可测。
      还手之力无半点，招架渐觉支不开。
      心中着急发了乱，眼花手迟汗出来。
      再打一时不逃走，难免热血染尸骸。
      说声不好急躲避，左膀中枪身子歪。
      催马败走回营闪，吩咐挂上免战牌。（下）

王彦章：（唱）彦章端坐中军帐，等候兄弟得胜来。
      才显兄弟俱英勇，写表上报奏金阶。
      正然思想兄弟到，带开袍松脸吓白。

（上王彦龙）

王彦龙：（白）哥哥，恕小弟败阵之罪。

王彦章：哦，你是败阵而回，疆场上敌将是谁？

王彦龙：乃是白袍史敬思，十分骁勇。我与他大战五十回合，一眼不到，左膀中他一枪，因而败阵。

王彦章：哇呀，怎么一个史敬思？这等可恶，待我与你报仇。

王彦龙：哥哥慢行，我已命人挂上免战牌了。

王彦章：这是何必？叫我如何恕得过去？

王彦龙：且不必动气，小弟被他刺了一枪，必得我亲身刺他一枪，才解我心头之恨。

王彦章：你又战他不过，如何亲手刺他一枪？

王彦龙：小弟有妙计一条，不用哥哥费事，管保叫他死在我枪尖之下。
  （唱）好一白袍史敬思，疆场叫过他的本。
      哥哥临阵要会他，胜败输赢定不准。
      将不在勇只在谋，我有一计妙得很。
      大营西边有座桥，桥下有水波浪稳。
      不用骑马只拿枪，大石桥下把身隐。
      哥哥你去到疆场，敬思出马必定准。
      交手战个十数合，诈败佯输把他引。

引他上了大石桥，我在桥下看得准。

照着敬思刺一枪，叫他身子桥下滚。

才算我报一枪仇，

王彦章：（唱）这个算计妙得很。

诓君之计法最高，你但去睡打个盹。

明日早起桥下藏，我去上阵把他引。

不可泄露人知晓，

（白）这个诓君之计正是奇法，你且去睡觉养养伤痕。明日鸡鸣五鼓，你悄悄桥下藏身。我去出马，一定佯输诈败引他上桥，兄弟看准，将他一枪刺死。

王彦龙：我自当留神，报一枪之恨！史敬思，我叫你金风未动蝉先觉，暗算无常死不知。（下）

（出史敬思平桌坐）

史敬思：（诗）欲为天下奇男子，须建人间未有功。

（白）俺史敬思。蒙大王亲身把盏，与我庆功，多饮几杯不觉有些醉意，天交三鼓只得回转自己帐中，安寝一宿，准备明日一场恶战。

（唱）我今虽未斩敌首，却倒胜了王彦龙。

既然钢枪刺他弟，明日何难刺其兄？

大王喜悦将功庆，亲手把盏敬英雄。

一时高兴多饮了，不觉半夜打三更。

只得告退辞千岁。（下，又上）回转自己帐房中。

灯笼引路来到了，（坐）中军帐内醉眼蒙眬。

和衣而卧睡着了，晚景不提到五更。

鸡唱三遍急忙起，东方大亮日高升。

用了早饭忙披挂，（下，又上）复到中军大帐中。

得了将令便出马，晋王传令众将俱出营。

李克用：（唱）随孤压阵观胜败，但愿将军建大功。（马上）

史敬思：（唱）敬思马到疆场上，忽听贼营炮响连声。

旗下闪出一员将，凛凛威风貌狰狞。

必是彦章来临阵，心头大起二目红。

　　　　　钢枪一指高声喊，

　　　（对上王彦章）

　　　（白）贼将，你史老爷等候多时了。

王彦章：你就是白袍史敬思么？

史敬思：正是本帅。特来擒你这反贼。

王彦章：少发狠言。着枪！

史敬思：来，来，来。

　　　（杀，王彦章败下，史敬思追）

史敬思：哪里跑？料你难逃我手。

　　　（唱）一行追着暗发笑，可笑大王把贼夸。

　　　　　有名无实非好汉，这样本领不见佳。

　　　　　交手不过三十趟，杀得他还手不能乱如麻。

　　　　　得便逃脱西北跑，只见发昏忘了家。

　　　　　你要跑来我要赶，赶上生擒必活拿。

　　　　　见他不住回头看，又见一带俱是崖。

　　　　　一道大桥阻挡路，桥下有水响哗啦。

　　　　　这厮跑到绝户地，天赐成功必擒拿。

王彦章：（唱）彦章催马把桥过，装作人困与马乏。

　　　　　惊慌之样过桥去，（下）

史敬思：（唱）史敬思赶上桥来把马撒。

　　　　　只想擒贼把功立，怎知有人暗算咱？

王彦龙：（唱）彦龙桥下看得准，见他上桥咬错牙。

　　　　　双手拧枪恶狠狠，照着左肋往里扎。（史敬思着枪）

史敬思：（唱）哎呀一声罢了我，左肋冒出血光花。

　　　　　肠子随血出来了，忍着疼痛往下扎。

　　　（白）狗子是你，着枪！

王彦龙：哎呀！

　　　（唱）彦龙也是不防备，脖子以上被枪扎。

　　　　　呜呼哀哉咽了气，（死）

史敬思：（唱）敬思托肠往前杀。

	不顾腑中疼难忍，一心要把彦章拿。
王彦章：	（唱）摘下钢鞭使英勇，彦章一见气更加。
	圈回马来复又战，二人复又动争杀。
李克用：	（唱）晋王一见说不好，史将军托肠把贼杀。
	众将快快杀上去，
	（白）众将官，一齐杀上前去，保护史将军要紧。

（众杀一阵，王彦章败）

王彦章：哎呀，敌将以多为胜，不能与兄弟报仇，只得回营再做道理。

李嗣源：水贼哪里走？

（又杀，王彦章败下）

李克用：反贼大败，不必追赶，保护史将军回营，不得有误！众将官，把守营门大帐，准备软榻，将史将军搀扶下马，扶在软榻之上。

（上李克用、李嗣源、李存勖、史敬思）

史敬思：哎呀，罢了我了。

李克用：将军被人暗害，觉得可曾无碍么？

史敬思：咳，大丈夫生于乱世，不能灭尽反贼，报效朝廷，奈何如此而亡。

李克用：列位却有何法医治史将军的伤口？

众　将：军中并无名医，如何是好？

李克用：哎，叫孤家看着实实难以忍耐。

（唱）李晋王，心内焦。

守着敬思，闪目观瞧。

肠子冒露出，血流染衣袍。

一时无法可使，急得汗泪滔滔。

这叫将军怎么样，为国受伤疼难熬。

史敬思：（唱）连吁气，皱眉梢。

只叫千岁，何必心焦？

为国不顾命，才算是英豪。

就是刻下一死，却也不算寿夭。

可叹身沐国恩重，不得杀贼建功劳。

李克用：（唱）这才是，大英豪。

　　　　　到此地位，不忘唐朝。
　　　　　言言存忠烈，句句志气高。
　　　　　送你太原医治，又怕路上受劳。
　　　　　军中又无人医治，可叫孤家怎计较？
史敬思：（白）哎呀！
　　　　（唱）肠子冒，心血潮。
　　　　　一声大叫，疼死我了。
　　　　　双手捧肠子，想往腹内搞。
　　　　　鲜血如泉往外淌，一阵昏迷魂魄消。
　　　　　连连吁了几口气，呜呼一命赴阴曹。（死）
李克用：（唱）眼见着，不好了。
　　　　　牙关紧闭，二目闭了。
　　　　　摸摸心口上，气儿无分毫。
　　　　　可怜大将已死，不由悲痛号啕。
　　　　　晋王哭得如酒醉，众将无不泪双抛。
李嗣源：（唱）哭了多时呼千岁。
　　　　（白）大王，人死不能复生。大王如此哀伤，被贼人知晓，乘乱而来，谁敢迎敌？
李克用：哎，史将军为国身亡，这样苦情叫孤焉能不痛哪！
李嗣源：死得纵苦，却有名目，为将者像史将军托肠大战，岂不留名于万世？
李克用：三太保李存勖听令，速置一口棺木，将史将军成殓，带着三千人马保护灵柩，送回太原，亲见史将军夫人与公子，说明他阵亡之事，星夜启程，不得有误！
李存勖：孩儿遵令。（下）
　　　　（诗）黄泉无老少，由命不由人。（下）
　　　　（出郑金蝉中年旦，坐）
郑金蝉：（诗）连日恍惚不得安，心惊肉跳主何原？
　　　　（白）奴家史夫人郑金蝉。老爷官拜阳武将军之职，只因朱温篡位，老大王带兵灭贼，恢复唐室江山，命我家老爷运粮，免去临阵交锋，不让奴牵挂。奴今三十六岁，所生一子名唤史建瑭，一十六岁，文武双全，将来必成大器。自从老爷去后，奴家连日恍惚，耳热眼跳，不知主何吉凶？

（上史建瑭，白面武生）

史建瑭： 哎呀，母亲，可不好了！

郑金蝉： 哦，建瑭，你为何这样惊慌失色，泪流满面，有什么不好之事？

史建瑭： 孩儿方才在大街上见两个军卒打扮，悄声而言，说是阳武将军与反贼交锋，左肋上中了一枪，肠子冒出，死于大营之中，灵柩少刻就到了。

郑金蝉： 呀，如此果然，真可不苦死人了！

（唱）乍闻凶信颜色变，魂灵飞上九重楼。
　　　心中乱跳浑身颤，冷汗冒出泪直流。
　　　纵使传言未眼见，难道外人敢瞎诌。
　　　这日就是心不定，神思不安忽悠悠。
　　　若是真有塌天祸，如果是真怎讲究？
　　　我儿快到街市上，遇着军卒问情由。
　　　想你父奉命运粮自尽职，与贼对敌理不投。
　　　况且素称无敌将，怎么中枪一命休？
　　　问那军卒是眼见，可是谎言信口诌。

史建瑭： （唱）速去速去速去去，孩儿遵命不敢扭。
　　　眼泪汪汪才要走，

（上老苍头）

老苍头： （唱）跑近呈恩老苍头。
　　　哭啼禀报夫人晓，可怜老爷一命休。

郑金蝉： （白）院公，你怎么知道？

老苍头： （唱）老奴才到府门外，遇见有人送灵柩。
　　　差我来禀夫人晓，

（白）老奴方才出了府门，遇见三太保李存勖下马直入前厅，叫老奴禀知夫人、公子，命人抬灵下车。

郑金蝉： 如此是真了，待奴前去接灵。哎，老爷呀！（下）

史建瑭： 爹爹呀！（下）

郑金蝉： （内白）家童，将灵柩抬入中堂，安于正寝。

家　　童：（内白）是。

（上李存勖、史建瑭、郑金蝉）

郑金蝉：罢了，我的老爷呀。

（唱）一见灵柩号啕痛，紧走几步跑上前。
　　　趴着棺材只叫苦，苦命老爷在那边。
　　　记得临行向我讲，可恨朱温乱江山。
　　　这一与贼大交战，一心灭贼去当先。
　　　派了运粮官之职，觉着心中不耐烦。
　　　离家去了半个月，怎就一命染黄泉？
　　　老爷今年四十几，半世英雄都化烟。
　　　抛下母子怎度日？真正叫我左右难。
　　　郑氏扶棺悲切切，不顾旁人在一边。

史建瑭：（唱）公子建瑭双脚跳，手拍棺材痛心肝。
　　　　我的爹爹你一死，怎得父子再团圆？
　　　　只哭得死去活来好几遍，

李存勖：（唱）三太保伤心泪涟涟。
　　　　哭罢多时止住泪，

（白）史公子不必过痛，令尊为国捐躯，名标天下，公子与夫人料理丧事要紧。

郑金蝉：请问太保，我家老爷乃是运粮官，无非来往运粮，各尽其职，老大王怎么命他临阵丧于反贼之手呢？

李存勖：夫人、公子，原是王彦章战败众将，史将军不服，临阵之时被王彦章和王彦龙暗算，史将军托肠大战，刺死王彦龙。众将上前保护回营，亡于中军帐上了。

史建瑭：哎，好个逆贼王彦章，设此阴谋暗算，杀父之仇不共戴天。我就提枪上马，赶到鸡宝山大营之中见了老大王，一定捉拿王彦章，剖心滴血，与父亲祭了亡魂，聊解我心头之恨。

（唱）怒恼了，史建瑭。
　　　又痛又恨，虎气昂昂。
　　　跺足连声喊，好个王彦章。

　　　　　　杀父之仇不报，不是史家儿郎。
　　　　　　太保引我大营去，拿住仇人大开膛。
李存勖：（唱）史公子，莫逞强。
　　　　　　报仇雪恨，国事应当。
　　　　　　但那贼水手，勇猛赛金刚。
　　　　　　军中许多上将，出马个个着伤。
　　　　　　你纵使英勇尚年幼，顽石如何碰太行？
史建瑭：（白）哎！
　　　（唱）气加气，满了腔。
　　　　　　只叫太保，说话平常。
　　　　　　小视我年幼，胜夸他刚强。
　　　　　　英雄何论长幼？只要武艺高强。
　　　　　　喊叫呈恩听吩咐，就此带马拿行装。
郑金蝉：（白）儿啦，你要往哪里去呢？
史建瑭：哎，母亲哪！
　　　（唱）儿暂且，辞亲娘。
　　　　　　鸡宝山下，去见大王。
　　　　　　说明把仇报，出马到疆场。
　　　　　　全凭腹中谋略，又仗手中钢枪。
　　　　　　必要亲刺贼水手，一则报仇二则名扬。
郑金蝉：（唱）悲切切，泪汪汪。
　　　　　　须听娘劝，不必逞强。
　　　　　　你今才十六，是个小儿郎。
　　　　　　纵然习学刀马，并未赌胜争强。
　　　　　　况且贼人多骁勇，不可白去惹灾殃。
史建瑭：（白）娘哪！
　　　（唱）口呼母，莫阻挡。
　　　　　　看着棺椁，岂不悲伤？
　　　　　　我父灵不昧，魂魄在家乡。
　　　　　　望着他的儿子，报仇去找彦章。

　　　　　　　母亲不容儿前去，不如碰死见阎王。
　　　　　（白）是，是，也罢。
郑金蝉：我儿不可！
　　　　（唱）忙拉住，更悲伤。
　　　　　　　哭声惨淡，只叫建瑭。
　　　　　　　报仇单为父，离家不顾娘。
　　　　　　　一生只你一个，并无儿女成双。
　　　　　　　孤苦伶仃守棺木，不久也得见阎王。
李存勖：（唱）三太保，在一旁。
　　　　　　　口呼公子，你须思量。
　　　　　　　令尊未入土，令堂在孤孀。
　　　　　　　不顾父母前去，府中有谁主张？
　　　　　　　何不等着发了引，再去报仇杀王彦章？
史建瑭：（唱）踌躇一会得忍耐，
　　　　（白）多承太保指教，我就忍耐几天，择日便去与我父报仇便了。院公，吩咐厨下摆宴伺候。
李存勖：慢着，我还未与令先尊再行祭礼，暂且告辞。
史建瑭：送太保。
李存勖：免。（下）
史建瑭：院公，就往各处讣告亲友，多请高僧前来追荐灵魂。哎，我的爹爹呀！
郑金蝉：老爷呀！我儿随娘来。（下）
史建瑭：来了。（下）
　　　　（升帐，齐克让、付道招站，上王彦章）
王彦章：（诗）杀气腾腾迷四野，征云冉冉锁山峰。
　　　　（白）本帅王彦章。可怜兄弟王彦龙被史敬思刺死桥下，已将尸首捞来，用棺木装殓，差人送回原籍去了。差人探听，言说史敬思回营已死，料想唐营再无我的对手，趁此正好迎敌。齐克让、付道招上帐听令。付道招谨守大营，不可妄动。
付道招：得令。（下）
王彦章：齐克让，你随本帅攻打敌营，不得有误。（下）

（出李存孝坐，众神站）

李存孝：（诗）生前忠义山河壮，死后威灵日月临。

（白）我乃生前李存孝，职居勇男公，归位以来，蒙皇天上帝敕封我总管天下怪山。晋王今日大难临身，我生前与他有父子之情，只得亲身去救。众神兵伺候，随我驾云前往。

众　神：尊法旨。（下）

（完）

第 五 本

【剧情梗概】王彦章带领无数人马要阵,唐营无人敢迎敌,晋王李克用只得亲自出马。李克用不敌王彦章,勇男公李存孝显灵帮其解围。李克用回营后因太过思念十三太保而得重病,潞州王李杰掌军机大事。李嗣源带领五千名军校,押着金珠宝物,前往山东聘请高思继来战王彦章。高思继在疆场上受王彦章算计,着枪而死。李克用得知消息后,原本重病的身体雪上加霜,不久病死营中。大太保回去送灵,刘妃修书一封,命其去灵丘峪请邓瑞云领兵捉拿王彦章。

(升帐,众将站,李克用坐)

李克用:(诗)勇猛一人阻万军,何时再享太平春?
(白)孤晋王李克用。可惜史敬思英勇无敌,一旦废命,叫孤家不胜的伤心。
(上卒)

卒: 报千岁得知,今有反贼王彦章带领无数人马,杀奔大营而来,乞令定夺。

李克用:再去打探。

卒: 得令。(下)

李克用:这还了得!列位皇族、诸位将军以及众位太保,谁去临阵对敌?哦,列位难道未曾听见么?方才小卒报道王彦章杀奔大营而来,你们有哪个前去对敌?哎,可笑可耻!
(唱)连说几句贼兵来,谁敢临阵去出马?
但见众将低着头,俱各装聋又作哑。
必是惧怕王彦章,气得脸黄似蜡渣。
怒发冲冠喊连声,手拍桌案响乒乓。
随征众将四百员,八十多万人共马。
俱来勤王灭朱温,有名无实全是假。
畏刀避剑不出头,忠烈之人却在哪?
吩咐抬孤定唐刀,快带孤的赤兔马。
待孤亲身把阵临,任着被贼钢枪扎。

　　　　　　死后却有忠烈名，强如活着守死人。
　　　　　　欠身离座便要行，大太保近前把躬打。
李嗣源：（唱）父王年迈八旬多，血气衰微白头发。
　　　　　　如何临阵去迎敌？若有不测祸天塌。
　　　　　　莫怪众将不出头，只因难敌贼枪马。
　　　　　　只好免战牌高悬，再想擒贼妙方法。
李克用：（唱）彦章率众来炸营，岂肯擅退人共马？
　　　　　　不可拦阻孤临阵。
　　　　（白）王彦章率兵前来，纵然挂免战牌，他也未必就肯回去，若等攻破营盘，死也无有名目。你快些闪过，不必阻拦。军校们，抬孤的定唐刀，带孤的赤兔马来。（下）
李嗣源：哎！父王大怒临阵，众位将军一半保护大营，一半出营压阵，保护王爷要紧。
众　将：哈！（下）
　　　（王彦章马上）
王彦章：本帅王彦章，率领人马前来要战。呀，敌营大炮连天，龙凤旗下闪出一员老将，正是李克用，若能擒拿这老儿，胜如唐将百员。
　　　（李克用对上）
李克用：反贼王彦章，少要猖狂，孤特来擒你。
王彦章：李克用，你这样白发老头，血气已衰，还来上阵出丑，只怕你难讨公道。
李克用：反贼休发狠言，孤年虽老，手中宝刀却也不老，是你着刀。
王彦章：来！来！来！
　　　（杀，李克用败下，又上）
李克用：这厮果然力大无穷，枪疾马快。
王彦章：哪里走？
　　　（杀，李克用败）
李克用：慢赶慢赶。
　　　（唱）与贼大战三十场，黑贼力大果无穷。
　　　　　　招架不住只得败，何颜败回到大营？
　　　　　　又怕他乘乱把营炸，一带骏马往西北行。

　　　　此马跑开如闪电，大料反贼追不上。
　　　　一行跑着回头看，反贼坐骑快如风！
　　　　紧紧追赶离不远，这才心慌胆颤惊。
　　　　不顾回头紧催马，着急想起勇男公。
　　　　若有我儿存孝在，岂叫孤家逢此凶？
　　（白）太保哇！
　　（唱）想你生前多忠义，死后一定也有灵。
　　　　快快显灵解救我，忽听一阵云雷声。
　　　　祥云招展迎面来，
　　（白）呀，你看祥云里面那不是我儿十三太保李存孝？快来救我，逆贼追上来了。

李存孝：父王闪过，待孩儿打发王彦章回去。（下）
李克用：好也好也，我那十三太保来了，还怕什么？不免在高阜之处观看便了。
　　（下）
　　（上王彦章）

王彦章：李克用，你今料不能跑出我手！呀，奇怪奇怪。
　　（唱）催马往前追，老儿哪里跑？
　　　　忽听云雷声，一朵祥云绕。
　　　　云光把路横，隐隐人不少。
　　　　前打飞虎旗，又有众将校。
　　　　为首将一员，上下金光绕。
　　　　面黄肌瘦人，不老又不小。
　　　　足蹬虎皮靴，头戴虎磕脑。
　　　　手提槊一根，端详认得了。
　　　　正是存孝他，我今命难保。
　　　　原来他还活，作对把我找。
　　　　魄散魂也飞，圈马回里跑。

李存孝：（白）王彦章，哪里跑？
王彦章：（唱）听他把话说，越发不好了。
　　　　加鞭把马催，快跑快快跑。（下）

（齐克让马上）

齐克让：（唱）齐克让领兵，来把元帅找。

　　　　　　路儿走不多，元帅回来了。

　　　　　　可曾成了功？

王彦章：（唱）休提可不好。

　　　　　　你往那边瞧。李存孝来了。

齐克让：（唱）哎呀我的妈，又叫我姥姥。

　　　　　　魄散魂也飞，跌在马下倒。

　　　　　　当时呲了牙，活活吓死了。（死）

众军卒：（唱）手下众军卒，胆裂魂飞了。

　　　　　　喊声震连天，翻江与海倒。

　　　　　　自家兵自伤，死的却不少。

　　　　　　不言王彦章，跑回营去了。

　　　　　　闭门且不言，（下）再把晋王表。

（上李克用）

李克用：（唱）心中欢喜说好也。

　　　　（白）好也好也，孤王正在危急之处，一朵祥云招展，一对飞虎旗押护，孤的那十三太保李存孝将反贼挡回去了。

（李存孝云上）

李存孝：父王万安，孩儿已将反贼王彦章挡回去了，解救父王以报生前养育之恩。那边众将迎接父王来了，孩儿归位去也。（下）

李克用：太保慢行，我儿回来，孤与你叙叙思念之苦。勇男公，是你回来，是你回来！十三太保李存孝，父的儿，你，你，你，真就撒闪孤家去了哇！

（李嗣源、李杰马上）

李嗣源、李杰：父/大王受惊了，幸而反贼退去，我等前来迎接父/大王回营。

李克用：太保，太保，你真就不顾孤家走了？哎，父王的儿啦，叫你想也得想死孤家了哇！

李嗣源、李杰：父/大王这是为何？幸而王彦章退去，正是逢凶化吉、遇难呈祥，我等俱来保护大王回营，正该欢喜，反倒哭起来了，却是为何？

李克用：哎，孤家若靠你们保护，早在王彦章枪下做鬼了。

众　将：是我们无能，致使大王受惊，大王请回营去吧。

　　　　（唱）众将惭愧脸通红，不怪大王如此说。

　　　　　　　请大王回营思良策，再定机关擒反贼。

李克用：哎！

　　　　（唱）惦着我儿李存孝，长吁短叹不快活。

众　将：（白）天不早了，回营吧。

李克用：（唱）马上不住空中看，不见踪迹可奈何？

　　　　　　　父子刚刚得见面，忽然相抛怎舍得？（下）

（升帐，李克用坐、众将站）

李克用：（唱）不多一时把营进，坐在中军正愣怔。

　　　　（白）十三太保，我的儿啦！

　　　　（唱）只叫我儿李存孝，不顾孤家自去咧。

众　将：（唱）众将难解其中故，一齐近前问明白。

　　　　　　　大王疆场败了阵，马快如飞望不着。

　　　　　　　我等保护在后面，追赶不上会怎么？

　　　　　　　不知反贼如何退，大王怎得免风波？

　　　　　　　哪是有十三太保李存孝，莫非惊吓着了么？

李克用：（白）哎！

　　　　（唱）孤家不亏李存孝，老命早已见阎罗。

众　将：（白）这话叫我等不懂。

李克用：（唱）反叛追孤往西跑，看看赶上要被捉。

　　　　　　　心中着急胡念听，怎么得存孝救孤把难脱。

　　　　　　　正然思想云间响，

　　　　（白）孤家被王彦章杀得大败，有心回营，又怕趁乱炸营，仗着马快，往西北而跑。谁想王彦章也骑一匹快马，追得孤家上天无路，入地无门，心中着急，想起十三太保儿来，若是在世，怎能有此大难？念了数句，只见祥云招展，我儿便到了，挡住王贼。吓得那黑贼魂飞丧胆，圈马而逃，他手下兵将自杀，死的料也不少。

众　将：怪不得死尸横倒，还有一个将官像那齐克让的模样，一定是被勇男公吓死的，才保大王无事。

李克用：哎，可怜我儿与我说了几句话，他竟去了，我那儿啦！

（唱）说着连连悲啼起，忠义儿啦在哪里？

活着与孤争功业，兴唐灭巢万将无敌。

你挣的功劳我们享受，一生未得安乐时。

三十六岁被人害，尸分五块死得屈。

上天不负忠与孝，死后成神应当的。

并不怨我反救我，叫孤怎不想你？怎不哭啼？！

越哭越痛声不止，只觉眼黑头发迷。

心中恍惚身子软，稳坐不住闪身躯。

众　将：（白）大王怎么样了？

李克用：哎呀！

（唱）孤家要我李存孝，父子携手再不离。

众　将：（白）大王说起糊话来了！

李克用：（唱）痛泪交流又哭起，哭了一回又昏迷。

众　将：（白）大王醒来。

李克用：十三太保来了么？存孝儿啦在哪里？

众　将：（唱）一连几遍昏复醒，众将心慌俱着急。

大王年迈得此症，只怕性命保不齐。

万马营中谁做主？贼兵闻知了不得。

李嗣源：（唱）大太保含泪呼列位，潞州王可为兵主暂主持。

李　杰：（唱）孤怎能担此重任？

李嗣源：（唱）不必推辞料理事，最怕贼兵探虚实。

知我父王身得病，趁乱而来谁敢敌？

我今想起一员将，英雄盖世数第一。

李　杰：（白）哦，但不知却是何人？

李嗣源：（唱）山东郓州高思继，请他可把彦章敌。

李　杰：（白）如此，何人去请呢？

李嗣源：（唱）须得我去把他请。

（白）那高思继当初在五侯反太原之时，被勇男公擒下马来，怜他是条好汉，用酒饭款待，放他回转山东去了。我今请他前来，便是王彦章对手。

李　杰：好，事不宜迟，太保休辞劳苦，就往山东郓州走走，大家搀扶千岁移到后营养病。

（诗）千军容易得，一将最难求。（下）

李嗣源：（内白）军校们，急急赶路以奔郓州，不得有误。（枪马上）我乃大太保李嗣源，父王偶得重病，潞州王李杰掌军机大事，我带领五千名军校押着金珠宝物，前往山东聘请高思继，好挡王彦章。天气尚早，须得率兵走走则可。

（唱）最可叹我父王八十多岁，精神短气血衰不改雄心。
　　　见众将一个个惧怕反贼，抖雄心不服老亲自临阵。
　　　战不过王彦章败阵而走，我兄弟李存孝死后成神。
　　　显威灵救父王挡退反贼，回营中想存孝抱病沉沉。
　　　潞州王掌军务固守营寨，我此去到山东聘请将军。
　　　早认得高思继无敌上将，使银枪骑白马枪马绝伦。
　　　他若肯相帮助何惧水贼？最怕他清闲惯不肯动身。
　　　若不来得用那激将之法，须如此得这般叫他动嗔。
　　　一路来未耽误兼程而走，来到了郓州城有丛树林。
　　　那壁上人呐喊是何缘故？勒住马且莫行闪目留神。
　　　跑来个白兔儿身上带箭。

高行周：（内白）截着，拿兔子。

李嗣源：（唱）见军校围上去却把兔擒。
　　　　又只见几个人骑马而至，为首的一幼童相貌超群。

（白）那边来了十数个骑马的，各执弓箭，手持钢叉，必是打猎的人等。为首的幼童头绾双抓髻，面似桃花，身穿绿锦袍，背后插着两柄铜锤，手持弓箭，催马赶来，好生威武。我且闪在一边，等他到来，问他名姓便了。（下）

高行周：（内白）家童，你看小兔子被我射中，料想跑不甚远，快赶。（马上）俺高行周，乳名保童，在青松岭射猎。一箭射中兔儿，眼见西南跑来，一时怎么不见了呢？呀，那边有一伙人指手画脚，内中一人提溜着兔儿，不免上前拿来。（下）

（上李嗣源）

李嗣源：呀，你看那幼童催马来也。

高行周：咧，你们这伙人好无道理，如何把我射的那个白兔抢去？与我拿来。

李嗣源：怎么是你射的白兔呢？

高行周：不是我射，难道是你射的不成么？

李嗣源：你射的也罢，我射的也罢，我且问你叫什么名字，说个明白，将兔还你。

高行周：咧，我只要我射的那个兔儿，哪有工夫与你说长道短？

（唱）你这人，好胡来。

谁来与你，说黄道白。

兔儿我射中，带箭跑了来。

你们却不费事，抢去兔儿不该。

快还我来快快快，不必唠叨少迟挨。

李嗣源：（唱）暗喜色，笑满腮。

你这幼童，倒也爽快。

兔儿你射的，还你本应该。

问你大名贵姓，何处是你住宅？

说了名姓何妨碍，这样发急为何来？

高行周：（白）咧！

（唱）谁胡闹，哪胡来？

将兔还我，你们走开。

何必问闲话？你看日西栽。

我要回转围场，何暇与你说开？

絮絮叨叨好混账，惹我动气下不来台。

李嗣源：（唱）好傲气，却不该。

年轻人儿，嘴头不乖。

问问名与姓，这样不快哉。

你若不说来历，还是早早走开。

兔儿本是我们捡，要想拿去白费劲。

高行周：（白）哎呀！

（唱）汉子野，少使歪。

看你打扮，像个官差。

官差我不怕，勿得把腔排。

说着心头火起，顺手忙把锤摘。

你要胜过锤两柄，送你兔儿便回宅。

（白）你这汉子，乘马提枪，夺人家东西，必有些本领，你要胜过我的金锤，将兔儿送你。你若胜不过我的锤，我夺回兔儿，岂不讨个无趣么？

李嗣源：我本不该与你动手，看你不过十三四岁，相貌不凡，说话刚强，不知本领如何，倒要与你比试比试。

高行周：撒马过来。

（杀，李嗣源败）

李嗣源：呀，你看这幼童好生厉害！两柄铜锤快如流星，好难遮挡。

高行周：哪里走？

（又杀，李嗣源败）

高行周：你看他大败而逃，往我们村中去了，不免赶上，拿回便了。

（上二卒）

卒：看看吧，没有影了，因为捡了个兔子，闹起事来了。太保爷被那红脸小子追到庄里去了，咱们只得慢慢地行走，到庄里自然有人解救，走吧。

（下）

（出高思继，白面白发白髯员外）

高思继：（诗）今古不闻已数年，踩山钓水乐清闲。

（白）老夫高思继。当初在郓州节度使赫连峰麾下，官拜正印先锋，人称白马将军。只因五侯反太原，老夫被李存孝擒拿，念我是员上将，释放回家，辞官不做，在这丰乐村中隐居，春秋耕耨，倒也清闲自在。原配夫人卢氏早年病故，并未生了儿女，继取林氏，所生一子，乳名保童，学名高行周，今年一十三岁。一早带领家丁，郊外射猎，这时候不见回来。不免到庄外张望张望我儿便了，只得走走。

（唱）迈步出了大门外，手打凉棚往西瞧。

太阳西坠天不早，这时候还不回家在荒郊。

忽听一阵鸾铃响，必是保童回家了。

高思继：（白）呀，不像哪。

（唱）乃是一匹沙红马，马上人儿大又高。

>
> 不是我儿回家转，将官打扮把鞭摇。
> 好像与人家打败仗，惊慌失色甚发毛。
> 跑临且近仔细看，这人倒像哪里会过面。
> 用声招呼骑马的汉，跑的什么有蹊跷？
> 请下马来说说话，

（对上）

李嗣源：（唱）离鞍下马闪目瞧。

（白）呀，你可是白马将军高思继？

高思继：正是，小弟万幸正遇着，你不是太原大太保么？

李嗣源：正是小弟嗣源到，得会仁兄忧愁消。

高思继：太保今欲何往呢？

李嗣源：暂且顾不得相告诉，后面有人追来了。

高思继：却是何人追你呢？

李嗣源：（唱）乃是一个小童子，这般如此把手交。
无非试试他本领，谁知武艺比我高。
铜锤厉害疾又快，遮挡不住得走逃。
遇见仁兄真万幸，劝那幼童把我饶。

高思继：（白）哈哈哈。

（唱）听说不由拍掌笑，这个故事真奇了。
你当幼童是哪个？那是我的小儿子。

高行周：（唱）保童催马也来到，跳下马来问根苗。

（白）爹爹怎么与这人手拉手说话，莫非认得他么？

（唱）他是个白抓手，待我将他来拿住。

高思继：（白）我儿不要野性，你怎说他是白抓手呢？

高行周：他将我射的兔子命他手下人抢去，这岂不是白抓手么？

高思继：你也不该与他动手打仗哪。

高行周：孩儿与他要兔儿，谁知他絮絮叨叨盘问名姓，因此动手。他的本领有限，跑到庄里来了，正好赶上，一定与他要那兔子，你就快与我拿来吧。

高思继：我儿不知，他是那勇男公李存孝的哥哥、晋王千岁的大太保，与为父相契，快些近前赔罪。

高行周：哦，原来是太保叔叔到了，小侄不知，多有冒犯，望乞恕罪。
李嗣源：好说好说，贤侄好厉害的铜锤呀，我甚敬服，休说恕罪，叫人羞愧难当。
高思继：请太保里面奉茶。
李嗣源：我竟来搅扰兄长。军校们，将礼物抬到你高爷府中。仁兄请！
（唱）小弟竟来到贵府，弟兄相会笑微微。
高思继：（唱）不必太过谦虚，移到书房叙离恍。
　　　　　　携手进了大庭内，重新叙礼把座让。
　　　　　　吩咐保童你到厨下去，速速摆宴设酒杯。
高行周：（白）是。（下）
李嗣源：（唱）令郎公子十几岁？如此英雄天武神威。
高思继：（唱）小儿痴长十三岁，娇养惯成礼数没。
李嗣源：（唱）真是将门出虎子，名扬天下大英魁。
高思继：（唱）请问太保何处去，这些礼物送与谁？
李嗣源：（唱）轻造贵府特来拜，怀念渴想了不得。
高思继：（唱）无事岂肯临贱地？必有缘故赐教一回。
李嗣源：（唱）可知朱温篡了位，我父领兵灭反贼。
高思继：（唱）闻听说鸡宝山下大交战，难道还未奏凯归？
李嗣源：（唱）四百员上将聚一处，难敌彦章水手贼。
高思继：（唱）一个水手不成灭，怎把唐室江山恢？
李嗣源：（唱）如此这般父王病，特来请兄展虎威。
高思继：（唱）来请老夫有何用？此话说得不懂得。
李嗣源：（唱）请你鸡宝山下去，仰仗虎威灭反贼。
高思继：（唱）我自从勇男公放我归原籍，家门不出躲是非。
李嗣源：（唱）大丈夫岂肯埋没乡村内？当要显名似春雷。
高思继：（唱）我今年交六十六，白发苍颜血气微。
李嗣源：（唱）岂不知廉颇八旬为大将，赵子龙七十二岁展雄威？
高思继：（唱）两辈古人我难比，不能从命请你回，
　　　　　　断断不能再出山。
（白）老夫蒙勇男公放回，辞官不做了，自发誓愿，今生今世不想再在干戈林内，施动刀枪。已经疏懒成性，以待命终。自古英雄出于少年，老

　　　　　　夫六十六岁，血气已衰，不能抡枪跑马，难以从命，望求太保谅情是幸。
李嗣源：高兄不肯出头，可惜大唐江山，不能恢复了。
高思继：我此时不受皇家爵禄，唐室江山复与不复，与我无干，哪怕他朝梁暮晋，我也无有牵挂了。
李嗣源：如今朱温篡位，王彦章鸡宝山下得志，与高仁兄大有关系。
高思继：与我有何关系？
李嗣源：小弟与王彦章大战疆场，被他杀败，我就提起你来了。
高思继：哦，你怎么就提起我来了？
李嗣源：仁兄听了。
　　　　（唱）我二人，大交锋。
　　　　　　被他杀败，提起高兄。
　　　　　　我说贼水手，不要逞威风。
　　　　　　我纵战不过你，还有盖世英雄。
　　　　　　去请那白马将军高思继，他若来时你命终。
高思继：（唱）王彦章，我闻名。
　　　　　　寿昌人氏，力大无穷。
　　　　　　隐居盘龙岭，如今做元戎。
　　　　　　好汉才知好汉，英雄才知英雄。
　　　　　　我知他来他知我，闻我之名必心惊。
李嗣源：（唱）休提他，怕高兄？
　　　　　　不提罢了，提起气生。
　　　　　　休说高思继，老儿有何能？
　　　　　　谅他不敢出手，怕我枪下送终。
　　　　　　快请他来把枪祭，老骨头要在外头扔。
高思继：（白）哦！
　　　　（唱）心不悦，面通红。
　　　　　　真有此话，算他不能。
　　　　　　自夸是好汉，小视我无能。
　　　　　　老夫懒以出世，出世他落下风。
　　　　　　必是太保你捏造，未必出于他口中。

李嗣源：（唱）我本来，甚实诚。

不打诳语，怎把人蒙？

那个贼水手，四海把眼横。

不但小视与你，他还毁骂仁兄。

高思继：（白）哦，他，他，他骂我什么？

李嗣源：（唱）骂的是存孝摔不死的老猪狗，这辈子见人万万不能。

高思继：（白）哇呀！

（唱）心起火，喊一声。

心中大怒，眼冒火星。

好个贼水手，颠倒太逞凶。

杀人还有可恕，情理实在难容。

胆大竟敢骂老夫，我去与他把账清。

（白）这个水手情理可恼，屈尊太保在舍下一宿。我今晚在灯下打点行李，明日随太保去到鸡宝山下，与王彦章势不两立也。

李嗣源：仁兄，不可生气，临阵之时，再与他分个强弱。

高思继：他吐气扬眉，小视老夫，定要与他见个雌雄高低上下，叫他知道我的厉害。保童，内书房摆宴伺候。太保，请。

李嗣源：仁兄，请。（下）

（出林桂英，中年旦）

林桂英：（诗）人过三旬懒画眉，金乌玉兔两相催。

（白）奴林桂英，嫁与白马将军为继室，年交三十四岁，所生一子名唤保童，学名高行周。前堂有大太保前来，不知有何事故？天色黄昏还未曾走去，一定在此住了。

（上高思继）

林桂英：老爷来了，请转上坐。

高思继：便坐可以。哦，夫人，快快与我打点行李，明日便要启程了。

（唱）前庭来了一远客，大太保名叫李嗣源。

林桂英：（唱）不远千里而来也，定有事故他必言。

高思继：（唱）只因朱温他篡位，夺取唐室锦江山。

林桂英：（唱）争夺天下他们事，却与咱们不相干。

高思继：（唱）晋王合兵发人马，现今大战鸡宝山。
林桂英：（唱）老爷久离干戈境，说那些征战之事不耐烦。
高思继：（唱）有个水手多骁勇，唐将无敌不敢当先。
林桂英：（唱）杀不过人家算无能，来到咱家诉什么冤？
高思继：（唱）请我拔刀去相助，捉拿来敌大报冤。
林桂英：（唱）老爷自然不愿去，叫他回去理当然。
高思继：（唱）本不愿去相推却，怎奈那王彦章骂我在阵前。
林桂英：（唱）岂不闻请将不如激将好？必是来人说谎言。
高思继：（唱）大太保定称无诳语，王彦章可恶胆包天。
林桂英：（唱）纵然毁骂无凭据，依我说不如在家落清闲。
高思继：（唱）为人不过争口气，气恨不过走一番。
林桂英：（唱）干戈林内无好处，况且你年过六旬老年残。
高思继：（唱）人老我的枪不老，留个英名天下传。
林桂英：（唱）万事不如省事好，离家不如在家闲。
高思继：（唱）也已应允主意定，夫人不必再阻拦。
林桂英：（白）是！
（唱）无可奈何备行李，（全下）
（上高行周）
高行周：（唱）晚景不提五更天。
保童进房口尊父，孩儿也要走一番。
帮助爹爹拿水手，
（白）爹爹呀，孩儿方才听说王彦章不过四十岁，正在年轻强壮之时。爹爹年迈，料想难以擒他，孩儿我也要随爹爹前去帮助。
高思继：你如何去得？你同你母亲谨守门户，习学枪马。我不过一两个月即便回来。书房摆宴，款待太保叔叔，我二人便好起身。
高行周：是，儿遵命。（下）
（出李嗣源）
李嗣源：我乃大太保李嗣源。高思继被我激得怒发冲冠，要与王彦章对敌，真是请将不如激将好，方才将那金银礼物拿到后面去了。
（上高思继武装）

高思继：哦，太保何用这些礼物？叫老夫受之有愧，却之不恭。

李嗣源：些许礼物与老嫂、能侄以为薪水之用，何足挂齿？

高思继：如此多谢了。

李嗣源：仁兄披挂起来，真是天神一般。酒饭已毕，仁兄就此起身吧。

高思继：即便赶程。保童，要你谨守门户，不可出外生事。

高行周：遵命。

（唱）保童答应遵父命，送出村外把身抽。

谨守门户侍奉母，暂且不言高行周。（下）

（李嗣源、高思继马上）

李嗣源：（唱）太保嗣源头里走，心中暗喜乐悠悠。

高思继：（唱）你我二人并马走，说话而行有兴头。

我自从六月十八离宫寨，才有半月是新州。

你一来到也走得快，几日就到我郸州。

李嗣源：（唱）从来救兵如救火，营中之事惦心头。

高思继：（唱）营中自然有防备，行事一定有谋筹。

李嗣源：（唱）今幸仁兄来帮助，放开心怀减去愁。

高思继：（唱）怎么一个贼水手？莫非六臂与三头？

李嗣源：（唱）强中自有强中手，高兄一到他命休。

高思继：（唱）饥食渴饮非一日，晓行夜宿不停留。

李嗣源：（唱）那日到了大营内，弃镫离鞍把马下。

仁兄且在营门等，我禀报王爷迎接礼才投。

一直进了中军帐，告诉激将之情由。

李　杰：（唱）李杰闻听心欢喜，

众　将：（唱）众将俱各免去愁。

齐接将军大营外，（下）

（全上）

高思继：（唱）高思继进了大帐问情由。

（白）怎么不见晋王老千岁？

李　杰：将军不知。

（唱）千岁病重在后营，

高思继：（唱）老夫即便去问候。（下）
众　将：（唱）众将相陪进后营，（全下）
（出李克用）
李克用：（唱）李晋王勉强说话问情由。
　　　　方知道白马将军来助战，聊放愁眉点点头。
　　　　吩咐前帐摆筵宴，李杰嗣源奉陪礼貌优。
（李杰上帐）
李　杰：（唱）进了大帐归了座，潞州王把盏捧酒饮。
　　　　饮酒之间报子白，
（上卒）
卒：（白）报大王得知，王彦章又来讨战。
李　杰：再探。
卒：哈！（下）
高思继：水手一定知我到来，故来猖狂，待我出马，一到疆场会他一会。
李　杰：老将军须要小心自己。
高思继：不劳嘱咐。众将官，带马。（下）
李　杰：众将官，随孤营门压阵，呐喊助威。（下）
王彦章：（内白）大小三军，压住阵脚。（马上）本帅王彦章，听说唐营来了个白马将军高思继，想来必有些杀法，故此前来要阵。（内炮响）呀，一声炮响旌旗展开，只见一员老将来也。
（对上）
高思继：马上贼将可是王彦章么？
王彦章：本帅便是。你这老儿是谁？报上名来，好做枪下之鬼。
高思继：我乃白马将军高思继。你为何暗地毁骂老夫？特来问罪与你。
王彦章：住了。本帅与你素不相识，骂从何来？这等的胡言乱道。
高思继：哼，谅你也不敢承认。看枪取你。
王彦章：来，来，来。
（杀一阵）
王彦章：啊呀，这个老儿可是我们对手，可是我的对头到了。
（唱）话不投机交了手，一行交战加小心。

>
> 好个老儿高思继，年纪大料过六旬。
>
> 纵然年迈气不减，越杀越勇有精神。
>
> 枪法并无漏空处，犹如梨花罩浑身。
>
> 大战回合一百场，只见他换了门路五虎断门。
>
> 心中着急说厉害，不枉人称白马将军。
>
> 奋勇使尽平生力，只杀得征云黯淡太阳昏。
>
> 不分谁胜与谁败，天色将晚日西沉。
>
> 两下鸣金罢了战。

高思继：（唱）思继有话叫贼人，今日暂且饶过你。

（白）天色已晚，留你这贼多活一宿，明日早来疆场领死，请。

王彦章： 请。（下）（内白）众将官，将马带过，中军帐上秉灯伺候。（升帐，坐）一场好杀，一场好战。哎呀，高思继真乃好枪法，鬼出神入。某家难以抢他的上风，明日疆场料难胜他。这却如何是好？叫我难也。

>
> （唱）如今死了李存孝，只想对手本来无。
>
> 连胜唐将百余阵，但是平常庸碌夫。
>
> 败的败来死的死，连日闭门不敢出。
>
> 哪里找来这老将？气力不小枪法熟。
>
> 本领不在我之下，明日疆场待何如。
>
> 坐在大帐心烦闷，只得仔细查兵书。
>
> 孙武子造下十三册，不过是排兵布阵斗隐埋伏。
>
> 六略三韬俱都有，交锋取胜上面无。
>
> 看着心烦不看了，起来坐下犯踌躇。
>
> 不觉更锣打三下，身靠桌案提灯烛。
>
> 灯下思想明日战，取胜方法可怎无。
>
> 他的那五虎断门枪厉害，如何抵挡我发糊？

（白）哦，有了。

>
> （唱）我的回马枪法好，明日施展正对付。
>
> 主意已定天明亮。

（白）天色大亮，今日必胜高思继，哈哈哈。众将官，就此饱食战饭，随我杀奔疆场，不得有误！（下）

高思继：（内白）军校们，抬枪带马伺候。（马上）我乃高思继。昨日与王彦章大战，未分胜败，今日不得全胜，不能容贼。呀，你看反贼营门大开，反贼来也。

王彦章： 高思继呀，今日只怕你难逃我手。

高思继： 勿得饶舌，撒马过来。

王彦章： 来，来，来。

（杀，王彦章败下，高思继追）

高思继： 黑贼，你往哪里走？

（唱）交手不过十五趟，见他败阵走非常。

　　　纵马拧枪随后赶，喝叫水手王彦章。

　　　今日你的死期至，休想猖狂再逞强。

　　　留下首级你再走，

王彦章：（唱）回头一看喜洋洋。

　　　盼你赶来你就赶，这老儿活该命尽丧无常。

　　　故意的倒泄枪尖装大败，直奔西南绕疆场。

　　　回头见他相离近，单手一带马系缰。

　　　手拧蛇矛恶狠狠，照准前胸回马一枪。

（高思继着枪）

高思继：（白）不好！

（唱）躲闪不及着了中，掉下鞍桥见阎王。（死）

王彦章：（唱）跳下马来削首级，复到疆场喜洋洋。

　　　不怕死的快来战，来祭本帅蛇矛枪。

　　　只见敌营门紧闭，免战牌高悬又躲藏。

　　　传令三军齐攻打，只见乱箭似飞蝗。

　　　只得暂且回营寨，打得胜鼓响邦邦。

　　　彦章回营且不表。（下）潞州王回营无主张。

（升帐，众将站，潞州王坐）

李　杰：（白）哎。

（唱）可惜将军高思继，不意中了回马枪。

　　　眼望众将说怎好，再有何人敌彦章？

长吁短叹正着急,忽听后营起悲伤。

（上李嗣源）

李嗣源：（唱）大太保跑来说不好。

（白）哎呀，不好了，我父王闻知高思继死在疆场，又气又恨，昏迷过去了，只剩下呼吸之气了。

李　杰：呀，大家到后营看来。（下，又上）王兄怎么样了？王兄醒来！

李嗣源：父王醒来。呀，不好了，竟自断气身亡了！哎，父王哪！

李　杰：王兄哪！

（唱）众王子，痛悲情，

几个太保，大放悲声。

众将齐悲痛，霎时乱了营。

只叫父王千岁，醒时整理军情。

叫着十声九不语，可怜一命归阴城。

为社稷，费心胸。

血气耗尽，寿数已终。

纵然年纪迈，令人不胜疼。

真是福无双至，果然祸不单行。

白马将军高思继，不想阵前一命终。

一事不可又一事，大王千岁营内终。

又只在，万马营。

怎治丧事？难以停灵。

四百多员将，八十三万兵。

兵将谁人执掌，岂不乱乱哄哄？

况且反贼无人挡，一层不了又一层。

李嗣源：（唱）大太保，止悲声。

口尊列位，快做调停。

哭也无益了，我父驾已崩。

速速置办棺椁，早早葬殓停灵。

灵在营中难以放，必须送至太原城。

李　杰：（唱）言有理，话很通。

　　　　　　万马营中，何必停灵？
　　　　　　嗣源与存勖，二位太保行。
　　　　　　带领一万人马，保护明日送灵。
　　　　　　慢想何处搬人马，先治丧事得安宁。
　　　　　　传令众将俱挂孝。
　　　　（白）大太保李嗣源、三太保李存勖，二位能征带领一万人马保护灵柩，送在太原府置办丧事，择日殡葬皇陵，慢思良策，再访英雄，请来灭寇。

李嗣源、李存勖：遵令！（下）

（出史建瑭坐）

史建瑭：（诗）国难家仇事两般，悲君痛父泪潸然。
　　　　　　为人若不存忠孝，枉作男儿在世间。

（白）俺史建瑭。前日将先父灵柩送入祖茔，也曾见过周军师，求他信书荐举到鸡宝山下大营之中，好与反贼王彦章见个高低上下。不幸晋王殡天，大太保扶灵回转太原，连日王府忙乱，不便去见周军师。今已过了三天，不免去到王府见了太保，省得再递荐书。前去报仇立功，有何不可？王府走走便了。（下）

（出刘妃坐）

刘　妃：（诗）定霸图谋总是空，大限来时一梦中。

（白）我乃刘妃娘娘。不幸老大王殡天，李嗣源扶灵回城，过了三日悲悲切切，无心问那大营之事。是谁为主？可有灭贼之策？昨晚想起邓氏媳妇，神通广大，可以捉拿反贼，已命人前殿去唤太保，后营议事，怎还不见到来？

（上李嗣源）

李嗣源：母亲万安，孩儿拜揖。

刘　妃：太保免礼。

李嗣源：母亲呼唤孩儿有何吩咐？

刘　妃：三四天忙乱，并未问你大营之中谁做主，将来可有灭贼之策？

李嗣源：哎，母亲。
　　　　（唱）自从我父身抱病，军机托与潞州王。
　　　　　　李杰本是宗亲室，一定尽忠保大唐。

因我父王归天去，不胜悲伤无主张。
刘　妃：（唱）悲愁死了有何益？应该灭贼想妙方。
李嗣源：（唱）临行也曾嘱咐我，求母亲早发救兵好平梁。
现有人马八十万，天天驻外费钱粮。
添兵自然不济事，助将好去擒彦章。
刘　妃：（唱）我倒想起一女将，精力过人刀马强。
李嗣源：（唱）四百员上将不中用，哪有这样女红妆？
刘　妃：（唱）就是邓氏你弟妹，可擒反贼王彦章。
李嗣源：（唱）为儿早已想到此，就怕她不肯出头现居孀。
刘　妃：（唱）为娘亲手写书字，求她领兵把阵帮。
她如今清闲成性守坟墓，她要推辞不可强。
书字写得恳切切，她未必就把当初情义忘。
母亲就把书字写，还得太保走一场。
（白）我今晚在灯下写书狠狠哀求，你明日赶奔灵丘峪，见了她如此这般而言。她未必就忘了昔日恩情，必能前来，何愁反贼不灭？
李嗣源：母亲将书字写得恳恳切切的，孩儿明早便行。
（诗）以身敌贼难取胜，共求灭贼可成功。（下）
（出周得威坐）
周得威：（诗）天下惶惶无了期，不能重回太平时。
（白）我周得威。不幸老大王殡天。前日灵柩回来，说王彦章骁勇无敌，叫人不胜忧闷。
（上家丁）
家　丁：禀爷，史公子门外候见。
周得威：公子今日也曾见我，要与他父报仇。他是少年英雄，素习兵机，可以灭贼立功。正好大太保在此，何不让他上鸡宝山建功立业？
（上李嗣源）
李嗣源：军师多点五万人马，准备行师。
周得威：大太保请坐。
李嗣源：告坐。
周得威：人马现成，不知何人领兵？

李嗣源：方才在后营太夫人修书一封，命我灵丘峪去请邓瑞云领兵捉拿水手，有何惧哉？

周得威：有个少年豪杰，可作先锋。

李嗣源：却是哪个？

周得威：史敬思之子，名唤史建瑭。此人不但枪马绝伦，战术精通，要与他父报仇，求我荐举。

李嗣源：素不相识，他在哪里？

周得威：现在府外候令。来，将史公子请来。

家　丁：有请史公子。

（上史建瑭）

史建瑭：来了。军师在上，史建瑭打躬。

周得威：公子免礼。这位就是大太保。

史建瑭：太保在上，在下有礼。

李嗣源：公子免礼，真是一位少年英雄！

周得威：史公子来得正好，你就跟太保前去建功立业。

（唱）前日公子曾说过，前去灭贼为国家。
　　　忠孝存心报君父，不胜钦佩自胜夸。
　　　将要写书相荐举，正遇着大王驾崩乱如麻。
　　　如此这般去请将，缺少先锋帮助他。
　　　屈尊公子为前部，我这里选将准备去征杀。

史建瑭：（白）多蒙军师提拔。

周得威：（唱）复又带笑呼太保，史公子并非周某过于夸。
　　　不但枪马无对手，胸藏韬略善用兵法。

李嗣源：（唱）我也久仰史公子，将门之子必不软。
　　　今日见面令卜乐①，仗你恢复唐室邦家。

史建瑭：（白）史某敢不忠心报国！

李嗣源：（唱）但待等个十几日，邓夫人到来把兵发。
　　　我就赶奔灵丘峪，来与不来再定法。

---

① 令卜乐：意为让我高兴。

　　　　　　叫声军师听吩咐,

　　　　（白）军师派军五万,我就去到灵丘峪去请邓瑞云,她要到来领兵为帅。史公子为前部先锋,往鸡宝山下助战,何愁不灭反叛?

史建瑭：多谢太保提拔之恩。

周得威：太保早去早回,我这里挑兵行师便了,若能决胜千里外,总在运筹帷幄中。太保请!

李嗣源：请。（下）

　　　　　　　　　　　　　　　　　　　　　　　　　　　（完）

第 六 本

【剧情梗概】尽管大太保诚挚邀请,然邓瑞云不想再动刀枪,于是让干儿子石敬瑭前去应战王彦章。史建瑭因父亲史敬思丧命于反贼王彦章之手,遂投唐营以报杀父之仇。李嗣源领来太原五万人马和两员小将前来助战。两员小将在夜晚将敌营的粮仓用硫磺火药烧毁。王彦章出战,被史建瑭一鞭打得吐血而逃。

(出邓瑞云)

邓瑞云:(诗)天机流行有盛衰,一兴一败有安排。

(白)奴邓瑞云。自从那石敬瑭来在这里,与从柯结为异姓手足。他二人学习武艺,将来各自立些事业,如今朱温篡位,杀了昭宗,改号为梁。太原老大王齐集各路诸侯、节度使在鸡宝山下与反贼交战,至今不能灭贼。前日夜观天象,见一个将星落于东南,急按八卦金科推算明白。可叹晋王老千岁殡天,目下应该五龙二虎聚会一处,正该反贼灭亡之日。

(上邓飞龙)

邓飞龙:可叹呐,可叹!

邓瑞云:哦,兄弟满眼落泪,有何可叹之事?

邓飞龙:姐姐不知,晋王老千岁驾崩了,死于鸡宝山大营之中了。

邓瑞云:你怎么知晓?

邓飞龙:大太保前来报丧,说是有刘娘娘密札,要见姐姐说话。

邓瑞云:兄弟,请他移进后房。

邓飞龙:是。(下,内白)太保随我来。

(上李嗣源)

李嗣源:来了,问弟妹一向安好?

邓瑞云:伯伯安好?梅香烹茶伺候。

(唱)吩咐梅香把茶献,口呼太保大伯伯。
      父王进京可安好?刘妃母亲可安哉?

李嗣源:(唱)这是母亲书信,弟妹一观便知分晓。

邓瑞云:(唱)拆开信封看一遍,不由伤心泪满腮。

原来父王归天去，一生功名一旦衰。
争名夺利有何益？大限来时俱撒开。
母亲可该知进退，何必传信叫我来？

李嗣源：（唱）奉请弟妹领兵灭贼。
邓瑞云：（唱）奴自从勇男公去世这几载，不习布阵把兵排。
懒观兵法弃刀马，专心守节住此宅。
戒了兵法以待老，再也不干戈林内去卖乖。

李嗣源：（唱）弟妹要是不出头，王彦章无人可灭。
邓瑞云：（唱）天下岂无英雄将，灭贼何用女裙钗？
如今现在孀居处，叫奴领兵很不该。
断乎不能从母命，有心太原领罪责。

（白）太夫人乃是明白之人，写这信叫我一介年轻的妇人领兵，成何体统？奴自勇男公去世，再不想干戈林内出乖露丑。望伯伯回去替奴在母亲跟前美言，容异日领罪吧。

李嗣源：弟妹所论，不无道理，但不怜唐室江山归于他人。父王因气而亡，弟妹你纵不念唐室江山，也须念父王昔日待我弟兄与你的恩情。

（唱）父王亲生只一子，其他收留十二人。
一样恩待无二意，为人知恩不报恩。
我弟存孝在世日，父王视如掌上珍。
不幸被害遭屈死，在那时悲啼恸哭几次昏。
弟妹也曾亲眼见，怎么样待你更殷勤。
前日与贼交锋败阵走，上天无路入地无门。
急得直叫李存孝，我兄弟显圣来报恩。
吓死反贼齐克让，方得贼退转营门。
中军帐上悲切切，想我兄弟病临身。
思想他不得见面才弃世，难道你就不伤心？
但言孀居不出世，岂不有负当年恩？
愚兄之言说到此，弟妹须当自思忖。

邓瑞云：（唱）伯伯不必深责我，奴家一定不动身。
前日算着贼反叛，由乱入治是前因。

李嗣源：（白）弟妹不去，谁是敌人对手？
邓瑞云：（唱）不久的五龙二虎俱相会，这里现有一介人，
　　　　　　叫他随去将功立，可将水手彦章擒。
李嗣源：（白）这里哪有这样英雄好汉？
邓瑞云：此人名叫石敬瑭，如此如此而来，乃是一个少年英雄，叫他随伯伯前去，可是王彦章的对手。不用奴家出头，自有五龙二虎集会一处，反叛不久自灭。
李嗣源：愚兄早知弟妹神机妙算，不便强请，但不知石敬瑭可肯前去？
邓瑞云：他与从柯不知伯伯到此，在后院演习阵法。奴前去指教与他。伯伯，请前庭饮酒。奴家叫石敬瑭，知道他必定愿从。
邓瑞龙：太保随我来。
李嗣源：来了。（下）
邓瑞云：奴不免到后面叫石敬瑭跟随太保到鸡宝山下立功便了。（下）
　　　　（出石敬瑭、李从柯坐）
石敬瑭：（诗）困龙岂是池中物？但得风云上九天。
石敬瑭：（白）俺石敬瑭。
李从柯：俺李从柯。哥哥，咱弟兄布了一番阵法，为何不见母亲前来指教？
石敬瑭：想是前庭有事。
李从柯：呀，那边正是母亲来也。
　　　　（上邓瑞云）
邓瑞云：你二人演习阵法如何？
李从柯：演习了一番，还得母亲指教。
邓瑞云：我且无暇指教。石公子从今该你纵横天下了。
石敬瑭：母亲何故言及于此？
　　　　（邓瑞云遂将太保求救的缘故从头至尾说了一遍）
李从柯：怎么我爷爷丧于大营之中？带我到前庭参见我伯父，跟随他老人家一到鸡宝山下与水贼王彦章见个上下。
邓瑞云：哦，从柯，此时你不该出头。石公子，你可愿意随太保前去么？
石敬瑭：该我出头吐气扬眉，儿愿前去。
　　　　（唱）心怀喜悦说愿往，母亲之命岂敢违？

正是龙虎风云日,情愿出征把太保随。
学的本领显一显,鸡宝山下战反贼。
有本领必成功也,吐气扬眉一声雷。

邓瑞云:(白)听说王彦章英勇,可要小心!

石敬瑭:(唱)孩儿祖传刀与马,至今抱屈未发挥。
一年来蒙母亲相指教,自觉出众可夺魁。
不必挂念儿愿去,可保全胜平水贼。

李从柯:(唱)从柯说是儿也愿去,辞别母亲走一回。
帮助哥哥擒反贼,母亲怎说去不得?

邓瑞云:(白)人生出世,原有早晚。

李从柯:(唱)事不随心头低下,闷了一会把话回。
目下不容儿前去,母亲之命不敢违。
今我哥哥撇儿去,不知几时才回归?
因此难舍愿陪伴,

邓瑞云:(唱)叫声从柯娘的儿。
(白)从柯,不是为娘拦挡你,但你弟兄出世本不一样。他有他的事业,你有你的成局,此时不该你出头。不过一年半载,你弟兄自然相聚一处。石公子,你随太保到了鸡宝山下大营之中,正是风云际会之时,扫灭反叛,我们这里等候捷音,到了前庭自有好处。
(唱)夫人说罢回房去。(下)

李从柯:(唱)公子从柯尊长兄,你我今往前庭去。
见我伯父便登程,咱弟兄相伴一年半。
一旦分离各东西,母命难违且离散。(下)

石敬瑭:(唱)不知何日再相逢?说话到了前庭内。(下)
(出李嗣源坐)

李嗣源:(唱)李嗣源座上自着急,不见侄儿来问候。
(上李从柯,跪)

李从柯:(唱)拜见伯父问安宁。

李嗣源:(白)呀!
(唱)太保瞧见从柯儿,三年未见已长成。

嘱咐一番忠义话，

（上石敬瑭）

石敬瑭：（唱）敬瑭上前身打躬。

说明随去将功立，

李嗣源：（唱）一见喜悦乐无穷。

不住夸奖石公子，天武神威小英雄。

用了酒饭到后面，拜辞弟妹就启程。（下）

石敬瑭：（唱）敬瑭出门去上马，从柯也就回后庭。（李从柯下）

跟随太保一同走，二人一起往南行。

李嗣源：（唱）心急懒观路上景，树木成林草青青。

晓行夜宿非一日，那日到了太原城。

不言二人进城去，（下）再表鄚州高保童。

（上高行周，坐）

高行周：（诗）豪气冲霄汉，英名贯斗牛。

（白）俺高行周，乳名保童。自从大太保请我父往鸡宝山下与水贼王彦章对敌，半月有余，并无音信，跟随去了的张丙、李丁两位家将也不见回来。母亲诸日烦闷，昨日听说鄚州调去人马拨回些老弱病残，一定知道我父的下落，母亲命我进城打探，只得前去。（下，又上）步行出庄走了五六里路，遥见那边二人直奔村庄而来，好像张丙、李丁，不免迎将上去。（下）

（上二丑）

张　丙：我张丙。

李　丁：我李丁。哥哥呀，你我二人回家禀报凶信，一定哭个死去活来。

（上高行周）

高行周：张丙、李丁，你二人回来了，你太爷怎样？

张丙、李丁：哎，我太爷不消问了。

高行周：哦，话语不祥。你二人告诉我知道，然后再到家告诉太太知道。

（唱）这光景，大各别。

心中犯疑，目瞪口呆。

你们俩去后，服侍你太爷。

怎么你俩回转，不见我的爹爹？

想来必有不祥兆，快快望我来学舌。

张丙、李丁：（唱）我们俩，随太爷。

鸡宝山下，大营内歇。

次日人叫阵，原是一黑贼。

太爷提枪上马，使出素日英杰。

与贼战了整一日，胜败输赢并未决。

高行周：（唱）战一日，两下歇。

未见胜败，自不熨贴。

次日必临阵，大战水手贼。

却是谁胜谁败？告诉我要坚决。

未必我爹他取胜，不必瞒我从实曰。

张丙、李丁：（唱）到次日，了不得。

太爷出马，大战黑贼。

交锋三五趟，反贼把马旋。

原来佯输诈败，太爷并不晓得。

贪功不舍随后赶，回马枪下一命绝。

（高行周倒）

张丙、李丁：（唱）张丙与李丁，只说了不得。

一齐上前扶住，直叫我的少爷。

醒来吧醒来吧，回家好把主意叠。

高行周：（白）哎呀！

（唱）缓过气，喘些些。

苏醒多会，目瞪口呆。

爹爹死得苦，把我母子撇。

杀父之仇不报，枉自活在世间。

我就赶奔大营去，一定斩那水手贼。

（白）你太爷一生豪杰，竟丧于敌人之手。杀父之仇不共戴天，你二人回家报信，我从这里去也。

张丙、李丁：公子，要往哪里去？

高行周：我到鸡宝山下大营中报号，临阵拿住水贼王彦章，割心滴血与你太爷祭灵。

张丙、李丁：哎，这不是说起疯话来了？

高行周：谁疯话了，我就去！

张丙、李丁：公子慢行。

高行周：我与王彦章势不两立，你俩不要拦我。

张丙、李丁：公子不知那王彦章，比如金刚一般，有万夫不当之勇。公子虽有本领，未必是他对手。

高行周：你们两个何故小视于我？不必拉拉扯扯，我一定要前去擒他。

张丙、李丁：公子纵要前去，也须回家禀告夫人知道。

高行周：禀告母亲，未必容我前去。

张　丙：我张丙倒有一个主意，公子回家瞒住太爷已死。如此这般而言，另再想个方法，管保叫公子前去呀。

　　（唱）人急巧计生，这个方法好。
　　　　　公子快回家，说我俩来了。
　　　　　太太叫我们，要问太爷好。
　　　　　不说一命亡，只说病缠绕。
　　　　　病在万马营，只说命难保。
　　　　　病重想亲人，常把公子找。
　　　　　打发我二人，昼夜往家跑。
　　　　　报信请少爷，探病要去早。
　　　　　若得见亲人，病退太爷好。
　　　　　父子同回家，太太必信了。
　　　　　必叫公子行，此法好不好？

高行周：（唱）保童细思寻，主意果然好。
　　　　　就此快回家，回禀太太晓。
　　　　　必问你二人，太爷怎病倒？
　　　　　说得要当对，哄信太太老。
　　　　　异口要同声，不可露马脚。
　　　　　一定叫我行，好把仇人找。

    拿住王彦章，抽筋把皮剥。

    大报冤仇才消恨，说话中间来到门。

  （白）着我先去见母亲，唤你二人问话，必须异口同声，千万不可露了马脚，告我前去，一定叫你二人跟随引路。

张丙、李丁： 我们自然说一样就是了。

高行周： 快走。

张丙、李丁： 是。（下）

  （出林桂英坐）

林桂英：（诗）盼望捷音不见来，提心吊胆总挂怀。

  （白）奴林桂英。自从我家老爷去后，不觉半年有余，音信全无。张丙、李丁也不回家，吉凶不定，叫人终日忧愁不了。打发保童城中去探，可能得个实信。

  （上高行周）

高行周： 哎呀，母亲，可不好了！

林桂英： 哦，有何不好之处呢？

高行周： 我父病在鸡宝山下军马营中，十分沉重，大有性命之忧。

林桂英： 你听谁说的？

高行周： 路遇张丙、李丁二人回家，叫孩儿往鸡宝山下大营中探病。

林桂英： 他二人今在何处？

高行周： 现在前庭伺候。

林桂英： 叫他二人前来见我。

高行周： 是，（下，内白）唤你二人进见。

  （上张丙、李丁）

张丙、李丁： 来了。太夫人在上，小人叩头。

林桂英： 起来，你太爷怎么病在大营之中？要你们清清楚楚地说来。

张丙、李丁： 太夫人听了。

  （硬唱）太爷军前去出征，带着心腹我们俩。

    跟着太保李嗣源，我俩坠镫又牵马。

    那日到了鸡宝山，晋王恩德本不假。

    都说太爷老英雄，次日临阵就出马。

　　　　　　遇见黑贼王彦章，天武神威像黑塔。
　　　　　　话不投机把手交，太爷施展神枪法。
　　　　　　五虎断门枪法熟，杀得反贼难挣扎。
　　　　　　黑贼失机败阵逃，太爷得胜回人马。
　　　　　　晋王摆宴庆功劳，饮酒摘盔卸了甲。
　　　　　　一时得了卸甲风，头迷眼黑倒卧榻。
　　　　　　一时心里也明白，一时糊涂像疯傻。
　　　　　　卧床不起一月多，医治不好无法想。
　　　　　　太爷自言自咕哝，思想亲人泪滴答。
　　　　　　另选旁人来扶持，差遣小人我们俩。
　　　　　　星夜回家请少爷，快去探病不是假。

林桂英：（白）哦！

（唱）心中着急说苦哉，这场祸事把天塌。
　　　只叫我儿高保童，真正苦了咱娘俩。
　　　叫你前去可愿行，或是不去想方法。

高行周：（唱）我父病重命将亡，孩儿心内如刀扎。
　　　家中想法想不来，谁是亲人还有哪？
　　　既叫儿去儿愿行，张丙李丁快备马。
　　　你二人随我就前去，

（白）我父病重，盼望亲人即来，叫儿怎能不去？恨不得一步到了鸡宝山下，见我父一面。张丙、李丁快去备马，跟我前去。

林桂英：我儿要去，为娘不拦，你年轻探病打紧，必须明早再行。我今夜在灯下与你打点行李，儿行千里母担忧。（下）

（上李嗣源）

李嗣源：（内白）大小三军急急趱行。（上）我乃大太保李嗣源。从灵丘峪请来石敬瑭，到了太原，军师周得威排了五万人马，史、石两员小将，随我领兵而来，面前就是鸡宝山，相离大营不远，二位小将军走上来。

（上史建瑭、石敬瑭）

史建瑭、石敬瑭：来了，太保有何话说？

李嗣源：面前到了大营，我去见潞州王，说明二位来历，自然重用。

史建瑭、石敬瑭：任凭太保。

李嗣源：众将官，扎下人马，待我进营交令。

（出李杰升帐）

李　杰：（诗）枭雄贼将勇难挡，何时成功复大唐？

（白）孤，潞州王李杰。前者差遣李嗣源送灵回转太原，那里请将添兵，连日王彦章叫阵，无人敢去出马，只好免战牌高悬。此时不见嗣源回来，真叫孤家闷闷不乐。

李嗣源：（内白）二位稍等。（上）叔叔在上，小侄交令。

李　杰：太保回来了，可请来兵将？

李嗣源：小侄领来太原人马五万，两员小将，英勇过人，一名史建瑭，一名石敬瑭，前来助战，现在辕门候令。

李　杰：命他二人觐见。

李嗣源：是。（下，内白）二位将军觐见。

史建瑭、石敬瑭：遵令。

（唱）二人答应齐进帐，进帐打躬猫下腰。

口呼元帅你老好，

李　杰：（唱）潞州王中军帐上闪目睄。

只当是天武神威英雄汉，原来两个小儿郎。

年纪不过十几岁，素体戎装剪袖袍。

一个面如施脂粉，眉清目秀嫩又娇。

一个是蚕眉凶目蛋形脸，一见此人甚心焦。

这样将官中何用，怎与彦章把手交？

难为嗣源相引荐，说什么少年小英豪？

心中好生不自在，微微冷笑问根苗。

你二人家住何方何人子？年轻又小惯撒娇。

怎么要与贼交手，有何本领向孤说？

史建瑭：（唱）建瑭先就开言道，口呼大王听根苗。

我本是史敬思的亲生子，不幸先父赴阴曹。

丧在反叛彦章手，杀父之仇恨难消。

望乞千岁录用咱，敢与反贼把手交。

　　　　　　　自有本领拿水手,刿头剖心把皮剥。
　　　　　　　一则为国灭反贼,二则与父把恨消。
李　　杰:(白)那一小将叫何名字?
石敬瑭:(唱)石敬瑭姓名来历说一遍,勇男公夫人叫我来了。
　　　　　　　二人说罢躬打下,
李　　杰:(唱)原来是将门之子品性高。
　　　　　　　虽有本领年幼小,怎知彦章甚雄骁?
　　　　　　　万将难敌真厉害,你们不及他半分毫。
史建瑭、石敬瑭:(白)小将敢与水贼见个高低。
李　　杰:(唱)年幼不知好共歹,不可轻送命一条。
　　　　　　　给你二人指挥职,有功再赏无厚薄。
　　　　　　　拨你小校人半百,巡查营门莫辞劳。
　　　　　　　昼夜小心须在意,
　　　　　　(白)你二人虽是将门之子,纵有本领,奈何年幼,不是反贼对手。
史建瑭、石敬瑭:大王不必长他人志气,灭自己威风,哪怕王彦章三头六臂,我二人也不怕他。若不马到成功,甘当军令领罪不悔。
李　　杰:勿得自寻是非。孤拨与你二人五十名小校,昼夜轮流访查,连营远近五六里路,多半是山坡,必须到处巡查,防备奸细,有功再赏,下去。
史建瑭、石敬瑭:是,得令。(下)
王彦章:(内白)众将官,紧守营门,不可妄动。(马上)本帅王彦章。闻知李克用身亡,李杰为主。连日叫阵,免战牌高悬,攻打不开,只因他的兵多将广,防备甚严,又且粮草如山。昨日远探报说他潼关的粮草只在明夜后日必到,必从青龙口要路而来。昨夜想了个绝粮之计,若能夺得他的粮草,兵无粮而散,乘势攻之,一定成功。但青龙口不知有埋伏无有,故此带领几个小校乘夜出营,往青龙口查看埋伏之地。
　　　　　(唱)敌营虽死李克用,又有李杰掌兵权。
　　　　　　　连日也曾去叫阵,恨他不出免战悬。
　　　　　　　攻打多日不能破,兵多将广防备严。
　　　　　　　兵员众多粮草广,士卒无损战马欢。
　　　　　　　我今想一绝粮计,青龙口内看一番。

若有密处相埋伏，回营暗暗把令传。

伏兵齐出抢粮草，管叫他出其不意难挡拦。

自古说兵无粮草自然散，乘此炸营计万全。

带领小校人几个，暗地而行奔西南。

不言彦章去打探，（下）

史建瑭、石敬瑭：（唱）再把巡营建瑭言。

一同敬瑭石公子，（马上）带领小校巡营盘。

远近走出十余里，不觉黄昏三更天。

一轮明月当空照，来在了一座山坡下雕鞍。

二人坐在山坡上，几个军卒站两边。

史建瑭：（白）石贤弟，你我奉命巡营，查了好些路程并无什么动静，不觉走在这座山坡，正好稍坐片时。

石敬瑭： 大哥，你看西北上俱是山林，好一个埋伏之处。

史建瑭： 贤弟，你看潞州王待你我的光景如何？

石敬瑭： 哎，无非小视你我年幼，不肯重用。

史建瑭： 咱弟兄只好忍耐，小心巡营，寻候一个机会立件奇功，再看潞州王怎样相待。

（唱）你我前生缘分重，一见投机一处来。

潞州王有眼无珠小视我，不肯重用当小孩。

虽然授了指挥职，巡查营盘非重差。

轮流巡营是小事，怎如那冲锋打仗把兵排？

且等机会显本领，叫他敬服栋梁材。

仰观望天星斗密，一轮明月亮又白。

耳闻一阵马蹄响，站起身来把头抬。

东南上过去人几个，心里犯疑说怪哉。

莫非反贼来打探，隐在暗处看明白。

当头一人好雄壮，跨马提枪把路开。

贤弟你在这里等，我暗暗跟他看明白。（分下）

隐隐藏藏随后走，转过一座小石崖。

只见他走至山坡勒住马，四处观瞧有安排。

　　　　　　看了多时圈回马，还从旧路转回来。
　　　　　　不便声张回旧路，又到了一座山坡把口开。
　　　　（白）石贤弟快来！
石敬瑭：来了，仁兄随着那几个人，看他作何光景？
史建瑭：当头那个大将好生雄壮。
　　　（上卒）
卒：　　禀爷，小人们认得他是反贼王彦章。
史建瑭：我见他是在正西五六里路一座大山口，他就勒马观看，观看多时还指手画脚，悄悄而言，并未听见此来为什么，查看多时，还从旧路而回，莫非要在那山口安排什么埋伏之计？但不知那山口通哪条道路，你们可知道吗？
卒：　　正西六里路乃是青龙口，是咱们运粮的道路。
史建瑭：知哪一条道路的粮草将到？
卒：　　如今潼关元帅刘高搬运粮草，明日不到，后日必到。
史建瑭：原来如此！贤弟，反贼诡计我猜着八九。
　　（唱）贼反叛，起阴谋。
　　　　　贼人诡计，被我猜着。
　　　　　端相青龙口，运粮路一条。
　　　　　傍着树林深谷，埋伏要动枪刀。
　　　　　抢夺咱营粮与草，出其不意算计高。
石敬瑭：（唱）一定是，这计交。
　　　　　　就此回营，诉说根苗。
　　　　　　潞州王知晓，多把兵将挑。
　　　　　　迎接粮草车辆，埋伏之计徒劳。
　　　　　　粮草本是人的命，万一有失祸怎消？
史建瑭：（唱）我自有，好计交。
　　　　　　此乃天赐，莫大功劳。
　　　　　　不用去禀报，立功在今朝。
　　　　　　将计就计而作，如此这般算着。
　　　　　　合着几车粮与草，把他粮草一概烧。
石敬瑭：（唱）连说好，好计交。

　　　　　　仁兄谋略，胜如萧曹。
　　　　　　正好有明月，乘夜走一遭。
　　　　　　直奔西北大路，迎接节度刘高。
　　　　　　久闻他的谋略广，说明此计有斟酌。
　　　　　　休辞劳苦就此去。
史建瑭：（白）我料反贼必在青龙口山谷之中埋伏人马，等候抢夺粮草。你我乘夜出了青龙口，迎着刘元帅，如此如此，将计就计。烧了他的粮草，兵无粮而散，还有一计管叫他必中。
石敬瑭： 又有什么计策？
史建瑭： 咱们走着说呀。
　　　　　（唱）烧尽反叛粮与草，火攻之计贼难防。
　　　　　　军若无粮自然散，中计行计甚妥当。
　　　　　　如此告诉刘节度，回营告诉潞州王。
　　　　　　若见他囤粮之处火光起，攻打贼营擒彦章。
　　　　　　贼兵贼将必救火，贼营忙乱必惊慌。
　　　　　　便可一战成功也，
石敬瑭：（唱）这才乐坏石敬瑭。
　　　　　　拍手称善说绝妙，是又一件兵法强。
　　　　　　仁兄奇谋人难料，不亚孔明出南阳。
　　　　　　才出茅屋把功立，反贼一定来抢粮。
　　　　　　咱弟兄出了山口往北走，明月空中亮堂堂。
　　　　　　迎着潼关刘元帅，告之妙计甚妥当。
　　　　　　成功再见李千岁，再不敢轻视小儿郎。
　　　　　　不顾劳乏走半宿，只见太阳照扶桑。
　　　　　　迎面空中尘土起，一队人马闹嚷嚷。
　　　　　　潼关旗号车上挂，正是咱家草与粮。
　　　　　　等候参见刘元帅，你我暂且闪一旁。
史建瑭：（白）面前一队人马押着无数粮草车辆，是潼关的旗号。刘元帅运粮来也。你我闪在一旁，让前队的人马过去，等着参见刘元帅便了。
刘　高：（内白）众将官，催着车辆急急趱行。（上）本帅潼关节度使刘高，奉潞州王的将令往大营搬运粮草，离大营只剩一日的途程。呀，路旁有几个人俱是军兵打扮，为首的是两个少年，气宇轩昂，迎着本帅来也。

史建瑭、石敬瑭： 元帅在上，小将等打躬。

刘　高： 二位来此何事？

史建瑭、石敬瑭： 请元帅暂住旗号，我等有密事相告。

刘　高： 这等，军校们传令，前队暂歇，将马带过。（下，又上）我与二位素不相识，有何机密，倒要领教。

史建瑭、石敬瑭： 我名史建瑭、我名石敬瑭。如此这般来到大营，现受指挥之职。

刘　高： 闻名史将军有位公子，可是足下么？

史建瑭： 正是小将。昨夜巡营得一奇计，故此迎接粮草车辆。请元帅退去左右，好讲此计。

刘　高： 如此，左右退下。（左右退下）什么妙计？请说其详。

史建瑭： 元帅，听末将道来。

　　（唱）我们奉命巡营寨，趁着月色到山坡。

　　　　忽见过去人几个，悄地跟随看明白。

　　　　见贼光景知就里，要设埋伏把粮夺。

　　　　将计就计献此计，乘夜来迎粮草车。

　　　　告知元帅早准备，叫他中计走不脱。

　　　　谅贼兵不在明日在今晚，埋伏青龙口山坡。

　　　　探知咱的粮草过，出其不意要抢夺。

刘　高：（白）怎么准备？

史建瑭：（唱）我今料着是如此，早将那硫磺火硝装在车。

　　　　上用干草盖严了，小将二人记准车。

　　　　元帅押着进山口，贼兵一定动干戈。

　　　　诈败佯输进营去，告知大王得明白。

　　　　我俩混入贼兵队，让他抢去粮草车。

　　　　与他送到囤粮处，小将暗把火点着。

　　　　用这粮草车几辆，管叫他一概粮草剩不得。

　　　　咱营若见火光起，急急杀出莫耽搁。

　　　　炸他营盘无准备，彦章他必去救火我料着。

贼营一破无粮草，何难不灭反叛贼？

故此前来禀元帅，

刘　高：（唱）智远连夸好计谋。

依计而行忙传令。

（白）众将官，将粮草车卸下一多半，隐在芦水塘，其余慢慢而行。今晚二更以后好过青龙口，明早好往大营中交令。

众　将：得令。

刘　高：二位小将军，随本帅将硫磺火硝等物装在一个车上，用草盖严，必须记准，不可泄露。

史　石：我二人一定谨慎。

刘　高：全仗二位今晚成功了。

（诗）这正是妙计烧粮成孔明，初出茅庐第一功。（下）

（王彦章升帐，二将站）

王彦章：（诗）冉冉征云迷四方，腾腾杀气镇山岗。

（白）本帅王彦章。昨日夜晚带领几个小校，暗暗出营查看青龙口的动静。正是敌人运粮的道路，左边一带山谷，右边一带树林，正好埋伏人马抢他的粮草。付道招听令，本帅昨晚寻思一计，非将军不能成功，听我吩咐。

（唱）本帅奉旨领人马，鸡宝山下大对敌。

虽然屡战屡得胜，不能奏凯早班师。

大费国家粮与草，度日持久一载余。

敌营仗着人马广，兵多粮草如山积。

闭门不出难攻打，无非久等费神思。

昨晚偶想一巧计，探得他粮草车来在正西。

将军带领人半百，埋伏在青龙口内树林里。

待等他的粮草过，出其不意躲不及。

杀净敌兵得粮草，送在那咱家囤粮一处居。

粮草本是人马命，他那里不足咱有余。

敌营兵多粮草少，必然惊慌易破之。

将军抢来粮与草，这场功劳数第一。

悄地而行不可误。

（白）本帅早差长探探得明白，潼关粮草不在今晚就在明早必从青龙口所过。咱就在山谷树林之内埋伏，等他人马到来，伏兵齐出抢他的粮草，送在咱的岭上囤粮之处，乃是将军奇功一件。

付道招：但恐他不从此所过，无可奈何。

王彦章：本帅早就探好，将军为国报效，讲不起劳乏，带领三军，埋伏一夜一日，自然遇见，悄地而行，不可声张。

付道招：得令。（下）

王彦章：（诗）将在谋而不在勇，谁能胜我勇又谋。（下）

付道招：（内白）大小三军们，悄悄而行。（马上）吾付道招奉元帅将令，带领人马埋伏青龙口，等候劫夺粮草。我部下有两名旗牌，一名王君，一名杨平。王君的眼快，杨平的耳尖，可以瞭高寻风。二旗牌哪里？快来！

（上二丑）

王君、杨平：来了。先锋老爷有何吩咐？

付道招：面前就是青龙口啦，全仗你二人眼耳站在高阜之地，等到月亮没了，非眼尖耳快不能远探。看见敌人车辆进了山口，点起信炮，伏兵齐出，一定成功。

王君、杨平：遵令。（下）

付道招：大小三军就此埋伏着。（下）

（上王君、杨平）

王君、杨平：（诗）眼睛生得异，耳朵长得强。

王　君：（白）我千里眼王君。

杨　平：我顺风耳杨平。哥呀，只因你的眼尖，夜晚能看五六里路，人人都叫你千里眼。

王　君：你的耳朵尖，叫作顺风耳。谁知今日就用着啦，真是量其才而酌其用了。

杨　平：他们都在树林之内藏着，咱们在半山坡里，夜静风高，北风甚冷，真是难受哇！

王　君：（唱）王君叫杨平，上了他们当。

只见先锋在大帐，奉旨而行不敢违抗。

五十小兵卒，埋伏这地方。

　　　　　　你我站在山顶上，往北望望望。
杨　平：（唱）量其才而用其人，并非有偏向。
　　　　　　咱们的先锋将，知你眼尖又明又亮。
　　　　　　故叫来瞭高，冷风也难平。
　　　　　　今日要成功，交令中军帐。
王　君：（唱）若依老弟说，却也有方向。
　　　　　　咱二人须酌量，你往北听我往南望。
　　　　　　你的耳朵尖，我的眼睛亮。
　　　　　　信炮搁在山顶上，等着放放放。
杨　平：（唱）九月秋风凉，百花乱飘荡。
　　　　　　昨日个是霜降，夜深天凉冷得够呛。
　　　　　　北风刮沙子，单单打眼眶。
　　　　　　三更已过无月亮，仔细望望望。
王　君：（唱）此时不见来，且等东方亮。
　　　　　　明日再不来，定是无影响。
　　　　　　必是明夜来，劫夺不轻放。
　　　　　　又饿又冷真够呛，心中想干粮。
　　　　　　一阵困上来，身体乱打晃。
　　　　　　忽见正北几盏灯笼，照得明亮。
　　　　　　你把耳朵伸，听听有方向。
　　　　　　车马之声来到了，大道上上上。
杨　平：（唱）侧耳仔细听，像是车马样。
　　　　　　近眼见灯亮，快把信炮放。
　　　　　　惊起伏兵一齐上，好打仗仗仗。
王　君：（白）我也看见了，一定是他们来啦，快点信炮吧。
杨　平：消停消停，等他们粮草进了山口再放。
王　君：有理。越来越近啦，进了山口了，点炮吧。（下）
　　　　（炮响，内喊，上刘高）
刘　高：军校们，停住车辆，待本帅一马当先杀上前去。
　　　　（上付道招）

付道招：信炮一响粮草已过，大小三军们一齐杀上前去。

（对上）

刘　高：哪里来的人马？快些闪路！

付道招：你先锋老爷等候多时了，快将粮草车留下，放你过去。

刘　高：原来是一伙反贼，拦路抢粮，你要胜过我的刀马，我将粮草与你留下。

付道招：不必饶舌，着枪。

（杀，刘高败下）

付道招：好也好也，那个运粮官被我杀得大败而逃。押车的小校四散，丢下这些粮草，现成的牲口省着费事。王君、杨平押着粮草送到咱囤粮之处，然后回营交令，庆功受赏。

王君、杨平：得令。

（唱）说声得令行，欢喜随心坎。
　　　押着粮草车，快走休发懒。
　　　咱们俩弟兄，觉着大有脸。
　　　马到成了功，不早也不晚。
　　　刚至半夜天，成功奏凯转。
　　　瞭高看得清，得亏千里眼。
　　　又得耳顺风，声音听得远。
　　　旗牌俩老爷，劫粮本事显。
　　　杀败运粮官，车夫跑得远。
　　　一齐把命逃，粮草车不管。
　　　先锋把令传，打赏咱有脸。
　　　押着粮草行，好把旧路赶。
　　　几里路不多，快好把眼展。
　　　到了梅岭上，摸黑往上赶。
　　　大家辛苦了，一宿未合眼。
　　　暂且歇歇打个盹。

付道招：（白）你们都辛苦了，多半夜未合眼。这些粮草也已到了家啦，万无一失，不用卸车，你们俱进后营守粮，都去歇歇去吧。

卒：是。（下）

付道招：三军打盹去了，我不免到大营交令便了。（下）
　　　　（上史建瑭）
史建瑭：石贤弟，这里来。
　　　　（上石敬瑭）
石敬瑭：仁兄巧言，你我混在贼兵队内，来到这里。你看这里草垛粮仓犹如大山一般，幸而贼兵困了，俱各进营歇息去了，只剩你我，正好下手了。
史建瑭：正是天交四鼓，北风甚大，天赐你我成功之幸也。
　　　　（唱）天交四鼓月儿黑，贼兵进营俱睡熟。
　　　　　　万籁无声静悄悄，忽听大风响呼呼。
　　　　　　这两草车记得准，硫磺火药在里铺。
　　　　　　身边早把火种带，迎风一晃火冒出。
　　　　　　点着硫磺引火药，干草遇火着得速。
　　　　　　被风一刮烘乱起，一齐全着响呼呼。
　　　　　　风吹火星疾似箭，这才觉着心内足。
　　　　　　你我速回大营内，领着人马把贼诛。
　　　　　　不言二人回营去，（下）
众兵将：（唱）火起风威如爆竹。
　　　　　　惊起营内兵与将，不会跑来光会哭。
　　　　　　一齐乱喊说救火，只见火光响呼呼。
　　　　　　眼见营盘也着了，乱乱哄哄像鬼哭。
付道招：（白）呀，不好了！粮草一齐都着了，营内也有了火了，快往大营中报元帅救火。（下，又上）报元帅，得知梅岭上火起，粮草都着了。
王彦章：这还了得，必有奸细乘夜放火！先锋紧守营盘。众将官，拨一半往梅岭上救火，护粮草要紧。
众　将：得令。
　　　　（出李杰升帐，众将站）
李　杰：（诗）秉烛而待机，凭几坐三更。
　　　　（白）孤家潞州王李杰。刘节度使三更之时进营说到史、石二人行什么烧粮之计，叫孤待等西南上火起，即便发兵炸贼的营盘。天交五鼓不见动静，我说两个幼童是年轻，不知事务，叫孤整整坐了一宿，好生不乐。

（上卒）

卒：　　报大王，得知西南火光冲天，史、石二位指挥回营来了。

李　杰：再探。

卒：　　得令。

（上史建瑭、石敬瑭）

史建瑭、石敬瑭：大王在上，小将参见。烧粮之计想已告禀明白，我俩已将反营粮草烧着，不知大王将炸营的兵将准备无有？

李　杰：早已预备，专寻好音。二位将军既有智谋，必然英勇，就带领五万人马前去炸营。

史建瑭、石敬瑭：得令。（下）

李　杰：众将官，随孤带领人马随后迎接，不得有误。（下）

（史建瑭、石敬瑭马上）

史建瑭、石敬瑭：众将官，就此炸他的营盘，不得有误。（下）

卒：　　（内白）报先锋老爷，得知敌兵一拥而出，杀奔大营而来，乞令定夺。

付道招：（内白）呀，可了不得了，元帅救火去了，我只得出马。众将官一齐上马，杀退敌兵保护大营要紧。（马上）这可是马倒鞍子转，墙倒众人推。

（对上）

石敬瑭：付道招，你的死期到了！

付道招：原来是一小孩子，你怎么认得你先锋老爷呢？

石敬瑭：青龙口见过一面，特来取你的首级。着刀。

付道招：来！来！来！

（石敬瑭杀付道招死）

石敬瑭：这厮被我一刀劈于马下。军校们，就此踏他的营盘，抢夺器械，不得有误。（下）

（史建瑭对丑，杀丑死，上朱友从）

朱友从：哎呀，元帅救火去啦。

朱友珪：先锋也死咧，大营也炸咧，孙继祖也叫人家宰咧①。

朱友从：你我弟兄算是保命咧。

---

① 按：剧中并未演述枪挑孙继祖的情节，或有脱漏。

朱友珪：咱俩真魂也吓掉咧。

（唱）营内将与兵，一齐只叫苦。
　　　闻知火烧粮，吓得身无主。
　　　祸事从未消，又有祸事出。
　　　跑出大营来，心慌胆突突。
　　　只见二将军，犹如两只虎。
　　　见人就砍头，不管三七五。
　　　刀劈付道招，枪挑孙继祖。
　　　众将乱奔逃，胆颤难拘捕。
　　　咱俩得便溜，慢了便呜呼。
　　　跑到梅岭上，报与元帅主。
　　　不用救火了，救人算积福。
　　　跑忙跌跟头，连爬带咕噜。
　　　跑到梅岭上，一看太阳出。
　　　火灭烟也消，粮草变灰土。
　　　这可怎么着？苦了一个苦。

王彦章：（白）二位殿下来了么？

朱友从：（唱）张嘴说不来，只把舌头吐。

王彦章：（白）这是怎么样了？

朱友从：（唱）敌兵来炸营，方才交五鼓。
　　　付先锋哀哉，孙护卫呜呼。
　　　我弟兄未亡，险些也秃噜。
　　　特来禀报元帅晓。

（白）四更以后，元帅前来救火，我们睡觉正醒着说话呢，只听一声喊叫，蜂拥而来，当头两员小将厉害无比。刀劈付道招，枪挑孙继祖，兵将四散逃生，跑不出去的俱已死了。大营也破了，我弟兄得了活命跑来与元帅送信来了。

王彦章：哇呀，竟有这样的大事。众将官，随着本帅杀到大营，挡退贼兵便了。

（下）

朱友从：咱们哥俩苦胆都吓破了，大料着咱们哥俩也不能助战去了。

朱友珪：可是呢，浑身连一点劲也没了，且在梅岭歇息歇息。命人打探打探王元帅的胜败，再做道理吧。

朱友从：也只好如此啦。（下）

（史建瑭马上）

史建瑭：好也好也，将贼营踏如平地一般。众将官，收拾鞍马器械，就此回营交令，不得有误。（内喊）正西上喊声连天，必是反贼王彦章来也。

（对上）

王彦章：狂徒不要走，本帅王彦章来也。

史建瑭：反贼，你来得正好，我与你势不两立。正好拿你报仇，早早下马受死，免动刀枪。

王彦章：本帅与你何仇？你且报上名来，好祭我的钢枪。

史建瑭：我来与我父报仇。必要明明白白告诉与你，勒住战马，听我告诉与你。

（唱）莫发怔，少着急。

问你少爷，仔细听知。

略使小小计，你却中玄机。

炸营本来是我，放火也是自己。

如此如此你中计，该你反叛至死期。

王彦章：（白）哇呀！

（唱）心起火，眼气直。

一声喊叫，如同霹雳。

手内钢枪指，此儿太可气。

小子年纪多大，竟敢作孽无知。

我且问你何名姓，好祭钢枪碎其尸。

史建瑭：（唱）我与你，是仇敌。

前生前世，冤孽所积。

先者我的父，名叫史敬思。

我名就叫建瑭，积恨半载有余。

与父报仇来找你，狭路相逢躲不及。

王彦章：（唱）小幼童，傻又迂。

不知好歹，寻辱可惜。

　　　　　不知你的父,素称万人敌。
　　　　　尚且枪下废命,况且你是孩子。
　　　　　竟敢与我来作对,自来寻死怨不得。
史建瑭:(唱)拿钢枪,双手提。
　　　　　喊叫水手,叫你试试。
　　　　　我今遇见你,报仇在此时。
　　　　　反叛你可知晓,拿你万剐凌迟。
　　　　　恶狠狠拧枪分心刺,摧开坐下马征驹。
　　　　　大喊反叛不要跑,
　　　　　(白)王彦章,我今与你杀父之仇不共戴天。着枪!
王彦章:来,来,来。
　　　　　(杀,史建瑭败)
史建瑭:这反贼果然骁勇,料想难以擒他,顺手摘下竹节钢鞭打他便了。
王彦章:小辈哪里走?
史建瑭:着打!
王彦章:哎呀,不好!(下)
史建瑭:好哇,这个黑贼,被我一鞭打得抱鞍吐血而逃。穷寇莫追,大料反贼营盘已破,粮草已尽,他必逃往三山关去。暂且回营见了潞州王商议商议,攻打三山关便了。
　　　　　(高行周马上)
高行周:(诗)远水苍茫路迢迢,要报父仇不惮劳。
　　　　　(白)俺高行周。不幸我父死在王彦章回马枪下,我才瞒哄母亲,只说往鸡宝山下大营中探病。张丙、李丁上来。
张丙、李丁:(内白)来了,公子有何吩咐?
高行周:咱们主仆离家走了二十多天了,不知到鸡宝山还有多远了?
张丙、李丁:面前就是大营了。
高行周:这等速速趱行,先进大营报号说明来历,好拿王彦章与你太爷报仇。
张丙、李丁:公子言之有理。
高行周:(诗)正是:心忙疾似箭,奔走恨马迟。(下)

(完)

第 七 本

【剧情梗概】 史建瑭将敌营的粮草烧尽，因胆识过人而被任命为大元帅。石敬瑭与高行周被任命为先锋。三山关节度使王赞一直把守关卡，其夫人史氏乃是阳武将军史敬思的姐姐，三年前病故时撇下一儿一女，儿名王兰，女名碧桃。王碧桃劝王赞弃邪归正，弃梁保唐，趁着王彦章伤重，暗取他的首级，献了三山关一座。贾若眉乃是东宫太子朱友珪的原配，因其颇具姿色而被皇帝朱温霸占。太子朱友珪随着元帅王彦章在鸡宝山下交锋，与朱友从奉将令回京搬运粮草去解三山关之围。奉御官马君宠奉旨押着玉酒袍带往鸡宝山下大营中赏赐王元帅，路上巧遇时，将写有宫中秘密的书字带给朱友珪。

（升帐，众将站，李杰坐）

李　杰：（诗）将在谋而不在勇，兵在精而不在多。

　　　　（白）孤家潞州王李杰。可喜史建瑭足智多谋，设一妙计，与石敬瑭同心协力，将计就计，将反贼粮草烧尽，踏平贼营。他与王彦章交锋，一鞭打得王彦章抱鞍吐血而逃。孤前日小视他二人年轻，谁知英雄出于少年，一定要安排史建瑭为帅，好平反叛！

（上卒）

卒：　　报大王，史、石二人得胜回营，在辕门候令。

李　杰：这等不可慢怠，待孤亲身迎接。

　　　　（唱）唐室江山该复转，才出少年将英雄。

　　　　　　　前日待他不敬重，因他二人较年轻。

　　　　　　　谁知英雄无老少，孤家不该把人轻。

　　　　　　　今日建功当亲近，急忙起身往外行。（下，又上）

史建瑭：（内唱）一见大王亲迎接，紧行几步先打躬。（上）

史建瑭、石敬瑭：（唱）上了大帐又行礼。

李　杰：（白）二位免礼。

史建瑭、石敬瑭：小将等仰仗虎威成了功。

　　　　（唱）反贼中鞭逃命走，贼兵贼将影无踪。

贼的粮草已烧尽，踏了他的大老营。

大料反贼无归路，一定逃往三山城。

伏乞千岁往前赶，攻打关城把贼平。

说罢躬身一旁立，心中大悦满面春风。

李　杰：（唱）孤自与晋王皇兄行人马，四百名上将八十万兵。

无人能挡贼水手，伤损百员将英雄。

只落得闭门不出无法使，空费钱粮二载零。

今日一战成功也，多亏二位用兵精。

慢怠二位孤之过，今日赔礼不敢轻。

（白）孤前日只因王彦章英勇无敌，众将不敢出头，心中烦闷。二位小将到来，有所怠慢，幸史将军设计破敌，孤家不胜敬服。从来有功者赏，有罪者罚，封史将军为兵马大元帅天下都招讨，石将军为前部先锋，营中从征，众将任其调用，杀到三山关，捉拿反贼叛，恢复唐室江山，全仗二位智谋英勇。

史建瑭、石敬瑭：小将二人年轻，何敢担此重任？

李　杰：何必太谦？趁此黄道吉日，众位将军，孤此举以为如何？

众　将：从来大才必有大用，史将军不但谋略惊人，更兼勇猛超群，正当拜为大元帅。我等不胜敬服，敢不拜贺？

（唱）众口同声说很好，史将军将门之子谋略优。

况且勇猛枪马快，可与先人大报仇。

今日一战惊破贼人胆，了却从前大败羞。

大唐有了擎天柱，不难复唐定九州。

正当封为大元帅，大王此举礼很投。

拿住彦章把朱温灭，史将军威名贯九州。

说罢一齐把躬打，

李　杰：（唱）心欢喜悦乐悠悠。

起身离座捧箭印，即便更衣人伺候。

史建瑭：（唱）史建瑭谦辞一会接了印，换了盔铠乐悠悠。

转身归了正位坐，

李　杰：（唱）李杰侧坐减去愁。

     吩咐中军摆宴席，孤家把盏奉酒瓯。
     一来庆贺大元帅，二来庆贺建宏图。
  （上中军）

中　军：（白）报元帅，营外来了一个十三四岁的幼童，乃是山东郸州人氏，高思继的公子，要见元帅。

李嗣源：这位高公子，虽然年幼，本领出众，我曾领教一番，元帅不可慢怠。

史建瑭：是。中军请高公子进营相见。

卒：哈，（下，内白）有传公子。

高行周：（内白）来了。（上）元帅在上，高行周打躬。

史建瑭：公子免礼。久仰公子威名，今日相逢三生有幸，不知公子到此有何见教？

高行周：只因我父在王彦章枪下废命，不胜痛恨，特来报号，借元帅虎威捉拿王彦章，与父报仇。

史建瑭：好哇！上为国难，下为家仇。今蒙潞州王千岁扶我为帅，正少一位先锋。在此歇兵一日，明早拔营起寨，杀奔三山关，捉拿反贼，为国报仇。
  （诗）攻破三山擒水手，直到汴梁灭朱温（下）
  （出王赞，白面老帅，升帐）

王　赞：（诗）干戈纷纷无了期，焉能重整太平时？
  （白）本镇王赞，官拜三山关节度使之职，只因新君夺位，称为大梁皇帝，建都汴梁。唐朝文武官员多半归梁，老夫向日在天开关镇守，梁帝以礼聘请，我才到汴梁庆贺新君。梁帝一见深加敬重，封我节度使之职，带领家眷，威镇三山关。夫人史氏乃是阳武将军史敬思的姐姐，不幸三年前病故，撇下一儿一女。儿名王兰，留在京中官拜京营指挥。女儿起名碧桃，年方一十六，不但才貌双全，还能熟习刀马，爱看兵书。老夫爱如掌上明珠，当留心选一年貌相当之人，为乘龙佳婿，奈何总无其人。如今圣上差遣王彦章统领三军，在鸡宝山下与晋兵交锋。虽然常胜，然二年有余，不能退敌。鸡宝山离此相隔五十余里，常来催促粮草，府库一概空虚，今年三山关远近一带，地方荒旱不收，军民惶惶，好叫老夫日夜忧心。

王彦章：（内白）众将官，将残兵败将扎在校场，严守关门，将马带过。
  （上王彦章，坐）

王　赞：元帅为何这样光景？

王彦章：哎，老将军不消问了！

（唱）领人马，离汴梁。

　　　　鸡宝山下，大动刀枪。

　　　　屡战屡得胜，气死李晋王。

　　　　李杰闭门不出，无人敢到疆场。

　　　　攻城不破思一计，青龙口埋伏想劫粮。

王　赞：（唱）劫粮草，是妙方。

　　　　正缺粮草，人马惶惶。

　　　　元帅智谋广，妙策必妥当。

　　　　如何这般光景？一定有些不祥。

　　　　行计怎说误中计，又说什么小儿郎？

王彦章：（唱）说起来，气满腔。

　　　　那个小子，智谋高强。

　　　　史敬思之子，名叫史建瑭。

　　　　劫他粮草不得，被他烧咱草粮。

　　　　如此这般中他计，左膀之上着了伤。

王　赞：（唱）心忙乱，脸吓黄。

　　　　口中不语，心内思量。

　　　　内侄建瑭到，战败王彦章。

　　　　若说是我亲故，大有牵连不当。

王彦章：（唱）胜与败，军家常。

　　　　损兵折将，不必着忙。

　　　　等我伤痕好，定拿史建瑭。

　　　　只有一件要紧，目下断草绝粮。

　　　　早知关内粮草短，又遇今年岁月荒。

王　赞：（唱）真难了，无主张。

　　　　连年荒旱，不能勉强。

　　　　金银空了库，粮草空了仓。

　　　　不但城内无法处，远近地方俱缺粮。

王彦章：（唱）我与你，报梁王。

　　　　　　　当禀忠义，上报君王。

　　　　　　　将军一郡主，必然有良方。

　　　　　　　官仓官库空了，岂无私库私仓？

　　　　　　　打点金银与珠宝，好往富户去买粮。

　　　　（白）官仓官库虽然空虚，老将军乃是一郡之主，岂无私粮献出，来资助三军？等本帅伤好挡退贼兵，表奏天子，加倍奉还。

王　赞：末将一清如水，岂有私藏私库？

王彦章：无有粮草，若有金银珠宝可以向乡绅富裕人家以及粮铺之中兑换粮草。

王　赞：末将虽有些俸禄金银以及小女簪环，凑来交与元帅，置办粮草便了。

王彦章：这便才是。军校，紧守关门，即差人多打探敌营的动静，不得有误！

王　赞：罢了我了。（下）

（出王碧桃，小花旦）

王碧桃：（诗）秋色平分夜中央，桂花摇影菊花黄。

　　　　（白）奴家王碧桃。不幸萱堂去世，随父在任。当今天子篡了大唐的江山，常劝我父改邪归正，老人家总说新君恩待不浅，一心忠烈难移。前日又听说舅舅史敬思托肠大战，死在王彦章之手，叫奴暗自痛恨。

（上王赞）

王　赞：哎！

王碧桃：爹爹，何故满面愁容？唉声不止。

王　赞：我儿不知，元帅如此这般，被你表兄史建瑭一鞭打败，逃进关来。目下断草绝粮，为父将二年所有的金银以及女儿的簪环凑成变卖，以备粮草。

王碧桃：哎，这王元帅真乃糊涂可笑！

　　　　（唱）孩儿虽是闺门女，常把兵书战策观。

　　　　　　　元帅既设粮草计，必须得知己知彼才万全。

　　　　　　　却怎么自己设计反中计，国家的粮草火化烟。

　　　　　　　自己无能败关内，拿着浑话向父言。

　　　　　　　为官怎有私藏库，要什么金银珠宝与簪环？

　　　　　　　就有金银首饰值多少，置买粮草用几天？

　　　　　　　这样糊涂真可笑，怎为大帅掌兵权？

王　赞：（唱）我儿也是这般讲，更叫为父添愁烦。
　　　　　　 若不把金银珠宝献出去，违令难免要听参。
　　　　　　 也是献去无济事，不过支吾三两天。
　　　　　　 晋兵目下把城困，将老兵瘦退贼难。
　　　　　　 这是头种愁烦事，更有一件有牵连。

王碧桃：（白）有何牵连？

王　赞：（唱）你表兄现在敌营为元帅，智勇足备人当先。
　　　　　　 元帅要知是亲故，难免干系有牵连。
　　　　　　 思想起来不安稳，岂不是烦恼之中又添烦？
　　　（白）只因你舅舅在鸡宝山下托肠大战而死，你表兄史建瑭来到敌营报号，设此烧粮之计，鞭打元帅进关来。若知是咱家的至亲，岂不大有牵连？

王碧桃：爹爹，孩儿也曾劝过你老。今日逢此事难解，正好依着孩儿的主意而做。
　　　（唱）孩儿常听父母讲，咱家世代保唐朝。
　　　　　　 当今天子多暴虐，浩荡皇恩爵禄高。
　　　　　　 若说敬重恩待义，旧主有恩岂忘了？
　　　　　　 孩儿一心分邪正，提起此事心口潮。
　　　　　　 今日至此两难事，奉劝爹爹细斟酌。
　　　　　　 不如弃邪还归正，弃了梁国保唐朝。
　　　　　　 趁着彦章着伤重，暗将他的首级削。
　　　　　　 献了三山关一座，迎接表兄将英豪。
　　　　　　 直到汴梁灭反贼，扶立唐室后代苗。
　　　　　　 天下还是大唐朝，老爹爹将功折罪名誉表。
　　　　　　 女儿拙见是如此，

王　赞：（唱）心中不悦皱眉梢。
　　　　　　 我儿住口言差矣，
　　　（白）你一个女孩家何出此言？你岂不知当日新君夺位之时，朝中文武外郡的诸侯多半弃唐归梁，难道都是乱臣贼子？

王碧桃：不是乱臣贼子，难道还是忠臣义士不成么？

王　赞：据你说来，连为父也是不忠不孝之人了？真是年轻女孩，不知好歹，从今以后，不当如此而言，快些收拾金银珠宝，我就献与元帅以办军粮。

王碧桃： 是。（下）

王　赞： 只因当日不得已而归梁，细想想有损故主之恩，不怪女儿如此而言，叫老夫怎么又改前节？看元帅怎么安排，且将所需金银献与前帐便了。（下）

高行周：（内白）大小三军闪放营门。（马上）吾乃高行周，现受右先锋之职，与左先锋石敬瑭带兵三万人马在三山关下安营。史元帅大兵随后便到，我既与父报仇，岂肯落人之后？众三军，随我攻打关城，建立头功，杀上前去。（下）

（王彦章升帐，王赞站）

王彦章：（诗）耳边金鼓连天震，料是敌兵汹涌来。

（白）本帅王彦章。方才王节度使献了些金银倒也有限，还得令人拿去变卖，购买粮草。

（上卒）

卒： 报元帅得知，敌人围住北门，当头一个十三四岁小将请元帅答话。

王彦章： 再探。

卒： 得令。

王彦章： 幼儿叫阵，必是史建瑭，众人不是他的对手，王老将军何妨临阵走走？

王　赞： 元帅还不能抵挡史建瑭，末将年近六旬只怕不能取胜。

王彦章： 本帅只因误中幼儿之计，一时心慌，被他打中一鞭。老将军素称无敌大将，必须临阵一往。

王　赞： 末将怎敢违令？军校们，马来。（下）（内喊）军校们，将马带过。（又上）元帅赦末将失机之罪吧！

王彦章： 莫非果是史建瑭叫阵？

王　赞： 不是，另有一员小将。

（唱）末将奉令去迎敌，抖擞精神不发惧。

　　　敌将非是史建瑭，是个孩子十三四。

王彦章：（白）哪里来的这些孩子？

王　赞：（唱）问他名叫高行周，父是白马高思继。

　　　末将愤怒大交锋，幼儿动手好伶俐。

　　　抡开两柄黑金锤，神出鬼没了不得。

　　　末将年近六旬多，手迟眼慢少气力。

	勉强大战五十合，败阵而回好无趣。
	望乞元帅把罪饶，
王彦章：	（唱）心中不悦好烦气。
	出马你就失了机，未曾出帐先发惧。
	敌将又非史建瑭，一个孩子又怎的？
	提溜下马摔死他，怎么败阵讨无趣？
	真是无用老匹夫，用你不着快回避。
王　赞：	（唱）又羞又气面通红，心中发恨暗忧愁。
	退出辕门恨悠悠，（下）
王彦章：	（唱）彦章座上生闷气。哪来这些小孩子？
	待我城头看看去。
	（白）众将官，随本帅打道上城，看看贼兵虚实，再作定夺。（下）

（高行周马上）

高行周：	众将官，压住阵脚，等贼兵出马。（下）
王彦章：	（上城）果然是个十来岁的孩子，可笑王赞老头子战他不过，真正可笑可耻。
	（唱）端详这个小孩子，并不动气笑微微。
	年纪不过十三四，身子不高甚魁梧。
	淡红脸儿鲜得很，一双凤眼配蚕眉。
	身子并不穿铠甲，金属小袍素花堆。
	头上绾着双抓髻，红绒扎巾不带盔。
	坐下一匹赤兔马，手擎两柄黑金锤。
	这个孩子娇又嫩，只可以他妈抱着他爸背。
	怎么这样胆子大，来送性命惹事非。
	我若临阵拿下马，活活摔死把阴归。
	看罢不住哈哈笑，
高行周：	（唱）高行周闪目就往城上窥。
	只见一伙兵与将，拥护一人脸蛋黑。
	豹头环眼钢须炸，虎背熊腰好魁伟。
	手指城下端详我，此人必是水手贼。
	金锤一指开言骂，城上反贼你是谁？

（白）城上的黑贼你是谁？怎不出城与少爷大战二百回合，站在城上端详，是何意思？

王彦章：那小子欲问你帅爷，只怕是吓破你的苦胆。我乃汴梁皇帝驾下兵马大元帅王彦章。

高行周：哦，怎么你就是水贼王彦章，我与你有杀父之仇，不共戴天！你快出城与你少爷见个上下，我若拿住你，必要千刀万剐也。

（唱）牙咬碎，气满胸。

仇人见面，分外眼红。

大骂贼水手，冤家狭路逢。

不用藏藏躲躲，哪如好汉英雄？

你快出马来拿命，拿住剖心祭亡灵。

王彦章：（唱）小小子，话疯癫。

如此娇嫩，这般年轻。

竟敢来骂我，想是不愿生。

本帅一怒出马，你的小命要倾。

问你却是谁家子，无有家教叫何名？

高行周：（唱）要问我，仔细听。

坐不改姓，行不更名。

白马将军子，乳名高保童。

可恨黑贼万恶，断送我父残生。

这如今不共戴天仇未报，快来试试小祖宗。

王彦章：（唱）好一个，小畜生。

不知深浅，无有轻重。

人儿倒不大，说话这样凶。

你父那般骁勇，还在枪下送终。

你乃黄毛还未退，本帅一击你命倾。

高行周：（唱）双眉立，眼气红。

喝叫反叛，速速出城。

金锤下拿命，赶早去托生。

对头冤家相遇，谅你藏躲不能。

　　　　　　　黑贼反贼快出马，不敢出头是怕祖宗。
王彦章：（白）哇呀。
　　　　（唱）一声喊，似雷鸣。
　　　　　　　这样啰嗦，怒气满胸。
　　　　　　　伤痕即忘了，不顾左膀疼
　　　　　　　下城急急上马，吩咐急急开城。
　　　　　　　催马当先临了阵，（上对）恶狠狠双手把枪拧。
　　　　（白）高保童。
高行周：王彦章。
王彦章：你这样毁骂本帅，你是不要命了，前来送死。
高行周：住了。咱俩是冤家对头，狭路相逢，看锤。
王彦章：来，来，来。
　　　　（唱）一时愤怒动了手，不顾膀疼强扎挣。
　　　　　　　保童金锤疾又快，如同乱滚绣球花。
　　　　　　　一行动手加仔细，又是怕来又是夸。
　　　　　　　奋起精神使英勇，恨不伸手把他抓。
　　　　　　　左遮右挡太费力，好个幼儿小冤家。
高行周：（唱）恨不得一锤将贼打下马，绑回城去把皮扒。
王彦章：（唱）恶战仇敌五十场，伤痕疼痛遍体麻。
高行周：（唱）越杀越勇精神长，若不擒贼把名骂。
王彦章：（唱）招架不住胆怯怯，使得满面汗滴答。
高行周：（唱）只见黑贼露了空，一晃金锤打中他。
王彦章：（白）哎呀！
　　　　（唱）左膀着伤说不好，圈麻①败阵不顾乏。（下）
高行周：（唱）黑贼进城门紧闭，城头上箭如飞蝗往下发。
　　　　　　　只得暂且回营去。
　　　　（白）黑贼被我打中左膀，败进城去，料他再也不敢出来，城上乱箭齐发，不能攻打，我且回营前去报功，慢思攻城之计。众将官，打得胜鼓

---

① 圈麻：浑身疼痛。

回营便了。（下）
王彦章：（内白）王节度使，率领众将保护城池要紧。
王　赞：得令。（下，马上）哎呀，不好了，眼见元帅被那幼儿，打得几乎落马，败阵入关，命老夫率领三军保守城池。众将官，多备火炮，防备晋兵攻打，休辞劳苦，严加防备。

（唱）催着军校把城护，自言自语自踌躇。
　　　老夫心怀忠与义，心有余而力不足。
　　　大战幼儿败了阵，元帅对众把我辱。
　　　纵然怀恨难分辩，无非暗气不舒服。
　　　如今兵荒马又乱，一时不能把气出。
　　　他今不服那小将，临阵大败也是输。
　　　辕门以外下了马，几乎跌倒人搀扶。
　　　我今催兵将城护，敢不用心督兵卒。
　　　兵将纵然效死力，况且外面救兵无。
　　　只怕此关难保守，急得吁气不舒服。
　　　城门一带查过了，将校保守不敢疏忽。
　　　可见年迈精神少，只是发困心发糊。
　　　我只得少歇片时进帅府，问问他的伤何如？
　　　一催坐骑到帅府。

（升帐，王彦章坐）

王彦章：（白）哎呀，疼死我了！
王　赞：（唱）又听帐上说疼死我，进了中军见元帅。
　　　（白）元帅伤势轻重如何？
王彦章：哼！
王　赞：看这光景，想是打得重了。
王彦章：哼，问这个何用？
王　赞：末将特来问安。
王彦章：我命你保守关城，你何故偷懒，违了本帅将令哪？
王　赞：末将惦记着元帅伤势，被那幼儿打了一锤，不知轻重，故来问候问候。
王彦章：本帅伤势，何劳你问？

王　赞：元帅盖世英雄，正在中年，怎么不把那十三四的孩子提溜下马来活活摔死，如何也像我这无用的老头子败阵回城呢？

王彦章：咦！老儿竟敢当面羞辱本帅，其情可恼！

（唱）挣扎起，睁双眸。

老儿可恨，于理不投。

我今把伤中，左膀血还流。

疼得满心是火，你来火上浇油。

你不保护关城去，竟敢前来把我羞。

王　赞：（唱）听此言，怒心头。

口呼元帅，好无来由。

好意把安问，谁来把你羞？

自己对众夸口，去把小儿提溜。

行不及言败了阵，拿我出气理不投。

王彦章：（唱）羞又怒，怒又羞。

你这老狗，太欠讲究。

叫声老匹夫，军法一笔勾。

我是三军主帅，凡事在我自由。

将令不遵来怄气，以下犯上该砍头。

王　赞：（唱）这些话，欠讲究。

谁上谁下，官职同流。

我在三山口，镇守好几秋。

你是三军之首，我是一镇诸侯。

官职不比你小，你想要砍谁的头？

王彦章：（白）哇呀！

（唱）一声喊，震斗牛。

喝令左右，绑这老头。

推出辕门去，斩首把头揪。

王　赞：（唱）气得连声喊叫，被绑身不自由。

（白）王彦章你真敢杀我？

王彦章：拿下！

（上朱友珪、朱友从）

朱友珪、朱友从：元帅息怒。王节度使虽然冒犯，他是年迈之人，未免说话颠倒，可以容恕，况且敌兵进城，自杀自己大将，于军不利。看我们薄面饶过他吧。

王彦章：二位殿下与他乞求，本帅将他饶过，活罪难免，左右将他重打四十杠子，扔出辕门，永不许他觐见。

（内打完，上卒）

卒：禀爷，施刑已毕。

王彦章：起过。

卒：哈。（下）

王彦章：二位殿下，有何主意保护关城不破？

朱友珪、朱友从：无非令将校防备，元帅伤势好了再说。

王彦章：现在内无粮草，外无救兵，城内军卒惶惶，恐有内变。

朱友珪、朱友从：我二人无法可使，还请元帅想法保护关城要紧。

王彦章：本帅自有一个主意，暂为火烧眉毛之计。

（唱）左思右想来，并无好计策。
　　　暂且解燃眉，保护城不破。
　　　官草与官粮，果然无变折。
　　　城内有富户，又有收粮客
　　　既然有余粮，不能无草垛。
　　　按户捐草粮，料着躲不过。
　　　暂借后再还，不算是苛刻。
　　　人马有草粮，保住城不破。
　　　还有二殿下，回京把本奏。
　　　奏明兵败情，圣上必不乐。
　　　自然发兵来，接济无处错。
　　　不知可肯行？

朱友珪、朱友从：（唱）二人连声喏。
　　　　　　　　我们兄弟俩，在此白住着。
　　　　　　　　未建半点功，两个无用货。

正要回汴梁，元帅很透彻①。

就令我们行，得令就走客。

启奏我父皇，开仓扒草垛。

运了这粮来，人马就不饿。

管保粮草来得快。

（白）我弟兄二人到此寸功未立，自觉惭愧。如今元帅命我俩进京奏明缺粮之事，岂敢违令？就此告辞进京去了！

王彦章：但愿二位殿下休辞劳苦，昼夜兼行，粮草早到一日，这里安定一日。

朱友珪、朱友从：我二人昼夜就往京里赶就是了。（下）

（出马君宠，小丑）

马君宠：（诗）朝中有人好做官，君王重用要当先。

（白）下官奉御官马君宠。哥哥马君幸，乃是传宫太监，监管宫闱大小事务。因有这个门路，我就官升奉御官之职。圣上若要临朝，或在后宫降旨，却是我宣读。昨日圣谕叫我进宫，圣上钦赐王彦章明珠金冠一顶，蜀锦战袍一领，羊脂玉带一条，皇封玉酒两坛，命我押送鸡宝山大营之中，只得进宫走走。（下）

（出马君幸丑坐）

马君幸：（诗）自幼净身为中贵，攀龙附凤沐恩德。

（白）咱家我传宫太监马君幸。昨日圣上有旨，钦赐王彦章冠带等物，兄弟送往大营，只是后不见他来领取，不免到禁门以外张望张望。（下，又上）呀，那边正是兄弟来也。

（上马君宠）

马君宠：哥哥在此，小弟拜揖。

马君幸：自家哥们，不必客套。今日圣上在焦兰殿上宴乐，一时大醉，睡倒龙床，不必惊驾，就将御赐的东西领出去吧，都在焦兰殿旁御书阁以内，有几个小内监看守，随我来领取。

马君宠：哥哥引路。

马君幸：随我来。

---

① 很透彻：意为王彦章明白事理。

|（唱）|我本是个内太监，出入禁门无人拦。

马君宠：（唱）只因哥哥为中贵，小弟是幸把光沾。

马君幸：（唱）昨日圣上传口旨，御赐之物往外搬。
玉酒锦袍官玉带，御赐之物必安然。
皇宫之物多珍贵，钦命兄弟为差官。

马君宠：（唱）方才说不用我见驾，难道无有圣皇宣。

马君幸：（唱）圣上醉倒焦兰殿，谁敢惊驾到跟前？
且将东西搬出去，等候圣旨早晚间。（下，又上）
说话过了显庆殿，御书阁台在面前。
只见几个小太监，看守东西一旁玩。
吩咐孩子抬出酒，它物一齐往外搬。

马君宠：（唱）眼见他们搬出去，忽闻得兰风香气把鼻攒。
听得环佩叮当响，抬头闪目仔细观。
几个宫娥与彩女，宛如都是玉天仙。
出了殿门上御书阁，秋波杏眼瞅下官。

马君幸：（唱）迷迷颠颠把神出也，兄弟去吧莫发癫。
（白）兄弟不要如此了，押着御赐的东西去吧。

马君宠：哦哦，是，是，是，知道了。

马君幸：待我送你出去，随我来。

马君宠：来了。（下）

（出贾若眉，凤冠小旦）

贾若眉：（诗）一枝秾艳露凝香，云雨巫山枉断肠。
（白）奴家贾若眉，乃是东宫太子朱友珪的原配。只因奴的姿色绝佳，引动当今皇帝，公奸儿媳，做此伤风败俗之事。如今太子随着元帅王彦章在鸡宝山下交锋，圣上与奴常常宴乐宫中，人人皆知，不敢多言。方才陪伴圣上在焦兰殿饮酒，天子大醉，睡倒龙床，奴家请便回宫，在御书阁下见一外官，两只贼眼盯在奴的身上，其情可恼，不免问问传宫太监马君幸，便知那厮是谁。一定要奏与圣上，问斩于他。宫娥，传太监马君幸进宫问话。

宫　娥：领旨。

（上马君幸，跪）

马君幸：贵人在上，奴婢叩头。
贾若眉：哦，太监，奴方才在御书阁下见一个外官偷看与我。你怎么放他进宫来呢？他叫什么名字？
马君幸：他叫马君宠，是奴婢的兄弟。
贾若眉：你也不该叫他擅进宫来呀。
马君幸：他乃是奉御官。奉旨来领御赐的东西，往大营王元帅那里交纳，并非擅进宫门哪，贵人。
贾若眉：住了。你这奴才，就欠掌嘴！
　　　（唱）心中不悦说胡讲，你这奴才嘴太刁。
　　　　　那厮既是你兄弟，你就该死罪难逃。
马君幸：（白）他是奉御官，常进宫来。
贾若眉：（唱）宫中用他做什么？一派胡言信口嚼。
马君幸：（白）圣上有旨叫他进宫。
贾若眉：（唱）就是许他进宫院，不过传事走一遭。
马君幸：（白）他是来取御赐的东西。
贾若眉：（唱）见我所过不躲避，呆呆痴痴如木雕。
　　　　　两个贼眼瞅着我，他这胆子把身包。
　　　　　你在一旁不理会，叫他撒野来放刁。
　　　　　吩咐宫娥打他的嘴，重重打来莫轻饶。
马君幸：（白）哎呀！
　　　（唱）不敢强辩把头叩，只求贵人气消消。
　　　　　奴婢知罪真该死，望乞开恩把我饶。
　　　　　从今知过我必改，
贾若眉：（唱）贾氏若眉皱眉梢。
　　　　　若不看殿下平素爱惜你，一定打死赴阴曹。
　　　　　便宜你这个奴才快出去，今后休叫他进朝。
马君幸：（白）只怕圣上叫他传旨。
贾若眉：（唱）圣上叫他有我挡，这却不用你发毛。
　　　　　快去焦兰殿去伺候。
　　　（白）若不看你平素有好处，一定奏知圣上问罪。

马君幸：多谢贵人额外施恩。
贾若眉：圣上在焦兰殿睡觉，你去伺候，莫叫宫娥乱走，惊了圣驾。快去。
马君幸：是。（下）
贾若眉：（唱）若不如此立个法，度他们如何怕我？
　　　　　　　先严后宽得下手，得饶人处且饶人。（下）
（急上马君幸）
马君幸：哎呀，贾氏，你无故凌辱于我。我尽知你的行为，似此淫乱之妇，还是这样作为，叫咱家如何气恨得过！何不去见兄弟？如此这般，写一封书字秘密交与兄弟，漏漏你的风声，叫殿下回京，杀了你这个淫妇，好解我心头之恨。（下）
（出马君宠坐）
马君宠：（诗）玉天仙女貌似花，出在皇宫内院家。
　　　　（白）下官马君宠。方才在御书阁下看见一位月殿嫦娥，乘銮而过。我出世为人，并未遇见这样美人，真是头一遭，开眼哪。被她把我的真魂勾去，正然出神发怔，哥哥催促我出了禁门。回到私衙，还是这样少魂无魄。
马君幸：（内白）兄弟在房呢？（上）
马君宠：哥哥，请转上坐。
（马君幸磕巴磕巴）
马君宠：呀，我的哥哥呀，这是为何气色不对？嘴巴也都肿了，好像是挨打的样子。
马君幸：哎，我为你挨了一顿饱打呀。
马君宠：谁敢打哥哥你呢？
马君幸：哎，说不来了，叫人又气又恨又疼哪！
　　　　（唱）我进京，年迈多。
　　　　　　　天子宠爱，深沐恩德。
　　　　　　　并未难为我，傲话也未说。
　　　　　　　为你挨顿嘴巴，是个淫乱老婆。
马君宠：（白）是谁打你来着？
马君幸：（唱）东宫太子他妻子，贾氏若眉了不得。
马君宠：（白）她怎么打哥哥？又说为我，好不明白。

马君幸：（唱）我俩不熟悉，平素未会着。

她乃皇宫妃嫔，我是外官阿哥。

想是为我把舌咬，男女不亲是瞎说。

方才在，御书阁。

你可看见，几个宫娥？

马君宠：（白）哦，看见来着。

马君幸：（唱）拥护御銮过，就是那老婆。

马君宠：（白）她便怎样？

马君幸：（唱）说你两个贼眼，发呆将她瞅着。

问我我说是亲兄弟，因着兄弟打哥哥。

马君宠：（白）哎呀！

（唱）直了眼，吐了舌。

心中乱跳，口中念佛。

死人闹活乱，这可怎了得。

打了哥哥嘴巴，一定把我惦着。

殿下回朝必告诉，一定把脑袋与我割。

马君幸：（唱）休害怕，有斟酌。

无故打我，于理不合。

怎敢害人许多？倒不怕她正经话。

一心恨她心太恶。

马君宠：（唱）这些话，摸不着。

太子媳妇，尊贵无说。

殿下继了位，娘娘无处挪。

说她不是好货，难道坏了闺阁？

倒叫小弟糊涂了，哥哥你快说明白。

马君幸：（唱）贾氏女，她平日。

只因模样，生得袅娜。

公公就调戏，媳妇就顺着。

做此伤风败俗，宫里谁不晓得？

她今打我实可恨，必要报仇才快活。

如此这般方为妙。

（白）我被那淫妇暴打一顿此恨难消，这里有书字一封你拿去。到了鸡宝山下大营之中，叫殿下朱友珪在无人之处拆开一观内里，自有妙用。

马君宠：书中写的什么言语，怎么能出气呢？

马君幸：殿下平素与我相好，早就有风声闻知贾氏坏咧。他曾追问，我那时不敢告诉与他知，如今叫殿下明白此事，一定回朝杀了那个淫妇，方消我心头之恨。

马君宠：哈哈哈，好好好，原来媳妇跟着公公，真是一对牲口。不但媳妇可杀，就是公公也杀得过。

马君幸：世上哪有儿子杀老子的道理？你将书字紧紧收藏，押着御赐的东西速往鸡宝山大营去送，还怕那淫妇寻你晦气不成？

马君宠：是，我就此起身。

马君幸：（诗）自己不知死与羞，打人不怕结冤仇。（下）

朱友珪：（内白）御弟催马走哇。

朱友从：（内白）不慢哪。

（朱友珪、朱友从马上）

朱友珪：小王东宫太子朱友珪。

朱友从：我朱友从。皇兄，你我奉元帅王彦章的将令，回京搬运粮草，好解三山关的围。早起晚睡，好不劳苦。

朱友珪：好了，离京不太远了。

（唱）自从离了京，住在本营里。
担惊受着怕，两年憋屈死。
父皇旨难违，却也倔不起。
从前元帅战，赢了也欢喜。
大人不出头，来些小孩子。
眼前烧了粮，人马又不一。
元帅着了伤，英雄无用的。
叫咱哥俩回，催粮得应许。
马儿不停蹄，黑夜与白日。
恨不得一日，到京才大喜。

　　　　　　起了几场风，受了几场雨。
　　　　　　在家常常见，亲人睡梦里。
　　　　　　动动说想家，不是好汉子。
　　　　　　着急想起人一个。
朱友从：（白）哪个人？
朱友珪：你嫂子。
朱友从：（唱）思想她什么？无病又无灾。
朱友珪：（唱）惦她在深宫，孤怜无伴侣。
朱友从：（唱）你这样想她，她未必想你。
朱友珪：（唱）我俩想的事，一般无彼此。
朱友从：（唱）离家路不多，再走两三日。
　　　　　　耳边只听响，乒乓大炮起。
　　　　　　云彩遮满天，雷声响不止。
　　　　　　一时天变黑，隆咚如锅底。
　　　　　　闪电与雷鸣，必要天下雨。
　　　　　　对面不远处，人家镇店子。
　　　　　　急急忙忙赶，避雨就歇息。
　　　　　　忽然下雨了，往下浑身湿。
朱友珪：（白）雨到了，三军们快些进店避雨。（下）
　　　　（上马君宠）
马君宠：（诗）在家千日好，出外时时难。
　　　　（白）吾乃马君宠。奉旨押着御酒袍带，往鸡宝山下大营中钦赐王元帅，离京走了四五天啦，天降大雨，只得在这太平镇住下。
店　　家：（内白）请二位殿下上房里坐。
　　　　（上朱友珪、朱友从）
朱友珪：呀，你不是奉御官马君宠么？
马君宠：哦，原来还是二位殿下回京。请升上坐，容小官参拜。
朱友珪：客店之中，免行大礼，坐了叙话。
马君宠：小官谢坐。二位殿下独自回京，眼下鸡宝山事体如何？
朱友珪：不消问了。

|　　　　　　（唱）提起鸡宝山下事，乃是先喜而后忧。
马君宠：（唱）听说元帅常得胜，屡次捷报赴龙楼。
朱友珪：（唱）从前元帅果然勇，杀得晋兵死与溜。
马君宠：（唱）后来却是怎么样？殿下回京有缘由。
朱友珪：（唱）晋营中来了几个小孩子，本领高强有计谋。
马君宠：（唱）谁家孩子这样晦气，想来必是小毛头。
朱友珪：（唱）如此这般无粮草，人马皮里把肉抽。
马君宠：（唱）原来元帅遭了困，二位殿下把粮求。
朱友珪：（唱）正为粮草回京转，你今离京主何由？
马君宠：（唱）万岁爷钦赐御酒袍玉带，送在大营元帅收。
朱友珪：（唱）元帅有酒难以咽，袍带虽好心里愁。
马君宠：（唱）忧愁欢喜不用讲，只得送去岂肯扔？
朱友珪：（唱）我弟兄离京已两年，可有新闻你说根由。
　　　　　（白）我弟兄离京二十多个月啦，近来我父皇身体安好？
马君宠：好，圣上越老越精神啦。
朱友珪：你是奉御官，必然知道京中之事，众位娘娘王妃可曾无恙？
马君宠：好。
朱友珪：你哥老公公还是那样鬼头么？
马君宠：他捎来一封书字，密送与大殿下，让你在无人之处观睄，不知内中什么事故？（交书字）
朱友珪：想来必有背人的言语，你们在这里说话，待我将这封书字拿到小屋里观看必知其故。
朱友从：书中再无好话，也不能背着兄弟我呀。
朱友珪：不必多言，待我看看去。
　　　　　（全下，上朱友珪，坐）
朱友珪：（唱）自己坐在小屋里，展开书字看一回。
　　　　　　　　上写着传宫太监马君幸，书奉殿下自晓得。
　　　　　　　　去年在京追问我，疑惑贾氏夫人风化事。
　　　　　　　　那时耳闻未眼见，不敢告诉惹是非。
　　　　　　　　自从千岁离京去，公奸儿媳热宫闱。

　　　　　　圣上做出禽兽事，宫中无人不晓得。
　　　　　　从前还怕人议论，殿下离京还怕谁？
　　　　　　不是公公与儿媳，就是皇帝与爱妃。
　　　　　　我今知晓当暗禀，看罢却也发了呆。
朱友珪：（唱）暗恨老子真禽兽，大坏人伦乱了规。
　　　　　　想我当初名起错，不该叫我朱友珪。
　　　　　　龟呀珠的王八是也，叫我抬头见得谁。
　　　　　　书字藏起前店去，只觉着头迷眼发黑。
朱友从：（白）哥哥，书上是何言语？
朱友珪：哎，说不得缘故，不可对外人讲。
朱友珪：（唱）他知我知告诉谁，说话不觉天色晚。
　　　　　　晚景不提五更催，东方大亮起身吧。
　　　　（白）天色亮了，马将军你押着御赐物品往三山关去吧。我们要急急赶奔京都，好运粮草。
　　　　（诗）将军不下马，各自奔前程。（下）
　　　　（出王兰，丑扎巾）
王　兰：（诗）官卑职小只一时，自有风云际会期。
　　　　（白）俺京营指挥王兰。奉旨巡查西南番地，擒拿打劫珠宝铺的二盗，关系重大，只得奏知天子便了。（下，又上）呀！来在朝房不见文武一人，只见几个太监说是圣上在焦兰殿宴乐，并未设朝，我只得相府报事便了。呀，午门外来了二人，好像二位殿下。
　　　　（上朱友珪、朱友从）
朱友珪：呀，王指挥在此做甚？
王　兰：二位殿下驾到，小将参拜。
朱友珪：起来。
王　兰：是，二位殿下回京，王元帅近来胜败如何？
朱友珪：如此，王元帅被困在三山关内，我们弟兄回京来搬粮草来了。
王　兰：三山关被困，我父可好哇？
朱友珪：你父王赞，纵然年迈，倒也精壮，然失去了心劲，受了点委屈。
王　兰：受了什么屈了？望乞二位殿下说明其故。

朱友珪：听我们对你告诉。

  （唱）你父老王头，越老越精壮。

     头发纵然白，身体并无恙。

     平素心气合，心广体才胖。

     尊敬我二人，我俩敬老将。

     新近不几天，受屈中军帐。

     唐兵困了城，你父打败仗。

     元帅不舒服，彼此说话丧。

     说你老子他，无用老混账。

     元帅王彦章，去战小唐将。

     被人打一锤，险些把命丧。

     你父却不该，说话不像样。

     如此难为他，元帅岂肯让？

     绑下就要杀，我俩跑上帐。

     保留死罪无，活罪不轻放。

     推下用杖刑，重打四十杠。

     抬出帅府中，私宅养疮棒。

王　兰：（唱）听罢心内焦，回府再商量。

     差人去打听，无事把心放。

     只说且告辞，相府禀勾当。

  （白）我父纵然失机败阵，只因年迈，血气衰微，元帅就要斩首，太也狠毒了。

朱友珪：只因你父拿话刻薄元帅，故此受辱。

王　兰：多亏二位殿下保护我父不死，容日再谢，暂且告辞了。

朱友珪：你有急事去吧。

王　兰：是。（下）

朱友从：父皇不曾设朝在后宫宴乐，你我直入禁门遇见行宫太监，问问父皇在哪宫中呢，先去叩拜，再奏军情，乃是正礼。

朱友珪：御弟言之有理，就此以入禁门便了。（下）

  （上马君幸）

马君幸：（诗）满怀不平事，尽在不言中。
（白）咱家马君幸。可叹圣上连日并不临朝，日夜在焦兰殿长乐宫中与贾氏宴乐。这时候正喝得高兴之际，只有随身宫娥在宫中伺候饮酒，叫我把守禁门，不得碍眼人走动。想起贾氏这个淫妇，叫咱家恨她不过。
（唱）从前我把牢头坐，贾氏与太子会雨云。
　　　如今得以承君宠，忘了咱家献殷勤。
　　　不将恩报将仇报，打得我嘴巴子肿到如今。
　　　从昨日宴乐此时还未散，叫我寻风在禁门。
　　　纵不自在难违旨，怎得那殿下一步到来临？
　　　亲眼看见他们俩，公奸儿妻乱人伦。
　　　杀去淫妇消我恨，忽听一阵脚步音。
　　　正是二位殿下到，又惊又喜暗思忖。
　　　直奔我来必有事，一定要见他父亲。
　　　不可拦阻叫他去，叫他眼见才为真。
　　　看你气恼不气恼，必得一见气个昏。
　　　主意已定迎上去，
（白）二位殿下这里来。
（上朱友珪、朱友从）

朱友珪、朱友从：来了。

马君幸：二位殿下万安。怎么回来了，元帅胜败如何？

朱友珪、朱友从：（把三山关被困之事从头至尾说了一遍）我二人来运粮草，不见父皇升殿，不知在哪宫中养神呢？

马君幸：圣上在那焦兰殿长乐宫内保养精神。二位殿下想是要进去问安么？

朱友珪、朱友从：正是。烦你与我弟兄回奏，方可进去。

马君幸：你们父子宫闱常见，何必用我回奏？我还得到禁门以外传事。二位千岁，你们自己进去吧，圣上也不能怪罪你们。

朱友珪、朱友从：你既有事，各请方便吧。

马君幸：千岁请。

朱友珪、朱友从：请。（下）

（完）

第 八 本

【剧情梗概】朱友珪回到宫中,果然看见贾若眉在陪圣驾,于是怒抽宝剑将贾若眉砍死,后又将父亲朱温杀死。朱友从见状,杀了朱友珪,自立为君,称大梁后主皇帝,加封平章宰相张文玉为昌玉公,太御敬详为平章宰相、节度使,封田英为大都督,封王兰为节度使,其余宗室俱各加封,并奖励一年俸禄,文武大小官员则皆加升三级。史建瑭排五方五地阵式,逼得王彦章拔剑自刎而死。王赞在女儿碧桃的帮助下,投靠唐军。后王碧桃与史建瑭喜结连理。歇兵三日后,唐军直奔汴梁,经过一番战斗,灭了大梁。

（出朱温、贾若眉对坐）

朱　　温：（诗）幽欢秘乐楚云雨,爱妃娇媚可朕心。
（白）朕大梁皇帝朱全忠。
贾若眉：奴贾若眉。万岁,妾蒙陛下宠幸,纵然暮乐朝欢,只怕殿下回朝,有人泄露机关,大大的不稳便了。
朱　　温：美人放心,我儿还在鸡宝山大营中,无旨断不敢私自回京。即便奏凯班师,朕有法叫他们不敢多言。宫娥们,看大盏过来。
宫　　娥：领旨。（下）
（上朱友从、朱友珪,跪）
朱友珪、朱友从：父皇万安。
贾若眉：呀,可了不得了!
朱　　温：呀,你弟兄为何冒冒失失进宫见朕?
（唱）猛瞧见,朱友珪。
　　　　与他弟兄,进了宫闱。
　　　　拜伏跪地下,这可了不得。
　　　　佳人无处躲藏,站在旁边发呆。
　　　　面红过耳着急得很,失手掉下紫金杯。
（白）平身。
朱友珪、朱友从：是。

朱友珪：（唱）平身起，闪目窥。

只见妻子，贾氏贱妃。

背着脸儿站，含羞把头垂。

这是什么样子，光景想必要回。

不用说了坏定了，眼见儿媳把公公陪。

朱　温：（唱）怔一会，叫我儿，

无旨宣召，怎把京回？

元帅可奏凯，想必班师回。

一路鞍马劳乏，你且回你宫闱。

因我连日有疾病，你媳妇探病来一回。

朱友珪：（唱）圆睁眼，皱双眉。

只叫贾氏，好个贱妃。

廉耻全丧尽，来把公爹陪。

我早闻风不信，眼见这才晓得。

羞恼变怒抽宝剑，定把贱人狗命追。

贾若眉：（唱）颜色变，魂吓飞。

又羞又气，战战一堆。

答对不出话，料想跑不得。

急忙双膝跪倒，娇嫩声音伤悲。

殿下须要把情谅，圣上逼勒敢不为？

朱友珪：（白）哎呀！

（唱）心起火，喊如雷。

花言巧语，遮盖哄谁？

你要不愿意，他敢强使威？

你俩一对禽兽，叫我友珪乌龟。

狠狠举剑搂头砍，叫你们一辈子乐成悲。

（白）贱妃若不愿意，昏君怎敢做禽兽之事？你们叫我当了王八，如何饶得过去？着剑！（贾若眉死）

朱　温：哇呀，了不得了，友珪你当着朕的面这等行凶，不但断送你夫妇之情，也绝了父子之恩了。

朱友珪：你还讲什么父子？你公奸媳妇如同禽兽，我便要……
朱　温：你便要怎样？你敢杀父不成？
朱友珪：哼，你见世上哪有公奸儿妻的禽兽？我今就此杀了你吧，着剑！
朱　温：呀，不好。（下）
朱友珪：哪里走！（下）
朱友从：皇兄你是疯了吧？老子比不得女人哪！你看他手持宝剑追赶老子去了，不免随后赶上，拿剑拦挡皇兄，保护老子要紧。

（上朱温）

朱　温：宫官太监，你们快来拿人哪！
朱友珪：哪里走！
朱　温：呀，不好！

　　（唱）心下着忙魂胆消，不顾酒色只顾跑。
　　　　　逆子真要杀父亲，手持宝剑赶来了。
　　　　　一行跑着叫宫官，快来拿人把朕保。
　　　　　宫官太监俱躲藏，一个不来怎么好？
　　　　　欲待回身迎挡他，手无寸铁可怎好？
　　　　　况且身子软如绵，只因酒色迷乱了。
　　　　　跑了几步力气无，刚到殿门便跌倒。
　　　　　爬不起来便着急，

朱友珪：（唱）大叫昏君哪里跑？
　　　　　见他跌倒起不来，赶到跟前把牙咬。
　　　　　手举宝剑下绝情，（杀死）热血直窜头掉了。
　　　　　见他一命归了天，不由发怔更烦恼。

朱友从：（唱）望着死尸也呆了，友从随后说不好。
　　　　　儿子竟把父亲杀，天地翻覆真反了。
　　　　　子杀父来弟要杀兄，背后动手他不晓。（杀死）
　　　　　这算与父报仇了。

（白）谁叫你杀了咱的老子，我算与父报仇，他父子躺在一块。这个焦兰殿当日臣杀君，今日子杀父，弟杀兄，可成三绝宫了。宫官太监们，躲到哪里去了？出来吧，大事平定了。

（上马君幸）

马君幸：圣上在哪里？圣上怎么样了呀？圣上、殿下被斩，双双死在一处，可不疼痛人也！

朱友从：马公公，你且不要恸哭。若非方才如此这般，子杀其父，我也不能弟杀其兄，此乃天意该然。你快快命宫娥、太监把尸首装殓，停在偏殿之内，我就到昭阳禀知母后徐娘娘，传一道懿旨，晓谕阖朝文武官员，立我为尊，自然抬举与你。

马君幸：正该殿下继位，装殓之事，俱在奴婢。殿下速进昭阳去请懿旨，晓谕平章宰相张文玉，聚齐文武，立殿下继位，不可挨迟，迟就有变。

朱友从：你就命人装殓尸首，我去请旨便了。（下）

（出张文玉）

张文玉：（诗）位列三公持道中，文武敬重秉权衡。

（白）本相张文玉。圣上连日宴乐后宫，并不临朝，一有大小事务，俱入相府中，由本相做主。

（上卒）

卒：禀爷，传宫太监马公公口称奉徐娘娘懿旨，要见相爷。

张文玉：呀，徐娘娘懿旨到来，必有大事，快请。

卒：是，（下，内白）有请。

马君幸：（内白）来了，（上）老丞相，不好了！

张文玉：有什么不好之事？马公公请坐一叙。

马君幸：无暇久坐，此事如此这般，圣上驾崩。咱家奉正宫娘娘懿旨，命老丞相会阖朝中文武官员，先参先帝之灵，后扶太子朱友从继位，懿旨不敢违抗，快会文武官员上朝。咱家还有要紧之事回朝办理，如此，请。

张文玉：请。（送下，又上）哎呀，此是古今未有之事。人来，尔等分路传本相的旨意，请文武官员俱到午门外会合，快去。左右调轿上朝。

（唱）吩咐左右快调轿，慌慌张张可紧急。

心忙意乱慌不住，出了府门轿内居。

左右喝道来得快，午门下轿喘吁吁。

但只见轿马纷纷前后至，阖朝文武俱到齐。

（上敬详白面、田英奸面、王兰丑）

众　臣：（唱）迎接宰相朝房内，众口同音把话提。
　　　　　　　　朝中何事不祥兆？宰相晓谕我等知。
　　　　　　　　俱已到来听懿旨，众位不知事件奇。
张文玉：（唱）方才娘娘懿旨下，事变仓促了不得。
　　　　　　　　从头至尾说一遍，文武惊慌眼发直。
　　　　　　　　面面相觑说怎了，真乃大变古今稀。
　　　　　　　　弟杀兄来子杀父，天翻地覆祸蹊跷。
　　　　　　　　此乃天意该大变，早立新君主社稷。
　　　　　　　　列位随我到偏殿，参拜先灵事紧急。
众　臣：（唱）我们俱听宰相旨意。
张文玉：（唱）然后遵奉娘娘旨，扶保友从好登基。
　　　　　　　　说罢率领文共武，又有梁王叶金枝。
　　　　　　　　进了偏殿齐跪倒，参灵化纸哭啼啼。
　　　　（上老太监）
老太监：（唱）徐娘娘懿旨又传下，扶保友从就登基。
众　臣：（唱）文武叩头遵懿旨，就请殿下快更衣。
朱友从：（唱）朱友从戴龙冠蹬龙履，衮龙黄袍罩身躯。
众　臣：（唱）侍儿拥护上金殿，文武叩头跪丹墀。
　　　　　　　　三呼万岁万万岁。
　　　　（白）愿吾皇万岁，万岁万万岁，臣等拜贺新君。
朱友从：朕朱友从。蒙丞相与众卿立朕为君，称为大梁后主皇帝，谥先皇为大梁太祖，尊母后徐娘娘为太后，立原配为皇后，众卿听朕加封。
众　臣：万岁。
朱友从：加封平章宰相张文玉为昌玉公，太御敬详为平章宰相、节度使，封田英大都督之职，封指挥王兰节度使之职，其余北梁宗室俱各加封，增加一年俸禄，其余文武大小官员俱各大升三级。明日祭高祖庙，摆筵宴功臣，钦哉谢恩。
众　臣：万岁万万岁。（下）
　　　　（出陈定，白面扎巾）
陈　定：（诗）豪气冲霄汉，威风贯斗牛。

（白）吾三山关王节度使麾下指挥陈定。可恨王彦章那厮，自己兵败回关，不能怜恤众将，竟将王老将军凌辱不堪，众将无不愤恨于他了。他又有心腹将校在关内打劫那富户的粮草，致使阖城军民，人人愤恨，今日伤好，明日要战。我不免到兵主王老将军的私宅与他商量个主意，献了此关，弃梁归唐，有何不可？（下）

（出王碧桃，小旦）

王碧桃：（诗）吴中幼女难出头，在家从父不自由。

　　（白）奴王碧桃。可恨王彦章那厮，将我爹爹重打四十杠子，抬出元帅府，退归私宅。幸而棒伤大愈，方才听说陈指挥到来，我爹爹与他在书房叙话，不知有何事故？

（上王赞）

王　赞：哎！

王碧桃：爹爹来了，请转上坐。

王　赞：便坐可以。

王碧桃：爹爹，陈指挥到此有何事故？

王　赞：哎，他劝为父弃梁归唐，想个计策，献了关城，迎接晋兵进城。我儿，你说如何使得？

王碧桃：怎么使不得？老爹爹正该弃邪归正，不可三心二意。

　　（唱）爹爹今食梁家禄，却把唐家旧恩撇。
　　　　只说新君多敬重，却不想唐王却也有恩德。
　　　　唐代功臣有汗马，只因黄巢乱世界。
　　　　僖宗晏驾昭宗至，却也厚待老爹爹。
　　　　封妻荫子官者喜，并不是新君封的后代缺。
　　　　朱温篡位乱天下，谁不可怜昭宗爷？
　　　　焦兰殿上活勒死，谁不痛恨朱温贼？
　　　　唐室江山归反叛，天地神妖见不得。
　　　　篡国之君岂长久？不久的梁家天下有人接。
　　　　如今全仗黑贼勇，有勇无谋算啥也？
　　　　现今被困无法使，还行强暴打爹爹。
　　　　孩儿劝父不听话，陈指挥劝父投降理很帖。

王　赞：（唱）口打咳声长叹气，我儿不必你再曰。

　　　　　　　为父无辜身受辱，气恨难消要改邪。

　　　　　　　方才陈定曾言道，王彦章明日临阵逞英豪。

　　　　　　　那厮勇猛要取胜，献关主意怎么行？

　　　　（白）王彦章那厮伤势痊愈，如明日临阵交锋，万一杀退晋兵，得胜而归，如何能够献关？陈指挥与父虑及如此。

王碧桃：不用爹爹忧虑，孩儿自有主意。

　　　　（唱）拿定主意把关献，别的事儿免愁怀。

　　　　　　　指挥陈定也有气，弃邪归正诸事偕。

　　　　　　　黑贼明日要临阵，正遇其谋美计哉。

　　　　　　　虽然勇猛心胆怯，愁着人马粮草衰。

　　　　　　　唐营现有英雄将，胜败输赢定不来。

　　　　　　　孩儿现有一主意，诓君之计甚妙哉。

　　　　　　　我表兄现在晋营为元帅，通信与他话说开。

　　　　　　　明日阵前战反贼，诈败装作小婴孩。

　　　　　　　黑贼贪功必追赶，诱敌而走远调开。

　　　　　　　晋营还有兵与将，一齐攻打北门来。

　　　　　　　爹爹告诉命陈定，便把关内门打开。

　　　　　　　迎接晋兵把城入，王彦章纵然得胜也是白。

　　　　　　　不妨进关乱放箭，一定热血染尸骸。

王　赞：（唱）连连点头说好计，晋营通信把谁差？

　　　　　　　你表兄纵是至亲为敌国，若非亲人必疑猜，

　　　　　　　为父不能出城去，

王碧桃：（唱）只可用着你的女孩。

王　赞：（白）女儿此话怎讲呢？

王碧桃：（唱）若非女儿难出去，父与陈定说明白。

王　赞：（白）你是女孩，如何去的？

王碧桃：（唱）如此这般方为妙。

　　　　（白）爹爹告诉陈指挥，西门上等候孩儿，叫丑儿扮作车夫，跨一辆小车直奔西门，门军必然阻拦，就叫陈指挥说他妹妹出城探亲，外祖母病重，守门军校必不能阻拦了。
王　赞：纵然得出城，你一女孩儿家如何去到晋营与你表兄说话？怎说你是表妹呢？多年并未见面，未必认得。
王碧桃：女儿将男装衣帽带在车上出城，到无人之处换了男装，可入唐营。爹爹写书字一封，将所行计策写得明明白白的，就说怕他不信，叫他表妹假扮前来通信，他自然不能疑惑。
王　赞：女儿主意不错，我就写封书信。你去吩咐丑儿改扮男装当车夫便了。
　　　（诗）计就月中擒玉兔，谋成日里捉金乌。（下）
　　　（出丑儿，坐）
丑　儿：（诗）有福之人人服侍，无福之人服侍人。
　　　（白）奴，王府的侍女丑儿，自幼卖身在王节度使府内服侍小姐。小姐爱习刀马，我也身强力壮勇如男子，就与她跑马对剑耍刀枪，自己觉着也有点本领。日后姑娘要是做了元帅，正印先锋还是我的了哇。
　　　（上王碧桃）
王碧桃：丑儿在哪？
丑　儿：姑娘有何吩咐？
王碧桃：如此这般，快去改扮男装，将衣帽藏了起来，车内暗带兵器，快去套车，随我出城。
丑　儿：哎哟，这可是个好事，我要到外边风流风流去了。
　　　（唱）听说假扮装男人，随心如意好喜欢。（下，又上）
　　　　　急急忙忙把行头换，扮一个小伙子跳蹽蹽。
　　　　　套上太平车一辆，衣服靴帽藏里边。
　　　　　又装上短刀与宝剑，大厚的褥子盖了个严。（上）
　　　　　就请姑娘把车上，车夫是我，拿着鞭赶起车来走得快。
　　　　　关内行走无人拦，直奔西城门上去。
　　　　　过了小巷又转弯，刚到西门人说话。
卒　　：（白）往哪里走？
丑　儿：是谁招呼把路拦？
卒　　：（唱）谁家小姐来行走，光景莫非要出关？
丑　儿：（唱）正是要出关探亲。

卒：（唱）难道你就不睁眼？
　　　　　你看关门闭得严，无有眼睛也有耳。
　　　　　岂不知敌兵困了关？关门闭了有一月。
　　　　　要想出门难上难，回去回去快回去。
　　　　　勿等饶舌混多言，正然吵吵马蹄响。

（上陈定）

陈　定：（唱）指挥陈定到跟前，喝令军卒休拦阻。
　　　　　快些落锁就开关，车上乃是我妹妹。
　　　　　我外祖母病垂危。
　　　　（白）十里铺我外祖母病得沉重，我妹妹坐车去探望，快快开关门，放她出去，待等晋兵退了，再接她回城，并无什么关系。

卒：哦，既是小姐出城探病，我们不敢拦阻，就此开关了。

丑　儿：家眷车过了，你们远远躲避。
　　　　（唱）眼见关门开，闲人快闪道。
　　　　　马快车儿急，全仗鞭子梢。
　　　　　出了西城门，上了关塘道。
　　　　　走的路不多，却将小道绕。
　　　　　直奔东北行，小姐真好笑。
　　　　　指挥陈将军，哄人会扯票。
　　　　　姥姥笑死了，已经满了孝。
　　　　　认作他妹妹，假把哥哥叫。
　　　　　门军就不拦，这个法儿妙。

王碧桃：（唱）也已出了城，那边杀气绕。
　　　　　必是晋营盘，听得打忽哨。
　　　　　晋兵看见了，未免要盘查。
　　　　　四望少人行，快换那一套。
　　　　　以女扮男装，金蝉快脱壳。
　　　　　穿着粉底靴，戴着英雄帽。
　　　　　俨然小壮士，真假难以闹。
　　　　　早早下车把营进。

（上二男装）

丑　儿：小姐这样打扮，俨然一位少年壮士，这一进营，史少爷如见了太爷的书字，小姐真人要露了相，只愁着咱们怎么在万马营中过夜呢？

王碧桃：我献了你太爷的书字，即便出营，就到十里铺刘乳母家存住一夜。明日提刀上马，接入晋兵人马进城，有何不可？

丑　儿：我说呢，万马营中怎么过夜呢？

王碧桃：呸，不必胡说，随我进营。

（升帐，李存勖、李嗣源、石敬瑭、刘高、郭彦威、高行周站）

众　将：（诗）逢山先开路，遇水把桥修。

　　　　　　　英雄堪无比，不日把唐兴。

　　　　（白）元帅升帐，在此伺候。

（出史建瑭帅坐）

史建瑭：（诗）闪闪旌旗迷赤日，森森剑戟卧营门。

　　　　（白）本帅史建瑭。大兵来至三山关下，安了营寨。王彦章闭门不出，关城坚固，连日攻打不破，却也无可奈何。前日闲游走到大营西南，有一地名叫狗家童人头谷，四面俱是山林，正好埋伏。若得王彦章出马，引到那里，便好擒他，怎奈他闭门不出，如何是好？

（上卒）

卒：　　报元帅得知，营门外来了一个公子打扮，带着一个家奴。口称是元帅的亲戚，有事求见帅爷。

史建瑭：三山关内乃为敌国，怎么有亲戚前来见我？莫非奸细前来诡计？哼，我自有道理。众将官，叫他随令而进。

卒：　　是。（下，内白）元帅有令，来人随令而进。

（上王碧桃）

王碧桃：是，来了。

　　　　（唱）只得答应说来了，心中好生不安宁。

　　　　　　　我曾说是亲戚到，并未通知女孩名。

　　　　　　　从来是亲三分相，况是姑表骨肉情。

　　　　　　　纵未见面岂不晓？应当出来接与迎。

　　　　　　　如何叫奴随令进？表兄太也架子大。

　　　　　　转念一会说错了，纵是亲戚动刀兵。
　　　　　　只得随令进大帐，见人不觉面儿红。
　　　　　　上了大帐端详看，中军端坐少英雄。
　　　　　　十六七岁美一表，一定就是史表兄。
　　　　　　羞答答问一声表兄好。
　　　　（白）表兄可好？
史建瑭：呀，此人是谁？好面生。
　　　　（唱）敢问足下名与姓，素不相识我不明。
　　　　（白）请问贵姓高名，到此何事？
王碧桃：现有家父密书，表兄拆开一观，便知我的来历。
史建瑭：待我看来。
　　　　（唱）书字铺在桌案上，闪目留神仔细观。
　　　　　　上写着嫡系至亲不言套，王赞暗把密书传。
　　　　　　我与令尊是郎舅，从前几次到过太原。
　　　　　　只因朱温篡了位，夺了唐家锦江山。
　　　　　　势逼无奈从反贼，侮辱亲祖知惭愧。
　　　　　　几年未到太原去，相隔万水与千山。
　　　　　　你姑母三年以前亡故了，各为其主断往还。
　　　　　　可叹令尊归天去，能侄兵困三山关。
　　　　　　王彦章如此这般屈打我，怒气难消悔从前。
　　　　　　昨日指挥名陈定，商议明日要献关。
　　　　　　诈败佯输引下阵，能侄亲身出马当先。
　　　　　　老夫献关相应接，诓军之计甚万全。
　　　　　　又恐怕能侄心疑不相信，差你表妹进营盘。
　　　　　　幼女进营不方便，故此以女扮作男。
　　　　　　亲人传书免疑计，照书而行莫迟延。
　　　　　　你表妹幼习刀马武艺好，便能引众早进关。
　　　　　　余不及言王赞具，看罢书字喜心间。
　　　　　　当着众人难说破，口称表弟面堆欢。
　　　　（白）原来是三山关的表弟到来，左右看座。

王碧桃：小弟告坐。

史建瑭：姑爹乃是一世英豪，怎受王彦章那般羞辱！

王碧桃：若非朱温两个儿子保留，还要斩首。重打四十杠子，棒疮才好，故与陈指挥商量明白，定要献关。表兄明日临阵诈败佯输，将王彦章引出十数里外，随后大兵直入北门，我父自然开关。

史建瑭：正好我要寻个埋伏之处，只愁王彦章不敢出战。他要出关，一定引他到埋伏之地，擒拿此贼，但表弟出城容易，进城却难了。

（唱）明知表弟是表妹，故意的只叫表弟有商量。

　　　姑父无故身受辱，心内痛恨王彦章。

　　　如今弃邪要归正，撇下梁帝扶唐王。

　　　献此诓军之计也，得此献关是妙方。

　　　怕我怀疑不相信，差你传书更妥当。

　　　但愁表弟难回去，夜晚存身在哪乡？

碧　桃：（唱）西南有个十里铺，村中有我一乳娘。

　　　　赶到她家存一宿，明日还来把你帮。

　　　　接引大兵把关进，管保不用动刀枪。

　　　　不便久坐告辞也。（下）

史建瑭：（唱）强留怕她脸儿红。

　　　　起身离座往外送，且等进关叙家常。（下，又上）

　　　　回身坐在中军帐，手执令箭把口张。

　　　（白）三太保李存勖听令。

李存勖：在！

史建瑭：你接令箭一支，带领五百长枪手，今晚三更以后，往西南而行，离大营不远，路旁有一碑碣，地名狗家童人头谷。那是一带山野，你在那里埋伏，按中央戊己土之位布阵。见我引诱王彦章，如入了山谷，奋勇杀出，不得有误！

李存勖：得令。（下）

史建瑭：大太保李嗣源听令。

李嗣源：在！

史建瑭：你带领五百名短刀手，埋伏在人头谷，按东方甲乙木之位布阵，白杨树林内等候，努力擒贼，不得有误！

李嗣源： 得令。（下）

史建瑭： 左先锋石敬瑭听令。

石敬瑭： 在！

史建瑭： 你带领五百火炮手埋伏在狗家童，按南方丙丁火之位布阵，青松林内等候水贼，不得有误。

石敬瑭： 得令。（下）

史建瑭： 潼关节度使刘高听令。

刘　高： 在！

史建瑭： 你带领五百挠钩手，在人头谷按庚辛金之位排兵，埋伏在山洼之处，等候截杀，不得有误。

刘　高： 得令。（下）

史建瑭： 潼关副将军郭彦威听令。

郭彦威： 在！

史建瑭： 你带领五百弓箭手埋伏在狗家童芦苇之地，按壬癸水排兵，截杀水贼，不得有误。

郭彦威： 得令！（下）

史建瑭： 右先锋高行周听令。

高行周： 在！

史建瑭： 本帅排五方五地阵式，全仗你帮助于我，引诱水贼王彦章进阵，一旁侍立，听我号令。

（唱）我方才接的那关内书信，正对了前日个看的地图。
　　　此一举必成功贼势必败，獐若是入狗口怎能跑出？
　　　我明日战水贼佯输诈败，还得你诓黑贼把我帮扶。
　　　你在那西南上高阜之处，扮一个耍韦人自把酒沽。
　　　王彦章追赶我若不前进，看见你是仇人便不心舒。
　　　若追你你就走装作害怕，骑着马可要你疾跑要速。
　　　咱二人轮流着引他入阵，任凭他勇与猛不能跑出。
　　　攻打那三山关如此得胜，若献城进关去看是如何。
　　　方才那下书人明日还到，早知道我表弟是个丈夫。

	接引着进关去在此一举，众将官齐奋勇不可疏忽。
高行周：	（唱）行周说遵将令也去准备，（下）
史建瑭：	（唱）不觉得天色晚秉上灯烛。
	夜晚间不必提天色大亮，用战饭忙披挂齐把马出。
	且不言史建瑭亲去临阵，（下）
王彦章：	（唱）再表那王彦章带兵杀出。（枪马上）
	子弟兵三千余跟随部下，一定要灭大唐定把梁扶。
	率领着众兵丁前去临阵，自觉着力又大武艺纯熟。
	（白）本帅王彦章。昨日送与晋营史建瑭一封战书，今日交锋，带领三千子弟兵，一定大展神威，报那一鞭之仇。呀，耳听炮响喊杀连天，敌将临阵来也。

（对上）

史建瑭：王彦章，你两次着伤不知死活，又来出丑。

王彦章：好个幼儿，本帅因黑暗误中你一鞭，恨你在怀，今日必报那一鞭之仇。

史建瑭：水贼，你死在眼前还发狠言，且不用着忙，坐稳鞍桥，听本帅诉说你的罪恶，叫你死而无怨也。

（唱）你这厮，太可恶。

出身来历，本帅晓得。

水手做强盗，打劫淤泥河。

遇见十三太保，摔得半死不活。

就该隐身不出世，你又保朱温乱山河。

王彦章：（唱）史建瑭，少胡说。

鸡宝山下，敢设计谋。

人儿倒不大，胆子了不得。

连夜竟去放火，粮草被你烧着。

夜晚交手不防备，打我一鞭太可恶。

史建瑭：（唱）哈一声，水手贼。

鞭下未死，得把命脱。

闭门不敢出，怕死把头缩。

今日大胆临阵，想是要见阎罗。

不必费事下马来，伸头就砍免啰嗦。

王彦章：（唱）少夸口，少饶舌。

本领有限，大话休说。

本帅经百战，天下人晓得。

本无我的对手，威名震动山河。

谅你幼儿何足道？钢枪一动你难活。

史建瑭：（唱）不用忙，你等着。

手拧战杆①，摧动征驼。

立目圆睁眼，枪尖奔心窝。

钢枪磕开战杆，交锋大动干戈。

二马相还枪并举，恶战仇敌五十回合。

（杀，史建瑭败）

史建瑭：（白）黑贼厉害，我战你不过，本帅去也。

王彦章：这幼儿不甚耐战，战了五十回合，被我杀得盔歪甲斜，往西南而去了。今日幼儿想脱我手，怎得能够？军校们，赶上拿住，报那一鞭之仇。（下）

高行周：（内白）军校们将酒肴排在山坡之上。

卒：是。

高行周：吾乃高行周。奉了元帅将令，素体戎装，带着两个军校抬着食盒，在这山坡之上饮酒，要引诱王彦章。军校们，斟酒来。

（唱）吩咐军校斟上酒，装作春游玩景人。

两个军校左右站，坐在山坡赏万春。

观看花草闲酒饮，放下酒盏自歌吟。

但见元帅引贼至，故意急忙站起身。（下）

王彦章：（唱）彦章早已看见了，山坡上面遇仇人。

原是保童小冤孽，打我一锤怨恨深。

怀恨多日未得报，他却在此闲游春。

史建瑭快马跑得远，赶不上他恶狠狠。

何不赶在山岭上，好把保童幼儿擒？

---

① 前云史建瑭使的兵器是刀，此处变为枪，疑误。姑存其原。

　　　　　　他无兵器少披挂，生擒活捉才随心。
　　　　　　一催坐马如闪电，见他着忙无了魂。（下）
高行周：（白）不好，王彦章来了！
　　　　（唱）树林有马骑上跑，直奔西南走无门。（下）
王彦章：（唱）高叫幼儿哪里走，狭路相逢遇仇人。
　　　　　　赶出料有十几里，幼儿跑进密松林。
　　　　　　只怕林内有埋伏，勒马留神细思忖。
史建瑭：（白）王彦章，你敢在这里来战一百回合吗？
王彦章：呀！
　　　　（唱）忽听那边人说话，史建瑭那里长精神。
　　　　　　这厮不跑那里站，待我上前去生擒。
　　　　（白）你看高行周跑进林内不见了，史建瑭在那里勒马擎枪，莫非还敢动手不成？
史建瑭：王彦章，你敢这里来与本帅大战一百回合？
王彦章：幼儿不要跑，待我擒你！（杀一阵，史建瑭败）这幼儿战不上三回合，他就弃甲曳兵而走，若不赶上生擒，誓不回关，待我追赶。
　　　　（唱）杀得火起要追赶，不管山林与伏兵。
　　　　　　我今要不生擒你，誓不回头转回程。
　　　　　　这叫幼儿哪里走，留下人头你再行。
　　　　　　一直赶进人头谷，不见建瑭影与踪。
　　　　　　面前有个石牌子，上面有字刻得清。
　　　　　　上刻着狗家童人头谷，心中犯疑怕又惊。
　　　　　　这个地方太不好，从来大将怕犯地名。
　　　　　　我的名字是章字，章入狗口必主凶。
　　　　　　吩咐军校快回去，（内喊）忽听一阵呐喊声。
　　　　　　四面八方人马喊，必然中了计牢笼。
　　　　　　自逞英雄不发怔，一催坐马把枪拧。
　　　　　　喝令军校重围闯，只叫闪路二目红。
　　　　　　迎面来了兵一队，
　　　　（白）你看迎面当先一员将官来也，杀上前去。（下）

（王彦章对李存勖）

李存勖： 王彦章，你今中了我家元帅之计，身入重地，谅你纵有三头六臂，也难出五方五地之阵。快些下马受绑，免遭刀斧。

王彦章： 哇呀，你这厮是谁？报上名来，好做枪下之鬼。

李存勖： 要问我名，听真，我乃晋王驾下三太保李存勖，奉史元帅将令，埋伏等候擒你。不要走，看枪！

王彦章： 来，来，来。（杀，李存勖败下）这厮战了几回就败走，不知何故。尔等军校们，随着本帅往东南而走，闯出重围再做道理。（下）

（李嗣源马上）

李嗣源： 我乃大太保李嗣源。奉元帅将令，带着五百短刀手埋伏在白杨树林内，等候王彦章到来，定要拿住这个水贼，建立功勋。

王彦章： （内白）闪开。（上）

李嗣源： 呀，你看水贼来也，闯我领地，怎得能够？众将官，杀上前去。

（对杀，王彦章败）

王彦章： 哎呀，好生厉害！

（唱）正东上，伏兵拦。

挡住去路，一将当先。

不通名与姓，奋勇杀上前。

大战四十余场，难出虎穴龙潭。

心内着急枪法乱，把马一圈扑正南。（下，又上）

（上石敬瑭）

石敬瑭： （唱）石敬瑭，在正南。

只见水手，到了面前。

抡刀催开马，截杀把路拦。

只叫反贼哪里走，你今死在眼前。

双手抡刀搂头砍，刀剁枪迎响连环。

王彦章： （唱）枪与刀，响声连。

震破虎口，胆颤心寒。

红脸小小子，力量大无边。

交手不过几场，使得两膀发酸。

抵挡不住往西败，又听对面喊连天。（下，又上）

（上刘高）

刘　　高：（唱）正西边，兵如山。

节度使刘高，一马当先。

大喊贼水手，想走万万难。

冤家相逢狭路，你再打我一鞭？

恶狠狠举刀搂头砍，抖擞精神战马欢。

王彦章：（唱）枪磕刀，把手还。

从早至午，杀了半天。

只有招架力，取胜只怕难。

料想西路难挡，只得绕道北边。

一催战马往北走，又听北边喊连天。（下，又上）

（上郭彦威）

郭彦威：（唱）正北上，箭直行。

三军呐喊，震动山川。

郭彦威拦路，水手想走难。

既入五方五地，怎能入地上天？

王彦章：（唱）抡刀催马交了手，（战败）人困马乏怎遮拦？

（白）敌营将兵，如同飞蝗，可怜三千子弟兵俱各阵亡，剩我一人一骥，整整杀了一天。此时力软筋酸，若想闯出，怎得能够？

郭彦威：（内）众将官，四面围裹上去，将王彦章生擒回营，便好交令。

卒：　　是，大家上前生擒活捉。

（王彦章乱杀一阵，败）

王彦章：哇呀，四面八方喊声不绝。我王彦章一世英雄，可惜误中小儿之计，命尽于此了。

（唱）惊慌失色喘吁吁，杀了一天力无有。

好个幼儿史建瑭，诡计诓人入虎口。

东西南北有伏兵，上天入地无路走。

征云冉冉起愁云，杀气腾腾如牛斗。

四面八方俱是兵，天翻地覆喊声吼。

     声声拿我王彦章，天丧我也活不久。
     想我一生逞英雄，岂肯待擒落人手？
     喊声连天到跟前，要留英名传不朽。
     眼望汴梁叫吾皇，为臣命尽难强扭。
     鞘内拔出剑龙泉，自刎而死免出丑。
   （白）是，是，也罢！（死）

史建瑭：（唱）建瑭当先杀上来，叫声水手哪里走！
     只见黑贼倒尘埃，原来是个死尸首。
     反贼自刎一命亡，割下脑袋大如斗。
     传令众将把阵收，就此赶奔三山口。
     不说建瑭得胜回，（下）再表碧桃小姐走。

（男装主仆马上）

王碧桃： 奴王碧桃。昨日在刘乳母家居住一宿，打听着史表兄引王彦章往西南去了。奴家改扮男装离了十里铺。哦，丑儿啦？

丑　儿： 有哇，姑娘说什么？

王碧桃： 随着奴家，迎着潞州王的人马，将他们引进关城。
  （唱）奴家昨日进营内，会着表兄小豪杰。
     一表人才长相好，又且智勇是双绝。
     见奴发了一会怔，看见书字才晓得。
     当着众将不说破，笑吟吟地向我曰。
     那时问我何处宿，纵是笑话话很贴①。
     又有情来又有义，回关秘密禀爹爹。
     他老常说挑女婿，除了表兄有哪个？
     亲上作亲岂不好？门户对了年貌贴。
     心里主意且莫讲，速往大营把人马接。
     忽听那边人呐喊，正是潞州王来咧。
     下马通名打前站，先到关下把话曰。
     晋营兵将人马到，快些开关接王爷。

---

① 贴：意为贴切、恰当、妥当。下文的"贴"意为相当、合适。

王　赞：（唱）王赞城头看见了，吩咐开关把驾接。（下，又上）
　　　　　　　李王率众把关入，王赞陈定接王爷。
　　　　　　　接进帐内说请坐。（升帐，李杰坐）
　　　　　　　二将躬身把话曰，罪臣前来参王驾。
　　　　（白）大王在上，末将不得已而从贼，罪莫大焉，望大王额外施恩。
李　杰：老将军，今弃邪归正，乃是顺天而行，何罪之有？
（上卒）
卒　　：报王爷得知，史元帅在狗家童逼死王彦章，得胜而归，人马将到城下。
李　杰：好哇，水贼一死，朱温可灭，唐室可复。史元帅建此莫大之功。众将官，随孤迎接元帅进关。
　　　　（唱）两手架额谢天地，刚刚死了水手贼。
　　　　　　　反贼朱温容易灭，唐室江山可复回。
　　　　　　　元帅之功盖宇宙，众将随孤接英魁。
　　　　　　　起身离座往外走，（下，又上）众将乘马俱相随。
　　　　　　　命人开关落了锁，恭喜元帅得胜回。
（上史建瑭）
史建瑭：（唱）建瑭下马参王驾，率众进关吐气扬眉。
　　　　　　　喜盈盈进了节度府，谦让一回把座归。
　　　　　　　众将侍立在左右，王爷侧坐把元帅陪。
　　　　　　　便问水贼怎入阵？怎么逼他一命亏？
　　　　　　　引诱败进人头谷，水贼追赶入重围。
　　　　　　　入了五方五地阵，四面围裹不能飞。
　　　　　　　逼他拔剑自刎死，却将他的首级挥。
王　赞：（白）好！
李　杰：（唱）一则是唐室社稷有灵也；二则是元帅有天威；
　　　　　　　三则众将全协力；四则是令亲献城得灭贼。
　　　　　　　王老将军功不小，陈将军相帮有心随。
　　　　　　　昨日令郎传书信，我看他天生美丽是英魁。
　　　　　　　何不请他上大帐？授他指挥也使得。
　　　　（白）昨日令郎公子往营中送那封书信，孤见他一表天资，是个少年英杰。方才接引孤家进关,也是大功一件,怎不请他前来见孤,授他指挥之职,从征灭梁?建功立业名垂竹帛,方不亏将门之子。

王　　赞：不瞒大王说,昨日送信的乃是小女呀。

李　　杰：老将军取笑了。

王　　赞：果非男子。如此恐怕史元帅犯疑,故差小女扮作男子进营前去报信。

李　　杰：哦,元帅可曾知道?

史建瑭：书上写得明白,我便知晓,当着众将不便泄露。

李　　杰：好!老将军,令爱胜如奇男子了!

　　　　（唱）老将军你修来的福,千金胜如大丈夫。

王　　赞：（唱）小女不才算脸厚,以女扮男去传书。

李　　杰：（唱）不知受了谁家聘,自然珍重掌上珠。

王　　赞：（唱）今年痴长十六岁,未选东床正踟躇。

李　　杰：（唱）孤今做个月下老,与令爱找个门婿意如何?

王　　赞：（唱）怎敢劳千岁为红叶,不知何人可对服?

李　　杰：（唱）这个佳婿离不远,若不对服我算不。

王　　赞：（唱）却是谁家请赐教,三山关内其人无。

李　　杰：（唱）你看令亲史元帅,门当户对可行不?

王　　赞：（唱）好!连声应允说很好,亲上加亲正对服。

李　　杰：（唱）不知元帅可愿意,愿意便可洞房花烛。

史建瑭：（唱）既是大王看着好,我不推辞意满足。

李　　杰：（唱）今日正逢良辰日,大拜高堂只要速。

　　　　　　　歇兵三日起身走,直奔汴梁去灭朱。

　　　　　　　快些摆宴相庆贺。

（上卒）

卒：　　（白）报元帅得知,汴梁朱温骨肉有变故。

李　　杰：怎么有变故?慢慢报来。

卒：　　元帅听报。

　　　　（唱）探得汴梁城,骨肉有大变。

　　　　　　　朱温两儿子,回京闹大乱。

　　　　　　　朱友珪媳妇,模样真好看。

　　　　　　朱温看上了，无耻行奸淫。
　　　　　　友珪早闻风，新近亲眼见。
　　　　　　诛杀他女人，朱温想逃窜。
　　　　　　儿子追老子，追到焦兰殿。
　　　　　　友珪杀朱温，呜呼气儿断。
　　　　　　友从赶到了，背后就一剑。
　　　　　　兄弟杀哥哥，报应恶满贯。
　　　　　　小儿朱友从，随即坐金殿。
　　　　　　打探是真情，
李　杰：（唱）赏你牌一面。
　　　　　　想来必是真，你再去打探。
卒：　　（唱）得令下中军，远方去打探。（下）
史建瑭：（唱）口内呼大王，恶人把世现。
　　　　　　当日贼朱温，篡位行逆叛。
　　　　　　却将唐昭宗，缢死焦兰殿。
　　　　　　反贼臣杀君，子杀父大变。
　　　　　　又有弟杀兄，天理照应现。
　　　　　　后日起兵杀逆子。
　　　（白）天断恶人之子，子杀父，弟杀兄，大快人心。友从贼子容易破，只在此歇兵三日，大兵一奔汴梁，灭此乱臣贼子，恢复唐室江山便了。
　　　（诗）善恶到头终有报，只争来早与来迟。（下）
马君宠：（内白）军校们，快些撤兵而回。（马上）吾乃奉御官马君宠，押着御赐之物走着，离三山关只剩五六天路途，忽然冒了风寒，在旅店住了十来日才好了，又走了两日，听得人说王彦章死了，王赞献了三山关，晋兵杀奔汴梁，我只得急急回京，报奏祸事便了。
　　　（唱）来到此地事有变，吩咐军校快走哇。
　　　　　　离着三山关不远，忽然得了千金沙。
　　　　　　不幸变了伤寒症，病在店中床上趴。
　　　　　　幸亏医生是高手，会治伤寒有妙法。
　　　　　　开方下药就出汗，如同神仙一把抓。

病好起身走两日，忽然祸事把天塌。
元帅中了诓军计，章入狗口垫了牙。
彦章死了关就献，老王头他与晋兵打成一家。
不久起兵把京困，说是要把朝廷拿。
既得凶信不敢怠慢，讲不得辛苦顾不得乏。
马不停蹄回里跑，不分白天与黑夜。
路途却有两千里，二十六起身到初八。
十一二日把京进，事急不敢到私衙。
只得进城先见驾，朝廷爷改了别人家。
午门以外下了马，静悄悄的为什么？
文武百官没一个，直入禁门要奏达。
内监拦阻才说话，来了同胞哥哥他。

（白）那不是哥哥么？

（上马君幸）

马君幸：兄弟回来好快呀。

马君宠：来到土地闻知凶信。

马君幸：闻什么凶信了呢？

马君宠：如此这般，晋兵不日进京，故此星夜而归，快领我去见圣驾。

马君幸：这真是祸从天降了，你可知换了新君了么？

马君宠：听了个谎信不大真切。

马君幸：（遂将子杀父、弟杀兄的缘故说了一遍）如今新君年幼，总不设朝，日夜在后宫与美人戏耍。这时候正在长乐宫饮酒，你到朝房伺候着，等我替你转奏，请天子升殿，鸣钟聚会阖朝文武。你在金銮殿启奏祸事，有何不可？

马君宠：哥哥言之有理。（下）

（出田英，花面）

田　英：（诗）开基展土大元勋，武敬文钦第一人。

（白）下官开国侯大都督田英，从先帝创业有功，命我统领十万人马镇守襄阳。膝下二子，长子田彪，次子田豹，俱有万夫不当之勇，又有四将俱是无敌上将，威镇襄阳，兵足粮广。前日进京朝见天子，正遇先帝遭变,换了新君即位,加封我为大都督,统领军马之事,朝中文武,无不敬服。只有王兰那个小冤家,在老夫面前大模大样的,有些不服,其情可恼。单寻有机会将他处死,方消我恨。左右,带马上朝。(下)

(完)

第 九 本

【剧情梗概】 朱友从闻知王彦章已死,心内大惊。史建瑭率领晋军直捣汴梁城下,在离城五里处安下营寨。梁将田英迎战,被史建瑭打得逃回襄阳。王赞之子王兰欲投奔晋军,送信与爹爹王赞,商议弃梁献城之计,约定二更时将西华门打开,迎接晋军。于是,史建瑭带领军队顺利入城,因皇城城门紧闭,城上乱箭射下,所以暂且城下扎营,人马一半守营,一半将皇城团团围住,不放走任何人。皇宫内的马君宠兄弟俩拿住朱友从,绑送晋营献功,然因卖主而被处死。三太保李存勖乃晋王之亲生,因智勇双全、德才兼备而执掌山河。

(升殿,张文玉、田英、敬详、王兰四官站)

众　将: (诗)殿上衮衮明日月,砚中旗影动龙蛇。

纵横礼乐三千字,独对丹墀日未斜。

(白)圣驾临轩,分班伺候。

(出朱友从)

朱友从: (诗)五更带露会朝臣,怎如巫山乐雨云?

(白)朕大梁皇帝御讳朱友从。正在后宫与美人们宴乐,马太监奏道说他兄弟马君宠回朝有要紧之事,必要当殿启奏。侍儿,宣马君宠上殿。

侍　儿: 领旨。(下,内白)宣奉御官上殿。

(上马君宠)

马君宠: 万岁,臣马君宠奉旨押着御赐之物来到鸡宝山下,闻凶信星夜回京启奏,请吾皇早做准备。

朱友从: 有何祸事?慢慢奏来。

马君宠: 万岁!

(唱)臣自说,在殿中。

辞了幼主,便往北行。

得了伤寒症,耽误了途程。

病了几日才好,刚到三山城中。

闻知死了王元帅。

朱友从：（白）哦，他怎么死了？

马君宠：（唱）如此这般吉变凶。

朱友从：（唱）闻此言，发愣怔。

正要送粮，遣将发兵。

怎知元帅死，罢了大英雄？

失了三山口，有谁阻挡晋兵？

若是来到汴梁国，寡人坐不稳九龙殿。

田　英：（唱）开国侯，跪流平。

口称陛下，何必心惊？

闻知晋营内，主将是孩童。

彦章无谋有勇，因此误中牢笼。

从来兵来用将挡，自古水来用土平。

朱友从：（唱）大都督，你不明。

寡人前去，随往大营。

探服王元帅，本来枪马精。

杀得晋兵丧胆，屡次立下奇功。

强中还有强中手，史建瑭厉害头一名。

田　英：（唱）王彦章，非英雄。

不能敌对，失陷关城。

晋兵早晚到，迎敌大交锋。

休夸他人志气，灭了自己威风。

为臣不才除外患，必须先将内患清。

朱友从：（唱）作对头，是晋兵。

老夫疾患，怎得服平？

什么是内患？寡人发朦胧。

田　英：（唱）呼陛下，真朦胧。

这个内患，不在后宫。

节度老王赞，献关叛朝廷。

其父弃梁归晋，其子王兰在京。

内患就是王节度，伏请我主早除清。

朱友从：（唱）怪寡人，在梦中。
　　　　　　都督提醒，心里才明。
　　　　　　儿子和老子，内中祸患生。
　　　　　　吩咐金瓜武士，王兰上了绑绳。
　　　　　　割下脑袋城门吊，叫他老子看着心疼。
（上卒，绑王兰）

敬　详：（唱）慢动手，且消停。
　　　　　　待我保奏，口呼主公。
　　　　　　王赞他谋反，王兰不知情。
　　　　　　敌兵不日压境，自杀大将不明。
　　　　　　留他却也有用处，劝他父亲两罢兵。
（白）万岁，王赞献关顺晋，王兰如何知晓？自古说不知者不怪罪，况且敌兵不日就到，正在用人之际，不可误杀大臣，留他劝他父往晋营议和，平分天下，停息干戈，岂不是好？

朱友从：爱卿所奏有理，田都督调兵选将准备退敌，如退了晋兵一定封赏；如若不胜，王兰之罪，逢赦不赦，就叫他爹爹与晋营主帅说和，两罢干戈，平分天下。钦此，不许再奏。

众　臣：万岁万万岁。

朱友从：吩咐散朝吧。（下）

付彦青：（内白）左右，将马带过了。（上，白面扎巾）俺把守西华门指挥付彦青。方才巡查回衙，听说王老伯父献了三山关，晋兵不日就到，大都督挑兵选将，我那盟兄王兰险些午门被斩，十分关心。令人密请盟兄商议一个躲祸之计便了。
（上卒）

卒：　　禀爷，王老爷来了。

付彦青：仁兄多有受惊了。

王　兰：哎，若非平章宰相保本，此时早已做刀下之鬼了。

付彦青：仁兄虽免了杀身之祸，终有不测，故此请到敝衙与仁兄商议，保护咱们一身之事。
（唱）听说令尊老伯父，献关背叛却不该。

王　兰：（唱）前日也曾告诉你，只因被困恨心怀。
付彦青：（唱）因父及子兄有罪，小弟关心甚惊骇。
王　兰：（唱）若非丞相保留我，推出午门把刀开。
付彦青：（唱）得免死罪是万幸，总是新君不明白。
王　兰：（唱）田英与我作冤孽，却也自觉罪难责。
付彦青：（唱）纵然免了杀身祸，终究惦着怕有灾。
王　兰：（唱）说什么劝父干戈罢，这个里头叫我择。
付彦青：（唱）咱弟兄虽是异姓胜骨肉，仁兄有事我愁怀。
王　兰：（唱）能弟平素有机变，想法救我免祸胎。
付彦青：（唱）我倒有个好主意，除非是里应外合免此灾。
王　兰：（唱）愚兄犯事免不了，连累与你却不该。
付彦青：（唱）你想朝廷何人物，酒色之徒是杀才。
王　兰：（唱）我也知道难长久，天使晋兵杀他来。
付彦青：（唱）朝中兵微将又寡，田英一人支不开。
王　兰：（唱）方才里应外合怎么做？你我商量要明白。
付彦青：（唱）待等晋兵临城下，老田英必要迎敌把兵排。
王　兰：（唱）他若死在疆场上，省得费事把城开。
付彦青：（唱）他若出马败了阵，闭门不放他进来。
　　　　　如此这般方为妙。
　　　　（白）朝中武将除了田英就是你我弟兄两个，那些文字官员，听说困城，一定都是闭门不出，任咱们弟兄安排。那田英自逞英雄，必要临阵，他若战死疆场，省得费事，咱就打开西华门迎接晋兵进城。
王　兰：那田英有万夫不当之勇，未必就死。
付彦青：他若不死，或胜或败，必要进城。我便闭门不纳，令军校们乱箭射下那厮，进退无路，纵然不死，一定逃往襄阳而去。仁兄你就写一封密书拴在箭头之上，约会令尊大人，夜晚二更以后大兵直入西华门。咱们弟兄二人接进城来，大兵困了禁门，拿住朱友从与大唐报仇，却也不算咱们卖国求荣，乃是应天顺人。
王　兰：能弟主意不错，我父子乃是大唐臣子，如今弃邪归正，人心稍安，上全君臣之义，下尽父子之情，就此依计而行。

付彦青: 此事你知我知,不可泄露天机。

王　兰: 有理。

（诗）弃邪梁家新君主,复归唐室旧山河。（下）

（升帐,郭彦威、石敬瑭、高行周站,史建瑭坐）

史建瑭:（诗）万丈威风贯斗牛,长驱直入到汴州。

（白）本帅史建瑭。在三山关与表妹王碧桃成亲,宴乐三天。起兵以来,沿路州郡望风归顺,直捣汴州城下,离城五里安下营寨。

（上卒）

卒:　　报元帅得知,祸从天降。

史建瑭: 有何祸事?慢慢报来。

卒:　　帅爷听报。

（唱）报报报军情,大祸难招架。

　　　大兵才到来,安营把寨下。

　　　大炮震山川,开门人马炸。

　　　杀出一股兵,疆场把阵骂。

　　　为首一将官,模样真凶煞。

　　　身高一丈多,脑袋有斗大。

　　　头戴束髻冠,金甲身上挂。

　　　手使偃月刀,战马多欢炸。

　　　凛凛威风高,说话声音大。

　　　指名请帅爷,与他去答话。

史建瑭:（白）再去打探。

卒:　　得令!（下）

郭彦威: 元帅万安,免劳驾临,等末将建头功,斩首那厮献帐下。

史建瑭:（唱）从来善者必不来,来者不善古人话。

　　　指名请我去会他,若不临阵是惧怕。

　　　不必将军你临敌,本帅看他说什么。

　　　吩咐备马快抬枪。

（白）那厮指名请本帅,必有些本领。郭将军不必劳动,待本帅亲身临阵。军校们,枪马伺候。

（上田英）

田　英：大小三军，压住阵脚。吾乃大都督田英。晋兵果然一拥而来，乘他远来乏困之时，吾便当先出马，杀他一个片甲不归，才显老夫的本领呀！一声炮响，想必敌将来也。

（史建瑭枪马上）

史建瑭：反贼，好不识时务，大兵来到，还不开城迎接本帅，竟到疆场自取死亡。

田　英：原来是幼儿。你且报上名来，好做刀下之鬼。

史建瑭：你且听爷爷道来。

　　　　（唱）问本帅，仔细听。

　　　　　　　左不改姓，右不更名。

　　　　　　　建瑭本姓史，领兵大元戎。

　　　　　　　手下千员上将，又有百万雄兵。

　　　　　　　扫灭乱臣与贼子，反叛是谁快报名。

田　英：（唱）大都督，名田英。

　　　　　　　威镇襄阳，天下闻名。

　　　　　　　进京来朝贺，后主把基登。

　　　　　　　封我都督之职，总管马步兵丁。

　　　　　　　幼儿敢称大元帅，笑你无才不知死生。

史建瑭：（唱）微微笑，叫田英。

　　　　　　　既为大将，时势要明。

　　　　　　　朱温贼反叛，篡位杀昭宗。

　　　　　　　天地神明痛恨，是他父子行凶。

　　　　　　　以子杀父是天报，天网恢恢弟杀兄。

田　英：（唱）这些话，我厌听。

　　　　　　　唐家将尽，国运已终。

　　　　　　　昭宗献玉玺，让位我主公。

　　　　　　　大梁伐唐正统，乃是应运而兴。

　　　　　　　当今后主行仁政，不去领罪反逞凶。

史建瑭：（唱）我特来，灭汴京。

　　　　　　　重整社稷，复定江山。

　　　　　　老儿扶贼子，老天岂肯容？
　　　　　　天差我来擒你，不必说黄道青。
　　　　　　右手拧枪分心刺，钢刀一磕冒火星。
田　英：（白）你这幼儿不知死活。看刀！
史建瑭：来，来，来。
　　　　（杀，史建瑭败）
史建瑭：这个老儿力大无穷，越杀越勇，不能力擒，顺手摘下钢鞭打他便了。
田　英：幼儿，哪里走？
史建瑭：着打。
田　英：哇呀。（下）
史建瑭：反贼被我打得抱头吐血而逃。好一匹快马，跑如闪电，直奔西门而走。待我随后追赶。（下）
　　　　（上田英）
田　英：哎呀，罢了我了。
　　　　（唱）左膀着伤中钢鞭，疼痛难当失魂魄。
　　　　　　晃来晃去侧两侧，几乎来把马来坠。
　　　　　　抱头吐血败阵逃，一催战马紧撒鬃
　　　　　　坐下本是千里驹，跑如追风快无对。
　　　　　　谅你追我枉劳神，回头只见那小辈。
　　　　　　相隔远近数里多，来到城下把马勒。
　　　　　　大叫开门快开门，我今败阵深报愧。
　　　　　　敌将随后追来了，等我进城再理会。
　　　　　　任凭喊叫门不开，忽见万箭往下射。
　　　　　　用刀拨箭更着急，喊叫如雷炸了肺。
　　　　　　不用说了我明白，城中有人来作对。
　　　　　　闭门不容我进城，进退无路无地位。
　　　　　　正然着急发喊声，幼儿赶来怎挡退？
　　　　　　催开坐骑千里驹，绕城而走心如醉。
　　　　　　料想动手再不能，受伤怎能敌小辈？
　　　　　　只得败走回襄阳，大报冤仇整军队。

　　　　　急催坐下马龙驹，（下）

（上史建瑭）

史建瑭：（唱）追赶不上把马勒。

（白）老儿，好一匹快马，跑如烟云，往西南而去，料想追赶不上，由他去吧，但见城门紧闭，不放那厮进城，又有乱箭射下，不知是何缘故？叫人好生犹疑。

（唱）那厮中鞭败了阵，我在后边紧紧追。

　　　马快如飞赶不上，瞧见他跑到城门倒了霉。

　　　城门紧闭不放人，城头乱箭往下飞。

　　　那厮便往西南走，马快如飞不用追。

　　　又不见敌将来临阵，只得暂且把营归。

　　　想出一个破城计，攻破可擒反叛贼。

　　　圈马才要回城去，嗖的一声把目窥。

　　　乃是一支雕翎箭，掉在马前似只枚。

　　　只见箭上有书字，

（白）来人，快快拾起把营回。（下）

（史建瑭下，又上帐，众人站）

史建瑭：（唱）众将迎接相庆贺，不觉天晚渐渐黑。

　　　中军秉灯把茶献，须把书字看一回。

　　　内中一定有缘故，拆开一观便晓得。

（白）方才在城下，拾来一支雕翎箭，并无箭头，拴着一封书字，其中必有缘故。皮上有字，写的是不孝儿王兰书奉父亲大人拆开。哦，是了，原来是城内表兄王兰与姑爹的书字，请姑爹拆看便了。来人，请王节度使。

卒：　　哈，（下，内白）有请王老爷。

王　赞：（内白）来了，（上）元帅有何吩咐？

史建瑭：这里有书字一封，姑爹请看。

王　赞：元帅拆开，也是一样。

史建瑭：姑爹坐了，大家拆开一观如何？

王　赞：倒也使得。

史建瑭：中军，看座来。

  （唱）上写着不孝儿王兰禀膝下，事变非常可不知。
     前者闻知父受辱，日夜吊胆把心提。
     昨日儿在金殿上，马君宠回朝来告急。
     友从逆子魂吓掉，田英逞勇要迎敌。
     本参儿是逆臣子，即便绑下削首级。
     多亏敬详相保本，友从准奏把罪缓。
     让儿劝父把和议，要将社稷平半劈。
     爹爹弃邪归了正，父子岂可两下居？
     儿与彦青盟兄弟，商议弃梁献城池。
     但等田英出了马，或胜或败有主意。
     闭门不容把城进，今见那厮逃走急。
     西华门是儿把守，待等今晚二更时。
     红灯高挂城头上，大开城门迎王师。
     爹爹告诉史元帅，率兵进城莫生疑。
     箭头传书秘密禀，看罢书字乐有余。
     今该乱臣贼子灭，才有内应迎王爷。
     今夜大兵把城进。
  （白）今该乱臣贼子灭亡，天使表兄在城与付指挥二人作内应。今晚二更以后，在西华门上高悬红灯为记。这里大兵杀进城去，大事成矣。

王　赞：大唐社稷有灵，汴梁才有内应矣。能婿传令众将，俱各准备刀马，二更以后杀进城去，不必犯疑。

史建瑭：言之有理。众将官，俱各准备刀马器械，但看西华门上挂起红灯，随本帅杀进城去，不得有误。

  （出王兰、付彦青）

王兰、付彦青：（诗）弃暗投明顺天行，合意同心暗献城。

王　兰：（白）俺王兰。

付彦青：俺付彦青。可笑田英那个老儿自逞英雄，临阵受伤，要败进城来，被小弟命军校放箭。眼见他往西南而去，一定回到襄阳去了，那里兵足粮广，日后必要作对。久闻他有两个儿子，一名田彪，一名田豹，俱有万夫不当之勇，又有四将，英勇无敌，一定大起是非，为祸不小。

王　兰：今晚献了西华门，令大兵进城，推倒朱友从，另立新君。史元帅麾下有许多英雄好汉，何惧襄阳作对？咱二人须得早早预备灯笼，好去开城门便了。

（唱）立了新君大事定，何惧襄阳作敌来？
　　　方才射下那书字，史元帅必与家父看明白。
　　　书上写好把城献，那里自然有安排。
　　　待至夜静更深后，你好饶过太平街。
　　　带令必须西门去，只说巡查免疑猜。
　　　书中写着有暗号，高将灯笼挂起来。
　　　你我城头观动静，大兵到时把城开。
　　　说话不觉天色晚，忽听更锣一下筛。
　　　吩咐左右快带马，提枪上马出私宅。
　　　穿街过巷来得快，西门上许多兵将迎上来。
　　　下马上了城头上，挂起红灯亮又白。
　　　手下兵卒吩咐妥，忽听更锣两下筛。
　　　直往西北观动静，又无月色不明白。
　　　耳内只听马蹄响，人马无边把队排。
　　　渐渐临近到城下，正是晋兵一拥来。
　　　急急下城密吩咐，军校们抬栓落锁把门开。
　　　只听一声人马喊。（下）

（史建瑭枪马上）

史建瑭：（白）本帅史建瑭，率领众将直奔红灯而来，果然城门大开。众将官，随本帅杀进城去，不得有误。

（喊一阵，过介，上二五）

卒：　哎呀，不好了，晋兵攻破西门杀进城来了。王、付二位将军不知躲在哪里去了？你我只得往衙门报信要紧。快跑！快跑！

（出张文玉奸相坐）

张文玉：（诗）敌兵压境心胆寒，白日夜晚不为欢。

（白）老夫张文玉，蒙新君加封昌玉公之职，辖文管武，倒也心舒，但只是敌兵犯境，纵然城池未破，怎奈朝无良将。既无敢死之士，又无退敌之策，叫人忧闷在怀。今日老夫生辰之日，阖朝文武都来祝寿，有几位相厚的官员尽在前庭夜宴，老夫只得到前庭与众位把盏敬酒。

（唱）今逢老夫寿诞日，文武尽来祝千秋。
　　　祝寿礼物俱丰厚，照着礼单一概收。
　　　款待酒宴多半散，相厚之人只得留。
　　　再到前庭亲把盏，才是敬客礼貌周。（下）

（上张文玉及众官，坐）

张文玉：（白）众位请坐。（全坐）
　　　（唱）走至前庭忙吩咐，快烫热酒换大瓯。

众　官：（唱）众官齐说太多礼，我等再不把量留。
　　　东家敬酒我等饮，每人也要敬三瓯。
　　　正然饮到得意处，（内喊）忽听得喊杀之声震斗牛。
　　　吩咐左右出去看，这般发喊何情由？

（上卒）

卒：（唱）探问明白急来报，蒙着眼睛说坏喽。
　　（白）众位老爷们，可不好了。

众　官：怎样？

卒：敌兵攻破西华门杀进城来了。

张文玉：当真？

卒：到了太平街了，怎么不真？

张文玉：呀！吓死人也，众位大人可不好了。
　　　（唱）张文玉，脸吓黄。
　　　　　浑身打战，汗透衣裳。
　　　　　列位可知了，却有何主张？
　　　　　城内武将有限，有谁前去迎挡？
　　　　　半夜城门未关闭，出其不意谁不慌？

众　官：（唱）众官员，着了忙。
　　　　　七倒八歪，乱如麻粮。
　　　　　各自保各自，回府去躲藏。

　　　　　　也有跑出跌倒，也有挣扎勉强。

　　　　　　也有骑马坐轿子，乱乱哄哄走慌忙。

张文玉：（唱）塌天祸，起萧墙。

　　　　　　圣上此刻，必在梦乡。

　　　　　　必得保家口，又得保君王。

　　　　　　急到皇城门外，内皇城里谨防。（下，又上）

　　　　　　抓了一匹无鞍马，绕着近路走慌忙。

　　（石敬瑭枪马上）

石敬瑭：（唱）石敬瑭，喜洋洋。

　　　　　　当先开路，众将相帮。

　　　　　　杀进西街里，催马手拧枪。

　　　　　　也有武将抵挡，交手个个命亡。

　　　　　　渐渐不见兵与将，犹如猛虎奔群羊。（下）

众　人：（内白）不好了！不好了！

　　　　　（唱）西街上，闹嚷嚷。

　　　　　　军民人等，都在梦乡。

　　　　　　睡梦中惊醒，跑出问勾当。

　　　　　　只见兵马无数。点着火把灯光。

　　　　　　只说反贼进城，跑回闭门俱躲藏。

高行周、石敬瑭：（唱）高行周，石敬瑭。

　　　　　　　　　　两个先锋，英勇难挡。

　　　　　　　　　　枪到命必尽，锤打人受伤。

　　　　　　　　　　杀得一人不见，只见一道城墙。

　　　　　　　　　　必是内皇城门了，城门紧闭有提防。

　　（上史建瑭）

史建瑭：你看又是一座城池，必是内皇城了。城门紧闭，城上乱箭射下，内有准备。料想一时攻打不开。众将官，就此城下扎营。人马一半守营，一半将皇城团团围住，不可放走一人，违令者斩。（下）

　　（出朱友从、秋月朗坐）

朱友从：（诗）长乐宫如长夜宫，真似巫山十二峰。

    （白）寡人，大梁皇帝朱友从。
秋月朗：奴秋月朗。万岁，你听，三更了，酒也饮得不少了，奴陪圣驾安歇了吧。
朱友从：哎，寡人喝得非常高兴，怎不喝呢？
秋月朗：自古道春宵千金难买，似此良宵岂肯有误好事？
朱友从：不忙，喝两盅才高兴呢。宫人，换大盏来。
    （唱）吩咐宫娥换大盏，我朕酒兴必要喝。
秋月朗：（唱）圣上今日真高兴，从午饮到三更多。
朱友从：（唱）今夜朕要喝醉了，你就罚我酒后无德。
秋月朗：（唱）万岁酒量如沧海，并无醉态甚清和。
朱友从：（唱）从来喝酒醉得快，今夜无醉甚快活。
秋月朗：（唱）这应了酒逢知己千杯少，话不投机半句多。
朱友从：（唱）美人是朕心头爱，模样风流话谦和。
秋月朗：（唱）奴沐皇恩深雨露，但愿扶持到白头。
朱友从：（唱）过一日来乐一日，知道老来是怎么？
秋月朗：（唱）曾记得曹孟德的江山赋①，对酒当歌人生几何。
朱友从：（唱）正是光阴怎似箭，春宵一刻千金难得。
      及时行乐本来是，想起他敌国困城不快活。
秋月朗：（唱）困不困城不必论，攻打不开怕什么？
朱友从：（唱）人家兵多将又广，万一攻破又怎么？
秋月朗：（唱）城高池深多坚固，况有军校把守着。
      如此高枕无忧了，怪道万岁不惦着。
      一行说着一行饮，忽听敲了五更锣。
      这算喝了整一夜，圣上莫非不困么？
      请主睡到龙床上，咱夫妻睡到明朝晌午多。
      才要脱衣去安寝，只听吵嚷了不得。
朱友从：（白）爱妃，你听听何处吵嚷？
秋月朗：好像宫外。

---

  ①　江山赋：指《短歌行》。按曹操并无《江山赋》，此处或是根据诗作内容为之所起的别名。

张文玉：（内白）了不得了，圣上起来了么？
马君幸：（内白）天才五鼓，圣上还未安寝。张大人这时候怎么闯进禁门，来到寝宫吵吵？
张文玉：（内白）马公公，快进宫见驾，就说老夫有天大祸事启奏。
马君幸：（内白）老大人，且在宫外稍候。

（上马君幸）

马君幸：启万岁，昌玉公张文玉有祸事启奏。
朱友从：呀！连夜奏事，其祸不小。张文玉乃是两朝老臣，爱妃不必回避，快快宣他进宫。
马君幸：万岁。

（上张文玉）

张文玉：万岁万岁，祸事到了。
朱友从：何祸？
张文玉：晋兵乘夜将西华门攻破，人马无数杀进城来了。城内将校战死无数，其余不敢出手。晋兵将皇城团团围住了。
朱友从：哎呀，哎呀！我可坐不了灵霄殿了。苦哉痛哉！

（唱）听说兵进城，真魂没了影。
　　　凉水把头浇，乱战不是冷。
　　　眼睛都吓直，酒儿也吓醒。
　　　说话带磕巴，只说请请请。
　　　只叫张爱卿，大祸怎么挺？
　　　想法救寡人，不要装老等。
　　　剩下内皇城，晋兵只一冲。
　　　杀进禁门来，寡人难逃脱。
　　　一定被擒拿，拿住不得生。
　　　脑袋必掉了，可怜断了种。
　　　想法快想法，不要装懵懂。

张文玉：（唱）若要退晋兵，除非去使勇。
　　　　　杀退晋家兵，社稷才得整。
朱友从：（白）你就去杀杀吧。

张文玉：（唱）臣是文字官，出马无本领。
　　　　　　　想起奉御官，名叫马君宠。
　　　　　　　他是武将官，本事甚勇猛。
　　　　　　　叫他显本领。
朱友从：（唱）起来快起来，急宣马君宠。
张文玉：（白）领旨。
　　　　（唱）一阵金鸡鸣，心中好焦急。
　　　　　　　不觉天色明，进来马君宠。
　　　　（上马君宠）
朱友从：（白）马爱卿，敌兵困了内皇城，你可知道了？
马君宠：臣知道了。
朱友从：既然知道，为何不出马退敌？
马君宠：哎呀，臣把守禁门，只有四十名御林军，如何退敌？
朱友从：哎呀，不用支吾，杀退晋兵，一定有赏，杀不退晋兵，一定问罪，快去出马。
马君宠：领旨。（下）
朱友从：爱妃，咱们睡一会是一会。
秋月朗：奴家敢不遵旨，但只怕睡不长久了。
朱友从：不妨，爱妃请。（下）
　　　　（上马君宠）
马君宠：哎呀，昏君昏君，你哪里是叫我出马退敌？明是逼我早死。
　　　　（上马君幸）
马君幸：兄弟，你怎么不去出马，还在这里发怔呢？
马君宠：哎，哥哥呀！
　　　　（唱）晋兵来了千千万，勇猛上将七八十。
　　　　　　　一哄便把西门破，城内无兵敢挡他。
　　　　　　　如同绵羊遇猛虎，多半去了脑袋瓜。
　　　　　　　其余怕死溜了号，各自归家把门插。
　　　　　　　我的本领原有限，无非被他把嘴夸。
　　　　　　　认真叫我去上阵，明是挫我骨头渣。

说罢不由啼哭起，先哭爹来后哭妈。

马君幸：（唱）才在宫内我听见，不能退敌一定杀。
　　　　　　　我也替你甚着急，跟你出来想方法。

马君宠：（唱）哥哥平日有巧计，与我解开这疙瘩。
　　　　　　　常言兄弟如手足，千个桃儿一树花。
　　　　　　　纵然不看同胞义，也看爹爹与死妈。
　　　　　　　总而言之一句话，快想方法救我吧。

马君幸：（唱）救你只得下毒手，卖得国来才保咱家。
　　　　　　　你带手下心腹将，一齐都往宫里杀。
　　　　　　　愚兄吩咐小内监，帮你去把昏君拿。
　　　　　　　拿住绑献晋营去，

马君宠：（唱）这个方法妙更佳。
　　　　　　　事不宜迟就下手，
　　　　（白）哥哥主意与我相投，拿住昏君绑送晋营献功，不但保咱一家性命，一定还有封赏，真是转祸为福的妙计。

马君幸：咱们若不为此而行，晋兵杀入，那昏君飞也飞不上天去，也是被人家拿住杀死，就借这个皇帝，保护咱兄弟无事便了。

马君宠：有理。

秋月朗：（内白）圣上睡醒了么？

朱友从：醒了，爱妃服侍寡人起来。
　　　　（秋月朗扶，上朱友从）

朱友从：天有早晚了？

秋月朗：将有辰时。万岁，你听听是哪里吵嚷？

朱友从：想是马君宠杀得晋兵发喊。

秋月朗：哎，圣上休说梦话。那马君宠何能济事？喊声不止，只怕祸事不远了。
　　　　（唱）秋月朗，胆怯怯。
　　　　　　　拉着手儿，只叫皇爷。
　　　　　　　皇城外兵将，人马不少也。
　　　　　　　禁门兵马有限，君宠如何能灭？
　　　　　　　他的光景不愿去，纵然出马胜不咧。

朱友从：（唱）你休哭，不怕也。

我的命大，现掌金阙。

登基才几月，难道就满咧？

天子百灵相助，古人说得很贴。

君宠一定大得胜，少刻交旨要报捷。

秋月朗：（唱）想退敌，甚巴结。

晋兵厉害，奴也晓得。

禁门要攻破，定要拿皇爷。

皇爷被人拿去，岂不苦哉我咧？

恩重如山深似海，怎忍开交两分别？

朱友从：（唱）伤心话，快休曰。

三宫六院，虽有好些。

谁如爱妃你，待朕有体贴？

二人好像一个，只有脑袋各别。

生生世世离不了，寡人岂肯把你撇？

秋月朗：（唱）敌兵至，由不得。

未必容我，难放皇爷。

万岁难自保，还能顾我咧？

他们要逞强暴，只怕难保贞洁。

正然害怕悲切切，忽见太监跑来咧。

（上老公公，丑）

老公公：（白）万岁，可不好了！

朱友从：怎么样了？

老公公：敌兵攻破内皇城，杀进禁门来了。

朱友从：那那个马呢？

老公公：马还有一匹在槽上拴着呢。

朱友从：不是，那个马君宠呢？

老公公：禀，马君宠来也。

（上马君宠，拿刀）

朱友从：哦，马爱卿，你的胜败如何？手中拿着明晃晃的刀，想是杀退晋兵请功来咧。

马君宠：我倒未往外杀，往里杀来了。

朱友从：你往里杀哪个来了？

马君宠：杀你来了。

朱友从：哎呀，马爱卿，你怎么说起疯话来了？臣哪有杀皇帝的道理！

马君宠：臣杀君、子杀父、弟杀兄，都出在你家，你要怕杀，好好叫我绑了，献与晋营。借你一个人，好保我一家老老小小。

（唱）早看你，短材料。

怎做皇帝，胡闹吵吵？

登基两个月，并不去设朝。

无日无夜喝酒，后宫守着多娇。

晋兵骁勇难抵挡，拿你一定先开刀。

朱友从：（唱）颜色变，发了毛。

叫声小马，说话颠倒。

可是说笑话，可还是实着。

不去迎敌也罢，不该进宫带刀。

拿刀就是杀皇帝，你却跟着哪个学？

马君宠：（唱）你老子，篡唐朝。

以臣杀君，留下律条。

我是照样子，拿你献功劳。

我若不先下手，晋兵进来不饶。

你何妨做个人情叫我绑？死了我与你把纸烧。

朱友从：（唱）不说理，信口学。

认真绑我，意狠心恶。

外头还未到，内里先反了。

又见几个闯进，个个拿枪拿刀。

瞅着空儿看不见，跑出宫门要走逃。

马君宠：（唱）想逃走，把眼撬。

随后追赶，带着军校。

秋月朗：（白）我且在龙床下躲避了。

马君宠：（唱）几步就赶上，近前踢一脚。

　　　　　　　只见昏君跌倒，取出绳子一条。
　　　　　　　今日必送晋营去，五花大绑拴解牢。
朱友从：（白）哎呀！
　　　　（唱）心害怕，不好了。
　　　　　　　难说硬话，只得求饶。
　　　　　　　叩头直哀告，放我命一条。
　　　　　　　皇帝也不愿做，只求叫我去逃。
　　　　　　　若是献与人家去，一定我命赴阴曹。
马君宠：（唱）谁叫你，胡闹吵？
　　　　　　　叫我出马，也不斟酌。
　　　　　　　不能把敌退，要把首级削。
　　　　　　　与其等你杀我，不如绑你为高。
　　　　　　　献与晋营有封赏，快走快走你莫唠叨。
朱友从：（白）走不动了。
马君宠：既不肯走，军校们抬着他吧。（下）
军校们：哈。（下）
　　　　（上秋月朗）
秋月朗：眼见马君宠绑去献敌，大料必死了。奴有这美容貌，何愁无人不爱？我有个哥哥名唤秋景青，在安乐湖衙闲居。宫娥太监纷纷逃走，不免揣着御印，扮作宫娥逃出后宫，见了我哥哥，仗此宝印，转祸为福，也未可定。逃命要紧。（下）
　　　　（上张文玉）
张文玉：苦哉痛哉！老夫张文玉随着宫官太监把守禁门，听说马家弟兄竟把后主绑献晋营，料想天子必死，叫老夫如何是好？
　　　　（唱）只以为梁王有洪福，弃了唐朝保大梁。
　　　　　　　岂知国运不长久，骨肉大变有残伤？
　　　　　　　后主继位才两月，忽然大祸起萧墙。
　　　　　　　国破家亡一定理，故此弃家保君王。
　　　　　　　岂知内中又有变，马家兄弟似豺狼。
　　　　　　　绑去天子将功献，自古君死臣必亡。

况且天子厚待我，若有反心难对上苍。

不如死了全忠义，被人擒去死平常。

亮出宝剑恶狠狠，自刎而死一命亡。

（白）是，是，也罢！（死）

（上石敬瑭）

石敬瑭：（唱）不言死了张文玉，来了先锋石敬瑭。

率众杀入禁门内，忽听一阵闹嚷嚷。

宫娥太监乱逃走，并无一人来拦挡。

一直闯入后宫院，见几人迎面而行走慌张。

绑押一人为年幼，冠带各别不寻常。

来至马前齐下跪。

（上马君宠、马君幸，绑朱友从）

朱友从：（白）爷爷饶命吧。

石敬瑭：原来是一个太监，一个外官，绑着的却是谁？

马君幸：我是太监马君幸，这是我兄弟马君宠，官居奉御官。我弟兄情愿顺天而行，将后主朱友从绑押来献。

石敬瑭：原来这是贼子朱友从么？

朱友从：是我呀，不愿为君，只求多活两天吧。

石敬瑭：军校们，将他们三人都绑了献与元帅发落。（下）

（升帐，众将站，史建瑭坐）

史建瑭：（诗）众将破敌入汴梁，扫灭反叛立家邦。

（白）本帅史建瑭，率领众将杀进汴梁，在内皇城安营。左先锋攻打禁门，杀入宫中，捉拿朱友从，想那贼子也无处逃脱。

（上石敬瑭）

石敬瑭：元帅在上，末将杀入禁门，贼党无人，只有一个太监、一个外官绑来朱友从献功。

史建瑭：如此，绑上问话。

石敬瑭：哈！军校们，将他三人绑上来。

军　校：哈，绑着！

（上朱友从、马君幸、马君宠，跪）

朱友从：元帅，饶了我吧，我不愿做皇帝了。

史建瑭：你就是朱友从么？

朱友从：正是。我名朱友从，乃是大梁后主，只求元帅开恩饶命吧。

史建瑭：好一个大梁皇帝，你在焦兰殿上以弟杀兄，如此恶人，乃是朱温的儿子。你兄朱友珪在森罗殿①下，等你对案。刀斧手，将这贼人斩首，报来。

刀斧手：哈。

朱友从：哎呀，罢了我了。（开刀）

史建瑭：你俩绑献朱友从，要请功受赏么？

马君幸、马君宠：正是，只求元帅额外施恩。

史建瑭：我且问你，既做内监，必知朱温还有贼党么？

马君幸：京中并无贼党，只有他个义兄，名叫朱淳，镇守荆州。

史建瑭：你二人既食反贼的俸禄，受反贼的恩惠，如何绑献朱友从，是何缘故？

马君幸、马君宠：元帅。

马君幸：（唱）奴婢在汴梁，自幼把身净。

马君宠：（唱）我自从小儿，要把前程挣。

　　　　　朱温称梁王，就把我重用。

　　　　　沾我哥哥光，马上就得官。

　　　　　后来把位夺，穿宫听使用。

　　　　　我就得了官，沾光便是幸。

　　　　　前日朱友珪，要了老子命。

　　　　　兄弟杀哥哥，循环是报应。

　　　　　友从登了基，无道不正经。

　　　　　酒色迷了心，何常理朝政？

　　　　　元帅大兵来，他还在做梦。

　　　　　我们哥俩儿，弃邪要归正。

　　　　　绑了朱友从，来与元帅送。

　　　　　杀他是应该，留我兄弟命。

史建瑭：（唱）两个恶奴才，招罢这口供。

---

① 森罗殿：迷信传说中指阎罗居住的宫殿。

　　　　　既受反贼恩，又把反贼送。
　　　　　卖国求荣来，良心太不正。
　　　　　若留你弟兄，必把是非弄。
　　　　　吩咐把刀开，也算有报应。（开刀）
李　杰：（唱）潞州王开言，幸而事平定。
　　　　　国君不可无，谁把社稷奉？
众　将：（唱）任凭大王立天子。
史建瑭：（白）任凭大王在唐室宗亲之中择一位德才兼备之人，以为社稷之王。
李　杰：孤家遍视人等，俱不如三太保李存勖智勇双全，德才兼备，可继唐统，以慰天下万民之望。
史建瑭：三太保乃晋王之亲生，可以执掌山河，不愧晋王灭梁兴唐，血战之功。大王此举，正合天下人心。
李存勖：我李存勖无才无德，不可替承天位，老皇叔与列位另择能而有德者为君可也。
李　杰：不必推辞，同意共立，正合天心。今日正逢黄道吉日良辰，诸位宗亲与众位将军，大家共扶新君，朝贺参拜。
　　　　（唱）孤家对众立天子，出自公心莫推辞。
　　　　　吩咐快些取冠戴，换上黄袍衮龙衣。
　　　　　戴龙冠与蹬龙履，玲珑玉带如羊脂。
　　　　　还有宫官与太监，扶持新君就登基。（同上）
众　臣：（唱）存勖端坐龙庭位，潞州王率领众将跪丹墀。
　　　　　口呼万岁万万岁。
李存勖：（白）众卿平身，细听着：
　　　　（唱）朕本无德少才智，蒙卿推戴却难辞。
　　　　　称为后唐庄宗帝，改为那同光元年扶社稷。
　　　　　汴梁一带多荒旱，又遭干戈府库虚。
　　　　　况且三杀焦兰殿，不祥莫大难久居。
　　　　　久闻洛阳丰盛地，朕欲迁都可使得？
众　臣：（白）任凭陛下。
李存勖：（唱）迁都洛阳西京国，众将听知报功绩。

　　　　　潞州王皇叔归本镇，加俸三年并无私。
　　　　　各路宗亲俱加俸，回到本地得安居。
　　　　　诸侯节度照旧职，各归本镇加三级。
　　　　　史建瑭官封世袭节度职，镇守华州近京都。
　　　　　高行周封为都指挥，且住山东暂闲居。
　　　　　且等有缺再上任，唯有皇兄嗣源功第一。
　　　　　封为天下都招讨，以外再加梁王职。
　　　　　镇守汴梁东京地，石敬瑭官封节度不可离。
　　　　　扶保皇兄在此住，留下人马三万余。
　　　　　吩咐快排庆贺宴，当家官奏事跪丹墀。
当家官：万岁，午门外来了一男一女，要见万岁献宝。
李存勖：宣上殿来。
当家官：领旨。（下，内白）圣上有旨，献宝人上殿。
　　　　（上秋景青，丑）
秋景青：万岁，我秋景青乃是汴梁刺史，前日朱温说我慢怠军机，革职不用。今朱友从已亡，臣妹秋月朗是他西宫妃子，得了玉玺宝印逃往臣宅，欲将宝印献于陛下，不敢自来。罪臣领她午门外候旨。
李存勖：宣她上殿。
当家官：（下，内白）圣上有旨，秋月朗上殿。
秋月朗：（内白）来了。（上）
　　　　（唱）栗栗应声答应有，手捧玉玺迈金莲。
　　　　　　口呼万岁万万岁，双膝跪倒在金銮。
　　　　　　罪妾来献金镶玉玺，国宝相传万万年。
李存勖：（白）你又不是昭阳，从何而得？
秋月朗：（唱）妾本西宫小妃嫔，侍奉友从十数天。
　　　　　　昨晚大兵将城进，三宫六院心胆怯。
　　　　　　妾乃女流要惜死，跟着昭阳避祸端。
　　　　　　正宫拿着玉玺印，忽听一阵喊连天。
　　　　　　吓得她丢了宝印投井死，妾得宝印把生贪。
　　　　　　混入宫娥才女队，跑出后宫凭老天。

　　　　　　　同我哥哥来献印，愿皇爷收了国宝万代传。
　　　　　　　说罢婉转传情目，越显娇娆动人怜。
李存勖：（唱）口中不言暗夸美，这个女子似天仙。
　　　　　　　人言西施昭君美，未必赶上这娇颜。
　　　　　　　一见心怜难割舍，欲要收她张口难。
　　　　　　　何不如此免议论，主意已定便开言。
　　　　　　　玉玺乃是传家宝，你来献宝功大焉。
　　　　　　　秋景青官封为刺史，你的妹妹就随銮。
　　　　　　　明日迁都洛阳地，要你忠心无二三。
李嗣源：（唱）大太保不悦走上殿，口呼万岁跪平川。
　　　　　　　秋家兄妹品不正，留之不可杀当然。
　　　（白）秋景青既是朱温的臣子，国破家亡，他如今不殉国难，显是不忠之辈。其妹秋月朗既侍奉朱友从，理当尽节而亡，才算贤良之女，她今既贪生，乃是失节之妇，按律应当斩首，天下之人便能效仿忠贤啊万岁。
李存勖：皇兄言差矣。秋家兄妹献金镶玉玺也算有功，并无过犯，怎忍加罪施刑？朕既出口，无复更改。朕与皇兄留下偏将四员，石敬瑭为汴梁节度使，在麾下听用，拨精兵三万在此汴梁镇守，宴乐三天。众将各归本镇，朕便迁都洛阳，到那里登基坐殿，封刘娘娘为太后。秋景青带领你妹妹秋月朗随驾而行。钦此，众卿一齐退下。
众　人：万岁。（下）
　　　（出朱淳奸王，升帐）
朱　淳：（诗）开疆展土立功勋，梁室宗亲第一人。
　　　（白）孤九江王朱淳是也，乃大王义兄。自义弟得了大唐的天下，封我为九江王，统领十万雄兵，镇守荆州。前日差于化龙往京城去献土产，不久也该回来了。
于化龙：（内白）将马带过。（上）大王在上，末将于化龙打躬。
朱　淳：将军回来甚快，天子可有什么回赐？
于化龙：哎，大王还问什么回赐？如今天子不是大梁，又归于唐室了。
朱　淳：哦，这是什么话？快说个明白。
于化龙：大王听了。

　　　　　　（唱）我奉命，上东京。
　　　　　　　　　供献土产，见了朝廷。
　　　　　　　　　天子龙心喜，留宴乐于庭。
　　　　　　　　　钦命宣候次日，礼物钦赐主公。
　　　　　　　　　不料次日大有变，子杀父来弟杀兄。
朱　　淳：（唱）子杀父，弟杀兄。
　　　　　　　　　实实大变，大反朝中。
　　　　　　　　　可是士庶辈，不会是公卿。
　　　　　　　　　想是必在京里，方可惊动朝廷。
　　　　　　　　　朝廷有法得处治，这也不算有变更。
于化龙：（唱）非士庶，非公卿。
　　　　　　　　　二位殿下，友珪友从。
　　　　　　　　　只为一妇女，骨肉有变更。
　　　　　　　　　友珪杀了亲父，友从杀了亲兄。
　　　　　　　　　朝内文武官与将，共扶友从坐九重。
朱　　淳：（唱）真乱世，不聪明。
　　　　　　　　　为个妇女，骨肉相争。
　　　　　　　　　不用深问了，一定是奸情。
　　　　　　　　　老子不该贪色，儿子不该行凶。
　　　　　　　　　友从不当正社稷，孤家闻知虑又惊。
于化龙：（唱）这乱世，且莫惊。
　　　　　　　　　更有坏事，再往下听。
　　　　　　　　　新君即了位，刚才两月零。
　　　　　　　　　大唐人马杀到，内里有人献城。
　　　　　　　　　杀了友从新天子，晋王儿子坐九重。
朱　　淳：（白）哎呀！
　　　　　　（唱）颜色变，二目红。
　　　　　　　　　气死我也，喊叫连声。
　　　　　　　　　义弟得天下，创立不非轻。
　　　　　　　　　友从庶子断送，死后怎面祖宗？

　　　　　　万里江山付流水，竟无一人效孤忠。
于化龙：（唱）有一位，大英雄。
　　　　　襄阳大都督，老将田英。
　　　　　退敌不取胜，指望败进城。
　　　　　城上乱箭射下，田英逃往南行。
　　　　　那时我已把城出，走了两日往下打听。
朱　淳：（唱）李家人，多英雄。
　　　　　朱氏无有，只有孤穷。
　　　　　若不把仇报，枉为大英雄。
　　　　　大起倾国人马，杀到汴梁东京。
　　　　　报仇雪恨夺天下，只愁将寡不能行。
于化龙：（白）何不襄阳借人马？
朱　淳：可怜兄弟骨肉相残，万里江山送与他人。荆州兵微将寡，难以取胜。孤不免修书一封到襄阳借支人马。孤这里大起倾国之兵，先到九江口等候，兵归一处，杀到汴梁，推倒李存勖，夺回大梁的江山。代孤写来。（写介）来人！
　　　　（上卒）
卒：　　有。
朱　淳：将此书下到襄阳大都督田英那里。
卒：　　哈。（下）
朱　淳：奋武将军于化龙听令。
于化龙：在。
朱　淳：孤与你兵符印信，谨守荆州，不可妄动。
于化龙：得令。（下）
朱　淳：众将官，大起人马赶奔九江口等候，不得有误。（下）
　　　　（升帐，四将站）
四　将：（诗）威名表宇宙，勇力壮山河。
　　　　　　　万夫难敌挡，分封半壁天。
田　彪：（白）俺常胜将军田彪。
田　豹：无敌将军田豹。

黄天印：黄天印。

王　庆：王庆。

四　将：都督升帐，在此伺候。

（出田英）

田　英：（诗）天武神威真英雄，巍巍权重压山峰。

一朝失倒终身愧，意志难消气不平。

（白）我乃开国侯大都督田英。前日在汴梁被史建瑭那小子一鞭打得大败，城中有人与我不睦，闭门不纳，放出雕翎，幸亏龙驹跑回襄阳。昨日差人往汴梁打探去了。

（上卒）

卒：报都督，荆州九江王差人下书。

田　英：呈上来。撕去封筒看了一遍。呀，史建瑭、李存勖，我与你势不两立。打发来人，急急回去，报与九江王，我就急急领兵前去。

卒：哈。（下）

田　英：众将听令。田彪、田豹为左右先锋，黄天印、王庆为中军校尉。明日校场挑选三万精兵，急发九江口与荆州人马合兵一处，不得有误。（下）

（出邓瑞云坐，李从柯立）

邓瑞云：（诗）三年守墓甚清闲，无荣无辱得安然。

（白）奴邓瑞云。在这灵丘峪守墓，不觉过了三年。昨日夜观天象，梁朝已灭，后唐复兴。今早新君送了许多礼物前来，刘娘娘也在洛阳传书，叫我姐弟带着从柯进京，同享荣华。奴本不愿前去，但此时乃从柯出头之日了。奴只得送从柯到了洛阳，再与兄弟转回原籍，以终余年。我儿从柯，请你舅舅后堂叙话。

李从柯：是。（下，内白）有请舅舅。

邓飞龙：（内白）来了。（上）姐姐呼唤，有何事故？

邓瑞云：兄弟坐了。

邓飞龙：小弟告坐。

邓瑞云：兄弟听了。

（唱）今日差官送礼物，三太保迁都洛阳是新君。

天子不忘你姐丈，钦赐礼物算有恩。

　　　　　　三万人马怎敌他？犹如雏鸡敌山鹰。
　　　　　　别无主意挫其锋，弃了汴梁走为上。
　　　　　　起兵见驾去洛阳，方免对敌祸才免。
　　　　　　但又一件甚关心，苦了百姓老与小。
　　　　　　贼兵到了民受伤，将军传事说分晓。
　　　　　　愿随我的装什①行，携带洛阳把命保。
　　　　　　不愿去者任自然，急急晓谕走要早。

石敬瑭：是。（下）

李嗣源：（唱）告诉夫人女儿晓。

　　　　　（白）贼兵势重，孤城难守，不免到后堂告诉二位夫人、一双儿女，收拾妥当，携带百姓，弃了汴梁，往洛阳避兵便了。（下）

（出王淑梅、秦湘妃，二旦，坐）

王淑梅、秦湘妃：（诗）干戈宁静太平时，举案齐眉乐有余。

王淑梅：（白）奴王淑梅。

秦湘妃：奴秦湘妃。姐姐，你我来在汴梁三月有余，一家又得团圆，但愿天下从今太平无事。

（上李宝琴，小旦）

李宝琴：二位母亲万福。

秦湘妃：宝琴，你与兄弟往花园闲逛，他往哪里去了？

李宝琴：随后就到。

（上李嗣源）

李嗣源：二位夫人，可不好了！

王淑梅、秦湘妃：大王惊慌失色，有何不好之事？

李嗣源：原来是这般如此，如何是好？

王淑梅、秦湘妃：呀，可不吓死人也！

　　　　　　（唱）二位夫人闻凶信，举止失措胆怯怯。
　　　　　　　　　贼兵势重难抵挡，疾雷不及把耳遮。
　　　　　　　　　汴梁城老弱残兵只三万，又况而今粮草缺。

---

① 装什：打包器物。

　　　　　　　　　　从来寡不能敌众，大王快把主意定。
李嗣源：（唱）或是发兵或遣将，或是闭城保守着。
　　　　　　反叛朱淳倒有限，田英厉害我晓得。
　　　　　　手下兵将凶又猛，迎敌之将有哪个？
　　　　　　残兵三万多半病，以弱敌强必受折。
　　　　　　闭城不与贼兵战，贼兵困守岂肯歇？
　　　　　　守城却又无粮草，兵无粮草命必绝。
　　　　　　不如弃城早早走，赶奔洛阳见皇爷。
　　　　　　遣将带兵将城赶，除此无法可有也。
　　　　　　你们快快去收拾。
王淑梅：（白）贼兵离城只剩八十里路，趁此弃城，逃走到洛阳。若能守城，天子必然遣将发兵。大王弃城逃走，贼兵岂不随后追赶么？
李嗣源：我已命石敬瑭晓谕百姓随我连夜逃走，贼兵到来可以走出两三天途程了。纵然追赶，昼夜兼行，可以早到洛阳。
王淑梅、秦湘妃：哎，只怕逃走不了，如何是好？
　　　　　　（唱）二夫人，吁又叹。
　　　　　　大王主意，不算明白。
　　　　　　连夜弃城走，贼兵明日来。
　　　　　　一定随后追赶，车辆行李迟挨。
　　　　　　赶上之时怎么好？我们女流跑不开。
李嗣源：（白）哎！
　　　　　　（唱）真着急，甚愁怀。
　　　　　　果然车辆，行走不开。
　　　　　　贼兵若赶上，那是更苦哉。
　　　　　　心中踌躇一会，想了一个计来。
　　　　　　何不托付石节度，保守家眷把他差？
李宝琴：（唱）李宝琴，把口开。
　　　　　　口呼爹爹，不必愁怀。
　　　　　　保护车与辆，只有小女孩。
　　　　　　披挂提刀上马，不怕贼兵到来。

有本事杀退贼兵将，保着我母亲兄弟不惊骇。

李嗣源：（唱）你本事，女裙钗。

纵习刀马，施展不开。

靠你保车辆，如何放心怀？

这个干系甚重，必得大将之才。

敬瑭英勇又忠厚，我也托他早安排。

李宝琴：（唱）呼母亲。莫发呆。

急急收拾，细软资财。

吩咐众侍女，俱各听明白。

愿意跟随就走，不愿自己走开。

急忙披挂去备马，（下）二妃却也说不来。

秦湘妃：（白）姐姐，咱家大王执意弃城而走，往前帐托付去了。宝琴也披挂去了，保护家眷车辆。咱姐妹快些收拾收拾，保护公子要紧。李从厚随我来。

李从厚：来了。（全下）

（升帐，众将站，朱淳、田英坐）

众　将：（诗）旌旗映日月，号炮震山川。

朱　淳：（白）孤九江王朱淳。

田　英：大都督田英。你我带领四十万人马与李存勖作对，末将带领人马要建头功，如何？

朱　淳：使得。将军需要小心在意。

（上卒）

卒：　　报大王得知，小人探得汴梁剩了一座空城，拿来两个老儿，乞令定夺。

朱　淳：带上来。

卒：　　哈，绑着绑着。

（上二老丑）

二　丑：爷爷饶命吧。

朱　淳：你这两个老头必知，城内怎么无人？一一说来，一字言差，将你们一刀两段。

二　丑：爷爷容禀。

|（唱）叩头又打颤，吓得魂不在。
　　　　只叫爷爷们，修好留脑袋。
　　　　我们住南关，年纪七旬外。
　　　　现受老来贫，一生无能耐。
　　　　他是卖彩灯，我是卖青菜。
　　　　城内朝廷爷，坐殿甚自在。
　　　　三个月里头，迁都走得快。

朱　淳：（白）他往何处去了？
二　丑：（唱）迁都洛阳城，文武齐携带。
　　　　留下李嗣源，王爷把民爱。
　　　　开仓全赈济，风声又厉害。
　　　　两处大兵来，王爷甚惊骇。
　　　　城内仓库空，人马都吓坏。
　　　　不能挡敌兵，守城无能耐。
　　　　前日出告示，又是把民爱。
　　　　携带奔洛阳，连夜跑得快。
　　　　走了两三天，出了汴梁寨。
　　　　我俩走不得，只因年岁迈。
　　　　被擒见爷爷，只求留脑袋。

朱　淳：（唱）此话必然真，其中无假代，
　　　　且进城中看一看。
　　　　（白）军校们，将他二人赶出去。
卒：　哈，快走快走。（下）
田　英：大王在此稍等，末将进城看看虚实。
朱　淳：小心在意。
田　英：是。（下，又上）将马带过，果是一座空城。李嗣源走了两天，大兵还可以追上。纵然追不上他，必得杀到洛阳，攻破城池，拿住李家弟兄与那史建瑭，个个斩首。大王就在洛阳登基，有何不可？
朱　淳：正合孤意。众将官，就此往西，追赶李嗣源，不得有误。（下）
李嗣源：（内白）众百姓，不必惊慌，跟随车辆慢慢而行。

卒： （内白）哈！
（李嗣源马上）

李嗣源：孤梁王李嗣源，带领百姓男女人等离开汴梁，走了四五天了。众将官，慢慢而行。

（唱）只因兵微将又寡，难挡贼兵把祸逃。
三万人马软又弱，都只为粮草不足甚煎熬。
死的死来病的病，走的走来逃的逃。
无法可使把贼避，看着百姓更心焦。
精壮之人还罢了，苦了老幼与多娇。
有钱之人坐车辆，贫苦人家把担挑。
携男抱女步步走，不住回头把贼瞧。
万种艰难千般苦，无限伤心向谁说。
只为梁唐争天下，致使百姓受煎熬。
一日走不上几十里，贼兵追来把头挠。
有心舍了百姓走，于心不忍两相抛。
那日到了洛阳界，忽听后面喊声高。（下）

（王兰、付彦青马上）

王兰、付彦青：（唱）两个护卫说不好，贼兵一众赶来了。
大王且请速速走。

王　兰：（白）大王，弃了百姓快快行走，后边贼兵赶来，只有四五里路了。

李嗣源：哎，众百姓随孤逃走，这时若舍他们先行，贼兵赶上，岂不杀害百姓，叫孤如何舍得？

王　兰：大王若不快走，执意疼顾百姓，自己也难保无事。

李嗣源：此处是什么地方？

王　兰：此处叫做白鹿坟，离洛阳只有八十里路。劝大王弃了百姓急急趱行，小将二人阻挡贼兵，大王早到洛阳，启奏天子发兵前来，前后夹攻，何愁贼兵不灭？

李嗣源：全仗二位将军保护百姓，孤先行便了。（下）

王　兰：众百姓不要着忙，待我们抵挡贼兵去也。（下）

（上田彪对王兰）

田　彪：（白）哪里走？

王　兰：狂徒报名上来，好做枪下之鬼。

田　彪：我乃襄阳大将田彪。敌将何名？

王　兰：我乃王兰。不要走，看枪。

田　彪：来，来，来。

　　　　（杀下，上二老丑）

丑　一：我的儿呀！

丑　二：亲家，是我呀。

丑　一：哎呀，亲家，你我跟着李千岁逃难，忽然追来一支人马，家眷车也不见了。

丑　二：哎，还顾什么家眷啦？快跑吧。

　　　　（唱）众百姓，乱如麻。

　　　　　　　贼兵赶到，见人就杀。

　　　　　　　哥哥我兄弟，女儿我爹妈。

　　　　　　　老幼妻子失散，一家不顾一家。

　　　　　　　各自逃生保性命，滚的滚来爬的爬。

丑　一：（唱）叫表弟，呼亲家。

　　　　　　　我的老伴，双眼早瞎。

　　　　　　　一男并一女，他们娘儿仨。

　　　　　　　方才还在这里，着忙各把手撒。

　　　　　　　东西乱跑无了影，可叫老汉把谁抓？

丑　二：（唱）只听得，响乒乓。

　　　　　　　神嚎鬼哭，地倒天塌。

　　　　　　　贼兵与贼将，凶恶似夜叉。

　　　　　　　杀人抡刀舞剑，如同切菜砍瓜。

　　　　　　　可怜逃难众百姓，遇着贼兵染黄沙。（下）

付彦青：（唱）付彦青，难挣扎。

　　　　　　　与贼大战，力软身乏。

　　　　　　　又见贼兵到，拧枪把马撒。

　　　　　　　不见王兰兄长，着忙魂飞天涯。

只得急速追千岁，仗着马快鞭紧加。

（田彪、王兰杀）

王　兰：（唱）王节度，不顾乏。

　　　　　　圆睁二目，挫碎钢牙。

　　　　　　正遇田彪战，（上田豹）又来田豹他。

　　　　　　二人来战一个，摇动手中刀枪。

　　　　　　交手三合把枪中，左膀冒出血光花。

　　　　（白）哎呀，不好。（下）

田　豹：这厮被我一枪刺中左膀，往西南而逃。众将官，杀尽逃走百姓，抢夺金银，不得有误。

卒：　　哈。（下）

（呐喊，急上李嗣源）

李嗣源：（马上）苦哉呀，苦哉呀。可怜逃难的百姓，十伤八九，幸而前面就是洛阳城东门了。

（上付彦青）

付彦青：千岁无恙，幸甚幸甚。

李嗣源：付将军，来得好，那些百姓呢？

付彦青：众百姓，死的无数。

李嗣源：哎，可怜哪。王将军，今在何处？

付彦青：末将同王兰与贼迎战，他被贼将一枪刺中左膀，败阵而走，不知去向。千岁快叫开东门，再作定夺。

李嗣源：付将军，在此招聚残兵。待孤上前，叫开城门。（下）

（出秋景青，丑官，坐）

秋景青：（诗）椒房尊贵掌兵权，爵禄为重重泰山。

　　　　（白）下官秋景青，带着妹子秋月朗随着銮驾来到洛阳。圣上封我妹子为东宫娘娘，在下就封为东宫国舅了，外加都督之职。探子报到说李嗣源弃城而走，必奔洛阳而来，故此城门紧闭，以防贼兵。

（上卒）

卒：　　禀爷，今有大梁王李嗣源带领几个将校来在东门，叫开城门。

秋景青：待我到城上看看，且莫开城哪。

　　　　　　（唱）吩咐城门莫开放，待会手下众将官。
　　　　　　　　　顺着马道把城上，用目留神往下观。
　　　　　　　　　这个残兵与残将，拥护太保李嗣源。
　　　　（上李嗣源）

李嗣源：（白）快些开城，贼兵杀上来了。
秋景青：（唱）认得他在汴梁内，无故上殿献谗言。
　　　　　　　　说我兄妹品不正，几乎拉下被刀斩。
　　　　　　　　多得天子未听信，我若是放他进城难上难。
　　　　　　　　自古有仇应当报，手扶城墙便开言。
秋景青：（白）城下将官何人也？
李嗣源：（唱）大梁王名李嗣源。
　　　　　　　　如此这般把汴梁弃，贼兵赶来在后边。
　　　　　　　　快快开门我见驾，遣将发兵扫狼烟。
秋景青：（唱）钦命你把汴梁守，不战而退主何原？
　　　　　　　　既有贼兵来到了，怎敢开门起祸端？
　　　　　　　　吩咐左右放乱箭。（下）
李嗣源：（唱）又惊又气不出言。
　　　　　　　　一带战马往北走，躲在那三官庙内避祸端。（下）
　　　　　　　　再表敬瑭石节度，不见车辆心胆寒。
石敬瑭：（唱）（白）俺石敬瑭。奉命保护二位夫人与公子、小姐，忽来一支贼兵杀到。我便奋勇杀贼与贼将大战五十回合，那厮被我杀败，一时寻找不见车辆哪里去了。（内喊）呀，正西喊杀连天，不免杀上前去，寻找家眷便了。（下）
　　　　（李宝琴刀马上）

李宝琴：奴李宝琴。母亲哪里？兄弟哪里？一家人转眼不见，这却如何是好哇？
　　　　（唱）心中着急说怎了？催马擎刀四下瞧。
　　　　　　　　不见母亲与兄弟，只见贼兵似草梢。
　　　　　　　　石敬瑭不见踪与影，莫非是贪生怕死早已逃？
　　　　　　　　对面来了兵与将，当先一将多凶恶。（下）
王　庆：（唱）襄阳大将名王庆，瞧见一个女多娇。

跨马擎刀想逃走，心中喜悦叫军校。
杀上前去齐动手，不可把她首级削。
此女生得品格好，拿个活的献功劳。
大叫女子哪里走？（对上）只得抡刀逞英豪。（杀）
二马相交战一处，刀剁枪迎把手交。
十数回合难取胜，催马败阵要走逃。

（白）哪里跑？

李宝琴：（唱）跑出不过一箭地，马失前蹄坠鞍桥。（掉下）
跌在尘埃说不好，惊慌失色魂胆消。

王　庆：（唱）王庆马上哈哈笑，分付手下众将校。
快快动手与我绑。

（白）军校们，与我绑了那个女子。

（石敬瑭马上）

石敬瑭：贼奴休得无礼，俺石敬瑭来也。

（杀一阵，王庆死）

石敬瑭：贼将被我斩于马下，群贼四散了。请小姐上马，末将保护你杀出重围，再作定夺。

李宝琴：多得石将军救护，不知我母亲与兄弟哪里去了？

石敬瑭：末将寻找不见。（呐喊）呀，那里来了一支人马，内中绑着一个人。不像百姓，必是哪位夫人小姐，随我杀上前去解救才是！

李宝琴：言之有理。（下）

黄天印：（内白）将那夫人绑着走哇。（马上）我乃黄天印，正在乱军之内抢夺百姓的财物，忽见一位妇人十分美貌。

石敬瑭：狂贼不要走，着枪。（刺死）这厮并不防备，被我刺于马下。呀，果然是王夫人被绑。

（上李宝琴对王淑梅）

李宝琴：果然是我母亲。

王淑梅：我的女儿啦！

李宝琴：哦，母亲何故独自被擒，我二娘与我兄弟哪里去了？

王淑梅：哎，我三人见石将军与贼兵交手，被贼兵冲散，弃了车辆。你二娘抱着你兄弟躲在百姓妇女堆里而走,我被贼兵绑了,看不见他娘儿俩了。
(上王兰)

王　兰:石将军原来在此。

石敬瑭:王将军来了,可知大王今在何处?

王　兰:如此这般,叫不开关门。躲在北门外三官庙内,我来寻找将军,保护家眷。

石敬瑭:秦夫人抱着公子不见踪迹,请夫人骑上小卒的战马,我与王将军保护,闯出重围便了。

李宝琴:母亲,快上马。

王淑梅:是。(下)
(上石敬瑭)

石敬瑭:好也好也,幸而闯出重围。王将军保护夫人、小姐去与大王相见,我还得杀回,再寻秦夫人与公子要紧。

李宝琴:石将军可要小心。

石敬瑭:不用嘱咐。

(唱)眼见夫人与小姐,王兰保护往西奔。
　　并无贼兵随后赶,这才觉着放了心。
　　复又搂马杀回去,寻我公子与夫人。
　　手下三军无一个,匹马单枪抖精神。
　　杀入重围四下望,但只见逃难的百姓乱纷纷。
　　怨声惨切愁云滚,尸横遍野血流津。
　　这般光景难睁眼,喊声如雷横了心。
　　双手拧枪说闪路,犹如猛虎闯羊群。
　　一行杀着一行望,不见公子与夫人。
　　一催坐下乌獬豹,跑如闪电起烟云。
　　贼兵渐渐离得远,知我厉害不敢追。
　　信马由缰往前走,眼前有片密松林。
　　隐隐哭声像在内。

(白)眼前一片树林内有妇人声音,莫非秦夫人与公子躲在这里?我不免入林看来。(下)

秦湘妃：（内白）苦哇！（上）奴秦湘妃。

李从厚：二娘，我母亲与我姐姐跑到哪里去了？

秦湘妃：不知她们去向，可怜我腿上中了一箭，动转不能。我死倒不足惜，可怜你难以逃出重围了。

（石敬瑭拉马上）

石敬瑭：呀，果然在此。夫人、公子在此，小将无能救夫人公子，罪该万死。

秦湘妃：石将军此来，公子从厚有了命了。

石敬瑭：请夫人公子上马，小将行步保护杀出重围，与大王相会便了。

秦湘妃：我的左腿着伤，不能动转，将军可怜可怜他是个七八岁的孩子，带在马上交与他爹。奴家纵死无怨。

（唱）秦湘妃，泪如梭。

　　将军到了，奴念弥陀。

　　可怜他的父，一生苦奔波。

　　只有这点骨血，惜乎未见阎罗。

　　老天保佑将军到，救他性命奴奉托。

石敬瑭：（唱）俺小将，甚平和。

　　汴梁城内，受了重托。

　　大王亲托我，保护家眷车。

　　却被贼兵冲散，小将难辞罪责。

　　幸而寻着快上马，小将步下可杀贼。

秦湘妃：（唱）休管我。死与活。

　　保护从厚，不可耽搁。

　　将军要施勇，全仗马征驼。

　　屡次叫奴上马，只说将军难脱。

　　奴家虽然无所愿，只要从厚把命活。

石敬瑭：（唱）喊声近，了不得。

　　贼兵杀到，难以走脱。

　　夫人快上马，我好杀退贼。

　　若叫贼兵围住，那时怎能走脱？

　　着急只说快上马，那边贼兵杀来许多。

秦湘妃：（唱）喊声至，必是贼。

　　　　　　挣扎而起，观看明白。

　　　　　　路旁有石块，可以见阎罗。

　　　　　　只叫将军快走，保护从厚得活。

　　　　　　不但他父感恩重，奴在阴曹也念佛。

　　（白）奴一妇人，死不足惜，但愿将军保护从厚得脱大难，即是大幸。你看那边贼兵来了。

石敬瑭：在哪里？

秦湘妃：是，是，也罢。（撞死）

石敬瑭：哎，夫人哪。

李从厚：我的二娘哪！

石敬瑭：可叹秦夫人碰死，公子不必啼哭。我抱你上马，用勒甲绦拴在背后杀出重围。

李从厚：是，任凭将军。

石敬瑭：如此，快些上马。

　　（唱）解下勒甲绦，就往身上绑。

　　　　　不用你发呆，心往宽处想。

　　　　　装什已妥当，细致不用讲。

　　　　　一马驮二人，要把重围闯。

　　　　　大叫快闪开，谁敢把我挡？

　　　　　催开乌獬豹，跑如云电响。

　　　　　手中持兵刃，如同乌林蟒。

　　　　　遇见贼兵来，（杀）鞭打又用枪。

　　　　　不顾劳与乏，奋勇往前闯。

　　　　　荆州襄阳兵，倒退齐乱嚷。

　　　　　这个勇将官，真是汉子膀。

　　　　　如同虎一般，闪路不可挡。

　　（朱淳、田英马上）

朱淳、田英：（唱）朱淳与田英，一见齐夸奖。

　　　　　　　　红脸小将官，本领果然广。

　　　　　　如虎闯羊群，众将不能挡。
　　　　　　不可暗算他，只把活的绑。（下）
　　　　　　田彪把令遵，追下大土冈。

石敬瑭：（唱）狂贼追赶来，圈马回来挡。
　　　　　　忽然马失蹄，便往地下躺。
　　　　　　跌在泥泞坑，田彪来得莽。
　　　　　　正想要捉拿，忽听一声响。
　　　　　　沉雷震耳鸣，一道金光闪。
　　　　　　现出两条龙，吓得往后仰。
　　　　　　退了一箭多，敬瑭身子晃。
　　　　　　提起马缰绳，上马精神长。
　　　　　　加鞭往西行，过了白鹿冈。
　　　　　　闯出重围中，（下）

（邓瑞云马上）

邓瑞云：（唱）再把瑞云讲。
　　　　　　正自催马中途路，
　　　（白）奴邓瑞云，带领三千人马，同兄弟邓飞龙与李从柯离了灵丘峪走了数十天，面前就是洛阳了。呀，那边一马驮着二人。哦哦，乃是那石敬瑭来了。

（上石敬瑭）

石敬瑭：呀，母亲来了，快快救我吧。
邓瑞云：哦，你这是怎么一个光景？
石敬瑭：如此如此，这般这般。贼兵追来了，母亲怎么到此？快快救救孩儿吧！
邓瑞云：我是奉旨进京。
石敬瑭：（内喊）母亲，贼兵到了，孩儿人困马乏，如何是好？
邓瑞云：你且去与大太保见面，待我打发他们回去。
石敬瑭：是。（下）
邓瑞云：奴家带领三千人马，如何挡退三四万兵将？口中念念有词，飞沙走石朝着追兵打去。（下）

（上众卒）

邓瑞云：哪里跑？（打介）

众　卒：哎呀，不好了，不好了。（下）

邓瑞云：兄弟，你与从柯急急杀上前去。

邓飞龙：得令。（下）

（石头打，田彪马上跑）

田　彪：哎呀，不好了，石头从空而来，好生奇怪。

（上邓飞龙，二人对）

邓飞龙：狂徒不要发怔，报上名来受死。

田　彪：我乃襄阳大都督的长子田彪，挂左先锋之职。你这黑小子何名？

邓飞龙：我乃颍州节度使邓飞龙，特来擒你这伙反贼。着枪。

田　彪：来，来，来。

（杀，邓飞龙败，上李从柯）

李从柯：（白）舅舅暂且少歇，待我擒他。（杀一阵）

（唱）李从柯与邓飞龙，爷儿两个使英勇。

双枪并举长威风，（田豹上）田豹赶到心惧恐。

眼见哥哥落下风，手忙脚乱法不整。

才要助战杀上来，一块石头打脖梗。

跨不住战马落鞍桥，跌倒在地直挺挺。

李从柯：（唱）赶上前来不留情，举起钢枪透心冷。

钢枪刺贼一命亡，

田　彪：（唱）田彪一见魂无影。

不敢恋战要想溜，只听脑后响咕咚。

碗大石块头上砸，直说不好脑袋肿。

身子打晃往前栽，抱头吐血强挣扎。（下）

邓飞龙：（唱）只叫狂奴哪里行？催马拧枪追得猛。

马快如飞追上前，照着后心把枪拱。

大叫狂奴跑不脱，

（上田彪）

田　彪：（唱）回头一看见枪影。

躲闪不及中钢枪，枪刺后心血直涌。（死）

邓飞龙：（唱）这厮一命见阎王，催马拧枪往上冲。（下）
　　　　　　田英一见心起火。
田　英：（白）好个逆贼，杀我爱子，我与你势不两立。
　　　　（杀一阵下，上邓瑞云）
邓瑞云：兄弟闪过，让愚姐擒拿这厮。
　　　　（杀一阵，邓瑞云败下，又上）
邓瑞云：这厮倒也有些杀法，不免用掌手石打他便了。顺手甩石，老贼看打！
田　英：哪里走？
邓瑞云：着打。
田　英：哎呀，不好！（死）
邓瑞云：老贼已死，不免再用飞沙走石打他个落花流水，方能退去。呀呸！
　　　　（打一阵，急上朱淳）
朱　淳：哇呀，苦哉苦哉！可怜四十万兵将被一阵飞沙走石打了个七零八落，伤了大半。田家父子尽皆废命，料着孤家难以报仇，只得招聚残兵败将，速速回到荆州歇养锐气便了。（下）
　　　　（上李嗣源、王淑梅、李宝琴）
李嗣源：（诗）吉凶原无定，祸福总由天。
　　　　（白）我李嗣源。因我一人得罪上天，致使贼人作对，连累百姓，遭此涂炭。方才王将军保护夫人、女儿到来，说石将军舍生忘死，复又杀入重围寻我秦氏去了。这些时候不闻信音，也不知吉凶如何？
石敬瑭：（内白）军校们，好好抱着公子下马。（全上）大王在上，小将受大王重托保护家口，如此这般，秦夫人不肯上马，碰石而死，将公子背扶马上，杀出重围，亲见领罪。
李嗣源：哎，将军为我一家舍生忘死。我李嗣源当铭肺腑，还说什么罪呢？
李从厚：我的爹爹呀！
李嗣源：哎，为你母子几人险些伤我一员大将。
　　　　（唱）上前拉住敬瑭手，义勇将军古今无。
石敬瑭：（唱）小将受托保车辆，不能挡贼愧何如？
李嗣源：（唱）何须太谦孤铭腑？致使你血染铠甲透衣服。
石敬瑭：（唱）松林内遇见夫人与公子，实实危机正啼哭。

李嗣源：（唱）若非将军相保护，从厚早已命呜呼。
石敬瑭：（唱）秦夫人碰死全节义，小将难辞斧钺诛。
李嗣源：（唱）秦夫人死得算节烈，将军名传天下呼。
　　　　　　　舍命救他人三个，如此大恩怎报补？
　　　　　　　愿把小女奉中馈，不知将军愿意否？
石敬瑭：（白）末将怎敢？
李嗣源：（唱）不必推辞一言定，再问贼兵势如何？
石敬瑭：（唱）适逢凑巧凶化吉，勇男公夫人来帝都。
李嗣源：（白）她在哪里？
石敬瑭：（唱）从头至尾说一遍。
　　　　（上邓瑞云）
邓瑞云：（唱）瑞云进庙把兄嫂呼，口呼兄嫂受惊了。
　　　　（白）兄嫂受惊了。
李嗣源：多承弟妹解围，王氏过去见礼。
王淑梅：弟妹万福。
邓瑞云：不敢哪，还礼过去。这里不是讲话之地，请兄嫂进城朝见天子。
李嗣源：朝中奸党作弊，城门紧闭，不容我进城，如何是好？
邓瑞云：待奴当先叫开北门，伯伯带领众将跟随进城有何不可？
李嗣源：有理。（下）
　　　　（秋景青回坐）
秋景青：好也好也，我方才在东门城头见贼兵蜂拥而来，将要攻城。从北来了一支人马，男女二三人，十分骁勇，一阵飞沙走石，打得贼兵七零八落，四散而逃。
　　　　（上中军）
中　军：禀爷，今有勇男公夫人、公子，自灵丘峪来叫门进城，乞令定夺。
秋景青：待我上城看来。（下，又上城）呀，果然是勇男公夫人、公子到来，不可慢怠。军校们，快快开门。
　　　　（唱）抬栓落锁门开放，迎接夫人进城来。
　　　　　　　汴梁人马混在内，（李嗣源过）一时扎满大北街。
邓瑞云：（唱）吩咐人马且扎住，口呼梁王大伯伯。

　　　　　　人马屯在北街上，我先上朝奏分明。
　　　　　　自己人马不可放，问出奸细罪深责。
李嗣源：（白）是。
　　　　（唱）带着从柯把城上，文武离了太平街。
　　　（上老公公）
老公公：（唱）太监说是朝散了，请夫人后宫见驾台。
邓瑞云：（白）头前引路。
老公公：是。
邓瑞云：（唱）太监引路禁门奔，止步停身把口开。
　　　　　　奴且先不朝天子，问公公刘妃娘娘住哪宅？
老公公：（白）刘太后住在养老宫内。
邓瑞云：你们先去通禀报，就说奴家进宫来。
老公公：领旨。
　　　　（唱）且不言瑞云去拜刘太后，（下）
秋景青：（内唱）秋景青害怕要安排。（上）
　　　　　　这事闹得不好了。
　　　　（白）呀，可不好了。原来李嗣源混在灵丘峪人马队内，也就进城来了。现在北街扎住人马，必要与我作对。呀，这却如何是好？哦哦，有了，古人云先发者制人也。我不免先到东宫当我妹妹如此这般捏造造反事，不愁天子不拿问李嗣源，我才得安然。定是这个主意。去上东宫见妹妹便了。（下）
　　　（出李存勖、秋月朗坐）
李存勖：（诗）名花倾国两相欢，常得君王带笑颜。
　　　　（白）朕后唐皇帝李存勖。
秋月朗：奴家东宫秋月朗。哦，万岁，奴蒙皇爷抬爱，收为宫院，似此皇恩浩荡，我兄妹纵然碎骨，不能报答隆恩啊，万岁。
李存勖：朕前日在汴梁一见爱妃，怜而不舍，故命令兄带尔来收入东宫，免人议论。朕方才在金殿听说到来了邓夫人，用飞沙走石打散贼人，真是洪福齐天，邓氏来得凑巧。
　　　（上老公公）

老公公： 启禀万岁，国舅秋景青有紧急事务进宫启奏，在宫外候旨。

李存勖： 宣他进宫。

老公公： 领旨。（下，内白）有宣国舅进宫。

秋景青：（内白）来了。（上，跪）万岁万万岁。

李存勖： 国舅平身。

秋景青： 万岁。

李存勖： 国舅有何事务进宫启奏？

秋景青： 哎呀，万岁呀，外患方才退去，内患如今又生出来了哇，万岁。

（唱）臣奉旨，保护城。

午门以外，看见贼兵。

当先一员将，生得脸蛋红。

真是嗣源诡计，做了贼的先锋。

弃了汴梁何缘故？一定来诈洛阳城。

李存勖：（唱）连点头，打哼声。

似忙不乱，又恨又惊。

果然真谋反，真是内患生。

想他未必如此，还得法度详参。

不知他今在何处，必与贼兵一同行。

秋景青：（唱）贼兵退，隐身行。

留他在此，好作内应。

灵丘峪人马，方才进了城。

他就混入队内，现在北门扎营。

顺贼做了先锋将，明是引贼来诈城。

李存勖：（唱）大太保，朕皇兄。

三十余年，多建奇功。

故此封王位，镇守汴梁城。

岂肯弃城逃走，如何有了反情？

顺贼情由从何起？国舅别把人看轻。

秋景青：（唱）明白事，显然情。

陛下思想，事有分明。

　　　　　　他若不是反，怎么弃东京？
　　　　　　必是见贼势重，自觉抵挡不能。
　　　　　　若非谋反来叛乱，何不上朝见主公？
李存勖：（唱）如此说，有变更。
　　　　　　他今统领，三万大兵。
　　　　　　束手将城进，街上屯着兵。
　　　　　　不来朝见我朕，似乎真有反情。
　　　　　　纵然如此难问罪，必得朕去问分明。
秋月朗：（唱）秋月朗，呼主公。
　　　　　　奴在汴梁，便知隐情。
　　　　　　他是大太保，乃是陛下兄。
　　　　　　不得登基坐殿，心中如何气平？
　　　　　　故此引贼来夺位，若不早除祸患生。
李存勖：（白）哦哦。
　　　　（唱）爱妃一言提醒朕。
　　　　（白）依爱妃之言，定是真情。国舅快快传旨，聚齐城内武将，将李嗣源拿来，朕就问罪。
秋景青：微臣领旨。（下）
李存勖：我谅那李嗣源人马有限，必被国舅拿来。
秋月朗：如若拿来，也不用容他分说，即刻斩首，以绝后患。
李存勖：爱妃言之有理。
　　（上老公公）
老公公：启奏万岁，勇男公夫人在宫外候旨。
李存勖：宣进宫来。
秋月朗：慢着，万岁呀，邓氏与李嗣源平日相合，此来见驾，必要保护反贼，何以处置呢？
李存勖：哦哦，有了，只好免见，等斩了李嗣源，明日再容她参见。宫人告诉邓氏，就说朕当醉卧，明日再见吧。
老公公：领旨。（下，又上）启奏万岁，邓氏说有国事重大，一定要见驾。
秋月朗：请圣上躲在寝宫，待小妃见她。她有来言，我有去语。

李存勖：那邓氏神通广大，你可不要得罪于她。

秋月朗：宫人搀扶圣上，以入寝宫。宣邓氏进宫见我。

老公公：领旨。（下，内白）娘娘有宣夫人进宫。

邓瑞云：（内白）千岁。（上）娘娘千岁千千岁。

秋月朗：夫人平身，宫人看座。

邓瑞云：谢坐。

秋月朗：请问夫人，有何紧急之事见驾？

邓瑞云：奴方才进城，遇见大梁王李嗣源，如此这般进宫，一则朝拜圣驾，二则请教请教。

（唱）梁王嗣源大太保，随着那老王爷灭贼功最高。

秋月朗：（唱）从来论争当旧事，今非昔比不用描。

邓瑞云：（唱）论如今他与陛下手足情，三十年相伴是同胞。
天子封他爵禄重，梁王之职品位高。

秋月朗：（唱）有名无实贼难挡，闭门不纳甚蹊跷。
他今顺贼将城诈，谁敢开门把祸着？

邓瑞云：（唱）顺贼诈城何凭据？全是奸党信口学。

秋月朗：（唱）我哥亲见顺反贼，方才圣上降旨了。

邓瑞云：（唱）天子降了何旨意？一定是叫他进朝安慰劳。

秋月朗：（唱）拿来反贼要斩首，除此内患免心焦。

邓瑞云：（唱）无凭无据屈忠义，令兄害贤也太刁。

秋月朗：（唱）我兄本是忠保主，为何害贤话不高？

邓瑞云：（唱）天子何在奴奏本？

秋月朗：（唱）圣上大醉却睡着。

邓瑞云：（唱）请驾醒来说我到，

秋月朗：（唱）谁敢惊驾犯律条？

邓瑞云：（唱）可笑圣上耳朵软，不关己事躲为高。
不用说必是你兄妹蒙君主。

秋月朗：（唱）你好胆大吵闹闹！

邓瑞云：（唱）圣上怎不来见我？你就不必再唠叨。

秋月朗：（唱）吩咐宫娥撵出去。

　　　　　　（白）你这夫人不知国法，与我吵闹，等着圣上醒来再作定夺。宫娥们，与我撵出去。
邓瑞云：哎，奴且到养老宫中见了太后，回来与你算账。（下）
秋月朗：哼，真是一个泼妇。我不免在圣上面前加上几句言词，把邓氏也拿问了，方除后患。不使毒计，怎称妇人之心？（下）
　　　　（孟汉穷、康义成二丑马上）
孟汉穷、康义成：（诗）奉了钦命去拿人，不知可是中不中？
孟汉穷：我镇殿将军孟汉穷。
康义成：我辅国将军康义成。你我奉皇上钦差，带领阖城人马往北街去拿反贼李嗣源，只得杀上前去。
孟汉穷：反贼兵少，容易擒拿。大小三军呢？杀到北街。
卒：　　哈！（下）
　　　　（出李嗣源）
李嗣源：（诗）杀气冲空金鼓鸣，心惊肉跳不安宁。
　　　　（白）孤李嗣源。进得北门，邓夫人叫孤在北门扎住人马，耳内只听号炮连天，喊声震耳，叫孤好生恐惧。
　　　　（上石敬瑭）
石敬瑭：大王，可不好了！
李嗣源：怎么？
石敬瑭：秋景青口称奉圣旨来捉大王。
李嗣源：哎，圣上断无此事，必是奸臣与孤不睦，蒙君作弊。孤任其绑拿，见了天子自然有个分诉。
石敬瑭：大王若是被擒，只怕是有冤无处诉了。
　　　　（唱）石敬瑭，气昂昂。
　　　　　　　　存勖君昏了，耳软听椒房。
　　　　　　　　秋家兄妹作恶，因着前者汴梁。
　　　　　　　　怀恨大王一句话，不收他兄妹惹祸殃。
李嗣源：（唱）孤方才，细思想。
　　　　　　　　秋氏月朗，做了娘娘。
　　　　　　　　秋景青得宠，专权乱朝纲。

　　　　　　　　城内令人放箭，作对招此祸殃。

　　　　　　　　只得亲见君王主，定把以往诉其详。

石敬瑭：（唱）断不可，失主张。

　　　　　　　　诬赖千岁，反了汴梁。

　　　　　　　　顺贼随反贼，前来诈洛阳。

　　　　　　　　这样无故遇害，设心狠似豺狼。

　　　　　　　　我们不服君主令，愿去上马闹一场。

李嗣源：（唱）呼众将，莫逞强。

　　　　　　　　天子脚下，不可猖狂。

　　　　　　　　你等要动手，真的反君王。

　　　　　　　　以假变作了真，反情天下传扬。

　　　　　　　　任凭拿去有我挡，见了天子辩冤枉。

邓飞龙：（唱）邓飞龙，气满腔。

　　　　　　　　跑进帐里，黑脸气黄。

　　　　　　　　喊声如雷吼，只叫大梁王。

　　　　　　　　秋贼率兵杀到，难免要动刀枪。

　　　　　　　　大王万安休发怯，吩咐备马去抬枪。

　　　　（白）秋贼带领人马杀来，不得不以假变真。大王万安，众将官，随我杀上前去，有何不可？

众　　将：邓将军言之有理，大家上马杀上前去。（下）

李嗣源：哎，众将转来，转来！哎，他们一齐上马迎敌，孤也拦挡不住。我只得上马拦住众将，然后自己绑自己去见天子领罪吧。（下）

　　　　（孟汉穷马上）

孟汉穷：我孟汉穷。你看一将当先来了。

　　　　（对上邓飞龙）

邓飞龙：咧，秋景青，哪里走？

孟汉穷：你这黑贼是谁？

邓飞龙：我颍州节度使邓飞龙，遇此不平之事，要与秋景青算账，叫秋景青前来见我。

孟汉穷：原来是你姐弟反了，待我擒你。

邓飞龙：来，来，来。（杀孟汉穷死）

（石敬瑭杀康义成死，上李嗣源）

李嗣源： 众将不可动手，你们不要无礼！哎，这事怎了？哎呀，真是反了，反了！

（唱）城中乱如麻，天翻又地覆。
　　　军民发声喊，乱跑齐叫苦。
　　　不知何处藏，吓坏众文武。
　　　都赖大梁王，反情话糊涂。
　　　原来果是真，进城施了武。
　　　几员将英雄，全如下山虎。
　　　城中众将官，枉自把头出。
　　　俱被人家杀，投胎去认母。
　　　无人敢上前，闭户齐叫苦。

（上秋景青）

秋景青：（唱）吓得秋景青，魂灵无了主。
　　　　　只说李嗣源，兵少难斗武。
　　　　　城内将校多，拿他把仇补。
　　　　　他有将英豪，个个似猛虎。
　　　　　众将多半亡，躲藏头不出。
　　　　　以假成了真，圣上无了福。
　　　　　谅我难挡遮，且把午门扑。
　　　　　喝叫闭午门，急去见圣主。
　　　　　跑进午门呼万岁，

（白）万岁万岁，陛下在哪？

李存勖： 国舅，这是怎么一个光景？

秋景青： 万岁，李嗣源抗旨不遵，杀奔午门来了。

李存勖： 呀，竟有这等事？国舅点齐人马，待朕御驾亲征，必要斩了反贼。

秋景青： 微臣领旨。（下）

李存勖： 御林军，备朕的逍遥马，看朕的定唐刀伺候。（下）

秋景青： 你看圣上亲征去了，我不免赶到后宫，领着妹妹躲避躲避。等天子平定，仗着妹妹花容，依然还得富贵，定是这个主意。（下）

（出郭从谦，白面）

郭从谦：（诗）一朝失位把权收，郁郁心中气不平。

（白）老夫洛阳节度使郭从谦。自从新君驾幸洛阳，不理朝政，亲近美色，宠信东宫与秋景青，将我的兵权夺取，罢官不用，闲居在府。如今汴梁李嗣源率众出城进京，秋贼捏造反情，天子竟信谗言，起兵捉拿。我命家将熊仕英去打听，如何不见到来？

（上熊仕英）

熊仕英：禀老爷，祸事不好了。

郭从谦：哦，熊仕英你打听什么祸事？这等惊慌。

熊仕英：哎呀，老爷，秋景青带领阖城众将不能取胜，孟汉穷、康义成俱各阵亡。天子率领御林军御驾亲征去了，只怕不是大梁王对手。

郭从谦：好哇，这才除我心头之恨。熊仕英近前来，我有密事相托。

（唱）我自灭巢将功立，昭宗天子大加封。

封我洛阳节度职，耿耿忠心为主公。

朱温篡位夺天下，也曾差官到西京。

封我镇西侯之职，不可弃旧把新迎。

斩了差官弃反贼，朱温并未来加兵。

幸而梁王庄宗立，迁都到此半载零。

疏远城内文共武，专信国舅秋景青。

夺我兵权气不过，今日正好报不平。

你平素勇猛无对手，就此传齐众家丁。

诈言保驾拿反叛，混入御林军队中。

袭杀庄王出不意，我就去迎接梁王把基登。

熊仕英：（白）是！

（唱）仕英答应说遵命，提刀上马带家丁。（下）

郭从谦：（唱）我也前去观动静。

（白）你看熊仕英去了，一定杀了天子。我也前去隐在幽静之处，以观动静。若见仕英成功，即便出头迎接大梁王即位便了。（下）

（石敬瑭马上）

石敬瑭：好也，城内的兵将无人上前。众将官听着，事已至此，一不做，二不休，大家瞒着大王，杀入午门，拿住秋景青，碎尸万段，以为如何？

众　　将：正合众意。

石敬瑭：就此杀奔午门便了。（下）

李存勖：（内白）宫官太监御林军，一齐随朕杀上前去。（马上）哎，我朕登基不过半载，不想有此大变。

（唱）遇大变，无奈何。

亲自出马，要动干戈。

御林军有限，战将无一个。

又惊又气又恨，心中恍惚着忙。

惊的是反贼势力重，恨的是文武俱平和。（下）

熊仕英：（唱）熊仕英，怪吆喝。

我来保驾，定把贼捉。

说话来得快，提刀撒征驼。

混在御林队内，家丁随后跟着。

仗着手疾眼又快，暗中下手无处挪。（下）

李存勖：（唱）这员将，来得泼。

生得威武，相貌凶恶。

口称来保驾，带的人不多。

正要问他名姓，喊声震动山河。

看看反贼离得近，以后平定再问说。

熊仕英：（唱）见昏君，撒征驼。

无人保驾，独自一个。

御林军怕死，不敢向近挪。

正该背后下手，刻下不可耽搁。

一催战马到背后，（着刀，李存勖死）举刀便把头来割。（下）

郭从谦：（唱）郭从谦，看明白。

庄王被斩，心中快活。

催马迎上去，当先把话说。

众位不必费事，昏君见了阎罗。

快请梁王莫怠慢，就此即位整山河。

（白）我洛阳节度使郭从谦。令家将熊仕英将庄宗杀死。众将快请梁王，

　　　　　老夫会合文武，扶保大梁王即位。
　　　　（上李嗣源与众将）
李嗣源：天子在哪里？
郭从谦：杀在这里。
李嗣源：哎，果然天子遇害。哎，圣上哪。
　　　（唱）一见圣上落马亡，吓掉三魂与七魄。
　　　　　　跑上前来抱尸灵，二目流下伤心泪。
　　　　　　大放悲声叫吾皇，不明不白魂归位。
　　　　　　你我弟兄三十年，共了祸患同富贵。
　　　　　　幸而灭梁扶大唐，又出奸党把主昧。
　　　　　　闭门不纳君不知，城头放箭相逼累。
　　　　　　逼得众将变了心，我做不了主惊万岁。
　　　　　　杀君并非李嗣源，因我而起也有罪。
　　　　　　越哭越痛越伤心，众将一齐呼千岁。
众　将：（唱）昏君信奸把色亲，信宠秋家兄与妹。
　　　　　　不念大王手足情，用的全是奸邪辈。
　　　　　　今日被杀理当然，正是老天夺其位。
　　　　　　他又无有子亲生，万里江山靠千岁。
　　　　　　国家不可无有君，快上金殿登王位。
李嗣源：（唱）众将解劝登九重，尔等说的理不对。
　　　（白）天子已死别无可说，只得各处传信会齐唐室宗亲择一有法有德者为君。我李嗣源本系胡人，又无德无才，如何敢僭天位？
郭从谦：大王忠心为国三十余年，功盖宇宙，正该成统，岂肯让与他人？
李嗣源：天子暴亡，我李嗣源难辞无罪。再若僭位为君，便是杀君夺位了。此事我断断不为，众将另行再议可矣。
郭从谦：别无可议，非大王不能服天下之望。列位将军拥护大王上朝，我去见丞相冯道，会同文武同上金阙，拜贺新君。
李嗣源：众位莫陷孤于不义，断断不可！
郭从谦：走哇。（下）
　　　　（上李从柯）

李从柯：好也好也，我李从柯方才同母亲在养老宫与太后议论秋家兄妹蒙君作弊之事。公公传报圣上被斩，太后就传懿旨，命我奉上金阙，立我伯父坐殿。带领宫官太监，金殿读诏便了。（下）
秋景青：（内白）妹妹这来。
秋月朗：（内白）来了。（上）哥哥，可怜圣上驾崩，谁与咱们做主？
秋景青：妹妹随我逃出禁门，再作定夺。呀，那边来了几个宫官，快快躲避。
李从柯：那不是秋家兄妹么？哪里走？宫人，快快与我绑了。
宫　人：哈，绑着。
秋景青：我是东宫国舅，这是东宫娘娘。怎敢上绑，意欲何为？
李从柯：你兄妹恶贯满盈，死期至矣。
　　　　（唱）恨你兄妹蒙蔽王，捏造反情乱国法。
　　　　　　城门紧闭不放入，与我伯父作冤家。
　　　　　　天子昏庸偏宠信，以假成真乱邦家。
　　　　　　庄宗被杀亏你俩，如今太后把懿旨下。
　　　　　　立我伯父为天子，你兄妹难免正国法。
秋月朗：（唱）秋景青自知理错不言语，月朗一旁把话发。
　　　　　　任你绑奴奴不惧，且等见了新君他。
　　　　　　未必忍心杀害我，哥哥免祸在奴家。
　　　　　　转祸为福有指望，
秋景青：（唱）全仗小妹美容貌。
　　　　　　管保感动新天子，
李从柯：（唱）不必饶舌快走吧。
　　　　　　不言从柯上金殿，（下）
众　人：（唱）文武官员乱如麻。
　　　　　　不顾庄宗天子死，且举新君整邦家。
　　　　　　众位拥护大太保，
　　　　（上殿石敬瑭、郭从谦、邓瑞云、付彦青、王兰）
李嗣源：（唱）不敢归座把话发，尔等俱各听详细。
　　　　（白）众位文武官员，不可造次立我为君。我李嗣源无德无才，如何敢居大位？

郭从谦：国中不可一日无主，大王如此谦逊，不怕事有变更？
（上李从柯）
李从柯：太后娘娘有旨，庄宗驾崩，并无子嗣，命李嗣源即位，以继唐统。
郭从谦：太后懿旨到来，大王就该即登大宝。
李嗣源：罢了罢了，我只得暂居天子之位，日夜焚香，拜祝上天早降真龙，万民得安。
众　人：请万岁登基，我等朝贺。
（李嗣源坐，众跪）
众　人：万岁万万岁！
李嗣源：朕今不得已而为君，众卿必须全始全终，莫为前车后辙。
众　人：臣等愿效忠心。
李嗣源：众卿平身。
众　人：万岁。
（上宫人）
宫　人：启奏万岁，秋家兄妹绑在午门候旨。
李嗣源：好，绑上来。
宫　人：领旨。（下）
（绑上二人）
秋景青：万岁，臣秋景青罪该万死，愿吾皇额外施恩吧。
秋月朗：罪臣妾秋月朗愿吾皇万岁万万岁。
李嗣源：秋景青，可恨你蒙君作弊，误国害能贤，致使天子被害，你死有余辜，罪恶滔天。

（唱）朕与你，结下仇。
　　　只因前者，那个情由。
　　　汴梁谏天子，奸邪不可留。
　　　无奈忠言逆耳，你俩记在心头。
　　　闭门不纳乱箭射，诬朕谋反起阴谋。
秋景青：（唱）连伏地，紧叩头。
　　　罪该万死，别无讲究。
　　　但愿皇爷赦，把我性命留。

　　　　　　放我归回原籍，为民春种秋收。
　　　　　　日夜焚香告天地，保佑大唐万万秋。
秋月朗：（唱）秋月朗，慢抬头。
　　　　　　秋波一转，卖弄风流。
　　　　　　娇声呼万岁，容奴奏情由。
　　　　　　想在皇宫内院，侍奉天子温柔。
　　　　　　并无过犯望留命，深沐皇恩万万秋。
李嗣源：（白）住了！
　　　　（唱）拍玉案，瞪双眸。
　　　　　　你们兄妹，一个不留。
　　　　　　一个仗利口，一个仗风流。
　　　　　　朕非庄宗天子，不用来献温柔。
　　　　　　出彩颜色早已领，乱臣贼子断不留。
　　　　　　吩咐推出齐斩首。
　　　　（白）金瓜武士何在？
武　士：万岁。
李嗣源：将他二人推出午门，斩首示众。
武　士：领旨。（下）（开刀）
李嗣源：朕今改号为明宗皇帝，吩咐杀牛宰羊，大摆宴乐，庆贺功臣。
　　　　（诗）这正是：梁篡唐朝唐灭梁，后唐莫认为前唐。
　　　　　　　　　　明宗景运民安乐，五代之中是小唐。（下）

（全剧终）